Friederike Kielisch

Sag' mir wie man sein Herz tötet
Xelke mirine silav dikin

Roman

Imprint
Sag' mir wie man sein Herz tötet
Friederike Kielisch
printed and published by: BoD
Books on Demand, Norderstedt
Copyright: © 2014 Friederike Kielisch
ISBN: 9783738600230

Vorwort

Dies ist die Geschichte einer Frau, die zwischen den Welten lebte.

Damit meine ich Menschen die zwischen den Kulturen in einer, der unseren Gesellschaft, geraten. Und manche Menschen kamen als Immigranten zu uns, wir wissen oft nicht viel von ihren Ursprung, ihren Träumen und ihrer Motivation.

Oder Andere würden sagen: Am Rande des Wahnsinns, gefangen zwischen Lust und Werten.

Wenn es um Liebe geht, sind wir alle mehr oder weniger wahnsinnig, denn Liebe hat so unendlich viele Facetten, öffnet Türen oder baut Mauern. Aber Liebe bedeutet auch: Menschenwürde zu geben.

So wie Plato schon in der Antike meinte: Liebe ist ein schlimme Geisteskrankheit.

Und zu Recht, wir spielen mit unseren Glückshormonen, lassen unseren Alltag durch diese bestimmen, oder gehen falsche Beziehungen ein. Und manchmal werden wir beziehungsunfähig. Das sogenannte Glück, und die Lust zu lieben, kann süchtig machen, aber auch eine endlos kalte Leere entstehen lassen, dann wenn man eines Tages wie betäubt aufwacht, und nichts mehr fühlt…einfach NICHTS. Ein eisiger innerer Tod, wie gestürzt von einem grauen Felsen.

Und was sind unsere Werte?

Eine Strategie der Gesellschaft, in der wir willkürlich hineingeboren wurden, um uns vor den Unbilden des Lebens zu schützen? Und was geschieht mit uns, wenn wir auf andere Werte oder gar Kulturen treffen? Und wenn wir wieder

anfangen, zu verschmelzen und neue Gefühle zu entdecken? Und wie können wir es Anderen verständlich machen? Oder aber nur teilhaben zu lassen an der Fülle des Lebens? Es ist ein Lernprozess, immer da gewesen, in jeder Zeit, und doch sitzen wir alle im selben Boot im Fluss der Zeit.
Der Wahn entsteht, durch eine Unfähigkeit miteinander und untereinander in Verbindung zu treten, sei es durch Sprache oder sozialer Ausgrenzung, Nichtverstehen, eben wenn wir uns untereinander nicht austauschen können, um voneinander zu lernen, in einer bunten Mischung der Welt in der wir nun leben. Es ist nicht notwendig, alle Sprachen zu verstehen, doch ist es notwendig unsere Gefühle zu kultivieren.
Uns wurde gelehrt zu leiden sei edel... eine Ehre.
Und deshalb denken wir die Verantwortung tragen zu müssen für andere Menschen, wie Familie und Freunde oder sogar für Bekannte- Nehmen auch ihre Last auf uns:
Weil wir nützlich sein wollen
Gebraucht werden
Und geliebt
Jedoch ist jeder Mensch für sich selbstverantwortlich
Aber wenn wir mitleiden nützt das niemanden, das bloße Mitleiden
Es ist eine Lüge, dass wir für Andere leiden müssen:
Es ist nicht edel, kein Vorbild
Es schwächt uns
Und genau das war das Ziel:
Dadurch wurden wir klein gehalten.
Dies hat uns möglicher Weise die Religion und andere Mächte gelehrt.

Ist es nicht so, dass wir Menschen immer dazu neigen, über Etwas hinauswachsen zu wollen, über uns Selbst und Andere zu stehen, sei es nur mit Äußerlichkeiten oder Statussymbolen, sei es nur mit Äußerlichkeiten oder Statussymbolen, und dann hoffen wir uns dadurch etwas weiter zu entwickeln, ohne aber zu merken, dass wir in Wirklichkeit nur geleitet werden, durch ureigene primitive Instinkte. Doch noch nicht einmal jeder schafft es dies zu erkennen, oder sich überhaupt jemals über seine privaten Bedürfnisse zu erheben, um Etwas zu erreichen, oder selber etwas Eigenes zu kreieren, in diesem einen Leben. Und warum auch, wenn es bequem von Anderen zu bekommen ist, und nicht durch uns Selbst, und so ist das Denken vieler.
Eine träge Masse im Fluss des Alltags, die geprägt ist, mit der Gier nach Geld, Sex und Macht. Etliche Menschen möchten sich einfach nicht die Mühe machen, um etwas weiter zu sehen, wahrhaft geprägt nach dem Motto: „Nach mir die Sintflut."
Ohne auch nur über Selbstverantwortung jemals nachgedacht zu haben...
Doch Einige von uns tun es, und es sind die, welche es schaffen werden zu überleben, kultiviert und zivilisiert. Aber erreichen wir dann jemals wirklich diejenigen, um die es geht? Wenn wir bereit sind für eine Sache einzutreten? Wohl eher nicht.
Denn selbst wenn für solche Menschen gesorgt sein sollte, in Form von Nahrung, Kleidung und Wohnung, nehmen sie nicht mal die Herausforderung des „Menschseins" an, eben mehr zu sein oder zu wollen , als eine lebende Kreatur. Zu sehr verletzt, mit dem Gefühl, nicht wirklich im Leben willkommen zu sein. Diese Geschöpfe lassen sich blind machen mit

Konsumwünschen, oder laufen verblendet hinter jemanden her, der ihren Mangel benennt, nur um nicht auch selber noch denken zu müssen.

Der Mensch sieht nur immer das, was ihm fehlt, und nicht was er hat. Dadurch fängt das Klagen und Jammern und natürlich auch das Selbstmitleid an.

Somit kann man auch die Gesamtproblematik des Einzelnen und der restlichen Menschheit mit zwei Worten zusammenfassen: Die berühmten zwei F's: (Fressen und v…) Oder um es vornehmer auszudrücken : Liebe und Nahrung.

Daran macht sich im Kern Alles fest. Bei etwa 98% der Menschen dreht sich im Leben alles um diese beiden Dinge.

2% bleiben somit über. Aber schauen auch wirklich diese 2% über den Tellerrand hinaus? Nun, um einen Staat zu führen, bedarf es nur 2 % einer Elite. Was es damit auf sich hat, zeigt uns das tägliche Erleben und Geschehen in der Welt.

Oder sind es einfach auch nur zu viele zerbrochene Existenzen? Grade beschränkt durch ihre Ideologie oder Religion, besonders in islamgeprägten Ländern, denn der Quran hat unzählige Regeln und Gebote. Eine gute Bedürfnisversorgung beinhaltet eben auch die Möglichkeit zur Weiterentwicklung und des Weiterdenkens. Der Islam wurde nie wirklich reformiert, und er wird dem Individuum ohne Wenn und Aber einfach darüber gestülpt.

Aber hat nicht viel eher auch ein gesunder potenter Körper auch einen kraftvollen Geist?

Ach ja, Liebe ist die stärkste Macht, denn nur sie kann uns bis in den Wahnsinn oder sogar in den Tod treiben, uns süchtig machen… aber den Einzelnen auch verändern.

Jedoch nur die Liebe, die wir vermögen selber zu geben, ist die, welche uns am Ende bleibt.

Ja, Selbstverantwortung...Und der verfluchte Satz übersetzt aus dem Arabischen:

„Ich suche Zuflucht bei Gott vor dem verfluchten Satan."

Der Fluch, den ich einst unwissend und selbst schmerzerfüllt über Menschen mit meinem wenigen arabischen Worten ausgebreitet habe, da ich tief im Innern glaubte, auch für den Verlauf von ihrem Schicksal mitverantwortlich zu sein.

Dadurch etwas an ihnen wieder gut machen zu müssen, mit meinem Leben dahinter zu stehen, oder um mit all meiner Liebe an ihnen und uns etwas zu verändern.

Doch was vermag schon einen einzelnen Menschen zu erreichen? Was ist das, was uns am Ende bleibt? Mit weniger als Nichts, nur mit unserer eigenen Seele, die darum kämpft, sich selber vergeben zu können, denn es gibt keine Sieger.

Jedoch Eines können wir dennoch besiegen. Den Wahn. Mit Offenheit und ohne Furcht, denn der Mensch ist sein eigener größter Gegner. Und nur das bedeutet Eigenverantwortung.

Durch Erkennen und angewandtes Verstehen unseres Selbst, und der Welt in der wir leben. Der verändernde X-Faktor liegt nur in uns.

Nur so kann ein neues Gleichgewicht entstehen, ein Gleichgewicht, das bitter notwendig ist, und Möglichkeit eröffnet, eine Strategie zu entwickeln, im Alltag bestehen zu können, ohne Kriege.

Durch den Kampf mit unserem Selbst, dem ureigenen Ich, gehen wir als eine veränderte und neu strukturierte Person hervor. Denn der Mensch ist im Grunde wie ein Stein, der

durch das Leben geschliffen wird: Mal springt Etwas ab, mal zerbricht Etwas, und doch erscheint manchmal unter der groben Schale eine strahlende Facette.
Die Hoffnung stirbt immer zuletzt, doch wenn sie gestorben ist, gibt es kein Zurück. So müssen wir lernen uns auch zu verabschieden, von allem was uns nicht guttut, oder sogar von Menschen, die uns in Stück in unserem Leben begleitet haben.
Lassen wir sie in Dankbarkeit gehen, denn ihr Seelenweg ist ein Anderer, und doch waren sie immer eine Herausforderung an uns Selbst, ein Lehrer.

Sei meine Sehnsucht
Mein ganzer Mut
Sei wie ein Tropfen von meinem Blut
Ich liebe Dich mein Edelstein
Über Alles, über Alles hinaus,
Über alle Welten
Und wenn Du etwas liebst, dann lasse es frei, und kommt es einst zurück, dann bleibt es für immer Dein, in Ewigkeit…

Monika Elena Fillias

1. Teil

Frühjahr 1985
Ergün Sevgilim,
Sag' mir: „ Welcher Gegner ist gefährlicher: Der, welcher sich kontrolliert, oder der, der sich instinktiv von seinem Gefühl leiten lässt?"
Die Antwort war: „Der Gegner, der sich selbst nicht mehr kontrolliert, denn dann wir dieser auch nicht mehr für seinen Feind berechenbar."
Nun, meine Fähigkeit war nie die Kontrolle. Im Fluss der Zeit vertraue ich auf mein Gefühl.
Ich bin nun eine Zeitreisende.
Eine Zeitreisende, auf den Spuren ihrer eigenen alten Wahrheit.
Damals, im Jahre 1985, war ich ein junges Mädchen aus „guten Hause" mit den besten Voraussetzungen für ein erfolgreiches Leben. Zwar waren meine biologischen Eltern bereits seit Jahren getrennt, aber nun ich hatte Zugang zu Büchern und durchaus Freiräume. Was mir am meisten dort fehlte war eine Bezugsperson, und jemand der mir zuhörte, und mich verstand, eben menschliche Wärme und nicht nur bloßes Versorgt werden mit den Segnungen der immer breiter werdenden Konsumgesellschaft. Familiäre Herzlichkeit und Geborgenheit. Mein Zuhause war nach außen gerichtet, bedacht auf Status und den sogenannten „guten Ruf." Für mich zu kalt und oberflächlich.
Und so verliebte ich mich in einen jungen sensiblen Mann, der aus genau umkehrten Verhältnissen kam, eine warmherzige aber nicht so gut situierten Abstammung. Das war genau der

Harken, seine fremde Herkunft sollte auf Grund meiner Sozialisation nicht zu mir passen. So sollte ich erzogen worden sein. Das Spannungsfeld der Werte begann.

Jahrelang hatte ich mich davor in eine eigene Welt begraben, mich mit unseren Dichtern beschäftigt, und mir ein eigenes Welt Gefüge zusammen gebastelt. Ich konnte nie wie andere Mädchen sein, ich lebte irgendwo, in Träumen, und schrieb selber Gedichte, und studierte auch Lao Tse, sein Tao te King, beispielsweise.

Einfach um zu lernen, das Leben ist ein Tal, von Bergen umschlossen, und wir jeden Tag einen Berg zu ersteigen haben, und doch jedes Mal, wenn wir es geschafft haben, ein neuer Berg auf uns wartet. Auch wenn unser Atem immer dünner wird.

Manchmal erscheint doch der Berg unüberwindlich und zu hoch, und wir stürzen ab, und müssen von vorne anfangen, doch erst wenn auch dieser Berg geschafft ist, können wir weiter gehen.

Aber auch dies war genau das, was mich mit Ergün verband. Und als ich ihn fand, stand er erst noch am Anfang seiner Kung Fu Berge, er wurde darin später einmal Weltmeister. Schon damals war er berauschend und wundervoll, voller Fantasie und Elan.

Bis die wirkliche Welt uns einholte, denn manche Berge sind von Mauern umgeben. Meine Grenze war Europa, bis Griechenland schaffe ich es, doch niemals weiter hinaus. Das stand nur in Deinen Pass, aber das warst Du nicht. Ich wählte diesen Weg, der sogenannten Freiheit, bis zum Tod. Und doch ist Liebe ein Licht, das auch über Mauern springt, auch wenn ein Kampf vergeblich scheint. Wir hatten es uns so sehr gewünscht, damals, ich hatte sogar schon ein Hochzeitskleid, ein schwarzes mit goldroten Stickereien aus Afghanistan, und er schenkte mir alles Gold, das er besaß...

Aber er war ein Sohn von Gastarbeitern, mit sunnitischer Abstammung, und er konnte neben mir, meiner Wirklichkeit und Familie nicht bestehen, meine Waffen reichten nicht aus, diesen Kampf zu bestehen. Eine junge Frau, die sich nicht traute, das finale Risiko zu bestehen. Zu rational und kalt waren meine Realität, aber meine Gefühle nie! Zur Pflicht erzogen, um die Kür zu opfern.

Ergün hatte es nie leicht gehabt. Er war der älteste Sohn einer sehr weisen und intelligenten Frau die mit 16 Jahren zwangsverheiratet wurde, damit sie bloß nicht in einer griechischen Provinzstadt die Ausbildung zur Krankenschwester beginnt. Ihr Mann war erheblich älter. Ihre ältere Schwester hatte die Hochzeit eingefädelt, manchmal glaubt Fatima dass es aus Neid gewesen sein könnte, denn Fatima war eine Hübsche mit herausragenden schulischen Leistungen. Doch sie hatte Glück im Unglück, denn ihre Schwiegermutter war sehr stolz auf sie, und herzlich ihr zugetan. Man könnte sagen: dankbar für diese Tochter. Beide hielten nicht besonders viel von Männern, im scherzhaften Sinne gemeint, glaube ich. Wenn ich mit Fatima redete, sprach ich etwas griechisch mit ihr, mit ihrem Mann türkisch. Fatima sagte dann: „Du sprichst Dorftürkisch!" Sie meinte mein Dialekt. Ich lächelte dann charmant, und antworte: „Fatima, ich komme doch vom Dorf!" Bei Ergüns Eltern hatte ich keine Angst so zu sein wie ich bin. Jeder Mensch fühlt sich dort wohl. Mit 17 Jahren bekam sie Ergün, er muss ein Prachtbaby gewesen sein, der Stolz der gesamten Familie. Fatima ließ ihn in den fürsorglichen und liebevollen Händen ihrer Schwiegermutter, um dann in Deutschland zu arbeiten. Sie arbeitete ihr ganzes Leben hart für die Familie, ihr Mann eher weniger, er, vom Dorf, fürchtete sich etwas vor der deutschen Welt. Er kam sich nicht so wertvoll vor. Mit acht Jahren holten sie Ergün zu sich, er wurde gelockt mit goldenen Versprechungen, die sich in seinen Augen leider nicht erfüllten. Mit 12 Jahren bekam er die Verantwortung für seinen zweiten Bruder aufgetragen, und es folgte noch ein Dritter. Das Einzige was Ergün Halt und Kraft gab, war der Sport. Das machte ihn wertvoll. Ergün fühlte sich nie als Türke, aber nun als Grieche...das war er ja nun auch nicht. Im Grunde heimatlos, aber im freien Deutschland. Sein erster Kung-Fu Lehrer war ein älterer deutscher Herr, er lehrte ihm Thai-Chi. Dieser Herr übernahm alle Funktionen der Integration, Vertrauen. Ergün hatte wenig Zugang zu der türkischen Kultur, hier in Deutschland, aus einem gemischten Elternhaus, griechische Türken. Seine zweite Begabung war die Fantasie, und Träume. Er wollte dann sein Wissen teilen, an all den Anderen, die dafür empfänglich sein könnten. Das machte ihn besonders: Er, der nirgends dazu gehörte, öffnete sich. So lernte ich ihn kennen, über meine allererste und beste Freundin, sie war so fasziniert und auch verliebt in ihn, ich sollte ihn unbedingt kennen lernen. Mit anderen Worten: Veni ‚Vidi, Vici. Ob das nun ein ruhmreicher Sieg von mir war, sei dahin gestellt. Meiner Familie jedenfalls hatte er nicht genug vor zuweisen. Zähneknirschend akzeptierten sie unsere Bekanntschaft. Ich komme aus einer sehr weltoffenen und toleranten Familie, dort schaut man aber immer auf den einzelnen Menschen, und vertraut auch seinen Kindern. Also ich musste nie heimliche Spielchen spielen, meine Familie kannte immer meinen Umgang. Jeder der mir bekannt war, durfte auch in unser Haus, ich fand das als normal. Ich kenne keine Lügner und Betrüger in meiner Welt. Das haben Ergüns und meine Familie gemeinsam. Auch als gutbürgerliche Dorftochter. Doch für Ergüns Eltern war ich die Schwiegertochter par exzellente. Gebildet, warmherzig und höflich, ach und hübsch, nicht zu vergessen, lach. Doch in unserer Beziehung knirschte es trotz aller Geborgenheit und Wärme gewaltig. Ergüns Kosmos war so gewaltig, dass für meine persönliche Entfaltung wenig Raum blieb. Nun auch hatte ich andere Lebensziele als er. Ich war ehrgeizig, ich wollte höhere Bildungserfolge, und es scheiterte eben an zu wenig geistigen Raum. Des Weiteren, nein, ich wäre nie konvertiert, auch wenn Ergüns Familie es bestimmt nicht niemals nie forciert hätte. Fatima und ich hatten ein sehr entspanntes Verhältnis zur Religion. Weiß nicht, nein, ich wollte aber in Wahrheit auch einfach nicht die Mutter seiner Söhne werden. Das hätte mir nie gereicht. Somit es war schon eine ehrliche Liebe, aber es mit Worten auszudrücken: Es gibt wirklich Wichtigeres als das jeweilige andere Geschlecht.

„Ergün, ich weiß, Du hättest damals auch gern Einiges anders gemacht, ich weiß nun, Du glaubst wir hätten es schaffen

können und müssen... wir hätten uns glücklich machen können, aber wir waren zu leidenschaftlich!"
Wenn wir zusammen waren, waren wir immer Eins, wie Ying und Yang, so sagtest Du, ich wurde Deine Symbiose. Es war eine wunderbare Zeit, unsere eigene Vergangenheit, unser nie endender Respekt.
Und er und ich wissen heute, er ist mein Ursprung der folgenden Geschichte.
Und später, nach unserer Zeit, fand er Katja, ein Mädchen mit blonden Haar, das ihn bezauberte, aber auch ihn zerbrach. Jahre später. Es war einfach von außen ab zu sehen, doch Männer können ganz gut ihre Augen verschließen, besonders wenn sie etwas beweisen wollen!
Besonders junge Männer.
Noch immer fühle ich Dich, wir schauen in unsere Augen und lesen in den Anderen. Wir fühlen einander, ich trage Dich...mein Bruder.
Ich zerbreche niemanden, niemanden den ich liebe, oder liebte, niemals...den Anstand bis zum Schluss auch noch das Gute zu sehen und zu suchen, lasse ich mir niemals nehmen! Auch wenn ich dafür Opfer bringen muss, ist doch das, was ich nur allein zu ertragen habe, denn wer kennt schon die Wahrheit? Niemand von außen kann das Innere eines Menschen bewerten und ermessen, es gibt keine Schubladen in denen man sich vor der Welt verstecken kann, es ist immer ein Teil von Allem.
Ich hoffte noch, sie, Katja, sei gut und richtig für ihn, denn ich gab ihr etwas Seltenes, etwas Kostbares, denn meine Liebe war und ist stärker als jede Vernunft und Eifersucht. Schließlich

jemanden zu lieben, bedeutet nur das Beste zu wollen, auch wenn das eigene Herz dabei blutet.
Er jedoch ließ sich von ihr hinreißen, und er merkte es damals auch nicht, seine Lebenserfahrung war noch nicht so weit wie heute.
Und ich lief in eine Leere, Gefangene einer Einsamkeit...Niemand und Nichts...Alles war wertlos wie zuvor und oberflächlich.
Der Schmerz, ein unendlicher Schmerz...
Wer schon sollte es jemals wieder schaffen meine Wunden zu küssen? Es wurde mir fast egal...
Nur er glaubte an Mich, immer, an die Prinzessin, seine Wald Fee, er redetet es sich ein, um im Himmel sein zu können.
Doch nur ich wusste, was ich aufgab.
Ach, mein Leben, wie egal ist das, ich war mir egal. Eine glänzende Hülle. Ob ich Wert hatte in meinen Gefühlen oder nicht, ich spürte es nicht mehr.
So kam ich zu den Entschluss, wenigstens noch ein nützliches und sinnvolles Leben zu führen.
UND NIEMALS MEHR MEINEN SCHMERZ ZU ZEIGEN.

Bis zu diesem letzten Mal.
Wir trainierten draußen, auf den Wiesen unserer Kleinstadt. Ergün, unsere Kung Fu Gruppe, etwa 20 junge Männer unterschiedlichster Herkunft(Griechen, Türken, Deutsche) und ich. Alle hatten sich dem Kampfsport verschrieben, nun nur ich war immer einfach da, zuerst, über ein halbes Jahr hatte ich nur zugeschaut, ja, nun ich hatte auch den Meister ganz privat für mich gehabt, und irgendwann fing ich auch an, im

Scherensprung über Zäune zu hüpfen. Doch die Anderen trainierten noch nebenbei viele verschiedene Varianten des Kung-Fu, wie Karate oder Kickboxen.

Es war nie wirklich mein tiefstes Interesse, aber Ergün versuchte auch mich einzubeziehen. Er war so stolz auf mich, sein Traum, ein liebreizendes Mädchen, das nur süß lächelte, wenn es kämpfen sollte. Mein höchster Gurt war allenfalls orange, im Judo, den ich nebenbei in der Schule gemacht hatte. Aber in unserer Gruppe hatten wir alles, nur keine Luschen, eben Karate schwarz, Taek Won Do, ab Blau, Braun, Schwarzgold, eher so etwas.

Ich war als einziges weibliches Wesen bei ihnen, wie gesagt, mit einem Gurt auf unterster Ebene, und etwas Tai Chi Kenntnisse.

Doch heute spürte ich, Ergün wollte besonders nett zu mir sein, besonders jetzt, nach unserer Trennung. Doch was seine Liebe und Respekt zu mir war, hielt ich für Mitleid.

Denn nachdem wir unsere Aufwärmübungen untereinander absolviert hatten, war nun ich an der Reihe mit ihm, unseren Meister, zu kämpfen.

So stand ich ihn also gegenüber, ich sah ihn, sah in seine geliebten Augen, sah sein Haar, maß seinen Körper und die Bewegungen ab, ich roch ihn, er war mir so vertraut...

Ich begann ihn zu umkreisen, bevor ich meinem Angriff begann, mit einem wirklichen Angriff, im Angriff noch bewusst bereitete ich einen wirklichen Kampf vor. So ließ ich alle Regeln außeracht, mit dem Wissen, nur so könnte ich, ohne Kontrolle und nur dem Instinkt nach, wie eine wild gewordene Tigerin, mich leiten lassen. Um dazu fähig zu sein, muss der Adrenalin Spiegel hoch gepuscht werden, darauf konzentrierte ich mich, auf alle Aggression in mir und auf meinem Atem.

Vor den Augen aller seiner Schüler, verprügelte ich den Meister, einen damaligen 8-fachen Schwarzgurt.

Es war mir egal ob er mich abwehrte, es war mir egal ob ich mich selber verletzte, ich zerriss seine Trainingskleidung, ich kratzte und biss, brach mir meine Nase an, und spürte in meiner Rage nur das Pochen meines Blutes, und meinen Herzschlag am ganzen Körper.

Er wollte mich stoppen, abwehren und festhalten, doch selbst wenn ich kurz zu Boden ging, stand ich wieder auf…Doch irgendwann konnte ich nicht mehr, stand da, völlig derangiert mit blutigen Streifen an meinem Oberkörper, und gab auf.

Dies war das wirkliche Ende. Er konnte nun nicht mehr mein geliebter Freund und Meister sein.

Die Lage war hoffnungslos, es machte keinen Sinn.

Mein Gefühl war zu stark, stärker, als meine Fähigkeit zur Selbstbeherrschung, oder Selbstbetrug.

So war ich, so bin ich.

Ich hatte die Regeln missachtet.

Und ich starb im tiefsten Innersten.

Ich starb sehr langsam, es dauerte Jahre, bis ich etwa selbst 21 Jahre zählte.

Es ging ein Graben danach durch unsere Trainingsgruppe.

Die Deutschen und Griechen behandelten mich freundlich wie zuvor, und akzeptierten von nun an meine Distanz.

Zum Training kam ich nicht mehr regelmäßig. Nur noch zu einigen besonderen Anlässen. So bemühte ich mich auch um andere Bekannte zu kümmern, die nicht zu diesem engen Kreis gehörten.
Zum Glück hatte ich damals viele Kontakte, und so vermittelte mir eine Schulfreundin einen Job in einem Kaffeegarten, so dass ich die leere Zeit sinnvoll nutzen konnte, um etwas Geld neben der Schule her zu verdienen.
Geld, eigentlich brauchte ich nicht viel Geld für mich Selbst, nun ja, ich verdiente nun mehr als ich im Alltag brauchte, davon ging ich aus, kaufte mir schöne Kleider und fing einfach mal an, zu sparen.
So suchte ich mir neue, rationale Ziele, und wollte wie andere jungen Frauen das Leben genießen.
Doch immer wenn mich Ergün sah, warnte er mich, und kritisierte mein Freizeitverhalten, denn er wusste, ich war auch abends, besonders an den Wochenenden, in Diskotheken unterwegs, allein. Es kam mir jedoch auf das Tanzen an, auf die Musik. Schon immer haben mich gewöhnliche Menschenansammlungen gelangweilt, ich stand am Rand und beobachtete nur das Treiben.
Sicherlich hatte ich wie immer etliche Verehrer, aber wer sich mich anbot, entfachte nie mein Interesse. Hingezogen fühlte ich mich selten zu jemanden. Und wenn ich die Oberflächlichkeit nicht mehr aushielt, suchte ich nur noch Wärme und Geborgenheit.
Und die fand ich bei Ali. Alis Bruder, der auch Ali hieß, war ein Trainings Kamerad. Da er auch nicht so ein hoher Kampfgrad hatte, ist er oft mein Übungspartner gewesen, und

ich wusste, ihn konnte ich vertrauen. Daran merkt man es, wenn man mit jemanden trainiert, denn so etwas hat fast ausschließlich nur mit Vertrauen zu tun. Er sah mich allein in der Disko unserer Stadt, und als ein lieber Bekannter war er stolz, mir seinen älteren Bruder vorstellen zu können.

Ali fing mich also einmal mit den Worten ab: „Schau mal Franziska, soll ich Dir mal meinem Bruder Ali vorstellen? Der ist draußen, und er hat einen weißen BMW!"

Oh Ali, der Ältere, konnte grinsen wie ein Kobold, freundlich und verschmitzt, zugleich. Ganz stolz waren beide Brüder auf den schicken BMW, tiefer gelegt, mit Spoiler, den sie besaßen.

Zwei warmherzige Brüder, ich spürte reine *Freundlichkeit*.

Und na klar, ich durfte mitfahren, ganz vorne, während auf der Rückbank sich bis zu fünf türkische Kumpels quetschen mussten. Immer, wenn ich nicht wusste, wie ich nach Hause kommen sollte, war später Ali der Ältere für mich zur Stelle.

Wir verbrachten nach Tanzabenden so manche Nacht zusammen, in der Form, das wir dann irgendwo mit den Kumpels Tee tranken, Lamacun aßen und wilde Türkenmusik hörten, oder einfach nur schwatzten. Unsere Liebling Themen waren: „Liebeskummer", Religion und Zukunftsplanung.

Es verwundert mich schon sehr, dass wir uns trotzdem so fremd geblieben sein sollen. Damals, in unserer Kleinstadt, kannte ich doch die Jungs aus dieser Generation. Keiner von denen war jemals frech und unhöflich zu mir. Weiß nicht, könnte es sein, das es an meinem Bekanntheitsgrad gelegen haben kann? Wohl eher nicht. Vielleicht war ich auch einfach nur ein Alien, hm, wohl eher auch nicht. Nein, ich hatte nie das Gefühl das sie mich nicht mochten, oder anzweifelten oder kritisierten. Die Jungs aus dieser Generation nahmen Deutschland einfach so hin wie es war, und sie lernten selbstverständlich deutsch. Dass ihre Eltern es oft schlechter konnten, erklärt sich von selbst. Und in diesem Moment entstanden Probleme. Die Kinder, draußen bei uns in der Welt, doch die Eltern schön gemütlich türkisch verrammelt, Zuhause. Einige Male bekam ich etwas von den persönlichen Schwierigkeiten mit, wenn ich mit meinen sog. Kumpels (Brüdern) nach der Disko nachts noch im Teesitzkreis saß, und hey, echt, ich aus dem Dorf war angewiesen auf sie, denn irgendjemand musste mich ja sicher ins Dorf nach Hause bringen. Irgendjemand mit 'nem BMW. Nun, wir bildeten Sitzkreise, und jeder sagte das, was er dachte, oder ihn bewegte. Es gab Tee, es gab immer TEE. In diesen für Zwerge gedachten Tassen. Einer sagte: „Mein Vater möchte das ich zurück in die Türkei gehe, zur Schule, um dann Imam, oder so, zu werden!" Er war traurig, doch hat niemals das Gebot seines Vaters angezweifelt. „Nun, warum denn das?" fragte ich, doch er zuckte nur hilflos mit den Schultern. Er hatte einfach nicht gewusst, wo er ansetzen sollte, um es mir zu erklären. Nun, aber das doch absolute mit mir favorisierte Lieblings -Thema war: „Liebeskummer." Ha, da hatten sie doch mal live ein weibliches Wesen am Wickel! Türken sind absolute Profis im Bereich Liebeskummer! Damals jedenfalls. Nie hätte ich gedacht, dass sie so hochgradig emotional darüber sich ergehen konnten. Es so ernst nahmen, es so nahe an sich heran ließen. Ein deutscher Junge in dieser Altersgruppe harkte es kurz mit sich selber ab, besoff sich, und Ende. Schade eigentlich bis heute, das oft türkische Frauen dies nie mitbekamen. Viele denken immer noch bis heute, ihre Jungs sind eiskalt, hart und gruselig. Gruselig ist höchstens die verzerrte Sichtweise. Die Distanz zueinander. Leider kann ich es nicht beurteilen, ob sich dort etwas verändert hat, in all den Jahren. Und wenn, dann nicht genug, auf jeden Fall. Unsere deutschen Jungs waren auch verwirrt, wussten in dieser Zeit auch nicht, wie man am besten ein idealer Kerl wird. Zu viele Einflüsse kamen in dieser Zeit auf einmal auf alle von uns zu. Na ja, ich hatte es nicht so schwer, es gab für mich auch noch Griechenland, auf das ich sparte, weil ich unbedingt einmal nur dorthin reisen wollte, und andere Ziele. Wahrscheinlich bin auch nur ich wirklich frei gewesen, bis ich mich später entschloss, konkret sesshaft und verheiratet zu sein. Ich fand das gut und sinnvoll. Es war bei uns immer ein erstrebenswertes und positives Lebensziel gewesen. Für beide. Mit Sicherheit habe ich mich dafür relativ früh entschieden, denn es gab mir nichts…Diese Partyzeit ohne Ende, das wird mit der Zeit auch langweilig! Lustig ist es allerdings gewesen, das auch die türkischen Jungs das so sahen, und sich bemühten für mich, ihrer fast „Schwester", nur die allerbesten Optionen mal so heraus zu kramen. Reich sollte ich dann sein, und gut versorgt, und einer der meine Gedichte liebte. Das wollten sie für mich. Ich lächelte nur darüber, und hörte mir die Vorschläge an. Das habe ich nie wirklich ernst genommen. Es war so gut gemeint…Das weiß ich heute. Aber ihr Lieben, das Freisein bedeutet auch dass man eigenverantwortlich und frei seinen Weg geht! Glücklich kann man nur sein, wenn man das für sich selber erreichen kann. Kein Prinz kommt angeritten! Sowas gibt es nur im Märchen. Es tut zwar weh dies zu erkennen, ist aber so. Meiner Meinung nach steckte viel Potenzial grade in dieser damaligen türkischen Generation. Das ist das Fazit. Umso verwunderter bin ich nun, was daraus geworden ist. Manchmal habe ich wirklich das Gefühl, das die heutigen Generationen der damaligen aus meiner Kleinstadt nicht das Wasser reichen kann... Sowas von primitiv und billig, unfassbar! Es ist schon fast ein Geschenk, wenn von denen überhaupt einer akzeptables sprachliches Level erreicht hat, geschweige ein gewisses geistiges Niveau! Ich sage nur: Ihr habt Euch zu sehr verrammelt! Ihr wart zu depressiv und in der Vergangenheit verhaftet, habt in einer Schublade gelebt, so, ihr habt zu wenig erreicht! Party ohne Ende...Ergüns Warnung. Regeln und Grenzen ... Ach, wie wäre denn mal meine Alternative? Eigenverantwortung und Selbstdisziplin.

Party ohne Ende, Konsumgüter und Ich-Bezogenheit, bringt unser Leben gemeinsam nicht weiter! Aber nächtliche gemeinsame Teesitzkreise eigentlich schon. Es ist schön, im Angesicht zu schwatzen, ich meine wirklich zu reden, sich zuhören. Keine lauten dröhnenden Orte. Keine Orte wo man sich präsentieren muss, heraus putzen muss, und eine Rolle spielen. Einfach nur da sein, mit offenen Augen. Einige haben es aber geschafft. So verblendet bin ich nicht, dass ich das nicht unterscheiden kann.
Aber leider zu wenig Eurer Söhne!
Es trauert mich darum, dass so viele Träume untergegangen sind.
Ali, der Ältere, durfte mich auch privat zu Hause besuchen. Manchmal rief er einfach an, mal hatten wir beide Langeweile,

er nach der Arbeit, und ich nach der Schule. So kam er einfach vorbei, und ich kochte ihm nach bosnischer Art einen türkischen Mocca, das hatte ich damals in Bosnien gelernt, als wir dort den zweiten Mann meiner Mutter besuchten, der sich dorthin aus beruflichen Gründen versetzen ließ. Dann redeten wir, er vertraute mir alles an, oder wir fuhren in seinem Auto umher. Er sprach oft von seiner großen Liebe, einem zartem Mädchen aus dem Nachbardorf. Er liebte sie so sehr, doch wollte er genau wie ich, in seiner Kultur bleiben, er wollte moslemische Kinder. Es zerriss ihn wie mir die Seele, unser Herz. Dieser Ali hat nie geheiratet später... Und später machte ich zu unseren gemeinsamen Bekannten den Witz, dass mein Mocca schuld war. Ja, Ali mein Freund, auch Dich nehme ich in meine Seele auf, wenn auch nur ein winziges Stück, denn wir waren nie verliebt ineinander. Unser Vertrauen und Ehrlichkeit bleibt bestehen. In dieser Zeit schrieb ich Gedichte, und war immer froh, wenn ich diese einem Zuhörer erklären konnte. Wir lachten viel, und er kam mir mit sunnitischer Koranlehre, das was er in der Moschee mitbekommen hatte. Interessant ist vor Allem die Auslegung des Alten Testaments, welche ja die Grundlage des jüdischen, christlichen und islamischen Glaubens ist. Ja, im Islam wird auf die wortwörtliche Übersetzung beharrt, während wir Christen durchaus in der Lage sind, unseren Glauben der Wissenschaft und der Evolutionsgeschichte anzugleichen, oder zu reformieren. Jedenfalls wir evangelisch lutherischen Deutsche. Von Ali lernte ich, seine Sichtweise einer Friedensreligion, er lehrte mir, das friedliche Betrachten seines Glaubens. Ergün sprach nie mit mir in der Form darüber. Ali hat so hohe Werte von Freundschaft und Gerechtigkeit. Ein unendlich freundlicher Mensch, wer ihn zum Freund hat, wird nie enttäuscht. Aber wie wir Christen sagen würden, auch er hat sein Kreuz zutragen, und seine Verantwortung. Mehr werde ich dazu nicht ausführen.

Einmal mutierte ich auch zu Alis Kleidung und Stil Beraterin, er nahm mich mit zum Einkaufen. Des Weiteren versuchten wir auch Kumpels zu trösten, deren Verheiratung bevorstand. Damals war so etwas noch durchaus üblich, und nun ich denke, das ist auch eine mögliche Ursache, für den fast Stillstand der türkischen Kultur in Deutschland. Diese fremden Frauen aus der Türkei importiert, zogen dann die Kinder auf. Sie hatten es nicht leicht, auch wenn sie perfekt Türkisch sprachen, ließ oft die eingeheiratete Familie nicht mehr an Bildung und Beruf zu, so dass sie dann auch selten den gemeinsamen Kinder helfen konnten, in der Schule, beispielsweise. Und unser Land machte es sich auch nicht als Pflicht, das einzureisende Verwandte die dauerhaft hier bleiben wollten, die Auflage bekamen, mindestens zwei Jahre Deutschkenntnisse in einem Sprachkurs zu erlernen. Selten wurde dann eine solche Ehe wirklich glücklich.

Besonders schön ist die Weisheit: **Frauen sind aus der Rippe des Mannes gemacht, ein Mann muss sie gefühlvoll behandeln, denn sie sind gebogen. Wer versucht die Rippe zu begradigen, zerbricht sie. Frauen müssen gefühlvoll behandelt werden!**
Reformiert könnte es so lauten:
Als es vollbracht war, sprach Adam zu Gott:

Adam: „Die Frau, die Du mir gemacht hast ist wunderschön!"
Gott: „Ich habe sie so schön gemacht, damit Du sie liebst!"
Adam: „Aber warum ist sie so schrecklich dumm?"
Gott: „Nun, Adam, wäre sie nicht so dumm, würde sie Dich dann lieben?"
Die Frau ist nicht aus der Rippe des Mannes, sondern aus seinem Gehirn. Der Beweis: die Rippe hat er noch!

Ali fand es gut, dass wir alle zusammen ausgingen, und manchmal war auch sein geliebtes Mädchen aus dem Nachbardorf dabei. Er dachte wohl, dann würde sie sich wohler fühlen, bei ihm, mit uns. In meiner Gesellschaft. Ich machte mir keine Gedanken, mir ging es gut, in dieser Zeit.
Mein Herz schlug noch, freundlich und sanft, und verspielt.
Ergün jedoch befand, dies sei nie und nimmer der passende Umgang für mich. Das denkt er bis heute.
Doch ich wollte normal sein, nicht auf einem Sockel stehen, sondern das Leben fühlen.
So lernte ich auch bei einem unserer nächtlichen Ausflüge Yasin kennen. Er saß irgendwann einfach mit in Alis Auto. Nun, Yasin, das war so eine Sache... von ihm wusste ich nur, das er sehr lange Zeit auch mit einem Mädchen aus meinem Dorf befreundet gewesen war, Sofia. Sofia war ein sehr lebensfroher Mensch, eine junge Frau, mit naturrotem Haar und einem warmen Lächeln. Sie war etwa ein Jahr jünger als ich, und besuchte ein anderes Gymnasium. Ich glaube sie musste durch die Leute in unserem Dorf etwas leiden, denn sie war ja mit einem „angeblichen" Türken zusammen, und das

wurde nicht sehr hoch geschätzt. Nun, ich hatte etwas mehr Glück gehabt, mein Ex-Ergün gehörte nicht zu den türkischen Kreisen, und hatte sich schon einiges Ansehen erworben. Doch irgendwie empfand ich so etwas wie Solidarität mit den Beiden.

Doch sie hatten sich nun getrennt. Ali sagte nur: „Yasin heiratet bald." Ah so, ich dachte mir nichts weiter dabei. Ich spürte nur, dass so etwas wie eine Melancholie auf ihm lag. Und konnte mir weiter nichts Schreckliches in dieser Richtung ausmalen. Bei uns verliebt man sich, verlobt man sich, und heiratet. Irgendwie vermutete ich, dass er um Sofia trauerte. Und wie sich ein gebrochenes Herz anfühlt, ja, das wusste ich auch nur zu gut. Yasin war eine Ausnahmeerscheinung. Zwar nicht groß gewachsen, aber in allem sehr zart strukturiert. Sehr feine Gesichtszüge und gelocktes Haar, ganz im Gegensatz zu den oft grob aussehenden Restosmanen, die ich so kannte. Seine Familie waren Geschäftsleute, und er fuhr einen cremefarbenen Mercedes.

So ganz anders lag dieser Fall als wie bei Ergün und mir. Wir zwei waren zusammen immer total arm gewesen, teilten uns von unserem knappen Budget oftmals nur eine Dose Cola…Und dann küsste er mich hinterher, und sagte, dass ich nun nach Kirsche oder Pirsich schmeckte…

In aller Öffentlichkeit, nein, wir haben uns nie versteckt. Wir hatten auch kein Auto, aber wir waren glücklich, wirklich glücklich.

An diesen einen Abend nun, wollte Ali mit uns seine Freundin in ihrer Stadtwohnung besuchen, und Yasin und ich kamen mit zu Besuch. Und es wurde sehr spät, und Ali fragte ob wir mit dort übernachten wollten. Nun Yasin und ich hatten nichts dagegen, und Alis Freundin fand für jeden von uns noch eine Zahnbürste. So bauten wir also ein Viererbett auf, Alis Freundin und er nebeneinander, dann Yasin und dann ich. Wir vier kuschelten uns alle neben einander, und ich nahm Yasin in den Arm, einmal weil ich es total mag, mich an einem anderen Menschen zu wärmen, und dann um ihn etwas zu trösten, denn ich spürte seine Traurigkeit, und wollte ihn in seinem Schmerz begleiten. Er sollte sich nicht allein fühlen in dieser Nacht. Ich mochte ihn, und es war für mich eine Ehrensache, mich für Sofia um ihn zu kümmern.

Und für Yasin war es dann wahrscheinlich auch Ehrensache allein später mich bei mir zu Hause zu besuchen. Er kam etwa fünf Mal zu mir. Ich freute mich darüber. Doch immer hatte ich das Gefühl, das er von seinem Schmerz nicht los kam, und zwei Straßen weiter wohnte ja schließlich Sofia.

Es gab damals zwischen uns so Etwas wie ein Gentleman Agreement, wir hielten in unserer Gruppe stillschweigend zusammen, und halfen uns gegenseitig in bestimmten Lebenslagen. Wir behandelten uns mit gegenseitigem Respekt und akzeptierten uns als Menschen, so wie wir waren. Jeder konnte frei über Alles sprechen, und das gab uns Sicherheit. Und auch Ali behandelte alle gleich, egal ob Grieche, Deutsche oder Türke. Es war schön Freunde zu haben, auf die man sich verlassen konnte, und vertrauen.

Im Grunde wollte er, Yasin, mit Sicherheit zu ihr, als er zu mir kam. Doch er konnte nicht mehr weiter. Und ich weiß auch nicht genau wie Ali auf die Idee kam, uns bekannt zu machen. Er dachte wohl, ich bin sozusagen als Ergüns „Witwe", ebenfalls in Beziehungstrauer, geeignet, ihm Gesellschaft zu leisten. Aber egal, ich trank mit ihm Tee, redete mit ihm, und behandelte ihn wie einen ganz normalen Gast. Manchmal legte ich meinen Arm um ihn, denn er war ein sehr stiller und trauriger Mensch. Sofia und ich, wir hatten etwas gemeinsam, wir wirken sehr selbstbewusst und sind extrovertierte, herzliche Menschen. Aber in welchen Strukturen insbesondere diese jungen Herren aufwuchsen, nun, das wusste ich überhaupt nicht. Ich bekam auch nicht besonders viel heraus. Einmal fragte ich ihn, ob er Kurde sei, denn es war die Gründungszeit der PKK, und Einiges hatte ich zwar darüber gehört, und ich wusste, dass sie bei den Geschäftsleuten Geld sammelten. Für was und wofür, ich hatte keine Ahnung. Oder was es mit den Kurden auf sich hatte… Und ich dachte, na gut, Yasin könnte ja auch mal irgendwas erzählen. Ja, er bestätigte mir die Sache mit dem Geld sammeln, und ja, er sei eigentlich auch Kurde. Aber es gebe verschiedene, sagte er. Und Kurde hieß eigentlich Wolf, und es gäbe auch „graue Wölfe". Aber irgendwie stimmt diese Aussage nicht, ich weiß es nicht. Oder einfach Bergtürke, das ist so etwas wie ein Schimpfwort der Türken für die Kurden. Mehr sagte er nicht. Als er mich dann zum letzten Mal besuchte, startete er im Ansatz mit mir so etwas wie eine nähere Beziehung aufzubauen: er wollte mir sagen, wie er sich eine Freundschaft vorstellte, was er von „Seinem" Mädchen erwartete, doch mitten drin brach er ab, und lies resigniert seine Hand sinken…,es hatte keinen Sinn mehr für ihn etwas anzufangen, von dem ersichtlich war, dass es keine Zukunft hatte, denn seine bevorstehende Heirat lastete auf ihm. Er sagte nur noch:" Wenn man verheiratet ist, ist es so, als wenn man mit einem Auto mit Anhänger durch das Leben fährt..." Und ich meinte: " Die Ehe muss doch keine Last sein..." Doch er empfand das so.

So vieles wusste ich nun wirklich nicht darüber. Denn in unseren Kreisen heiratete man, wenn überhaupt, aus freudigem Anlass, freiwillig, möglichst nicht zu früh in der Jugend...Und mit einem Schuss Romantik.

Sehr viele Jahre später, 26, um genau zu sein, erfuhr ich, dass er zudem Yeside war.

Nun, aber bei Yasin damals, 1985, war vermutlich seine bevorstehende Eheschließung alles andere als von ihm gewollt, oder romantisch. Sondern ein beschlossener Plan zweier Familien. Er war höchstens 20 oder 21 Jahre alt. Ich wusste nicht mal ob er eine Berufsausbildung abgeschlossen hatte. Er war einfach nur traurig, irgendwie abwesend und verletzt. Wie ein kalter Stein im Meer, innerlich abgestorben. Ich hatte es nicht, in keiner Sekunde geschafft, ihn abzulenken, oder aus dieser melancholischen Stimmung heraus zu bringen. Zu wenig wusste ich, zu wenig verstand ich über sein Schicksal. Ich sah ihn erst viele Jahre später wieder, als er mit seiner Frau durch unsere Kleinstadt ging. Er sah mich, erkannte mich wohlmöglich, das war aber nur ein Erkennen, in der Form, nun es geht ihr, in diesem Fall, mir, gut. Ihm selbst geht es nicht gut. Er wirkt immer noch abwesend, als wenn er durch Alles und Jeden hindurch schaut.

Trotzdem schrieb ich unbewusst über ihn ein Gedicht...fing ein, was er damals in meiner Nähe ausgestrahlt hatte, und ich nur rein intuitiv spürte.

Shaitani

Süßer Höllenengel

Geist Einer Unterwelt
Durch Dein Bezauberndes Geheimes Lächeln
Verwirrst Du Mein Seelenzelt
In Der Zauberwelt des Bösen
Möchte Ich Dich Durch Die Offenbarung
Ach so gern Erlösen
Unendliche Gedanken,
Unerträgliche Kreise-
Zur Hexe würd' ich werden
Um in dieser Weise
Einen Zaubertrank zu brauen
Statt gewohnter Höllenqualen
Deine Nähe mir zu klauen
All' die Macht der Geisterkraft
Ist jedoch verloren
Spürst Du die Liebe nicht
Kein Zaubertrank sie Dir je verschafft
Süßer Höllenengel !
Willst Erobern - Ohne Zu Kämpfen
Willst Geliebt Werden - Ohne Zu Lieben
Träumst Von Einer Zauberwelt…

02.12.1985

Aber noch einer suchte meine Nähe…
Mustafa.
Ich hatte ihn während des Training kaum beachtet, stand ich doch in der Hierarchie weit über ihn, und er war nur der Bruder eines Karateblaugurts.
Und selbst bei den Auftritten unserer Trainingsgruppe hatte ich es kaum mit ihm zu tun gehabt.
Einmal nach dem Training, gingen wir alle geschlossen nach Hause, und unsere Gruppe wurde immer kleiner, denn irgendwann trennten sich all unsere Wege, doch einer blieb hartnäckig an meiner Seite, und bis zum Schluss ganz allein, Mustafa.
Ich lächelte ihn an, und sagte. „Na, Du willst wohl mit mir mit laufen?" Er war nicht besonders gesprächig, aber wirklich wild entschlossen wie ein Hündchen hinter mir her zu laufen, mindestens vier Kilometer weit.
So in der Mitte von meinem Weg fing ich an, für ihn ein Lied zu singen, denn es war ein grauer Tag, und es nieselte leicht.
„Here comes the rain again, falling on my head like a memory…"
Zu der Zeit fand ich auch, dass ich eine angenehme Stimme hatte. Und der Mustafa hörte einfach nur zu.
Er schaute mich mit seinen riesigen Augen an, und er lief und lief den ganzen weiten Weg neben mir her. Irgendwie niedlich dachte ich, ein lieber Junge. Und in Wahrheit mag ich es sehr gern Gesellschaft zu haben, oder wenn jemand auf meinem Weg aufpasst.

Und als ich dann am Ziel war, wollte ich mich ganz lieb mit einem Schwesterkuss verabschieden, doch was tat er, er zog mich an sich heran und küsste mich voller jugendlicher Leidenschaft zurück. Du vergreifst dich in der Tonart, dachte ich noch, aber es war zu spät. Unsere Körper schmiegten sich inniglich aneinander, und wir verschmolzen in diesem Kuss zu nur einen Schatten.

Gut, als wir uns lösten, dachte ich mir nichts dabei, und schickte ihn nach Hause.

Und plötzlich, am nächsten Tag, klingelte es an unserer Tür.

Meine Mutter rief mich, und ich ging nach unten. Dort stand er vor mir, völlig verschwitzt, war er doch über 20 Kilometer mit seinem Fahrrad gefahren, um mich zu finden. Er kam mir heldenhaft und irgendwie mutig vor, so mit nichts, außer sich selbst vor unserer Tür zu stehen. Und seine Augen waren wunderschön, groß und hellbraun, fast grün…Mustafa

Verwundert nahm ich ihn mit ins Haus. Sagte meiner Mutter etwas von Nachhilfeschüler, denn ich gab Hausaufgabehilfe in Englisch und Deutsch.

Führte ihn hinauf in mein Zimmer, und noch an der Türschwelle flüsterte ich: „Was willst Du?" Doch er nahm mich sofort in den Arm und küsste mich inniglich und glitt mit seinen samtenen Lippen über mein Gesicht. „ Oh, das willst Du ?" Er nickte nur, und schob mich in mein Zimmer.

Er war zwar blutjung, doch schon etwas größer und kräftiger gewachsen als ich. Mir versagten fast die Knie, und er führte mich fest in seinem Armen haltend in mein Zimmer. Wir taumelten fast rückwärts auf mein Bett, und sanken darauf nieder. Es war so unendlich süß und zärtlich. Wir lagen

nebeneinander und küssten uns nur. Unsere Hände berührten sich, und unsere Körper fühlten einander. Irgendwann zündete ich Kerzen an, und legte Musik auf, Tschaikowski und Rachmaninow...Wir liebten uns vier Schallplatten lang, bis in die Abenddämmerung hinein.- Als hätten wir alle Zeit der Welt, und als wenn wir uns schon ewig kennen würden. Wir verschmolzen zu Eins, ein Atemzug, eine Ewigkeit.
„Sevgilim", fragte ich, ist das richtig ? Er nickte, und sagte: „Du kannst mich Musti nennen." Ich musste lächeln, denn es klang so fast unschuldig und kindlich: Musti.
„Sag', wie alt bist Du, Musti?" Er sagte erst mal nichts. „Du, hör' mal, ich weiß das ich älter bin, ich werde 20. Und Du?"
„Ehm...17, ich werde 17...", erwiderte er. Stirnrunzelnd sah ich ihn. Er war erheblich jünger als ich, es war mir fast peinlich, ja schien unmoralisch...Was hatte ich bloß getan? Drei Jahre Unterschied waren auch für mich schon hart an der Grenze des Anstandes und der guten Sitten.
Doch die Wahrheit sah in der Realität wirklich noch schlimmer aus, denn 25 Jahre später erfuhr ich, er ist zu diesem Zeitpunkt erst 15 gewesen war.
Man sollte solche Augenblicke im Leben nicht unterschätzen.
Glaube an den Himmel über Dir, denn allein kann niemand überleben.
Und somit legte sich von diesem Tage an etwas über uns, ein kosmisches Band, getragen von den Engeln. Denn manchmal verbinden sich unsere Seelen miteinander, wenn wir uns wahrhaft lieben, und nicht nur die Körper.
Denn wir uns liebten, dann lag ich oftmals in seinem linken Arm neben ihm, und spürte wie sich etwas über uns erhob, so

als wenn ein Teil von mir selbst sich aus mich herauslöste, und über uns schwebte, und ich konnte von oben hinab auf uns blicken.

Und noch immer, auch heute, erzittert meine Seele wenn ich ihn sehe, und Körper versinkt haltlos ohne Materie, wenn er mich in den Armen hält, oder küsst.

Für mich erschien er wie ein goldenes Wesen aus einer anderen Zeit, irgendwie unwirklich. So als wenn ich ihn schon immer gekannt habe, seit tausenden von Jahren, vertraut.

Ach, ich liebe doch ...wenn ich überhaupt etwas für Menschen empfinde...alle anderen sehe ich doch gar nicht, aber wenn ich mal einen anderen Menschen entdecke, der auf meiner Schwingungsebene liegt, dann liebe ich...

Egal ob männlich oder weiblich, das hat nichts mit Sexualität zu tun, einfach weil es so selten ist... denn im Grunde leben wir alle in einem Elfenbeinturm, in der Hoffnung dort irgendwie heraus zukommen...Uns wird erzählt, liebe deinen Nächsten wie Dich selbst, und du bist frei....

Doch frei? Wir wissen nun wie es ist, zwischen den Welten zu leben, das ist die einzige Freiheit die wir erreichen können.

Und gerade Mustafa und ich hinterließen, wenn wir uns in der Mitte trafen, jede Menge Brandspuren...denn wir sind jeweils für die Welt des Anderen, im Grunde, ein Angriff auf die Türme (Kultur und Gesellschaft).

Wo ist der Weg der Mitte...?

Und wenn am Boden Chaos herrscht, müssen wir nach oben schauen...und dort liebe ich

Er erzählte auch nicht viel über seinen Hintergrund, und so ich nahm ihn in meine Welt auf, wie er kam.

Ja, meine Welt, was ist das für eine Welt?

In meiner Welt werden wir hinein geboren, geboren mit dem Bewusstsein, erfolgreich und strebsam sein zu müssen. Deutsche Werte haben wir zu verkörpern, zuverlässig und perfekt unser Leben zu organisieren, sauber und anständig. Wir wuchsen in den sicheren Wohlstand unserer Eltern hinein, und sollten möglichst noch mehr als diese in unserem Leben erreichen. Das heißt eine gute Schul-und Ausbildung schaffen, einen anständigen aufstrebenden jungen Mann heiraten, der möglichst schon Akademiker ist, und aus einem guten christlichen Zuhause kommt. Dafür wurden wir erzogen. So einem Mann zur Seite zu stehen, und artige begabte Kinder zu gebären. Alles andere bedeutete ein Abweichen von der Norm, und einen Ausschluss aus der Geborgenheit der Gemeinschaft des Mittelstandes. Auch schon das ungefähre Heiratsalter war frühesten mit 25 Jahren vorgesehen.

Davor wurde uns allerdings durchaus eine gewisse Jugendtoleranz zu gebilligt, das heißt wenn wir unsere Auflagen erfüllten, konnten wir unsere Jugendzeit genießen, und Erfahrungen sammeln, auf allen Ebenen.

Und nun weiß ich, all dies war für eine Tochter aus den meisten türkischen Familien in Deutschland damals fast unerreichbar.

Schon für Ergüns Eltern war ich zu mindestens schon die „Verlobte" gewesen, denn unter anderen Umständen hätte ihr Sohn mich nicht besuchen dürfen, oder ich ihn.

Verliebt, verlobt, verheiratet…Erst jetzt öffnet sich die türkische Gesellschaft für diese Reihenfolge, doch davor wurden Ehen abgesprochen und arrangiert, ohne das sich oftmals die Beteiligten vorher kannten. Alles andere wurde als Angriff auf die „Ehre" empfunden.

Als er das erste Mal bei mir gewesen war, haben seine Eltern natürlich nicht gewusst, wohin er gefahren war, und ihn bei der Polizei als vermisst gemeldet. Das alles erfuhr ich nur im Nachhinein.

Er kam trotzdem oft zu mir, immer wieder, oder er rief an, um mich zu treffen. Niemals sagte ich nein, denn, er war mir nah, er hörte mir zu, und verinnerlichte mein wahres Ich. Ich zeigte ihn meine Wälder… Wir lernten zusammen für meine Abschlussprüfungen zum Abitur, und das, obwohl er viele Schulklassen unter mir gewesen war, und eine andere Schulform besuchte. So teilte ich einfach alles mit ihm, auch meine Gefühle und Gedanken. Er nahm leicht alles auf, was ich ihm sagte, und gab. Und es machte mir Freude, wie intelligent er war. Auch ihn versteckte ich nicht, vor nichts und niemanden, nicht vor meinem Freundinnen oder der Familie. Und nahm ihn auch mit in Cafés, um mit ihn wie mit einem jungen Mann aus meiner deutschen Welt auszugehen, denn woher sollte ich Unterschiede kennen? Er lebte hier, in meiner Zeit, und mit mir in meiner Welt. Fern der Realität. Und ich wagte es sogar einmal ihn einfach nach dem evangelisch lutherischen Ritual als Christ zu taufen, denn ich wollte dass er für Gott nicht verloren ging, und ich keine Sünde an ihm begehe, und ihn vor allem Übel schützen. Er sollte „gleich" sein mit mir. Er sagte dazu nur: "Spinnst Du!?" Ich war selber fast noch ein Kind, ein liebes freundliches Mädchen, voller Fantasie und Romantik.

Nur niemals sagte ich zu ihm: „Ich liebe Dich"

Denn ich wusste, es konnte kein gemeinsamer Weg für uns zu finden sein…undenkbar, dass ein deutsches Mädchen, damals, aus bürgerlichen Verhältnissen, einen Sohn eines moslemisch/türkischen Bauarbeiters, der auch noch jünger als sie ist, heiratet. Bei uns war es üblich, das der Bräutigam etwa fünf Jahre älter als die Braut zu sein hat, und nicht fünf Jahre jünger.

Und auch bei ihm Zuhause war ich nie gewesen… Ich kannte nur vom Sport seine Brüder und wusste, dass er noch eine Schwester hatte. Doch er kam aus einer sehr traditionellen und gläubigen Familie, und seine Geschwister folgten alle streng den Regeln der türkischen Kultur. Und ebenso wie wir Deutschen, erreichten seine Brüder hier durchaus gute Abschlüsse und Berufe, und natürlich heirateten sie Frauen aus ihren Kreisen, mit Kopftuch, versteht sich.

Es war mir bewusst, wir hatten beide unseren Weg im Leben parallel zu gehen.

Denn aus den gleichen Gründen bin ich damals auch nicht Ergüns Frau geworden.

Ich weiß nicht welche Bedeutung ich damals für ihn hatte, doch auch für ihn sind wir seitdem irgendwie liiert. Er hatte es nie vergessen… Und er nennt mich trotzdem immer noch, Du „Fast Frau" von Ergün, denn er sieht mich seit je her als dessen erste Frau an.

Mustafa, dachtest Du wegen Ergün, hättest Du mir weniger bedeutet? Ich habe immer an Dich geglaubt, in meinem Herzen, über Alles.

Damals, hast Du gedacht, ich habe mich gegen Dich entschieden? Damals, als ich Dich dann verleugnete, als Dein

Bruder, und Fadil der Kurde, zu mir kamen? Ich wollte Dich beschützen!

Denn eines Tages erhielt ich offiziellen Besuch bei mir zu Hause. Es muss ein Samstag gewesen sein, als sein ältester Bruder und Fadil bei mir auftauchten, unverhofft, ohne Vorwarnung. Die beiden kannte ich nur von Sport. Und ich dachte eigentlich nur: Mein Gott, hilf mir!

Wir setzten uns draußen auf den Rasen, um zu reden. Sie redeten alles Mögliche, über rituelle Waschungen und so... Wie sollte ich aus der Situation heraus kommen? Ich hatte wirklich Angst. Angst, ein Verbrechen begangen zu haben. Ich hörte nicht wirklich zu, und rang um Fassung. Es war so unfair, denn Du warst nicht dabei...Ich wusste nicht was sie wirklich wollten. Um Dir unangenehme Konsequenzen zu ersparen, behauptete ich einfach, ich würde Dich nicht kennen. Nur Osman, ja, den kannte ich, sagte ich zu ihnen. Du warst doch noch so jung! Wie hätte ich zu der Wahrheit stehen können? War das die Heiratsdelegation gewesen?

Sie sagten, Du bist wohl irgendwie verwirrt, und sie sind dann wieder friedlich von unserem Grundstück gegangen.

Im Grunde war doch unser Plan, dass ich irgendwann studieren wollte, und Du so wie immer bei mir sein solltest. In Freiheit.

Doch nach diesem Tag, kamst Du nicht mehr zu mir, hast nie wieder mit mir gesprochen. Obwohl ich Dich suchte, denn meine Regel blieb aus. Ich ging weinend zu einer Beratungsstelle, und betete zu Gott, nicht schwanger zu sein. Irgendwann fand ich Dich, in einer Gruppe von anderen Jugendlichen, stand vor Dir, doch Du hast mich nur angesehen, und Dich abgewendet.

Und noch niemals in meinem Leben habe ich mich so sehr verletzt gefühlt…Du hast nicht mit mir geredet
Du hast nicht um mich gekämpft
Du hast mich einfach weggeworfen
Ich zerbrach, blind vor Schmerz und aus den Tiefen meiner Seele habe ich Dich verflucht, Sohn des Teufels:
Jallah! Ben Esch Shaitani !
Der Fluch der Frauen seit Urzeiten
Nie mehr sollst Du Dein Glück finden, und durch tausendfachen Betrug die Deinen. Niemals hättet Ihr in unser Land kommen dürfen…
Haha, heute weiß ich dass viele Türkinnen ihre Männer
verfluchen, oder mit einem bösen Blick belegen, wenn sie nicht parieren. Ach, so sollte man nie lieben, sondern reden!

Und heute weiß ich, auch Mustafa suchte nach Mittel und Wege mit seinem Schmerz umzugehen. Und er rächte sich teilweise an der deutschen und türkischen Gesellschaft. Er nutzte auch Ali aus, ließ sich Getränke spendieren, und jede deutsche Frau, die ihm gefiel, und nicht bei Drei auf dem Baum war, wurde angebaggert. Er sich selbst verletzt.
Ergün hatte recht gehabt, als er mich warnte, und meinte ich sollte diese Kreise meiden. Es war kein Umgang für mich. Er kennt mich zu gut.
Es war mein innerer Tod.

Erst einmal wollte ich nun gar nichts mehr. Nur noch meinen Abschluss machen, arbeiten und leben. Doch ich brauchte irgendwie Wärme, Sicherheit und Geborgenheit.

Viele Monate später fand ich einen freundlichen und warmherzigen Griechen, der bereit war, mein Mann zu werden, und für mich und meine zukünftigen Kinder zu sorgen. Er hatte auch nichts mehr zu verlieren, denn später verstarben seine beiden Eltern. So trafen sich zwei Einsame auf einer Insel, und planten gemeinsam eine Zukunft. Er war auch nicht „Der" angestrebte Schwiegersohn, doch er passte sich unserer Welt an, erfüllte seine Rolle nach besten Wissen und Gewissen, und sein gesellschaftlicher Hintergrund war gerade mal für meine Familie akzeptabel. Ein guter griechischer Name, und der Erbe von fruchtbaren Feldern. Ein ehrlicher und fleißiger Mann, zwar nicht gerade studiert, doch tief in der Seele gnädig und treu.
Ich wollte ihn glücklich machen, ihn seine griechische Melancholie nehmen...Doch er schaffte es nicht mehr vollständig mein Herz zu erreichen, denn ich war zwischen den Welten gestorben.

Damals, als Mustafa nie mehr mit mir reden wollte, schwebte ich trotzdem durch die Straßen der Kleinstadt, mit ungefähr 10 Monaten des fleißigen Lernens der griechischen Sprache. Es war mein letztes Schuljahr, und nach all' den Prüfungen suchte ich mir wieder Jobs. Nun auch die örtlichen Griechen nahmen meine Existenz zur Kenntnis. Kaum wendete ich mich mit verletzten Gefühlen von Mustafa ab, hängte sich eine fette griechische Qualle namens Jiannis G. an mich heran. Er stalkte mich. Er verfolgte mich mit seinem goldenen Ford. Er lauerte selbst an meiner Schule, oder lief in der Stadt bis in ein Café hinter mir her, er setzte sich dreist an meinem Tisch, schnappte meine rechte Hand, um diese dann mit seinen labberigen Küssen zu bedecken. Er war so widerlich! Ich floh, dort wo ich Ergün vermutete. Wir waren immer Freunde. Zwar nun mit Differenzen, aber eben niemals Feinde. Er hatte in so Vielem mit seinen Einschätzungen Recht gehabt, er sah die Griechen in dieser Stadt so wie sie wirklich waren, die meisten waren wahre Asis. Denn die Zeit war schon vorbei, als das die Griechen als Gastarbeiter gekommen waren, die meisten waren auch schon wieder fort, und das Viertel, welches geblieben war, hatte auch in Griechenland nichts, kein Land und keine Perspektive, kein Ziel. Nun, erst arbeitete ich zwei Monate in einem Hotel, dann fuhr ich mit dem Geld mal wieder nach Griechenland, zu den „echten" Griechen, und danach vermittelte mir eine Freundin auch wieder einen Job, in diesmal einem griechischen Café. Dort war ich dem Komplettprogramm deren nervigen lauten Lebensart ausgesetzt. (Fußball!) Der Inhaber suchte sich gern Personal zum Ausbeuten, er hatte niemals vor, Vereinbarungen einzuhalten. Einige Jahre später an der Uni, lernte ich auch dort eine junge Frau kennen, die er dazu gebracht hatte, dass sie wegen nicht vorhandenen Lohnzahlungen dessen Reifen zerstach. Soviel mal zu uns deutschen Frauen: Wir haben Dornen! In diesem Café gab es nur insgesamt drei Menschen, die sich als solche benahmen. Einmal Costa C. dem das Gebäude und die Automaten gehörte, und der mir immer heimlich reichlich Trinkgeld gab, und sehr ruhig und still war. Er stammte von der Insel Kreta, und beobachtete die Menschen. Dann ein Evangelis, sein Bein war gebrochen, er war krankgeschrieben, und er kam mit Krücken, und dann eines Abends, der undankbare Alex. Der kannte mich doch schon vom Sehen, ha, doch nun war er auf einmal sehr zurück haltend. Die anderen Griechen waren alle aus der Stadt, er war der Einzige, der seine Kindheit in Köln verbracht hatte, mit seinen Eltern nach Hause in die Heimat ging, und sich dann nach der 2 jährigen Militärzeit entschlossen hatte, wieder zurück nach Deutschland zu kommen, eben allein, weil er ehrgeizig und sehr fleißig war. Alles Geld das er verdiente, alles was ihm übrig blieb, sandte er zu den Eltern. Erst wurde er in zwei Betrieben von Griechen ausgebeutet, bis ihm ein Deutscher half. Dieser kümmerte sich für ihn um vernünftige Papiere und einen Arbeitsvertrag, denn auch er sah sein Talent. Die dummen Kleinstadt Griechen, dachten sich überlegen. Großmäulig wie sie waren. Denn ein Grieche allein, und ohne Familie hatte keinen gesellschaftlichen Status. Er wagte dort mich nicht mal zu grüßen. Ha, aber eine heiße Schokolade bestellen! Na warte, mein Bürschchen, dachte ich mir, dir mache ich mal Eine! So bereitete ich ihm die gruseligste Schokolade überhaupt zu, die mir einfiel. Costa sah das natürlich, und grinste. Er fragte ihn: "Na, schmeckt Dir das?" Und der Nikos nickte brav: „Em, ja sehr gut." Dann rief mich der Ladeninhaber zu sich: „ Darf ich Dir mal diesen Bauern vorstellen, er hat 3000 Schafe in Griechenland." Wenn man in Griechisch sagt, jemand hat Schafe, meint man, er ist doof. Zu nichts Anderes als zum Hüten zu gebrauchen. Aber ich war auch doof, eine Unschuld vom Lande, und lächelte entzückt:„ Oh, habt ihr Schafe?" „Ja, mein Onkel hat welche, aber wir haben Felder." „Ach, und ich habe einen Wald!", sagte ich, „ und was für Felder habt ihr bitte genau?" „Wir bauen Reis,

Mais und Melonen an." Makedonien, das wusste ich schon von ihm, beste makedonische Erde also, Festland. Die Kornkammer Griechenlands.

Dieser Alex bekam gar nicht mit, was ihm zunächst durch mich wiederfuhr. Er wurde damals gehandelt, und als potenzieller Schwiegersohn gesehen einiger lediger Damen. Das bekam zwar er durchaus mit, aber er konnte das nicht so wirklich an sich heran lassen. Denn Griechen neigten dazu, sich Herren für ihre Töchter zu bestellen. Diese wurden manchmal auch direkt aus Griechenland importiert, bekamen schon mal nur allein für das Kommen neue rote BMWs. Manche nahmen nach Ansicht der Braut in einer Nacht und Nebelaktion das Auto, und hauten wieder ab. Ein echter Grieche wollte zu der Zeit niemals seine Heimat eintauschen. Das Gefühl, wenn man Griechenland betritt, wirklich sich öffnet mit der Seele, heißt Freiheit! Doch er war ja von sich aus hier! Und sie umgarnten ihn.

Nach unseren Smalltalk ordnete ich an, dass er mich nach der Arbeit mal irgendwann in ein Restaurant einladen dürfte. Er war so verwirrt, das er mindestens die ersten Verabredungen absolut verpatzte, immer an den falschen Orten auf mich gewartet hatte. Doch eines Tages, es war ein Sommer Regentag, erwischte er mich direkt vor dem Café. Er hielt den Schirm, und wir gingen zum besten Italiener der Stadt. Dort handelte eine nasse Katze erstmal die Rahmenbedingungen unserer Bekanntschaft aus. Das verwirrte ihn noch mehr. Er durfte nur mit mir ab und zu ausgehen. So landete ich nun also in den heimischen griechischen Radius. Wir fuhren mit „seinen Bekannten" ab und zu in andere Städte um nachts auszugehen. Er kannte nicht viele, doch nun durfte ich offiziell mitfahren.

Oder wir spielten Billard, und er reagierte gar nicht weiter auf mein niedliches Äußeres. Das war auch in Griechenland durchaus der übliche Verfahrensweg, denn bis man damals dort etwas mit einer Lady hatte, vergingen Monate! Aber einige hier ansässige Barbaren von denen griffen durchaus zu ganz anderen Mitteln! Einer lauerte auch mal locker mit seinem Mercedes vor meiner Tür, und auch dieser Jiannis nervte ab und an. Ich brauchte Nikos zu meinem Schutz. Und er brauchte mich, um nicht gleich verlobt zu werden! Eines Abends, als wir spontan ausgegangen waren, befanden wir uns noch auf einen Mocca in einer Wohnung eines perfiden Typen, der in Hamburg Medizin studierte. Und genau Dieser mischte dann in meine Tasse so etwas wie spanische Fliege, aber Alex bekam das mit, vertauschte die Tassen, trank die volle Mischung, er war eben keine Lusche, einer der in Griechenland als Soldat ausgebildet worden war, damals musste ein Mann dort sehr hart im Nehmen sein! Und er brachte mich trotzdem danach unmittelbar sicher nach Hause! Danach sind wir nie wieder mit denen ausgegangen. Er war nicht mal mein ordnungsgemäßer Freund, aber hat von Anfang an immer auf mich aufgepasst! Auch als ich einfach nicht in dem Café für meine Arbeit bezahlt wurde, regelte er auch das für mich. Es wurden mir 1200 DM geschuldet, denn sie suchten Streit mit mir, um mich nicht bezahlen zu müssen, doch Alex bekam dann immerhin noch 960 DM heraus.

Dann war ich wieder mal weg, natürlich diesmal in Thessalien und auf Skiathos und in Athen. Und dann hatte ich noch einen Mann in Griechenland, der sich als mein Verlobter fühlte: Nikos Ayverinakis, ich war die größte Liebe seines Lebens, er wartete noch 7 Jahre auf mich, bis er sich dann doch entschloss, ein blauäugige Griechin zu ehelichen.

Doch zuvor hatte ich in meinem Träumen mich schon für den Alex entschieden, der mein Freund war. Er war eben zuverlässig und in meiner Heimat.

So nahm ich einen Spatz in der Hand als eine Taube auf dem Dach. Zur Ruhe wollte ich kommen, angekommen sein. Etwas aufbauen, eine Familie und Sicherheit haben.

Mich selbst verlor ich aus den Augen, lebte das Klischee der Ehefrau und Mutter vom Dorf. Sehr einsam war ich, fühlte mich abgeschnitten von der Welt. Mein Mann machte sich selbstständig, und wir bekamen drei Kinder. Er verblühte und war fast nie zuhause.

Ich tröstete mich mit Hauswirtschaft und Sport, aber mir war kalt. So blieb mir nur mein Leben um meine Kinder herum zu gestalten. Ich verschlief den Zeitgeist, hatte keine Freunde nur Bekanntschaften, aber manchmal weinte mein hartes Herz in das Kissen, da es im Grunde gar nicht stark und eiskalt war, sondern warmherzig, verzweifelt und sich nach Liebe und Aufmerksamkeit sehnte. Mein Mann begriff das nicht. Bis heute begreift er nicht was eine Partnerschaft ist, Nähe und Seelenverwandtschaft.

Damit steht er als Mann gewiss nicht allein dar, doch ich kannte schon immer Anderes. Wenn ich eine Freundschaft habe, dann nur ein solche Version von Nähe, Vertrauen und Zuneigung, Ehrlichkeit. Denn ich bin ein Beziehungsmensch und neige eher zu Wenigen als zu vielen oberflächlichen Bekanntschaften.

2. Teil

Sommer 2009
Es begann im August….
Das mir Alles wieder in Erinnerung kam-
Von der Person, die ich einst gewesen war…
Die Person, die schon hundertmal getötet wurde….erniedrigt und verwundet, und doch unsterblich in mir ruht, und das ewige Kind, clever, neugierig, vorlaut und wild, und am liebsten barfüßig über die Wiese rennen würde….
Es war an einem Samstagabend, als mein Mann, der Grieche, mit mir zu einem Stadtfest wollte. Und es war schon ein kleines Wunder, das er sich dafür extra Zeit genommen hatte. Bislang hatte ich die letzten zwanzig Jahre in Pflichterfüllung brav mit meinen Kindern auf einem Dorf gelebt, die Mädchen zum Ballett gebracht, den Sohn zum Judo, Elternarbeit in den Schulen erledigt, für mich selbst gelernt, und Kurse besucht, ab und zu einen netten Job gehabt, sonst nichts. Es war sonst nichts, ein ganz normales Leben, das Leben einer Frau, deren Mann selbstständig war, und der nachts nie nach Hause kam, und am Wochenende auch nicht…Das war für mich am Schlimmsten, die einsamen Sonntage. Denn sein Leben war sein Restaurant. Wir hatten schon lange keine gemeinsamen Interessen mehr, wir mochten höchstens noch dieselben Dinge, und oft dachte ich: „Was ist da noch, was ist da noch an Wert, bewahrt zu werden?"
Nach endlosen Suchen fanden wir einen freien Platz in einem Café. Wir setzten uns, und Alex, mein Mann, brachte mir ein Glas Wasser, er selbst wollte nichts für sich. Er setzte sich, so

weit entfernt er konnte, vor mir hin. Und irgendwie wurde mir in diesem Moment klar, dass wir uns nichts mehr zu sagen hatten. Als ich mein Glas ausgetrunken hatte, sprang ich unvermittelt auf, und rannte einfach davon.
Ich rannte.
Ich rannte weg von ihm-
Weg von diesem Leben.
Und plötzlich spürte ich, etwas bewegte sich aus der Menschenmenge heraus. Jemand verfolgte mich, blitzschnell. Er holte mich ein, und so drehte ich mich um, als er mich anhielt mit den Worten:
„Franziska, kennst Du mich noch?!"
Und diesmal musste ich zu ihm aufsehen, und sah nur in seine Augen, die braun mit einem Hauch grün waren, drei Sekunden, eine Ewigkeit...
„Mustafa", flüsterte ich, und zog ihn an mich heran, nur kurz, einen Moment
Und er hielt mich, wir berührten uns, mit seiner Stirn an der Meinen, einen Moment-
„Das war die falsche Frage", antwortete ich zaghaft, denn es müsste lauten: „Franziska, wo warst Du?"
Ich lächelte.
Ich war erlöst.
Er war gekommen, er hatte mich gefunden, er war zurückgekommen zu mir, mein Geliebter.
Der Einzige der je hatte kommen dürfen... Nur er hätte es sein können. Mein Engel in meinen Träumen... in der Ewigkeit.
„Oh, du bist es."
Ich war verdammt.

Denn das musste man Mustafa lassen:
Als er mir diesmal hinterher folgte, war er wirklich mutig. Denn niemand hatte es bis jetzt, seit meiner Eheschließung, gewagt, mich fast unbekannter Weise anzusprechen, einfach so.
Denn jeder Bekannte wusste, dass ich verheiratet war mit einem griechischen Mann, und Kinder hatte. Und immer noch ist es ein fast ungeschriebenes Gesetz, ein Tabu, das eine Frau der Griechen sich überhaupt allein mit einem Türken unterhält, in dieser Kleinstadt.
Er wusste, dass ich verheiratet war, er wusste es schon lange…
Und er hatte mich schon am Abend davor von ganz Weitem beobachtet… An diesem Abend hatte ich ein Freiluftkonzert mit meinem Sohn besucht, denn wenn ich schon mal etwas unternahm, war ich immer mit meinen Kindern unterwegs. Ich hatte einen brennenden Blick, über hunderten von Menschen aus der Ferne gespürt, und es war der Blick eines Wolfes, der ein Wild fixiert, gewesen, und ich fühlte diesen jedoch nur im Unterbewusstsein…und fragte mich unwillkürlich, warum solch ein Blick mir gelten konnte…
Doch an diesem Abend war auch er nicht allein gewesen…Er hatte an einer Mauer gelehnt gestanden, mit einer ganz jungen ärmlich aussehenden Frau, neben den beiden war ein kleines Kind in einem Buggy gewesen. Ihr Haar war billig gefärbt, und ihr Ausdruck sehr traurig….
Man soll gewisse Augenblicke im Leben nicht unterschätzen.
In dem Moment, als sich unsere Köpfe sacht berührten, war es so als wenn wir in einer riesengroßen Luftblase gefangen

waren, alles andere verschwand in einer Nebelwand, alles andere wurde unsichtbar, unwichtig, versank irgendwie ins Nirgendwo...

Zu oft hatte ich in all den Jahren mich an ihn erinnert, gefragt wie sein Schicksal wohl verlaufen ist, hatte ich doch geglaubt, das etwas Besonderes in ihm steckte...

Und nun, das war die Gelegenheit, stand er mir wie einst gegenüber.

Ich freute mich, ihn nach all den Jahren wiederzusehen....Er sagte, weißt Du noch, Du warst meine Lehrerin...Und ich sagte: „Hast du noch an mich gedacht?" „Immer mal wieder, " entgegnete er. Doch dieser Satz reichte mir. „Wir hatten eine Beziehung", fügte er an, und sagte noch schnell hinterher: „Ich hatte Dir erzählt, ich sei 17 und Du hast mir gesagt, das Du so alt bist, 20 wirst...und ich war erst15," fügte er grinsend hinzu. Ein Entsetzen durchfuhr mich... „ Du, das war doch gar keine richtige Beziehung, dazu gehört doch viel mehr." „Niemals habe ich vergessen, wie Du mich das erste Mal geküsst hast..." antwortete er. Und er berichtete die Scene von damals im Detail. Irgendwie war ich gerührt, und spürte zugleich wieder den alten Zauber, er war mir nahe, und sehr wohl er wollte nichts lieber als mich in diesem Moment zu küssen. Er strömte seine Sinnlichkeit regelrecht aus, es war ein Gefühl, das ich schon lange Zeit vergessen geglaubt hatte.

Der Kuss an der Straßenkreuzung, und welche verheerende Wirkung unser erster Kuss von Einst auf ihn damals gehabt hatte, seit dem sei er immer auf der Suche nach Frauen, denen er hinterher laufen kann. Dieser Kuss ist fest gebrannt in manchen seiner Träume. Er fand ihn so erregend, dass er diesen Kuss nie vergessen konnte.

In diesem Moment fühlte ich sein Verlangen danach, so als er neben mir stand, sein Begehren war fast greifbar für mich. Er wollte dass ich mit ihm gehe...

Ich konnte mich nicht erinnern, wann zuletzt jemand mich auf der Stelle wollte. Und er schlug mir vor, die Abwesenheit seiner Eltern auszunutzen, und deren Wohnung kennen zu lernen. Sagen könne ich ja, das ich bei einer Freundin bliebe...

Nur- solche Freundinnen habe ich nie gehabt. Und mein Sohn würde mich zu Hause erwarten. Ach, aber er, Mustafa nutzte die Situation aus, um über Mutter/Sohn Verhältnisse zu lästern, ein echter schmerzvoller Schwachpunkt bei ihm...Und auch wusste ich meinen Mann in der Nähe. Ich spürte, dass er mir natürlich gefolgt war.

Und so begab ich mich wieder in das Getümmel des Stadtfestes, und Mustafa wich nicht von meiner Seite...denn in seiner einfachen Denkweise, sah er mich als Beute. Ein Vergehen gegen die Ehre meines Mannes, und in jedem Fall wäre ja ich als Frau die Straftäterin- und er ja das Opfer. Frauen die nicht in Sack und Asche gehüllt sind, und ohne Begleitung... Es ist für mich als Deutsche unfassbar, aber so denkt er noch heute.

Während er mir Sachen erzählte, oder mich in meinen Augen Unverschämtheiten fragte, konnte ich ihn nie direkt ansehen, schaute geradeaus, denn zu verwirrend war es für mich festzustellen, dass dies der Mustafa von Einst sein sollte.

Er fragte Dinge wie: „Sind all' Deine Kinder vom selben Mann...?" Oder: „ Hast Du noch immer Spaß an Sex?" Ich war

wirklich fassungslos, wusste gar nicht auf welcher Ebene ich darauf reagiere oder gar antworten sollte...Hallo? Wo redet man denn so miteinander? Total irritiert stand ich neben ihm. Und dann aber auch: „Du siehst ja immer noch so aus wie früher, wie Romy Schneider, oder so..." Und ich dachte still bei mir, na danke, die ist ja nun auch schon tot.
Auch ohne Alkohol können Moslems ziemlich besoffen sein.
Mein Mann hielt sich die ganze Zeit über in der Nähe auf, um uns zu beobachten, und kam als er selbst nach Hause wollte, zu uns, und machte sich mit Mustafa bekannt. Es war mir etwas peinlich, und ich stellte ihn als Schulfreund vor. Als Alex sich um ein Getränk für uns beide bemühte, tauschte ich mit Mustafa Telefonnummern aus, denn ich fand das spannend und sehr verwegen von mir. Ist es doch so gar nicht üblich, und mir noch nie wiederfahren, das jemand meine Nummer wollte, und es war doch mein Kleiner von damals, mon petit.
Als Alex zurückkam, versuchten die Beiden noch eine gemeinsame Kommunikation hinzubekommen, und natürlich lief irgendwann es darauf hinaus, das Mustafa sein Lieblingsthema ins Spiel brachte: Wetten, Männer und Wetten, Fußball Wetten, Griechen in Wettbüros, und deren Frauen als Opfer von finanziellen Desastern...
Irgendwann reichte die Themenauswahl nicht mehr aus, und Alex und ich beschlossen, uns zu verabschieden, um nach Hause zu fahren. Unterwegs, auf dem Weg nach Hause, war mein Mann ganz lieb und sanft zu mir. Trotz allem spürte auch er, dass ich sehr verwirrt und nachdenklich war. Er wusste, dass ich mit einer Welt in Kontakt gekommen war, wo mir bislang jeglicher Zugang gefehlt hat. Es hatte mich auch in

Neugier versetzt, und selbst verwundert über mich, musste ich feststellen, dass es noch Dinge auf der Welt gab, von denen ich einfach nichts verstand.

Er brachte mich noch bis zur Haustür, um sich ganz freundlich von mir zu trennen, denn danach musste er noch zur Arbeit fahren, aber er wusste mich sicher zu Hause, in meinem Dorf. Ich war ihm dankbar dafür, dankbar, dass er mich lies, und keine Fragen stellte.

Am nächsten Tag, einem Sonntag, erzählte ich meiner ältesten Tochter, was mir an dem Abend zuvor widerfahren war.

Wir entwarfen gemeinsame Spekulationen…Was wäre wenn…Wenn ich genauso wäre, wie Mustafa mit mir geredet hätte…

Aber nein - - Oder doch ?

Echt, ich hatte noch nie ein Date gehabt. Und niemand auf dieser Welt könnte jemals den Vater meiner Kinder ersetzen. Und schon gar nicht so jemand wie Mustafa, ich fühlte mich in diesem Gespräch mit meiner Tochter sicher, sehr sicher. Ein Türke mit Nichts, als Ehemann undenkbar, gar nicht von unserer Welt, quasi nicht existent, von daher egal, wie sollte er je unser Leben beeinflussen können?

Wir lachten darüber, wir lagen auf dem Wohnzimmerteppich, eine Decke unter uns ausgebreitet, und wir massierten uns gegenseitig.

„Hey, was für ein Schnäppchen in meinem Alter?! Wann findet man noch mal einen solchen jüngeren Depp?!" Ich musste unwillkürlich kichern. „Ey, und er sah so gut aus." Falls er es wirklich wagt mich anzurufen, wir entwarfen gemeinsam Spekulationen. „Aber Mama, hast Du so was nötig?"

Also, man muss es nur mit Zeit Verschiebung sehen…Dann macht es doch im Grunde gar nichts, denn kennen tue ich ihn doch schon lange."

Es hatte mich schon neugierig gemacht, wie es wohl wäre, dieses Gefühl, diese 3 Sekunden, nach 1000 Jahren noch mal ein zu holen, jetzt, denn so was ist mir nicht mal in meiner ausgetobten Jugend widerfahren. Als ein wirklicher Single hatte ich mich nur im Alter zwischen 19 und 21 Jahren gefühlt, denn im Grunde bin ich die geborene Ehefrau. Dazu erzogen worden, einem Mann als Partnerin im Leben zu assistieren.

Das Telefon läutete, und ich nahm den Hörer ab. Ich meldete mich mit unserem Nachnamen.

„Ja, hier ist Jovanni, " tönte es ziemlich unsicher in den Hörer.

„Ach, Du bist es Mustafa. Sag, wie kannst Du hier direkt auf unsere Hausleitung anrufen! Nein, ich habe heute keine Zeit! Usw.…"

„Mama, gut gemacht! Niemals sofort zusagen!"

Genau, denn so bleibt noch Raum für Taktik.

Er hatte wirklich angerufen! Mein Mustafa hatte mich wirklich angerufen, es war wie Balsam auf mein Ego.

Na ja, und seine Handynummer hatte ich schließlich auch noch. Mit einem Lächeln auf den Lippen war ich mir der Tatsache bewusst, und ein aufregendes Kribbeln weckte mein Bewusstsein auf. Doch auch Mustafa gab sich nicht so schnell geschlagen, denn er sandte mir folgende SMS:

(Original Nachricht August)

Du wirst es mir bestimmt sofort glauben, aber als ich dich das erste Mal sah vor Jahrhunderten haben mir deine Lippen so gut gefallen, wollte nur an ihnen kleben und gleichzeitig in dir sein. Und beim Altstadtfest, als ich mich mit dir unterhalten hab dachte ich das gleiche, u. Jetzt gerade als ich dir diese SMS schreibe, regt sich plötzlich wieder was in der Hose. Du hast Glück gehabt, das wir uns noch nicht wiedergesehen haben. Das Erste woran ich denke, wenn ich dich sehe, wie sieht sie bloß aus, wenn sie kommt. ob ich das nochmal miterleben darf? Hab ich grad eine Lust…Dich zu… seeeehn, natürlich. Du Super Kiss

Tja, das war also Mustafa. Und ich dachte, oh du meine Güte nochmal, so eine Textnachricht auf meinem Handy, das hatte ich noch nie bekommen! Innerlich war es mir fast peinlich. Und irgendwie fand ich es wirklich frivol und echt sehr direkt.- Aber das Wort: Super Kiss, schmeichelte mir doch, irgendwie. Ich, eine Super Kiss, hey, und irgendwie gut. Yeah, don't take me once, try me a second time…

Aber trotzdem, ich stand auf dem Balkon, und die Sonne ging unter.

Und so fing ich an, mich zu erinnern…an eine Zeit, als ich eine Andere gewesen war, frei und ohne Verantwortung, und noch frei damals genug zu glauben, lieben zu können, wen ich will…Und irgendwie wollte ich ihn finden, den alten Mustafa von damals.

Ach, man sollte gewisse Momente im Leben nicht unterschätzen. Was war aus all meinen Träumen geworden? Nun stand ich da, mit einer Familie auf meinen Schultern, und von Romanzen in meinem Alltag konnte absolut keine Rede mehr sein.

Ja, ich las romantische Liebesromane, von edlen Männern, die sich nach der Dame ihres Herzens verzehrten, denn mein Mann war ja nie da, und so manches Mal, weinte ich dann in mein Kissen. Suchte die Wärme und Nähe meiner Kinder, und dachte, es ist zu spät, es ist alles vorbei, die Würfel sind gefallen, und ich werde alt. Ja Männer, waren für mich Lebewesen außerhalb meiner Reichweite. Quasi nicht vorhanden. Und eh auch nur alt und hässlich. So ist eben das Leben bei uns, auf dem Dorf. Klar gab es Scheidungen, und ausgeflippte Frauen, aber zu denen konnte man sich doch nicht rechnen. Und es war üblich, nur mit Verachtung darauf zu schauen. So etwas gehörte sich doch einfach nicht. Und beim Sport traf ich auch nur Gleichgesinnte, ja, wir machten Sport für uns, als Wellness und für das innere Gleichgewicht, um fit und gesund zu bleiben und der Familie zu dienen. Ach ja, der Lack ist halt ab, war das Äußerste, was bei uns als Kommentar in Bezug auf Männer fiel, und wir beugten uns in unserem Schicksal. Wunderten uns plötzlich über die Jugend von heute, und dachten: Ja, unsere Zeit war auch mal schön gewesen. Doch mit den Styling Möglichkeiten von den jungen Frauen konnten wir längst nicht mehr mithalten.

So manch eine Bekannte befand sich auch ein Urteil über meine Ehe erlauben zu können…Mein Mann der nie wirklich Zeit hatte, und ob er denn noch äußerlich und innerlich überhaupt zu mir passen würde…Aber was sollte ich tun? Alex war ein guter Mann, und meiner Meinung nach oft ein weit Besserer als so manch ein Anderer. Er war aufrichtig und fleißig, verwöhnte uns, so dass meine Kinder und ich ein sorgenfreies Leben führen konnten. Er war stolz auf mich, eine attraktive und nicht allzu dumme Frau zu haben. Doch in sein Geschäft durfte ich nicht kommen, und wenn ich es tat, musste

er sich Kommentare seiner Gäste anhören, in der Art: „Wir wussten gar nicht was für eine tolle Frau Du hast..." Das gefiel ihm nicht sonderlich. Und so war ich in seinem Leben im Grunde versteckt.
Und so entschied ich mich, Mustafa zurück zu schreiben:
Sire
Mit Eurer erlauchten Botschaft versetzt Ihr mich in Erstaunen, da Ihr doch wisset um meine Lage...Auch ich gedachte Euer, doch mit Eurer Sehnsucht treibt Ihr mir schamhaftes Erröten in meine Wangen...
Ich wählte diese Form der Schreibweise, da er sich ja darauf berufen hatte, mich schon seit Jahrhunderten zu kennen, und ich eben auch nur historische Liebesromane las...Außerdem fand ich das Niveau seiner Textnachricht wirklich zu niedrig. Aber auch so konnte Mustafa adäquat antworten:
Mylady,
Sitze ich doch einsam in meinem Chateau, hätte Euch so gern empfangen, doch alles was mir bleibt, ist die Erinnerung an Euch, Edle Dame, verzeiht einem einsamen Ritter, der schwach geworden ist, bei Eurem Anblick...
Ach, und das war es gewesen, diesen Mustafa hatte ich einst zärtlich geliebt. **Er kann es**...Er kann neben mir auf einer Ebene stehen, wenn er es nur wollte. Ich wusste es, wir konnten uns unsere eigene Welt erschaffen, so wie damals, fern der Realität...Fern aller Grenzen und Mauern, denn Liebe ist wie ein Licht, das vermag über Mauern zu springen. Ja, und so entschied ich mich, ich wollte ihn wiedersehen...Ich brauchte fünf Tage für diese Entscheidung...Fünf Nächte in denen ich von ihm träumte, fünf Morgen an den ich auch beim Erwachen

an ihn dachte, und er ins goldene Licht meiner Erinnerungen rückte...Und ich begann mich zu erinnern, an meine eigene Sehnsucht, an das wilde unbefangene Wesen in mir, das so lange gezügelt worden war, Franziska, die Frau...und ich legte alle äußeren Rollen ab, die Ehefrau, die Mutter, als ich mich entschied, ihn zu treffen.

Einen Tag vor unserem Date, erklärte sich noch meine zweite Tochter bereit, da sie diejenige in der Familie mit der meisten Chuzpe war, ihn vorher zu durchleuchten, und führte ein telefonisches Interview mit ihm auf seinem Handy durch...Er erwiderte recht schlagfertig, und wir schmissen uns fast weg vor Lachen...es war toll, und erhellte meinen Alltag. Trotzdem, ich starb fast vor Aufregung...

Nikos war an diesem Abend beschäftigt mit seiner eigenen Fußballmannschaft, denn ein bis zwei Mal im Jahr spielten er und seine Kameraden in eigenen Trikots, und dementsprechend lange war er auch noch hinterher mit der Siegesfeier beschäftigt – Und Fußball ist ja bekanntlich nichts für Frauen... Ich fuhr also wieder nach Hause um mich schön zu machen, zitterte am ganzen Körper, und bearbeitete mein Haar ausgiebig mit Schaumfestiger, so sehr, dass sie gerade noch als Frisur zu erkennen waren. Danach fuhr ich mit meinem Auto aus meinem Dorf los, zu dem Stadtrand, an dem wir unseren Treffpunkt ausgemacht hatten. Und er stand da, am Straßenrand und wartete auf mich...Er stieg wie selbstverständlich in mein Auto, und ich wendete, und fuhr los. Wir fuhren los, fort von allem, hinein in den Sonnenuntergang, auf der Autobahn, es war mein Traum mit meinem Liebsten zu fliehen, in die Unendlichkeit. Doch wir fuhren lediglich in die nächste Universitätsstadt in der meine älteste Tochter eine Wohnung hatte, und studierte. Unterwegs erzählte Mustafa mir von seinen Träumen mit mir zusammen reich zu werden... er war spielsüchtig, und glaubte immer noch fest daran, eines Tages einen großen Coup zu landen. Doch ich lächelte, nein, Geld verdient man nur mit ehrlicher Arbeit, das ist sicher, sonst nichts. Er tat alles um mich zu überzeugen, doch alles was er sagte, entsprach nicht meiner Wertvorstellung, und weckte in mir auch keine Bedürftigkeit, denn alles war ich in diesem Augenblick haben wollte, hatte ich ja, ihn, und seine Gegenwart.

Nun war ich ganz beruhigt, und hatte meine alte Souveränität zurück gewonnen. Wir parkten in der Innenstadt, doch zuvor sagte ich noch meiner Tochter Bescheid, wo sie uns treffen sollte, denn es gehörte sich für uns einfach nicht, allein mit einem Mann zum ersten Mal auszugehen. Kaum waren wir ein paar Schritte gegangen, nahm er meine Hand...Es fühlte sich fremd und merkwürdig an, meine Hand in der Seinen, ich ertrug es nur kurz, zu fremd und ungewohnt war das Gefühl für mich. Die Hand eines Mannes, die Hand eines Mannes, die nicht die des eigenen Ehemannes war.... Niemand sonst hatte jemals meine Hand nehmen dürfen.

Mustafa erzählte mir unterwegs freche Belanglosigkeiten, die ich nur aus Höflichkeit wahrnahm. Es handelte sich meistens um Geschichten über andere Menschen, die ich überhaupt nicht kannte. Endlich setzten wir uns in eine mexikanische Bar. Wir fanden noch einen freien Tisch draußen, und zündeten uns eine Kerze an. Ich merke, dass diesmal für ihn die Atmosphäre völlig unvertraut war, und er auch gar nicht mit der Getränke-

und Speisekarte zurechtkam. War er doch wohl nur seine Dönerbude um die Ecke gewohnt. Doch er hielt sich wacker, und kehrte den Mann von Welt in sich heraus. Auf die Preise mochte er gar nicht schauen, das was für uns normal und üblich war, wenn wir ausgingen, kannte er fast gar nicht. Ich sprach mit ihm über meine Sehnsucht, endlich mal wieder jemanden zu finden, der Lust hätte, mit mir ins Theater zu gehen. „Ja", sagte er, „ein schöner Gedanke". Besaß ich doch durchaus einen Schrank voller wunderschöner Kleidung, nur leider zu selten im Gebrauch. Im Dorf reicht ja auch im Prinzip eine Jogginghose. Neben uns brannte die Kerze als er wieder meine Hände nahm, diesmal nahm er alle beide in die Seinen, quer über den Tisch, sehr zärtlich. Doch dann kam meine Tochter um die Ecke, und gesellte sich zu uns, schnell zog er seine Hände fort. Diesmal hätte es mir nichts ausgemacht, hatte ich doch meinen Kinder erklärt, wie lange ich Mustafa schon kannte, und woher. Natürlich die brisanten Details ausgespart, und meine Kinder durchaus tolerant und weltoffen erzogen. Das bedeutet, dass wir Menschen nicht nach ihrer Abstammung beurteilen, sondern nach ihrer Persönlichkeit. Damit sich die Beiden ein wenig bekannt machen konnten, ging ich mir Zigaretten holen.

Mustafa erzählte ihr, dass wir uns auch schon ewig kannten, und wir uns erst jetzt, nach sechs Kindern, später, wiedertrafen. Es war irgendwie niedlich, nach sechs nicht gemeinsamen Kindern…Es machte mir nichts aus, diese Tatsache, denn es war ja für mich in meinem Alter klar, dass es normal ist, so etwas zu versuchen, wie eine Familie zu gründen. Und auf meine war ich wirklich stolz, zwei wunderschöne zarte Töchter und einen kleinen Sohn geboren zu haben. Natürlich alle von meinem Mann, Alex. Also ich hatte mein Lebensziel erreicht, und Europäer geboren, und sie nach bestem Wissen und Gewissen erzogen, und als getaufte Christen, natürlich. Meine Kinder waren wohl auch eine Ausnahme unter den Deutschgriechen, denn nach Absprache mit Alex waren sie nicht griechisch orthodox, er legte dies alles in meine Hand, und das was meine Kinder an griechisch kannten und wussten, erlernten sie von mir.

Doch ganz anders war Mustafas Schicksal verlaufen, mit etwa 23 Jahren wurde er das erste Mal Vater, Vater eines Sohnes von einer Prostituierten, einer Table- Dancerin, die ihr Kind in eine Pflegefamilie gab, und nun später, als der Sohn 14 Jahre alt war, das alleinige Sorgerecht ausübte. Das schmerzte ihn sehr, aber er war auch nicht in der Lage gewesen, für dieses Kind zu sorgen, oder Unterhalt zu zahlen. Danach hatte er eine langjährige Beziehung zu einer Polin, und als sie ihn verließ, suchte er sich ein junges Mädchen, eine Russlanddeutsche, die er vor ihrer Schule abgefangen hatte. Er brachte ihr Deutsch bei, doch er war 17 Jahre älter als sie. Er versuchte eine Beziehung zu ihr, doch so ganz schien auch dies nicht zu klappen, denn er flog mit Geld, das er irgendwie auftreiben konnte, für längere Zeit in die Dominkanische Republik. Und beschloss, auch dort eine Familie zu gründen, zeugte dort mit einer Einheimischen seine älteste Tochter… In der Hoffnung, dass er dort Wurzeln schlug, und er immer einen Grund hatte, dass es ihn dorthin zurückzog. Doch irgendwann musste er auch wieder nach Deutschland, sich dem Leben hier stellen. So ging er wiederrum zu der jungen Frau aus Russland, die ja auch an seine Liebe geglaubt hatte. Kaum jedoch war sie mit ihrer Schule fertig, und ohne Ausbildung, wurde auch sie schwanger von ihm. Er bekam eine zweite Tochter. Kurz nach der Geburt jedoch, flog er wieder zurück in die Karibik, mit dem Geld dieser jungen Frau, ohne sie zu fragen, um seine andere Tochter wenigstens zum ersten Mal zu sehen...

Und beruflich hatte er auch nur ein Trümmerfeld hinterlassen, zwar eine Ausbildung als Verkäufer mit guten Noten abgeschlossen, danach jedoch mit versuchter Selbstständigkeit sich in endlos viele Schulden geritten, und seine ganze türkische Familie im Grunde auch noch ausgeplündert...Soweit, das seine Mutter ihr Hochzeitsgold für ihn verkaufen musste. Seit dem versucht er sein Glück mit Sportwetten, und lebt von Harz IV, nicht wirklich im Grunde bereit, einer ehrbaren Tätigkeit nach zu gehen, denn dann hätte er ja nichts davon, da er ja Unterhalt für die Kinder zu leisten hätte, und seine Schulden bezahlen müsste. Es wäre ja auch nicht so, dass er dies nicht vorhätte, wenn er endlich zu Geld käme, und gewinnen würde... Und so erzählt er der Agentur für Arbeit eben, er hätte massive seelische Probleme...die er aber ohne Hilfe nicht in den Griff bekäme.

Ich ließ ihn reden, schluckte mit einigem Grauen diesen großen Frosch. Und dachte die ganze Zeit darüber nach, inwieweit ich mich an ihm schuldig gemacht hatte. Nein, er wollte niemals traditionell heiraten, und so werden wie seine Brüder. Er wollte die Freiheit, die dieser deutsche Sozialstaat ihn bot. Er lebte wirklich zwischen den Welten, verrannt in seinem Wahn. Und noch gefördert von den ehrlichen Steuerzahlern. So etwas war mir noch nie untergekommen, völlig unvertraut... Niemand von uns, und unserer Familie, würde sich diese Blöße geben...Selbst Schrottsammeln ist dagegen ehrbar.

Alex nennt ihn einen Tenir (Zeltbewohner), einer der nicht mal in der Türkei ein Haus hatte, ein Nichts in seinen Augen. Und ein Nichts zählte nicht, ist nichts wert. Man stellt sich nicht auf eine Stufe, lässt so jemanden nicht an sich heran.

Doch ich, ich hatte an ihn geglaubt, spürte seinen Schmerz, fühlte Mitleid. Und begann das Gute zu suchen, an ihm. Konnte es in meiner Vorstellungswelt doch nicht so sein, das ein Mensch so scheitert, so schlecht ist...

Er hatte so viel Charme irgendwie, und um seine Augen kräuselten sich Lachfältchen. Er war locker und entspannt. So ganz anders als die Menschen in meiner Umgebung, die ständig Termine hatten, und unter Zeitdruck lebten.

Und an diesem schönen Sommerabend, draußen in der Stadt, reichte es mir, ihn einfach nur wieder zu sehen. Und obwohl ich ihn eingeladen, bezahlte er selbst. Später brachten wir gemeinsam meine Tochter zurück zu ihrer Wohnung. Auf dem Weg dorthin, ging ich mit meiner Tochter vor, und Mustafa folgte uns bereit willig.

Und als wir und dann später wieder der Kleinstadt näherten, in der er wohnte, sagte er das er mit mir wolle, so wie früher, zu mir. Ich lächelte, und freute mich irgendwie, und nahm ihn einfach mit, in mein Haus. Wir schlichen hinein, und ich bat ihn, sich in meinem Zimmer zu verstecken...In der Zeit schaute ich nach dem Rechten, schaute nach, ob mein Sohn fest schlief... Alex würde die Nacht eh nicht nach Hause kommen, da er bestimmt getrunken hatte, nach dem Fußball, und es dann vermied, Auto zu fahren. Als alles dann soweit in Ordnung war, erlaubte ich es ihm in mein eigenes Badezimmer zu gehen. Seit ich wieder in diesem Haus lebte, hatte ich ein eigenes Badezimmer und Schlafzimmer. Denn Alex und ich schliefen von je her getrennt. Darauf legte ich von Anfang an unserer Ehe großen Wert. Ich brauchte einfach diesen Abstand zu ihm, da er immer erst spät nachts nach Hause kam, und ich sehr früh aufstand, schon wegen der Kinder…Sonst hätten wir nie ausschlafen können.

Gut, alles war also in Ordnung, und als Mustafa aus dem Bad kam, nach einer endlos langen Zeit, war er frisch geduscht und rasiert. Derweil hatte ich es uns meinem Zimmer gemütlich gemacht, alles Mögliche getan, um eine angenehme Atmosphäre zu schaffen, ganz so wie früher, als wir beide noch jung waren. Musik, Kerzen, Getränke, Schokolade, Licht, eben Jegliches was ging. Und mich, mich hatte ich auch schön gemacht, und endlich, endlich küsste er mich, nahm mich in seine Arme, und es war wirklich der Kuss, von dem wir beide solange geträumt hatten. Über 25 Jahre waren wie weggewischt. Ich verging in seinen Armen vor Glück, vor Freude. In dieser Nacht schliefen wir beide nicht, es war so wundervoll mit uns, wir machten uns glücklich, er sah aus, über mir, wie ein Held, ein strahlendes Leuchten erhellte sein Antlitz, und mir war alles egal, in diesem Moment…für diesen Moment, für diese Stunden, denn sie waren mir jede Sünde wert. Und selig kuschelte ich mich in seinen Arm, er bestimmte das so. Ich fühlte mich Energie geladen, zärtlich und geborgen. All unsere Sorgen und unseren Schmerz, all das war wie weggeküsst.

Verführe meinen Geist, und mein Körper gehört Dir.
Berühre meine Seele, und ich bin für immer Dein.
Und am nächsten Morgen machte ich uns Frühstück, Rühreier, wie ich sie auch einst von Ergün bekommen hatte...Mit Schafskäse und Tomaten. Und am späten Vormittag fuhr ich ihn nach Hause. Auf den Weg dorthin schwiegen wir, nur als ich bei seinem Elternhaus angekommen war, sagte ich zu ihm: „Heute ist Flohmarkt in der Stadt..." Und er sagte: „Ja, ich gehe auch manchmal dorthin..."Wir brachten es beide nicht fertig, uns wieder für eine lange Zeit zu verabschieden...Aber wir konnten gleichzeitig uns auch nicht wieder erneut verabreden...Es tat mir sehr weh, das er einfach so gehen musste.

Und so schaffte ich es nicht, ihn einfach gehen zu lassen. Die nächsten Tage zerbrach ich mir den Kopf, was geschehen war, und auch er schrieb mir noch SMS. Ich drehte förmlich am Rad, war einerseits voller Glückshormone in meinem Blut, und auf der anderen Seite total hilflos den Tatsachen ausgeliefert. Denn was konnte meine Familie aushalten, wie viel Mustafa konnte sie verkraften? Die Wahrheit lag doch auf der Hand, auch wenn ich sie nicht wahrnehmen wollte. Und so fing ich an, ihn Briefe zu schreiben, Briefe, in den ich meine ganze Ehe verarbeitete, sechs Seiten in einer Stunde schrieb ich, mein Leben ihn erklärte...und schmiss diese einfach nur in den Briefkasten. Denn es gibt Dinge, die ich nicht allein ertragen konnte, niemanden mit dem ich reden konnte, und Mustafa schwor hoch und heilig, ich könne ihn alles schreiben, er würde es sehr gern lesen, was ich schrieb.

Und irgendwann, nach etwa wieder fünf Tagen, musste ich ihn einfach wiedersehen…Und ich nahm all meinen Mut zusammen, und fuhr zu ihm, es war noch ganz früh am Morgen, etwa um neun Uhr morgens stand ich vor seiner Tür, vorher hatte ich noch kurz mit ihm gemailt…und nun war ich da…Ich klingelte, doch niemand öffnete die Tür…Ich wartete…hörte ein Geräusch, und drehte mich um…da kam er, sah mich fröhlich lächelnd an, denn er war über den Balkon gesprungen…und ging einfach mit mir. Ganz stolz ging er neben mir her, und schaute liebevoll auf mich herab. „Du siehst hübsch aus", sagte er mir, und ich erwiderte: „Ja, aber mein Pullover erinnert mich an ein Kettenhemd." „Ich mag ihn, an Dir", sagte er. Und er folgte mir wieder in mein Auto. Da saßen wir nun und wussten nicht wohin. Es war ein wunderschöner Spätsommertag, es war noch warm. Ich machte uns Musik an, Queen…Lieder die er noch nicht kannte. Und wir fuhren zu den Schlosswiesen, dort wo wir einst trainiert hatten, liefen um den See. Menschen, die ihre Hunde ausführten, kamen uns entgegen, und irgendwann setzen wir uns und auf das noch vom Morgentau feuchte Gras. Als es noch wärmer wurde, legten wir uns einfach hin, und schauten in den Himmel. Und dann begann er zu erzählen, von den Dingen die seinen Alltag aus machten, den Wetten. Er war so sicher dass es ein System gab, womit man gewinnen konnte, er redete stundenlang auf mich ein. Und es wurde Mittag, und wir beschlossen irgendwo an einem anderen Ort zu picknicken. Doch vorher mussten wir irgendwo einkaufen, dort wo uns möglicher Weise niemand kannte. So fuhren wir zu dem nächst gelegenem Dorf, nur in einer anderen Himmelsrichtung als nach meinem Zuhause. Wir kauften alles ein, was uns gefiel, und für ein Essen draußen geeignet war. Über Feld - und Wiesenwege, fanden wir zu dem Ort, an dem meine Vorfahren dereinst ein Torf Werk besaßen, und suchten in mitten von Torfwiesen ein idyllisches Plätzchen aus. Ich konnte mich nicht erinnern, wann ich zuletzt so etwas getan hatte, im Grunde noch nie. Er sagte zu mir: „Ich habe immer geglaubt das Du adelig bist, doch wohnen nicht Adlige in Schlösser?" Ich musste lachen, ach, wie verquer doch unsere Gesellschaft doch noch immer bei einem Deutschländertürken ankam. „Nein, nur hier in diesem Dorf hatte mal ein Urvorfahr gelebt, den man General genannt hatte. Aber ich entstamme eher der Linie von der Tochter des Dorfschullehrers ab…Nur die Cousine meiner Mutter hatte wirklich nach dem Krieg einen Adligen geheiratet, er war der Letzte der von seiner Familie übrig geblieben war." Und so war immer das Schicksal von den Frauen in meiner Familie mütterlicherseits gewesen, wir heirateten immer die letzten Männer ihrer Art. So ich auch mit meinem Griechen…

Wir schafften es allerdings nicht, alles was wir eingekauft hatten, auch wirklich aufzuessen, und zudem hatte ich auch noch mehr wie nötig einkauft, denn ich musste noch an das Mittagessen meiner Kinder denken. Trotzdem verweilten wir noch auf der Autodecke, und ich kuschelte mich an ihm. „Ich verstehe Deinen Mann nicht", sagte er, „es macht doch wirklich Spaß mit Dir, ich bin gerne mit Dir zusammen." Einerseits tat mir dieser Satz gut, doch auf der anderen Seite tat es mir weh, ja, denn so war ich nie mit meinem Mann zusammen gewesen, dafür hatte er überhaupt keinen Sinn und

Zeit. Einfach so sitzen, an einem wunderschönen Sommertag, das konnte man nur mit Ergün und Mustafa.
Dafür liebe ich sie. In diesen kostbaren Momenten bin ich glücklich.
Und dann erzählte er mir etwas Ungeheuerliches: „Weißt du manchmal arbeite ich etwas für eine Baufirma, als Praktikant, so zusagen, und Du kennst doch noch Fadil, die Baufirma gehört seinem Bruder? Der, der als Kurde damals in den Irak ging und 20 Jahre verschollen war?" „Nein, Mustafa ich wusste es nicht, das er dort war, ich habe schon lange keinen Kontakt mehr, zu meinen alten Bekannten…"Waren es doch nicht mehr die Kreise in denen ich mich
bewegt hatte, und hatte mir ein braves Familienleben in meinem Dorf aufgebaut. „Und dann kam er wieder, und Katja, die Frau von Ergün, hat ihn geheiratet…" Ich war fassungslos, es war unglaublich für mich…
„Nun, was ich damit sagen will, " meinte er, „Ich sitze nun mit Ergüns erster Frau hier", und Fadil ist mit Katja zusammen."
Er kicherte. „Und Fadils Familie glaubt er hat eine Polin geheiratet!"
Mon dieu, dachte ich, wie kann das sein, Ergün hatte Katja doch über alles geliebt, sie war die Mutter seiner drei Söhne! Einen Ergün verlässt man nicht…
„Schon lustig dann mit meinem Kollegen auf der Baustelle, ich arbeite nämlich mit Fadil", fügte er an. „ERGÜN, der große Meister, ohne Frau…Und Du mit mir." Und in diesem Moment spürte ich, das er darauf stolz war, mit mir zusammen sein zu dürfen. Und für ihn war ich nicht die Frau meines Ehemannes,

merkwürdig. Für ihn war ich die Franziska von früher, die erste Frau von Ergün.
Meine Kinder kannten diese Franziska überhaupt nicht.
Und dann sah ich auf mein Handy…Ein Anruf von Alex, ich musste dringend nach Hause, die Zeit reichte nicht mehr aus, um Mustafa nach Hause zu fahren, also nahm ich ihn kurzentschlossen mit. Im Auto überlegter er wie er sich nun mein en Kindern gegenüber zu verhalten hatte. „Bleib ganz normal," sagte ich, und hoffte inständig, das es gut ging… mein Sohn und meine zweite Tochter waren schon daheim, aus der Schule, und rasch bereitete ich ihnen etwas zu Essen, versorgte schnell den Haushalt, und sagte zu den Kindern, das Mustafa ein alter Freund von mir wäre, und ich ihn zum Kaffee eingeladen hätte. Ich fand das gut so von mir, denn nichts lag mir ferner, als meine Familie nur belügen zu müssen. Schließlich habe ich auch das Recht, Besuch zu bekommen. Irgendwann saßen wir alle im Wohnzimmer, und meine Kinder beäugten Mustafa kritisch, so kritisch, das er unsicher wurde, und etwas Kaffee auf dem Sofa vergoss. Die Kinder unterhielten sich nicht sonderlich viel mit ihm, zu sehr wurde er als fremd betrachtet. Nun lag es an mir, einen Mittelweg in der Unterhaltung zu finden. Mein Sohn fing an, sich über amerikanische Geschichte zu reden, Befreiungskriege, das war damals sein Lieblingsthema. Er hat ein Faible für Amerika. Und doch registrierte besonders er, wie Mustafa und ich uns anschauten. So etwas kannte er von Alex, seinem Vater und mir nicht. Zwischen Mustafa und mir herrschte eine ganz andere Art von Vertrautheit, so als wenn kein Stein dazwischen kommen könnte…Und ich sehnte mich danach, ihn zu

küssen... Doch fragte ich ihn noch einmal nach seiner türkischen Kultur, sagte, dass wir so vieles nicht nachvollziehen oder verstehen können, und er meinte zu dem Thema nur, das werdet ihr auch wohl nie ganz schaffen. Doch in mir tat sich etwas, ich nahm diese Herausforderung an.

Mit ihm verging die Zeit so rasch...Und ständig schaute ich ihn über die Meter hinweg an. Doch irgendwann musste ich ihn nun wirklich nach Hause bringen...Und wir unterließen es nicht diesmal uns für in zwei Tagen zu verabreden. Ich hatte mich wieder verliebt, das war mich plötzlich total bewusst...Verliebt, ich dachte dieses Gefühl sei schon in mir unter Ruinen vergraben.

Unterwegs, im Auto erzählte er mir diesmal von seinen Menschen die er so sehr mochte, seinen Menschen in der Karibik. Er konnte mich nicht damit verletzten oder eifersüchtig machen, denn auch wir beide, Mustafa und ich, hatten unsere eigene Welt. Und merkwürdiger Weise denkt man dann in solchen Momenten des gestohlenen Glücks, über seine eigene Sterblichkeit nach...So fragte ich ihn, ob er denn dereinst zu meiner Beerdigung käme....

Und zum Abschied umarmten wir uns.

Und ich fing an, mich wieder als Frau zu fühlen...Ich wollte schön sein, weiblich und sinnlich. Mustafa sollte nicht merken, dass ich älter war...älter als die Frauen, die ihn sonst interessierten. Ich begann mich ganz anders in den Modeläden umzuschauen, und kaufte dort ein, wo auch meine Töchter fündig wurden, und war stolz, noch mithalten zu können. Also meine Jahrzehnte lange Pflege und Sport hatten sich wirklich bezahlt gemacht, und wenn ich verliebt bin, brauche ich auch nicht unbedingt unnötig essen...glücklich verliebt. Auch meine Familie bemerkte, wie toll ich aussah. Und das verwirrte diese einiger Maßen.

Und ich freute mich ihn wieder sehen zu können...glaubte ich doch, ihn zu mir hinaufziehen zu können, hinaus aus dem Sumpf seines Lebens...

Und wieder wollte ich ihn abholen, zwei Tage später, an dem Ort wo ich ihn bei unserem ersten Date getroffen hatte...Aber er war nicht dort. Auch hatte ich wieder meine älteste Tochter dabei, denn ich sollte sie zu ihrer Wohnung fahren. So rief ich ihn also auf seinem Handy an, und er bestellte mich ganz woanders hin. An einer Hauptstraße mitten in der Stadt, in der Nähe von Wettbüros. Gut, also fuhren wir dorthin, und warteten auf ihn. Diesmal war er nicht gut gelaunt, eher abwesend und mit sich beschäftigt. Er sagte, er käme, weil er es so wollte. Trotzdem...Und dann berichtete er uns, dass er am Tag zuvor auf dem Weg zur Baustelle einen Unfall mit den Kollegen gehabt hätte. Da der Fahrer keinen gültigen Führerschein hatte, hätte er nun die Verantwortung übernommen, obwohl er hinten im Auto geschlafen hatte. Und er fand, er sei auch nur knapp dem Tode entronnen. Aber ich merkte auch, dass er sich mit irgendjemand gestritten haben musste.

Damals wusste ich nicht mit wem, doch nun vermute ich, dass es diese junge Frau aus Russland gewesen war, die Mutter seines dritten Kindes. Wahrscheinlich wollte sie, dass er auch mal Zeit mit ihr und dem Kind verbringen sollte...

Doch er hatte sich an diesem Abend eher für mich entschieden.

Und so fuhren wir wieder in die Universitätsstadt, und tranken zunächst bei meiner Tochter Tee. Danach gingen wir wieder zu dritt aus. Diesmal in einem großen Café, und fanden auch wieder einen Tisch draußen. Doch Mustafas Stimmung war sehr distanziert, und irgendwie enttäuschte es mich, dass er in dieser Situation verharrte, mental abwesend zu sein. Gut, so führte ich eben mit meiner Tochter ein Gespräch, und versuchte das Beste aus der Situation zu machen, und hoffte das auch er irgendwann auftaute. Als meine Tochter wieder in ihrer Wohnung war, fuhren wir zurück. Mittlerweile war ich auch nicht mehr gut auf ihn zu sprechen…
Und wie ganz selbstverständlich nahm er an, dass er wieder mit zu mir dürfte. Nun, aber so leicht wollte ich es ihm nicht machen, und fuhr nicht mit ihm direkt zu mir nach Hause. Und mitten in meinem Dorf fing er an, nach einem Haus Ausschau zu halten, in dem mal eine andere Affäre von ihm gewohnt hatte. Also wurde mir nun bewusst, dass er nicht nur mit mir…Ablenkung gesucht hatte. Er schilderte alles bis ins Detail, das er und sein Kumpel dort gewesen sind, die betreffende Dame Hunde gehabt hatte, und auf gewisse Sexualpraktiken, die ich nicht weiter erwähnen möchte, stand. Diese hätten ihn angeblich traumatisiert, und er befand diese Dame als asozial, und doch hatte er wieder versucht sie zu treffen. Nur, das sie ihm dann eine Abfuhr erteilt hatte. Und das alles, obwohl er doch auch mit der jungen Russin nebenher auch eine Beziehung führte…
Ich fühlte mich verletzt.
So fuhr ich schweigend zum Sportplatz unseres Dorfes. Stieg aus, und rannte in der Dunkelheit vor ihm davon. Er bemerkte

es zunächst gar nicht, redete etwas davon, wann er mal zuletzt sich die Sterne angesehen hatte…doch ich hatte Tränen in den Augen, wandte mich von ihm ab.
Merkte er denn gar nicht, wie gefühllos er den ganzen Abend mit mir umgegangen war? Hatte er sich gar nicht auf mich gefreut?
Doch irgendwann nahm er es wahr, und tat verwundert…
„Warum musst Du mich unbedingt verletzen, fragte ich ihn?"
Nun, er bemühte sich dann, mich zu beruhigen, in der Art, er würde eben manchmal gar nicht bemerken, was er so erzählte…
Und dann begann er wiederum von einem Bekannten zu erzählen, und manchmal wusste ich nicht mit Sicherheit, wenn er so berichtete, ob er die Betreffenden persönlich kannte, oder es nur Hörensagen war… Jedenfalls schilderte er mir, dass es einen unglücklichen Mann gäbe, aus fast seinem Kulturkreis, einem Kurden, der so gern ein viertes Kind hätte, aber es ihm mit seiner Frau nicht mehr so recht gelang, weil die Lust der Frau fehlte…und dieser Mensch dann doch wirklich auf die Idee kam, sich eine Geliebte zu suchen, oder andere es ihm rieten- Um dann quasi zu versuchen, erst mehr Erfahrungen und Spaß mit der Geliebten zu haben, und dadurch das vierte Kind zu proben, und dann einfach das auf die Ehefrau zu übertragen…Ich fragte ihn ob das ginge, und Mustafa behauptete steif und fest, das sei möglich – Und wenn die Geliebte auch schwanger würde ? Ach, das sei egal, bei einer von Beiden sollte es schon klappen –
Meiner Meinung nach, war das eine entsetzliche Vorstellung, was die Frauen dabei durch machten und fühlen war egal, war

in der Wertevorstellung dieser Kultur nicht relevant... , wir sind Männer so sehen sich jene, die welche nicht an die Liebe glauben, denn Liebe ist für sie nur Schwäche zeigen, und nicht wie bei uns Christen und Abendländer, die stärkste Macht, sondern deren Eltern auch schon seit Urzeiten in arrangierten Ehen leben: „ Einer braucht dein Geld, Einer braucht dein Hintern für paar Tage und einer will Sex paar Mal", so ist das kalte Denken über Frauen, kaum ein Unterschied zum Tier...
Und dann sagte ich, ich würde so was niemals dulden, denn es verstieß eindeutig gegen die menschliche Würde, ein Verbrechen, einfach unmenschlich...Ich würde das anzeigen, wenn ich könnte, mich wehren- Aber, so merkte Mustafa an, die Frauen müssten ja nichts erfahren – nicht erfahren, dass sie so benutzt werden. Ich jedoch befand, das sei nicht möglich...Ich konnte mir überhaupt nicht vorstellen wie so etwas möglich sein konnte, denn für mich selber unvorstellbar, einen Mann gegen ein anderen einfach so im intimsten Bereich auszutauschen, zu benutzen...Nun, das war kein Thema für mich, und ich wusste dieses Gespräch überhaupt nicht zu deuten, Mustafa begann mich zu befremden...Und so gern hätte ich ihn wieder auf eine Ebene zu mir geholt, aber halt lagen auch über 25 Jahre und Welten zwischen uns...Nun, er nahm mich in den Arm, und sagte mir, das er wieder so gern bei mir sein wollte... So ganz war ich diesmal nicht überzeugt, ob das an dem heutigen Abend richtig war, aber noch dachte ich gut von ihm, mochte seine Zärtlichkeit... Und lies mich breitschlagen, auch diesmal darauf einzugehen...
Als er dann doch bei mir zu Hause war, entschied ich mich dafür, nicht mit ihm auf mein Zimmer zu gehen, sondern ins

Wohnzimmer. Denn dort hatte ich noch einen Plattenspieler, und unsere alten Schallplatten…Alles was er und ich damals zusammen gehört, hatten: Michael Jackson, Tschaikowski und Rachmaninow….Und so breitete ich eine Decke auf dem Teppich aus, holte Kissen, und wir machten es uns gemütlich. Und für mich holte ich Rotwein, denn immer wenn ich etwas verletzt bin, beliebe ich Rotwein zu trinken.

Eine Decke über uns und eine Decke unter uns. Und wir beginnen mit Michael Jackson uns aneinander zu schmiegen. Ich drückte meinen Rücken sanft gegen seine Brust, und unser Schweigen sagt so viel mehr als tausend Worte. Meine Haare kitzelten ihn ins Gesicht, und er küsste zärtlich meinen Hals. Doch das war ihm nicht genug.

Du willst mich richtig küssen, mir in die Augen schauen, mich in seinen Augen versinken sehen…

Wir verlieren uns und in der Unendlichkeit des Seins.

Es war immer so, immer so wundervoll wenn wir uns liebten, Mustafa und ich. Alle Menschen sind mit Energiemustern in Kontakt, und wenn sich Schwingungsebenen gefunden haben….

Die Liebe ist ein inniges Ineinander Sein.

Drei Schallplatten, sechs Seitenlängen, einfach lächerlich für uns, für uns, die wir uns in der Unendlichkeit berühren.

Doch irgendwann ließ ich ihn sanft in den Schlaf hinübergleiten, in meinem Arm. Kurz bevor er die Augen schloss, sagte er noch: „Du darfst mich immer wecken, für DAS."

Als er fest eingeschlafen war, entschlüpfte ich jedoch aus unserem Nest, um ihn seine Ruhe zu gönnen, und deckte ihn

liebevoll zu. Strich zärtlich sein Haar aus seiner Stirn, und hauchte ihn einen
Kuss an seine Schläfe...Er ist mein Endymion, mein schlafender Hirte, auf dem ich tausend Jahre gewartet hatte. Dann ging ich auf den Balkon, schaute über das freie Feld zu dem Haus, wo er nicht wenige Jahre zuvor bei dieser anderen jungen Frau gewesen war, nur etwa 300m entfernt, und mein Herz krampfte sich vor Schmerz zusammen, so nah warst Du bei mir gewesen, und doch so fern...
All' die Jahre hatte ich mich um Dich gesorgt, und ich hätte Dich niemals so sehr verletzt... Warum hast Du mich nicht früher gefunden?!
Ich bin immer gut zu meinen Männern, hingebungsvoll, gerecht und zärtlich.
Und so ging ich still und leise in mein Zimmer, legte mich in mein eigenes Bett, um auch dort noch etwas zu schlafen. Denn diesmal musste ich ihn eher nach Hause bringen, da es sicher war, das mein Ehemann am Morgen zum Duschen kommen würde.
Als ich früh wach wurde, bereitete ich für uns einen Morgenkaffee, und schlich leise zu Mustafa ins Wohnzimmer. Glitt neben ihm unter die Decke, schmiegte mich an seinem Rücken, und legte mein Arm um ihm, fast so, als wenn ich niemals fort gewesen war. Und so durfte er sanft aufwachen, und er ging erst mal ins Bad zum Duschen.
Kaum war er jedoch mit einem Handtuch bekleidet wieder da, konnte ich jedoch nicht wiederstehen, auf zu springen und seinen halbnackten Körper zu umarmen. Natürlich erwiderte er meinen Morgenkuss aufs innigste, und wir ließen uns auf einen

Sessel fallen. Ich entriss ihm sein Handtuch, um seinen ganzen Körper mit meinen Küssen zu überdecken. Ich küsste mich hoch von seinen Waden bis zu seiner Brust, meine Brüste streichelten zärtlich, an seinem Schritt zwischen seinen Beinen, entlang. Ich sah ein Leuten in seinen Augen, ein amüsiertes Lächeln um seinen Mund, und nahm die Einladung an, mich auf ihn zu setzen. Meine Beine schwang ich auf die Armlehnen, und meine Hände, strichen durch sein Haar. Oh Gott, wie sehr ich sein Lächeln mag, seine wunderschönen sinnlichen Lippen, und versenkte meinen Mund auf den seinen. In diesem Kusse verharrend, bewegte ich mein Becken, und er umschlang meine Taille, damit er ganz tief in mir sein konnte…Irgendwann jedoch grinste er mich an, und sprach von Samenraub. Pikiert und mit großen Augen schaute ich ihn an, und nickte nur mit dem Kopf. Ach Mustafa, blieb immer so cool. „Du bist und bleibst eine Verführerin!" sagte er… „Und Du bist meine Frau außer Konkurrenz."
Meine Seele hatte Mustafa nie vergessen. Meine Seele und mein Geist begannen wieder nach Freiheit zu streben, nach der Freiheit zu lieben, wen ich will. Ist es nicht so, dass wir, die wir von der liebenden Seite sind, unser ganzes Leben danach suchen und streben, unseren Seelenpartner zu finden, um mit diesem zu verschmelzen?
Nur mittlerweile trennten uns, gemessen an Jahren, eine vollständige Generation an verschiedenen Leben und Erfahrungen.
Ich spürte, noch immer war ich für ihn ein höheres Wesen, keine Frau aus seiner Welt, einer Welt, die ich nicht kannte, und deren Türen mir verschlossen sind. Und er ist für mich,

was er immer sein wird, für ewig jung und schön. Keine Gezeit kann dem jemals etwas anhaben. Und trotz allem was war, und gewesen sein wird, schwor ich mir, ihn zu lieben. Ihn anfangen zu lieben, wo andere aufhören es zu tun.

Trotzdem saßen wir hilflos eines Morgens zusammen, und wussten beide nicht, was der richtige Weg nun für uns sein könnte. So viel mehr hatte er erlebt als ich, an Enttäuschung und bittere Erfahrung. Und still bei sich wusste er, dass er ein Mensch war, der anderen Menschen wenig Glück brachte. Denn wann immer er eine Frau auf seine Schwingungsebene gezogen hatte, und sie dazu freiwillig bereit gewesen war, ihn verstehen zu wollen, ist sie an sich selber verzweifelt, und gescheitert. Diese Tatsache wusste er schon, ohne es mir direkt zu sagen. Ich spürte, da ist etwas, eine Wand, von der er nicht wollte, dass ich diese überspringe. Denn es hatte ihn nicht dazu gezogen, sich ein passende Frau aus seinem Kulturkreis zu suchen, und er selbst war zu schwach, sich vollkommen aus seiner Herkunft zu lösen. Doch ich beschwor ihn, dass ich stark genug bin... Denn ich wollte ihn nun nie wieder verlieren. Und verdammt, ich kann kämpfen!

Er sagte zu mir: „ Ich weiß nicht, was ich tun soll, welchen Weg ich gehen soll... Kennst Du das, wenn Du dich zwischen zwei Menschen entscheiden musst?" Ich sagte ein ganz klares Nein. „ Geh' dorthin, wo Dein Herz zuhause ist", antwortete ich. Er wusste, das Svenja, die junge Frau, Mutter seiner jüngsten Tochter, ihn wohlmöglich auch liebte... Doch er wusste nicht wie stark seine Gefühle für sie waren, denn wenn es Liebe sein würde, würde ihm Treue nicht schwer fallen... Wenn man wahrhaft liebt, den Lebenspartner gefunden hat, dann macht Treue Spaß, und ist freiwillig...Doch es fiel ihm schwer, nur ihr treu zu sein...immer und immer wieder...

Aber die Tochter, sein einziges Kind, das er aufwachsen sehen könnte... Zu ihr geht sein Herz.

Und es gibt ein heiliges Gesetz, das Eltern niemals brechen dürfen: Niemals einen anderen Mann oder Frau vor den eigenen Kindern zu stellen...

Auch ich würde es niemals tun, oder verlangen. Und das ist der wahre Grund, weshalb unsere Wege auch in dieser Zeit parallel zu laufen haben... denn immer und immer wieder, scheitern Mustafa und ich an der Realität. Und doch sagte er mir einmal: „Ach wenn Du doch nur warten könntest...In sieben Jahren könnte ich versuchen schuldenfrei zu sein...und einen Offenbarungseid leisten, damit mir all' meine offiziellen Schulden erlassen werden..." Und ich sagte ja, denn in Anbetracht des Alters meines jüngsten Kindes, meines Sohnes, schien mir dieser Zeitraum auch als durchaus angemessen. Und es gibt noch eine Eigenschaft, von manchen Männern, denen ein Vorbild gefehlt hat, beziehungsweise die mit Frauen großgeworden sind: Eine Frau hat für sich und die Kinder selbst zu sorgen, und dann am besten auch noch für den oder die Männer...

Ein Relikt möglicher Weise aus Kriegszeiten, oder einer Männer-Gesellschaft, sehr weit verbreitet auch im Balkan. Auf jeden Fall auch ein Muster dem Mehmet, der Deutschländer-Osmane ist, folgt. Und zu viel hatte er in seinem Leben schon in den Sand gesetzt... Sich stets aus der Verantwortung für Andere entzogen. Diese Eigenschaft fehlte ihm vollständig, sich verantwortlich für Andere und die Seinen zu fühlen. Er konnte nur sich selbst betrachten, seine Fehler und Schwächen...Und wenn er in der Lage war, etwas bei anderen zu erkennen, war es immer nur ein Spiegel seines Selbst. Er hatte so viel Schmerz in sich, und wenn es aus ihm heraus brach, stand man dem schutzlos und hilflos gegenüber. Nein, mich brauchte er nicht täuschen und belügen...er fühlt zu sehr, dass wir miteinander immer einen Weg finden, uns auch ohne Worte zu verstehen, und zu verzeihen. Es gibt eine Art von emotionaler Intelligenz, das ist die Ebene, in der wir unsere Freiheit miteinander gefunden haben...und die uns trotzdem verbindet.

Einmal erzählte er mir auch die schreckliche Wahrheit um das Schicksal seines ersten Kindes, seines Sohnes. Er hatte versucht, um dieses Kind zu kämpfen, schon von der Schwangerschaft an, denn die Mutter dieses Kindes hatte die Schwangerschaft im Grunde nicht gewollt. Mit Sicherheit war es für ihn keine leichte Beziehung zu dieser Frau gewesen, denn damals wollte er alles tun, um es ihr recht zu machen, und ihr zu gefallen...Er trainierte hart an seinem Körper um schön zu sein, und wollte ihr etwas bieten...auch in finanzieller Hinsicht. Und als sein Sohn noch gerade einmal zwei Jahre alt gewesen war, ließ er sich zu der Idee verleiten, leichtes Geld zu machen. Er kaufte Heroin ein, um es mit Eistee zu strecken, und dachte daran, es auf eigene Faust es zu verkaufen. Doch selbst einem Idioten hätte klar sein müssen, dass so etwas aus vielen Gründen unmöglich ist.

Schon bei dem ersten Versuch, dieses Zeug zu verkaufen, wurde er verhaftet. Möglicher Weise sogar verraten, denn es ist unmöglich auf eigene Faust zu dealen, wenn kein Syndikat

dahinter steht. Ganz abgesehen davon, ist es ethisch und moralisch ein hochrangiges Verbrechen, mit der Abhängigkeit von Menschen Gewinn zu machen, Opfer auszubeuten. Und mit Recht wird dieses Vergehen hart bestraft. Er hatte sich in skrupellose Kreise begeben, und sein Freundeskreis damals waren ein denkbar schlechter Umgang. Er wurde zum Glück verhaftet, aus dem Verkehr gezogen, für ihn persönlich mit Sicherheit ein Segen, denn wer weiß, wie lange er diese Position überlebt hätte, oder Schlimmeres geschehen wäre.
Aber das wirkliche Opfer wurde sein Sohn. Denn kaum war er für drei Jahre Gefängnis verurteilt, gingen zwei seiner sogenannten Freunde zu seiner Frau, und überredeten sie zur Prostitution, um auch an das schnelle Geld zu kommen. Der kleine Junge kam natürlich in eine Pflegefamilie. Und noch heute tanzt seine Mutter im Bordell. Mittlerweile hat sich der Junge aber selbst entschieden, doch bei ihr zu leben, denn mit 14 Jahren durfte er sich dazu entscheiden. Denn auch er hat auch zu wenig Vertrauen in Mehmet. Mehmets Pflicht wäre es nämlich gewesen, damals Beide zu schützen, für sie mit anständiger Arbeit zu sorgen, und nicht ihr Schicksal zu riskieren. In Mustafas Gedankenwelt ist es zu mühselig mit anständiger Arbeit zu Geld zu kommen. Er glaubt nach wie vor, nur mit illegalen Methoden in Deutschland schnell zu viel Geld kommen zu können. Und wenn schon, braucht man viel Geld, oder gar keins. Einen langen redlichen Zwischenweg kennt er nicht.
Doch wie schnell kann die Zeit vergehen, Jahre zu nur einem Tag werden. Denn es zählt nicht die unbewusste Menge an Zeit die verstreicht, sondern die bewusst genutzte Zeit. Das Leben

misst sich nicht in vielen Atemzügen, sondern an denen, auf die es ankommt.

Und so merken Menschen, die ein bestimmtes Ziel haben, einen Weg gehen, oft gar nicht die Länge und Dauer der Zeit, denn sie gehen diesen Weg oft gern und freiwillig……..Und so war es auch mir mit meinen Kindern geschehen, ich habe einfach nur meine Kinder großgezogen, und gar nicht gemerkt, dass ich älter als 23 Jahre alt geworden bin. Naja, äußerlich natürlich…doch innerlich? Ich hatte gar keine Zeit gehabt, über mich und die Welt nachzudenken.

Doch auch Mustafa war fast trotz Allem noch genauso, er hatte gar nicht wirklich angestrebt, erwachsen oder älter zu werden. Er konnte unbefangen sein, wie ein Kind, dessen Leben noch vor ihm liegt. Das war auch wieder ein Wunder, das uns verband. Manchmal hüpften wir dann einfach unbefangen in der Gegend herum, pflückten uns merkwürdig aussehende Blätter oder Früchte von den Bäumen, um dieser näher zu betrachten, rannten um die Wette quer über öffentliche Grünflächen und versteckten uns nur hinter Mauernischen um uns gierig zu küssen. Ja, es war himmlisch ihn zu küssen. Er kam mir dann wie ein geheimnisvoller Krieger aus einer anderen Welt vor, und ich versank förmlich in seinen Kuss, löste meine körperliche Hülle auf, und ließ alles Materielle und Irdische an dem ich mich ansonsten festhielt, meine Handtasche, zu Boden gleiten. Es gibt nichts, was ich für diese kostbaren Momente eintauschen würde. Er, der nun einen Kopf größer war als ich, und ich, endlich nur ein schwaches Weib. Hingebungsvoll schmiegte ich mich in seine Arme, denn er hat es, den perfekten Körper, die wunderbaren Schultern, an denen sich jede normale Frau anlehnen möchte, um sich köstlich geborgen zu fühlen.

Doch kaum hatte er eine Lücke in unserer Nähe entdeckt, zog es ihn wieder zu den Sportwetten. Mir kam es vor, wie eine Flucht aus allen Welten.

Irgendwie wollte er mit mir sein, und doch nicht. Er versuchte mich mit in seine Flucht miteinzubeziehen, doch ich nahm es nur hin, denn während ich meine alltäglichen Arbeiten verrichtete, er sich nur mit dieser Sache beschäftigte, er war ganz konzentriert…quasi nicht vorhanden. Er hatte dann kein Gefühl für Zeit und Raum…für gar Nichts.

Einmal kochte ich für ihn, ein komplettes 5 Gang-Menü, Tomaten mit Mozzarella, Kräuterbrot, Nusskuchen, Lasagne mit Rindertartar und Mousse au Schokolade, Salat…deckte alles perfekt ein, er saß am anderen Ende der Tafel, nur erhellt durch Kerzenschein, wie hoch in einer mittelalterlichen Burg, ein perfektes Dinner mit Musik und für mich Rotwein. So etwas hatte ich noch niemals für irgendjemanden getan, versetzt in eine andere Zeit.

Mustafa sagte dazu: „ Es ist doch schon merkwürdig, dass Du hier mit mir sitzt, ausgerechnet ich derjenige bin… und kein anderer…"

Mein Mann tat das nie mit mir.

Er wusste das Essen zu würdigen, denn er aß viel, doch war es eben ein Bestandteil meiner Wünsche, meiner Kultur… meiner Welt und mein Traum den ich teilen wollte, mit ihm.

Und es macht so viel Spaß für jemanden zu kochen, der es mag.

Danach brachte ich ihn fast sofort wieder zu seinem Zuhause...denn er wollte nicht als Preis sich selbst verkaufen...Und doch, durfte ich ihn, etwa zwei Stunden später, wiedersehen...

Es war immer noch warm draußen, eine laue Sommernacht, und wir hatten die letzten Wochen wie im Rausch gelebt. Doch nun spürte ich, dass er versuchte, zurück in die Welt, aus der er in die meine gekommen war, zu begeben. Wir liefen durch die nächtliche Stadt, um das Schloss und den See, redeten über Politik, und langsam versuchte er mir seine Familienstruktur und Kultur zu erklären, 1000 Gründe zu finden, die ich nicht verstehen konnte, da ich sie nicht kannte. Ich verstand immer noch zu wenig von seinem Leben und den Umständen, die dieses beeinflusst hatten. Meine zehn Worte türkisch, zum Beispiel, waren uralt, noch Relikte aus der Zeit mit Ergün, der ja auch im Grunde kein Türke war. Und dann irgendwann landeten wir bei seinen alten Wunden von damals, 1985...Ali. Die Geschichte, von der er geglaubt hatte das sie wahr sei... und ich war schließlich dann bei meiner Geschichte mit Yasin und Sofia, sagte ihm das, was geschehen war...Und es war auch nicht schwer mit ihm zu reden...

Interessant ist es, das Mustafa auch nicht wusste, das Yasin Kurde war: „Nee", sagte er, „Der ist Yeside" „Hey, und was sind Yesiden?", fragte ich. „Teufelsanbeter oder so, und irgendwas mit Feuer", antwortete er, der geborene Sunnit. „Also doch nur Türken? " fügte ich an...Und Mustafa nickte mit den Kopf. Er selbst lief zwar mit allen möglichen Menschen durch die Gegend, doch interessierte ihn auch nicht wirklich ihre jeweilige Herkunft. Er genoss es, lediglich

Beachtung und Respekt zu bekommen. „Mustafa, ich kann Dir das Alles was Du so sagst nicht glauben." Das war mein finaler Schlusssatz zu unserem gesamten Gespräch.
Und somit bekam ich ihn dann doch noch zurück für mich und für diese Nacht.
Es war wieder eine Nacht von Samstag auf Sonntag. Und ich war so dankbar, dass er auch diese Nacht mit mir teilte. Zu oft hatte ich um mein Leben geweint, geweint darum, seit Jahren keinen wirklichen Mann zu haben, der mit mir die Nacht teilt, der mich einfach nur an seiner Seite einschlafen lässt, und dem ich am nächsten Morgen seinen Kaffee oder Tee kochen durfte. Das eben ist für mich schon die höchste Form von Glück.
Und pünktlich bevor mein sogenannter Ehemann zum morgendlichen Duschen nach Hause kam, war auch wieder Mustafa in sichere Gefilde zurück verbracht worden.
Doch noch schläfrig und müde registrierte ich im Laufe des Tages drei Anrufe von Mustafa auf meinem Handy. Denn ich hatte ihn zugesagt, das er noch eine relativ neue Sofa Garnitur sich aus meinem Keller fischen durfte. Meine Mutter hatte diese schon lange im Keller als störend empfunden, und Mustafa wollte sie unbedingt als Errungenschaft für sich, um diese gegebenen Falls seinem Vater zu präsentieren. Denn er meinte sein Vater sei ihm in der Beziehung ähnlich, so wie mit dem Sammeln von nützlichen Dingen des täglichen Lebens. Eben türkische Piraten auf Beutezug. Mir war es auch egal, ob er das Sofa weiter verkaufen würde, um das Geld dann gleich wieder zu verwetten. Nun, vorerst würde er die Möbel auch im väterlichen Keller einlagern. Er organisierte also einen typischen riesigen weißen Transporter, mit dem auch sonst

üblicher Weise von dessen Besitzer Schrott und Sperrmüll eingesammelt wurde, und rückte mit seinem Freund Orkan an. Orkan war ausnahmslos nett und sehr charmant zu mir, hatte äußerst kultivierte Umgangsformen, und beide blieben auch noch zum Tee und aßen genüsslich von meinem Nusskuchen. Mustafa checkte Wetten am PC, fragte mich bei den Quoten durchaus nach meiner Meinung, Orkan und ich führten derweil gepflegten Smalltalk. Wir übten uns in cooler Courtenance, denn Mustafa und ich meinten dann noch irgendwann zu ihm, dass wir im Grunde mit unserem Leben spielen. Roulette, er und ich, als verheiratete Frau eines Griechen. Das ist seit ehedem schon eine Erbfeindschaft. Danach beluden beide auch noch das Auto mit diversen Holzbrettern und überflüssigen anderen Dingen, die bei uns so zu finden waren, auf dass unser Hof gut aufgeräumt wurde, und als Nebeneffekt machte sich Mustafa dann noch über den Apfelbaum in unserem Garten her. Auch ein Hobby von ihm: „ Gratis Essen..." In diesem Zusammenhang fällt mir ein etwas frivoler Witz ein:
Ein deutsches Ehepaar abends bei sich zu Hause, der Mann schaut im Fernseher Nachrichten, und die Frau schält Kartoffeln. Dann geht die Frau hinaus, um draußen in der Biotonne die Kartoffelschalen zu entsorgen. Dabei fällt ihr Ehering mit in den Abfall, und sie bückt sich, und sucht verzweifelt nach ihrem Ring. Unterdessen kommt ein türkischer Kombi vorbei, auf der Suche nach Nützlichem, und die Frau in der Biotonne wird gesichtet, denn nur ihr Oberkörper ist in der Tonne versunken... Das Auto hält an, zwei Türken steigen aus, schauen sich den Müll an, und meinen über die Frau in der Biotonne: „Ne, ist doch noch gut,

muss man nicht wegschmeißen, können wir noch gebrauchen...."
Mich immer und immer wieder von ihm zu trennen, es fiel mir unendlich schwer. Er saß neben mir im Auto, und wir wussten, dass wir nur noch wenige gemeinsame Minuten und Augenblicke zusammen verbringen konnten....Mittlerweile hatte ich so viel mit ihm geteilt, ihn sogar meine alte afrikanische Briefmarkensammlung und alte Poesiealben gezeigt, und wie eine Wahnsinnige habe ich all meine alten Kisten durchwühlt, auf den Spuren der Vergangenheit kostbare Schätze gefunden...und ich verfasste auf Grund von alten Tagebucheinträgen eine schriftliche belletristische Zusammenstellung aus der Zeit mit Ergün.
Aber auch er schleppte mich in die Wohnung seiner Eltern, und zeigte mir seine alten Musikkassetten, zumeist persische oder spanische Musik, die wir beide zusammen hörten. Und in ihm schlummerte eine durchaus romantische Seite. Doch wenn er diese zuließ, überdeckte er sie sogleich wieder mit einer gehörigen Portion Sarkasmus. Trotzdem nahm ich eine Kassette mit der Musik aus den 50ern und 60ern für ihn auf, und gab ihm dieses erste kleine Buch aus meiner Vergangenheit, das ich auf Grund von Tagebucheinträgen zusammengefasst hatte...mit Träumen und Gedichten fein gewürzt, um unsere Fundamente zu teilen. Freiwillig, denn jeder Mensch entscheidet selbst darüber, was er gibt oder zulässt.
Doch als er so neben mir in meinem Auto saß, fast schweigsam wir beide, nahm er meine Hand, und bog die Spitzen seiner Finger mit den meinen zu einem Bogen, und sagte: „Lass uns

auch unseren Schmerz zusammen teilen." Unseren Schmerz, meinen Schmerz durch das Leben und er den Seinen....Und noch immer wünschte ich mir nichts sehnlicher als von dieser Welt hinein in 1000 Sonnenuntergängen mit meinem Liebsten zu entfliehen.

Dann stieg ich auch noch ein letztes Mal mit ihm aus, nur um noch einmal seine Umarmung zu spüren, seinen Kuss auf meiner Stirn, in kostbaren Sekunden, und wenn ich dann ging und losfuhr, hatte ich jedes Mal das schreckliche Gefühl einer Leere...Als wenn ich mein Leben verlor.

Und das tat ich auch, ich hatte mein altes Leben verloren, 22 Jahre abgestreift, und war qualvoll erwacht mit einer anderen Franziska. Eine Franziska, die lieben und lachen und auch leiden wollte. Fühlen, einfach nur fühlen...Nähe und Distanz, eben nicht mehr alles mit einer anscheinend heilen Welt zudecken wollte, und in der ich mich als Person verloren hatte...Es waren wie Puzzelteile, die neu zusammen gesetzt werden mussten. Die Altes und Neues miteinander verbanden, und sehr schmerzhaft für alle Beteiligten, inklusive meiner Familie. Denn die gewohnte Franziska gab es nicht mehr. Erwacht war ein anderes machtvolles Wesen, mit allen Schwächen und Stärken einer Frau. Fast überfordert, um klar genug allein zu denken.

Und ich träumte, träumte Tag und Nacht nur von Mustafa.

Mustafa zu lieben fühlt sich an, wie am lebendigen Leibe frittiert zu werden.

Denn oft sah ich ihn noch in meinen Erinnerungen, wie er einst mit seinen wunderschönen kugelrunden Augen auf meinem alten grünen Sofa in meinem Zimmer saß... Er musste dann oft

Schallplatten anhören, auch solche die ich aus der Stadtbibliothek entliehen hatte, zum Beispiel: Ursprünge der osmanisch/persischen Musik, und ich konnte ja nicht wissen, was er darüber wusste, also er lernte mit mir etwas gemeinsam. Wenn ich türkische Musik höre, ist dieses Wissen mein Zugang dazu, und die Verbindung mit der griechischen Kultur, denn es gibt viele Parallelen dazu. Jede Sequenz, jeder Takt, ein schmerzvoller Herzschlag für meinen Liebsten. Und das ist, das, weshalb ein Funken meiner Seele ihn für mich unsterblich macht.

Wenn man uns zusammen sah, bekam niemand Zweifel, auch seine Bekannten nicht. Mit mir zeigte er sich, nicht mit anderen Frauen. Mit mir ging er Eis essen, in Restaurants und shoppen. Manchmal sah ich seine Sehnsucht wirklich so mit mir leben zu können, so das er bezahlen konnte, in Boutiquen, und nicht ich. Und wenn er etwas Geld übrig hatte, eben gewonnen hatte, lud er mich befriedigt ein. Nein, er ist nicht geizig oder egoistisch.

Er kauft ein im Bioladen der Kleinstadt, und auch dort nahm er mich auch mit hin, und stellte mich vor, denn er liebt es über Gesundheitsthemen zu diskutieren…Der Inhaber fragte natürlich, ob er nun endlich Mustafas Lebensgefährtin vor sich hatte, und er antwortete: „Nein, sie hatte es sich anders überlegt…" Und ich schaute ihn tödlich getroffen an, und erwiderte: „Hatte ich denn eine andere Wahl?"

Oh, Mustafa, was tust Du mir nur an…Niemals hast Du mir je einen richtigen Antrag gemacht… Niemals…Fast alles hätte ich getan, dafür…Du nimmst mich einfach nur hin, in Deinem

Leben. Aber ich bin immer noch eine Frau, und eine Frau hat ein Recht darauf, gefragt zu werden!
Und so träumte ich des Nachts davon. Wie es nur eine einzige Möglichkeit geben könnte… Mein Geist zermarterte sich, quälte mich. Und ich träumte davon, Mustafa standrechtlich persönlich zu erschießen… Und sein toter Körper würde dann nur mir allein gehören. Ergün und Alex standen daneben, in diesem Traum. Und Alex würde am liebsten Mustafas Eingeweide grillen, das wusste ich genau. Denn auch er überlegte Methoden: Ihn einzugraben, und nur den Kopf freizulassen, in der prallen Sonne, ohne Wasser. Oh ja, Griechen haben nicht nur Liebeskultur, nein, sind auch Meister der Folter. Er dachte an Selbstjustiz, und meinte in Griechenland würde nie ein Hahn nach einem Mustafa krähen…
Denn gesetzlich war ich ja verheiratet…doch nie vor Gott, und er, Mustafa, auch nicht. So bleibt uns nur das Universum, die Träume und die Sterne… Auf diese Weise sah ich ihn und mich in meinem Wald stehen, und um den Segen des Himmels flehen…Wie Haiden…Denn manchmal bin ich wirklich der Meinung, dass der Islam irgendwie keine richtige Religion ist, da dieser zu sehr versucht, den Menschen nicht als selbstständiges Individuum zu betrachten…eher eine Diktatur, eine politische Richtung. Auch wie sooft der Glauben benutzt wird, heran gezogen wird, um Archaisches weiter zu etablieren…Also für mich sind viele sogenannten Moslems „Haiden". Punkt.
Doch aber auch Alex entschied, wir sind kultiviert. Wenigstens wir, wenn schon nicht die Osmanen. Das ist die typische

Meinung eines Griechen: Türken können einfach keine vernünftige Kultur haben! Das ist quasi unmöglich, und wenn da etwas ist, wurde es eh nur von den Griechen geklaut!
Und so, in unseren beiden Religionen würden wir uns nie einigen können, Mustafa und ich, und manchmal habe ich eben das Gefühl, er würde mich am liebsten in einem sunnitischen Kloster sehen, wenn es denn so etwas gäbe, mit Kopftuch und Zölibat. Denn er, der Osmane, würde sich nie für mich auch nur ein Jota verändern, doch für ihn soll eine Frau Alles tun, wenn sie ihn nun gern hätte. Und ich weiß genau, er würde sich auch nicht einen Schritt dazu tun, wie zum Beispiel eine gemeinsame Wohnung suchen, oder einer geregelten Arbeit nachgehen. Zu sehr ist er ein türkischer Macho, der automatisch der Frau den „schwarzen Peter" zuschiebt. Und hinterher gäbe es auch keine Garantie dafür, dass er gemeinsame Lebenspläne schmiedet. Mit anderen Worten, wir sind beide nichts anderes als dickköpfige konservative Spießer aus unterschiedlichen Kulturkreisen. Und jeder beharrt auf seine Traditionen. Wir können auch nicht anders sein, so würde uns dann ein Teil unserer Persönlichkeit fehlen.
Und immer und immer wieder quälte er mich mit diesem Thema: „Religion." Tausende von Salatgurken würden nicht ausreichen um ihn diese um die Ohren zu hauen, damit er es sein lässt, mich damit zu martern.
Ja, das wird auch ewig zwischen uns stehen. Dieses Etwas das ich niemals für irgendjemanden opfern werde und kann: Meine Religion, meine Kinder, und auch keinen einzigen Griechen oder Menschen. Wir Christen opfern nicht!
Auch mich muss man lieben wie ich bin.

Nichts desto trotz bekommen wir jedoch ein friedliches und durchaus harmonisches Miteinander hin. Und ich muss zugeben, das ist zum großen Teil auch sein Verdienst. So wirklich sauer und aggressiv ist er nie. Er kann so flauschig gucken.... Wir streiten eher konstruktiv und mit Argumenten, und sind dann wieder nett, oder wechseln das Thema...Wir können nicht wirklich böse aufeinander sein. Und das mag auch daran liegen, dass wir sehr viele charakterliche Gemeinsamkeiten haben. Mustafa hat eine durchaus emphatische Ader, und ich eben internalisiere gern, und fange gern erst später an, darüber nach zudenken. Oft handele ich erst, und versuche es dann später rational zu begründen.

Und noch jemand hielt seine ganz eigene Stellung: Alex. Er weinte und litt, versuchte mit mir und um mich den Kampf zu kämpfen...Doch er konnte auch nicht mehr tun geben und zu den Mann mutieren, der mir all das zu geben vermochte, wonach meine Seele sich sehnte. So hatte Ergün den einzig möglichen Weg aufgezeigt, ich musste allein mein Leben verändern.

Ich beschloss also auch mit Mustafa zu reden.

So bestellte ich ihn eines Sonntags zu einem Mühlenteich außerhalb der Kleinstadt. Schweigend liefen wir zusammen eine große Strecke um diesen herum, und schon wieder spürte ich seine Anziehungskraft auf mich. Naiv wie ich war, teilte ich ihn meinen Entschluss mit, erst mal allein meinen Weg zu suchen, denn er bekannte sich ja nicht klar zu mir. Doch irgendwann hob er mich einfach hoch, nahm mich in seine Arme, und sagte zu mir: „Ich wünschte Du wärst Single." Oh, wie verheerend destruktiv wirkt sich das auf eine Seele einer verheirateten Frau aus, die nun mal Familie hat, aber trotzdem verliebt ist.

Doch wie schon in der Vergangenheit rettet mich mein eigenes Kung-Fu, und Ergün. Er war der Ursprung, und die Quelle meiner Irrungen, und nun brauchte ich alles, das er mir noch zu geben vermochte, und was mir noch fehlte an Erkenntnis, denn er hatte es geschafft, er war der Meister. Der Meister zwischen den Welten. Ich war nur ein kleiner Orangegurt gewesen, mit zu wenig Erfahrung und Wissen diesen Kampf klug zu kämpfen. Nun ich spürte instinktiv wie sehr ich ihn brauchte. Eben eine von nur scheinbarer Gnade und Liebe beschützte Frau, und doch seine erste Frau. Und wieder kam ich auch zu ihm zurück, unwissend wie ein Kind, mit nichts in der Hand, außer der Erinnerung an ihm, ich kam zu ihm wie eine von der Klippe gestürzte Seele, um auch ihm sein Recht, das alte Buch der Erinnerungen zu überbringen, das ich die „Macht des großen Es" nannte.

Denn innerlich hatte ich auch zu ihm nie meine Treue gebrochen, und werde es auch niemals tun. Mustafa hat es immer gewusst. So gut kennt er mich, besser als mein eigener Ehemann. Aber nicht besser als Ergün.

Denn ich war doch noch nicht gestorben, damals, mit 21 Jahren, Mustafa hatte mich zwar nun erwachen lassen, doch befreien kann sich jeder Mensch nur selbst.

Aber durchwandern musste ich nochmal all meinen Schmerz und Leid, allein, um daraus zu lernen. Nur daraus erwächst Mut und Stärke. Und ich vertraute Ergün, niemals würde er mich in Stich lassen, niemals würde er es tun, mich zerbrechen. Denn die oberste Regel ist Respekt und Disziplin. Vor jedem

Gegner, jedem Menschen, und diesen als Lehrer an zuzuerkennen.

Menschenwürde, und in meinem Falle, Liebe, das unendliche Licht am Ende meines Lebens, das ich suche.

Und doch, ich fühlte mich am Boden aufgeschlagen, aufgeschrammt durch die zerklüfteten Felswände des freien Falls, versuchte mühsam Schlaf zu finden, nahm wider besseres Wissen Diazepam, um mich künstlich nachts zur Ruhe zu setzen, und dachte, ich bin von blutigen Schrammen übersäht. Denn nichts hatte mich gestoppt oder gehalten, um bei Mustafa zu sein.

Denn Vertrauen ist der Nährboden für die Liebe.

Für eine jede erfüllende Beziehung, muss man das Wagnis eingehen, sein Herz zu öffnen und zu vertrauen. Ergün…

Niemand sonst, von dem ich wusste, wohin mein Weg mich nun noch hätte führen können.

Denn jeder trägt sein eigenes Kung-Fu in sich, den Weg des eigenen Lebens, den es zu bestehen gilt. Jeder Mensch hat irgendetwas was er besonders mag oder gut kann, das ist das Holz, welches zu bearbeiten und zu formen ist. Das ist Kung-Fu.

Und so stand ich vor Ergün, mit etwa dreißig geschriebenen Seiten, fein säuberlich eingebunden, und noch nicht mal ein halbes Dutzend Gedichten…Alles was mir noch verblieben war…nach über 20 Jahren. Aber es enthielt mein Herz, und ich legte ihm dieses erneut bescheiden zu Füssen.

Seine einst strahlende und tanzende Wald Fee, so hatte er mich empfunden, das war ich für ihn gewesen. Doch nun nur noch eine Frau.

„Du hast es nicht gewusst, dass ich geschrieben habe"...sagte ich zu ihm.

„Nein, ich habe es nicht gewusst", antwortete er mir.

Zu sehr war ich damals mit ihm in seiner Welt aufgegangen, hatte ihm einen Boden bereitet, so wie ich es für all meine Männer zu tun pflegte, die ich liebe und glücklich machen will. Er begrüßte mich trotz allem, was jemals gewesen war, und nach all' den Jahren, wie einen edlen Gast, in seiner bescheidenen Wohnung.

Nur um ihn zu finden hatte ich Katja gebraucht... Denn nur sie stand im Telefonbuch, die Frau, die ihn für Fadil, den Kurden, verlassen hatte...die Mutter seiner Söhne. Und fast erleichtert gab sie mir die Privatnummer von Ergün. Katja hatte angeblich all die Jahre mich gefürchtet, doch nun fühlte sie sich stark und frei genug um mit mir zu reden, denn sie wähnte sich unerreichbar für mich, eben bei Fadil, und weit weg von Ergün. Doch mir reichte Ergün seine Hand, tief unten am Ende der Klippen, von tosenden grauen Wassern umgeben. Er war da.

Genauso verletzt wie ich, stand er vor mir, denn er war schon vor mir von den Klippen gesprungen.

Oh ja, ohne es zu wissen, oder geplant zu haben, war ich ihm gefolgt.

Eine Frau folgt ihrem Mann. Und nun hatte ich drei.

Ich erzählte ihm alles von Mustafa. Wie schier wahnsinnig ich geworden bin...Mustafa zu lieben. Alles was er noch nicht wusste, und er hatte auch von mir und Mustafa nach unserer Trennung damals, nie etwas darüber erfahren... Zu gut zugedeckt hatte ich mein weiteres Leben darauf aufgebaut, mit fast versteinerten Herzen. Und nun saß ich da, und schaute hoffnungsvoll zu ihm auf.

„Oh Franziska, als wir uns getrennt hatten, damals, wollte ich doch einen besseren Mann für Dich, einen der besser ist als sogar ich…Doch sieh ein, **Du hast noch nie einen richtigen Mann gehabt.** Ach, was Du für Männer hast, das sind keine Männer für dich! Auch Alex nicht, und Mustafa schon gar nicht!"

„Aber es gibt doch keine Anderen…und Alex ist doch nicht schlecht, und Mustafa liebe ich nun mal…!"

„Oh Du…Keiner von Beiden ist der Richtige für Dich!"

„Aber wo hätte ich denn Einen finden sollen? Ich wollte nicht für immer allein sein, ich wollte doch Familie und Kinder! Worauf hätte ich denn ewig warten können?"

„Nun, was ist denn überhaupt mit Deinem Mann?", fragte er.

„Ach Alex, er hat vergessen…er wird nur noch alt, und reibt sich daran auf, seiner Familie, also den Kindern und mir es an nichts in materieller Hinsicht fehlen zu lassen…aber er lebt nicht wirklich. Und wenn, dann habe ich es immer für ihn oder für uns geplant. Manchmal sehe ich ihn über Tage nicht, denn er arbeitet nur, und wenn er kommt, lasse ich ihn für die Kinder da sein, denn wenigstens sie sollen noch spüren und wissen, dass sie einen Vater haben. Doch ich, ich hatte schon fast vergessen, wie es ist, eine Frau zu sein. Ich bin Mutter, doch spiele ich nach außen hin die Ehefrau…Eben wie ein Besen hinter der Tür. Manchmal rufe ich ihn doch dann einfach an, so unendlich traurig…verzweifelt, um wenigstens die Stimme meines angeblichen Ehemannes zu hören. Ich weiß auf seine Art liebt er mich…, er meint es nicht böse, und er konnte sich

bis jetzt auch immer auf mich verlassen. Doch Ergün, ich bin doch auch bloß ein Mensch, ich möchte doch nichts Schlechtes oder Unmenschliches, sondern einfach nur fühlen, lieben."
„Aber so bist Du doch auch allein! Alex hat Dich nie verstanden, auch wenn es gut meint. Er kann es einfach nicht. Du hast Alles von Dir für ihn aufgegeben."
„Ergün! Es gibt einfach keine Männer für mich! Das ist eben mein Schicksal... Und ich will doch nicht anders sein als andere Frauen, ich will ganz normal sein! Ich ertrage es einfach nicht, für ewig nur auf einem Podest zu stehen."
Und so weiter...verlief unser Gespräch... Ich lehnte mich verzweifelt an ihm, er wärmte mich, und er begann meine Knochen einzurenken. Das tat er gern, denn er wendete Shiatzu bei mir an. Eine asiatische Druckpunktmassagetechnik.
„Du siehst und fühlst doch selbst, wohin das führt... Zu nichts, denn es ist hoffnungslos. Frauen werden als Beute betrachtet. Du hast nur solange einen Wert, solange Du Beute bleibst. In dem Moment, wo Du nachgibst, verlierst Du den Beutewert, bist nur noch eine Trophäe- ein Handelsgegenstand für andere Jäger. Du hattest für Mustafa einen hohen Beutewert, zumal er in Dir auch meinen Besitz gesehen hat, und dann noch als Frau der Griechen...Doch nun, er ist bestimmt nicht bereit für Dich etwas in seinem Leben zu verändern, denn es geht doch auch so, und ihm geht es gut dabei..."
„Dann hat er keine Gefühle für mich?"
„Mag sein, aber Gefühle spielen in seinen Kreisen keine so große Rolle."
„Aber ich bin doch ein Mensch...und nicht nur eine Beute, eine Sache...das ist unmenschlich!", ich fing an leise zu

weinen. „ Er war doch mein Kleiner, mon petit…Was soll ich jetzt bloß tun? Ich fühlte mich doch verantwortlich für ihn."
Und ich gebe jeden Menschen einen Wert, denn ich bin nicht so gering, ich bin mehr als nur eine ein Mensch, ich möchte doch nichts Schlechtes oder Unmenschliches, sondern einfach nur fühlen, lieben.
Und es wurde mir langsam klar, das nur ich selbst über meinen Wert bestimmen wollte. Und je mehr Wert ich Mustafa gab, desto mehr Wert verlor ich möglicher Weise von mir. Und trotzdem beschloss ich, ihm weiterhin Wert zu geben, denn mir kann niemand meinen Wert nehmen, ich bestimme, nur ich allein. Niemand kann mir etwas nehmen, was ich mir selber gebe. Und ich gebe jeden Menschen einen Wert, denn ich bin nicht so gering, ich bin mehr als nur eine Sache oder Beute oder Frau. Das tue ich für meine eigene Menschenwürde. Auch wenn es mit Füssen getreten wird. Wer mich dann tritt und verletzt, verletzt letzten Endes nur sich selbst, und sinkt dann selbst noch tiefer herab in seiner Würde und nimmt sich dann den Wert des Menschseins.
Und Ergün hielt zu mir, und wärmte mich.
„Weißt Du, Franziska, Du musst weg. Du musst weg von allen, und diesen Kreisen."
„Aber meine Kinder?" fügte ich verzweifelt an-
„Ach, die Mädchen sind groß…und Dein Sohn wird irgendwann verstehen."
„Ich glaube nicht, dass mein Sohn es verstehen wird, die Mädchen vielleicht."
„Was meinst Du, wozu Kinder so alles in der Lage sind."

„Nein, Ergün, bei meinem Sohn habe ich so meine Zweifel. Denn manchmal ist es so, als wenn er glaubt mit mir verheiratet zu sein. Und er würde wahrscheinlich nicht mitwollen."

„Aber er muss, denn wie kannst Du so noch weiterleben? Das was geschehen ist, ist nicht ohne Grund geschehen. Leb' endlich Dein Leben, Dein Eigenes, und nicht das von Anderen. Und auch den sogenannten Wohlstand wirst du nicht wirklich vermissen. So gut kenne ich Dich."

„Wohin soll ich gehen, Ergün?"

„Geh' nicht in diese Stadt, es ist zu nah, gehe in die Stadt, in der Du studieren wolltest," meinte er. „Dort gehörst du hin. Du suchst Dir als erstes eine kleine Wohnung und dann Arbeit."

„Hm, ja gut, das bekomme ich hin." „Und dann siehst Du weiter…fürs Erste. Und das was Du geschrieben hast, steht für immer, für die Ewigkeit, das mit uns."

„Ja, das steht für immer…Ergün."

Und ich sah in seine lieben Augen, und wie immer sah ich auch seinen Schmerz darin…Seinen Schmerz über Katja, und Verzweiflung…Er fühlte so sehr mit mir.

„Und was für einen Mann wünschst Du Dir nun?"

„Ach, ich bin im Grunde eine ganz einfache Frau. Einfach Einen der sich nur von mir lieben lässt…"

„Ja, ich kenn Dich. Du möchtest ihn dann am liebsten auf Kissen betten, anbeten, und verwöhnen. Und so Einen musst Du erst mal finden… Aber bedenke, er muss es freiwillig wollen, Du kannst niemanden dazu zwingen."

„Warum sind Männer eigentlich so? Warum wollen sie einfach nicht die Schönheit in den einfachen Dingen erkennen? Warum immer dieses Beute und Jagd-Gehabe?"
„Weil sie dumm sind, Franziska. Einfach dumm. Sie erkennen nicht eine gute Frau. Sie sehen nur die Äußerlichkeiten, die Oberfläche…Eine Frau wie Du hat mehr Liebe im kleinen Finger…als irgendeine andere… Du hast einfach zu viel von Allem, und das macht ihnen Angst. Doch gib' nicht auf…"
Ach doch Ergün, ich gebe erst mal auf. Ich glaube nicht mehr an den Traumprinzen, so naiv bin ich nun auch nicht mehr- denn ich liebe trotzdem Mustafa…so sehr."
„Verdammt Franziska, er ist es nicht wert! Und selbst er weiß das! Es hat keinen Wert! Geh' raus aus diesem Kreis!"
„Doch Ergün, für mich hat es das- und wenn ich bis in alle Zeiten darum suchen muss… Das bin ich mir schuldig!"
„ Er kann nicht neben Dir bestehen…", sagte Ergün noch.
Und ich wusste nun, um für Mustafa interessant zu bleiben, musste ich ihn immer noch so etwas wie Beute bieten…
Nur so kann man sich das Interesse erhalten. Denn Männer aus diesen Kulturkreisen haben es nicht anders gelernt…Sie werden oftmals schon korrupt und käuflich erzogen. Immer auf ihren eigenen Vorteil bedacht, um damit in ihrer Gemeinschaft aufzutrumpfen. Dann können sie wie Helden dastehen: Andere überlisten, das System überlisten… Die Guten und Ehrlichen wie blinde Schafe dastehen lassen… Nur Geben oder Täuschen um zu Nehmen. Den Kapitalismus als Teil seines Selbst zu verinnerlichen, und um damit ihre eigene Menschlichkeit zu veräußern…Dann wähnen sie sich als stark.

Nur weil ihre eigenen Vorfahren oftmals auch nur ausgenutzt wurden, und auch in Deutschland immer noch als billige Arbeitskräfte verheizt worden und werden, denken sie sich am System rächen zu müssen, anstatt es zu verbessern. So denken die, die es nicht geschafft haben. Sie bestehen nicht in ihrer eigenen sozialen Welt und in der Deutschen auch nicht. Sie haben nicht standgehalten, oder hatten falsche Vorbilder...Die verlorenen Söhne, laut Ergün gibt es viele davon.

Doch nun wusste ich, ich bin nicht mehr allein. Ergün war da, und klebte mir Pflaster auf die Wunden. Ich wusste innerlich er hatte in Allem Recht. Doch meine Gefühle können so übermächtig sein, und meine Sehnsucht auch. Noch war ich viel zu schwach, um Alles zu verstehen. Zu verwirrt. Eben erst noch im Erwachen...aus einen hundertjährigem Schlaf.

Nein, doch ich wollte noch nicht erwachen. Wollte weiter träumen, mich betäuben und einlullen, und nicht in der kalten Wirklichkeit leben. Meine Seele war nicht stark genug, um damit allein im Alltag zu funktionieren. Doch ich musste funktionieren, den Plan erfüllen, den Ergün mir vorgegeben hatte, und auch noch für das, was für mich von meiner Familie übrig geblieben war. Ich hatte keinen Raum um in Depression zu verfallen, oder um gar zur Besinnung zu kommen. Und bis zu diesem Zeitpunkt bin ich ja auch mit Allem durch gekommen. Doch es tat sich von nun an, unaufhaltsam, ein großer Graben zwischen meiner Familie und mir auf. Nur mühsam konnten meine Kinder es verstehen und billigen, dass ich bei Ergün gewesen war. Zuwenig hatten sie von mir und meiner Vergangenheit gewusst. Nicht gewusst, wer eigentlich Franziska ist, die doch immer nur ihre Mutter war. Sie wussten nichts von Ergün und mir, und in ihren Augen war noch nicht mal mein Umgang mit ihm akzeptabel…Immer und immer wieder musste ich mich rechtfertigen. Doch wir Eltern lieben unsere Kinder bedingungslos, jedoch unsere Kinder…

Niemand
sieht die unzähligen Tränen des Feuers
Welches tief im Innern lodert
Und mit riesigen Armen um sich greift
Träume,
oh all ihr hehren Ziele
fortgebrannt zur Asche
Im Dunkel der Erinnerung…
Eingeschlossen
In kalten Tränen
Sinnlos
Eine jede Flucht
Niemals wird der Laib vergessen
Schmerzen ewiger Flammenbahnen
Grub doch Öl eine Narbenbucht
Glühende Wesen des Hasses
Sind doch der Asche gleich
Verbrannt im eigenen Herzen
Ausgelöscht durch Leidestränen
Hat das Leben sich selbst verbrannt
Augen…
Augen, so seht doch!
So vieles bleibt Euch noch unerkannt!

Es wirft sich an dieser Stelle die Frage auf, warum ich neben meiner Kernfamilie, mir einen Menschen wünschte, der für sie eine rein persönliche Bedeutung haben sollte...

Nun, die Kinder waren mir fast entwachsen, und ich hatte mir eine eigene Wohnung in einer Großstadt gegönnt, damit ich ein selbstbestimmtes Leben führen konnte. Genauso wie es Ergün empfohlen hatte. Und einen Job zu finden war auch hier kein Problem.

Ursprünglich stammte ich aus einem kleinen Dorf, ohne Zukunftsperspektive, weder für eine berufliche noch geistige Entwicklung. Dort gab es nichts, keine Radwege zur nächsten Stadt, oder noch Beschäftigungsmöglichkeiten für Frauen, außer die üblichen Vereine oder Sport. Tagsüber wirkte ich recht souverän und selbstbewusst, doch im Grunde meines Herzens wollte ich nicht das Gefühl haben, allein zu sein. Ich brauchte natürlich die Nähe zu einem Menschen, und wenn es auch nur für ein paar Augenblicke war, und noch nie in meinem Leben war ich so allein gewesen –

Denn im Grunde war es für mich das Paradies auf Erden, vor dem Einschlafen mich an ein geliebtes Wesen anschmiegen zu können, um dessen Herzschlag zu spüren... Und die Kinder waren fort.

Wer ist schon Jägerin oder Beute? Sondern einfach nur eine ganz normale Frau, das erste Mal in einem selbstbestimmten eigenen Zuhause.

Eine Frau, die dies oft in ihrer Ehe vermisste, denn gerade abends hatte ihr Mann beruflich zu tun. Als die Kinder noch klein waren, war ich glücklich mit ihnen schlafen zu gehen, und sie in den Arm zu halten....Doch nun, nun sollte ich nach über zwanzig Jahren wieder oft ganz auf sich gestellt sein? Das war ich gar nicht gewohnt – ich war es gewohnt für Menschen zu sorgen, und für andere Verantwortung zu tragen, und nur ich mir selbst war zu wenig. Und das hatte auch nichts mit einer Missachtung meines Gatten zu tun...Ich schätzte meinen Mann wie einen Freund.

Ich wusste aber auch, dass Männer aus fernen Ostländern, häufig emotional nicht so intelligent wie Frauen sind. Gerade die Herren, die zu früh getrennt wurden, von der Zärtlichkeit der Frauen, und aufgewachsen waren in einer Welt in der es eine dominante männliche Struktur gab.

Denn Intelligenz entsteht durch die Verknüpfung und Aktivierung von Nerven. Eine gute Vernetzung und Sensibilisierung wird durch Zärtlichkeit und Streicheleinheiten gefördert, eben eine gewisse emotionale Intelligenz. So sind diese Männer oft Lebensformen, die ein liebevolles Miteinander häufig als Schwäche empfinden, obwohl sich jede Seele danach sich sehnt.

Und deshalb ihr eigenes Bedürfnis nach Zuwendung und Nähe häufig auf ein bestimmtes Körperteil beschränken...doch ihnen im Grunde das Gleiche fehlte, was für jeden Menschen lebensnotwendig war: Berührung....Und weil Männer sich beschränken, haben sie ständig das Gefühl, sie müssten sich nur um das eine Körperteil kümmern, und laufen im Grunde der Befriedigung nur hinterher....D.h.: Irgendwelchen Frauen...und trotzdem sie viele haben, werden sie nie wirklich zufrieden sein können, und ihre Sehnsucht wird zur Sucht...

Mustafa kann man durchaus in diese Stufe einordnen, da hatte Ergün Recht.

Männer träumen von irgendwelchen lüsternen Weibern, die es selten in der Wirklichkeit gibt...
Ich kannte jedenfalls Keine direkt.
So wird doch auch einem guten Moslem in seinem Paradies versprochen, umgeben zu sein, von 72 kindlichen Jungfrauen, die fröhlich durch die Gegend hüpfen, nur um seinen Saft aufzunehmen. Dieses Versprechen an die Moslems soll sie nur für ihre Religion weiterverblenden, sie im Glauben unterdrücken. Oder in ihrer Menschlichkeit.
Denn Menschen, die sagen, dass sie an das Schicksal glauben, geben ihre Verantwortung für das Leben ab. Klar kann man sagen: So Gott will, aber Gott unterstützt, aber hat uns nicht entmündigt. Wir entscheiden jeden Tag neu...wie und was wir sind. Glücklich, dankbar, lieb, fleißig. Darauf ruht der Segen :)

Und hier auf Erden haben diese Männer die Ansicht, dass allein durch Kopulation mit ihnen, auch ein irdisches weibliches Wesen in einem solchen Paradies aufsteigen wird.
In meiner Jugend habe ich mit meinem Freund Ali darüber gelacht...
Ich fand es witzig, denn so konnte ich die Idee entwickeln, von meiner eigenen naiven Vorstellung eines eher christlichen Himmels, in dem „meine Männer" sich einst friedlich auf einer Grillparty treffen.
Denn keine Religion ist besser oder schlechter als irgendeine, denn es kommt immer auf die Menschen an, denn der Mensch bestimmt, wie gut Gott ist.
Schon einen einzigen Tag gerecht zu sein, ist besser als jeden Tag zu beten.

Doch allgemein mögen Männer es, sich toll zu fühlen wenn sie glauben auf Grund „ihrer Männlichkeit" bei einer Frau Chancen zu haben...
Die Fitnessstudios sind voll davon. Und das ist auch gut so. Denn es kann auch nur zuträglich sein, wenn ein Mann auf seine Gesundheit und die Ausprägung seiner männlichen Merkmale achtet, um damit seine Chancen bei der holden Weiblichkeit zu erhöhen.
Das ist wie bei den Tieren, sie lieben es zu glauben, ein unwiderstehlicher Platzhirsch zu sein...
Ohne wirklich zu verstehen, das die Frau, nur die Frau, die Auswahl trifft...
So wird ein beschränkter Platzhirsch auch nur ein minderwertiges Weibchen finden.... Außer die Familie trifft die Auswahl der Ehepartner.
Für mich musste es immer ein besonderer Mann sein, ein Mann, der für mich auch irgendwie eine geistige Herausforderung war, ein Geheimnis, ein Rätsel...
Ein Mann wie eine Praline, nur zum Genießen.
Natürlich konnte ich auf Grund der Evolutionsgeschichte auch gar nicht anders auf reagieren, als wie ich es tat...Ich suchte das Vertraute in dem Fremden... Somit beruhte aber auch diese Anziehungskraft der Fremden auf mich, anhand der Tatsache, dass wir aus unterschiedlichen Gen Polen abstammten, auf Grund einer ehemals vorhandenen geographischen Isolation.
(Das heißt auch, dass wenn Lebewesen sich nur innerhalb der eigenen Population fortpflanzen (Inzucht), die Überlebensfähigkeit und Gesundheit der Nachkommen in Frage gestellt werden kann.)(Bei den muslimischen Kurden

scheint es noch alltäglich wenn Cousin und Cousine heiraten, es ist ohne Gefühl, nur Verbundenheit der Familien.)
Deshalb reagieren nicht Hormon manipulierte Frauen besonders auf den Körpergeruch eines Mannes der nicht aus der eigenen Population entstammt.
Auch in der heute modernen europäisch orientierten Frau schlummert somit noch ein ganz normales Steinzeitweibchen....
In der freien Wildbahn:
Ein Urweibchen achtet auf gutausgebildete Hinterläufe. Denn anhand der Hinterläufe konnte das Weibchen erkennen, ob der Mann ein guter „Versorger" ist.
Zum Beispiel, ob er in der Lage ist, für sie einen Säbelzahntiger zu erlegen, oder genügend Nahrung heran zu schaffen.
Ein weiteres wichtiges Attribut sind gesunde Zähne, denn diese sind ein Gesamthinweis auf die allgemeine Gesundheit.
Darauf achten beide Geschlechter:
Somit beruhte aber auch diese Anziehungskraft der Fremden auf mich, anhand der Tatsache, dass wir aus unterschiedlichen Gen Polen abstammten, auf Grund einer ehemals vorhandenen geographischen Isolation.
(Das heißt auch, dass wenn Lebewesen sich nur innerhalb der eigenen Population fortpflanzen (Inzucht), die Überlebensfähigkeit und Gesundheit der Nachkommen in Frage gestellt werden kann.)(Bei den muslimischen Kurden scheint es noch alltäglich wenn Cousin und Cousine heiraten, es ist ohne Gefühl, nur Verbundenheit der Familien.)

Deshalb reagieren nicht Hormon manipulierte Frauen besonders auf den Körpergeruch eines Mannes der nicht aus der eigenen Population entstammt.

Auch in der heute modernen europäisch orientierten Frau schlummert somit noch ein ganz normales Steinzeitweibchen....

In der freien Wildbahn:

Ein Urweibchen achtet auf gutausgebildete Hinterläufe. Denn anhand der Hinterläufe konnte das Weibchen erkennen, ob der Mann ein guter „Versorger" ist.

Zum Beispiel, ob er in der Lage ist, für sie einen Säbelzahntiger zu erlegen, oder genügend Nahrung heran zu schaffen.

Ein weiteres wichtiges Attribut sind gesunde Zähne, denn diese sind ein Gesamthinweis auf die allgemeine Gesundheit.

Darauf achten beide Geschlechter.

Des Welteren achten Männer bei Frauen auf die Haare. Dichtes langes Haar ist für den Mann ein Indiz für eine gesunde Frau. Dazu kommen noch allgemeine weibliche Merkmale (Busen, Bauch, Becken), denn auch ein Mann ist bestrebt, möglichst gesunde Nachkommen zu erzeugen.

Erfüllt auch heute noch eine Frau im Wesentlichen diese Merkmale, gilt sie als gemeinhin attraktiv.

Das sollte Muslime zu Nachdenken anregen: Arrangierte Ehen (und weshalb sie schlecht funktionieren) und deshalb mind. 70% dieser Männer außereheliche Beziehungen suchen... und in diesem für sie freien Land auf uns zukommen, ungeachtet aller religiöser und moralischen Regeln.

Denn leider entstammen viele Zuwanderer aus bildungsarmen Gegenden dieser Erde, und erleben hier in Deutschland quasi einen Kulturschock der Moderne, denn diese konnte nicht hineinwachsen und aufgenommen werden, in ihrem Heimatland, oder isolierten Kultur und Mentalität.

Doch auch wir können nicht ständig auf einer Stelle verharren, müssen ständig dazulernen, und flexibel bleiben, uns immer wieder neu öffnen und dazu lernen, damit wir unsere Existenz sichern können. Das heißt auch manchmal einfach ein Abschied von alten Mustern.

Denn in den letzten 20 Jahren hatte sich auch unsere Gesellschaft aufgrund von technischen Errungenschaften stark gewandelt. Wir sind in ein visuelles Zeitalter gerutscht. Und dies hat auch eine andere Bewertung von Kommunikation zur Folge, oder beziehungsweise den Wert der Sprache, des Sprachverständnisses oder das Miteinander reden zu wollen. Das Lernen an sich erfolgt heute vielmehr über das Sehen, anstatt zu hören oder lesen. Und sehen kann fast jeder, doch wie es wahrgenommen oder verstanden wird, ist unterschiedlich. So unterschiedlich wie es wie jeder Mensch sozialisiert wurde. Durch die freien Medien sieht man Alles…Aber das wiederum auszudrücken und zu erklären, bleibt auf der Strecke. Es wird vieles gezeigt und verkauft, weil es eben Aufmerksamkeit und Nachfrage erreicht. Es geht nicht um Werte, sondern nur um Geld. Und missverstanden wird gerade auch die Vermarktung der Intimität wie Sexualität, eben weil diese sich gut verkaufen lässt, aber oft nur ein Abbild von Fantasien sind, die nichts mit der Wirklichkeit zu tun haben.

Auch ich fühle mich angezogen von fremden Gen Polen, reagiere ich doch wirklich ganz normal, bevorzuge Männer, die ich als schön empfinde, die sportlich und gesund aussehen. Auf der Strecke bleiben manchmal Gemeinsamkeiten, denn nur auf Basis von Gemeinsamkeiten ist eine wirkliche Partnerschaft möglich. Gemeinsamkeiten sind auch eine gleiche Bildungsvoraussetzung und ein gleicher kultureller Hintergrund. Eine gleiche Sprache und gemeinsame Lebensziele.

Aber will ich das wirklich? Bin ich bereit dafür?

Man muss offen auch dafür sein. Offen für die Sicherheit und Geborgenheit die sich dann einem bietet.

Zieht mich nicht viel stärker das Geheimnisvolle und Mystische an? Geschichten die ich noch nie kannte ? Etwas was ein Insel Dasein führt, damit kostbarer ist, als das Alltägliche ?

Es kommt doch nicht darauf an, woher wir kommen, doch wie wir gelebt haben. Die Menschheit vereint in unendlichen Weiten, mein wunderbarer Traum.

Kann die Liebe einer einzigen Frau das erreichen?

3. Teil

Mittlerweile hatte ich auch schon alles äußerlich erreicht, eine hübsche kleine Wohnung, einen Job in einer Hotel, sah ab und zu die Kinder, und meine Töchter lebten auch schon nicht mehr im Dorf. Nur mein Sohn, der verzieh es uns nicht, das plötzlich alle Frauen der Familie aus seinem Leben gewichen waren, und doch wollte er nicht mit mir kommen…zu wenig vertraute er mir, beziehungsweise das Dorf war seine gewohnte Umgebung, und er wollte mehr die Nähe zu seinem Vater finden, denn er hatte ihn auch oft vermisst, als Mann, der nun nur für ihn allein da sein sollte. Mit tat es sehr weh, und doch wusste ich, es gab für mich kein Zurück mehr in die dörfliche Enge. Ich musste lernen allein im Leben zu bestehen, um zufrieden sein zu können.

So begann ich quasi wie ein anderer Mensch noch mal mich in der Umwelt einer Stadt orientieren und identifizieren zu müssen. Und so auch ich lief direkt in mein nächstes Verhängnis hinein.

Ich hatte seitdem viele Gespräche über den Zeitgeist, der sich gewandelt hat. Ergün zum Beispiel hatte sich zu den damaligen Zeitpunkt schon längst entschieden, sein Leben frei bestimmt zu gestalten. Er fühlte sich wohl mit sich, und den nur noch wenigen echten Freunden, die er als solche betrachten konnte. In der heutigen Zeit ist es so, dass jeder Hauch von Menschlichkeit als Schwäche ausgelegt wird. Dumme versuchen noch Dümmere zu finden, es geht nur um Vorteilsnahme und sich das Überlegen fühlen. Seine Worte:

„Sie nutzen unsere Menschlichkeit aus!" Was ist es also, was uns menschlich und schwach macht?

Im Grunde die Urbedürfnisse des Menschen, zum Beispiel Gefühle, oder die Sehnsucht danach verstanden zu werden, oder jemanden zu finden, der unser Herz wärmt. Oder das Bedürfnis nach Sicherheit. Wer ist schon noch sicher in dieser Zeit, wenn jeder jeden Tag seinen Job, seine Freunde oder sein Leben verlieren kann? Im Grunde war es schon immer so, doch der Zeitgeist ist nun ganz am Limit und einer rauen Wirklichkeit. Es gibt keine bunten Schleier mehr, die unser Leben bedecken. Uns das Gefühl von der Leichtigkeit des Alltags vermitteln.
Genauso hatte sehr ich viele Gespräche darüber mit einem Bosnier, Mirsad, der mir versuchte klar zu machen, das man immer von dem negativsten Faktor ansetzen muss, um einen Menschen zu beurteilen.
Wenn uns nun also jemand Unmenschlichkeit vorwirft, meint er damit nur, seinen eigenen Verlust dieser. Dieser Mensch erkennt, etwas was ein Teil seiner Selbst geworden ist, innerhalb seines Alltags und seiner persönlichen Realität. Wenn jemand denkt, er müsse nach einem guten Herz bei anderen Menschen suchen, dann hat er sein Eigenes schon lange verloren. Denn de Facto ist es so, dass immer Gleiches zu Gleichem sich gesellt. Wer geübt ist, kann nach außen weich und schutzlos wirken, aber dahinter einen harten eigennützigen Kern verbergen. Dieser Mensch spielt mit der Menschlichkeit, er provoziert Gefühle bei anderen Menschen, um dann durch ein Nähe und Distanzverhalten diesen

Menschen aus dem Gleichgewicht zu bringen, und der andere Mensch soll um sich wieder stabil zu fühlen, dafür eine Gegenleistung erbringen, meistens in Form von Versorgen des anscheinend Schwächeren. Es ist zunächst ein Machtspiel, aber im Endeffekt kann weder der die Menschlichkeit ausnutzt, gewinnen, noch gewinnt der Ausgebeutete, das was ihm am Herzen liegt: Nähe, Verständnis und Geborgenheit. Ich lasse mich nie mehr ob meiner Menschlichkeit erpressen, ich allein bestimme, wem ich liebe.

An diesen frühen Nachmittag des 11. Septembers sah ich ihn zum ersten Mal...

Etwa genau ein Jahr war vergangen, nach der schicksalhaften Begegnung mit Mustafa. Lange hatte ich ihn auch nicht mehr gesehen, und lebte nun schon über ein halbes Jahr in der Stadt, allein. Nur irgendwann im Frühjahr hatte ich bei ihm nochmal angerufen, einfach nur so um zu prüfen wie wir zueinander standen, oder seine Nummer noch funktionierte. Mein Herz klopfte vor Aufregung. Und es war nicht schwer gewesen einen Minijob zu finden, der ausreichte, um meine Miete zu zahlen.

Eine gewisse Traurigkeit hatte sich meiner bemächtigt, denn eigentlich war es ein schöner Spätsommertag, und doch war so vieles geschehen, und Mustafa war nicht mehr in meinem Leben. Doch nur wenige Tage nach meinem eigenen Geburtstag, war ich mir selbst noch ein Geschenk schuldig...
Was wünschte ich mir am Meisten?

Nun, etwas Licht in meinem Leben...Denn meine Familie brauchten mich an diesem Tage nicht, und so hatte ich Zeit.

Ich sehnte sich nach einer Zeit zurück, in der ich am Meisten unbefangen und glücklich war...

Und unbekümmert in die Welt hinaus lief...

Und auf Grund meiner Fähigkeit sich so wirklich fühlen zu können, war mir auch noch nicht wahrhaft eine schlechte Erfahrung wiederfahren...

Denn ich glaubte fest daran, an die Gleichheit aller Menschen, und das ein Jeder Gutes wie auch gleichsam Schwaches (Schlechtes) in sich trug...Aber das im Grunde jeder Mensch bestrebt ist, sich den Guten hin zu wenden...

Denn dafür erfahren wir Liebe und Gerechtigkeit.

Und so hatte ich auch überhaupt keine Zweifel, dass ich also so zur richtigen Zeit den Richtigen traf, der ihrer am meisten bedurfte.

Das Erkennen war in einer Autowaschanlage.

Dort, an dem Schalter wo man gegen Geld Waschmünzen einlösen kann, sah ich ihn...von hinten. Da keine freie Anlage zur Verfügung stand, musste ich mit meinem Auto warten. Geschmeidig, stand er dort, gekleidet in einem grünen Overall, der von Arbeit im Freien zeugte, wie ich fand, der schönste Mann den ich seit Jahrhunderten wahrnahm.

Trotzdem wartete ich getrost ab, um in aller Ruhe erst mein Auto zu reinigen. Danach steuerte ich eine Staubsaugerstation an, und welch Glück: Genau neben ihm. Wenn es Liebe auf dem ersten Blick geben sollte, nun, war es mir gerade wiederfahren.

Ich war so verwirrt, über mich selbst und meine Gefühle, das ich nicht einmal bemerkte, das der Staubsauger auf meiner Seite defekt war, nicht mal vorhanden...trotzdem hatte ich meine letzte Münze eingeworfen. Ich lächelte ihn an, um ihm mein Missgeschick zu gestehen, und versuchte ihn höflich auf Türkisch zu begrüßen.

Er sagte: „Ja, ich kann türkisch", und strahlte sie mit einem wunderbaren Lachen an, dann gaben wir uns die Hand über sein Autodach hinweg, und er lieh mir seinen Staubsauger und eine von seinen Münzen.

Wir stellten uns gegenseitig vor, und vergaßen nicht zu erwähnen, dass wir beide verheiratet sind, und Kinder haben.

Doch trotzdem nahm ich den Staubsauger von ihm, sagte, wie alt ich schon sei, und nun sah er mir von hinten zu...ich beugte mich also über die Rücksitze und er vergaß nicht zu bemerken, dass ich auch aussah fast wie ein junges Mädchen, ganz nett erhalten für ihr Alter...

Und er fragte: „Wir können doch mal einen Kaffee zusammen trinken..."

Meine Antwort war: „Oh ja, gern, wenn Sie mit mir Ihre Sprache üben... Vielleicht kann ich Ihnen auch etwas beibringen..."

„Ja, ich habe auch etwas zu lernen, und gehe nebenbei zur Schule."

„Gut, dann können wir uns ruhig treffen."

„Wann haben Sie denn Zeit?"

„Jetzt gleich, in einer Stunde?"

„Ja, aber holen wir aber erst unsere Bücher. Und etwas zu trinken, denn es ist warm heute, und wir können irgendwo draußen lernen. Also in einer Stunde am Mühlenteich ?"
„Okay, ich weiß wo Sie meinen..., bis gleich"
Die Freude des Kennenlernens war eindeutig auf beiden Seiten. Wir freuten uns aufeinander wie Kinder, die sich zum Spielen verabredeten...
Ich war etwa acht Jahre alt in diesem Moment, und er etwa fünf, und als ich es erkannte, schlug ich ihm vor: „Oh, dann kann ich ja deine große Schwester sein..."
Und wir können voneinander lernen, jeweils die Sprache des Anderen. Nein, er war ihr diesem Augenblick nicht fremd.

Auf dem Weg nach Hause musste sie über sich selber lachen: Ach Gott, was bin ich doch für ein rudimentäres Weibchen...Schrecklich...

Doch Gefühle sind 600 Mal schneller als Gedanken, so hatte die Vernunft kaum eine Chance.
Zuhause angekommen, stürmte ich ins Bad, um mich so schlicht und diskret zu kleiden, wie sie es in dem Augenblick für angemessen hielt, auf keinen Fall zu aufreizend, und schmiss meine Bücher und etwas zum Trinken in eine Tasche.
Derweil muss es ihm nicht viel anders ergangen sein, denn als ich bereits am Parkplatz auf ihn wartete, fuhr er in einem Höllentempo an mir vorbei, um dann umzukehren, und neben mir zu parken.
Auch er hatte seine Kleidung gewechselt, und sich sehr hübsch gemacht.

So fanden wir beide eine annehmbare Stelle, an der ich eine Autodecke ausbreitete, und wir unsere Utensilien herauskramten.

So fingen wir an, zunächst zu lernen, erst seine Deutschhausaufgaben für seinen Einbürgerungssprachkurs und später ein paar Gesprächsfloskeln auf Türkisch…Ich sagte innerlich zu mir selbst, los konzentrier` dich, jedes Kind kann sich mindestens zwanzig Minuten konzentrieren…schaute er doch die ganze Zeit auf mein Dekolletee, so intensiv, das ich meine Jacke darüber zog, um etwas sittsamer zu erscheinen.

Sein leicht gesenkter Blick, umkränzt von wunderschönen dunklen Wimpern, versuchte ich vergeblich zu ignorieren…

Irgendwann legte er sich nieder auf die Decke, und sagte: „Komm, küss mich…"

Ich schaute flugs nach rechts und links, und tat es…Beugte mich sachte über ihn, um seine Lippen zu berühren…Nur berühren, mehr nicht…Er war mir doch noch etwas fremd, für mehr…

Na gut, dachte ich, echt schlecht erzogen…

Kann er etwas dafür?

Später fragte er mich: „Liebst Du mich jetzt?" Und ich schaute ihn an wie ein Außerirdischen, hatte er denn gar keine Ahnung was Liebe war?

„Ich hätte damals, als ich nach Deutschland kam, gern eine Frau gefunden…Habe ich aber nicht, auch eine Russin wäre nicht schlecht…Die lassen sich viel gefallen, und sind trotzdem noch gute Mütter und Hausfrauen…"

Nun, dachte ich, was geht denn hier ab? Dann tauschten wir Handynummern. "Du kannst mich speichern, unter M., wie

Mustafa, auch wenn ich Franziska bin", sagte ich, und bemerkte, wie er zusammen zuckte. Das machte mich stutzig…"Und Du kennst mich wirklich nicht?" fragte ich ihn.
Denn ich kannte nicht viele die mich an Mustafa erinnerten, und dachte: Wie merkwürdig.
"Du wusstest doch eben auch gerade wo ich wohne…, in welchem Dorf." Es hatte mich verwundert, sein Einwurf mit der Russin…hatte doch Mustafa genauso ein Leben, und nur Mustafa konnte wissen wo genau ich herkam… Nein, nein auf gar keinen Fall, beschwor er mich, er hätte noch nie von mir gehört…
Auf dem Weg zum Auto, wollte er auch noch auf Russisch hören: „ **Ya lublu tebja**, „ klar" antwortete ich, mit einem ironischen Lächeln: „Das kann ich auf mindestens drei Sprachen, wie fast jeder. Wir sind besser…"

Am darauf folgenden Sonntag, spät abends, meldete er sich per SMS…:"Ich ruf Dich an…","Wann?" mailte ich zurück- „Heute noch…" Und dann, irgendwann nach zehn Uhr abends, trafen wir uns endlich auf einen Kaffee in einer Strandbar, in der Stadt in der ich nun lebte.
Er erzählte, von seinem Besuch, den er gehabt hätte…Es hat halt eben länger gedauert, ein Freund aus Persien der Jurist war, hätte bei ihm etwas ausdrucken wollen. Und er berichtete, wie unendlich froh er sei, das sie ihn nicht versetzt hatte…Denn einmal hatte er schon mal versucht jemanden per Internet kennen zu lernen, und diese Person hätte er nie gesehen…Er vermutete, das könne auch ein Mann gewesen sein.

Als die Strandbar schließen wollte, machten wir uns beide auf den Weg nach meinem Zuhause, war es doch normal für mich bis vor die Tür begleitet zu werden. Im Garten hatten meine Nachbarn noch die Laube mit Kerzen bestückt, so setzten wir uns an den Tisch, und zündeten die Kerzen an…Es war noch so schön draußen, ich holte etwas zu trinken aus meiner Wohnung, und genoss seine Gesellschaft.

Er sprach auch von seiner Frau…Nicht besonders liebevoll, eher sehr distanziert, und versäumte nicht trocken zu bemerken, das ihr armes Gehirn platzen würde, wenn sie mit ihrer geringen Bildung Deutsch lernen müsste…Er hätte ja alles versucht, mit Büchern und so…doch es sei zwecklos, sie sei einfach zufrieden, wenn er ihr das tägliche Brot zukommen ließe. „Und Einkaufen?" fragte ich interessiert- „Das geht, bezahlen kann sie ja", aber sonst müsse er alles allein regeln, es klang etwas hilflos und Mitleid erregend.

Dann, als es kühler wurde, und die Mücken kamen, gingen wir hinein in das Wohnzimmer.

„Sieh' mal hier, ich habe ein kleines Buch geschrieben" sagte ich, und zeigte es ihm. „Das Du mir wirklich glaubst…" Er schlug es auf, und zitierte: „Er hieß nicht Michael, sondern Mustafa…" Es versetzte mir einen Stich, und ich war fast entsetzt, das er sogleich ausgerechnet diese Passage fand…Und ich nahm das Buch wieder an mich. „Du, ich habe noch ein anderes geschrieben, das kann ich Dir gern einmal ausleihen…", „Nein, sagte er: „Ich kann nicht so gut lesen, und außerdem würden es meine Kinder wohl finden."

Dann setzten wir uns auf das Sofa, und er legte sich an mich geschmiegt auf meinem Schoß. Ich streichelte zärtlich seine

Schultern und Gesicht, und fragte was er sich am Meisten wünschen würde im Leben. „Geld," erwiderte er. „Damit kann ich Dir leider nicht helfen", erwiderte ich, außer wir spielen Lotto, und bekommen 50000 Euro, dann teilen wir…Mehr brauche ich nicht, antwortete ich, und meinte es eher im Spaß.
Er rechnete mir vor, wie viele Schulden er hätte…Und was er alles kaufen würde: Eine neue Küche, ein Auto, und irgendwie hatte er bereits 12000 Euro Schulden.
Ich küsste seine Stirn, und sagte: „Ach, Du Armer", und nahm ihn noch liebevoller in den Arm. „Ich muss bald gehen", sagte er, und klang so, als wolle er mir Druck machen: „ Ich ruf' Dich an, bestimmt" sagte er, und stand auf. „Ja, dann geh", sagte ich noch. Und er war fort.
Er rief mich tatsächlich an.
Ausgerechnet als ich auf dem Weg war, Verwandte zu besuchen, am darauffolgenden Tag –
Und als ich angehalten hatte, da mir noch ausgerechnet Mustafa auf den Weg dorthin begegnete, und es war mir sehr wichtig mit ihm zu reden im Guten, und um vielleicht noch Abschied zu nehmen.
Für ihn hatte ich extra mein Auto gewendet, um anzuhalten. Und flehentlich schaute ich ihn an, um mit ihm sprechen zu können.
Er war auch bereit dazu. Eben Mustafa.
Wenn ich Mustafa sah, war mir immer alles andere egal gewesen. Egal, wer uns sah, egal welche Leute, oder welcher Verkehr rings um uns waren, es war so, als wenn wir beide eingeschlossen waren, in einer großen Luftblase, wider jeder Zeit und Raum, eine Atmosphäre für sich.

Am wichtigsten war mir in diesem Moment, die Bestätigung dafür zu erhalten, dass es ihm gut ging, trotz allem was wir in unseren Anwandelungen so angestellt hatten, die letzten Monate. Oh, wir waren nicht besonders rücksichtsvoll gewesen...
Ich jedenfalls bin ein Lebewesen, das zum Teil für Ziele gnadenlos vorgehen konnte. Einfach nach dem Motto: **Geduld ist nur geraubte Lebenszeit.**
Also tauschten wir uns aus, über den jeweiligen Stand der Dinge in unser beider Leben...Und ohne darüber reden zu müssen, wusste Mustafa irgendwie immer genau worum es mir ging.
Bis zu dem Punkt, als ich erwähnte, ich hätte einen neuen Freund gefunden...Nicht einmal richtig aussprechen konnte sie seinen Namen: Feri, oder Feyzi so ähnlich...Mustafa half mir, und im tiefen Schmerz bettelnd schaute ich in seine Augen und sprach: „Bitte kenne ihn nicht!" Um nichts auf Welt hätte ich es mir mehr gewünscht...
Aber tief in ihrem Bewusstsein ahnte ich, es war zu spät.
Ich wollte diesen neuen Freund, um zu vergessen, und mich von Mustafa zu entlasten...
Ich hatte immer Angst, andere Menschen mit meiner Gegenwart zu belasten, besonders Menschen, die für mich wichtig waren. Deshalb, ich habe tiefe und enge Freunde, aber es war das Wissen allein davon, was für mich zählt, nicht die Quantität, wie oft ich diese sah, sondern eher die Qualität meiner Freunde, die ich schätze.
Im Grunde wollte ich auch niemanden fest vereinnahmen, oder auf die Nerven fallen. Denn mit welchem Recht?

Es war schön, auch die linke Hand von Mustafa für ein Adieu zu nehmen…
Dafür ließ ich mein Handy getrost klingeln.
„Nimm die Linke", sagte er, sie kommt von Herzen."
Dann ließ ich ihn gehen.
„Hey Du", rief ich hinter ihm her: „Lass Dir auch mal ein Rückgrat wachsen"
Damit war gemeint, er solle aufrechter und energetischer durchs Leben gehen.
Er schenkte mir ein letztes sanftes Lächeln, bevor er ging.
Es war zu spät, auch das wusste ich, ob ich es glauben wollte oder nicht.
Es hat uns beide in Wahrheit nie gegeben, nicht in dieser Zeit, nicht in dieser Welt.

In dieser Zeit, in dieser Welt –
Es war schon merkwürdig in meinem Leben, denn wann immer ich mich hinaus wagte, in diese Welt, liefen mir Menschen zu, Menschen, die im Grunde nichts mit meiner Wirklichkeit zu tun hatten. Und wenn ich mich darauf einließ, lebte ich zwischen den Welten, in anderen Wirklichkeiten. Nein, ich habe keine Furcht, was sollte ich auch fürchten? Außer vor dem, was in mir selbst war.

Doch die Schatten sollte man meiden, um nicht zu zerbrechen.

Und somit stimmte irgendwie die Kommunikationsebene nicht, zwischen mir und Feri.

Es war mir noch immer nicht genau klar woran dies liegen konnte. Allein die Sprache schien es nicht zu sein...
Wenn ich mit ihm sprach, musste ich oft sehr reduziert mit ihm reden, das heißt, oft komplexe Dinge in einfache Worte kleiden, das Sprach- und Verständnisniveau extrem absenken. Das empfand ich aber auch durchaus als Herausforderung und manchmal spannend.
(Der geringste gemeinsame Nenner)
So auch bei ihrem nächsten Treffen, zwei Tage später....

Denn dieses Treffen war nicht ganz geheuer.
Er bestellte mich diesmal an einem anderen See, in einem Ferienhausgebiet. Ich hatte mich nett angezogen, und eine neue modische Kette angelegt, doch er stand noch in Arbeitskleidung vor mir. Diesmal versuchte er wieder eine eher weiche und spielerische Ader von sich zu zeigen, und natürlich ging ich auf sein Niveau ein, das mir sehr naiv schien.
Er reagierte merkwürdig auf meinen Modeschmuck, so in der Art, dass er dafür niemals Geld ausgegeben hätte. Er berichtete mir aus seiner Kindheit, in der Form, dass er aus einer armen Familie stammte, und schon mit fünf Jahren angefangen hat, arbeiten zu müssen, und in seiner Kindheit keine Zeit zum Spielen gehabt habe. Wahrscheinlich spürte er auch etwas Fremdes, Trennendes. Klar ergänzte ich es ebenso mit eigenen Fakten aus meiner Vergangenheit.
  Als wirklich schlimm fand ich seine Jugendpassagen:
Er und Kumpels wollten mal eine Prostituierte besuchen, doch er hätte keine Chance gehabt, da es ihm an den nötigen finanziellen Mitteln fehlte...

Also wirklich, dies war jedoch kein Gesprächsthema für eine Frau…. Es war mir peinlich.

So steuerten wir eine Bank am See an, und ein Ehepaar mit einem Hund ging vorbei…Es war ein niedlicher kleiner Hund, der neugierig in der Gegend herum schnüffelte, und ausgerechnet vor diesem kleinen Hund zeigte er Furcht. Innerlich dachte ich, das ist doch nicht normal….Er wollte den Hund wegtreten, während ich versucht war, diesen zu streicheln, natürlich.

Dann fragte ich ihn nach seinen Fortschritten in der Abendschule, doch er wollte wissen, ob ich das Polnische Wort: Kurba, kannte…Natürlich ahnte ich, was gemeint sein könnte, doch schaute ich ihn leutselig unwissend an… Eine Art dirty talk? Welches Frauenbild kannte er? Gab es in seinem Denken nur Huren oder Ehefrauen?

Was war das bitte für ein Niveau, die ganze Zeit?

Später, als es dunkler wurde, gingen wir endlich zurück zu den Autos…doch auf dem Weg dorthin, wollte er mit ihr über eine Wiese laufen, und im Gleichschritt mit mir gehen, ganz wie ich es in den Texten erwähnte, die ich vor geraumer Zeit für nur Mustafa niedergeschrieben hatte. Es wunderte mich schon wieder. Wie war Feri daran gekommen?

Es war so, als wenn er es gelesen hatte, obwohl er doch leugnete mich oder Mustafa zu kennen oder jemals von uns gehört zu haben…

Dann, an den Autos wollte ich mich ganz normal von ihm verabschieden, doch er sagte frei heraus: „Ich will Dich ficken…!"

Mein Gott, entsetzlich, so hatte nun wirklich noch niemand mit mir gesprochen, in all den Jahren...Ich verzieh es ihm nur, weil ich dachte, er hätte es nicht besser gelernt, sich entsprechend zu äußern, und zu benehmen...
Was war das bitte für eine Sache, die ganze Zeit über?
Dem entsprechend fiel ihre Antwort aus: „Mich fickt man nicht, mich liebt man."
(Und so schon gar nicht) Ich umarmte ihn kurz freundlich, und ging.
Meine Briefe, auf das er sich zu beziehen schien, war von mir in der Art als so etwas wie eine geschönte Biographie geschrieben wurden, denn ich wollte die Jahre die zwischen mir und Mustafa vergangen waren, erklären. Und somit handelte es überwiegend aus meiner Jugendzeit. Also aus einer Zeit vor über einem viertel Jahrhundert...und auch andere Menschen hatten Anregungen mit eingeflochten, die mich in der damaligen Zeit erlebt hatten.
Wie gesagt, ich war ein Mensch, der eher ewige Bindungen einging, als nur oberflächliche Bekanntschaften. So stammten also auch mindestens zwei Passagen darin auch von einem alten Freund, Ergün.
Wiederrum zwei Tage später, an einem Freitag, wollte dieser Feri ein erneutes Date mit mir, denn er hatte wohl auch gemerkt, dass etwas an seiner Taktik nicht so verlief, wie er es sich wohl gewünscht hatte. Trotzdem er auf seine Art versucht war, mich mit seiner Person für sich einzunehmen.
An diesem Freitagabend ging ich zunächst zum Training, um mit Ergün Sport zu betreiben, fast so wie früher. Recht amüsiert berichtete ich ihm über meine neue Bekanntschaft,

und er war der Ansicht solange es mir Spaß machte, sollte ich mich getrost ablenken, denn er kannte ja meine Situation mit Mustafa. Trotzdem er anfügte, er sei etwas enttäuscht darüber, dass ich gegen seinen Rat handelte, und mich nicht von Personen fernhielt, welche nicht meiner Ebene und Sozialisation entsprachen.

„Ach, lass mich doch, er ist doch vielleicht versucht anders zu sein.", war meine Antwort. Und er sieht bezaubernd aus. "Es sind also nur Äußerlichkeiten? "Ja, denn ich bin zurzeit auch nicht bereit, eine tiefe Beziehung zu suchen." Eben nur Ablenkung.

So fuhr ich also nach dem Training in ihre Wohnung, um mich dort vom Sport zu erholen, und bequeme Kleidung anzuziehen. So setzte ich mich auf mein Sofa, und wollte lernen. Feri rief sie einige Zeit später an, um mich in Kenntnis darüber zu setzen, dass er gleich vorbei kommen würde. Es verwunderte mich, als er anfügte, ob er mir etwas mitbringen sollte. „Nein, ich brauche nichts", antwortete ich: „Denn ich habe hier alles da." So saß ich nun mit ziemlich gemischten Gefühlen auf meinem Sofa, und wusste nicht genau, wie ich mich geben sollte, oder was ich nun zu erwarten hatte. Ach, ich bin einfach wie ich bin, dachte ich. Und es war ja auch auf eine gewisse Art und Weise spannend…

So stand er dann als bald strahlend lächelnd mit einer tiefroten Tankstellenrose für 3.90 Euro vor meiner Tür. Ich reagierte darauf etwas gestutzt, und dachte noch: „Hütet die Danaer, wenn sie mit Geschenke kommen…" Höflich nahm ich also die Blume in Empfang, und meinte: „Nun, dann werde ich das arme Ding wohl erst mal retten, und ins Wasser stellen." Und bat ihn freundlich hinein, und bot ihm etwas zu trinken an. Dabei erzählte ich ihm, welche Übungen ich heute trainiert hatte...Auch er kam wohl geradewegs vom Fußball Training. Dann beschloss ich, noch etwas Musik anzumachen, und setzte mich wieder zu meinen Büchern auf das Sofa. Doch er stellte sich vor mir, nahm mich hoch in seine Arme, und trug mich in mein Schlafzimmer, um mich auf das Bett zu legen, und er begann mich eilig und etwas ungeschickt zu entkleiden. Und ich ließ es mir gefallen, denn ich dachte, mal so ohne eigene Mühe verführt zu werden, könnte ganz genussvoll werden.

„Oh, Du bist gut, meine Frau hat nie Lust auf mich, und auf etwas spielen..." Danach sprang er sogleich auf, um duschen zu gehen, sah' auf mich und sagte: „Komm duschen..." Ich jedoch dachte schon wieder: „Was soll das denn!" Nur mit Mustafa hatte ich mal vor einiger Zeit darüber gesprochen, selten mit einem Freund geduscht zu haben. Und dieser Feri machte sich hier breit, und behauptete mein Freund zu sein? Ich ließ ihn allein duschen.

Als er fertig war, wollte er mir unbedingt noch am Computer seine ursprüngliche Heimat zeigen, und gewisse Seiten, auf denen ich türkische Fernsehsendungen zum Üben ansehen konnte. Am längsten verharrte er beim Essen, und so bekam ich schließlich noch Appetit und bereitete mir eine Pizza griechischer Art in der Mikrowelle. So schaute ich ihm zu, und versuchte die eigentlich ungenießbare Pizza zum Teil zu verzehren. Er wollte auch noch mir ein paar Witze zeigen, und so verging die Zeit. Er war im Grunde recht fröhlich und gelöst. Aber nochmal Lust auf Erotik hatte er wohl nicht, und ich musste mich wohl damit begnügen, dass er auch noch andere Ablenkung suchte, auch wenn es wohl in seiner guten Absicht lag, mir einen Gefallen zu erweisen.

Irgendwann, so etwa nach zwei Stunden ging er.

In dieser Nacht schlief ich sehr schlecht, und am nächsten Morgen musste ich weinen. Ich stand an meinem Küchenfenster, und wusste nicht mehr ein noch aus. So elend fühlte ich mich, es war einfach grauenvoll, erniedrigend. Wie er mich behandelt hatte! Sollte es jetzt immer so sein? Er wollte kommen, wann **er** wollte, um mit mir nach Gutdünken zu verfahren?

Meine Welt begann aus dem Gleichgewicht zu geraten, und ich spürte etwas war geschehen, womit ich nicht gerechnet hatte, dem ich absolut nicht gewachsen war, ich brach innerlich zusammen. Ich wollte zurück, zurück zu meinem innerlichen Gleichgewicht, bevor dieses grauenvolle Gefühl die Oberhand gewann. ich fühlte mich unendlich einsam und verloren, und wollte nur noch aus diesem Gefühl heraus. meine Welt hatte einen schäbigen Riss bekommen…

So suchte ich per Internet Feris Telefonnummer und Adresse heraus, mit der Bereitschaft, alles wieder in eine *scheinbare* Ordnung zu bringen. Ich rief kurz entschlossen bei ihm direkt Zuhause an, und verlangte ihn zu sprechen. Er wollte erst nicht, und er war geschockt darüber, dass ich es wagte, diesen direkten Weg zu gehen. So packte ich meine Sachen zusammen, um aus der Wohnung zu entkommen, und mich auf den Weg zu der Arbeitsstelle meines Ehemannes zu machen…Einige Kilometer davor, ging mein Handy, es war Feri, der sich nun doch dazu durchgerungen hatte, mich zu treffen, um mit mir zu sprechen.

So trafen wir uns einige Minuten später auf dem Parkplatz am See, und ich verließ mit letzter Kraft mein Auto, um ungestört in Seines zu gehen, um in relativer Ruhe mit ihm zu sprechen. Doch ich schaffte es nicht, und brach weinend zusammen....Ich dachte, dass er vielleicht auch gekommen war, weil es ihm wichtig war wie es mir ging. Doch er saß da wie aus Stein gemeißelt, hart und fast mitleidslos... nach dem Motto, was gehen mich ihre Tränen an! Es fiel mir somit unendlich schwer ihm zu erklären, worum es mir ging, denn meine und seine Sprach- und Gefühlebenen waren nicht dieselben.

„Ich bin eine gute Frau", sagte ich ihm unter Tränen, „Und Du behandelst mich wie eine **Hure**! Ich kann so nicht sein..., ich schaffe das nicht. Mein Mann ist auch gut, ich will nicht mehr. Bitte lass uns nur Freunde sein, und Du darfst mich besuchen, nur wenn Du mal nicht allein sein willst, oder Du mit jemanden spazieren willst um zu reden, oder Du dem Alltag entkommen möchtest."

Seine Antwort war: „Du liebst Mustafa...!"

„Ja, und nein, nicht so wie Du glaubst...Ich habe über ihn geschrieben, und ihm Briefe gegeben, um ihm damit zu sagen, dass er gut sein soll, denn ich dachte, dass ich ihm etwas schulde, an Liebe und Respekt als Menschen...Denn vor langer Zeit habe ich mich schuldig gemacht, und kann mit dem Schlechtem nicht weiterleben oder alt werden. Ich will dass alles gut wird für ihn, aber ihn nicht sein Zuhause nehmen, oder den Rest an Familie was er hier hat. Ich will doch nur glauben, dass er gut ist, auch wenn er nicht in die Welt und Gesellschaft passt, in der wir leben! Und wenn alle nur sagen,

man ist ein Versager und Schlecht, dann wird man auch so…weil es dann eben egal ist, was man tut…Man wird nie als gut empfunden, egal was man macht!"
„Und bitte, ich möchte mit Dir nie wieder über ihn reden…."
Es tat mir unendlich weh.
„Entweder Du kennst ihn, oder Du kennst ihn nicht"….Du sagst immer: „Kann sein…Was denn nun?"
Und er sagte: „Nein, ich kenne ihn nicht…"
„Dann ist gut, und danke, das Du nicht so bist, und vielleicht ein wirklicher Freund, denn Du bist ja gekommen…, und ich bin keine schlechte Frau, verzeih' mir, das ich Dich gestört habe. Danke, für Dein Verständnis…"
Ich lehnte nun meinen Kopf an seine Schulter, doch er tat ungerührt. Mindestens zwei Taschentücher hatte ich vollgeheult. Doch nur so konnte ich von ihm gehen, in der Hoffnung, dass er von nun an wirklich nur noch ein Freund war. Denn ich dachte, immer noch dass alle Menschen sich irgendwie verstehen können.
Doch später dachte ich, viel später, dass zwischen Mittwoch und Freitag, Feri und Mustafa sich über mich irgendwie ausgetauscht haben mussten, und dass Mustafa mich möglicher Weise wie eine dumme Kuh an Feri verschachert hatte.
Doch fürs Erste ging es mir etwas besser.
Denn jeder andere Mensch der mir bis jetzt in meinem Leben wiederfahren ist, hätte mit Verständnis und einer Portion Bedauern reagiert, oder sich sogar entschuldigt dafür, dass ich mich verletzt fühlte.

Kein normaler Mann hätte mich je wieder angerührt, da er gemerkt hätte, das es nicht gut für sie war, und es ihm so auch keinen Spaß gemacht hätte.

Vielleicht hätte der Eine oder Andere sie noch mal eben so angerufen, um zu fragen wie es ihr geht, oder sie aufzumuntern….aber mehr nicht.

Und auch Feri rief mich wieder an, keine zwei Tage später, an einem Montagabend…

Doch ich hatte keine Zeit, da ich mit ihrem Mann unterwegs in der Stadt war. Diesem hatte ich auch von der Rose erzählt, denn er war so lieb, und wollte mir auch Blumen schenken…Das tat er häufig, das war normal für ihn, wenn ich mit ihm unterwegs war…Doch jedes Mal war ich bescheiden, und wollte lieber Preisgünstige, die ich für ein Schnäppchen hielt, denn am meisten mochte ich „Selbstgeklaute" Meinem Mann log ich vor, eine Freundin wollte mit mir über den Sprachkursus reden, den wir zusammen an der Volkshochschule belegten, und der jeden Dienstag stattfand.

Ich war trotzdem erfreut, und recht überrascht über den Anruf, dachte ich doch nun Feri hätte mich doch verstanden. Doch ausgerechnet montags! Montag war doch unser Familientag, und dachte ich hätte es bereits ihm gegenüber erwähnt.

Und meinem Mann erklärte ich, dass ein fremder Mann mir beim Tanken einfach eine Rose geschenkt hatte, und wie ich dies zu bewerten hatte…

Nun, erst einmal gibt es immer mehrere Wahrheiten. Denn in einem tiefen Winkel meines Daseins wünschte ich mir eine absolute Freiheit.

Denn selten lügt die Evolution, die Natur. Der Feri war nun war mir in der freien Wildbahn zugelaufene Traummann. In einigen Sequenzen meines irdenen Lebens wünschte ich mich mit ihm auf eine einsame Südseeinsel. Und unter Umständen hätte auch Mustafa mitkommen dürfen, da er ja eh immer Einiges in der Karibik zu erledigen hatte.

So fand sich also auch der Feri wieder ein, am darauffolgenden Dienstag, just nach meinem Sprachkurs. So saß ich also wieder auf meinem Sofa, und wollte mit ihm das wiederholen, was ich einige Zeit zuvor gelernt hatte. Doch er war wieder so bierernst, und ich quälte mich mit dem Wort: tanistirayim ab. An diesem Wort waren fast alle Teutonen heute gescheitert. Ich versuchte es mindestens dreimal, und Feri wurde schon fast sauer, über ihre Erklärungsversuche der möglichen Ursachen. Ach, es gibt eben ungewohnte Laute, welche im alltäglichen deutschen Sprachbereich nicht in Gebrauch sind. Musste er deshalb gleich so autoritär aussehen…Niemand hatte mich bislang so angeschaut. Ich war auch alt genug, nicht mehr angemotzt zu werden. Fand ich zu mindestens. Es reichte mir schon, dass meine gesamte Familie mit größten Missfallen auf diese Sprache reagierte. Und nun der Feri, er gab mir das Gefühl, das er sich bestätigt fühlte, dass Frauen im Allgemeinen einfach dumm sind. Also, um die Spannung aus der Situation zu nehmen, beschloss ich daraufhin einfach, mich auf wieder ein naives Niveau zu begeben, um an ihm schnüffeln zu dürfen. Ihn liebevoll zu kraulen, und mehr auf ihn einzugehen. Oh, Feri war perfekt darin, zu jammern, Verspannungen zu erfinden, wo gar keine waren. Und seine Arbeit passte ihm auch nicht. Er wollte unbedingt nicht mehr in einer Baufirma arbeiten....Nun, das stellte ich mir auch grausam vor, so einen Job hätte ich unter Umständen auch nie bewältigen mögen. Und sein Traum war es, in irgendeiner Produktionsstätte mit mehr Lohn und vernünftigen Arbeitszeiten eine Anstellung zu finden. Er fühlte sich nur endlos von der Baufirma seiner Landsleute ausgebeutet. Jedoch ich musste auch nur aus reinem Selbstinteresse arbeiten.

Feri sah in ihr einfach eine reiche Frau, die ihn freiwillig kuscheln mochte. Und darauf legt er viel Wert, dass ich es freiwillig tat.

So lagen wir nun dann auch irgendwann engumschlungen auf meinem französischen Bett und probten die erste Brennstufe im leidenschaftlichen Ganzkörperkontakt. Doch am diesem Abend wirklich nur die erste Brennstufe, und wir waren zufrieden und glücklich, so in den Schlaf gelegt zu werden. Wie gesagt, weniger ist oft mehr. Und es geht doch nichts über einen subtilen Traum.

Am nächsten Tag telefonierten wir wieder. Das waren im Grunde sehr harmlose Telefonate, bei denen wir uns darüber austauschten, was wir gerade dachten, und taten.

Doch wir befanden uns noch mitten in Mustafas zweiwöchigem Kennlernprogramm. Denn Mustafa war der Ansicht, dass es für zwei Menschen total ausreichend ist, nicht mehr als zwei Wochen dafür zu verschwenden. Ich wusste nicht, woher er einst die Erkenntnis gewonnen hat. Mögliche Gründe können sein, dass eine solche Konstellation von Beziehung nicht ins Extreme auswuchert, denn schließlich musste auch noch eine parallele Welt, das ganz Alltägliche bewältigt werden. Oder reiner Selbstschutz. Obwohl es doch total Spaß macht zu flirten, und sich kennen zu lernen. Und nach einer vorgegebenen Schablone vor zu gehen, finde ich allerdings wirklich nicht so prickelnd. Raubt es doch die persönliche Selbstbestimmung.

Doch wirklich der Hammer war, das genau dieser Feri sich genau nach diesem Zwei-Wochenprogramm richtete, obwohl er doch Mustafa angeblich überhaupt nicht kannte...

Das verletzte mich schon einiger Maßen, das er nicht mit offenen Karten spielte, und ihnen beiden so total der Möglichkeit beraubte, sich selbständig kennen zu lernen.

Das lag wohl auch daran, dass er selbst viel zu wenig Erfahrungen mit weiblichen Lebewesen gemacht hatte, und er sich keine Blöße und Schwäche geben wollte. Oder er Fehler vermeiden wollte...Doch warum war es denn überhaupt nicht klar, dass so etwas in meinem Falle eher kontra produktiv war? Selbst wenn alle Männer bei einer Frau nur auf das Eine aus sind, nämlich Sex, gehörte ich doch schon längst zu den Frauen, die wussten, dass wenn auch sie nur das Eine will, sie sich einfach nur sehr reduzieren musste, denn sonst würde sie gar nichts in der Hinsicht bekommen, denn trotz meiner Attraktivität rafft auch irgendwann mal selbst der ungebildetste Türke, das mein Gehirn eben doch funktioniert, und nicht platzt.

Und dann, nämlich dann, fängt beim Mann die große Hilflosigkeit an, und zum Teil bekommen sie so etwas wie Angst, die Beziehungskontrolle zu verlieren. Denn in der Programmierung eines Feris war es doch nicht vorgesehen, das ein weibliches Wesen Einfluss auf seine mentale und Triebsteuerung nehmen darf. Wie aber sollte ich also mit derart reduzierten Mitteln einen Feri lehren und emotional bereichern? Denn der Auftrag lautete doch: Zeig uns etwas Glück!

Ich hatte schon mit siebzehn Jahren auf die sehr harte Tour lernen müssen, dass die wenigsten Männer stolz sind, wenn sie eine gebildete und kluge Frau haben, und selbst nicht mithalten können. Und um nicht zu verhungern und total allein zu sein, konnte ich daher meine Wertigkeit sehr wohl in meinem hübschen und sehr weiblichen Körper verbergen.

Denn leider ist es nicht immer zum Vorteil für eine Frau, klug und hübsch gleichzeitig zu sein. Jedenfalls ich zu mindestens beherrsche alle Tugenden einer exzellenten Hausfrau, hat eine Allgemeinbildung und dazu noch einen individuellen Stil.

Und da Männer oft nur sehr einseitig denken, und auch noch wissen, dass ich verheiratet bin, werde ich eben im Allgemeinen zwar geachtet und geschätzt, komme aber als pure Lustbeute niemals in Frage. Denn selbst für einen Blinden mit Krückstock war es ersichtlich, dass quasi mein eigener Mann mich sehr lieben musste. Und das konnte doch auch möglicher Weise nur bedeuten, dass Mustafa mich im Grunde überhaupt nicht mochte und schätzte, sondern im Gegenteil froh darüber war, dass ich mit Feri abtauchte. Oder genau das Gegenteil ?

Und ich wusste eben doch ganz genau, das Mustafa noch nicht vor allzu langer Zeit glaubte, das der Feri für ihn vielleicht einen Status eines Freundes oder zu mindestens Bekannten hatte…Denn nur aus Mustafas alter Ausführungen ahnte ich, das jener eben der war, der auch ihn oder anderen wegen seiner Ehefrau/Cousine etwas vorgejammert hatte… Feri hatte mir auch nie erzählt, dass dessen Ehefrau im Grunde seine Cousine war. Und doch war es so.

Mustafas und mein letztes Streitthema, waren eben solche Konstellationen gewesen, nur als Beispiel, und Mustafa wollte mir damals damit wehtun, mit der Annahme, es sei besser unter Umständen auf der ganzen Welt nur einen Mann oder Frau zu kennen, um nicht in Gewissensnöte zu geraten.

Doch möglicher Weise so jemand wie Feri meinte es bitterernst.

Denn für Feri hatte seine eigene Frau keinen großen Stellenwert. Er empfindet für sich selbst ein großes Bedauern, und lässt ihr dementsprechend den geringsten möglichen Wert zukommen. Sie ist für ihn die Produktionsstätte seiner Kinder. Es ist sich so vorzustellen: Er schläft nicht in Liebe und Hingabe mit ihr, hält sich kurz und knapp und ohne Zärtlichkeiten, und im Höchstfalle bedankt er sich, für die ihm erwiesene Gunst…Er küsst sie niemals, nach eigenen Angaben. Er tut es mit ihr, wendet sich ab, und sagt: „Geh kochen…"

Er spricht von ihr ohne Achtung und Respekt. Klagt, dass sie oft krank ist.

Er hat sie noch niemals verwöhnt, er hält es nicht für notwendig.

Ihr Blumen schenken…? Eine kleine Freude bereiten? Womit ?

Feris Frau konnte sich Ihren Mann nicht aussuchen. Er wurde ihr quasi etwa im Alter von zwölf Jahren zugeteilt. Fevzi war neun. Das erklärt auch den heutigen Altersunterschied. Es wurde innerhalb der Familie geheiratet. Dem Paar wird erklärt, es dient dazu die eigene Familie zu stärken, und zu unterstützen, eben der Ehre – Man kennt sich, das hat sich bewährt. Doch in Wahrheit soll das Geld, der Brautpreis, in der Familie bleiben. Feri sah seine Cousine das erste Mal in der Hochzeitsnacht, da war er etwa 25 Jahre alt. Denn er weiß nicht sein genaues Geburtsdatum.

Als ich auf Feri traf, war ich mir nur darüber vollkommen bewusst, dass es **niemals** für uns beide auch nur einen Hauch von einer Chance gibt, keine Hoffnung und keinen gemeinsamen Glauben.

Es blieb nur noch Liebe über, die Liebe von meiner Seite. Doch Liebe ist auch die stärkste aller Waffen, und deshalb gut zu dosieren. Liebe als Schutzschirm…und Liebe ist einfach da, Liebe fragt nicht, Liebe bewertet nicht, Liebe springt direkt über Mauern, wie Licht. Und Liebe zulassen und zeigen zu können, macht stark und zufrieden. Denn es bedeutet stark genug zu sein, um Schwäche zeigen zu können.

Im Grunde erträgt er es eben nicht, er leidet und ist nicht glücklich. Denn auch ein Feri hat ein Nervensystem, und die Anlage, Liebe zu fühlen. Als Kleinkind war er ja vernetzt mit und durch seine Mutter, und spürte die Zuwendung zum Beispiel seiner Abla, Schwester.

Doch die Zwangsehe ist ein schon festgelegter Lebensplan. Aufgehen in einer diffusen Masse, Familie…Ohne den Wert einer einzelnen Person zu (er)kennen.

Denn geliebt zu werden, heißt ganzheitlich erkannt, erfasst zu werden. So kennen, zum Beispiel, Mütter ihre Kinder am besten. Die Liebe einer Mutter ist absolut.

Kann durch Nichts überboten werden. Doch Folgendes kannte ich bislang nicht und hatte es auch lange Zeit nicht im

Bewusstsein, Feri stammte aus der uralten Strukturen einer anderen Gesellschaftsform. Einer Gesellschaftsform die wir als Europäer überhaupt nicht kennen, oder nachvollziehen können. Eine archaische Männergesellschaft kann nur funktionieren, wenn Männer sehr früh von den Frauen getrennt werden…Man könnte glauben, sie haben vergessen, dass sie Mütter hatten. Wer sagt ihnen, dass sie keine brauchen? Das haut doch hinten und vorne nicht hin. Und so wollte ich einfach noch mehr über die Männergesellschaften erfahren und spekulieren:
Also, sie sitzen in der türkischen Pampa und grillen ein Lamm, und essen es **alleine** auf...
Solche Bilder steigen in ihr auf -
Ist es so? Ähnlich?
Sind die Egoisten?!!
Würden mir nur etwas abgeben, wenn sie sich einen Vorteil davon versprechen würden?
Eine Herde Feiglinge, die es als Einzelner nicht mal es schaffen würden, es mit einer einzigen Frau aufzunehmen.
Das ist Terrorismus gegen Frauen.
Also....
Sie lassen ihre Frauen **absichtlich verblöden, und machen ihnen Angst, um sie dann auszunutzen.**
Für all ihre Bedürfnisse.
Und unter den Männern halten alle dicht, und keiner gibt es offen zu?!!
Männer reagieren auf einfache Befehle.
In diesem Sinne :
Unter anderen Männern lernen sie, Frauen nicht zu respektieren. Ihnen wird das als Stärke eingebläut. Frauen

haben eben schwächer als Männer zu sein, denn sie ist nur eine Ware, ein Handelswert, Arbeitskraft. Ein Mann der einer Frau Liebe zeigt, ist ihr unterlegen, so denken sie.

Oh, ja klar, rief mich kurze Zeit später diesen neuen Freund zurück, um mit mir auf einer eher seichten Ebene zu sprechen, und die mir in diesem Moment Gute Laune bescherte. So fühlte ich mich froh und erleichtert in dem Gefühl, am heutigen Tag glücklich sein zu können.

Abends rief er ebenfalls wieder an, um mich zu einem Treffpunkt zu bestellen. Dabei bemerkte ich schon, dass er mir wieder einen gewissen rücksichtslosen Druck bereitete, da er nicht mal Zeit ließ, mich adäquat von meinem Zuhause zu entfernen, denn er rief mindestens 3x an, um mir seinen Standort mitzuteilen. Im Grunde hasse ich eine solche Art und Weise, da ich ein Mensch bin, der planvolles Handeln bevorzugt, um nicht die alltägliche Kontrolle zu gefährden.

Nun gut, ich musste meine Ware im Supermarkt beiseitelegen, da die Schlange an der Kasse einfach zu lang war, denn ursprünglich hatte ich noch vor gehabt, Getränke für die Familie zu besorgen.

So fand ich ihn einige Zeit und Kilometer weiter in einem Waldstück vor, der ein beliebter Ausgangsplatz für Spaziergänge war.

Seine Ausstrahlung war nicht besonders herzlich…eher ernst, und so bemühte ich ihn mit einer Portion Höflichkeit und Freundlichkeit zu begegnen.

Eigentlich nicht wirklich so, als wenn er sich wahrhaft freute, mich zu treffen.

Nun, wir gingen spazieren, um einen ungestörten Ort zu finden.

Auf dem Weg dorthin sprachen wir nicht viel, denn ich spürte an seiner eher verschlossenen Art, nicht die Möglichkeit, an seinen wirklichen Kern heran zu kommen. Doch in der kurzen Zeit unserer Bekanntschaft, hatte er stets versucht, sich als äußerst positiv vor mir dazustellen. Er sei redlich und fleißig, stets bemüht sein Leben in diesem Land ohne Hilfe von anderen zu bewältigen, und nicht den Staat unnötig für seine Ziele in Anspruch zu nehmen. Er versuchte jedoch mein Mitleid zu erhaschen, denn er empfand sich als Immigrant in großen Teilen ungerecht behandelt…Ausgenutzt…besonders auch von seinen eigenen Landsleuten ausgebeutet…Er, der doch alles tat – War nicht glücklich…

So fanden wir irgendwann ein eher ungemütliches Plätzchen, an dem wir uns niederließen. Ich wusste im Grunde nicht so genau, was er nun von mir erwartete, und so setzte ich mich einfach neben ihn.

Doch irgendwann fing er schon wieder an ungeduldig zu werden, denn hatte er mir nicht schon bei der ersten Begegnung mitgeteilt, dass er jederzeit bereit sei, und sie ihn für diese Zwecke auch immer getrost anrufen könnte?

So wirklich verstand ich seine Art und Weise des Denkens nicht, schließlich geht niemand so mit einer normalen Frau um, und es war mir auch noch so nicht untergekommen. Ich versuchte mich, an ihn zu wärmen, und legte meinen Kopf an seine linke Schulter, und das machte mir nichts aus, da ich ihn ja schön fand, und seinen Geruch mochte. Doch er wollte sich nicht damit zufrieden geben…und befand auch einige Minuten selber von sich, dass er schlecht sei. Meine Antwort darauf war schlicht und ergreifend: „Ja."Verneinend schaute ich ihn an, denn ich spürte instinktiv, dass dies nicht sein wirkliches Problem war.

Auf dem Weg zurück zum Auto, sprach ich über Gleichungen…

Das wirkliche Liebe nur in Freiheit geboren werden könnte, also das es der Freiheit bedurfte, jemanden lieben zu können, und ihr eigener Mann sie sehr liebte. Er schaute irritiert…und ich wusste nicht, ob er mich überhaupt verstand. Dann sagte ich : „Frauen sind wie Seen, es genügt ein Eimer Dreckwasser um ein reines Gewässer zu beschmutzen…und Männer sind wie Flüsse, die vom Wasser einer Frau genährt werden."

„Doch manche Flüsse hätten ein zerstörtes Flussbett."

Nun spürte ich darüber eine gewisse Traurigkeit.

Er meinte: „Oh, ich verstehe, dieser Mann war eine große Enttäuschung."

Doch das meinte ich nicht, aber fand auch nicht die richtigen Worte es zu erklären. Es war eine gewisse Wut in mir, aber auch noch genügend Liebe.

Dann, bei den Autos angekommen, setzten wir uns beide noch auf eine Bank, damit ich ihm erklären konnte, dass ich mich nicht von meinem Mann vorerst trennen würde. Über mein halbes Leben war ich schon mit ihm verbunden, und wir würden uns in vielen Bereichen respektieren, denn schließlich haben wir eine Familie aufgebaut.

„Wenn Du willst, können wir auch so einfach nur Freunde sein", schlug ich ihm nochmals nun vor. Nachdenklich schaute er mich an. „Ich helfe Dir gern, wenn Du irgendwelche Probleme hast. Mit der Sprache und so."

„Ja, ich muss noch Bewerbungen schreiben", meinte er: „Das sollst Du für mich tun."

Was ich nicht wissen konnte zu diesem Zeitpunkt: Dieser Feri war ein türkischer-kurdischer Klassiker: Entlaufen aus einem Winkel der Osttürkei, und seit etwa 10 Jahren in Deutschland, und mit denkbar schlechter Schulbildung...Wahrscheinlich hatte er erst in seiner Militärzeit vernünftiges Türkisch beigebracht bekommen. Seine eigentliche Muttersprache war Kurmanci, die kurdische Hochsprache.

Daher war in jedem Bereich sein Wissen sehr begrenzt, auch gerade was Frauen und dem Weiblichen allgemein angeht.

Doch richtig guter Geschlechtsverkehr lebt von Endlosigkeit, Vertrauen und gegenseitigem Respekt.

Türkische Söhne beugen sich der Mutter. Auch Feri hatte sich seiner Mutter gebeugt, um seine Frau zu heiraten. Er macht ihr keinen Vorwurf. „Sie hat es nicht besser gewusst", sagt er. Und dann: „Wer hat Schuld...niemand...."

Mit meinem Freund Ali hatte ich schon einigermaßen über die Inhalte der türkischen Gesellschaftsstruktur diskutiert, und dabei festgestellt, dass diese ein wirklich perfekter Nährboden für Menschen mit einer Narzisstischen Persönlichkeitsstörung ist. Hasan legt aber absoluten Wert darauf zu betonen, dass davon nicht nur die Männer betroffen(befallen) sind, sondern auch gerade Frauen mit Kopftuch extrem dazu neigen....Denn sie benutzen das Kopftuch nur als Ausdruck einer **scheinbaren** Anpassung, um doch in Wahrheit eine ganze Familie zu terrorisieren.

Und natürlich weiß auch ein Mustafa genau über diese Mechanismen bewusst oder unbewusst Bescheid, und kann diese je nach Facette und Situation in sich abrufen. Denn Mustafa pickt sich am liebsten die Rosinen aus jeden Kuchen (Gesellschaftsform) heraus. Mustafa ist überwiegend für seine Landsleute eher ein „Deutschländer", also eine Mischform. Er liegt also in der Hängematte des deutschen Sozialstaates, und da er trotzdem noch zur Umma gehört, denn es ist nur möglich in den Islam einzutreten, und nicht heraus, deckelt er auch dementsprechend seinen Alltag in der größten möglichen Form der Anpassung mit seiner Umwelt/ Freunden ab. Seine Sozialisation ist natürlich türkisch. Doch in dieser treibt er keine Blüten. Er lebt so für sich selbst.

Ich denke mal ungebildete Kurden sind für Deutschland insgesamt oft eine starke Belastung. Besonders Jene, die erst in dem letzten Jahrzehnt kamen, oft sehr ungebildet. Es wäre unfair, auch dort nicht zu differenzieren...aber bei Vielen ist das grundlegende Denken so: „Oh Deutschland! Cool ! ALLES ERLAUBT...!" „Juche...ist ein heidnisches Land, und wenn wir Haram (Sünde) machen, merkt es doch Keiner... Nicht Denken...Bloß nicht Denken. Alles egal!"

Nun nicht alle sind wertlos, nicht alle dieser Männer und Väter. Nicht alle sind respektlos, oder ungebildet und verschlossen.

Was natürlich klar ist, das ich auch von jedem deutschen Mann erwarte, dass er automatisch Frauen beschützt und hilfsbereit ist, zumindest ist das dort so, aus der gesellschaftlichen Schicht, oder aus dem Dorf so, wo ich entstamme.

würden, wenn sie mal sich frei fühlen wollen: Zum Beispiel Alkohol trinken, und na klar, in erster Linie "rum machen" mit den jeweilig anderem Geschlecht. Das wird dann doch auch als Ursache für die notwendige Kontrollmechanismen angesehen.

Feri war nun nach dieser Sequenz der Meinung, wir beide hätten nun schon alles getan, was nach seinem Stand des damaligen Wissens, zu einer Affäre gehört : Zusammen Kaffee getrunken, Erotik an verschiedenen Orten, und einen freundlichen Informationsaustausch. So zum Beispiel hatte ich eines Tages einen Zahnarzttermin, und grad als ich diesen absolviert hatte, rief mich Feri an, um mich in ein Industriegebiet zu bestellen, damit ich mit ihn Küchen ansah, denn er wünschte sich für sein Zuhause eine neue Küche. Zuerst lud er mich auf einen Cappuccino ein, und wir trafen uns dort wie gute Bekannte, und liefen dann fröhlich gemeinsam im Möbelhaus umher, er fand es schön mit mir dort zu sein, wir machten Spaß, schauten uns die Preise von Teppichen an, testen Massagesessel und träumten von Hightech Küchen. Er träumte den Traum von Luxus, ein eigenes Haus mit allem Komfort auf dem Lande. Er meinte noch es sei für ihn umso alles schwerer dies zu bekommen, da ja immer Einheimische so viele Vorurteile gegen Menschen wie ihn hätten. So wollte er nur ganz normal behandelt werden, und ich nun dort mit ihm im Möbelhaus konnte ihm dieses Gefühl geben. Und er ging nun davon aus, dass diese gute und schöne Frau die nötige Portion an Bindungshormone für ihn entwickelt hatte, die für seine Interessen dienlich sein dürften. Seine Intension war es eben nicht, mich einfach nur zu lieben und mit mir in geheimen Stunden glücklich zu sein, sondern in erster Linie einfach gratis etwas in dem Bereich Erotik zu erlernen und ggfs. eine materielle und eine intellektuelle Bereicherung, die dazu dienlich sein sollte, seine momentanen Lebensverhältnisse zu verbessern. Denn das war im Grunde sein von ihm selbst angestrebter Preis, den ich für ihn zahlen sollte, um seiner Güte wahrhaftig werden zu lassen. Fand er sich doch selbst wieder, in dem Bewusstsein, als Mann, einfach schon von Allah und der Natur aus, jeder Frau überlegen zu sein. Doch ich wollte unsere Beziehung nicht so anspruchslos, und ihn treffen, an Orten, die er bestimmte.

So blieb ihm nichts anderes übrig, als sich wieder zu einem gepflegten Date mit mir in meiner Zweitwohnung am darauffolgenden Freitag zu verabreden. Dort angekommen, ging sein erster Blick natürlich gleich zu der Rose, die in einer kleinen Vase auf meinem Wohnzimmertisch stand, und nun schon fast seit über zwei Wochen immer noch am Leben war. Er merkte gar nicht, das mir dies ein Stich ins Herz gab, und mich richtig traurig machte, denn ich konnte als gute Gastgeberin durchaus gewisse Unebenheiten in der eigenen Stimmung neutral überdecken. Er nahm auch gar nicht ihre Äußerlichkeiten wahr, weder wie ich gekleidet war, noch worauf mir der Sinn stand, denn er hatte ja bislang auch niemals gelernt, adäquat auf eine Frau eingehen zu können. Für Feri waren alle Frauen eben nur Frauen und gleich.

Feinheiten wir Kerzenlicht, oder die Wahl der Musik, sind für ihn nur Nebensache, doch um ihn darauf an zu sprechen, bewirkte, dass er anfügte, eher einen volkstümlichen Geschmack zu haben, und er doch mehr griechische Klänge bevorzugte, als aktuelle kosmopolitische Musik. Das käme ihm seiner gewohnten Heimat näher, befand er. So reichte ich ihm auch zunächst Erfrischungen wie Tee oder Säfte, und etwas Obst. Er begann nun wieder doch zu erzählen, dass er einst zuerst einmal ganz allein nach Deutschland gekommen war, nämlich nach Berlin, um dort eine passende Frau zu finden, welche ihn durch Heirat eine mögliches Bleiberecht in Deutschland ermöglichen sollte. Und das, obwohl er längst zu mindestens eine Imam-Ehe mit seiner Frau führte, und auch schon eine Tochter hatte. Eine sogenannte Moscheeehe, besitzt nach europäischem Recht hier keine Gültigkeit. Denn in der westlichen Welt ist Bigamie verboten. Doch als aufrechter Schafiit war ihm das ja im Grunde auch egal. Denn was ist schon Europa, wenn sich hier bald eh Muslime in der Mehrzahl befinden werden? Ein armer Kurde wie er, dachte in seiner völligen Berechtigung zu sein, um sich auch noch etwas vom westlichen Wohlstand zu sichern, um Geld von den deutschen Bäumen zu pflücken, und die eigene Sippe zu stärken. Schließlich hatten ja auch einst die üblen Amerikaner das kurdische Volk nur benutzt, und um ihr „Kurdistan" in der Türkei betrogen. Nach seiner Meinung. So berichtete er mir auch unbefangen von zwei Damen in Berlin, welche mit ihm durchaus eine körperliche Beziehung eingegangen sind, aber für seine Zwecke nicht als ausreichend in Betracht gekommen waren. Die Eine wollte ihn eben nur für das Bett, und er hätte bei dieser auch nicht mehr in einem Dönerladen arbeiten müssen…

Doch am meisten Eindruck hatte wohl bei ihm eine Blondine hinterlassen, doch auch für diese Dame hatte er auch nicht erheblich mehr Gefühle entwickelt…Denn diese Blondinne nahm Geld von Männern, um ihre teuren Friseurbesuche von etwa 120 Euro zu finanzieren. Und sie hatte auch schon Kinder, für die er ja auch nicht bereit war, die Ersatzvaterrolle zu übernehmen. Er hat aber sonst keine weiteren Makel und

Fehler an ihr entdecken können, außer dass sie in seinem Stamm-Dönerladen wohl ausführlich darüber berichtet hatte, wie seine Schlafzimmerqualitäten gewesen waren. Und somit verließ er sie eines schönen Tages einfach, und setzte sich in eine Straßenbahn, um sich von ihr zu trennen…sie sei weinend hinter ihm hergerannt…. Oh ja, er konnte unerbittlich sein.
Darauf fragte ich ihn: „Und, hast Du sie geliebt? "Geliebt?" Wiederholte er, als wenn es ein Fremdwort sei, und er erst einmal nachdenken musste was das ist…, „Geliebt, nein."
Nun wusste ich ja auch schon einiger Maßen wo ich bei ihm dran war. Natürlich stellte ich ihm die Frage, ob seine eigentliche Ehefrau über diese Aktivitäten informiert worden sei…"Ja", doch, denn als diese nach Deutschland nachkam, hatte er ihr dies alles gebeichtet.
Doch subtil wollte er mir damit zum Ausdruck bringen, dass wenn auch ich endlich einsah, das er im Grunde viel gläubiger und im Leben besser sei, als dieser Mustafa, ich durchaus Chancen bei ihm haben könnte. Das Einzige was er von mir erwartete war, dass ich mich brav sich ihm anpasse, und schön darüber Stillschweigen bewahren sollte, was er im Schlafzimmer mit mir zu tun vorhatte.
So nahm er auch nicht mein etwas bitteres Lächeln wahr, und auch nicht was ich wirklich dachte.
Doch noch war ich eine Frau, die durchaus auch mit anderen Mitteln kämpfen konnte, und erst einmal ihren persönlichen Genüssen näher kommen wollte. Zärtliche. Und zum Abschied mich lieb im Bett, und nochmals an der Tür umarmen. Und so drehte er sich noch stolz über seine Leistung wie ein Pfau im Flurspiegel, zupfte sein Hemd zu Recht, um dann mit

Gewissheit noch den weiteren Abend in Männergesellschaft zu verbringen.

„Wir sehen uns", waren immer seine letzten Worte gewesen, wenn er sich von mir trennte.

Doch die Rose war nun endgültig verblüht.

Er, der sich zuvor noch jeden Tag bei ihr gemeldet hatte, meldete sich nun nicht mehr. So schrieb ich ihm mal sechs Tage später eine nette SMS, in der ich ihn von meiner Arbeit berichtete, und das ich glücklich bin, und ihn auch Licht zusendete...Er antwortete mit wenigen Worten nett darauf, aber mehr nicht.

Erst am darauffolgenden Samstag war er wieder abends bei mir. Mit der Vorgabe fast keine Zeit zu haben. Doch diese Zeit nutzte er wieder, um sich klagend in sein eigenes Schicksal zu fügen...Ach, wie gern würde er doch sich einfach nur mal wie ein Mensch fühlen, und von anderen als ein solcher behandelt werden...

Doch obwohl ich glücklich war, und gute Laune hatte, ging er im Gespräch kaum auf mich ein. Und doch ich freute mich einfach, über seinen Besuch. Warum färbte meine Gute Laune einfach nicht auf ihn ab...Normal ist das doch so, wenn zwei Menschen zusammen sind...Das sich Stimmungen und Gefühle teilen lassen...Ich konnte jedenfalls Gefühle von anderen Menschen sehr gut spüren...

Er müsse ja auch noch Bewerbungen schreiben, fügte er an,...und das fiel ihm doch so unendlich schwer. So er fragte mich, ob er lieber selbst einen Computerkurs belegen sollte, oder er sich alles von einem Nachbarn beibringen lassen könnte, was nach ihrer Meinung besser sei... Ich tendierte eher zu dem Nachbarn…wohlwissend, dass auch zu der Zeit gerade Mustafa einen Kursus belegte, und vielleicht noch keinen Drucker hatte…

Aber Feri konnte mal wieder nicht wissen, dass ich es wusste. Ich wusste es von Oral, einem anderen Freund von Mustafa, den sie in der Stadt getroffen hatte, und der mich direkt darauf ansprach, ob ich noch mit Mustafa zusammen sei…Das war in jenem Moment fast wie ein Schwall kaltes Wasser in meinem Gesicht gewesen, und ich antwortete darauf mit einem maliziösem Lächeln und holte erst einmal tief Luft. „Meinst Du, er sagt mir Alles", meinte Oral noch, als ich ansetzen wollte dies zu verneinen. So wagte sie in diesem Zusammenhang mal zu fragen, ob er, der Fevzi, denn einen Drucker benötigen würde, natürlich mit der Bereitschaft ihren Eigenen dafür zu opfern, um heraus zu finden, ob dieser Nachbar in Wirklichkeit Mustafa sein könnte.

Nein, er hätte doch schon längst einen Drucker…meinte er. So war ich freundlich wie immer, spielte die Gastgeberin, um dann später sogleich mit Feri zu kuscheln, denn sonst wäre es ja auch recht umständlich gewesen, das der arme Feri dazu kommt, mal eben noch schnell bei mir seinem „Job" in meinem Interesse zu erledigen. Er wollte doch im Grunde einfach mal rasch nur so…, und schaute ständig auf sein Handy…Doch anscheinend fand er dann doch Gefallen daran, und blieb dann doch eine Stunde länger, als er im Grunde beabsichtigt hatte. Als ich ihn bat: „Sag mir doch mal was Nettes," schaute er sie etwas hilflos an, und meinte dann: „Du bist gut und schön…." Und sie fragte: „Magst Du mich überhaupt?" Kam als Antwort: „Ja klar, sonst wäre ich doch nicht hier...." Er erklärte ihr, es sei für einen Mann wie ihn nicht üblich, freundliche Worte an eine Frau zu richten..."Aber das gehört doch dazu Feri, " sagte ich. „Ja, gehört dazu", bestätigte er.

Dann wollte er mich am Dienstag sehen, er rief um achtzehn Uhr an, um mir mitzuteilen, er hätte heute mit einem Freund in der Nähe zu tun, doch außer zwei Telefonate lief an diesem Abend nichts, denn mir war der Sprachkursus durchaus wichtiger. Und das hätte er auch wissen müssen, dass ich selten montags und dienstags Zeit für ihn hatte. Denn wenn er sich wenigstens etwas für mein Leben interessiert hätte-

Doch er versuchte es an dem darauffolgenden Dienstag wieder, am Freitag hatte er nur angerufen, das sein Drucker nun plötzlich kaputt sei, denn seine Kinder hätten diesen nun doch zerstört...Es waren Herbstferien, somit hatte auch ich keinen Unterricht....Ich befand sich gerade mit einer meiner Töchter in einem Einrichtungshaus, weil diese Tochter persönliche Geburtstagseinkäufe für ihre Feier plante. Doch Feri nahm darauf natürlich keine Rücksicht, sondern ich sollte ihm so schnell wie möglich zu Hause treffen, um ihn den Drucker zu überlassen...So musste ich also rasch meiner Tochter erklären, dass ein angeblicher Freund, meine Hilfe bedurfte...und sehr eilig das arme Mädchen nach Hause bringen, um ihn dann ungestört treffen zu können. Ich hatte gerade noch Zeit mich etwas frisch zu machen, da stand er schon vor meiner Tür. Natürlich tat er so, als wenn auch er keine Zeit hätte, denn ein Freund würde ihn wieder gleich abholen... Und er würde ja nur aus reiner Freundlichkeit den Drucker holen wollen..., ganz arglos.

Trotzdem versäumte er es nicht, noch mit mir rasch zu schlafen, ja, so ist er, total feinfühlig und rücksichtsvoll, denn er liebte es anscheinend besonders auch unter diesen Umständen. (Ironisch gemeint)
Ich betete nur: „Oh Gott, lass diesen Drucker wenigstens für Mustafa sein."
Damit ich wenigstens ihm eine Freude machen konnte, und er nicht auch nur ausgenutzt wurde.
Er, Feri, meldete sich nicht mehr. Den ganzen Rest der Woche nicht, und auch nicht in der darauf folgenden Woche…Und im Grunde, war ich fast froh darüber.
So besuchte ich also an einem wunderschönen Samstag im Herbst eine meiner liebsten Freundinnen, die ich noch aus meiner Schulzeit kannte. Denn der Samstag war so ein Tag…
Ich vertraute mich dieser Freundin an. Weil ich mit der Situation überhaupt nicht glücklich sein konnte. Ich wusste auch, dieser besonderen Freundin konnte ich bedingungslos vertrauen.
Um Klarheit zu bekommen, und Licht in das Dunkle ihrer Seele zu bringen, fingen sie beide an, Tarot Karten zu legen. Für alle Männer in ihrem Leben, also insgesamt drei Kartenbilder:
Meinen Mann, Feri und Mustafa…
Das eine Kartenbild war die vollkommene Beziehung, alles stimmte mit ihrer Seite überein: Alle Wünsche, und Eigenschaften einfach ein Lebensbaum. Das andere Bild war ein Mensch mit ausschließlich materiellen Interessen, und sehr festhaltend; und das letzte Kartenbild zeigte zwar einen Mensch mit Gefühlen, aber ohne Motivation für die Königin

der Kelche da zu sein. So musste ich entscheiden, welches Bild zu jeweils diesen Männern passte. Sofort schrieb ich Feri folgende
SMS: Son, Telos, Fini, Ende, The end…In mindestens sieben Sprachen, und dazu noch: La femme fatale …….
Meine Freundin übernahm es, bei Mustafa anzurufen. Denn ich hatte einfach Angst, und nicht mehr viel Hoffnung, nichts. Doch irgendwann rief er meine Freundin zurück, um dieser knapp mitzuteilen, dass der augenblickliche Zeitpunkt wohl nicht der Richtige sei, um zu reden. Ich war schon fort, als er mit meiner Freundin sprach- Trotzdem spürte ich, viel später, das auf einmal ganz viel Freude und Helligkeit auf mich einströmte….Glück…Etwas Wunderbares, wonach ich mich auch so sehr sehnte…
Ich brenne im Feuer Deiner Eitelkeit, gefangen auf dem Weg in die Unendlichkeit…
Siehst Du das Blut an meiner Hand, hast Du das Leid in mir erkannt?
Drei Männer, und keiner war in Wirklichkeit bei mir. Mustafa jedenfalls war nicht zu sprechen.
Doch fünf Tage später kam einer angelaufen…
Er traf mich draußen, im Hinterhof, am helllichten Tag, und rief mir aus fünf Metern Entfernung schon zu: „Willst Du misch nicht mehr? „So stand er vor mir, traurig, und er wirkte verloren. Seine Arme waren offen, und hingen resigniert an den Schultern herab. Es war Feri.
„Oh Feri", dachte ich, „ich habe Dich doch wirklich nie gehabt…" Und dann sagte ich zu ihm: „Komm erst mal rein."
Drinnen in meiner Küche setzte er sich auf einen Stuhl, und sah

mich erwartungsvoll an. Und er kann so warmherzig, zärtlich und liebevoll schauen, zum Steine erweichen, bis tief in seine Seele. Ich wurde schwankend, denn die Evolution lügt nicht, als ich mich in ihn verliebte...Er meinte zu mir, ihn will doch auch keine andere Frau nehmen, verheiratet, mit Kindern.
Und ich sagte jedoch: „Hilf' mir, bring mir Mustafa." Er sagt knallhart: „Nein." Es klang endgültig. Dann sagte ich: „Tausend Euro..." doch er schüttelte den Kopf. „Fünfhundert für ihn, und fünfhundert für Dich...""Niemals", sagte er. Ich gab auf. „Was willst Du mit ihm? "fragte er. Die Wahrheit, dachte ich. „Ihn einsperren, fesseln und knebeln", antwortete ich.
Doch die Wahrheit war, das sich Mustafa mit allem was ich jemals geschrieben hatte und was er an Informationen über mich hatte, weitergab...Auch an die Kurden, er brüstete sich damit. Oder gab Texte für die Seinen aus. Es war so bitter. Es hat uns vergiftet, das Vertrauen zerstört, meine Liebe. Er gestand es mir viele Monate später...
So bereitete ich erst mal für sie beide einen Tee. Wobei Feri es lustig fand, das ich meinen mit Milch und Zucker trank...das kannte er nicht. „ Ach Feri, ich wünschte wir könnten zu Dritt einfach nur Köfte essen gehen... Draußen sitzen und Köfte essen...", sagte ich.
Der Lebensbaum.
Irgendwann stand er auf und küsste mich. Er stand auf, und küsste mich, er küsste mich wirklich, er küsste mich himmlisch, er küsste mich herrlich, er küsste mich wundervoll, er hielt mich...ich spürte ihn, seinen ganzen Körper, er war sooo schön, so traumhaft, so groß, er roch so

unwiderstehlich…Oh Feri, ich löste mich auf, und floss in ihn über… Mit oder ohne Kleider, ganz egal- und er liebte mich wie noch niemals jemand zuvor, es war, und konnte, nur Feri. Mein Körper schrie vor Freude, jede einzelne Zelle…Unter anderem lag ich unter ihm, er drückte mich tief runter, mit beiden ausgestreckten Armen unterhalb ihrer Schulterblätter spürte ich ihn, nur ihn, tief in sich, und er biss mir dabei fast bis zur Schmerzgrenze in die Wange, magisch animalisch lag ich auf meiner Matratze, aufgelöst, erhitzt, und nur das Kissen war etwas kalt, oh ja, er war überall…Ich war sein Weibchen in der Höhle…5000 Jahre…10000….1000000, unendlich. So stand er dann in der Steinzeit irgendwann auf, gab mir einen Klaps auf den Po, und meinte grinsend: „Mustafa, ha!"
„Hey, schlag mich nicht, Du bist nicht mein Mann", antwortete ich.
Und so schlich er sich langsam wie ein Nebel in mein Leben. Seine Schönheit heilte mich, doch auch seine Schönheit konnte töten, und wer könnte es nicht besser wissen –
Wir haben uns wirklich geliebt, das weiß ich nun, viel zu spät, viele Jahre später.
Danach sah ich ihn wiederrum zehn volle Tage nicht, zehn Tage hörte ich kein Wort von ihm…
Und jedes Mal wenn er drohte aus meinem Leben zu gleiten, kam er wieder.
Diesmal kam ich an einem Dienstagabend von meinem Sprachkursus, und war noch draußen im Garten um eine Zigarette zu rauchen, und als ich mich umdrehte war ich fast erschrocken, denn er stand etwas abseits von einer Laterne, im Halbschatten, fast hätte ich ihn nicht erkannt. Etwas unsicher

nannte er meinen Namen, und einen Gruß. Ich war einigermaßen verwundert, sonst hatte er doch immer vorher angerufen. „Ach, Du bist es", sagte ich…dann rauchte ich meine Zigarette zu Ende, und schloss die Tür auf. „Hattest Du schon lange auf mich gewartet?" „War nicht schlimm, nur etwas…" Er war verändert, nicht mehr so wie am Anfang unserer Bekanntschaft, er kam mit hinein, er hatte sich gemerkt, wann ich dienstags zuhause war, und hörte mir anders zu.

Er erinnerte mich irgendwie an ein verlorenen Katzen Papa…Der es schwer hat im Leben, um ganz allein für seine Katzenfamilie zu sorgen.

Dann erzählte ich das erste Mal etwas Privates von mir, von meiner Familie, von meinen Kindern…von meinen Sorgen…und er hörte zu.

Davor war es immer so gewesen, das er nur oberflächlich war, einfach nur oberflächlich, doch an diesem Abend empfand ich endlich ihn wie ein Freund, wie einen wirklichen Menschen.

Interessant war es auch an diesem Abend, das wir beide zufällig auf den weiblichen Biorhythmus zu sprechen kamen, und ich mit Verwunderung feststellen musste, das er darüber fast nichts wusste…denn er meinte auch, ich sollte mein Wissen mit meinen Töchtern teilen…„Aber das wissen sie doch auch, und manche Dinge besser als ich…" antwortete ich, „Es wird doch in der Schule gelehrt."

Er wusste nichts über fruchtbare und unfruchtbare Tage bei einer Frau, nichts über natürlicher Empfängnisverhütung, usw. War er überhaupt jemals korrekt aufgeklärt worden? Oder hat man ihm nur gesagt: Tu nichts mit Gewalt? Was wusste er in

Wirklichkeit? Es war für mich nicht vorstellbar, und ich empfand es auch nicht als meine Aufgabe, mit ihm, einem erwachsenen Mann, so darüber zu sprechen...

Trotzdem war es nett und gemütlich mit ihm...und irgendwann brachte ich ihn zur Tür, um mich ganz normal von ihm zu verabschieden, und sagte: „ Wir sind Freunde, ganz gute Freunde."

Doch plötzlich schloss er mich an der Tür in die Arme, und küsste mich leidenschaftlich und zärtlich, und das, obwohl wir uns die ganze Zeit über nur unterhalten hatten. Klar war ich etwas überrumpelt, und hatte auch gar nicht damit gerechnet...war er doch so anders gewesen als sonst, als wenn er froh war, dass es mich gab, er mich bemerkte- Und natürlich erwiderte ich auf diese Art und Weise gern seine Hingabe, es war schön, und traurig zugleich, denn irgendwann musste er wirklich gehen, und von diesem Abend an, den 5. November, fing ich an, ihn wirklich zu vermissen.

So langsam dämmerte mir die Wahrheit, der Feri hatte wirklich keine Ahnung. Er wusste nicht viel im Grunde über Sexualität, eigentlich wohl nur, wie er sich fortpflanzte ...Wahrscheinlich hatte Mustafa ihn mir später irgendwie zugeschanzt, und um dann ein makabres Spiel zu beginnen, ein Experiment gestartet, denn kennengelernt hatte ich ihn ja von allein.

So konnte ich ebenso mit ziemlicher Sicherheit davon ausgehen, dass die beiden sich auch ab und zu über mich austauschten...Das dies im Grunde absolut nicht in meinem Sinne war, das ist verletzend, denn wer möchte schon wissen, was jemand über einen sagt... wäre jedem Menschen höchst

zuwider. Gerade in den Bereichen die im Grunde doch absolut intim sind, ist das unterste Schublade, eine Schande.
Das erklärte auch Feris ganze Art und Weise mit mir umzugehen. Ich sollte ursprünglich nur dazu dienen, Feri zu lehren, wie ein Mann eine Frau lieben kann. Und das, ohne mir möglichst als Mensch nahe zu kommen. Ohne Bindung, ohne Gefühl. Eher nur wie eine Hülle, eine Gebrauchsanleitung für das heimische Ehebett. Das war Menschenverachtend, das ist Gefühlsmissbrauch. Wie eine Matrize, und die Kopie bekommt die Ehefrau.
Ein Verbrechen an meinen Körper, Geist und Seele. Denn ich hatte schon von Anfang an Gefühle für Feri gehabt, ohne das ganze Theater und Lügengebilde….Bei mir geht das Wissen um meine Gefühle in Sekunden, deshalb, Feri war der Einzige nach unzähligen Jahren für den ich spontan so gefühlt hatte. Irgendwie hatte ich trotzdem im Unterbewusstsein diese Ahnung, und textete Feris Handy damit voll, das sein Verhalten untragbar sei. Auch auf die nette Art, in der Form, wie ich es mir selber wünschte, wie er mir zu schreiben hätte, oder an mich denken solle, das wenigstens wollte ich ihm beibringen….Oder aber ganz konkret : Über unhöfliches Verhalten in Bezug auf Toilettengänge, Umgang mit anfallenden Körperflüssigkeiten, diversen anderen Möglichkeiten sich gegenseitig nahe zu kommen, Dauer usw……Und ich verabschiedete mich mal wiederum von Ihm, mit einer winkenden Bildanimation, die so viel hieß : „Vielen Dank, und noch weiterhin viel Spaß, mit Deiner Cousine…Mach es gut, und Tschüss." Und dann wies ich ihn einfach mal direkt zu Mustafa…Denn ich dachte, was soll der

Mist, es ist doch nicht ihre Art und Niveau, mit einem Mann direkt darüber zu sprechen. Es ist einfach peinlich, und es war ja auch eben oft schwierig sich Feri gegenüber adäquat zu äußern, so dass er wirklich verstand, was ich so meinte. Mustafa sagte wohl nur zu ihm, falls er ihn doch kannte: „Es muss beiden gefallen..."

Einen normalen Mann hätten diese von ihr gesandten Hinweise, im Grunde abgeschreckt, er wäre beleidigt gewesen... Und hätte so etwas nicht an sich heran gelassen.

Doch nicht so Feri. Er nahm das zum Anlass, gleich zwei Tage später wieder vor meiner Tür zu stehen, so als wenn er das Alles sehr ernst nahm, und wahrhaftig bestrebt wie ein Schüler war, sich auch noch andere Sachinformationen aus dem Internet zu suchen.

Und für mich war das der endgültige Beweis, dass mein Instinkt mich nicht in die Irre geführt hatte, was meine Vermutungen angıng... Ich wurde verraten und wusste damals noch nicht von wem.

Und trotzdem hoffte ich irgendwie innerlich inständig doch, dass er es mir zu Gefallen tat, weil auch ich ihm vielleicht doch wichtig war, und nicht es nur zu seinem Selbstzweck diente, um mich lediglich zu missbrauchen. Denn wie kann eine Frau sich davor schützen? Eine Frau die es gewohnt war geliebt zu werden, geachtet und respektiert ? Eine Frau, die dies nicht vom Gefühl glauben konnte, was ihr Verstand ihrem Bewusstsein zurief...

Und wessen Idee das auch immer gewesen sein musste, denn ganz am Anfang, bis zu dem Treffen am See, das nicht so ganz geheuer war...wäre alles seinen Weg gegangen...Und nach

dieser „Rosennacht" wäre unter Umständen und normaler Weise alles vorbei gewesen...
Doch so...war mir klar, irgendetwas, ist nicht normal.
Feri war zwar nett und freundlich, und wollte auch in anderen Dinge, ganz normalen Alltagsfragen meinen Rat, aber saß dann doch irgendwie unsicher und verloren auf ihrem Sofa. Gar nicht so wie ein Mann, eher wie ein großes Kind, und er weckte dann zu mindestens noch Mutterinstinkte in mir.
Ich fragte mich, was will er, wenn er doch gar nicht vom Gefühl bei mir sein will...Mich sonst aus seinem Alltag verdrängt, und hier nur ständig auf sein Handy schaut...
All diese Feinheiten, können sehr, sehr wehtun, wenn nach außen hin etwas anderes signalisiert wird. Wie oft saß ich neben ihn, und fragte: „Feri, wieso bist Du so...was ist mit Dir?"
Denn die Zielvorstellung, die wahre Grundlage, für jede Beziehung stimmte nicht. Er war so tot traurig, unglücklich...Aber ich wünschte mir doch so sehr etwas Freude, Glück mit ihm, zu mindestens in den Stunden, wo er bei mir war. Freundschaft, kennenlernen von Gemeinsamkeiten, eine Bereicherung in unser beider Alltage, und nicht nur geben müssen. Es war, als wenn ich ihn ständig aufmuntern und trösten musste. Er nahm mich hin, ohne wirklich mir etwas zurück zu geben. Und doch beteuerte er, dass er mich brauchte, mich wollte...Mich, aber doch nicht wirklich ich...selbst.
Irgendwie erwuchs darum in mir so etwas wie Kampfgeist, um wenigstens sich selber gerecht zu werden, meinen Stolz zu retten. Ich musste mich der Herausforderung stellen, um etwas

für mich, meiner Würde, vor allem bei mir selbst und vor ihm zu retten.

Und ich dachte still bei mir: „So, warte mal ab…So kommst auch Du mir nicht davon… Dich werde ich auch noch irgendwie treffen…, finden. Hörst Du mein Herz, hörst du mein Herz, hörst Du wie es bricht, es ist das Herz, das zerbricht, wenn man von Liebe spricht…

Ich litt, ich suchte nach Wegen, sammelte Informationen und nahm jeden Strohhalm an, der sich mir bot.

Und niemanden sonst hätte ich mich anvertrauen können, nicht mal meinen eigenen Mann, denn zu dieser Zeit hätte ich ihn verloren, für immer, dafür. So fand ich Mirsad.

Es war fast Einer aus ihren eigenen Reihen, Mirsad, ein Mann mit sieben Sprachen, ein Stratege, ein Physiker, der mich hielt, der mich auffing in meinem Meer aus Tränen, der mich wärmte wie ein Seelenverwandter, nahm mich in seine Arme, und brachte mich wie ein verzweifeltes Kind ins Bett. Und bot geistig die perfekte Ergänzung für mich. Es wird gesagt, ein Mensch eine Sprache, und ein Mensch mit vielen Sprachen hat so viele Menschen in sich, wie die Sprachen die er spricht. Er lernte mit mir griechisch, zurück ins Licht, und doch kam er von Allah, denn er war einst als Sunnit geboren. Er hatte die Grundlage, das Wissen, um etwas zu helfen. Höllenerprobt. Und im Kern hart und konsequent. Ich wurde seine Cori, sein Mädle, wie er so schön auf schwäbisch mich rief.

Wir weinten zusammen, hielten uns im Feuer die Hand. Und er wurde zum größten Gegner von Feri und Mustafa. Er nannte sie nur Wichsfrösche, und keine Menschen. Denn diese waren Vergewaltiger des wahren Glaubens, des Islams.

Ich verdanke ihm etwas von meinem Leben. Denn ich bin, und war es wert, dass man um mich kämpft. Ein Mann der mich endlich schützt, meinen Geist, und meine Seele mitertrug.

Das kleine Mädchen in mir sagte: „Mirsad, Bruder, warum sollten sie mit Absicht schlecht zu mir sein? In meinem ganzen Leben, wollte mir doch noch nie jemand etwas Böses!" Und er antwortete: „Ob Du es glauben willst, oder nicht, weil sie schlecht sind." „Aber Mirsad, wie kann das sein? Haben nicht alle Menschen im Grunde das Gute erfahren? Das, wofür wir geliebt werden ? Gerechtigkeit ? Menschlichkeit ? Liebe?" „Ach, Mädle, so begreife es doch endlich…Du zählst nicht für sie als Frau, als Mensch, Du bist für Feri nur die größte Schlampe, wo 'rumläuft." „ Mirsad, Du tust mir weh !" „Ich weiß, aber es ist so." „Wie kann ich das denn glauben ?" „Es wurde ihnen einfach abtrainiert, von klein auf.." „Warum, das kann ich doch nicht verstehen…das ist doch kein Leben. Das geht doch gar nicht." Und ich wollte kämpfen, für die Hoffnung, um doch nicht zu zerbrechen, oder einst töten zu müssen.

„Mirsad, gibt es Sieger oder Verlierer?" „Nein, Mädle. Es wird niemand wirklich gewinnen können. Auch Du wirst keine Chance haben…" „Mirsad, aber ich will und darf doch nicht verlieren!"

Und so bereitete ich mich vor, ihnen nicht kampflos das Feld zu überlassen. Don't give in without a fight. Und das, obwohl ich es doch noch nie gelernt hatte, einen solchen Krieg zu führen.

Einmal, an einem Samstag, nahm Mirsad mich einfach mit, denn er wusste, dass ich Ablenkung und Struktur brauchte. Er nahm mich mit nach Berlin, zu einer Messe in einem Hotel. Im Auto, unterwegs, hörten wir beide griechische Musik, und ich fand das irgendwie lustig. Wir beide, zwei Nicht-Griechen, dröhnen sich mit griechischer Musik voll. In dem Hotel fand ein Kongress statt, und ich sollte für ihn die Rolle der Assistentin übernehmen. Es war ein Münz-und Wertpapierkongress, denn dies war Mirsads ganze Leidenschaft, er sammelte, kaufte und verkaufte als Hobby Münzen und Wertpapiere. Als Geldanlage-, oder um diese dann wieder mit Gewinn weiterzuverkaufen. Ich folgte ihm brav, und er nahm wirklich viel Rücksicht auf mich, denn dies war ein ungewohntes Terrain. Mirsad fing an, mir alles zu erklären, und mich sanft zu unterweisen. Am Ende der Veranstaltung, setzten wir uns beide an einem Tisch, um Erfrischungen zu nehmen. Voller Freude wollte er mir seine Errungenschaften des Tages präsentieren, und er sah dabei so eifrig, glücklich und zufrieden aus...Er erinnerte mich in diesem Augenblick an jemanden, jemand der einen solchen, genau solchen Ausdruck hatte, wenn er über seinen Wetten saß: Mustafa. Ich ertrug es etwas, versuchte mich abzulenken, doch dann brach es aus mir heraus. Ich vergrub mein Gesicht in meine Hände, meine Augen wurden feucht, und ich verlor die Fassung...Ich rannte fort, einfach hinaus, und ließ Mirsad allein am Tisch zurück.

Draußen, an der frischen Luft, hielt sie sich an der Portalbalustrade fest, und ließ meinen Tränen den freien Lauf. mein Herz krampfte sich zusammen, und drohte abzusterben. Eine unbeschreibliche Verzweiflung hatte sich meiner bemächtigt. Die Erinnerung an ihn, an Mustafa, stürzte wie eine dunkle Klinge auf mich ein. Das Unterbewusstsein, es kommt manchmal an die Oberfläche, doch wie kann sich ein Mensch nur davor schützen? Mit weniger als Nichts, keinen Halt...Doch irgendwann musste ich einfach um Fassung ringen, und zurück zu Mirsad, und um mich zu mindestens bei ihm zu entschuldigen.

Auf dem Rückweg, im Auto sprach Mirsad über seine Familie, ich hörte ihm zu- einfach nur so, und versuchte vor Erschöpfung etwas Schlaf zu finden. Dann fing er wieder an über Feri zu reden, und meinte, ich solle ihn doch nur als Lückenbüßer in meinem Leben betrachten. Denn im Grunde sei ich doch eine Frau, die sich nichts sehnlicher in ihrem Leben wünschte, als eine süße kleine Familie zu haben.

„Warum versuchst Du immer Feri zu rechtfertigen, und als gut darzustellen...Wenn Du mal endlich so viel Verständnis für Deinen eigenen Mann aufbringen würdest, er ist doch hundertmal besser und wertvoller!" Ich hoffte immer noch, das es Feri in seiner Ehe so erging, das er auch einfach mal nur glücklich sein wollte... „Mirsad, das habe ich doch schon über 20 Jahre getan, und bin dabei erschöpft und leer geworden..." „Aber das ist doch kein Leben, so, für Dich!" „Ich kann gerade einfach nicht mehr, ich habe keine Kraft." „Mädle, Du solltest froh sein, und erkennen das Du ihn hast." „Ach, Mirsad..."Ich lag am Boden. Komplett, mit mir und der Welt. Ich lud anschließend noch Mirsad bei mir zum Essen ein, und kochte für uns Beide. Das hatte mir immer so viel bedeutet, für jemanden kochen zu dürfen... Es gab Spaghetti, und hinterher bereitete ich für Mirsad Mocca zu, so wie ich ihn einst gelernt hatte, perfekten Turska Kava...wie in Bosnien, Mirsads

Heimat. Denn dort hatte auch ich den Mocca einst kochen gelernt, mit vierzehn Jahren, denn mein Vater hatte aus beruflichen Gründen über acht Jahre in Sarajevo zu tun gehabt. Oh, wie klein ist doch die Welt, alles kehrt irgendwann zurück. Und extra für Mirsad hatte ich mir nun eine neue Sesve, und Mocca Geschirr zugelegt.

Und irgendwann jedoch ging auch Mirsad, doch ich fühlte mich müde und erschöpft. Zu schwach um noch klar zu denken, oder Entscheidungen zu treffen. Immer im Hinterkopf all die Worte die Mirsad mir sagte, und die mich verwirrten.

So schlüpfte ich in die Rolle meines Lebens, um zu überleben.

Feri sollte von nun an die „Süper-Gelin" par exzellente erleben: **Fatma, die Geisha der Osmanen.** Frau biegt sich, um nicht zu zerbrechen. Und, natürlich, ich musste nicht lange darauf warten.

Keine fünf Tage waren nach seinen: „Studien" vergangen, als er mich wieder anrief, an einem Sonntagabend. Ich befand sich eben mit meinem Auto auf der Autobahn, als das Handy ging. Er grüßte mich nur kurz, um mich dann wieder unter Druck zu setzen, um mich umgehend in meiner Wohnung zu treffen. Kaum war ich dort, als er schon an meiner Tür klingelte. Wie immer fiel meine Begrüßung sehr förmlich und auf das Nötigste beschränkt aus. Natürlich lud ich ihn in mein Wohnzimmer ein, und er nahm wie immer auf meinem Sofa seinen Platz ein. Als devote Kindfrau bereitete ich einen Tee zu, wobei er bemerkte, das ihm die Sorte und die Art vollkommen egal sein, im Grunde auch ein Hinweis auf sein absolutes Desinteresse für Details. So machte ich es ihm gemütlich, baute vor ihm ein kleines Tischchen auf, zündete

Kerzen an, aber verzichtete diesmal auf Musik. Zum Teetrinken und um ein Gespräch zu führen, nahm ich niemals direkt neben ihm Platz. Ich schaute freundlich auf ihn, wie er so da saß und mit schlürfenden kleinen Schlucken den heißen Tee trank. Er beliebte niemals sein Getränk bis zur Neige zu trinken, er ließ immer einen Rest in der Tasse...Was aus europäischer Sicht eigentlich eine Unhöflichkeit darstellte. Nachdem wir einige Worte gewechselt hatten, in dem Sinne wo ich grad gewesen war, und verschiedene andere Eindrücke, freute ich mich doch, ihn so rasch wiederzusehen. Er wirkte wieder so kalt, so dass ich dann doch irgendwann neben ihn Platz nahm, mit beiden Beinen auf dem Sofa kniend, die eine Hand an der Rückenlehne abgestützt, um sich in direkter Position vor ihm mit ihrem Oberkörper sich befand. Er bemerkte meine Brüste, und meinte: „Du hast großen Busen." Nicht gerade sehr subtil, dachte ich, und senkte im Anschein beschämt mein Haupt. „Dafür kann ich nichts..." antworte ich darauf hin knapp. Später sollte ich die gleichen Worte nochmal hören müssen, später, viel später, von einem fast Fremden. Also hatte er sich nicht nur allein mit Mustafa über mich ausgetauscht. Aber in diesem Moment verschwendete ich keinen Gedanken daran.

Sondern kam ihm näher mit den Worten, wobei ich ihn diesmal direkt ansah: „Du hast Glück gehabt, ich bin die Schönste aller Schwestern." Dann flüsterte ich ihm ins Ohr: „Meine Schwestern würden Dich nämlich für einen Mörder halten..." Er schaute hinreißend verdutzt. Ich schaute ihn ganz arglos und unschuldig an. Nach dem Motto: „Oh, Ferileinchen ,"und fing dann an, wieder an ihm zu schnüffeln. Ganz sanft und zärtlich, unterhalb seiner Ohrläppchen, entlang des Pulses seiner Halsschlagader. Ihm wurde warm, so süß und unschuldig wie ich in den Moment auf ihm wirken musste. Er schaute ein letztes Mal stirnrunzelnd auf sein Handy…um es dann doch lieber zu vergessen. Ich streichelte zärtlich seinen Oberkörper, schlüpfte mit liebevollen Händen unter sein Hemd, um dann auch ein paar Hemdknöpfe zu öffnen. Das machte ihn gar nichts aus, im Gegenteil, halb erwartungsvoll schielte er unter seinen schönen Wimpern hervor. Doch meine Hände glitten ganz arglos in seinen Nacken, und ich schmiegte meinen Kopf an sein Herz, wie eine junge zarte Frau. Mit großen Augen schaute ich zu ihm auf. Er drückte einen zärtlichen Kuss auf meine Lippen, als ich ihm meinen weichen Mund darbot. Er beliebte es, mich niemals mehr als nur mit den Lippen zu küssen. Dann wollte er mich daraufhin hochnehmen, um mich ins Bett zu tragen. „Oh nein, " sagte ich, „Ich bin doch so dick und schwer wie ein Elefant"…..„Du bist höchstens ein Fuß von einem Elefanten," meinte er daraufhin erwidern zu müssen. Ach, was für ein Kompliment, dachte ich belustigt, um ihn dann gespielt reuig nett anzusehen. Doch er war nicht von seinem Vorhaben abzubringen, mich unbedingt ins Schlafzimmer tragen zu wollen.

Dort angekommen, auf meinem Bett, zog ich einiges an meiner Bekleidung aus, um dann unter meine Decke zu schlüpfen. So zog ich mich niemals ganz vor ihm aus, denn ich befand grundsätzlich, dass so etwas eher noch ein gewisses Maß an untergründiger Erotik beinhaltet. Doch ganz im Gegensatz zu ihm, er beliebte es immer vollständig nackt und in seiner ganzen männlichen Pracht sich mir dazu bieten.

So legte er sich nackt neben mich, und ich befand, dass er seine Scham auch mit unter die Bettdecke mit mir zu teilen hätte. Des Weiteren bekam er ein eigenes Kissen: „Eines für Dich, eines für mich, " sagte ich freundlich. Dann rückte ich ganz nahe an ihn heran, und spürte seinen wunderbar warmen Körper. Feri war für mich wirklich der schönste Mann der Welt. Ich war verliebt in ihn von Kopf bis Fuß, und befand mich selbst eher durchschnittlich, bis hässlich, neben ihn. So hat er wunderschön geformte lange Beine, obwohl er recht groß gewachsen ist, ist er vom Typus eher feingliedrig, d.h., er hat keine grob geformten Füße, Hände oder Schultern. Seine Fuß- und Handgelenke sind schmal, seine Hände waren nicht größer als die meinigen, er war voller Muskeln, kein Gramm Fett zu viel, und sein Po hatte die perfekte Form. Ebenso sein Bauch, einfach zum da niederknien, bewachsen mit ein paar dunklen Härchen, ideal zum geküsst werden, vom Schambereich bis hinauf zur Brust.

Ich genoss es sehr, auch einfach nur neben ihn zu liegen, und ihn zu spüren und meinen Arm sanft auf ihn zu legen. Wie gern wäre sie für immer so neben ihn gelegen…um nur seine Hand zu halten. Doch ich dachte, mit der schmerzvollen Qual im Herzen, und wenn ich seine Hand küsste: Frau ist für ihn Frau, ganz egal, und auf Details hat er noch nie Wert gelegt. So traute ich mich kaum, auch meine wahren Gefühle ihn zu sagen, und zu zeigen, musste sie doch Angst haben, abgrundtief verletzt zu werden. Und Hoffnung, oh Gott, was hätte ich dafür gegeben, wenn es eine Chance für uns Beide gegeben hätte…so verlor sich meine Sehnsucht nach ihn in Träume, und ich träumte Tag und Nacht von ihn, hielt, wenn ich allein war, das Kissen fest, auf dem er gelegen hatte, schlief nachts unter Tränen ein. In ihren Träumen tat ich alles für ihn, mein Herz schlug für ihn, ich träumte mich auf eine weite Steppenlandschaft um ihn zu finden, ihn, einen Feri der mein Prinz war. Wenn ich nur mit ihm vereint sein könnte…einmal Himmel und Hölle und zurück, und dann rief ich ihn zu, aus tiefster Seele: „Bitte nimm mich mit…" er brauchte gar nicht viel für mich tun, damit ich mich hingab und ihn liebte, schon allein ihn zu spüren, sein Atem, genügte, das mein Körper vor Glück schrie, wenn wir beide uns in einem leidenschaftlichen Rausch zu verlieren drohten.

Und auch diesmal war es so gewesen. Er war durchaus liebevoll, und fragte: „Wie möchtest Du?" Und ich antwortete: „Wie Du willst!" Und dann war es kein Spiel mehr, von beiden Seiten. Er wollte mich, und ich wollte ihn. Ein Mann, eine Frau. Er hat mich glücklich gemacht.

So sehr, dass wir uns anschließend noch festhielten, und uns in die Augen sahen. Und ich sagte: „Ich hätte gern es geschafft, Kinder mit grünen Augen zu bekommen, doch es ist mir nicht gelungen." Und er wollte es erst nicht an sich heran lassen, um dann doch zu gestehen: „Im Grunde finde ich grüne Augen auch am Schönsten." Man sagt in Smyrna, Izmir, gibt es die schönsten Frauen…Diese Stadt haben die Griechen verloren, und die Türken niedergebrannt…Frauen mit grünen Augen.

Doch wie lässt sich Liebe von Leidenschaft trennen?

Mit Messer und Gabel ?

Wo war Gott?!

Gott, der für alle der Selbe ist ?

Ins Allah.

Oh, heilige Fatima.
Augen, Augen so sehet doch!
So vieles bleibt Euch noch unerkannt.
Ich verabschiedete mich von Mustafa, in dem sie ihm an einem Morgen Ende November per SMS zum Geburtstag auf Türkisch gratulierte. Ich wusste auch, dass er diesen Tag nicht feiern würde.
Zwei Tage später kam Feri wieder zu mir, stand in meinem Wohnzimmer und sagte nur einfach so, als er mich anschaute: „Du bist gut." So hatte er also auch versucht, das Gute in mir zu sehen, und zu suchen. Genau wie ich bei ihm.
Und das werde ich auch für alle Zeiten tun. Denn etwas in mir weigert sich zu verstehen; die Fakten. Denn Gefühle lassen sich nicht belügen.
Mein Herz glaubt, das unter diesen Schrott- und Bretter Haufen seiner Welt, es einen Feri gibt. Einen Feri sowie in meinen Träumen: Gut, strahlend und edel. Ein einzigartiger und besonderer Mensch, mit einem reinen und liebevollen Herzen. Der Feri, der es wert ist, von Gott und der Welt, geliebt zu werden.
Doch wer war nun ich? Ich wusste es selbst nicht mehr. Denn was wir beide fortan taten, war für mich reine Liebe. Ich war verloren.
Unsere Körper und Seelen liebten sich so, wie es nur in wirklicher Hingabe möglich ist. Manchmal sagte er mitten im Akt: „Das ist Sünde." Doch ich zog ihn mit einem schmerzlichen Lächeln zu mir heran. Oder ich sagte zu ihm, mit meinem Restverstand: „Wir passen nicht zusammen."

Hinterher war er oft so unendlich traurig. Er lag da, mit offen Augen, voller ungeweinter Tränen und Schmerz, einsam und verloren. Einmal sagte er: „Jetzt wäre ich zum Sterben bereit." Und ich sagte: „Ich auch." In diesem Moment war ich mit meinem Herzen bei ihm, ihn würde ich folgen. Ich lag dann ganz nah bei ihm, beute mich über ihn, und nahm voller Liebe und Verstehen seine Hand, und sprach: „Ach Feri, sei doch nicht so traurig." Als wenn ich ihm sagen wollte: „Ich bin doch da."

Doch es konnte und durfte nicht sein. Es ist, und war mir nicht erlaubt, für ihn da zu sein, und seine Frau. Doch das wollte ich in diesen Sekunden vergessen.

Feri, warum gibt es keine Liebe über Alles hinaus?

Die absolute Freiheit, zu lieben wen man will?

Warum gibt uns Gott die Gnade zu lieben, um dann wieder doch alles zu zerstören? Damit wir erkennen, dass wir alle nur Menschen sind? Alle eins und gleich ? Und dadurch eben doch nicht sterben müssen?

Jesus hat keine Gesetze hinterlassen. Im Matthäus Evangelium spricht Jesus in Form von Gleichnissen zu den Menschen, so dass sie lernen sollen, mit dem Herzen zu verstehen.

Denn mit sehenden Augen sehen sie nicht, und mit hörenden Ohren hören sie nicht …

Mustafa ist nicht Feri.

Denn er hat wenigstens versucht, seinen Weg eigenverantwortlich zu gehen. Er sagte einmal zu mir: „Meinst Du, ich hätte so eine Kopftuchträgerin gewollt!?"

Aber trotzdem braucht auch er ein Zuhause. Es wäre in seinem Falle auch etwas schwierig gewesen, einen türkischen Vater

davon zu überzeugen, ihm seine Tochter zu geben. Von allein hätte er auch gar noch nicht mal den Brautpreis aufbringen können, denn sein Lebenswandel ist nicht frei von Altlasten.
Doch es gibt auch noch Frauen für umsonst.
Und natürlich ist Mustafa ein findiges Kerlchen. Er hat auch für sich die Ideallösung gefunden: Er fand ein junges unwissendes Mädel frisch aus Russland an einer Schule vor, just, um den Retter im sprachlichen Bereich und in anderen Lagen zu spielen. Damit hat er sich bei seinen Freunden viel Eindruck geschaffen, ja, und im Falle von Feri, regelrecht: Neid.
Denn sie war frei von jeglicher Religion, und bereit ihm zu vertrauen. Und bestimmt auch nicht so anspruchsvoll in Beziehungsfragen wie eine erwachsene Frau, und trotzdem willig, sauber und fleißig. So machte er Nägel mit Köpfen, das heißt, kaum war sie mit der Schule fertig, wurde sie die dritte Mutter seiner Kinder. Und trotz eines erheblichen Altersunterschiedes lebt er fröhlich in einer sogenannten „Wilden Ehe" mit ihr. So wäscht sie seine Wäsche, und sucht ein harmonisches Miteinander mit ihm. Sie hat ein wirklich freundliches und liebes Wesen. Doch auch sie vermag es nicht, etwas an ihrem Leben, und Mustafa, zu verändern, denn sie gibt ihm viel, und es raubt ihr nur Kraft. Sie bleibt, schon wegen ihrer süßen Tochter. Vielleicht hätte sie etwas Besseres verdient, doch jeder Mensch ist in der Lage sein Los zu bestimmen. Wie weit reicht die Leidensfähigkeit von Frauen? Auf jeden Fall weiter, als die von Männern. Und auch Mustafa ist ganz gut in der Lage, die Wünsche und Sehnsüchte einer Frau ignorieren zu können. Sein türkisches Erbe schlägt dann

doch durch. Sie ist im Leben von Mustafa sein kostbarster Schatz. Das sollte ihm sehr bewusst sein. So geht er auch keiner regulären Arbeit nach, denn wenn er es täte, hätte er zu viele finanzielle Verpflichtungen zu erfüllen. So leben sie beide gemütlich am Rande der Gesellschaft. Es geht ihnen nicht wirklich schlecht. Ist Mustafa ein Lebenskünstler, oder ein verlorener Sohn?

„Mirsad, ich liebe Feri."„Nein, Mädle, das tust Du nicht. "Mirsad, warum nicht, das kannst Du doch nicht wissen! "Doch, ich weiß es." „Mirsad, los sag'."

„Ist er es wert, alles aufzugeben? Für nichts…?" „Mirsad, sage bitte nicht für nichts." „Doch, es ist aber so…" „Mirsad, warum willst Du es, so, mir ihn nehmen?" „Mädle, das ist es doch nicht wert!"

„Aber mir ist er doch wert. Er ist kein Schlechter. Ich weiß es. Und was meinst Du mit Was ist es nicht wert?"

„Lass uns Karten legen, und Du denkst an F., o.k.?"„Ja, gern. Werde ich ihn wiedersehen?"

„Du wirst ihn wiedersehen."

Und wir legten Karten, unzählige Male…denn Wochen und Monate versuchte Mirsad mich zu überzeugen, dass es nicht gut für mich war an Feri zu glauben. Und nie waren Kelchkarten dabei, wenn sie Feri legten…Das heißt: Gefühlskarten. Kurzzeitig schien so etwas wie Helligkeit, und leichte Gefühle da zu sein, doch Scheibenkarten dominierten, die auf materielle Absichten hindeuteten…Das verstand ich zu dem Zeitpunkt überhaupt nicht. Es sah wirklich so aus, als wenn es Feris einziges Bestreben war, sich irgendwie nur mit

materiellem (Geld) Interesse im Leben zu bewegen. Klar war er nicht reich, aber ich doch im Grunde auch nicht.
„Und dann, überlege doch mal, ihr beide habt doch überhaupt nichts gemeinsam, nichts, aber auch absolut nichts... Gemeinsamkeiten sind doch das Wichtigste in einer Beziehung. Ich würde so Einem noch nicht einmal die Hand geben, "sagte er. Das tat mir richtig weh, wo sie doch besonders so sehr Feris Hände mochte.
„Mirsad, lass uns mal zum Spaß Mustafa legen, mal sehen, was dabei herauskommt."
„Na, den kannst Du aber vollständig vergessen. Beziehung, schon gar nicht, never. Der lässt sich nur sehr gern von Dir sein Ego streicheln, sonst ist er mit vielen eigenen Problemen befasst. Der verschwendet gar keinen Gedanken an Dich, im Grunde störst Du. Er ist träge und phlegmatisch, und wird es nie aus eigener Kraft zu etwas bringen. Unveränderbarer Looser. Aber eigentlich ist er mir noch lieber als der Andere."
Haha, dachte sie, da habt ihr Beide ja sogar etwas gemeinsam. Mustafa seine Wetten, und Du Dein Gewinnstreben mit Deinen Münzen...Du könntest sein wahrer Bruder sein.
„Warum fallen Frauen wie Du immer auf solche Kerle rein."
Irgendwie klang auch etwas Neid und Sehnsucht in Mirsads Stimme mit, so dass ich zeitweilig auch glaubte, er sehne sich auch nach der absoluten Liebe einer Frau.
„Ich bin noch nie auf so einen Kerl hereingefallen..." „Warum mögt Ihr keine Männer, die Euch gut behandeln? Der lässt Dich doch emotional verhungern! Warum wollt Ihr unterdrückt werden! "Ich will doch nicht unterdrückt werden." Und wirklich, ich konnte meinen Gefühlen immer vertrauen, sie

leiten mich, sie retten mich, nein reingefallen war es nicht. Es kommt nur auf die Sichtweise an, es war eine Lehre oder ein Geschenk.

Und bis jetzt hatte es Feri auch noch nie direkt darauf angelegt. Aber ich hatte mich ja auch schon sehr reduzieren müssen, um überhaupt an ihn heran zu kommen. Doch fiel mir auf, das Feri bei mir Gefühle für ihn regelrecht einforderte…Es einfach voraussetzte. Ohne selbst wirklich mir jemals ein persönlich nettes Wort zu sagen. Ich dachte, deshalb geht er wahrscheinlich nur von sich selbst aus, und hat in Wahrheit doch Gefühle für mich.

Toll, mein Geist verhungert neben meinem liebeswürdigen Gatten, meine Gefühle neben Feri, und Mirsad kümmerte sich auch nur um meine Seele und meinen Geist….

Und hundert Mal schickte Mirsad mich wieder zurück zu meinem Mann. Das mochte ich an Mirsad. Dass er nicht meinen Mann aus meinem Leben verbannen wollte, so wie es Ergün jedoch empfohlen hatte. Denn schlussendlich lagen doch alle Entscheidungen bei mir selbst. Ihn, Alex, niemals verletzen wollte, trotzdem Mirsad bemerkte, dass mein Mann etwas zu primitiv sei, eben ein griechischer Klassiker.

Doch Feri hat sich auf Grund seines eigenen Egos im Grunde selbst ins Aus katapultiert.

Selbst Mustafa ist stets klug genug gewesen, um immer die nötige Distanz zu wahren. Das bedeutete, das Mustafa schon durchaus erkannt hatte, der er unter Umständen in meiner Welt, an meiner Seite, nicht bestehen konnte…Er hatte diese Grenze nur angekratzt, doch nie überschritten. Er hat wirklich die seltene Begabung Menschen erfassen zu können. Er ist nicht blind oder dumm. Und Mustafa sucht sich selbst und stets auch noch andere Bestätigungsobjekte, so dass er es nicht nötig hat, nur auf eine Frau angewiesen zu sein. Dies tut er nicht nur aus gekränkter Eitelkeit, nein, das ist sein Lebensprogramm. Er nennt es Freiheit. Aber natürlich möchte er unter allen Umständen auch darin der Beste sein, und fordert auch Gefühle ein, ohne wahrhaft viel zurück zu geben. Das gibt ihm Energie. Die braucht er, er hat einfach zu wenig davon. Er ist ein Energieräuber seiner Frauen. Gut, Mustafa ist mit so ziemlich allen Wassern gewaschen, aber nicht wirklich ein schlechter Mensch. Und genau wie mein Mann gibt er eben was er kann. Und er hat es wirklich nicht nötig zu hören: „Oh ja, Du bist der Beste im Bett, dafür würde ich Dich heiraten." (Obwohl er es auch gern hören würde)

Nur Männer heiraten Frauen, mit denen sie am Meisten Spaß im Bett haben. Eine Frau tut das nicht. Eine Frau muss an ihre Kinder denken, und Kompromisse in der Hinsicht eingehen, dass die Versorgung der Familie gewährleistet ist. Da nützt der beste Geliebte nichts, wenn alles Andere den Bach abgeht.

Doch Feri wagte den Generalfehler.

Er sprach das Thema heiraten an. Ab etwa des letzten Drittels des Monats Dezember. Das erste Mal als er sich anzog, und beim Verabschieden. Ich tat so, als wenn ich es nicht gehört hätte. Denn damit überschritt er eindeutig die Grenze. Denn mir war klar, das sollte nur seiner eigenen Bestätigung dienen. Er hätte wissen müssen, dass genau dieser Punkt gerade bei uns beiden so gut wie unmöglich ist, und besser nie erwähnt worden wäre. Er hatte mich also nicht mal im Ansatz erfasst, d.h. wirklich als Person erkannt oder geliebt. Die zwei Frauen

in Berlin, die ihn angeblich geheiratet hätten, ja, die hatte er schließlich doch auch verlassen... Also sollte dieser Hinweis doch auch nur dazu dienen, ihn nur auf Grund seiner Leistung im Bett aufzuwerten. Er stellte sich damit über eine Stufe mit allen anderen. Aus dieser Situation gab es kein Entkommen für mich, ohne ihn zutiefst in seiner Ehre und Männlichkeit kränken zu müssen. Selbst wenn das sein Ernst gewesen wäre, wie hätte er es sich vorgestellt? Ich, als Zweitfrau eines Schafiiten, dem dann auch noch alles was mir gehört, nach seinem Glauben zustehen würde? Und ein nein, hätte nach seinem Weltbild bedeutet, dass sie eine Hure ist. Ehrbare Frauen sind in seinem Weltbild eben nur Ehefrauen.
Auch beim nächsten Mal, danach, ließ er nicht locker. Er wollte unbedingt wissen, wieso nicht. Eine andere Frau sagte mir, das sei normal, das solche Männer nach gutem Sex heiraten wollen.
Nun, ich sagte zu ihm es läge in erster Linie an der Religion. „Wir heiraten Euch nicht", sagte ich, „Auch wenn ich jünger wäre, und frei, würde ich es nicht tun."
Doch heute denke ich anders darüber, wenn wir gekonnt hätten, hätten wir geheiratet. Er hatte es ernst gemeint, ein Feri verschwendet kein Wort.Und ich spürte wie er dachte: Aber zum ficken, dafür benutzt ihr uns.
Was wusste er schon, bei aller Liebe. Ach Feri, hast Du mich denn geliebt? Hast Du mich wirklich gekannt? Ja, es war Sünde, und ich dachte auch schon Mitte Dezember von Dir empfangen zu haben...Und Du hättest dafür sorgen müssen, dass Deine Kinder in Deinem Glauben aufwachsen...

Doch siehe doch wie viel mehr wir sind. Nicht nur einfach Mann und Frau. Und Frau ist nicht Frau und Mann ist nicht Mann. Und dann dachte ich, wenn es einfach so wäre, wäre ich doch schon längst die Frau ihres alten Bekannten geworden, oder sogar die von Mustafa. Bei aller Liebe...
Feri fragte mich: „Was tust Du für Gott?" Die wahre Antwort ist: „Ich liebe Dich für Gott."
Jeder Mensch kann über sein Leid selbst entscheiden.
Es ist keine Sünde sich den Anderen mit reinem Gewissen hinzugeben. „Mirsad, es kann sein, das ich schwanger bin", sagte ich Mitte Dezember zu ihm am Telefon. „ Ach Mädle, was ist das denn nun schon wieder!? Spürst Du ein leichtes Ziehen im Unterlaib?" „Nö, eigentlich nicht." Ich war schon mal Ende September deshalb beim Frauenarzt gewesen, und dieser meinte, dass wenn ich auf Grund meines Alters Glück hätte, das trotz eines stabilen Zyklus die Gelbkörperhormonproduktion eingeschränkt sein kann. Doch so hatte ich mich trotzdem für alle Fälle Kontrazeptiva beschafft. „Mirsad, egal, die werfe ich mir jetzt ‚rein." Erst einmal in meinem Leben hatte ich probiert, damit zu klar zu kommen, und war damals auf Grund meiner empfindlichen Physionomie kläglich daran gescheitert. Aber nun hatte ich absolut keine andere Wahl. Denn ich wusste, dass es Feri entweder total egal war, oder er keine Ahnung hatte. So nahm ich auf Teufel komm raus, künstliche Hormone ein, um das Schlimmste zu verhindern. Mit der Wirkung, das mein gesamter Regelzyklus zusammen brach, mein Körper Wasser einlagerte, ein Zeichen einer geschwächten Herzleistung, und ein Östrogenüberschuss entstand, zudem unkalkulierbare

Blutungen und alles nur noch nach Metall schmeckte. Mit anderen Worten: Ich fühlte mich abgrundtief übel.

Und irgendwie hatte Mirsad recht damit, Feri war tödlich für meinen Körper, Geist und Seele.

Und dann wusste ich auch, wenn ich mich ernsthaft von Feri trennen wollte, musste es einen Weg ohne Umkehr sein. Er muss es auch wollen, denn ich allein würde bei seinem Anblick immer schwach werden. Und anhand seines Feedbacks auf die Mails, hatte ich so einen gewissen Rahmen Feris Handlungen berechnen zu können. Überraschungen waren noch nie mein Fall gewesen. Ich kannte eine seiner Wunden: Das Schlafzimmer. Hatte er doch die Blondine aus Berlin deshalb verlassen! Das Ego (Ich-Bewusstsein) der Männer.

Von vorherein hatte ich aber entschieden, das Feri keinen Einfluss auf meinen Lebensverlauf haben darf. Damit ich mir einen Selbstschutz einreden konnte.

Ich musste also sich langsam mit dem Gedanken abfinden, entweder alles zu riskieren, alles aber auch wirklich alles: meinen Status, meine Unabhängigkeit, meine Familie und nicht zuletzt meine Gesundheit. Oder einen Weg, der es ihr niemals mehr möglich machen sollte, zu ihm jemals zurück finden zu können. So sehr sie ihn auch immer liebte, und bei ihm sein wollte.

So musste eine finale Lösung her. A way of no return. (Einen Weg ohne Umkehr)

Das war das nur denkbar Abscheulichste und Schmerzvollste, was ich tun musste, gerade auch für mich selbst.Um auch noch schon mal zu üben, mehr Abstand von ihm, und ihrem Leben zu bekommen, buchte sie für die letzte Dezemberwoche einen Urlaub.

Jedoch noch am 21. Dezember rief Feri mich total fröhlich von seinem Auto aus an. Er wollte mich sehen, geplant, welch Wunder, an ihrer beiden letzten Arbeitstage vor Weihnachten, am 23.12.2010, nachmittags. „Isch, kenne Dich", sagte er am Handy. „ Du musst Dir dann besonders viel Mühe geben," machte er mir zur Auflage. Er hatte mich schon so weit, dass ich mich ganz klein machte, und darauf einging. Aber auch ich wollte natürlich erst Mal einen besonders schönen Abschied von ihm, und bereitete mich dem entsprechend vor: ich zog mich wirklich recht verführerisch an, besaß ich doch auch ein Negligee und Dessous, normal für eine erwachsene Frau. Doch da ich wusste, dass er solche Details nur schwerlich zu würdigen wusste, zog ich darüber noch einen total großen schwarzen Bademantel an. An diesem Tag herrschte viel Verkehr, und ich musste über eine Stunde nach der verabredeten Zeit auf ihn warten. Er war lieb, und rief mich von unterwegs zu mindestens zweimal an. Doch auch ich hatte an diesem Abend noch mal zu arbeiten, doch ich konnte das etwas nach hinten verschieben, da ich die Vorgesetzte meiner Mitarbeiter war.

Er kam zu mir, sehr zärtlich lächelnd, und etwas verwegen. Erst einmal in der Küche empfing ich ihn, und begann für uns Tee zu kochen. Den Rücken ihm zugewandt, wollte er unter meinen Bademantel schauen, um sein Geschenk zu begutachten. Ich spürte seine Hand, und schlug sie liebevoll fort: „Hey, Du..." Trotzdem wirbelte der Bademantel nach oben. Nach dem Tee, wollte ich mich im Bad die Hände waschen, und als ich mich noch am Waschbecken befand, und mich dort festhielt, wollte er schon vorsorglich in mir eindringen…doch auf Grund unserer unterschiedlichen Körperhöhe war wohl doch das Schlafzimmer die bessere Alternative.

Dort endlich legte ich den Bademantel ab, derweil er nur kurz meine delikate Bekleidung betrachtete, denn ich war fast ganz in schwarzer Spitze und Tüll gehüllt, und er sich recht erfreut nackt auf mein Bett nieder legte.

Ich fragte mit einem zärtlichen Lächeln: „Darf ich mal machen…?" Er erlaubte es nur zu gern. So fing ich bei seinen Füssen an, ihn zärtlich zu streicheln, diese etwas zu massieren…Er hob mein Negligee hoch, um zu sehen was sich darunter befand, und berührte sanft streichelnd meinen Po. Doch ich schnappte ihn entschlossen, und drehte ihn einfach um. So fing ich an, zärtlich an seinen Fersen zu knappern, immer weiter hinauf ihn zu küssen, und zu streicheln. Ich küsste seine Kniekehlen und spielte dort mit der Zunge, meine Hände derweil glitten an seinen schönen Beinen entlang immer höher, und ich strich mit ausgebreiteten Fingern wie ein Fächer über seinen Po. Ich fing an, die Innenseiten seiner Schenkel zu küssen, dort wo seine Haut am zartesten war, und ihn zwischen seiner Beine, ganz am Ende zu berühren. Dann drehte ich ihn wie ein Gericht zum Vernaschen wieder um, und sagte: „Sag Bescheid, wenn ich Dir irgendwie wehtue." Ich hatte ihn wahrhaft zum Fressen gern. Dann glitt ich mit meinen weichen Lippen zärtlich über seinen Schaft, mehrmals rauf und runter, um dann mit meinen Zähnen am äußersten Ende zu entlang zu gleiten, leicht zu knabbern und zu saugen. Meine Finger streichelten sanft den Bereich an seinem Schritt, den Damm, um dann auch noch seine Hoden zu finden. Mein suchender Mund glitt danach höher, hinauf, bis zum Bauchnabel, und dort verharrte ich ein paar Augenblicke, um auch diesen dann zärtlich zu küssen, und diesen mit der Zunge kreisrund aus zu gleiten.

Feri war jedenfalls nicht mehr von dieser Erde, er stellte sich ein Paradies vor…Ganz entrückt lag er da, bezaubert, mit verschleierten Augen. Endlich ließ ich langsam von ihm ab, um dann hoch zu ihm in seine Arme zu gleiten. Ich legte mich wohlig an seine Schulter, und er begrüßte mich mit einem leidenschaftlichen und traumhaften Kuss. Einen Atemzug später glitt er auf mich, um auch mich nicht zurück zu lassen, und bewegte sich in voller Kraft und Schönheit in mir hinein. Wir waren im Himmel vereint, griffen uns an den Händen, küssten uns unendlich, so schön wie nie, miteinander verschmolzen. Ein Körper, ein Geist, eine Seele. Und so konnten sich ihre irdischen Hüllen vereinigen zu einem strahlenden Ganzen.

Mit einer ewig andauernden Sehnsucht nacheinander. Ein ständiger süßer und qualvoller Schmerz im Herzen.

Es gibt kein Paradies auf Erden. Wir Menschen sind immer nur in der Lage ein Fenster im Himmel zu erblicken, und wenn wir es gesehen haben, laufen wir unser ganzes Leben dem hinterher, auf der Suche nach dem heiligen Gral am Ende des Regenbogens. Und der sanfte Wind in der unendlichen Ebene wird für immer zärtlich in sein Ohr flüstern: „S'agapo, mein Liebling."

In dieser Zeit haben wir uns geliebt.

Obwohl ich tief im Innern versuchte, mich auf die endgültige Trennung vorzubereiten. Ich hatte Angst, wahnsinnige Angst. Und ich spürte eine ständige tiefe Verletzlichkeit, die mich zur Verzweiflung trieb. Noch niemals zuvor hatte ich mich mutwillig von jemandem getrennt. Es war immer der Verlauf des Lebens bislang gewesen, dass meine Beziehungen irgendwann sich verändert hatten. So war ich nun innerlich völlig gespalten, und wusste ja immer noch nicht, welchen Einfluss Mustafa in meiner Beziehung zu Feri gehabt hatte. Ich ging davon aus, das Feri von jemand vorab Informationen über mich erhalten hatte, so wie ich davon ausging, dass Mustafa etwas über Feri gewusst hatte. Aber man sagt: Treffen sich zwei Menschen, ist der Dritte nur Gott-
Doch bei mir und Feri ist nie so gewesen, von Anfang an, denn ich war im Grunde noch nicht mit meiner Beziehung zu Mustafa im Reinen gewesen. Das war der wohl schlimmste Generalfehler meinerseits. Wir waren im Grunde nie völlig allein, auch wenn wir zusammen waren, selbst Feri war mit Sicherheit immer im Hinterkopf bei seine Frau und Familie. In nur ganz wenigen Augenblicken waren wir völlig losgelöst, doch wenn wir es denn waren, war es vollkommen. Niemals hätte ich mich neu, und parallel in Feri verlieben dürfen.
Mirsad nun war wie ein guter Freund für mich, wenn Feri nicht bei mir war. Mirsad wollte einfach nur Ordnung in mein Gefühlschaos bringen, mich vor Leid und einer endgültigen Katastrophe schützen. Denn er sah, was Verblendete nicht sehen, die Realität und die Zukunftsaussichten. Meine Chancen und Prognose mit Feri mussten im Grunde zum Scheitern verurteilt sein. Ich war am Zerbrechen, haltlos. Lag mit mir

selbst und der Welt am Boden, und an der Realität war nichts schön zu reden. Feri und ich hatten beide Verantwortung und Familie. Mirsad sah nicht ein, das ich in einem geliehenen Glück leben konnte, verlogen und inkonsequent. Selbst bei einer Scheidung meinerseits, hätte es keine gemeinsame Zukunft und ein Leben mit Feri geben können, zu unterschiedlich waren die Zugangs Bedingungen unserer gemeinsamen Leben. Ich hätte vor dem absoluten Nichts gestanden, meine Familie verloren, und wäre auch nie Feris echte und legale Frau geworden. Man kann sich nun fragen: Was ist mehr wert: meine Familie, meine Liebe, seine Familie? Ach, man soll ruhig die Hochzeit verlassen, wenn sie am Schönsten ist.Doch Wie ?

Denn kaum war ich aus dem Urlaub wieder da, stand auch Feri vor meiner Tür, fast so als wenn er es auch nicht hatte erwarten können, mich wieder zu sehen. Und ich liebte ihn ja auch. Immer war dieser Schmerz in mir, ich war so glücklich wenn ich ihn sah, und schluckte dann alle Bedenken hinunter. Er war mein Feri. Ein Mann den ich in den Arm nehmen konnte. Er brauchte nur anrufen. Und immer wieder spürte ich ihm nach, auch wenn er wieder fort war. Und war dann wieder voller Sehnsucht und unglücklich. Fragte dann jedes Mal dann Mirsad, ob ich ihn bald wiedersehen würde.

Mirsad, es muss fast unerträglich für ihn gewesen, dann immer mir zuzuhören, und geduldig auf mich einzuwirken, damit die Vernunft über meine Gefühle siegen konnte...Doch das tat sie im Grunde nie. Ich zwang mich höchstens das scheinbar Richtige zu tun, und zu funktionieren.

Tja, meine Strategie war absolut nach hinten losgegangen: So schlüpfte sie in die Rolle ihres Lebens, um zu überleben. Ich hatte mit viel zu hohem Einsatz gespielt, als Fatma, die Geisha der Osmanen.

Ich wusste es...Selbst ich kann nicht so gut spielen, so cool sein. Doch niemand durfte es merken. Nur Mirsad wusste es von Anfang an.

So hatte ich das Gefühl an allen Fronten zu kämpfen. Daheim um meine Beziehung zu Alex, um meine Kinder und Familie, die nicht alles oder fast nichts von mir und Feri wissen durften. Dann bei der Arbeit, wenn ich mich in Tagträume verlor. Bei Ergün, der von mir eine eindeutige Position bezüglich der Kurden verlangte, die ihn in seiner eigenen Meinung bestätigen sollte , und denkbar negativ war.

Und das nicht ohne Grund. So hätte ich zu ihm mit dieser Seelennot nicht auch noch kommen können, denn ich hatte ja im Grunde doch nur nach außen hin seinen Rat befolgt, mir ein eigenes Leben fern von allen aufzubauen, doch innerlich war ich nie so weit gewesen, ich brauchte meine Familie und Kinder zu sehr. Eben auch wie ein Kind, das zwar zur Schule geht, aber dann doch nur, um noch mehr zu schwänzen. Dazu kam auch noch hinzu, dass er ja meine Baustelle mit Mustafa bestens kannte.

Denn Ergün hatte ja mal Fadil vertraut, damals in der Zeit als wir alle noch gemeinsam draußen auf den Wiesen trainierten. Sie waren einst sehr enge Freunde gewesen, hatten gegenseitig die Tagebücher des jeweils anderen gelesen.

Fadil war damals im Grunde ein freundliches nettes Kerlchen gewesen.

Doch früher war Fadil eben nur Fadil gewesen, ein freundlicher, warmherziger und im Grunde recht fröhlicher Mensch. Ich fand ihn damals etwas moppelig von der Figur, und seine leicht gewellten Haare niedlich. Man konnte im Grunde recht gut mit ihm auskommen. Einmal hatte ich, der damaligen Mode entsprechend, eine schwarze, etwas im Schritt weite Hose aus weicher Baumwolle getragen, und Fadil sagte darauf hin zu mir, wohlwollend und anerkennend, das so ähnliche Hosen auch von kurdischen Männern getragen werden. Also, es war ja klar, dass auf beiden Kulturseiten auch immer beobachtet wurde, welche Gemeinsamkeiten so unter Bekannten sich ergaben. Fadil suchte damals nach Gemeinsamkeiten, auch in politischer Hinsicht und nach Interessenlage. Er zog keine trennenden Mauern, er war offen… Und zack weg war er- das war eben Fadil gewesen…
Doch als Kurde geboren, und als Kurde zum Tode verurteilt. Denn irgendwann nutzte Fadil das Training und uns soweit aus, um sich mental für den kurdischen Freiheitskampf vorzubereiten. Wir wussten damals, vor über 28 Jahren, so gut wie nichts darüber. Nur Fadils Familie war in der Kleinstadt sozusagen der Kern des örtlichen Wiederstandes. Er wuchs dank seines Vaters mit der Idee auf, die damalige Ideologie der PKK zu verfolgen. Und ich hielt ihn nun auch für einen lieben netten Bekannten damals, bis zu dem Zeitpunkt, das er sich genauso wie ich, sich auch mehr von Ergün nach meiner eigenen Trennung von ihn distanziert hatte, und nun mehr eine Freundschaft mit Mustafas älteren Bruder gesucht hatte. Waren ja damals die beiden 1986 extra zu mir gekommen, um mit mir über Mustafa zu reden….

Auch viel später noch, als ich schon mit Alex zusammen war, besuchten die Beiden mich noch zwei, dreimal, brachten mir ein kleines rotes Buch mit, um mir die politische Ideologie der PKK nahe zu bringen. Ich war mittlerweile bekennende Sozialistin, und auch selbst politisch aktiv. Die Fundamente der PKK wurzelten angeblich auf ähnliche Maxime. Einen Anhänger der PKK erkennt man noch heute daran, dass er von Karl Marx und Schopenhauer gehört hatte, und manches verinnerlicht hat. Fadil wollte damals mein Verständnis und mein Vertrauen. Nahm mich mit, mit einem Teil seiner Familie, bis nach Hannover zu einer politischen Veranstaltung, denn er dachte ich hätte auch die Menschlichkeit und das Format zu verstehen, und zu begreifen.

Doch In Wahrheit kannte ich nicht viele Kurden, und selbst wenn mir damals noch welche begegnet wären, in der Zeit hätte niemand von denen es gewagt, offen darüber zu reden, und schon gar nicht ein Wort Kurmandschi zu gebrauchen.

Auch etliche meiner türkischen Bekannten konnten mir nichts Konkretes über Kurden sagen, oder was genau den kurdischen Menschen ausmachte. Türken sagen über Kurden: „Sie sind hart im Nehmen, und verlieren deshalb oft..." Oder: „Ein Kurde will immer etwas für sich Nützliches herausschlagen..."

Doch ich hatte nun mal davon gehört, und eher Mitleid mit diesem landlosen Volk gehabt. Und das dort, wo sie herstammen, zum Teil ihre jeweilige Sprache damals nicht gesprochen werden durfte. Sprache ist Kultur, und nimmt man einem Volk die Sprache, dann nimmt man ihnen auch die Kultur. Und die kurdische Kultur ist im Grunde reich und vielfältig. Jeder normale Mensch würde es, nach westlichen

Maßstäben, als ungerecht und gemein empfinden, wenn Menschen unterdrückt werden. Unabhängig von jedweder Religion.

Doch irgendwann verschwand Fadil von der Bildfläche. Als ich ihn ein letztes Mal in der Stadt sah, war ich allein unterwegs, und er kam mir mit zwei anderen Typen entgegen. Er schaute ganz anders als sonst. Überhaupt nicht freundlich, und trotzdem grüßte ich ihn. Er schaute mich knapp an, und sagte: „Wo ist Alex?" Das verwirrte mich nun, denn damit wollte er eindeutig zum Ausdruck bringen, dass ich mich nicht allein in der Stadt frei bewegen sollte, oder er in Begleitung von diesen Typen nicht mit mir normal reden konnte. Somit setzte er mich öffentlich mit seinem Kulturkreis gleich.

Danach sah und hörte ich über 20 Jahre nichts mehr von ihm, und niemand sonst.

Bis zu dem Zeitpunkt als ich mit Mustafa draußen im Moor gepicknickt hatte, und er mir die unglaubliche Story erzählte, das Fadil Ergüns Frau Katja geheiratet hätte. Mustafa das Klatschweib. Und da ich ja auch wieder mittlerweile Kontakt zu Ergün hatte, durfte ich mir auch seine Version hautnah anhören.

Es war vor etwa vier Jahren, als es plötzlich wieder hieß: Fadil lebt, und ist in Berlin. Seine Familie hatte schon in seiner Abwesenheit eine Trauerfeier abgehalten, da auch sie jahrelang nichts mehr von ihm gehört hatte. Man nahm einfach an, dass er zum Freiheitskämpfer ausgebildet wurde, und dabei irgendwo zwischen der Osttürkei und dem Irak gefallen war.

Doch eines Tages tauchte er auch wieder urplötzlich in unserer Kleinstadt auf, mitten auf einer Show Veranstaltung von

Ergün. Er hoffte noch immer auf die alte Freundschaft und Verbundenheit. Auch Katja war damals völlig fasziniert und erfreut, ihn wieder zu sehen.

Doch das war von Fadil beabsichtigt, denn er brauchte dringend Kontakte, da sein Aufenthalt in Deutschland gefährdet war, weil er mittlerweile auf einer Liste stand, dass er als gesuchter Terrorist in Frage kommen könnte. Es wurde vermutet, dass er auch möglicher Weise Kämpfer ausgebildet hatte, in der Zeit als die kurdische Arbeiterpartei verboten war. Und wenn es so gewesen ist, dann hatte auch Ergün dazu beigetragen, das Fadil das Grund Fundament durch sein Training mit Ergün erhalten hatte. Das war aber niemals Ergün Absicht gewesen, denn sein Ziel war immer gewesen, niemals zu kämpfen, sondern die Selbstdisziplin und Selbstbeherrschung zu perfektionieren, und friedlich einen Beitrag zum respektvollen Miteinander und der Integration zu leisten. Das schwöre ich, bei allem was mir heilig ist. Denn auch ich teile mit ihm dieses geistige Erbe. Ergün war mein Meister. Er ist der Meister des Tai Chi. Der Konzentration und Meditation.

Und so traf Fadil ihn dann auch bald daraufhin in einem Wald, und meinte: „Du bist kontrolliert und durchtrainiert bis in die Fingerspitzen..." Fadil hatte also gelernt, das genau zu erkennen, und einschätzen zu können. Trotzdem besuchte er Ergün auch zu Hause. Er kam zu ihm, denn er wollte seine Hilfe. Er sagte zu ihm: „Du kennst doch viele Frauen, bitte besorge mir nur Eine. Eine die mich heiratet, denn sonst kann ich nicht in Deutschland bleiben. Es ist mir egal welche, nur irgendeine." Ergün schaute ihn nur an, und meinte daraufhin:

„Nein, niemals. Das ist krank, dazu gebe ich mich nicht her. Und meine Freundinnen sind mir zu wertvoll, für so eine makabrere Sache."

Fadil gab nicht auf. Er ging auch zu Ergüns und Katjas Wohnung, wenn dieser nicht da war, sondern nur Katja. Katja freute sich über Besuch, dachte sie doch geschmeichelt, das Fadil ihr zuhörte, und freundschaftliches Interesse hatte. Sie fühlte sich wertvoll und menschlich. Und eines Tages schaffte es Fadil dann, und er und Katja betrogen gemeinsam Ergün. Ergün, seinen ehemals besten Freund von früher. Natürlich sagte Katja es Ergün. Denn innerlich hatte sie sich schon immer distanziert von Ergün, und war gefangen in einer Verliebtheitsphase zu Fadil. Hatte sie eine andere Chance gehabt? Nur wenn sie Fadil niemals sympathisch gefunden hätte. Denn auch ich erinnerte mich ja noch an den alten netten Fadil von früher. Doch ich glaube mit Sicherheit bei mir zu wissen, für mich hätte er niemals auch nur einem Alex das Wasser reichen können, und schon damals war mein Geschmack eindeutig gewesen. Denn auch Katja hatte sich immer für Mustafa begeistern können, und hielt ihn trotz seiner „Macken" (oder gerade wegen dieser) für äußerst charmant. Tja wir Frauen... Und Mustafa findet Katja sehr nett.

Selbst wenn eine Frau auch nur in ihrer eigenen Welt lebt, dann schafft es ein Mustafa doch auch immer dank seines Humors und Frechheit unsere Beachtung zu bekommen. So traf er auch einmal auf Alis Lebensgefährtin, die in einem Kiosk arbeitet. Auch sie war ein gefundenes Fressen für ihn, und er kam irgendwie an ihre Handynummer heran. Nur eines netten Tages nahm Ali Mustafas Anruf entgegen, und meinte nur zu ihm:

„Wage es nicht, noch einmal hier anzurufen, ein Kugel für Dich würde mich nur 50 Cent kosten!" Tja, auf die türkische Kavallerie ist eben Verlass. Mir erzählte Ali ganz empört: „Und so was wie dem hatte ich früher sogar eine Cola spendiert...diesem Schnorrer." Und natürlich Mustafa jammerte sich ebenfalls bei mir aus: „Stell' Dir vor, Ali wollte mich eiskalt erschießen, und das nur weil seine Frau MICH küssen wollte! Dabei mag ich noch nicht mal Frauen, die zu Bartwuchs neigen..."

Doch auch Ali liebt geheimen Tratsch und Klatsch, und hat auch eine ganz eigene Meinung zu Fadil. „Ey, früher war der so gut mit uns befreundet, er hat mit meinem Bruder aus einer Schüssel gegessen, und dann so was...verschwindet, kennt uns nicht mehr, was ist das für ein Mensch!" Nun ich vertraue Ali. Denn so waren nur wir, jetzt und in unserer Jugend. Wir lebten und atmen in derselben Zeit, Mustafa, Ali, Ergün und ich. Trotzdem unsere Welten nicht eins sind. Doch wir wissen alles über den jeweils anderen, jede Sünde, jede Schwäche, jedes Detail, und im Grunde haben wir uns alles einander vergeben, wir sind Freunde, ja wir haben uns lieb. Unsere Generation hatte einen ganz eigenen Sinn für Freundschaft und Ehre. Wir können offen über alles reden, wir verurteilen niemanden, wir teilen mit Freunden was wir haben, und wir lachen übereinander und miteinander. Des Weiteren habe ich noch Einige hier ungenannte türkische Bekannte, die es verstanden haben. Und zwar das Wichtigste im Miteinander und im Umgang mit Frauen. Türken sind treue Freunde. Jedenfalls die, die es bis zu mir geschafft haben. Sie melden sich ab und zu einfach, so wie Ali oder Hasan, und fragen einfach mal so nach

wie es mir geht. Entweder: „Hallo Franzi…oder na Liebes, wie geht es Dir? Was machst Du?" Einfach nur Franzi, Liebes…Sie haben es verstanden, Frauen muss man(n) nicht verstehen, sondern einfach nur gern haben, und zuhören. Doch wer mit Askim oder Canim kommt, hat schon verloren. Und ich weiß jetzt ganz genau, das alles was ich über Mustafa schreibe, er mir niemals verübelt, und versucht zu verstehen, warum ich das tue. Hat man einmal unser Herz gewonnen, können wir es immer füreinander schlagen hören. So sind wir, wir Kinder aus den 80'gern. Frei. Auch Katja, Mirsad und Alex sind aus diesem Holz geschnitzt.
Doch frei? Wir wissen nun wie es ist, zwischen den Welten zu leben, das ist die einzige Freiheit die wir erreichen können.
Und gerade Mustafa und ich hinterließen, wenn wir uns in der Mitte trafen, jede Menge Brandspuren…denn wir sind jeweils für die Welt des Anderen, im Grunde, ein Angriff auf die Türme. (Kultur und Gesellschaft) Und nun schauen wir uns einander in die Augen, ehrlich und wahrhaftig, und sagen in einem Atemzug: „Es wäre besser, wenn Ihr/wir nie gekommen wäret." So viel Schmerz und so viel Liebe, liegt in diesem Blick.
Denn alle Wege führen mitten in das Herz des Kriegers.
Dann, wenn er es am wenigsten erwartet, öffnet sich ihm eine Tür. Manchmal hat er das Gefühl zwei Leben zugleich zu führen. Ganz allmählich siegen seine Träume über die Routine, und er ist bereit, das zu vollenden, was er immer schon vollenden wollte. So werden die zwei Leben zu einem Einzigen. Eines Tages wird er eine Veränderung an seiner

Stimme wahrnehmen, und begreifen, dass eine höhere Weisheit aus ihm spricht.

Krieger des Lichts erkennen einander am Blick.

Doch Kurden im Allgemeinen können oft sich selbst nicht annehmen. Sind mit sich und den Ihren nicht im Reinen. Und ist ja auch sehr schwierig, hier in unserer Zeit, denn auch unsere Werte haben sich gewandelt. Der einzelne Mensch unterliegt der Leistungsgesellschaft. Und somit sagen viele von Ihnen, ja, zu 98 % kann man uns vergessen. Doch ich meine, es lohnt sich, um jedes Einzelwesen zu kämpfen.

Die Tendenz bei der normalen türkischen Gesellschaft hier in Deutschland sieht weit besser aus. Niemals würde ich sagen, oder sie sie von sich, UNS kannst Du mit Deiner Wertvorstellung vergessen. Auch bei vielen in der jüngeren Generation gibt es sehr viel positives Potenzial. Das betrifft vor allem die Kinder, die Mitte der 70'ger oder 80'ger hier groß geworden sind. Damals war Bildung in Deutschland frei, unabhängig von der Herkunft. Es gab keine Studiengebühren, und auch Deutsche haben gar nicht viel über die unterschiedlichen Religionen nachgedacht. Es war bei vielen ein Interesse da, eine Neugier, eine Offenheit. Doch gerade etliche Kurden sind erst viel später in unser Land gekommen, nicht eingeladen als Gastarbeiter, sondern kamen, um ihrem Elend in der Heimat zu entgehen.

Fadil zum Beispiel, hätte nicht mal meinen Geist, und auch nur mit Mühe meine Hand zum Gruß berühren können. Doch nun spielte Fadil mit Katja das Distanz-Nähe-Spiel. Und Katja hatte Ergüns Herz endgültig gebrochen, und seine Würde verletzt... so blieb ihr nun nichts anderes mehr übrig, als um Fadils

Aufmerksamkeit zu kämpfen. Fadil hatte sein Ziel erreicht: Katja, sie die sonst Passive, wollte ihn nun freiwillig. Katja, die Mutter von Ergüns Söhnen. Es war so bitter, und eiskalt geplant von Fadil. Denn Fadil war abgebrüht. Denn was er zu mindestens gelernt haben musste in seiner Zeit des Verschwindens war Folgendes: Ebenfalls Konzentration und Meditation, und zwar auf noch eine härtere Tour als Ergün. Dazu gehörten unmenschliche Videos anzuschauen, um emotional abgehärtet zu werden, nachts bei Kälte und völliger Dunkelheit zu schlafen, tagelang ohne Nahrung auszukommen und als Krönung nur die Linke rationelle Gehirnhälfte zu trainieren, nicht die Rechte, die für Gefühle zuständig ist.

Er konnte also seine Gefühlsebene so einsetzen und so steuern, wie es für seine Zwecke dienlich ist. Quasi nur eine freundliche Maske tragen, doch ansonsten unberührt bleiben. Gefühle beherrschen und steuern, und Schwachpunkte bei anderen Menschen entdecken. Er hatte sich zudem losgesagt von jeder Moral und Religion, um für sich die Menschlichkeit Anderer zu nutzen.

Und ich nun, bin genau das Gegenteil. Meine Gefühle leiten mein Bewusstsein, und meinen Verstand. Ich höre auch meinen Instinkt, und vertraue diesem. Dadurch begehe ich Fehler, klar, aber bringt es doch mich selbst in meinen Erfahrungen weiter, und in meiner Lebensfreude. Ich brauche keine eiskalte Felsgrotte zum Schlafen, und kann authentisch sein.

Und ein Ergün ist eine Mischung aus Beidem. Das Gleichgewicht von Rationalität und Emotion. Das war sein Weg. Und Katja hatte es gebrochen, und wenn er an sie dachte, schwang so viel Enttäuschung und Schmerz mit.

So konnte ich also unmöglich an ihn wenden. An Mustafa auch nicht, nur seinen E-Mail Adresse nutzen, wenn mir danach war, mich schriftlich zu erleichtern, er hatte sie mir einfach mal für alle Fälle gegeben. Und folgend anhand von Feri's Reaktionen, ahnte ich, dass er es auch weitergeleitet bekam. Aber heute weiß ich mit Sicherheit, das alles was ich per E-Mail Mustafa sandte, er zum Teil verändert hatte, in seinem Sinne verbessert, und zum Teil auch in seinem Namen weiterleitete an Freunde und Bekannte von ihm. Und dazu gehörte auch unser Alt Kurde Fadil. Tja und für diesen war es ein gefundenes Fressen und eine Kleinigkeit, heraus zubekommen, wer Feri war, und ihn ebenfalls per E-Mail zu informieren.

Ach, Mustafa. Alles Vertrauen das ich noch auf ihn gesetzt hatte, war falsch gewesen. Er sonnte sich durch mein Vertrauen in der Aufmerksamkeit, die er plötzlich erfuhr, und die er lange nicht auf Grund seines Lebens am Rande der Gesellschaft erfahren hatte. Fadil saugte ihn quasi zudem bei jeder Gelegenheit über mich aus. Immer dann, wenn er versuchte, Mustafa für den einen oder anderen Job in der Baufirma seines Bruders zu engagieren. Mustafa also fühlte eine Wichtigkeit wie selten, und das seit dem erst, als er wieder in Kontakt mit mir getreten war. Fadil lernte anhand meiner Statements wieder den Spiegel der Zeit und der Gesellschaft, in der er 20 Jahre abwesend gewesen war, und ich musste mich ja selbst auch nach über 20 Jahren neu orientieren, denn ich hatte ein beschauliches abgeschlossenes Leben bislang in meinem Dorf und bei meiner Familie geführt. Und auch Fadil fütterte Mustafa mit Fragmenten von seinem Meinungsstand, und Mustafa filterte es auf seine Art, um es mir zu spiegeln. Ich fühlte noch Eines: immer wenn ich Feri sah, wusste er was mich bewegte.

Und ich wollte noch mehr über die Zusammenhänge erfahren, und suchte so auch Katja auf, redete mit ihr in erster Linie über Mustafa, und wie es der Zufall wollte, traf ich auch darauf auf Fadil. Er tat begeistert mich zu sehen, in dieser Zeit. Lobte mich als Erleuchtung, und wollte unbedingt, dass ich weiteren Kontakt zu Katja pflege. Er war begeistert, und dachte wirklich ich sei so cool in meiner Beziehung zu Feri, und eine große Hilfe mit dem was ich Mustafa schrieb. Er sah gar nicht, meine Verletzlichkeit, und dass ich gar nicht so rational und stark war, wie er dachte. Er ging, um mich einzuschätzen, mal wieder nur von sich und seinen Erfahrungen aus. Denn auch er ist nur in der Lage an Anderen etwas wahrzunehmen, was lediglich ein Teil seines Selbst ist. Doch ich bin kein Ergün, und ich bin auch keine Kurdin sondern nur Franzi, eine Frau die liebt. Die Ergün einst liebte, sich um Mustafa ihrer Liebe wegen schuldig fühlte, und sich nun für ihre Gefühle bezüglich Feri mal wieder in eine unglückliche Affäre gebracht hatte. So konnte er mich auch gar nicht vollständig erfassen, weder meinen Bildungsstand noch meine Gefühlslage. Denn er hatte sich ja bewusst abgewöhnt zu lieben, oder überhaupt jemals an so etwas wie Gefühle zu glauben. Er wusste schon über mich und Feri Bescheid, und meinte lediglich über ihn, er sei nur ein ganz kleiner armseliger Kurde, ganz unten in der Hierarchie, der höchstens denkt, dass er etwas sei.

So war das also, Feri wurde von den Seinen gar nicht als Individuum bewertet. Man gab ihm nicht den höchsten Wert des Menschseins. Angenommen zu werden, so wie er als Einzelwesen ist, denkt und fühlt.

Doch noch hatte ich mich nicht von Feri getrennt. Mittlerweile war es ja auch so lieb zu mir. Sah mich öfter, und war immer trauriger. Versuchte verzweifelt auf mich einzugehen. Als wenn er spürte, dass ich nicht mehr lange konnte. Einmal sagte er: „Ich weiß doch, Du hast es so schwer mit mir."

Auf einmal hatte ich doch einen Wert für ihn. Wie sehr ich Dich liebte...

Und dann rief ich ihn noch im Winter an, Mirsad hatte mir mal wieder am Tag zuvor gründlich den Kopf gewaschen, und wollte mir klar machen, das dort wo Feri herstammte, es gar keine Menschenrechte gab. Dass er so etwas unmöglich kennen konnte. Und damit hatte er mich. Alles andere hätte ich geschluckt, doch diese eine Sache nicht.

Denn der Begriff Menschenwürde ist verwurzelt in einer christlichen Tradition, und beinhaltet damit eine bestimmte Sicht auf Menschenrechte. Menschenwürde im deutschen Grundgesetz verankert.

Und das mir, die ich eine Idealistin der europäischen Grundwerte war, sollte meine Liebe dafür opfern, für Europa und unsere hart errungenen Menschenrechte.

Die da sind: Freiheit, Gleichheit und Brüderlichkeit. „Einheit, Unteilbarkeit der Republik; Freiheit, Gleichheit, Brüderlichkeit oder der Tod". Unter Napoleon III. wurde Liberté, Égalité, Fraternité über

50 Jahre nach der Französischen Revolution zu deren Parole erklärt. Und genauso wie es selbst unter der griechischen Flagge steht: „Freiheit oder Tod".

Alle Menschen sind frei geboren. Selbst verantwortlich für ihr Schicksal. Gleiche Rechte. Doch nicht gleich in der Individualität. Daher muss es ein Regelwerk per Gesetz geben. Ja. Liebe. Tod meiner Liebe, meiner Hoffnung für den Glauben. Welch' ein Paradoxem!
Nach meiner christlichen Lehre die stärkste Macht, noch vor Glaube und Hoffnung. Doch Mirsad hatte den Schlüssel gefunden, mich zu knacken. Denn die Würde des Menschen ist unverletzlich. Und nicht nur in unserer Religion ein Kernsatz, sondern auch im Gesetz. Und dafür musste ich mich entscheiden, für Europa, und gegen meine Instinkte. Ich rief also den Feri an, und sagte ich müsste mit ihm etwas Ernstes besprechen. Es sei von großer Dringlichkeit. Feri war natürlich bereit dazu, und fragte gleich im Telefonat: „Bist Du schwanger?" „Em, nein . Es ist was anderes", erwiderte ich, „aber auch wichtig." Tja, Männer…
Wir waren beide ernst im Telefonat, und ich lachte bitter. Feri war sofort bereit mit mir am darauffolgenden Tag zu reden. Er erwähnte noch, dass er sich krank fühle, und seiner Frau ginge es auch nicht gut. Trotzdem kam er zu mir. Also als er so da war, wieder so hilflos und wie ein Katzen Papa, floss wieder mein Herz für ihn über, und er tat mir leid. Meine Zärtlichkeit, ihn beschützen und helfen zu wollen, ihn verstehen, ja verzeihen… Trotzdem war das wichtig für mich, mit ihm zu reden. Ich wusste nicht genau wie ich anfangen sollte, wie redet man mit jemand über Menschenrechte, der schon als Kind ein hartes Schicksal erlitten hatte? Ich fühlte doch, dass er schon im Inneren ein Gespür dafür hatte. Die Würde des Menschen ist unverletzlich, auch Feris. Also fing ich an,

allgemein darüber zu reden, woher dies bei uns in Europa stammte, und auch weiß ich das dies ein oberstes Gebot im Quran ist. Ist doch Feris Glaubensrichtung ist die strenggläubigste unter den islamischen Lehren. Ich sagte alles, zu ihm…auch das unsere Eltern –und Groß Elterngeneration hart dafür gearbeitet haben, dafür das unsere Verfassung uns so vieles garantiert. Und auch das so viele Fremde in unser Land gekommen sind, und keinen Respekt vor unserer Kultur haben, diese gar belachen, und ausnutzen. Und das Deutschland magisch schwache Menschen angelockt hat, die es sich im Sozialstaat gutgehen lassen, auf Grund unserer Menschlichkeit, und weil dies unsere Gesetze erlauben. Am Schlimmsten jedoch finde ich das Schicksal von so Frauen wie die von Feri, die sich anscheinend laut Feri mit ihrem mangelnden Bildungsniveau abgefunden haben, und für immer sich fremden Einflüssen verschließen, und dies auch mit ihren bodenlangen Mänteln und denkbar eigenartigen Schuhen (die aussehen wie Badeschlappen) nach außen kundtun. Er meinte ja, er verstehe, was ich sagen will, aber was sollte er tun? Seine Frau zwingen? Oder gar zuhause bleiben, und auf die Kinder aufpassen damit sie zur Schule könne? Dazu kommt das beide ein sehr klar definiertes Rollenbild haben, und seine Frau glaubt im Guten zu handeln, wenn sie sich mit Bescheidenheit und Bedürfnislosigkeit umgibt.

So merke ich, in diese Richtung zu reden, da komme ich nicht weiter. Also fing ich noch mal an ihm unsere Gesellschaftsstruktur zu erklären, das Schichtenmodell und den Generationenvertrag. Und das nur eine gewisse Bildung eine Garantie dafür ist, ein Teil unsere deutschen Gesellschaft zu werden. Und er im Grunde noch nicht dazu gehört, und auch nie in gewisse Kreise dazugehören kann. Ja, und doch leider weiß ich auch, dass unsere Gesellschaft auf Fremde angewiesen ist, die möglichst in die Sozialkasse einzahlen, und Kinder bekommen, um unser System zu stärken. Doch ist es nicht so, dass wenn die Eltern nicht gebildet sind, auch deren Kinder benachteiligt sind? Ist es nicht so, dass wenn eine Familie Hartz4 bezieht, deren Kinder auch Sozialfälle oftmals werden? Und dass Kinder mehr kosten, als das Kindergeld ermöglicht?

Im Hinterkopf hatte ich zum Teil auch eine Ansammlung von Aussagen, wie diese Folgenden, ein Mischung von deutschen, griechischen und sogar türkischen Argumenten:

Deutschland hat mit seinen wohl gemeinten Sozialstaat leider auch den Übelsten und geistigen Schwächsten das Überleben garantiert. Denn selbst in der Türkei herrscht ein gewisser Ehrgeiz und Leistungsbereitschaft zu lernen und fleißig sein zu müssen, und schon gar nicht gibt es so etwas wie Kindergeld. Doch bei diesen erhöht sich hier bei uns mit jedem ihrer Kinder ihr eigener Lebensstandard. Dieser wird nicht zum Wohl der Frauen und Kinder verwendet, sondern Kinder als Kapitalanlage: Damit werden Häuser Wohnungen und Autos finanziert. Auch Frauen haben dem entsprechend nur diesen Wert, nämlich Kinder zu gebären, denn auf Grund der ihnen vorenthaltenen Bildungsmöglichkeiten sind sie vollständig abhängig, ihren Männern und der Familie ausgeliefert. Solche Männer fühlen sich auch noch vollständig in ihrer Religion dadurch bestätigt, da die Frau ihm untergeordnet zu sein hat, und all ihren Besitz ihn opfern muss, um als brav und anständig zu gelten. So wächst eine um die andere Generation heran, mit dem Wissen auch ohne Bildung, Ausbildung und mit Faulheit hier Überleben zu können. Dadurch müssen sie sich ja auch gar nicht anpassen und verändern, nein, gerade so überleben sie ja prächtig.

Intelligenz bedeutet nämlich auch Anpassung und Miteinander, das heißt mit uns Europäern, gemeinsam und schöpferisch in die Zukunft zu blicken.

Unser System verschleudert auf diese Art und Weise, unsere Werte der Gesellschaft, geschaffen durch unsere Mütter und Väter. Diese dachten in guter Absicht zu handeln, und haben das Fundament errichtet, wirklich Bedürftigen immer zur Seite zu stehen. Unsere Vorfahren haben in die Sozialkassen eingezahlt, und wir tun es immer noch. Und so schaden wir uns selbst damit, ihnen eine Wertigkeit zu geben, oder sie als mögliche gleichberechtigte Bürger zu betrachten. Diese Schmarotzer geben uns keine Wertigkeit, doch was tun wir... Falsch verstandene Integration. In der Gesellschaftsstruktur dieser Migranten, und das zurück geworfen sein auf eine begrenzte Interpretation des Islams, oft geleitet durch irgendwelche extra importierte türkische „Dorfmuftis", bekommen sie ein Wertebild vermittelt, wie im tiefsten Mittelalter – und dem sich selbst die heutige moderne Türkei nicht mehr bereit ist zu stellen. Im Prinzip sind sie eine Schande, und kein Aushängeschild für ihre eigenen redlichen Mitbürger, und die türkische Nation.

Doch so als Mensch ist der Feri keine Schande, sondern fleißig und gradlinig. Und da er mich liebte, und mich durchaus respektierte, und Wert auf meine Meinung legte, stelle ich mal

die Behauptung auf, er hätte auch gern eine andere Art von Ehefrau gehabt. Eine die ihm besser zur Seite steht, selbstständiger ist, zum Arzt mit den Kindern gehen kann, oder ihnen bei den Hausaufgaben hilft.
Ach, ich war hin und her gerissen. Tatsache ist, einer wie er würde nicht neben mir akzeptiert werden. Und Tatsache ist, auch ich hätte auch in seiner Gesellschaft keinen anerkannten Platz. In unserer Lage, in unserer Zeit gibt es keinen gemeinsamen Ort für uns.
Mirsad meinte es gut mit mir. Auch wenn er mich aus den Träumen riss. Auch wenn es möglicher Weise ein Verbrechen ist, Liebende zu trennen. Ach, ich bin unmöglich in meiner Art zu lieben.
Feri nun dachte, die Sache sei so zwischen uns auch geklärt. Doch er ahnte nicht, dass ich für mich rationales Material benötigte, um meine Gefühle für ihn zu besiegen. Schon längst hatte ich nicht mehr die Rolle der bei Bedarf vorhandenen Nichtigkeit am Rande von seinem Leben. Und somit bestimmt im Grunde doch jeder Mensch über seinen Wert selbst, in dem er sich behandeln lässt, oder es eben nicht zulässt. Oder wie man mit anderen Menschen umgeht, das ist auch ein Indiz für den eigenen Selbstwert.
Ich umarmte ihn. Ich konnte einfach nicht anders. Und ließ ihn dann gehen. Mir ging es etwas besser. Und trotzdem wurde anstatt Distanz Nähe aufgebaut. Aber ich hatte es gesagt! Alles was uns trennen würde….
Und trotzdem rief er mich wieder an, unsere Leidenschaft füreinander…Auch wenn er im Grunde männliche Freunde abends besucht hatte, um mit ihnen etwas zu unternehmen, die

ausgegangen waren mit ihm, um wohl auch mal mit Frauen zu flirten. Er kam hinterher zu mir. Fuhr fast noch 100 Kilometer extra für mich, um mich zu sehen, wenn auch nur eine Stunde, oder draußen zum Spazieren gehen. Er sagte so was wie, ich sei wie seine Garage, er sei bei mir zu Haus. Er wollte lieber mit mir glücklich sein, als sich mit irgendwelchen anderen Frauen zu befassen. Oder einmal kam ich zu meiner Wohnung, und er hatte schon draußen nach der Arbeit in seinem Auto auf mich gewartet. Er war kaum durch die Tür, da küsste er mich schon leidenschaftlich. Ach, wir waren so schwach für einander.

Und dann vergingen wieder viele Tage, an denen ich nicht ein Wort von ihm hörte. Ich hatte aber auch nicht die Kraft, ihn dann einfach anzurufen. Ich wusste doch, er kam zu mir wenn er konnte. Und leider war das mein Schicksal mit ihm, ich konnte nie bestimmen, auch wenn mich die Sehnsucht auffraß.

Und manchmal war ich wütend darüber. Oder wenn er anrief, wenn ich mit Alex unterwegs war. Ich war doch schon so einsam, und dann ausgerechnet dann rief er auch noch an, wenn ich mal freundliche Gesellschaft hatte. Einmal schrieb ich ihm daraufhin das Wort Mischk auf Kurdisch auf sein Handy. Das sollte heißen von mir aus: „Du Ratte", doch ist im Grund nur der Sammelbegriff für Nagetier. Hinterher telefonierten wir wenigstens noch darüber, und er meinte, dass ich es als Kosewort „Maus" benutzt hatte. Ach…

Dann sagte ich mal wieder, das ich nur mit ihm befreundet sein will, nur als gute Freunde, und ich ihn einfach mal als hübschen Feri sehen wollte, nicht so oft in Arbeitskleidung.

Und prompt kam er an nächsten Tag, so schön und elegant wie am ersten Tag, als wir im September am Teich gelernt hatten.
Und ich nahm dann seine Hand, und wir gingen spazieren, ich zeigte ihn einen See mit einem Schlösschen, und erklärte ihm wie romantisch das sei...aber eben früher nur so etwas für Reiche erschaffen wurde, nicht für die normalen Menschen. Ja, dann führten wir ernsthafte Gespräche über Ausbeutung, Religion und Geschichte, und Verblendung des Volkes. Ja es war ein Versuch als nur Freunde, denn ich spürte er wollte sich im Grunde auch eine andere Geliebte suchen, denn er merkte es langsam, es war für mich immer weniger tragbar. So sagte ich zu ihm, ich bin wie die Titanic, und er ein Eisberg. Ich werde sinken, doch wenn, dann mit voller Festbeleuchtung und die Musik spielt dazu. Ja so sinkt auch eine stolze preußische Fregatte.
Und trotzdem schafften wir es auch an diesem Tag noch nicht, unsere Gefühle füreinander zu eliminieren, und fanden uns mal wieder sterbend in unseren Armen wieder.
Himmel und Hölle und zurück.
Und dann doch eines Tages wollte ich es endlich über mich bringen. Es war nun Frühjahr, und Mirsad war beruflich unterwegs. Ich wollte es ganz allein, nur durch mich selber schaffen, und Mirsad aus der Verantwortung nehmen. Und heute habe ich mir das Harakiri Schwert aus den Rippen gezogen....
Rief Misad in Zürich an...
„Mirsad, ich verblute...."
Cori mou , Franzi, Mädle, alles wird gut..."
Glaub mir...Bin Montag wieder da...

Mirsad ich sterbe...
Ich habe mich von Feri getrennt, weil ich den Schmerz nicht mehr aushalte...
Feri's Antwort: Ja, du hast Recht (es klang traurig) meine Frau ist schwanger...
Yilmaz, nur das Denken an Deinen warmen Wind hat mich über den Tag gebracht. Er war wirklich zu spüren...
Doch dann, ich trank das Blut der Erde, mindestens einen halben Liter, Rotwein, auf das mir meine Sünden vergeben werden...
Ich heulte
Ich dachte das Einzige, was mich abhält mich vom Felsen zu stürzen
Ist meine Herkunft
Ich zerkratzte mir meine Fingernägel am Balkonklinker
Ich bin auch nur eine Frau...
Und Einst werd' ich
strahlender als der Tau
der Hoffnung
den Boden finden
und
als ich in ihn
versinken....
Es beginnt...
Das Schwert ist gezogen -
Ich kann nur noch siegen und heilen...
Ich werde dort anfangen, wo andere aufhören Dich zu....

verzeih meine Gefühlsausbrüche, doch ich habe ein gutes Gefühl nun
wo ich schreiben kann...
Danke Dir,
Franzi
Ich kann doch nicht zu meinen Kindern gehen, oder zu meinem Mann und weinen.
Nirgendwo darf ich weinen.
Er sagte: Mein Freund, zu mir, als er ging.
Aber Freunde doch sind da, wenn man sie braucht.
Ich wollte doch nur Leid teilen.

Feri wird nicht mehr da sein. Nie mehr.

Mirsad hatte sich heute nur kurz aus Belgrad gemeldet.
Und ich bin so allein und voller Sehnsucht.
In meinem ganzen Leben hatte ich noch nie so einen egoistischen Mann.
Er hatte Tränen in den Augen als er ging, und sagte:
Wenn Du mich liebst, geh zurück zu deinen Mann
Dann sagte er: Männer erwarten viel von Frauen...
Als wenn ich schwach sei -
Blödmann...
Und seine Frau würde er töten und nicht zurück nehmen...
Soll sie doch mal den polnischen Nachbarn küssen...
Das ist doch voll schizophren.
Und gejammert hat er auch oft. : er krank und so...
So was hätte ich nie als Partner gewollt. Er ist viel zu schwach.
Es war ein Samstag gewesen.

Feri rief mich wie immer vorher an, das tat er immer eine Stunde bevor er kam. Und es war wie immer, kaum war er bei mir nahm er mich einfach und küsste mich. Er trug mich küssend in mein Schlafzimmer, und wir liebten uns. Doch diesmal machte er mir Angst, er tat mir fast weh, und war irgendwie zu fordernd. Ich wollte so nicht. Es hatte nicht viel Zärtliches an sich, war eher pornografisch, und technisch. Ich sagte zu ihm, ich mach das nicht, ich kann das nicht so. Und er sagte dann, ja, er im Grunde auch nicht. Aber irgendetwas hatte er sich in Kopf gesetzt, und wollte es durchsetzen. Aber das geht nicht, denn ich selbst bin eine liebevolle und hingebungsvolle Frau. Und so bat ich ihn sanfter zu sein, oder drehte mich weg.

Irgendwann war er wieder er selbst. Und dann war er wieder traurig. Er lag wieder da, doch diesmal sagte ich, anstatt ihn zu trösten: „Es ist besser, wenn wir uns trennen." Feris Antwort: „Ja, du hast Recht, denn meine Frau ist schwanger..."

Boäh, dachte ich, und sprang auf, war fassungslos, und lief in die Küche. Sagte zu ihm, ich koche Tee. Doch kaum war ich in der Küche, hielt ich mich an der Arbeitsplatte fest, zitternd am ganzen Körper, war er mir gefolgt. Nicht mal fünf Minuten ließ er mir Zeit, um mich zu sammeln, oder die Spannung aus der Situation zu nehmen. Er wollte zusehen, was ich tat. So kochte ich rein mechanisch Tee. Ich sagte nicht mehr. Wir tranken schweigend unseren Tee. Es dauerte nicht lange. Er beobachtete mich, die ganze Zeit.

Und dann auf dem Flur, nahm er meine beiden Hände, sagte: „Du bist eine liebe, hübsche, nette Frau. Doch glaub nicht mehr an die Liebe, es ist zu spät in unserem Alter.

Wenn Du mich liebst, geh zurück zu deinen Mann
Ich weiß, Männer erwarten viel von Frauen..."
Er hatte Tränen in den Augen.
Doch ich schüttelte seine Hände ab, denn ich war zu stolz. Und schaute ihn herausfordernd an. Dachte, ach, was weißt du denn. Aber ich sagte nicht: „Lieben kann man in jeden Alter..." Das machte für mich nun keinen Sinn.
„Ja, lass uns von einander in Freundschaft gehen. Lass uns ganz normale Freunde sein. So das wir noch voneinander wissen, ob es den anderen gut geht. Normal miteinander reden, einfach mal weggehen. Ins Kino oder so."
Irgendwie wollte ich wieder einen Normalzustand herstellen. Hatte es mir doch gewisser Maßen den Boden unter den Füssen weggezogen. Ich fragte dann, ob ich nochmal von ihm hören würde, er sagte, ja, in zwei Wochen oder so. Gut, daran wollte ich mich festhalten. Ich umarmte ihn kurz ein letztes Mal, denn ich wollte Haltung bewahren, bis er ging. Mein ganzer Körper, meine Seele waren wie versteinert. Doch ich hatte es getan.
Es war ein Samstagabend gewesen, der Tag als ich voller Qualen mich wieder gefunden hatte, heulend und sterbend und Mirsad anrufend. Und mit den verzweifelten Versuch mich mit Rotwein zu betäuben. Ja, ich hatte mich trennen müssen, und das obwohl meine Gefühle noch so übermächtig waren, ich dachte eine Vernunftentscheidung. Oh, ein Verbrechen an sich selbst, Liebende zu trennen. Und mein Alltag musste weitergehen. Denn ich hatte mich ja auch an diesem Abend total den Exzess hingegeben, in der Hoffnung dass alles raus musste, und ich dann wieder funktionieren kann. Und gut, ich brachte die Tage herum, und dachte der Schmerz klingt ab, und

ich werde stark sein bis zu dem Zeitpunkt, das der Feri sich noch einmal meldet.
Okay, zwei Wochen waren ein übersichtlicher Zeitrahmen. Doch er rief viel früher an, am darauffolgenden Donnerstag, an meinem Arbeitsplatz. Mein Herz klopfte, und ich war verwundert und erfreut zugleich. Zog mich in die Toilette zurück, um ungestört mit ihm reden zu können. Er wollte mich so schnell wie möglich wiedersehen, so schnell wie möglich es hinter sich bringen mit mir ins Kino zu gehen. Am liebsten schon am nächsten Tag, doch an diesem hatte ich auch zu arbeiten. Also verabredeten wir uns für Samstagnachmittag. Ich freute mich so sehr, und überlegte was ich anziehen könnte. Doch währenddessen rief er mich ungeduldig an, und sagte er würde schon am Kino warten, viel zu früh, meiner Meinung nach, doch ich beeilte mich nun und fuhr mit meinem Fahrrad durch den Park Richtung Kino. Auf dem weg rief er mich wieder ungeduldig an, ich solle mich ja beeilen. Er war nicht sehr höflich und freundlich. Und als ich beim Kino ankam schaute er mich nicht erfreut an, eher kalt und ungehalten, trotzdem es noch viel Zeit war, bis der Film anfing. Ich spürte, er tat das aus Pflicht, und nicht weil er es tun wollte. Er tat so abweisend, als wen ich nur eine Fremde für ihn bin. Nicht eine nette Geste, und trotzdem kaufte ich für uns beide eine Cola, und er bedankte sich. Der Film handelte von einer Gastarbeiterfamilie, die seit Jahrzehnten schon in Deutschland lebte, und nun mal wieder gemeinsam in die Heimat wollte. An dem Film konnte man die Veränderung der Menschen erkennen, die fern ihrer Ursprungsheimat ein neues Zuhause gefunden hatten. Bevor der Film anfing erzählte er noch, er

würde auch Bücher lesen, über kurdische Mythologie und das Werk von Abdullah Öcalan, den nominellen Führer der kurdischen Arbeiterpartei. Stützpunkte und Lager der Organisation befinden sich im Kandil-Gebirge, einer Gebirgsregion im Nordosten des Irak. Mehr redete er nicht. Er saß kalt da, neben mir auf seinem Sitz, und vermied es, mich weiter zu beachten. Ich war nun ganz traurig, denn selbst Freunde sind doch irgendwie vergnügter und freundlicher zueinander. Das hatte ich doch gehofft, Freundschaft nun. Irgendwie ging es mir schlecht, und ich musste raus. Wahrscheinlich war ich erkältet, denn ich hustete ganz schlimm. Er registrierte nur, dass ich hinausging, für ein paar Minuten. Und später glaubte Feri zunächst das alle Schauspieler aus dem gleichen Land stammten, doch ich musste ihn enttäuschen, und um das zu beweisen, wollte er auch den ganzen Abspann sehen. Tja, das Kind ein kleiner Junge, den hatte er am liebsten gemocht, war zu seinem Pech ein Grieche. Ich wusste ja nun, das seine Frau ein Kind erwartete, und dachte er wollte mir damit zeigen, dass er sich nun nur noch auf dieses Kind freute, und hoffte es würde ein Sohn werden. Ja, und so behandelte er mich auch, ich hatte ja meine Pflicht erfüllt, und er nun auch seine, er war ja mit mir im Kino gewesen. Wie billig ist das denn…

Als der Film zu Ende war, verließen wir das Kino, und ich ging traurig und niedergeschlagen neben ihn her, währenddessen er mit seiner Familie telefonierte. Es sah auf mich nieder und meinte, warum ich so traurig sei. Ich hatte Tränen in den Augen. So bot er mir an, ich könne ja noch mit ihm darüber reden, und ihn zu seinem Auto begleiten. Das tat ich auch, denn in mir war ein Knoten voller Schmerz. Ich konnte im Grunde gar nicht wirklich mit ihm über meine Gefühle sprechen, zu kalt und distanziert wie er sich gab. Wie sollte ich so einen Zugang zu ihm schaffen? Einen Zugang der Offenheit und des Verstehens? So saß ich neben ihm im Auto, und nun liefen mir doch die Tränen über meine Wangen. Ich nahm seine rechte Hand, schaute ihn an und fragte: „Bist Du glücklich?" Endlich bewegte sich was bei ihm, und er lachte finster und bitter auf. „Glücklich!?", wiederholte er, als wenn er nicht wüsste, ob es das überhaupt gab. Frauen mit Kopftüchern gingen an uns vorbei, und er befand ich solle mich verstecken. So konnte ich nun meinen wirklichen Wert für ihn ermessen. Nun, er wollte noch etwas in der Stadt besorgen, ich sollte ihn dann zu einem anderen Parkplatz lotsen, und das tat ich.

Dort angekommen, stieg er aus, und lief mit großen und schnellen Schritten voran, immer darauf bedacht, das ich es auf keinen Fall schaffen könnte, ihm auf einer Höhe zu folgen.

Ja, er lief so, wie man es von solchen Männern kennt, rücksichtslos, kilometerweit, die Frau hinterher, ihr keinerlei Beachtung zumessend. Er tat als wenn ich ihm egal sei, und schon gar nicht hätte er meine Hand genommen. Seine Laune war denkbar schlecht. Trotzdem ließ ich mir die Demütigung nicht anmerken. Zurück am Auto wagte er es auch noch, sich bei mir zu bedanken, dass ich ihn durch die Stadt geführt hätte. Ich war immer noch innerlich wie gelähmt, denn nichts war zwischen uns ausgesprochen wurden. So bestand ich darauf mit ihm draußen irgendwo im Park zu sitzen, um zu reden. Er wollte mich mit Sicherheit loswerden, und gut, er willigte ein.

So saßen wir dort, er sagte mir wie verdorben ich doch bin, ihn am Samstag mit der SMS gestört zu haben... Ich war geschockt, es war ein tiefer Stich in mein Herz. Dann saß er neben mir, zerbrach Stöckchen mit seinen Händen, und ich versuchte mir dadurch ein Bild über seine Gefühlslage zu machen. Sie verhieß nichts Gutes. Er wollte mit mir kein normales Gespräch führen...Er wollte mich demütigen, und loswerden, und fast hatte ich den Eindruck, dass er sich an meinem Schmerz erfreute. Und je länger ich so neben ihn war, desto mehr machte ihn das stärker, gab ihn eine Art von Macht über mich, ja er dachte mich ganz klein. Zwar deutete er auf eine gelbe Blume, scheinbar um mich etwas abzulenken, doch wollte er nun mentale Stärke über mich beweisen. Trotzdem bat ich ihn, mir seine Jacke zu geben, ich forderte es, denn mir war kalt, und ich meinte, das würde sich doch so gehören. Nun, wir sagten nichts. Ich weinte. Und er meinte dann: „Was willst Du? Willst Du lieben?" Oh je, dachte ich, was soll das? Hat er die ganze Zeit, die ganzen Monate hindurch gedacht, ich hätte keine Gefühle gehabt? In mir schrie es stumm: Ich habe Dich geliebt! Doch ich sprach es nicht aus.

Irgendjemand, so weiß ich jetzt, hatte ihm zwischen all den Emails von mir, Mustafa und Yilmaz ein falsches Bild von mir aufgezeigt. Feri versuchte mir nun zu trotzen, mir und meinem Schmerz, meinen Tränen....Ich glaube Fadil....verdankte ich dies nun, das war sein Werk. Fadil, Katjas Mann. Der Ergün verraten hatte, und immer über Mustafa von mir zu hören wünschte. Er hatte Feri instruiert.

Fadil, der, als ich von einem Besuch ging, sich auch mir in Abwesenheit von Katja angeboten hatte, und auch zu mir sagte:

„Du hast einen großen Busen", als wenn es von Bedeutung sei. Ich hasse es auf mein weibliches Äußere reduziert zu werden, manch' eine Frau mag es reichen, oder für sie ein Kompliment sein, doch ich mag das nicht. „Du, unsere Ehe ist nicht das, was es den Anschein hat", sagte er damals zu mir, und ich spürte ein Begehren in seinen Augen. Aber ich antwortete stolz, indem ich auf ihn niederschaute: „ Du kannst froh sein, das Du Katja hast!" Das war es nun, Fadils Rache, seine gekränkte Eitelkeit.

Feri befand, er müsste mich nach Hause fahren, so viel Anstand wollte er dann doch beweisen, ungeachtet meines Rades, welches ja noch in der Nähe vom Kino stand. Na gut, in diesem Moment dachte ich auch es sei das Beste. Im Auto, vor meiner Wohnung wollte er mir die Hand geben, und er sagte: „ Du bist eine starke und selbstbewusste Frau!" Worte des Abschieds, die Mustafa auch gesagt hatte. Er wusste es also auch, von Gesprächen zwischen mir und Mustafa. Oh, wie niederträchtig…dann sagte er: „Komm, Freunde", und wollte einlenken…Doch nein, so nicht mit mir. Dann sagte er: „Abla, du kannst meine Schwester sein." Doch auch das, nein, konnte ich nicht hinnehmen. Was dachte er sich, mich so zu brechen? Ich erhob meinen Kopf und sprach: „ Nun, du hast mich wie eine Hure behandelt, dann denk doch, dass ich eine bin, und vielleicht kennst Du ja jemanden!" Das war mein letztes Wort, ich ging aus dem Auto, und schlug die Tür zu.

In meiner Wohnung angekommen, konnte ich nur noch Mirsad anrufen, doch er war vorerst nicht zu erreichen, und ich sprach ihn aufs Band. Dann fasste ich mich aufgelöst, und wollte zu Fuß durch den Park zurück zum Kino gehen, um doch noch

mein Fahrrad zu holen. Hinter dem Park fing mich Mirsad ab. „Mädle, ich könnte Dir so was von Eine hauen, Du hast total die Kontrolle verloren, und Deine Stärke! " meinte er, doch es war sein Mitleid, das aus ihm sprach. „Mirsad, ich bin noch nie so tief gesunken!" „Oh doch", sagte er, „es geht noch viel tiefer, glaub mir!" Nun, in diesem Augenblick glaubte ich es allerdings nicht. Er versuchte mich zu beruhigen, und dann fuhren wir das Fahrrad holen, und ich berichtete ihm, was vorgefallen war. Mirsad dachte jetzt auch, es ist vorbei. Das Schlimmste hinter mir. Ich könne nun nach vorne schauen.
Ja, dieses Feld hatte ich zu tiefst gedemütigt verlassen. Und nun mein Blickwinkel auf Feri war denkbar schlecht. Sollte ich mich so getäuscht haben in ihm?
Doch einige Wochen später registrierte ich auf meinem Handy mehrere Anrufe von ihm. Mirsad hatte mich gewarnt noch jemals Anrufe von ihm an zu nehmen. Er hatte mir klipp und klar gesagt, er sei raus aus der Sache, und würde mir von nun an nicht mehr beistehen, wenn ich es täte.
Doch mein Glaube an das Gute war stärker, und ich atme tief durch, und rief zurück. Ganz einsam stand ich in meinem Wohnzimmer, und hatte einen schüchternen und freundlichen Feri am anderen Ende. Wir waren beide sehr vorsichtig und zurückhaltend. Wir hatten beide Ängste voreinander, bedacht uns nun nicht mehr zu verletzen. Wahrscheinlich hatte ich ihn doch leidgetan, denn er wollte wohl auch wirklich in Guten mit mir sein, doch so etwas wie ein Bruder sein. Es ging um seine persönliche Ehre, sich nicht schlecht zu fühlen. Er meinte auch dass er vor meiner Tür gestanden hatte, es jedoch dann doch nicht gewagt hatte, nochmal mit mir zu reden, oder mich zu

sehen. Ich beruhigte ihn, und sagte es sei schon gut, und ich wollte auch Frieden. Es ging mir auch wirklich nicht so schlecht, nur die Erinnerung an ihn machte mich unendlich traurig. So versprach er, mich bald nochmal zu sprechen. Er deutete auch an, dass er wohl versucht hatte, jemanden zu finden, der mich ihm ersetzen könne, doch bislang war es ihm noch nicht so recht gelungen, jemanden für sich zu finden. Das verwirrte mich, warum sagte er so was? Na gut, ich dachte erst mal nicht mehr weiter über diese Information nach. Aber wir verblieben dabei noch einmal mit einander zu reden, uns zu sehen. Und dafür nicht allzu viel Zeit zu verlieren.

Und etwa 2 Wochen später war es soweit, er wollte kurz noch einmal vorbei kommen, und mit mir reden. Ich war nun voller Hoffnung, dass wir es diesmal hinbekamen, normal miteinander zu reden.

Und es war wieder ein Samstag, als er genauso wie früher im Flur vor mir stand, in voller Arbeitskleidung. Ach mein Feriduin. Wir grüßten uns kurz, und ich bat ihn in die Küche. Und genau wie früher kochte ich uns einen Tee, und er saß auf einen Stuhl und schaute mich freundlich an. Hübsch sah ich aus, in einem geblümten Kleid. Ich spürte dass es ihm gefiel, doch er wollte es nicht mehr zulassen. Egal dachte ich, Hauptsache wir sind nett zueinander. Ja, wie er wieder schaute, immer noch so gefühlvoll. Ich hatte ihm vor unseren Treffen am heutigen Tag gesagt, dass ich in seine Augen schauen wollte, ja, sie waren gut, herzlich ohne Argwohn, und aufrichtig. Er forderte mich auf zu schauen, und ich war also in der Hinsicht beruhigt.

Ach, ich kann einfach nicht lange böse sein, es liegt nicht in meiner Natur. Doch wollte ich mir nochmal den Schmerz mit ihm antun? Ich war mir in diesem Moment nicht mehr sicher. Wir tranken etwas Tee, und ich nahm wieder mit Milch. Es hatte ihn immer verwundert dass ich diesen auf die englische Art trank, und wir redeten über unsere unterschiedlichen Teekulturen. Feri meinte er würde nur türkischen kaufen, doch auch der türkische Tee wird nicht in der Türkei angebaut, sondern ganz normal in Asien, zum Beispiel in Ceylon. Nur die großen Verpackungen sind auf Türkisch beschriftet. Doch er war nicht ohne Grund gekommen. Er hatte es doch wirklich damals wörtlich genommen, meinen im Schmerz gesagten Satz: „ Nun, du hast mich wie eine Hure behandelt, dann denk doch, dass ich eine bin, und vielleicht kennst Du ja jemanden!" Wie im guten Recht und selbstverständlich war er wahrhaftig davon ausgegangen, dass er jemanden für mich finden dürfte. Tja, wie verschieden doch unsere Gesellschaftsstruktur war, das Denken. Mirsad hatte Recht gehabt, und Feri sah es als normal an, Menschen untereinander zu vermitteln. Er meinte er gäbe jemanden, der Interesse hätte, aber ich hätte Einiges für diesen Menschen zu tun, denn er bedürfe Hilfe, viel Hilfe. Oh nein, er hatte gar nicht verstanden…Jeder Mensch ist einzigartig und kostbar, er kann mir doch nicht wirklich einfach einen Ersatz präsentieren dachte ich noch, und lehnte kategorisch ab. Zumal er sich nicht genau darüber aussprach, nur so viel ein ähnlicher Mensch, aber noch nicht mal aus der Türkei stammend, und woher genau, darauf ging er auf Grund meiner Absage zum Glück nicht mehr genau ein. Für mich war die Sache eh vom Tisch, ich wollte diesen Gedanken gar nicht weiter an mich heran kommen lassen. Doch Feri betonte, nun er würde dieses Menschen im Grunde auch nicht als Freund von ihm bezeichnen, denn wohlmöglich hielt er diesen im Grunde auch nicht für ehrenhaft, sich zu so einer Scharade bereit zu erklären. Er erwähnte irgendwie dann aus heiterem Himmel, er möge keine Teigwaren, und würde diese auf keinen Fall essen, nun und diesen Zusammenhang würde ich erst später dann irgendwann erfahren... Wir waren nett zu einander, wollte er doch von nun an regelmäßig wie ein Bruder bei mir vorbei schauen...Hm, irgendwie machte mich das skeptisch...und ich fragte einfach mal nach wie er es sich dachte, und in welchen Abständen, er meinte so alle zwei Wochen, oder einmal im Monat. Halt wie ein Bruder eben. „Nun, aber Du bist nicht mein Bruder, Feri", sagte ich zu ihm, und auch das verwunderte mich immer noch, auch dieses Angebot. Ich dachte im Grunde eher an Freundschaft, an Vertrauen und Respekt, und nicht das er sich nun wie mein Verwandter fühlen sollte. Wieso dachte er so fürsorglich? Kam ich denn nicht selber ganz gut zurecht, in seinen Augen? Er wollte mich über sich hinwegtrösten? Alles tun, um sein mögliches Unrecht an mir wieder gut zu machen? Er sagte noch, alles wird gut, Du wirst es wahrhaftig sehr gut haben. Du wirst glücklich sein. Doch Feri, es liegt doch nicht in der Macht anderer, denn jeder Mensch ist für sein Glück selbst verantwortlich! Und ich bin doch keine hilflose kurdische Frau, für die gesorgt werden müsste. Egal, ich hatte meinen eigenen Kopf und Plan, und versuchte ihn zu überreden mit mir nun raus zu gehen, und bot ihn an etwas Federball mit mir zu spielen. Doch das wiederum lehnte er massiv ab. Er war es mit

Sicherheit nicht gewohnt, irgendetwas mit einer Frau etwas zu spielen oder neutral zu unternehmen. Wie verschieden wir doch sind! Nun gut, wir hatten alles gesagt, was wir sagen wollten…Auch wenn wir den Anderen mal wieder nicht ganz verstanden hatten, so waren wir doch sehr bemüht gewesen. Noch im Türrahmen der Küchentür nahm ich dann stehend seine beiden Hände, und mir viel so dann spontan ein, mit ihm das evangelische Vater Unser zu sprechen, denn er war ja auch immer so auf seinen Glauben bedacht, und schließlich bin auch ich keine Heidin. Ja, Feri, auch ich kenne Gebete. Und ich sagte und erklärte liebevoll vorweg, und die Passage: „Herr vergib' unseren Feinden, so auch wir vergeben unseren Schuldigeren, und führe uns nicht in Versuchung…" Ja, er fand das richtig gut, und friedvoll. Wir lächelten beide. Als er dann noch weiter im Flur war, um mir Lebewohl zu sagen, stellte ich mich auf meine Zehenspitzen drückte ihn, küsste ihn schwesterlich ganz sanft an seinen Gesichtshälften und flüsterte leise in sein rechtes Ohr: „Ich hab' Dich lieb!" So bin ich nun mal, wahrscheinlich schieße ich immer über alle Ziele hinaus. Dann drückte ich ihn nochmal ganz fest mit meinem ganzen Körper, nicht das er das nicht mochte, doch er blieb nicht schwankend, und war wirklich ganz fest entschlossen, nie wieder mich anders zu spüren. Für mich war es auch ein Test an ihm gewesen, denn so ganz hatte ich immer noch nicht verstanden, welche Rolle er sich von nun an in meinem Leben gedachte zu geben. Ok, er ging. Und irgendwie waren wir nun im Guten. Später schrieb ich ihn nur ein Wort auf sein Handy: „Frieden!" Ja, an diesem Tag fühlte sich alles gut an. Nur Mirsad, ja er war nun vorerst nicht mehr für mich zu sprechen.

Denn ich hatte genau seiner Meinung nach wieder das Falsche gemacht, Menschen wie Feri einen Wert zu geben. Aber es ist doch so, nur wenn wir allen einen Wert geben, haben wir doch auch Selbstwert, wir tun es doch letzten Endes für uns selbst. Nein, ich kann nicht hassen.

Wer die Menschen so behandelt, wie sie sind, der macht sie damit schlechter. Wer aber die Menschen so behandelt, wie sie sein könnten, der macht sie damit besser.
Johann Wolfgang von Goethe

Zu dem Zeitpunkt war alles nun gut für mich, zu mindestens für ein paar Tage. Zwar war nun ich auf mich allein gestellt, mit der Sache mit Feri, doch ich ahnte nichts Schlimmes mehr, und machte mit auch nicht weiter Sorgen, auch wenn er ab und zu nach mir sehen wollte. Ich hielt es lediglich für eine nette Geste. Im Guten leben und leben lassen. Und auch Nikos hatte ich meine Affäre mit Feri endlich gestanden, denn alle Lügen in unserem Leben bewirken nur neue Lügen, und ziehen Lügner an. Das Spiegelbild unseres Selbst. Ich wollte das nicht mehr. Wollte neu beginnen, und sorgenfrei in die Zukunft schauen, und ehrlich mit Menschen umgehen, die mir nahestanden.

Und auch für Ergün meinen alten Freund wollte ich sorgen, hatte er mich doch nochmal gebeten mit Katja zu reden. Ich tat mein Bestes für ihn, traf mich nochmal mit ihr, und wir resümierten unsere Erfahrungen und Beziehungen, zu „unseren" Kurden und auch Ergün gegenüber. Doch auch Katja ist ein Einzelwesen, und hat ein Recht auf die Gestaltung ihres eigenen Lebens. Niemand hat das Recht einen anderen Menschen die eigene Meinung auf zu zwingen. Ich hielt unser

Treffen für gelungen, doch Ergün empfand das nicht so. Aber das lag auch zu sehr an seinem eigenen Schmerz, den ihn fast zu zerbrechen drohte. Ja, Männer sind anders, sie gehen oft sehr hart mit sich selbst um. Genauso wie Mirsad, der es einfach für sinnlos hielt, Werte zu suchen, wo seiner Meinung nach keine sein können. Männer können gnadenlos hassen. Doch Frauen sehen mehr Facetten.

Der Anlasser von meinem damaligen Auto war defekt. Alex kannte jemanden in einem Dorf, ein Iraker der seines Zeichens auch Yezide ist, und dieser sollte sich ganz unverbindlich den Motor ansehen. Nun ich fuhr also zu diesem, und spürte zugleich, dass er es überhaupt nicht gewohnt war souverän mit einer europäischen Frau umzugehen. Er war nicht in der Lage Frauen neutral zu betrachten, für ihn waren Frauen anscheinend schwache Wesen, geboren allein für die geschlechtlichen Bedürfnisse eines Mannes, und er ging davon aus, das so etwas ja Frauen gefiel, oder sie nur allzu willig sind, er ja kannte weder gebildete Frauen, noch Selbstbewusste. Ein Macho halt, zwar ein freundlicher und durchaus gutherziger Charakter, aber nichtsdestotrotz ein Macho. Er fühlte sich als toller Mann, Vater von acht Kindern, und dachte das reicht, um attraktiv zu sein oder gar männlich. Dabei sah er überhaupt nicht gut aus. Eher untersetzt, alt und ungepflegt, mit schmutziger Werkstatt Kleidung und stets ölverschmierten schwarzen Händen. Natürlich tat er hilfsbereit und von mir angetan. Doch an diesem Tag musste ich warten, denn zu meiner Verwunderung befand sich noch jemand vor mir an der Reihe, und ausgerechnet Fadil Katjas Mann. Na toll, dachte ich, was für ein Zufall. Die beiden waren dann auch anscheinend so nett zu mir, dass sie in meiner Gegenwart in Kurmannschi sich über mich austauschten, und dann gemeinsam mit mir eine Zigarette rauchen wollten. Wirklich super, wenn man die Sprachen in seinem eigenen Land nicht mehr versteht. Nun mein Auto CD-Player war ja nun nicht defekt, und ich legte eine türkische CD von Tarkan ein. Tja, ich habe auch so meine Methoden mit gewissen Situationen umzugehen. Der Iraker fand das toll, glaubte er doch nun an eine Miniparty. Auch Fadil fand Tarkan okay, halt modern und sehr westlich. Als er jedoch um die Ecke ging, trat ich zu dem Iraker, um heraus zu bekommen, was die Beiden über mich geredet hätten. Ja, er gab zu, sie hätten über mich gesprochen, doch nur Gutes betonte er, mehr bekam ich nicht zu hören, außer, dass wenn ich irgendwelche Sorgen oder Probleme hätte, er jederzeit für mich da war. nun mein Hauptproblem war doch offensichtlich, ich kann kein Hochkurdisch. Ein Gefühl des Ausgeliefertseins und abhängig von deren Gunst. So konnte ich auch nur sehr indirekt mit Fadil sprechen, er schnorrte meine Zigaretten. Und von dem Iraker forderte ich eine Liste von kurdischen Wörtern, die er mir bereitwillig aufschrieb. Worte wie gut(bashim) oder du bist sehr schön oder ich liebe dich. Es war für mich im Grunde ein Spiegel von deren Absichten und Gedanken, sie kamen nicht auf die Idee, sondern dachten in ihrer einfachen Denkweise, so könnte ich möglicher Weise bezaubert werden.

Als Fadils Auto fertig war, kam meines nun an die Reihe. Er war endlich fort. Ich schaute den Iraker an, und fragte in den blauen Dunst hinein, ob er noch mehr Kurden kennen würde. Hm ja, er bestätigte dies. Und einer würde auch sein Kunde sein, einer den ich möglicher Weise kannte, Feri. Oh je, in welches Nest war ich nun getreten. Wir identifizierten Feri anhand seines Fahrzeugtyps und Kennzeichen, denn mittlerweile hatte er sein Ziel erreicht, und sich einen Sharan geleistet. Doch ich vermutete noch mehr, und zwar das sie sich alle untereinander kannten, Fadil, Feri und der Iraker. Und das auch sehr gut. Und das jenes Gespräch auch davon hätte handeln können. Denn woher sonst nahm der Yezide die Dreistigkeit mir in seinen Augen den Hof zu machen? Ich fragte ihn also was mit Feris Auto denn nicht in Ordnung sei, und es war der Turbolader. So sagte ich zu ihm ganz locker: „ Sag' mir Bescheid wenn er nochmal kommt, ich komme dann eher und dann kannst du ja ein paar Marder verstecken." Ich fühlte mich überhaupt nicht wohl, wollte mir zwar nichts anmerken lassen, aber ich hatte das Gefühl, ich könne mich nirgendwo mehr frei bewegen, und alle möglichen Kurden in der Gegend waren über mich und Feri informiert. Wie schlimm zudem auch für Alex! Das war das Letzte was ich jemals gewollt hatte! Ich fühlte mich in keiner Dönerbude im Landkreis mehr sicher.

So konnte es nicht sein. Und ich beschloss, noch einmal mit Feri darüber zu reden, und rief ihn an, um ihn dringend zu sprechen. Wahrscheinlich spürte er mein Unbehagen mal wieder, und aus Angst erklärte er sich wiederum dazu bereit. Doch er hielt sich nicht an den vereinbarten Termin, und sagte auch nicht ab. Das trug nun auch nicht gerade dazu bei das sich meine Laune hob. Stunden später telefonierte ich nochmal mit ihm, ja sagte er, er hätte unverhofft arbeiten müssen, doch sowie er fertig ist, könnten wir sprechen. So trafen wir uns ein letztes Mal allein, an dem Ort unserer ersten gemeinsamen Begegnung, den Mühlenteich. Er war schon vor mir da, und warte in Arbeitskleidung ungehalten auf mich. Er war vorwurfsvoll, er hätte noch nichts gegessen, und wollte nach Hause. Trotzdem bemerkte er: „Du siehst gut aus, heute". Ich setze mich, und diesmal wollte er ganz tief in das Gestrüpp, um auf keinen Fall mit mir gesehen zu werden. Nun gut, ich wollte nicht streiten, und bot ihn Kaugummi an, und nur nach langem Zureden nahm er eines und setzte sich dann endlich auch. Dann berichtet ich ihn über meine Gefühle und Situation, und wie demütigend all das sei. Ich zeigte ihn auch den Zettel von dem Iraker mit den kurdischen Worten, doch seine Reaktion war, ich solle mich doch geschmeichelt fühlen. Verstand er denn überhaupt nichts? Er meinte in ein paar Wochen sei eh die ganze Sache vom Tisch. In ein paar Wochen? Für mich jedenfalls nicht. Was dachte er sich? Ich sagte also: „ Schau Feri, hier ist ein Fluss, und ich ertrinke! Würdest Du mich retten?" Er sagte nein, auf keinen Fall: „Du kannst selber schwimmen!" „Weißt Du was Du mir antust?" schrie ich weinend. Auf Grund seiner kalten Art, brach die völlige Verzweiflung in mir durch, wie er so da saß, abweisend und kalt. „Wie kannst Du nur so gemein sein!" So holte ich aus und schlug ihn mit voller Wucht auf die Wange. Oh, was war nur aus uns geworden. Er tat ungerührt, und hätte mir auch noch die Andere hingehalten.

Es gibt in diesem Zusammenhang noch einen passenden Witz: Eine islamische kurdische Familie mit Kindern will die deutsche Staatsbürgerschaft beantragen, und sie hatten schon soweit alle möglichen Hürden genommen, und auch mit der

Sprache klappte es einiger Maßen, so wurde ihnen als Letztes gesagt, es blieb ihnen nur noch eine letzte Prüfung zu bestehen, und zwar alle hätten dafür noch einmal über den Rhein zu schwimmen, bis an das andere Ufer. So stiegen alle gemeinsam in das Wasser um den Versuch zu wagen, doch nur der Vater schaffte es unversehrt herüber zu kommen. Seine Familie blieb in der Mitte des Flusses auf einen kleinen Felsen stecken, und rief nun lautstark um Hilfe. Jedoch ungerührt schaute der Mann sich um und meinte nun: „Immer diese Ausländer! Ständig schreien sie nach Hilfe!"

Ich lief dann mit meinen Sandalen und meinen Sachen quer durch die Kraut Schicht des Unterholzes, und meine Füße bluteten durch wilde Brombeerbüsche, doch auch er wollte keinen regulären Weg mehr bis zu den Autos gehen. Er wollte nicht mich trösten, er genoss es. Ich klammerte mich kurz an einer Birke fest, schaute zu ihm ihn in endlosen Schmerz an, und sagte: „Du hast mir Mustafa genommen!" Triumph leuchtete ihn auf. „ Du gehst in Deine Moschee, dreimal rauf und runter, und bist nun frei von allen Sünden! Ohne jemals über Verantwortung nachgedacht zu haben!" warf ich ihn noch entgegen. Mal wieder hatte er mich erniedrigt. „Mein Bruder willst Du sein? Ah, was bist Du! Alles Lügen, Dein Heiligenschein! Ich will mit Dir nichts mehr zu tun haben."
„Dann ruf mich nicht mehr an", sagte er. „Ich habe Dich sonst noch nie angerufen, um Dich zu treffen! Und das weißt Du auch ganz genau. Ich brauche niemanden anrufen! Ich werde angerufen! Und ich brauche es nicht, dass Du als ein sogenannter Bruder zu mir kommst, um mich zu bekehren! Du bist nicht mein Bruder!"

Und in diesem Moment genau klingelte mein Handy, und ein verzweifelter Ergün war am anderen Ende. Ich hörte mir kurz die Sache an, um die es ging, und sagte zu ihm, wir reden später in Ruhe nochmal darüber. Er war mal wieder wütend über die Situation mit Katja, und meinte, ich hätte nur an mich gedacht, und bei ihr nichts an Einsicht bewirkt. Er sah überhaupt es nicht, dass es für mich überhaupt nicht viel Sinn machte, mit ihr zu reden, und das ich es doch schon nur ihm zu Liebe tat. Denn ich hatte davon doch wirklich überhaupt nichts, außer jede Menge Komplikationen.

Aber auf Grund dieser Unterbrechung war ich abgekühlt, sachlicher und nicht mehr so emotional. Zwar noch extrem ungehalten, doch konnte mich nun auch ganz kalt und weniger aufgeregt von Feri verabschieden.

Ich fuhr nun zu Alex, und berichtete ihm das Vorgefallene, und das Feri trotz allem wieder versucht hatte, das ich mich mit der Situation dann zu Frieden geben sollte.

Doch in mir tobte nun immer noch eine kalte bittere Wut, darüber, dass Feri sich in seinen Hochmut sonnte, nun wieder stärker als ich gewesen zu sein, und ja, das seine nach außen vorgetragene Religiosität der meinen doch überlegen sei. So sagte er doch, er wolle von nun an alle Menschen gleich lieben, in einer gewissen Arroganz und Selbstgerechtigkeit, die in mir keinen Zweifel an seine Ehrenhaftigkeit aufkommen lassen sollte. Mag auch sein, das meine Gefühle so stark sind, und ich vieles tue und sage, einfach auch nur weil ich zeige wie authentisch ich bin, und diesen auch unkontrolliert dann den freien Lauf lasse, wieder dem Verstand. Denn nichts ist so gefährlich wie die verletzte Seele einer Frau.

Und ich wollte nun endlich beweisen, wie schwach er wirklich war, wie verlogen und scheinheilig. Und Alex spürte meine Verachtung nun auf Feri, und verstand es. Aber ich hatte sonst niemanden mehr, keine Armee nichts, nur einen Griechen, der mich auffing. Fast spöttisch musste ich an Feri denken, er der sonst immer geklagt hatte, über sein Schicksal, sein Leben…er hatte immer nur sich gesehen. Er war es gewohnt Ich-bezogen zu denken und zu handeln, und nur sich als Opfer zu betrachten. Meine Familie und mein Leben waren zweitrangig, ich hatte mich als Frau den Männern unterzuordnen, so genau war und ist sein Weltbild.

Nach langem Zureden überzeugte ich Alex mir sein Handy zu leihen, für eine Textnachricht, ein Fake, und extra aufbereitet für Feri. Da er ja so sehr Russinnen bewundert hatte, bei unseren ersten Treffen, konnte ich zwar nicht damit bieten, doch ein verwaschenes deutsch-polnisch kann auch ich hinbekommen. So schrieb ich also auf Alex Handy:

Moie Kochani, wo bist Du? Isch vermisse Disch, und Isch bin schon ganz heiß auf Disch in meinem süßen Slip, den getigerten, den Du so gern magst. Ich warte auf Disch, um von Dir Deinen weißen Schaum zu schlecken, und deinen Bauchnabel zu küssen! Bringst Du uns noch etwas Wodka mit? So, und das sandte ich auf Feris aktuelle Handynummer. Dann trank ich genüsslich einen Gin Tonic. Doch erst mal tat sich nichts. Gut, dachte ich, meldet er sich nicht, kommt er sauber durch. Und wenn doch, dann war die Sache klar. Es vergingen noch etwa drei Stunden, und ich war schon längst zu Hause, als Alex sich bei mir meldete. Feri hatte sage und schreibe fünfmal versucht, auf diese Nummer anzurufen!

An diesem Tag war es für mich zu spät, darauf zu reagieren. Und am nächsten konnten wir gründlich gemeinsam überlegen. Zunächst sprach ich nochmal verwaschen mit dieser Nummer auf Feris Mailbox, damit er sich in Sicherheit wiegen sollte, dass auch wirklich eine Frau bei ihm angerufen hatte. Und noch einmal eine Nacht ließen wir verstreichen... Doch am nächsten Morgen, Alex hatte frei, und ich wusste Feri Spätschicht, rief ich ihn dann mit Alex Handy nochmal an. Er nahm sogar den Anruf direkt entgegen, und ich fragte was das so sollte, er hätte ständig versucht das Handy meines Mannes zu erreichen. Alex nun, nahm das Handy an sich, und sagte, wir wollen ihn sehen, und er hätte uns das zu erklären. Es war nun das erste Mal, dass Alex und Feri sich direkt begegneten. Wir trafen ihn in einem Industriegebiet, und ich war total nervös. Doch je nervöser ich wurde, desto ruhiger war Alex. Das war schon immer so, Alex hat immer ganz andere Gefühlebenen als ich. Selten im Gleichklang. Er bat mich zunächst im Auto zu bleiben, doch ich kochte...als Alex ganz ruhig und relativ freundlich auf Feri zuging. Fast hätten die sich noch die Hand gegeben. Doch ich konnte nicht an mich halten, als ich das sah. Ich stieg aus, und sagte: „Das gibt es doch wohl nicht!" Sie standen beide so da, Alex sagte fast nichts, schaute sich Feri nur an, doch Feri meinte mit gesenktem Blick: „Abi, ich weiß, ich bin hundert Mal schlecht, doch diese Frau da, sie lügt hundert Mal." Beim Wort Abi (Bruder) rastete ich völlig aus. Alex verstand überhaupt kein Wort Türkisch! Weder das Wort, noch die Kultur oder Denkweise. Am liebsten hätte ich sie beide angegangen. Doch so schrie ich nur lautstark: „Du wagst es ihn Abi zu nennen?!

Und mich eine Lügnerin?! Du hast doch auf Alex Handy angerufen!" „Nein ich habe nicht angerufen." Feri leugnete. Vielleicht leugnete er auch für mich, um mich zu schützen. Denn er konnte nicht wissen, dass ich Alex alles anvertraut hatte. Und wenn, dann hatte er bestimmt erwartet, das Alex nun nicht an sich halten konnte, und Rache einforderte. Doch Alex sagte nur: „Was soll das, was willst Du von anderen Frauen! Du hast doch Eine!" Da schaute nun Feri irritiert, ja ich habe eine..." „Dann nimm doch die!", antwortete Alex, „und lass andere Frauen in Ruhe!" Ich sah wie es in Feri arbeitete, er vermochte nichts mehr zu sagen, doch ich spürte wie er dachte: Ey, Grieche dann hab' Du doch mal meine, ich würde auch tauschen. Und ich dachte das kann doch jetzt hier nicht wahr sein, mit den Beiden hier. Ich fühlte mich wie in einem schlechten Film. Dann zeigte noch Alex ihn sein Handy mit den Anrufen, und ich meinte: „So, das waren wir nämlich! Da sehen wir mal wer hier lügt." Wir gingen. Und Feri wunderte sich bestimmt vorerst mit dem Leben davon gekommen zu sein.

Später im Auto meinte nur zu Alex mir: „Ach du Arme, er sieht ja fast aus wie Dein Ex-Verlobter. Derselbe Typ, nur viel erbärmlicher...Und auf so was stehst Du?" Und ich dachte, na dann, diese Situation hat auch noch was Steigerungsfähiges. Doch Alex war sehr stolz auf sich, Feri nicht verletzt, sondern nur verdutzt zu haben. Nun ich war nicht zufrieden mit Alex, denn meiner Meinung nach tat er es als wertlos ab, irgendwie als wenn er nur seine Pflicht tut, aber sonst die Sache ihn nichts anging.

Hm, schade. Ich bereute zutiefst, mich nicht mehr mit Mirsad austauschen zu können. Denn er hätte mich mal wieder auf den Boden zurück gebracht.

So musste ich nun allein meine Pläne schmieden. Pläne, die ich nur in Alpträumen bisher erlebt hatte. Und wahrscheinlich hatte Alex in Feris Augen jeglichen Respekt verloren. Tja mir ging nun immer in meinen Gedanken herum, was mir Ergün beigebracht hatte: „Franzi, nur Du allein kannst dafür sorgen, das Dir Genugtuung wiederfährt, nur Du allein musst lernen Dich zu verteidigen, niemand sonst kann das für Dich tun!" Oh ja, meine Fantasie gab noch so Einiges her. Aber Alex wollte später noch wenigstens sehen, wo Feri denn wohnte, also zeigte ich ihn die Gegend. Und wir hatten Glück, er konnte einen kurzen Blick auf Feris angeblich ständig kranke und nun schwangere Frau werfen. Draußen auf der Straße, im Trenchcoat bis zum Boden und mit Gummischlappen an den Füssen, natürlich mit Kopftuch. Er meinte lakonisch: „Nun so hässlich ist sie nun auch wieder nicht, jedenfalls ihr Gesicht."
Wohlmöglich wäre Alex auch gut mit ihr ausgekommen als seine Frau, er kommt ja anscheinend mit Jedem gut aus.
Doch am nächsten Tag war ich wieder allein, in meiner Wohnung, und druckte ein halbes Duzend mal folgenden Zettel:
Lust auf maximal 5 Minuten Spaß ?
Notgeiler Kurde nimmt alles was nicht
bei drei auf dem Baum ist:
Nationalität und Alter egal,
aber
Russinnen oder Polinnen und Frauen

die nicht denken können,
werden auch bevorzugt.
Tel.: 0151-123456
(bitte auf Mobilbox stöhnen)
Oder
0163-0000000
(er teilt auch mit Freunden!)
Diese brachte ich dann in Feris Straße, auch direkt gegenüber seiner Wohnung an, und an zwei Bushaltestellen in unmittelbarer Nähe. Ich nahm natürlich nur Kreppband an alle vier Seiten. Es reichte mir, wenn das ein oder zwei Leute lesen konnten, die möglicher Weise Feri kannten. Denn die Gegend wimmelte nur so von Kurden oder Türken.
Nur Hasan weihte ich ein, und er befand, dies sei Feris sozialer Tod, das müsste schon reichen. Denn ihn als türkischen Alewi hätte es vernichtet. Doch schon einen Tag später hing nur noch ein einziger Zettel an einer der beiden Bushaltestellen, zum Lesen schwarz übersprüht und unkenntlich gemacht. Also hatte sich jemand mit Sicherheit die Mühe gemacht, und die Zettel wieder entfernt.
Ich konnte nur hoffen dass dies auch gleichzeitig eine Warnung für alle anderen verlogenen Männer in der Gegend war.
Mir hatte es jedenfalls erst mal Genugtuung verschafft. Im Grunde wusste ich, dass diese Aktion nicht sehr koscher von mir gewesen war. Aber welche großartigen Möglichkeiten hatte ich denn schon? Die Dornen der Rosen. Und ich kannte auch andere Frauen die zu perfiden Methoden in der Lage waren. Eine hatte mir mal erzählt, sie hätte den Auspuff eines Kerles mit Bauschaum präpariert, eine Andere hatte auch mal

eine Flugblattaktion gestartet, und selbst Yilmaz der Gute hatte eine Geliebte nebenher gehabt, die mehrmals bei ihm privat bei seiner Familie angerufen hatte, um zu erfahren, von seiner Frau persönlich, wie er sie in eine Depression getrieben hatte.

Eine verletzte und isolierte Frau zu sein, war anscheinend kein Einzelfall. Nur Typen wie Feri finden es vollkommen normal, dass Frauen so etwas schlicht und ergreifend hinnehmen sollten. Normal von Männern verletzt zu werden. Soll das unser Verständnis von Gleichheit mitten in Europa sein? Das Männer ihr System uns aufzwingen?

Doch etwa ein Woche später erhielt ich abends Anrufe. Ich lag schon im Bett und es war sehr spät. Eine merkwürdige männliche Stimme mit angerautem Accent meldete sich: „Hallo Franzi, ich vermisse Dich, ich habe Sehnsucht nach Dir..." Ich war perplex. Wer konnte das denn sein? Wer hatte meine Nummer? Und woher kannte dieser Mensch meinen Namen? Ich legte auf, und rief sogleich Alex an, um ihn zu informieren. Doch diese Person gab nicht auf, und so versuchte ich heraus zu bekommen, was das sollte. Er fing dann sogar an Textzeilen aus meinen Emails zu zitieren, jene, die ich dereinst mal zu Mustafa gesandt hatte, und die er an wohlmöglich Fadil weitergeleitet hatte. Dieser Fremde behauptete eine Freundin hätte ihn meinen Namen und Nummer gegeben, doch eben solche derartigen Freundinnen hatte ich nicht. Er wolle mich anscheinend unbedingt kennen lernen, und sofort treffen, und ich wurde richtig genervt, so schaltete ich per Handy Alex mit in das Gespräch ein, und er beschimpfte diesen Kerl, damit er mich in Ruhe ließ. Und doch gab er immer noch nicht auf, rief mich insgesamt dreimal an. So fühlte ich mich in meiner eigenen Wohnung nicht mehr sicher.

So beschlossen wir nochmal mit Feri zu reden. Denn das was der Fremde geäußert hatte, waren Textpassagen die ich über Feri geschrieben hatte, und bei aller Dreistigkeit waren es jene gewesen, die ich am Abend nach unserer Trennung verschickt hatte. So fragte der Typ auch noch frech, ob ich wieder betrunken sei, mich in Sehnsucht und Schmerz betrunken hätte, als wenn ich ohne Mann zur Flasche nun greife!

Feri loste uns an einem darauffolgenden Sonntag auf einen Parkplatz unweit seiner Wohnung. Nun er und Alex stiegen abermals aus, und Alex nun versuchte dem Kurden zu erklären was vorgefallen war. Feri tat ernst, sagte aber er wüsste von nichts, gab sich unschuldig, und sah fast auf Alex mitleidig herab. Doch als er dann zum Gehen wieder in sein Auto stieg, sah ich kurz hinter seiner unscheinbaren Maske ein süffisantes Lächeln huschen.

Ja, das reichte mir nun Alex sollte nun ihn nochmal anrufen, und den Drucker zurück verlangen, den ich ihn dereinst über lassen hatte. Viel mehr konnte ich dem grad nicht entgegen setzen. Doch immerhin war der Drucker der Beweis, das Feri zu mindestens mich einst näher gekannt haben musste. So gern wär er ja vor aller Welt rein und sauber aus der Sache gekommen, und das immer die Frauen das Übel sind. Er wollte doch Alex glauben lassen das entweder nichts gewesen sei, er dachte wohl noch immer Alex war nicht informiert, oder ich nur alle Welt hysterisch machte. Doch sein wunderster Punkt war seine Familie und seine schwangere Frau. Dort, zu Hause, sollte sein Thron nicht ins Wanken geraten. Seine Frau schien jedenfalls noch nichts zu wissen oder nichts zu dürfen. Tja, das war auch für mich eine mächtige Hemmschwelle. Diese arme Frau, im Grunde auch ein Opfer. Sie hätte einen Rest Würde und Anstand verdient. Seine Gebärmaschine, von Feri selbst zu dieser herab gewürdigt.

Nun, wir wollten ihn dafür 3 Wochen Zeit lassen, denn auch noch zwei CDs hatte ich zu bekommen, die aber entweder zwischen zeitlich weitergegeben worden waren, oder angeblich seine Kinder zerstört hatten. Diese hatte ich ihn niemals geschenkt, sondern nur geliehen. Ach, was hatte er einst alles von mir gewollt: Bewerbungen schreiben, die Aussicht auf einen neunen Job, sein Traum von einem Haus, Küche, Geld möglicher Weise, und natürlich meinen Körper. Alles gratis. Und was hatte ich bekommen? Leid, und das Gefühl der Erniedrigung. Hatte sich das Abenteuer gelohnt? Diese Gefühlsduselei? Naiv, ich war naiv und unwissend dort hinein gestürzt, in ein völlig anderes Weltbild, Denken und Mentalität. Aber eben eine Erfahrung mehr. Es war schon interessant gewesen, aber nicht empfehlenswert. Der persönliche Preis ist zu hoch, bei aller Liebe.

Ich hatte es zu dem gewagt, mich mit den Kulturen in unserem eigenen Land auseinander zu setzen.

Mit Menschen, die sonst zwar neben uns, aber nie mit uns lebten. Geblieben war immer noch eine gewisse Verwirrtheit zu diesem Zeitpunkt. Denn repräsentierte denn Feri wirklich alles, was Kurden ausmachte? Immer noch konnte ich nicht fassen, das die Denkweise so viel anders und einfacher ist, als selbst der mir bekannten Türken. Hatte ich doch einige „normale" türkische Bekannte.

Die kurdische Gesellschaftsform hat sich jedoch seit Urzeiten nicht verändert, eine Männergesellschaft, basierend auf Stämme- Familien- und Stammesgesetzen, und nicht vereinbar mit einer Gesellschaftsform wie in der modernen Türkei (auf Atatürk Basis), oder der Bundesrepublik Deutschland.

Denn eine derart verkrustete archaische Struktur wird gerade noch verstärkt, in dem die Grundlagen und Leitlinien des Islams dazu heran gezogen werden, sich noch weiterhin einer Öffnung nach außen zu wiedersetzen. Aus der westlichen Sicht wirklich ein Missbrauch und Fehlauslegung des Glaubens, der verhindert, in eine multikulturelle und tolerante Gesellschaft der Zukunft aufzugehen. Darin liegt das Problem der islamtreuen Kurden.

Der islamistische Glaube ist im Grunde nicht aus der Türkei stammend, und die alawitische Glaubensrichtung entspricht viel mehr dem türkischen Ursprungsglauben, entsprungen aus dem Schamanismus. Daher sind Alewiten insgesamt, und auch als Kurden, viel offener und freidenkend, und ähnlich wie Christen bemüht, humanistisch (menschenfreundlich) und eigenverantwortlich zu denken und zu handeln. Alewiten beten in Gebetshäusern und nicht in Moscheen, Alewitinnen tragen kein Kopftuch. Daher können und konnten Alewiten gut mit den Reformen, die Kemal Mustafa Atatürk eingeführt hat, leben, und durch ihr demokratisches Politikverständnis sich in jeder westlichen Gesellschaft öffnen. Ein Türke sollte ein Alewit sein! Ehrgeizig und fleißig.

Doch spätestens jetzt würden alle Sunniten anfangen, mir einen Strich durch die Rechnung machen... Denn die Mehrzahl aller in Europa existierenden Moslems sind eben Sunniten, und überwiegend aus der Türkei. Doch wie verlässlich und gemäßigt sind Sunniten?

Mein alter Freund Ali, der auch hier aufgewachsen ist, spricht über seinen Glauben ähnlich wie ein Konfirmand. Er nennt den Islam eine Friedensreligion. Und so betrachtet ist es durchaus in Ordnung. Regeln müssen in jeder Gesellschaft eingehalten werden, um ein friedliches Miteinander zu garantieren. Die Gebote aller Religionen sind ähnlich, und sollten als Hilfe betrachtet werden, den Menschen dahin führen, respektvoll miteinander um zugehen. Sunniten würde ich persönlich als fröhliche, herzliche und gemütliche Menschen bezeichnen.

.

Und welcher Türke heiratet eigentlich sonst seine Cousine, bitteschön?

Um sein Handeln einen Rahmen zu geben, und um sich zu rechtfertigen. Da nützt es ihn auch nichts, wenn er nun in Westeuropa lebt. So stürzt er eben in seine Moschee, und darf sich dort auch noch anhören, es sei ja alles ganz in Ordnung so, und wenn er eben eine Zweitfrau bräuchte, könnte es ja auch ganz nützlich sein, noch mehr Kinder in die Welt zu setzen um den Islam zu stärken, und die Christen halt mal ein Wenig in der Minderheit stehen zu lassen… Umso auch noch unsere

. Doch wenn eine Frau einen Mann voller Hingabe und im vollen Bewusstsein lieben darf, kann sie auch nur ihm treu sein. Andere Männer würden dann gar nicht für sie existieren. Dann ist es ihr auch egal, wie der Mann beschaffen ist, oder ob er ein erfahrener Liebhaber ist. Doch wenn ein Mann das nicht erkennt, das wahre Fundament einer Beziehung: Vertrauen, Treue und Hingabe, bleibt einer Frau doch gar keine andere

Wahl, als eine Transferleistung auf einen anderen Mann zu erbringen, um nicht gänzlich zu erstarren, oder zum Opfer zu werden. Oder verschleiert sich freiwillig. Jedenfalls nur Sex zu machen, rein technisch, ist erbärmlich, und hat etwas von Prostitution. Solche Menschen können durchaus auch gleich ihren Körper anbieten, und verkaufen. Das ist nicht Bestandteil der christlichen Ethik.
Wenn eine Frau diesen Feri liebt, gibt es nichts Schöneres auf der Welt.
So rief eines Tages Alex den Feri nochmal an, einfach nur so um zu wissen, wie er gestrickt war, mit folgender Frage: „Ich möchte nur wissen: Hast Du Franzi geliebt?" Es entstand eine lang Pause, man hätte ein Nadel fallen hören können, bis er zur Antwort gab: „Muss ich das?"
Die richtige Antwort wäre gewesen: „Kann ich das?" Ist er dazu überhaupt in der Freiheit und in der Lage? Das war jenes was mir Mirsad stets beweisen wollte.
Bewiesen ist jedenfalls seine Scheinheiligkeit. Ein Unterschied wie er gern sein würde, doch wie er handelt und lebt, ist sehr durchwachsen. Und das Schlimmste eben für mich persönlich: Sein Frauenbild!
Es war erschreckend. Es war nicht europäisch. Es ist eine Kriegserklärung an alle westlichen Frauen! Wie gern wäre ich zu dem Zeitpunkt in den Krieg geritten, und in meinen Träumen tat ich es nun. Wenigstens dort.
Sie kommen in unser eigenes Land, ohne sich zu verändern, und wenn wir sie treffen, wollen sie uns entweder ausnutzen, oder unterwerfen. Das heißt, uns ihr System aufstülpen, um uns Frauen die Menschenrechte und Würde zu nehmen.

Alles kehrt irgendwann zurück, auch wenn es Jahre dauert oder viele Wochen später...

Damals, mit vierzehn war ich oft in der Altstadt, das heißt im türkischen Teil, und dem Markt, in Sarajevo gewesen, um sich dort umzusehen, oder sich einfach Süßigkeiten zu kaufen, mit Dattelcreme gefüllte Waffeln, zum Beispiel. Dort standen einige sehr prächtige Moscheen, ausgelegt mit sehr feinen kostbaren Gebetsteppichen. Und in der Nähe dieser, saß eines Tages eine arme Bauersfrau am Boden, und verkaufte kunstvoll umhäkelte Kopftücher. So ging sie auf die Bosniakin zu, um die Arbeit dieser guten Frau zu bewundern, die trotz ihrer rauen und abgearbeiteten Hände noch solche Kunstwerke zu Stande brachte. Die alte Dame strahlte sie sie so herzlich und freundlich an, und so kaufte sie sich ein Tuch, ein rein weißes Kopftuch mit wunderschöner Spitze, fast wie Eines für eine Braut. Und sie nahmen sich an die Hände, und sie fühlte trotz aller Grenzen und Unterschiede, das es Etwas über Alles hinaus gab, Schwestern im Herzen.

Und auch heute, über dreißig Jahre später, wagte ich mich in den Ort, in dem Feri lebt. Jetzt, in der Zeit des Krieges, in der Zeit, als er mir versuchte klar zu machen, dass dort mein Name nicht genannt wird. Und das bedeutet, ich bin eine unerwünschte Person, in meinem eigenen Land, kein Mensch, im Grunde tot. Deshalb versuchte ich nicht gesehen zu werden, mit meiner Kleberolle in der Hand, um zu meinem Auto vorzudringen. Und ausgerechnet dort, wo ich geparkt hatte, kam mir eine Gruppe von fünf einfachen türkischen Mitbürgerinnen entgegen, ich versuchte mich noch im Schatten der Bäume zu verbergen, doch es war zu spät, denn Eine von

ihnen rief mir ein freundliches „Hallo" entgegen. Und nur eine Frau ohne Anstand hätte nicht geantwortet. So versuchte ich es zuerst auf Kurmanci :„Roj bas",(eher grob, und PKK mäßig), und als die Damen sie verwirrt anschauten :„ Cawanii", das so viel bedeutet : Wie geht's, und als einige Ältere mich dann noch viel merkwürdiger anschauten…erinnerte ich mich endlich, und ich rief laut und deutlich : „Merhaba." Ja, es waren Türkinnen, keine Kurdinnen!
Und ein Wunder geschah, ein freundlicher fünfstimmiger Chor: „Merhaba", (Guten Tag) klang mir entgegen. Sie alle kamen auf mich zu, und sahen das Klebeband in meiner Hand, das ich immer noch zu verbergen versuchte…Sie nahmen trotzdem meine Hand, und ich sagte zu ihnen, zu jeder Einzelnen: „Sen adeniz ne?"(Wie ist Ihr Name?) Und sie nannten ihre Namen. Und besonders Eine hielt lange ihre Hand. Ihr Name war Güzel. „Memnum oldum, Güzel. Sen cok güzel, Güzel !" Und Güzel erwiderte: „Sen cok güzel,…." Sie neigte etwas demütig ihren Kopf, mit einem traurigen Lächeln. Sie redeten noch etwas, und später, als ich mich entfernte, ich, eine Frau der Griechen, rief ich den Frauen noch einen letzten Gruß zu : „Bu gün hava cok güzel !"(Heute ist schönes Wetter) Und ich hob glücklich meine Hände zum Himmel. „Evett, bu gün hava cok güzel." Alle winkten mir zum Abschiedsgruß zurück. Geliebte Schwestern im Herzen, nein, ich bin nicht tot. Mein Name lebt. Also, für mich selber war es wunderbar. Denn ich sagte diesen Frauen, ich sei im Grunde zu den Griechen zugehörig, doch diese herzensguten Schwestern zogen keine trennenden Mauern. Gaben mir Menschenwürde, wer hätte das gedacht!

Türkische Menschen hatten mich gefunden, am Tiefpunkt, als ich mit mir selbst haderte.

Auch ich hatte nämlich davor nochmal bei Feri Zuhause angerufen, um zu fragen, wie es seiner Frau ginge. Hatte er doch Alex auch noch vorgejammert, seine Frau hätte ihn verlassen. Doch in Wahrheit ertrug sie kaum die vierte Schwangerschaft, und musste ins Krankenhaus. Er belog Alex, bei dem Telefonat, als Alex wissen wollte, ob Feri Gefühle für mich gehabt hatte, oder mich nur hatte benutzen wollen. Mir tat sie unendlich leid, er benutzte sie demnach auch nur. Ich rief also an, und er sagte mir was das sollte, mein Name würde bei ihnen nicht existieren. Ich sei ein Nichts.

Selbst das sollte ich mir in meinem eigenen Land gefallen lassen? So druckte ich daraufhin nochmal Flugblätter mit den deutschen Grundrechten, um diese in Feris Gegend auszuhängen, und an seine Adresse zu verteilen. Er suchte daraufhin die Polizei auf, doch musste er auf eine Anzeige verzichten, da der Polizist ihm wohl dazu riet. Ich wurde lediglich darauf hingewiesen, dass ich nicht Selbstjustiz verüben dürfte. Mit der Bitte von Herrn Feri, nichts mehr zu tun, er würde ja meine Rache angeblich so sehr fürchten. Ich fand das so lächerlich. Und stellte ihn vor dem Polizisten als Heiratsschwindler dar. Nun, sollte er doch auf Grund seines Gewissens ruhig Alpträume haben.

Das war also das Ende meiner Liebe. Ein grausames Ende.

Dafür war ich sehr dankbar. Trotz allem konnte ich mich Alex anvertrauen. Und Feri eben munter weiter sich und die Seinen belügen, und natürlich immer den Frauen die Schuld, wenn es hart auf hart kommt, zuweisen. Das ist der Unterschied. Der

Unterschied zwischen Europäern und Orientalen, zwischen Griechen und Kurden. Das europäische Fundament hält auch die Wahrheit aus, und noch mehr. Es lohnt sich noch an Freiheit, Gleichheit und Brüderlichkeit zu glauben. Doch wo war das Licht für die Kurden, die nun in Europa leben? Das Licht, das Ihnen das Tor zum Frieden mit sich und der Welt und Ihresgleichen öffnet? Die Antwort kann nicht in der Religion liegen, denn das trennt sie. Die Antwort könnte in der Bildung liegen, und die Hoffnung in den Frauen.

Tochter der Phoibe

Und sie ritt' davon
der Morgenröte entgegen...

Richtung Süd-West,
den warmen Ostwind im Rücken

Ihr Körper war noch heiß von der Nacht
bedeckt mit tausend Küssen

Denn keine Schlacht ward' je verloren...
geführt durch ihre Hand

Denn sie besaß das einzig Unbesiegbare
Die Waffe einer Frau

Mon Dieu Mon coeur Ma vie
Geschrieben auf ihrem Banner

Lies sie im Winde zurück
Denn das Land war das Ihre

Teil 4.

Man sagt, so schnell schießen die Preußen nicht. Doch manchmal sind meine Gefühle so wild und stark, und kaum zu zügeln. Dann musste ich all meine Energie und Rationalität aufwenden, um einen sicheren Weg zu finden, um auf diesen bestehen zu können. Und doch kam es so zu meinen Ausbrüchen in schriftlicher Form, zu den Flugblättern. So gab ich den Feri auch unzählige Chancen und Gelegenheiten, sich, und sein Fundament zu beweisen, doch in den meisten Fällen, ging er unter. Dann weinte ich, in seiner Gegenwart, um meine Spannung abzubauen, aus Wut und Schmerz. Das blieb mir als einzige Option, um ihn nicht eigenhändig zu erwürgen. Er dachte dann stets ich weine aus Schwäche, nein, ich weinte, um mich und ihn zu beschützen. Zu beschützen, vor meiner unbändigen Energie und Kampfgeist. Ich versuchte den Ansatz, mit ihm über Werte zu sprechen, doch er kann und konnte nur seine Weltsicht begreifen, und er vermutete, dass ich nur stets über seine Werte sprach. Doch sah ich in seinen Augen, dass darin auch eine tiefe Sehnsucht schlummerte, eine Sehnsucht anders zu sein, und leben zu können. Doch all sein Bestreben wurde von einer tiefen Traurigkeit getötet. Seine Werte, die er nicht mal in der Lage war, diese mir dazulegen, die ich trotzdem selbst, von mir aus, versuchte, zu verstehen. Doch noch nicht mal diesen Schritt konnte er für mich und meine Welt tun, das zu respektieren, und das Gleiche für mich zu tun, denn nicht mal im Grundsatz schien er zu verstehen, dass er nun im Grunde geduldet war, hier, in diesem Land, und dabei war, mit seiner Mentalität, Gefühls- und Gestaltungswelt, das zu zerstören, was die Eltern und Vorfahren dereinst aufgebaut hatten.

Ich hatte ihm immer Wert gegeben, kam auf ihn zu, trotz aller Unterschiede, und behandelte ihn und die seinen wie Menschen.

Denn wenn ein Mensch nicht gelernt hat zu schenken, hat dieser auch nicht gelernt, Geschenke an zunehmen, und sich darüber zu freuen.

Und je mehr solche Menschen bekommen, desto mehr spüren sie ihre Unzulänglichkeit, und glauben ein Recht darauf zu haben, unverdient noch mehr zu bekommen. Ohne jemals geben zu müssen…Denn es geht ihnen zu gut, hier in dieser Zeit. Sonst wären sie nicht da. Und dies ist nun die schlimmste und schmerzvollste Erkenntnis.

Meine ganze Bekanntschaft mit Feri beruhte auf unzählige fatale Missverständnisse und sehr unterschiedlichen Denkmustern. Dazu kam noch die Schwierigkeit auf Augenhöhe mit jemanden zu kommunizieren, der es noch nicht einmal gelernt hat, einer Frau geistig in die Augen zu schauen, und somit war eine Kettenreaktion von möglichen Fehlern vorprogrammiert. Theoretisch müsste ich ihn nach besten Wissen und Gewissen darüber aufklären, worin ihre jeweiligen Differenzen bestanden. Jedoch schon allein dies würde von ihm als Angriff oder besten Falls als ein übersteigertes Interesse an seiner eigenen Person verstanden werden. Jedoch wäre dies nicht der Fall, sondern lediglich der Versuch, mit der Bekanntschaft neutral umgehen zu können, und zum Abschluss zu bringen, ohne mit einem schlechten Gewissen und Gefühl für die Zukunft leben zu können. Doch wie sollte er dies jemals verstehen, wo er doch im Prinzip gefangen ist, in einer

Struktur, die sich seit dem Mittelalter, seit fast tausend Jahren, nicht verändert hat?
Und das ist der Knackpunkt: Die Welt und Gesellschaft verändert sich ständig. Fronten verhärten sich, oder werden aufgelöst, damit die Menschen im Gleichgewicht zusammen leben können.
Und ich habe nun auch das persönliche Problem das Gleichgewicht wiederherstellen zu können, da ich ja nun mal auf ihn getroffen war, und es meiner Natur entsprach, Einflüsse nur mit Hilfe von guten Eindrücken zulassen zu können, um an meiner eigenen Person und Mentalität damit arbeiten und umgehen zu können. Oder anders ausgedrückt: sich der Verantwortung zu stellen, um nichts bereuen zu müssen.
Wie ein Kind, das nur beruhigt einschlafen, wenn jeder Konflikt gelöst ist...
Die Schatten zu nutzen, um das Licht zu finden. Denn nur Licht kann Schatten werfen.
Und nicht immer sollte der Klügere sich beugen oder nachgeben. Egal was es für persönliche Opfer bedeutet, wenn es um das Überleben aller Nachkommen geht.
Feri beklagt, dass er in unserer Gesellschaft nicht ausreichend Respekt und Anerkennung erfährt, oder gar nicht dazu gehört. Aber wie kann er zu einer Gesellschaft gleichrangig dazu gehören, wenn er nichts mitbringt an Verständnis und Kultur, die als weitere Bereicherung einer multikulturellen Gesellschaft dient? Nein, im Gegenteil er erhält unverdient Privilegien, die im Grunde nicht von seiner eigenen Gesellschaftsform angestrebt werden. Und ihm ist nicht klar, dass eine andere Gesellschaft, Generationen davor, dafür hart

arbeiten, sich verändern und kämpfen, mussten. Dann sich noch beklagen, ungerecht behandelt zu werden! Er hätte bevor er etwas von diesem Land erhält, erst einmal eine notwendige Bildungsgrundlage, wenigstens Sprachkenntnisse, für sich und seine Frau nachweisen müssen, doch so zieht dieses Land nicht die Guten und Starken an, sondern eher die Menschen, die in ihren Herkunftsländern auch eher schwach und erfolglos sind, oder keine Perspektive haben. Denn so gut wie hier, könnten er und die Seinen in der Osttürkei nicht bestehen. Und doch ist diese Art von Kurden hungrig nach jedem Job, den schon lange ein Deutscher oder Türke hier nicht mehr tun würde. Und das ist es, was sie hier am Leben erhält, sie unterstützen auch auf Grund mangelnder Bildung ein korruptes System von Schwarzarbeit oder Dumpinglöhnen, oft durch ihre eigenen Landsleute. Somit verkommt auch dadurch unser Land, in ein Billiglohnarbeitnehmerland. Ein trauriger Kreislauf, weil kaum einer von ihnen wirklich sich befreit oder ausbrechen kann. Oder fehlt es an Möglichkeiten? Hat dieses Land so wenig dem entgegenzusetzen? Es ist wirklich eine Frage der Mentalität, Kurde ist nicht gleich Kurde, und Mensch ist nicht gleich Mensch. Was immer Kurden trennen wird, ist nicht das Ziel, jedoch ihre inhomogenen Religionen, beziehungsweise, wie sehr der Einzelne in seinen Strukturen verhaftet bleibt. So sind mir Beispielsweise überhaupt keine alawitischen Sozialfälle bekannt. Alle Alewiten, die ich kenne, sind weltoffen und gut aufgestellt. Keiner von Ihnen ist arbeitslos, oder mittellos. Dies kann auch nur ein subjektiver Eindruck sein, jedoch lasse ich ihn mir auch häufiger von „neutralen" Türken, vielfach Sunniten, bestätigen. Wir müssen lernen, wirklich sehr separiert den einzelnen Menschen zu betrachten, um nicht einer breiten Masse von Menschen mit anatolischer Herkunft Unrecht zu tun. Ich sage hier mit Absicht anatolischer Herkunft, denn es ist eben nicht angemessen alle als Türken zu bezeichnen. Nun, aber gibt es im Islam das Individuum? Sehr schwierig. Denn Sunna bedeutet Gemeinschaft, und der Einzelne geht innerhalb der Glaubensgemeinschaft auf. Nur die Hoffnung ist, die Menschlichkeit über die Religionen siegen zu lassen. Und mal ehrlich, die Wenigsten von uns Christen gehen selbst regelmäßig zur Kirche. Und bei den gebürtigen Moslems, hier sozialisiert, sieht es ähnlich aus. Also müßig sich durch Religionsfragen separieren zu lassen.

Haben wir früher überhaupt darüber nachgedacht? Muslime in Deutschland? Was haben wir verschlafen? Oder ist es nur gesteuerte Propaganda? Verstärkt durch den 11. September in ihnen möglicher Weise Terroristen zu sehen? Mein Freund Ali, Hasan und garantiert auch nicht Ergün sind Terroristen. Fadil, der sich nicht religiös gibt, schon eher. Oder Mustafa, ein bewiesener entspannter Sozialschmarotzer. Der auch noch stolz aller Welt verkündet, unser deutsches System nicht zu unterstützen, indem er der Meinung ist, wer fleißig ist, lässt sich ausbeuten. Oder meint, nur durch illegale Methoden kann man noch Wohlstand erreichen. Deshalb, er versuchte schon immer das und sein eigenes religiöse System zu überlisten, oder er tut einfach gar nichts. Ja, solche Lebewesen tragen wir als Indikatoren mit, und die islamische Gemeinschaft auch. Menschlichkeit, vorhanden in jeglicher Religion und demokratischen Gesellschaftsform. Kostbar. Aber eine absolute Schande dies zu verraten oder auszunutzen. Keine

Frage, archaische und hierarchische Strukturen haben in einen Europa der Zukunft nichts zu suchen. Wir alle sollten freiwillig sein was wir sind. Würdig, respektvoll und friedlich.

Nun, aber mich selbst trieb ein Schafiit in meinen persönlichen Terrorismus. Aktion/Reaktion.

Das Verbrechen des NICHT VERSTANDEN WERDENS.

Außerdem ist der wichtigste Mensch immer der, welcher Dir gegenüber ist. Also behandele ihn so, wie Du auch behandelt werden möchtest. Wenn Du Deinem Gegenüber keinen Wert gibst, dann spiegelt es Dich selbst. Dann hast Du selbst keinen Wert. Und Du musst Dich nicht wundern, und von anderen zuerst etwas einfordern…Doch Dein Sinn für Gerechtigkeit ist individuell, so wie jeder Mensch individuell ist und jeder Gott. Doch warum spüren die Menschen nicht diese verbindende Energie? Die Energie des Erschaffens ist göttlich.

Es gibt keine Religion. (Oder jeder Mensch ist Eine.)

Alle Menschen zusammen sind Gott. Und jeder einzelne Mensch ist der Schöpfer seines eigenen Universums.

Es gibt über 8 Milliarden Menschen, und sie alle sind zusammen genommen: Gott.

Und trotzdem fühle ich noch, dass für mich Gott noch größer ist, ich spüre sein Wohlwollen, seinen Schutz, seine Liebe und seinen Segen.

Und wir bestimmen selbst, jeder Einzelne, was wir erschaffen… Frei

Daher muss es Raum für ein persönliches Sein geben. Auch in jeder Staatsform. Manche archaische Muslime haben Furcht und Angst vor Ihrem eigenen Allah… Sie interpretieren Furcht und Ehrfurcht falsch.

Sie glauben an der Liebe einer Frau sterben zu müssen, **durch** die Frau sterben sie, nicht für die Frau und auch nicht für ihre eigenen Nachkommen...

Es gibt noch viele Geschichten, mit Menschen, die so ähnlich oder wie Feri funktionieren, manche raffinierter, manche verbohrter. Dann gibt es keine Hoffnung und Zukunft. Manche haben nicht mal Verantwortung oder Kinder, für die sie bereit sind, ein offenes und redliches Leben zu führen, oder sich zu ändern. Feri gehört noch zu der harmlosen Sorte, im Kern gutherzig und fleißig. Aber für ihn bin ich nur noch diese Frau, eine Wahnsinnige. Männer, die einfach zu spät nach Deutschland gekommen sind, die niemals begreifen werden, was unsere Werte bedeuten. Trotzdem denke ich, dass er es schafft, wenigstens seinen Töchtern ein Schicksal in Unwissenheit und ohne Bildung zu ersparen. Denn das hatte er erkannt, Bildung ist der Schlüssel zu einer menschlichen Zukunft. Das ist nicht selbstverständlich bei Menschen, wo Menschen keine Menschenrechte haben, oder Frauen eben gar nichts. Viele die nicht so liebenswert oder freundlich sind wie Feri, denken, auch als Mann reicht es, eben nur als ein Solcher geboren zu sein.

Denn die Schuld haben immer nur die Frauen, zu erhaben sind sie verankert in altmodischen Männer Strukturen, wo sie niemals ihre dominante Position aufgegeben wollen, ja und da spielt ihnen der Islam in die Hände. Eine Frau redet nicht, nur wenn sie gefragt wird. Eine Frau macht sich unsichtbar und dient in vorrauseilenden Gehorsam. Eine Frau gibt einem Mann alles, damit er glücklich ist, sie verzichtet auf Bedürfnisse und Besitz.

Und wenn er mit der Welt nicht klarkommt, dann ist er lieber von einem weiblichen Dschinn besessen, als selbst die Ursache seiner Probleme zu sein. Ein Dschinn, der ihn nachts vergewaltigt, und besitzen will, nicht zulässt, dass er andere Frauen lieben kann. So wird Liebe interpretiert, Frauen wollen nie etwas Gutes, wenn sie nicht diesem Weltbild entsprechen. Liebe bedeutet für islamische Kurden, eine Frau beugt sich, und lässt sich ausbeuten. Und nicht liebe ist das jeweils Beste für den anderen zu wollen. Ja, es geht ihnen gut, solange sie noch Cousinen heiraten, oder Frauen finden, die ein solches Spiel mitmachen.

Ja, mal locker so 80 Stockhiebe, bzw. Steinigung, wenn sich vier fiese Zeugen finden. Das wäre die Strafe, bei Ehebruch, doch dieser wird geduldet oder in Kauf genommen. Wo lassen sich vier neutrale Beobachter eines Beischlafs finden? Er kommt davon. Eine Frau selten, denn es ist ein Leichtes ihren Ruf zu zerstören. Es reicht doch schon wenn er sie loswerden will, und behauptet, dass die Frau die Ursache ist. Sie war eben zu frei, zu unverhüllt, oder ähnliches. Sie verwechseln Sex mit Liebe. Sie sexualisieren Frauen, aber lieben nicht. Sie haben Angst uns(Anders Gläubige) zu lieben, weil es in ihren Augen sie nicht stärkt, sondern schwächt. Ihre Hoffnung auf ein besseres, glückliches Dasein verschieben sie auf später…nach ihrem irdischen Tod, um dort im Jenseits Erfüllung zu erlangen-Sie haben keine Hoffnung, denn sie gehen nicht von selbst ihren Weg…und belügen sich selbst um ihre Fehler, denn sie lernen nicht, etwas zu verändern…Doch wer nicht an sich selbst glauben kann, hat keinen Glauben…Denn das wir tun und sind, ist alles in uns selbst, und wir können nur sehen und erkennen durch uns selbst....

Diese Lebewesen entstammen häufig aus einer sogenannten Hodscha-Ehe, geschlossen unter Verwandten, und einer Heirat mit Kindern, das Mädchen oft erst 12 oder 13, und der Junge nur wenig älter etwa 14 oder 15 Jahre, und ist somit doppelt ungültig. Erstens ist eine Ehe mit Kindern verboten, und 2. auch die Ehe mit Blutverwandten, denn bei den Kindern handelt es sich um Cousin und Cousine. Und diese Kinder werden im Beisein von Anderen zum Vollzug genötigt. Nicht aus Liebe geboren, und nicht in Liebe und Respekt gewachsen, entstehen dadurch wiederum Kinder.

Reine Sexualität ist keine Liebe! Es ist zu einer Sache verkommen, und wird als Wert verkauft, wie eine Ware. Und daher, in einer Welt wo alles in Geld gemessen wird, hat verliert das Gefühl, denn Liebe ist unbezahlbar, und nur das was als Ware geeignet ist, der Körper, wird angeboten...und eine Seele zu verkaufen oder zu mieten noch oberdrein. Und die Verschiebung der Werte, in der heutigen Zeit, alles zu veräußern, was sich zu Geld machen lässt, kommt dem wieder so gefährlich nahe, den archaischen Strukturen einer reinen urzeitlichen Männer Gesellschaft.

Das hat nichts mit Religion zu tun, ist reine Stammessitte aus vorchristlicher und vorislamischer Zeit. Einer Zeit, als ein Stamm noch keine Religion hatte. Auch nach türkischem und europäischen Recht ungültig. Es ist egal, ob Eltern sich nicht mehr später lieb haben, aber Kinder sollten als Menschen respektiert werden, und mit Anstand und in Liebe entstehen, und würdig behandelt werden. Ein naturgegebenes Grundrecht.

Sonst könnten sie selbst keine gesunde Erwachsene werden. Es ist schon demütigend und verletzend genug beschnitten zu werden, als Mann, mit oftmals primitiven Methoden, und leider werden auch im Orient auch häufig Mädchen beschnitten. Es gibt Schweizer Studien darüber, das im Nordirak 60-80 % der Frauen beschnitten wurden, nur allein das signalisiert, die reine Versklavung der Frau, degradiert als Ware, Arbeitskraft der Familie und als Gebärmaschine.

Können solche Kulturen ihre Kinder nicht bilden und beschützen und pflegen?

Müssen sie gierig wie Tiere ihre Kinder missbrauchen, und zwingen? Schon im Mutterlaib versprochen.

Ich kann so etwas nicht ertragen.

So etwas hat den Untergang verdient. Keine Frau hätte sich jemals so was ausgedacht. Das ist aus einer perversen Männergesellschaft, wo Kinder missbraucht werden, und Frauen als Eigentum benutzt und versklavt werden. Der einzelne Mensch selbst keinen Wert hat. Menschen Eigentum anderer sind, und nicht in Freiheit geboren.

Manche würde sagen: „Ach, das war einmal…Aber ich selbst habe doch diese Menschen gesehen, bin doch auch auf einen von ihnen näher getroffen, wie zum Beispiel auf Feri. Zwar durfte er warten bis er 25 Jahre alt war, als er nichts ahnend seine eigene Cousine serviert bekam, und das mag daran liegen, das sie erst ihrer eigenen Familie als Arbeitskraft dienen musste, denn wohlmöglich wurde dadurch sein Brautgeld gespart. Sie ist übrigens auch 3 Jahre älter, er wurde ihr versprochen, in Abwesenheit, mit 9 Jahren, allein durch Verwandte. Er hatte es bis dahin nicht gewusst, so hatte er mir mal versichert. Und seine Mutter dachte auch noch im Guten zu handeln, um ihm eine Frau zu sichern, denn sie war eine arme Witwe. Auch heute noch ist die Türkei voll mit unverheirateten mittellosen jungen Kurden. Aufgewachsen in Familien mit unzähligen Kindern, die niemals wirklich so richtig satt wurden.

Die Würde der Menschen wird mit Füssen getreten. Im Quran das erste Gebot ist dasselbe wie in Europa:

DIE WÜRDE DES MENSCHEN IST UNVERLETZLICH: HEILIG!

GOTT schütze mich vor den Söhnen des Bösen, SATAN. Gott schütze mich vor Haiden, die den Islam missbrauchen.

Jeder der an die Hölle glaubt hat hier schon auf Erden eine.

Jeder der an den Satan glaubt, arbeitet ihm zu.

Sie haben Gottes Wort missbraucht. Gegen die staatlichen Gesetze verstoßen und gegen die Natur der Menschen gehandelt. Es gibt keine schlimmeren Verbrechen.

Das ist direkt aus der Hölle.

Dem Untergang geweiht.

Inschallah إن شاء الله

Mit nichts sonst wüsste ich nun noch meine Seele vor diesem Erkennen des Grauens zu schützen.

<u>Mylady,</u>

und wieder sehe ich Euch daniederliegen, gebadet in einem Meer aus Tränen…

Den Körper ausgestreckt am Boden,

einem Kreuze gleich –

dunkle Schatten auf das Herz geworfen

niedergedrückt
von einer fremden Schuld,
die nicht die Eigene war.
Ja, sie verdammen mich bis in den Tod.
Nur dieses Weib hat Schuld –
Dieses Weib,
das uns alle brennen lässt.
Was wollte sie?
Nicht ihren Glauben opfern!
Achtung und Respekt ?
Wofür ?
Das sie **frei** herum lief?
Herrenlos…Ehrlos…
Diese schwache Hündin
In diesem verkommenen Land
Nun, dies ist der Beweis, wohin das führt
Verderbt uns bis aufs Blut
Wollen nicht alle nur das Eine?

Oh, wie kann sie mehr erwarten…
Es ist oft so, dass ich spüre schon mal gelebt und erlebt zu haben. Wenn es das gab, ein Leben vor dem Leben, dann war meines zum Glück immer gesegnet. Ich war niemals die Dienerin eines Mannes, oder unterdrückt. Ich war zu allen Zeiten eine geliebte Frau. Wenn auch oft in Idealen und allein. Platonisch, wie man so sagen könnte. Es fanden sich immer ritterliche Herren, die sich meiner annahmen. Denn das ist es, was einer Frau zusteht, was Männer für uns überlegen macht,

eine Frau zu beschützen und zu helfen. Das ist ihre Position auf dieser Welt.
Denn nur der Sohn einer Königin, kann Frauen wie Prinzessinnen behandeln.
Doch von allein kommt nie ein Prinz angeritten. Entweder sie sind da, oder wir finden sie, wenn wir auf dieser eigenen Ebene sind. Erst wenn wir selber ganz als Frauen zu uns gefunden haben, kommen die Menschen, die zu uns passen.

Na toll, nun hatte Mirsad mich nur zurück reflektiert auf den eigenen Mann, ohne jedoch zu bedenken, warum und weshalb ich aus meinem alten Leben fortgegangen war…
Klasse, und das nicht im positiven Sinne – denn immer nach ein paar Wimpernschläge Zeit mit diesem, einem Mann, fing er an, erheblich an meiner Substanz zu nagen.
Er war wie eine Maschine, ein Motor, der durch und um sich selbst lief, es war irgendwie ein Rätsel warum und wodurch dieser Motor überhaupt angetrieben wurde…Da war nichts, er lebte in einem Vakuum mit sich selbst- und wenn er eine Bahn oder Richtung brauchte, saugte er alles an Zündungsfunken aus mir heraus, ständig musste ich ihn damit füttern, damit er angetrieben wurde – Und musste aufpassen, dass er sich nicht überhitzte und rund lief, ein Mensch wie ein Trecker… der alles niederwalzen konnte, aber auch wirklich alles, wenn das Lenkrad entglitt…
Doch gibt es immer mehrere Wahrheiten. Als ich fortlief, damals, auf einem Altstadtfest, ist es nur reiner Zufall gewesen, ausgerechnet auf Mustafa zu treffen… Es war eine Fügung des Schicksals, wie entsprungen aus einer tiefen Sehnsucht nach

Freiheit- Er war niemals der Grund oder das Mittel gewesen, zu fliehen, wohlmöglich, aber die falsche Richtung. So lief sie anstatt nach Westen noch tiefer in den Osten, Osten, die Richtung von der die Morgensonne kommt – ex oriente lux – (aus dem Osten kommt das Licht) Instinktiv... als wenn dies schon immer in ihr eingraviert gewesen war.

Doch nun stand sie wieder an dem Punkt...Wie bei Monopoly, gehen Sie direkt über Los und kassieren nochmal 300 Monopolydollar...

All' der Anfangs- und Alltagsstress war abgeklungen. Und so wurde ich schon sehnsüchtig bei meiner Arbeitsstelle zurück erwartet. Das sah ich mit einem lächelnden Auge, denn ich arbeite gern. Und so kam es, dass ich ausnahmsweise auch mal ein Wochenenddienst einlegen musste, an der Rezeption eines Hotels, denn ich musste ja für meine kleine Freiheit, mein eigenes Zuhause selber sorgen.

Ich fühlte mich stark und irgendwie befreit, nur noch mit einer gewissen innerlichen Verachtung und Wut wegen der Geschehnissen der letzten Monate behaftet. In meinen Träumen fantasierte ich von einem Waffenarsenal gegen jene für mich fremde Menschen, die in meiner Welt und in unserer aller Realität eingedrungen waren. Innerlich kämpfte ich nun damit, trotzdem noch das Gute zu suchen, auch wenn mir davon abgeraten wurde, mich weiter mit zum Beispiel den Kurden zu befassen, und doch wollte ich nicht nur wegen dem Einen ein ganzes Volk und eine ganze Kultur über die Klippe springen lassen. Ich dachte nun, es ist wie bei jedem Menschen, es gibt gute und schlechte Seiten. So konnte ich nicht aufgeben, und es so stehen lassen.

Und es holte mich dann wieder ein. Ich saß also an meiner Rezeption, ausnahmsweise an einem Sonntag, und dann stand wieder einer vor mir, und wollte ein Zimmer bei uns für ein oder zwei Tage mieten. Er war nicht besonders groß, eher schmächtig, in Badelatschen und mit einem riesigen Rucksack. Und ich musste seine Personalien aufnehmen. Es kam nicht so oft vor, das in unserem Hotel so einfach Leute aus dem Irak eincheckten. Während ich nun alles für das Zimmer vorbereitete und schrieb, bot ich ihm an, es sich erst mal gemütlich zu machen und ein Kaffee zu trinken. Er beobachtete mich dabei, und ich war total freundlich und charmant, denn das war auch mein Kapital welches der Hoteldirektor so sehr an mir schätzte, meine natürliche Freundlichkeit. Ich sagte also: „Hm Irak, ah ja…, aber Sie sind Deutscher?" „Ja, ich bin Deutscher, aber war auch wieder eine Zeitlang, zwei Jahre, im Irak gewesen, daher habe ich nun hier noch keine Wohnung." „Dann wird Ihnen das Zimmer hier bei uns auch nicht viel nützen." Und er meinte: „Ja, es ist schwierig eine Wohnung zu finden." „Wie kommt es, dass Sie wieder in Deutschland sind?" „Ich bin Kurde", sagte er, „Sorani". „Kurde?", wiederholte ich, und zog erstaunt meine Augenbrauen nach oben…"Interessant."

Leider konnte ich ihm nur eines unserer weniger guten Zimmer anbieten, ganz unter dem Dach, nur mit Toilette und Dusche auf Etage, und das zu einem nicht ganz so günstigen Preis. Wir waren fast ausgebucht. Wie all unsere Gäste begleitet ich ihn nach oben, und musste dabei noch erwähnen, das Heiß Getränke bei uns jeder Zeit allen Gästen zu freien Verfügung zustanden. Er war erst mal versorgt, und ich ging wieder nach unten. Ganz nach unten, in den Keller, um dort die Handtücher für unser Hotel zu waschen und zusammen zu legen. Mir war schon aufgefallen, dass er mich eigenartig angesehen hatte. Ich begann zu grübeln. Oben an der Rezeption schaute ich nochmal in unserem Reservierungsbuch nach, ob in den nächsten Tagen noch ein günstigeres Zimmer frei wurde. Im Grunde war nicht viel zu machen. Ich hatte ihm ein Doppelzimmer geben müssen. Er hätte für ein Einzelzimmer etwas weniger bezahlen müssen. Doch für heute konnte ich nichts mehr tun. Trotzdem ging ich hoch, um ihn mitzuteilen, dass er erst in einigen Tagen möglicher Weise umziehen könnte um Geld zu sparen.

Doch er war nicht bei seinem Zimmer, sondern in der Dusche. Es war mir total peinlich. Jedoch trotzdem wollte er zum Verhandeln später nochmal bei mir vorbei schauen.

Und tatsächlich kam er. Ich bat ihn noch kurz zu warten, bis ich Pause machen konnte, und wir gingen in den Hinterhof, um zu reden. Dort hatten wir für unsere Gäste eine Rauchersitzecke, und auch ich konnte mich dort bewaffnet mit Telefon und den Schlüsseln etwa eine Zigarettenlänge dort aufhalten. Ja, ich weiß, meine Neugier kann fatal sein. Eine Balkanmacke von mir. So drückte ich ihm noch einen von unseren Hoteläpfeln in die Hand, und ich begann ihm von unseren Zimmern zu erzählen. Vergaß aber auch nicht zu fragen was er beruflich so täte. Er meinte, dass er bis vor kurzem als Fensterputzer selbstständig gewesen war. Das kam mir reichlich merkwürdig vor. Das Geschäft liefe nicht so gut, und auch seine alte Wohnung hätte er aufgeben müssen, seine Sachen alle verkauft, weil er dann zurück für einige Zeit in den Irak zu seiner Mutter gegangen war. Oh je. Der alte Trick. Sei mysteriös, und werde damit interessant. Das wendete er bei mir an. Sarkastisch sagte ich: „Sie haben mir noch in meiner Sammlung gefehlt." Doch nun, hatte ich grade keine Zeit mehr, denn ich musste ja bis zum Abend weiterarbeiten. Er fragte wann ich Feierabend hätte, und um dann sich noch gern mit mir weiter zu unterhalten. „Ok. Warten Sie bis kurz nach 18.00 Uhr draußen vor dem Hotelportal."

Das tat er auch. Nachdem ich fertig war, das ganze Hotel abgesichert hatte, nahm ich mein Fahrrad aus dem Hinterhof, und er stand da, mit frischem Hemd, und roch als wenn er eine ganze Flasche Aftershave hatte auf sich niederregnen lassen. Mir war das etwas peinlich. Ich hatte einen Arbeitstag hinter mir, war total verschwitzt und fühlte mich alles andere als frisch. Und noch nie hatte ich privat mit unseren Hotelgästen zu tun gehabt. Ich schob mein Fahrrad, und wusste wenn wir den Weg durch den Park nehmen würden, gab es auch dort eine Gelegenheit zum Reden. Er lief fröhlich wie ein Hündchen neben mir her, quer durch den Park, und vergaß auch nicht anzufügen, dass er Hunde mochte. Hm, dachte ich, wieso erwähnte er das mit den Hunden….erinnerte mich an Feris Angst vor Hunden. Auf halber Strecke parkte ich ihn vor einem Ausflugslokal, und bat ihn dort auf mich eine viertel Stunde zu warten, denn natürlich wollte ich mich auch erst frisch machen, aber ihn keinen Fall mit zu mir bis nach Hause nehmen. Er war im Grunde auch nicht so mein optischer Typ, Solarium nachgebräunt und irgendwie zu sehr gestylt, das einen etwas künstlichen Eindruck hinterließ. Nett zwar, und total freundlich mit einer fröhlichen Ausstrahlung, aber eben auch nicht ganz offen. Ich spürte, irgendetwas blieb mir verborgen. Und er schaute total unsicher und besorgt, als ich ihn bat, dort auf mich zu warten. Als wenn er befürchtete, dass ich nicht mehr kommen würde. Aber so bin ich nicht. Und was machte es mir schon aus, mal nach Feierabend das Wetter zu genießen, und in Gesellschaft ein Bier zu trinken. In meiner Wohnung wechselte ich meine Berufskleidung in etwas Legeres, und fuhr mit dem Fahrrad zurück zum Lokal. Er stand noch genauso da, wie ich ihn verlassen hatte. Er hatte einen merkwürdigen Gang, zwar total sportlich aber auch etwas O-Beinig, Ergün hätte gesagt, wie ein Cowboy, und mein Sohn: Schwul. Aber egal. Was interessiert mich das. Im Grunde ist es mir egal, wie Menschen ticken. Wir besorgten uns jeder ein Hefeweizen, und ich bezahlte mein Bier selbst. Erst mal wollte ich entspannen und draußen chillen. Und das tat ich auch. Er bemühte sich mit mir auf einer Wellenlänge zu sein, ging auf mich ein, nahm sich selbst sehr zurück, und blieb stets respektvoll. Später, als es dunkel wurde, erlaubte ich ihn mich bis nach Hause zu begleiten, und ich versäumte nicht dabei by the way zu erwähnen, wie sehr es mich ärgerte, das immer irgendwelche Leute in unser Land kämen, um nur unser Sozial System auszubeuten, und sich zu vermehren. „Ja, da hast Du recht", meinte er, und wir waren schon beim Du angelangt.

So, nun wusste er ja schon wo ich wohnte. Wir verabschiedeten uns, und ich meinte noch, das ich nur noch am darauffolgenden Tag Dienst hätte, und ich ihn dann wenn er am Dienstag abreisen würde, er mich nicht mehr im Hotel antreffen würde. Aber wenn er keine Lösung wusste, beziehungsweise nicht wüsste wo er dann bleiben könnte, erlaubte ich ihn nochmal mit mir zu reden, damit wir zusammen noch mal überlegen können. Irgendwie erinnerte mich seine Situation an meine eigenen Auslandsreisen, wo man zwar gern in einer Stadt war, aber auch sich erst einmal orientieren musste.

Am nächsten Tag holte er mich wieder von der Arbeit ab. Und diesmal gingen wir direkt zu mir. Ich führte ihn in den Garten, denn ich mochte es nicht unbedingt jemanden sofort in meine Wohnung zu lassen. Er hatte wirklich einen merkwürdigen Namen, denn schon am Tag zuvor an der Rezeption hatte er gemeint, sein Name war von den deutschen Behörden falsch übernommen wurden. Also ich kürzte die ganze Sache ab, und nannte ihn schmunzelnd: Sue. (aus dem Amerikanischen) Aber als Susi gemeint. Sue saß nun also in meinem Garten und berichtete, das er demnächst die Aussicht hätte als Pizzabote zu arbeiten, und das war ja schon mal was. Denn ohne Arbeit keine Wohnung und ohne Wohnung keine Arbeit. Und zur Feier des Tages wollte er nun unbedingt für uns beide eine Pizza bestellen. Bis diese dann geliefert wurde, redeten wir so über das Liebling Thema aller Menschen, Beziehungen und Liebe. Er sagte ganz frei heraus, er sei Single. Ich fragte nach seiner großen Liebe im Leben, denn er war ja schließlich schon 38 Jahre, und ich wusste dies durch seinen Personalausweis beim Einchecken im Hotel, doch er gab sich gern jünger aus, so um die 32. Na ja, dachte ich, man ist immer so alt wie man sich fühlt. Doch sein Körper log nicht, er zeigte schon deutlich Anzeichen eines doch älteren Mannes, besonderes sein Haar. Deshalb kam es mir ungewöhnlich vor, dass er so gar keine Frau im Leben hatte. Und man sagt auch, wenn ein Mann bis 35 nichts erschaffen hat, wird er später auch es nicht mehr zu etwas bringen. Er sagte er hätte bislang zwei Beziehungen gehabt, die eine erwähnte er kaum, doch bei der anderen ging er näher darauf ein. Dabei wirkte er traurig. Oh. Er wusste genau was er mir erzählen musste! Er sagte seine große Liebe sei die zu einem türkischen Mädchen gewesen, und ich fiel vom Glauben ab. Er ein irakischer Kurde, wie kam er zu einer Türkin!? Ich schaute sehr erstaunt, und meinte in meiner Jugend wäre das quasi undenkbar gewesen. Er gab es zu ja, ein Kurde sei für eine normale türkische Familie schon sehr schlimm, und umso schlimmer mit einem so wie ihm. Ich fragte noch wie er überhaupt sie jemals hätte kennen lernen können, und er meinte, das sei über die Vermittlung von Bekannten ja kein Problem. Aber es hätte eben doch nicht geklappt, denn sie hätte dann doch lieber freiwillig einen Türken geheiratet, der besser zu ihrer Familie passen würde, und sie sei nun Mutter. Acht Jahre hätte die heimliche Beziehung gedauert, und manchmal würde er sie eben noch anrufen. Doch das sei auch damals der Grund gewesen, das er sich entschlossen hatte, wieder zurück nach Bagdad zu seiner großen Familie zu gehen. Dort sei es sehr schön, unter all seinen Verwandten, und seine Familie sei sehr angesehen. Sei älterer Bruder sei Ingenieur, und lebte in England mit seiner britischen Frau, und sie hätten beide eine kleine Tochter. Er ist eben nicht so strebsam in der Schule gewesen, er würde lieber Fußball spielen, und wäre gern Profi geworden. Das war auch der erste Grund damals gewesen, das er sich einst als junger Mann entschlossen hatte, nach Deutschland zu kommen. Und nun sei er eben zurück, er sagte es so, als wenn erst mal sein gebrochenes Herz hätte heilen müssen. Ach, und ich erzählte meine alte Geschichte mit Mustafa…Er machte sich lustig, und sagte melodramatisch: „Oh Mustafa Georges Clooney, ich verbrenne mich für Dich!" Meine trockene Antwort darauf war: „Selbst wenn ich es täte, würde er es nicht mal bemerken!" „Ja", sagte er, „ich mag keine Türken, die sind so arrogant."

Es wurde nun schon etwas dunkel draußen, und wir warteten immer noch auf die Pizza. Plötzlich biss mich etwas in meine linke Wade, was immer es war, ich wischte es mit der Hand fort. Endlich kam dann doch die Pizza Salami, aber ich wollte für mich nichts davon. Ich vergaß auch nicht zu erwähnen, dass ich nicht so die große Pizza Esserin war, und sich in der Salami auch Schweinefleisch befinden würde. Mich wunderte schon einiger Maßen, dass er angeblich als Sunnit alles essen würde. Nun ich jedenfalls mag aus anderen Gründen kein Schweinefleisch, nicht aus religiösen, und wenn es generell um Fleisch ging, war ich sehr wählerisch. Wenn ich schon Fleisch esse, rein aus gesundheitlichen Gründen, um meinen Eisenbedarf zu decken, dann doch bitte nur sehr hochwertiges rotes Fleisch, überwiegend Rind. Er wunderte sich noch etwas über mich, dass ich so nett und offen bereit war, mit ihm zu reden, und ich meinte, nun, ich habe nichts zu verbergen. Außerdem war ich schon in vielen Ländern gewesen, hätte Gastfreundschaft kennen gelernt, und bis jetzt hatte noch niemand mir etwas Böses oder mit Hintergedanken von mir gewollt. Er sagte dazu es sei doch aber häufig so billig wie manche Männer Frauen behandeln würden…

Nun, mein Bein fing jetzt an richtig zu schmerzen, und anzuschwellen. Ich musste hinein, um es zu untersuchen, und um es zu kühlen. Aus Höflichkeit nahm ich Sue mit in mein

Wohnzimmer, und verschwand im Bad um mir kalte und nasse Tücher zu holen. Während ich mich um meine Wade kümmerte, fragte ich ihn über Fußball aus, und ob er auch Sportverletzungen kennen würde. Na klar konnte er mir darüber so Einiges erzählen. Das er sogar eine Art Zauberheiler in seiner Heimat kannte, der mit ungewöhnlichen Methoden Sportlern half. Ich wickelte mein Bein so gut es ging ein. Denn auch ich glaube schon allein Zuwendung hilft. Doch er setzte sich dann neben mich, legte sein Arm auf meine Schulter und nahm mich auf seinen Schoss, und streichelte meinen Rücken. Er sagte, ich müsse nicht traurig sein, wegen Mustafa und so, ich hätte ja schon viel erreicht, und dadurch das ich Kinder habe, brauche ich auch nicht traurig sein, und alt zu werden, und niemanden mehr zu haben um in den Arm nehmen zu können. Eines Tages hätte ich ja dann auch bestimmt Enkelkinder zum lieb haben. In diesem Moment versteifte ich mich. Wie kam er bloß darauf? Ich fühlte mich nicht so alt, um schon Enkelkinder zu haben, und meine Kinder dachten auch nicht bestimmt daran. Schon wieder fiel mir Feri ein, der ja bald wieder Vater werden würde. Ich rückte von ihm ab. „Du bist ja auch nicht viel jünger als ich, und hast Du ja noch nicht einmal Kinder!", sagte ich zu ihm. „Hm, doch ich werde haben", sagte er. Seine Antwort klang so entschlossen, und so geplant.
Also, für mich wurde es spät, und ich wollte langsam schlafen. Da ich wusste, dass er auch zurzeit nicht wusste wohin er gehen sollte, schmiss ich ihn nicht hinaus. Ich dachte es sei schon in Ordnung so. Ich dachte es war ja auch lieb von ihm gemeint, das er mich trösten wollte. Er hatte schon versucht mit

unseren Liebesgeschichten eine Ebene mit mir aufzubauen. Wir hörten auch noch etwas Musik, und ich quetschte ihn über seine Sprache, dem Sorani, aus. Er sollte mir Freiheit, Gleichheit und Brüderlichkeit auf Sorani schreiben. Er schrieb aber auch: „Es geht nichts über eine Frau der Griechen", freiwillig. Denn er sagte, Griechen sind die besten Menschen der Welt.

ba murtamortahi bejim, hamoui oarku choi, bra cassim
afreteek yunani le hamou schoenek

So machte ich mich dann doch bettfertig, und als ich soweit war, kam er zu mir, und legte sich neben mich. Wir kuschelten etwas, doch als er mehr wollte, sprang ich weinend auf, und rannte völlig konfus hinaus. Ich ging erst einmal ins Bad, um mich zu sammeln. Ich war noch gar nicht bereit, mit einem Mann irgendetwas zu tun. Es machte mir schlichtweg Angst. Nach einiger Zeit kam ich zurück, um mich zu entschuldigen. Er war auch überhaupt nicht erfreut über mein Verhalten gewesen, das ich so wie entsetzt davon gerannt war. Gut, ich blieb noch kurz bei ihm, doch ich fand aber neben ihm überhaupt keinen Schlaf. So machte ich es mir für den Rest der Nacht auf meinem Wohnzimmer Sofa gemütlich, und überließ ihn mein Bett. Als ich hinausging, fragte er noch ob ich nun glücklich sei, und ich antwortete: „Sehr glücklich, danke wirklich."

Doch richtig gut geschlafen hatte ich in dieser Nacht nicht. Trotzdem machte ich morgens ein Frühstück für uns beide, und es war schön, man konnte richtig gut mit ihm frühstücken. Wir verabschieden uns, und er sagte er wolle die nächsten Tage noch versuchen bei einem Freund zu übernachten. Wer auch immer das war, ich fragte nicht weiter nach. Jedenfalls ich hatte einige Tage frei und fuhr in mein Dorf. Und an dem Tag, an dem ich wieder arbeiten musste, bot ich ihm an zum Abendessen vorbei zu schauen. Denn ich fand es schön, Gesellschaft dabei zu haben. Und an dem betreffenden Abend bereitete ich auch schon alles vor, und war schon fertig, als er sich telefonisch meldete, und sagte, dass er etwas später käme. Er fragte, was er uns zum Essen mitbringen sollte, denn er wollte noch nicht einmal, das ich etwas kochte oder briet, sondern er wollte für uns beide etwas mitbringen, fertig zubereitet, aus der Stadt. Doch ich sagte zu ihm, alles sei schon fertig, er bräuchte nur zu kommen, und so kam er recht rasch, mit einem Fahrrad, anscheinend direkt aus der Stadt. Er stand dann wieder vor meiner Tür, und ich meinte scherzhaft: „ Na bist Du wie immer eine Viertelstunde zu spät?" Er grinste mich nur jungenhaft an, und kam ganz locker herein. Ich hatte uns Steaks mit Beilagen zubereitet, und wir aßen gemütlich und langsam in meiner Küche. Er wollte unbedingt mir dann beim Aufräumen helfen, doch das fand ich unnötig, und ließ das nicht zu, meinte ich zu ihm: „Lass mal, die Küche ist mein Resort." Er mochte es zwar nicht, so etwas entmündigt zu werden, aber nun jeder hat seine eigene Auffassung von Ehre, und nun ich bin eben eine etwas altmodische Frau und Gastgeberin. So duschte er am Ende dieses Tages in meinem Bad, und kam dann zu mir ins Wohnzimmer. Er fragte nun direkt, ob er bei mir ein paar Tage bleiben könnte, denn er hätte so einiges an Papieren in der Stadt zu erledigen, unter anderen etwas mit einem Anwalt zu klären, und so weiter. Und da ich ja auch die nächsten Tage hier zum Arbeiten da war, und sich in meiner Wohnung auch nicht etwas wirklich Wertvolles befand, willigte ich ein. Es wurde ein schöner gemütlicher Abend, wir unterhielten uns gut, tranken etwas Wein, ich zu mindestens, denn er bevorzugte Limonade, und er brachte mich liebevoll zu Bett. Er hatte ganz genau bemerkt, was mir guttat, und was ich zulassen konnte. Doch diesmal hatte ich schon vorher seinen Schlafplatz im Wohnzimmer auf dem Sofa bereitet, denn ich hatte ja festgestellt, nicht neben ihn schlafen zu können. Darin harmonierten wir eben nicht. Ich mochte es auch warm und sonnig am Morgen und mit Musik, und er eher sehr dunkel und kalt. So war mein Wohnzimmersofa für ihn optimal, und die dortigen Vorhänge. Am nächsten Morgen tranken wir wieder zusammen am Frühstückstisch Kaffee, und unsere Bekanntschaft fing an, sich vertraut anzufühlen. Er hatte nur eine gewisse Traurigkeit in sich, und ich merkte, es war ihm nicht besonders angenehm, so auf meine Gastfreundschaft angewiesen zu sein. Irgendwie verletzte diese Abhängigkeit seinen Stolz. Er fragte noch einmal nach, ob es so in Ordnung sei, und ich versuchte seine Bedenken auszuräumen, ich sagte, er solle sich keine Gedanken machen, und erst mal für sich sorgen, seine Probleme mit den Behörden, der Arbeit und der Wohnungssuche lösen. Ich konnte ihn nicht einfach auf die Straße jagen, es war für mich undenkbar. Denn er gab sich auch sehr gepflegt und sehr gebildet, modern. Er kam aus einem modernen Teil des Iraks. Es fiel ihm wirklich etwas schwer, als 38 jähriger Mann aus einer sogenannten Machokultur, bei einer etwas naiven deutschen Dorfhausfrau zu überleben, doch er hatte mir auch von seiner Mutter und der Familie daheim erzählt, und von seinen echten Gefühlen. Und ich fand es auch irgendwie verlockend, abends nach der Arbeit zu jemandem nach Hause zu kommen. Denn noch war es für mich irgendwie schwer und ungewohnt, so ganz allein zu leben. Als wir uns verabschiedeten, gab ich ihm einen eigenen Schlüssel, und umarmte diesen kleinen Haufen Mensch liebevoll wie eine Schwester. Er war als Mann wirklich nicht mein Traumtyp, aber eben irgendwie auch interessant und freundlich. Sue blieb ein paar Tage noch da, räumte auf, oder bereitete sogar Abendessen für mich, wenn ich von der Arbeit kam. Er war ein im Grunde recht verträglicher Mensch, wir kuschelten beim Fernsehen, machten im Wohnzimmer Gymnastik zusammen, und erzählten uns alles war wir am Tag so erlebt hatten. Doch nach eben einigen Tagen beschloss er erst mal nach Darmstadt zu reisen, denn dort hatte er noch eine Schwester und deren Familie. Ich wünschte ihm alles Gute, für die Reise, und wir behielten unsere Handynummern.

Er war nicht mal einen Tag fort, als ich auf meinem Handy Anrufe entdeckte. Ich fiel aus allen Wolken, denn es war Mustafas Nummer. Mustafa, der nie ein Guthaben hatte, der niemals sich einfach so melden würde! Von dem ich monatelang rein gar nichts gehört hatte, hatte versucht mich mehrmals zu erreichen! Ich spürte, es konnte nur von großer Dringlichkeit sein. Mustafa mein Anti-Hayatim…Sofort rief ich Ihn an. Er meldet sich: „Du hast es bestimmt schon gehört, oder?" „Nein, was denn?" „Na, das Dein Mann Ergün(für Mustafa war ich für immer die Frau von Ergün) im Sterben liegt!" „Wie bitte!!!" Ich musste mich erst mal setzen. „Musti, wo bist Du? Du musst mit mir in Ruhe reden! Nein, ich weiß rein gar nichts! Wo auch immer du bist, ich komme!" „Ja, mi

Amor, Du weißt doch wo Du mich findest, bin doch immer an der Hauptstraße, irgendwo... „Okay ich komme zu Dir, und Du erzählst mir alles in Ruhe. Und Mustafa, und Danke!"
Sofort fuhr ich los, in die Kleinstadt, um Mustafa zu suchen. Zuerst suchte ich ihn in einem türkischen Wettbüro, doch man sagte mir, er sei nur noch sehr selten dort. Ich rief ihn also nochmal an. Er war in der Innenstadt, in der Fußgängerzone. Wir verabredeten uns an einem Parkplatz hinter der örtlichen Feuerwehr. Er war auch sofort da, und er setzte sich neben mir ins Auto. Dann sagte er: „Du, ich weiß auch nicht Alles, nur Gerüchte. Doch Ergün ist wohl zusammengebrochen, Gehirnschlag, und liegt im Koma. Man nimmt an, das er es vermutlich nicht schaffen wird."
Ich war wie vom Donner gerührt! Er, der große Meister, der Sportler, der Krieger schlechthin...Ich konnte es mir einfach nicht vorstellen, dass er mich so allein zurücklassen konnte. Es war für mich undenkbar, dass er nicht mehr da sein konnte. Undenkbar, ein weiteres Dasein ohne ihn. Es konnte und durfte nicht sein. Ich kämpfte um jede Minute in der Wirklichkeit, um Stärke zu fühlen, und diese zu Ergün zu senden.
„Weißt du was, Musti, wir suchen ihn auch. Dann wissen wir Näheres." Wir fuhren gemeinsam los, in das örtliche Krankenhaus. Noch draußen, bevor wir das Gebäude betraten, bat ich Mustafa zu übernehmen. Unterwegs hatte er noch versucht mich zum Lachen zu bringen, und mir Komödien Witze erzählt. Das war seine Art für mich da zu sein, mich zum Lachen zu bringen, mich zu trösten. „O.k., Mustafa, Du bist jetzt mein Mann. Braucht ja keiner wissen..., Du weißt schon, sollen sie doch alle denken was sie wollen, die Welt."

Er machte seine Sache vollkommen gut. Doch erst einmal informierte ich Alex wo ich war, und versuchte ihn anzurufen. Vor dem Eingang stand eine Frau mit zwei Kindern und redete mit einem Arzt. Noch von Weitem meinte Mustafa: „Die arme Frau wird gerade darüber aufgeklärt, das der Vater der Kinder nicht der Vater sein kann." Oh so ist er, mein Mustafa! Ich musste grinsen. Er ging mit mir zur Information, er fragte, und wir kämpften uns bis zur Intensivstation vor. Dort wurden wir durch verschiedene Stahltüren hindurch gelassen, bis wir von einer Krankenschwester Auskunft erhielten. Sie wollte natürlich wissen wer wir sind, ja, was sagten wir nun, wohl schlecht: Ergüns Ur-Ex-Freundin samt Geliebten, was aber der Sache ziemlich nahe kam. Wir beschränkten uns darauf, Freunde von Ergün zu sein, die ihm nahe standen. Ich denke Mustafa machte das Ganze auf Grund seiner türkischen Neugier mit, und aber auch weil er mich vermisst hatte, bestimmt. Leider war Ergün nicht mehr dort, denn seine Angehörigen hatten ihn in eine Spezialklinik verlegen lassen. Doch nun wussten wir wenigstens wie ernst es um ihn stand, und das er noch lebte! Wir gingen zum Auto zurück, und ich überlegte, nun das Haus von Ergün Eltern aufzusuchen...Aber dort fanden wir niemanden vor. Egal, dachte ich, heute können wir nichts mehr tun. Wir fuhren zur Tankstelle, und ich tankte. Mustafa derweil bediente sich im Tankstellenshop, suchte sich etwas zu trinken und natürlich Schokoriegel aus, und klar setzte er das einfach mit auf meine Rechnung. So, dachte ich, wenn ich Dich schon mal wieder am Wickel habe...

Kaum waren wir im Auto, fuhr ich los. „Musti, eigentlich habe ich heute noch eine Verabredung, die ich nun entschuldigen muss, also quasi absagen. Du kann ruhig kurz mitkommen."
So nahm ich direkten Kurs auf Feris Dorf. Das musste ich nun mal geklärt haben, inwieweit die Beiden sich kannten, waren es doch für mich zu viele Ungereimtheiten in den letzten Monaten gewesen.
Ich parkte also direkt vor seinem Haus, gegenüber, unter Bäumen, und hatte Glück. Er war im Garten und bewässerte Terrassenpflanzen. Ich sagte zu Mustafa: „Du komm kurz mal mit raus." Und das tat er gern, denn er bemängelte immer meinen zu flotten Fahrstil. Der schaffte ihn regelrecht. Kaum erblickte mich Feri von weitem, lief er wie von einer Tarantel gestochen auf mich zu, und wollte mich am liebsten erwürgen. War mir in dem Moment aber relativ egal, denn ich hielt Sicherheitsabstand. Ich war nun schon wieder am Parkplatz, doch Feri und Mustafa standen sich nun gegenüber. Und das war genau meine Absicht gewesen. Endlich wollte ich doch noch mehr darüber erfahren, ob es einen Zusammenhang zwischen ihnen beiden gab.
„Eh voila Feri, das ist Mustafa", warf ich ihm zu. Feri schaute zu Mustafa, mindestens fünf Sekunden lang: „Isch kenne ihn nicht!", rief er aufgebracht. Mustafa blieb ganz locker und ruhig. „Nein, den kenne ich auch nicht", sagte er auch ganz gelassen. „Ok, das war es. Komm Mustafa, alles in Ordnung, wir können gehen." Wir ließen Feri wie einen begossenen Pudel stehen. Und Mustafa folgte mir mit entspannten Schritten. Oh, dafür liebe ich ihn. Er kann so cool, so

selbstsicher, sein. „Franzi, was hast Du denn schon wieder mit den Kurden gemacht?", fragte er mich tadelnd.

„Och em, ich wollte nur mal war klären. Wir beide haben dann doch heute schon wieder sehr viel erledigt, und das war mir auch wichtig gerade eben. Komm mit zu mir, ich koch Dir was."

Wir fuhren zum Einkaufen.

Ja, dafür war Mustafa immer zu haben: gratis essen. Unterwegs verlor ich kein Wort mehr über Feri. Nur war ich dann aber doch noch etwas am Grübeln. Gut, Feri hatte in der Beziehung nicht gelogen. Er kannte Mustafa wirklich anscheinend nicht.

Aber Mustafa und ich hatten auch ein anderes Thema, nämlich Ergün. Wie das alles hatte nur geschehen können, und mögliche Ursachen. Ja, uns war klar, gute Ernährung ist Alles. Also spekulierten wir beiden wie so oft über Ernährung. Auch ein gemeinsames Lieblingsthema von uns. So gingen wir mal wieder vorher gesund einkaufen, bevor wir gemeinsam was kochten. Mit niemand auf der Welt hätte ich jetzt lieber meine Zeit verbracht. Ich behandelte Mustafa wie ein Herr und er mich wie eine Dame, und es gibt nichts Schöneres für mich als einen Gast zu haben, der genießen konnte, und mit so viel Appetit aß.

Mustafa ließ mich immer so sein wie ich bin. Er brachte mich zum Lachen, er wärmte mein Herz und regte meinen Geist an. Und immer gab er mir das Gefühl wirklich gern mit mir Zeit zu verbringen. Doch er hat eben auch zwei Seiten, oder Drei.

Ich kann mich ganz einfach bei ihm fallen lassen, mich an ihn schmiegen, und werde gehalten. Nur leider muss er auch immer wieder zurück. Denn noch immer wird er von Allen als

meine größte Sünde gesehen, mein größter Fehler im Leben. Und natürlich brachte ich ihn noch vor Einbruch der Dunkelheit zurück, dahin wo ich ihn aufgelesen hatte. Mein Haarkamm fiel heraus, als er mich zum Abschied küsste. Wir küssten uns so vertraut, so als wenn wir uns nie wirklich trennen würden. „Bis bald mein Lieber, ich melde mich, wenn ich etwas Neues höre." „Ja, mi Amor, tu das", sagte er zum Abschied, und winkte mir noch einen letzten Gruß zu.
Es ist mir auch relativ egal, wie andere mit ihren Frauen und Männern umgehen, jedenfalls wir behandeln uns immer so wie noch am ersten Tag, neugierig, liebevoll und respektvoll, und werden wenn wir einander brauchen, füreinander da sein, und uns freiwillig helfen, nicht mit äußerlichen Dingen, jedoch mit unserem Wesen. Einzigartig und kostbar. Denn Mensch ist nicht gleich Mensch, zu lieben bedeutet, jeden Einzelnen so zu erkennen, wie Gott ihn gemeint hat. Das Leben verändert sich, auch die Umstände, doch wir sind uns und den Unseren treu bis an das Ende unserer Tage. Und das bedeutet nicht, nur weil das Leben und die Welt es uns nicht ermöglicht, unsere Wege gemeinsam zu gehen, dass wir uns deshalb hassen oder verachten müssen. Denn niemand kann ein anderes Leben besitzen, außer das Eigene. So ist es, und so ist immer der wichtigste Mensch derjenige, der Dir gegenüber sitzt. Denn Verrat wäre, anders zu fühlen oder zu handeln, nur weil andere über uns Macht haben, uns besitzen, kaufen, oder unsere Gefühle ausnutzen wollen. Es wäre Verrat an uns selbst und die Menschlichkeit. Und das ist unsere Position, wir sind Menschen, und keine Götter, und Menschen machen Fehler

und sind eben nicht vollkommen. Wir sind immer noch Brüder und Schwestern in dieser Zeit und zwischen den Welten.

Ich startete einen letzten Versuch, es Feri zu erklären, und schrieb ihm eine SMS. Denn irgendwie war mir klar, dass er so Vieles nicht begriff. So schrieb ich: „Mein Abi liegt im Sterben, und wir, auch Mustafa, lieben uns alle." Der Feri war bestimmt total verwundert, dass Mustafa bei mir sein konnte, und mir sogar bis zu ihm gefolgt war.

Feri hatte nichts begriffen. Denn einige Tage später traf er vor einem Supermarkt auf Mustafa, und ging sogar auf ihm zu: „As-salamu alaykum." „Wa alaikum assalaam, " erwiderte Mustafa. Für mich steht Mustafa, der Sunnit, in der moslemischen Hierarchie über Feri, dem Safi, und er hat es locker drauf in diesem Bereich zu glänzen. Denn ein wahrer Moslem schadet niemand, mit Worten, Taten oder Händen. „Ist diese Frau jetzt verrückt geworden?", fragte er Mustafa. „Nein, sie ist ganz normal, ein ganz normaler Mensch. Wir sind alle ganz normale Menschen", sagte Mustafa zu Feri. „Ja aber sie liebt Disch!", sagte Feri, und ließ einen glücklich lächelnden Mustafa zurück.

Und Mustafa konnte nicht anders, diese Begebenheit musste er mir bei unseren nächsten Wiedersehen berichten. Ja Mustafa, der mir immer beweisen wollte, dass jeder Kurde Lichtjahre von ihm entfernt ist im Denken.

Doch Mustafas Beziehung zu mir, begann ihn auch zu verändern, und auch sein Leben.

Denn mittlerweile hatte ich Ergün gefunden. Und als ich mal wieder mich in der Kleinstadt aufhielt, und meinem sogenannten Hayatim in seiner Lieblingsdönerbude entdeckte, riskierte ich es mich in aller Öffentlichkeit mit einem Tee zu ihm zu setzen.

So saß ich also mal wieder neben ihm, draußen an der frischen Luft, vor dem Geschäft. Rings um uns herum fuhr der Verkehr der Kreisstadt, und jeder konnte uns sehen. Wenn wir so dort sitzen, denkt wirklich jeder dass wir irgendwie zusammen gehören. Es ist immer so, wir strahlen gemeinsam eine vertraute, offene und freundliche Harmonie aus. Besonders ältere Frauen bitten um unsere Hilfe, fragen nach dem Weg, oder heute sollten wir draußen auf einen Hund aufpassen, während sein Frauchen drinnen einkaufte. Mustafa war auch nicht gerade wirklich begeistert von irgendwelchen Haustieren, er mochte keine haarigen Wesen. Aber ich habe damit kein Problem, gab dem Hund etwas Wasser in einer Blechschüssel, und stellte diese auf den Boden. „Keine Sorge Mustafa, der ist ein ganz lieber Hund, der frisst Dich schon nicht auf." „Nein mich nicht, aber der will Dich, denn Du schmeckst lecker." „Mustafa, normale deutsche Haustiere sind absolut harmlos! Also reiße Dich zusammen, und ein paar Minuten wirst Du ja wohl die Gegenwart des Hundes ertragen."

Es ist schon wirklich auffallend, das manche türkischstämmige Mitbürger absolut gegen Haustiere sind. Feri ja auch, und ich kannte auch noch andere… Hm, also hat das jetzt was mit der Kultur zu tun, oder der Religion, ich weiß es nicht. Sie behaupten einfach Tiere haben Haare, stinken und sind dreckig oder unkontrollierbar. Also Tieren wird allgemein keinen Wert gegeben, nicht so wie bei uns Deutschen, es gibt ja einen regelrechten Kult um unsere persönlichen Tiere. Nun aber passte ich freudig auf diesen Hund auf, und genoss auch ein wenig wie Mustafa zu dem Tier Distanz hielt.

Denn möchte Frau sich in Zukunft einen Feri oder Mustafa vom Leib halten, braucht sie nur einen cleveren Köter. Nichts anderes würde sie abschrecken, keine Familie und kein Ehemann.

In der einen Hand hielt ich mein Teeglas und in der anderen die Hundeleine. Ach, es ist herrlich so unbefangen draußen zu sitzen. Doch heute hatte ich nicht so viel Zeit wie sonst, um mit Mustafa den Tag zu verbringen. Die Gelegenheit hatte sich ganz spontan ergeben, und ich wollte ihn im Grunde nur von Ergün erzählen.

Es hatte ihn wirklich schwer erwischt, und er schwebte in Lebensgefahr. Seine Familie hatte mir erlaubt ihn zu sehen, denn er lag im künstlichen Koma. Man wusste nicht, was geschehen würde wenn man in etwa eine Woche die Geräte ausschalten würde. Man sagte mir ich sollte mit dem Schlimmsten rechnen, und Abschied nehmen. Doch das konnte ich nicht, ich konnte ihn nicht gehen lassen, ich stand an seinem Bett, und wusste seine linke Seite war gelähmt, doch gerade die streichelte ich, wärmte seinen Arm und flüsterte ihm zu: „Fühlst Du mich? Ich bin bei Dir, Du schläfst nur, und träumst einen Traum, ruh Dich nur aus." Für mich lag er nur so da, friedlich und ruhig. Und ich dachte, ja, das ist also nun der Mann den ich einst geliebt hatte. Ein Teil meines eigenen Lebens. Irgendwann bat mich das Pflegepersonal hinauszugehen, da er gebettet, regelmäßig gelagert und gepflegt werden musste. Erst draußen im Wartebereich, liefen mir Tränen an den Wangen herab. Nein, meine Hoffnung konnte ich noch nicht gehen lassen. Nach Verabschiedung fühlte es sich nicht an, undenkbar. So rief ich später noch seine Mutter an, und bat nach all der langen Zeit zu ihr zu kommen. Sie erlaubte es mir. Das war eine große Ehre für mich. Und zeigt einmal mehr die Großherzigkeit dieser Frau.

Mustafa meinte auch, das er sehr hoffte Ergün eines Tages so wie immer wieder zu sehen. Er meinte es sehr gut. Nach etwa einer Stunde verabschiedeten wir uns, und es ist schon erstaunlich, er nahm mich eher väterlich in den Arm und hielt besonders lange meine Hand, bevor ich mich gehen musste. Es war schon schlimm mit uns, ein Tabubruch, wir beide zusammen, am helllichten Tag vor Augen aller möglichen Griechen und Türken. Denn das untere Ende der Straße war quasi türkisch, und das obere Ende eher griechisch besetzt. Und ich nun, die Deutsche, dazwischen.

Etwa zwei Wochen später meldete sich Sue wieder. Er hatte mir auch regelmäßig SMS geschickt, stets sehr freundlich, und wie sehr er sich freute mich bald wieder zu sehen. Um Geld zu sparen, hatte er es dann doch geschafft, eine private Mitfahrgelegenheit zu finden, und wollte dann zu direkt zu mir kommen. Es dauerte länger als erhofft, und es wurde schon dunkel, an einem Sonntag. So besorgte ich für uns beide vorher noch Lamacun, und er war froh etwas zu essen zu bekommen, und erst mal ein Dach über den Kopf.

Doch am nächsten Morgen fuhr ich wieder in mein Dorf, da ich einige Tage frei hatte und nicht arbeiten musste, und vertraute ihn so ein paar Tage meine Wohnung an. Ich wusste nicht genau was sich Sue von mir erhofft hatte. Sah es am Anfang fast so aus wie eine Art neuer Beziehung. Feri war nun für mich weitgehend Geschichte, in mir schwellte zwar noch eine gewisse Wut, und um diese abzureagieren hatte ich mir ein Gasfeuerzeug in der Größe einer italienischen Barretta gekauft, eines Mafiarevolvers. Und immer wenn die Erinnerung kam, sah ich nur die Barretta an, und dachte: Ich kann, aber muss nicht.

Erst mal war ich auch mit Sue nebenbei beschäftigt. Mirsad hatte sich auch zurück genommen, und wusste von den neusten Ereignissen nichts. Mit Sicherheit hätte er Sue nicht gutgeheißen, genauso wie es Mustafa nicht tat. Doch Mustafa nahm eh die Sache nicht ernst, und wollte das ich endlich mir nicht mehr die Mühe machte, mich mit Kurden zu beschäftigen, oder über Beziehungen nach zu denken. Er bot mir an, mich eher mit seinen Interessen zu beschäftigen, die ultimativen Wetten heraus zu filtern, um Gewinne zu erzielen, oder mich mit anderen weltwirtschaftlichen Skandalen zu beschäftigen. Doch ich sagte nur dazu: „Du hast mir doch selbst gesagt, man müsste mal ins wilde Kurdistan reisen, und darüber berichten, so tat ich das doch gedanklich." Ich tat es auch für Ergün, denn er fühlte seine Ehre von Fadil verletzt, und wollte Beweise, dass es geplante Zusammenhänge gab. Und so war mir eben auch Sue von Anfang an nicht geheuer. Kam er doch aus dem Irak, und ausgerechnet dort hatte sich Fadil 20 Jahre aufgehalten, und alle waren Kurden: Fadil, Feri und Sue. Und alle drei hatten Informationen über mich erhalten. Mustafa hatte sein Wissen von und über mich weitergeleitet. Fadil hatte dann Feri instruiert. Von Mustafa war nicht mehr viel darüber zu erfahren, nur seinen Plan mit mir und einem Bruder von Fadil in die Karibik zu reisen, um dort zu chillen und seine Familie dort kennen zu lernen. Mir bedeutete seine Wunschvorstellung nicht so viel, und um ihn zu trösten lieh ich ihm 500 Euro.

Sue brauchte noch wochenlang meine Hilfe. Und er litt ziemlich darunter. Hatte er doch auch versucht alle Register bei mir zu ziehen, damit ich gut von ihm dachte, oder wie gesagt, hatte er wochenlang versucht mich in eine Art Beziehung zu ihm stehen zu lassen. Doch ich war wohl nicht die Frau die er erwartet hatte. Nicht die materiell orientierte oder gar sexsüchtige Person, die kein Angebot ausschlug. Je miserabler er sich fühlte, desto sanfter war ich. Nein, er konnte nichts für mich tun. Manchmal sah ich ihn an, und meinte: „Du kannst ja nicht mal türkisch!" Ich wusste, er verabscheute Türken. Doch für mich waren diese Menschen und ihre Kultur eben näher und vertrauter. Bagdad war so weit von mir entfernt, und hatte nichts mit mir und Europa zu tun. Auch leugnete er Englisch zu können, doch ich hatte mich informiert, und wusste dass dies die zweite Amtssprache im Irak war. Somit war klar, Sue log. Einmal hörten wir zusammen ein Lied von Queen auf Englisch, und Sue hatte Tränen in den Augen.

Love of my life…you've hurt me, you've broken my heart and you leave me…

Mittler Weile ahnte ich, dass er der von Feri gesendete „Ersatzmann" war. Er hatte versucht sich mir als Sexualpartner anzubieten, in der Zeit wo er bei mir lebte, denn so gründlich hatte Feri mich missverstanden, und ihn auch ein völlig falsches Bild von mir vermittelt. Er hatte den einen Satz von mir missverstanden, wie so vieles. Den Satz den ich nur gesagt hatte, damit er mich nicht weiter quälen konnte: „Dann bin ich halt eine Hure, glaub doch was Du willst, und wenn Du jemand kennst..." Es ist wirklich so, dass einige kurdische Männer wirklich nur zwei Arten von Frauen kennen: Huren oder Ehefrauen. Und für Feri war ich eben nur „bisschen" verheiratet gewesen.

Klar redeten Sue und ich auch über unsere Vorlieben, und er fand zum Beispiel Tattoos und Piercings sexy. Was ich jedoch als Körperverletzung abtat. Oder auf Teufel komm raus blond zu sein. Hallo, das mag ein Schönheitsideal im Orient sein, doch ist bei uns nicht relevant.

Sexualität ohne Gefühl und Zuneigung hat keine Bedeutung, und ist im Grunde reine Zeitverschwendung, denn es hält uns davon ab, uns und unser Leben zu verändern. Und zwar so zu verändern, dass wir glücklich und zufrieden werden können, und wirkliche Partner zu finden, die zu uns passen.

Sue schwanke zwischen Depression und Schuldgefühlen, und je netter ich zu ihm war, je sanfter, desto mehr wuchs seine eigene Frustration. Zwar hatte er mittlerweile einen Job als Pizzafahrer gefunden, aber mit der Wohnungssuche klappte es nicht so recht. Er verachtete sich teilweise selbst dafür, bei mir zu sein, und auch seine sogenannten Freunde schoben ihn nun ab zu mir, denn er hatte noch mehrmals den Versuch gestartet, bei ihnen unter zu kommen. Auch das ich nichts von ihm wollte, nicht mal Geld, wunderte ihn sehr, und er fühlte sich selbst als Freund für mich wertlos.

Und eines Abends kam er so spät nach Hause, und als ich nach ihm sah, und sagte das ich mir Sorgen gemacht habe, ist er regelrecht ausgerastet, sprang auf und würgte und schlug mich.

Dabei sagte er: „Ich scheiß' auf Deinen Gott." Ja, und viele Anhänger der PKK, geben sich den Atheismus hin.
Dann, am nächsten Morgen, packte er seine Sachen, und wollte verschwinden. Davor bat ich ihn sich noch kurz zu setzen, und machte einen letzten Versuch mit ihm Klartext zu sprechen: „Ich weiß das Du zu mir geschickt worden bist!" Und berichtete ihm über die Zusammenhänge mit Feri. Und das sich wohlmöglich seine Informationen überschnitten hatten, und er nur von den Satz wusste, aber nicht was danach geschah. Und das er bei mir angerufen hatte, und nicht lockergelassen hatte, damals am Telefon. Das leugnete er. Doch nur eines sagte er dazu: „Und Du wolltest nicht." Nein ich hatte ihn nicht, und auch niemand anderes gewollt. Dass ich ihm trotzdem half, verstand er überhaupt nicht. Doch ich gebe zu, es fühlte für mich es so an, als wenn ich eine kurdische Geisel hatte. Einen ausgewachsen Mann, und möglicher Weise einen erprobten Kämpfer des Widerstandes. Es gab mir eine gewisse Genugtuung, dass er auf mich anscheinend angewiesen war. Einer ganz normalen Frau. Und hinderte mich an weiteren Rachegefühlen Feri gegenüber.
Er hatte mich doch ziemlich stark gewürgt, doch ich konnte mich niemanden aus meiner Familie anvertrauen, und ging somit Ergün in seiner Rehaklinik besuchen.
Denn Ergün hatte es mittlerweile doch geschafft, und endlich war aus dem Koma aufgewacht, und auf dem Weg zur Besserung. Ich war so dankbar dafür. Auf den Weg zu ihm, dachte ich, nun fahre ich zu meinem Bruder und vertraue mich ihm an. Nirgend wo sonst hätte ich hingekonnt, mit diesem gefährlichen Geheimnis. Als ich zu ihm kam, sah Ergün sich

als Video den Planet der Affen an, und meinte, auch Fadil hätte Affenaugen. Er meinte damit, dass Kurden sich in Gegensatz zu Türken einfach nicht weiterentwickelt haben. Auch ich kann dies bestätigen, denn auf der Beziehungsebene zwischen Mann und Frau, Kurden es gar nicht kennen, eine Position zu Frauen anstreben zu können, die frei ist von Abhängigkeit, Vorteilsnahme oder Besitzdenken. So etwas wie eine Seelenverwandtschaft und Freiheit in der Liebe, und eine Partnerschaft auf Augenhöhe sind wohl nur Errungenschaften der westlichen Welt. Türkische Mitbürger allerdings schaffen es durchaus auf Grund von ähnlicher Bildung und Offenheit in der Kultur durchaus gute und glückliche Beziehungen zu führen, auch mit deutschen oder anderen Mitbürgern. Denn nun hatte ich ja auch zu beiden Seiten meine Erfahrungen gesammelt, und wurde ja selbst als reine Sex Partnerin von der kurdischen Seite missverstanden, dies bewies ja die Gegenwart von Sue.

Ich berichtete Ergün alles, was sich zu der Zeit in meinem Leben abspielte. Dann schob ich ihn mit seinen Rollstuhl nach draußen in den früher Herbst, und bei jeder Krankenpflegerin rief er: „Ich habe jetzt eine Schwester!" Und mir sagte er, dass er sich immer eine Schwester gewünscht hatte.

So versuchte ich meine Gedanken auch mit Hilfe von Ergün zu ordnen, und Frieden zu finden, denn dafür benötigt man nur wirkliche Freunde, die einen so annehmen wie man ist, und man sich jeweils so auf der Ebene des Anderen abholt, um sich nahe sein zu können.

Und irgendwann war mir nun klar, dass es abzusehen war, das Sue wieder aus meinem Leben ging. Doch ich hätte mir einen besseren Abschluss gewünscht. Es war aber nicht mehr viel zu retten.

Er melde sich am nächsten Tag. Ich schaute ungläubig auf mein Handy, denn er fragte mich, per SMS, welche Pizza ich mir wünschen würde. Noch einmal war ich bereit mit ihm zu reden. Denn ich stelle mich immer, auch wenn mir klar ist, dass es hoffnungslos sein könnte.

Und tatsächlich kam er scheinbar reumütig mit einer riesengroßen Pizza zu mir. Er fiel mir förmlich zu Füssen, und flehte um Vergebung. Und ich sagte ihm auf den Kopf zu, dass ich von seiner Absicht wüsste, wieder zurück zu mir kommen zu können. Ja, er bestätigte diese Tatsache, und das es ihm unendlich leid täte.

Ein paar Tage später fand er dann endlich eine Wohnung, und ich füllte mit ihm zusammen den Vertrag samt einer Bürgschaft aus. Denn er musste endlich von mir gehen, er war nicht weiter tragbar für mich. Als er dann endlich endgültig meine Wohnung verließ, fragte er mich: „Was wünscht Du dir am Meisten?" Er dachte bestimmt an irgendetwas Materiellem, woran ich mich erfreuen könnte, doch meine Antwort lautete schlicht: „Frieden."

Dann versuchte er mir wenigstens zu sagen, ich sei eine nette sanfte Dame, und er würde bestimmt es nie vergessen und nie wieder jemanden wie mich kennen lernen. Doch auch das wollte ich nicht annehmen. Für mich waren seine Worte so etwas wie jemanden in eine Schublade zu stecken. Viel zu oberflächlich und einseitig. Er fragte sich selbst und mich warum ich es tat und ihm half, und ich antwortete: „ Ich tue das für Deine Mutter. Ich bin selber Mutter, und Du bist ihr Sohn.

Ich möchte dass keine Frau der Welt sich um ihre Söhne sorgen muss. Denn was ihr mir antut, tut ihr allen Frauen an. " Manchmal rief er: „Ich bin doch nicht Dein Mann." Und ich sagte: „Es tut mir leid, denn ich habe es nicht anders gelernt, als Dich wie einen Mann und Menschen zu behandeln."

Und hundertmal fragte ich ihn: „Bin ich für Euch Kurden überhaupt ein Mensch?"
Bis heute klingt mir das Ja zu schwach in den Ohren

Später fand ich noch fünfzig Euro, die er da gelassen hatte.
Einmal sah ich noch wieder, es war kurz vor Weihnachten, und ich hatte grade einen schweren Autounfall hinter mir, glaubte schon fast, dass es ein Attentat der PKK auf mich war. Denn wie gesagt, auf Grund von falschen Mutmaßungen und Missverständnissen, ist er mir vermittelt worden. Auf Grund, von dem was Kurden über mich wussten. Nicht die yesidischen Kurden, die kannte ich zu dem Zeitpunkt noch nicht näher. Er wollte eine sanfte Trennung in Freundschaft, und bat mich niemals hinter ihm hinterher zu forschen. Er hatte Gefühle für mich entwickelt, und wollte mich in seinem Herzen als freundliche und sanfte Dame aufbewahren. Aber nun das konnte ich nicht zulassen oder so hinnehmen, denn er war von seiner Seite nicht aufrichtig genug zu mir gewesen. Denn wie kann ich ein Wort von jemanden akzeptieren, der sich unter falschen Voraussetzungen in mein Leben geschlichen hatte? Ich musste mehr über ihn erfahren. Doch genau das musste ich noch tun, denn ich hatte für seine Wohnung für ihn gebürgt. Ob

er wollte oder nicht, egal wie er dann über mich denken und reagieren sollte.

Nun dieser Sue hatte mich in einigen Dingen belogen. Er war kein Single. Er war irgendwie in einer devoten Position zu einer Frau, die auch irgendwelche Papiere von ihm hatte, und nicht wissen durfte wo er die Zeit bei mir und mit mir verbracht hatte. Ich denke mal, er war ein Transsexueller. Des Weiteren fand ich seine große Liebe, die Türkin, die acht Jahre seine Freundin gewesen ist. Sie wurde von ihm in Stich gelassen, und zwangsverheiratet. Und nun als er eben mitbekam, das ich es wusste, war ich auf einmal auch nur noch eine Schlampe für ihn. Weil ja nicht gehorsam, tja Frauen haben Schuld. Gut war ich nur, als ich gegeben habe. Also doch noch altes Denkmuster.

Er war schon eine zerbrochene Seele. Triebgesteuert. Sexsüchtig. Auf einer Internetplattform fand ich seine Opfer. Es war so verletzend und bitter.

Ebenfalls fand ich einen anderen Iraker, der sein Freund war, aber ihm trotzdem nicht half. Dieser war ein Journalist aus Bagdad, der mir auch anbot, seine Geliebte sein zu können. Doch ich wollte nur Wissen und noch mehr Informationen. Mutig stellte ich mich ihm, grade noch rechtzeitig, das Sue nicht ahnen konnte, was ich tat. Aber so konnte ich wirklich sehen, was man über mich dachte. Diese Menschen können nur den Wert geben, den sie selbst erfahren haben. Es sind verfolgte Menschen, Asylanten.

Feri hatte mich also wirklich versucht zu vermitteln.

Nun Ergün geht es mittlerweile besser, er ist jetzt bei seiner Familie, und gibt mir noch sehr viel brüderliche Liebe, Rat und Wärme.

Wenn es Mustafas ursprünglicher Plan gewesen sein sollte, mir und meiner Familie zu schaden, ist das für ihn nach hinten losgegangen. Seine russische Gefährtin hat ihn nun rausgeschmissen, er steht wie immer vor dem Nichts, aber jobbt dann und wann. Er träumt immer noch von der Karibik. Mehr hat er nicht, nur noch seine Träume. Keine Frau nimmt sich ihm noch jemals an. Auch ich nicht. Denn alles was man anderen zufügt, kommt dann umso schlimmer zu Einem selbst zurück. Er fürchtet sich allein alt zu werden. Daher macht es auch keinen Sinn zu hassen. Er hat sich auch von einigen Freunden getrennt, auch von den Bruder von Fadil, mit dem er so oft Zeit verbrachte, und diesem wahrscheinlich alles von mir weitergeleitet hatte. Er sagte, er hätte nun dessen Dummheit erkannt. Und er kann nur Menschen mit einer Intelligenz wertschätzen. Auch seine Familie interessiert ihn nicht mehr, da sie sich auch nicht mehr für ihn interessieren. Doch ich weiß, Erdal, sein kleiner Bruder, hatte bis zuletzt um ihn gekämpft. Erdal war Ergüns kleinster Schüler gewesen. Denn in einem verdeckten Chat mindestens hatte auch er mit mir geschrieben. Wollte wie ich das Licht finden, und die Wahrheit.

Nun auch Katja und Fadil sind nicht mehr verheiratet, es war wie gesagt von seiner Seite aus eine Zweckehe, und vielleicht hat auch mein kurzer Kontakt zu Katja etwas bewirkt.

Ich war nun allein. Desillusionierter als jemals zuvor in meinem Leben. Geplagt von Verschwörungstheorien gegen mich und unserer Gesellschaft.

Doch es kommt auf uns an. Immer auf das Individuum.

In diesem Zustand schrieb ich Einen an:
Dialog meines ersten Chats vor 30 Monaten:

"Hallo, wer bist Du denn? Der sich so lasziv auf dem Kissen räkelt?"

Antwort: "Und wer bist Du? Die polnische Wanderhure? Niemand redet so hier!"

"Nun aber ich rede so. Dann sag mir wie man hier redet:"
Der Beginn einer wunderbaren Freundschaft. Und das Ende.

Es war ein kleiner Yezide, der mir zuhörte und glaubte. Der mich jahrelang begleitete, schriftlich. Den ich nun wirklich kenne, all' seine Stärken und Schwächen, und sein Herz. Ein kleiner Mensch, wie aus einer alten Zeit, doch mit großen Träumen. Ein Junge, der im Grunde mehr Mann ist, als irgendein Hakan oder Feri, und viele Geschichten kennt, und von der wahren Liebe träumt.
Nun auch er legt in unserer Gesellschaft keine große Karriere hin, aber er ist einzigartig und kostbar, weil er ein Inseldasein führt, das macht ihn selten. Er öffnete mir die Tür.

Und dann alle Yesiden, die meinen Namen nicht sterben ließen.
Die versuchten mir nicht das Gefühl von Einsamkeit zu geben, sondern mich heilen zu wollen. Aber auch sich heilen wollten. Denn ich konnte nicht aufhören das Gute zu suchen, nicht aufhören zu lieben. Nicht aufhören, leben zu wollen.
Ich liebe mein Leben...denn ich habe Alles bis zum Anschlag gelebt...Alles
Wir wollten voneinander lernen, wie wir sind, und was wir sind. Es gibt nichts, was ich mehr verachte als Feigheit vor dem Feind, denn wir Selbst sind unsere wahren und einzigen Gegner.

Yesiden werden fälschlicher Weise von einigen Türken Teufels- oder Feueranbeter genannt. Doch nicht alle denken so, besonders die islamische Richtung der Alewiten nicht. Von Ihnen bekam ich einfach oft die Aussage zu hören: „Die Ezidi sind doch lieb!"
Yesiden lieben das Licht, die Sonne, beten gern still für sich am frühen Morgen, wenn sich die Sonne zeigt, und sind einfach Sonnenkinder. In Wahrheit glauben sie an Engel, an etwa 7, zum Beispiel an Trausi Melek, dargestellt in der Gestalt eines Pfauenengels, und tragen ihre Gebote, ähnlich denen der Christen, im Herzen, oft nur durch mündliche Überlieferung gelehrt. Es gibt keine Bibel für Jeden. Und Engel kommen eben von Gott, in unserer christlichen Religion.
Somit stammen viele Grundlagen der späteren Religionen, auch die des Islams, aus dem Yesidentum. Als

bemerkenswerter Unterschied könnte man erwähnen, dass der Mensch Kurdi an einem Mittwoch zur Erde kam, und so dürfen sich an diesem Tag nur Bedürftige waschen. Und gegessen wird im Grunde auch so ziemlich Alles, nur Salat aus Mosul nicht, da er als Versteck von Trausi Melek vor Feinden diente. Und im Frühjahr, um Ostern herum, gibt es rotgefärbte Eier. Oder es kann auch mal 3 Tage oder mehr Tage im Jahr gefastet werden. Manche Kurden, die zwar keine Yesiden sind, und zum Islam zwangskonvertieren mussten, behaupten, dass Yesiden kein Schweinefleisch essen, genau wie Moslems, aber das stimmt so nicht, wenn sie keines essen, dann deshalb, weil sie aus Gebieten stammen, wo es eben keine Schweine gab.

Das ist insoweit heutzutage dramatisch, da das Yesidentum dem Islam zum Opfer gefallen ist, und es zu Wenige gibt, um eine ausreichende Auswahl an potenziellen gesunden Ehepartnern zu gewährleisten, um den Fortbestand dieses Volkes zu sichern, da der Genpool zudem langsam aber sicher degeneriert, und was dadurch viele Erbkrankheiten zur Folge hat. Irgendwann sind alle Yesiden eben miteinander verwandt.

In Deutschland leben etwa 60 000 Yesiden, die als Flüchtlinge überwiegend aus der Osttürkei in unser Land kamen. Insoweit ist es trotzdem verständlich, das Yesiden ihresgleichen ehelichen, denn auch ich wurde durch meine christliche Familie dazu angehalten, bei der Wahl meines künftigen Ehepartners darauf zu achten. Es geht einfach auch um die Nachkommen, um die Erziehung der Kinder, dass sich beide Elternteile einig sind, und um den Erhalt der eigenen Kultur und Traditionen. Nur mit dem Unterschied, das die Auswahl der Ehepartner unter Christen oder Moslems deutlich größer ist.

Zudem sollten idealer Weise Yesiden auch noch innerhalb ihrer Kaste den Bund des Lebens schließen, somit gab es oft auch von den Familien arrangierte Ehen, und leider auch im weiteren Verwandtenkreis, denn bei der geringen Anzahl der hier lebenden Familien kennen diese sich natürlich untereinander. Nun aber den Damen wird freie Hand gelassen, bei der Auswahl, hier in Deutschland. Also von Zwangsehen kann man nicht sprechen. Interessant ist, dass bei der Vermählung die Braut vom Bräutigam mit einen Apfel beworfen wird, damit sie ihm fügsam ist. Nun vielleicht hat das etwas mit dem Apfel zutun, den Eva dem Adam im Paradies gab, und eben nun die Yesiden verhindern wollen, das sie den Apfel einer Schlange annimmt.

Es sind mir drei Kasten bekannt, am häufigsten trifft man auf die Miridkaste. Es gibt aber auch wegen dem drohenden Genozid Absprachen, dass auch Ehen kastenübergreifend möglich sind.

Heute würde ich Yeziden als Urkurden bezeichnen. Mit Sicherheit entstammen die meisten Kurden von den Yesiden ab, jedoch sind nicht alle Yesiden Kurden. Mit einer Religion die über 4000 Jahre alt ist, und ähnlich wie bei den indischen Hindus in Kasten gliedert ist. Es sind quasi die Ureinwohner des heutigen Anatoliens in der Osttürkei, die dortigen Yesiden gehören überwiegend der Miridkaste an, und man könnte sagen der Bauernkaste, und in weiteren angrenzenden Ländern gibt es noch zum Beispiel die Pir- und eine übergeordnete Sexcskaste. (Scheich-, gesprochen) Es gibt eine einzige Kirche, und diese befindet sich heute auf irakischem Boden. Jeder Yeside ist gehalten, diese auch mal im Laufe seines Lebens aufzusuchen. Frauen haben früher eine leicht übergeordnete Position in der Gesellschaft des Yezidentums gehabt, da sie schließlich die Bewohner dieser Erde zur Welt bringen. In der heutigen Zeit hat sich das leicht gewandelt, trotzdem werden die meisten Entscheidungen in der Familie gemeinsam getroffen. So wird es für normal betrachtet, dass heranwachsende junge Männer sich überall draußen frei bewegen, und es aber von den Mädels lieber gern gesehen wird, wenn sie sich eher im schützenden häuslichen Bereich der Familie einbringen. Die Ursache liegt an dem veränderten Umfeld der Ursprungskultur. Trotzdem sind yesidische Frauen heute gleichermaßen ausgebildet, oder berufstätig in unserer modernen Gesellschaft. Die Schwierigkeiten innerhalb der Familien, Scheidungen, und so weiter, die sich in unserer gesamten Gesellschaft wiederspiegeln, sind dieselben. Männliche Yesiden werden auf jeden Fall mit irakischem Wasser getauft, immer in der Folge von ungeraden Monaten. Etwa im Dritten oder siebten Monat, und ich habe mal gehört, dass auch Haarlocken dann genommen werden. Nun, ich muss mich viel auf Hörensagen berufen, da die Bücher der Yesiden verschollen sind, aber es gibt ein schwarzes und goldenes Buch der Yesiden. Eines befindet sich in London. Es ist einmal im Jahr nur bestimmten Personen erlaubt, darin zu lesen. Auch es gibt typische yesidische Vornamen, und daran kann man manchmal unterscheiden, welcher Kurde Moslem oder Yesidi ist.

Es gibt bestimmt etwa 8-9 kurdische Stämme. Und auch einige Kurden sprechen andere Dialekte, zum Beispiel das Irak.

Sorani oder das Zentraltürkische Saza, und gerade dort haben sich auch dereinst nordische Kelten angesiedelt.

Somit sind nicht alle Kurden Türken oder gar Moslems. Es verbindet sie immer noch eine andere Sprache, die kurdische Hochsprache Kurmandschi. Kurmandschi ist eine indogermanische Sprache. Die Grammatik oder einzelne Worte klingen für mich dem Französischen nahe. Doch die letzte europäische indogermanische Sprache ist Griechisch, und wie weit das ehemalige Reich von Alexander den Großen war, zeigt uns die griechische Geschichte. Erwähnenswert finde ich auch das Yesiden sich Arie (die Reinen) nennen. Hatte dieses Wort doch für meine deutschen Ohren einen durch den Nationalsozialismus geprägten negativen Klang, trotzdem wurde ich oft in dieser heutigen Zeit, was mich etwas amüsierte, von Yesiden und Kurden gefragt, ob ich auch eine Arie bin.

Sagen wir es so, ich bin eine deutsche Mischarie, und habe mit großer Wahrscheinlichkeit das Blut der alten Goten, eines Germanenstammes, welcher auch eine eigene Sprache und Religion in vorchristlicher Zeit hatte, und sich das Volk des Lichtes nannte. Allerdings gibt es ein Urgroßvater der väterlicheren Linie, ein Kosake. Und das Wort Kosake heißt im türkischen nichts anderes als: Freier Krieger. So sind wir im Grunde doch alle schon wieder verwandt, und wenn auch nur im Bereich der Sagen und Mythen oder Religionen. Die kurdische Kultur hat eine reiche Sagen- und Mythenwelt, und möglicher Weise auch Hollywood inspiriert; mir fällt Krieg der Sterne ein: „Yediritter".

Nun, das Yesidentum ist somit schlichtweg eine sehr alte Ursprungsreligion. Nichts Gefährliches oder Böses. Es ist im Grunde eine Religion, die sehr nah an der Natur angelegt ist, und niemand mehr von uns kann dorthin noch konvertieren, denn die Yesiden sind der Meinung, dass man sie nur erhalten kann, und noch sollte, wenn man als ein Solcher geboren wird, denn sie ist schon über 4000 Jahre alt. Somit respektieren selbstverständlich alle Yesiden auch unsere Meinung und Glauben. Ein Kernsatz lautet: „Gott schütze alle 72 Völker und zu Letzt uns!"

Und mal ehrlich, wer von uns kommt denn nicht auch in eine Stimmung zu Beten oder zu Meditieren bei einem Sonnenaufgang? Wenn man das Privileg hat, einen solchen zu sehen. Hm, ich schon, auch als ständig reformierte Christin. Und ja....siehe den Satz der Yesiden, sie glauben an Gott. Nicht an irgendeinen Einen, sondern an den Gott, der Schöpfer von Himmel und Erde.Und bitte erwähnt nicht das Wort vom Schlechten, vom Anti Christen, in Gegenwart eines Yesiden, denn ein Yeside möchte nur das Gute sehen, und positiv denken. Und missachtet nicht die Mutter Erde, die uns Allen das Leben schenkt, denn es tut ihnen(und uns allen) in der Seele weh, wenn darauf gespuckt, oder eben die Natur nicht respektiert, wird. Der schönste Engelsvogel der Yesiden ist ein Pfau. Er heißt: Trausi Melek. Wäre über mich ein solcher fliegender Pfau vor 4000 Jahren hinweggeflogen, was hätte ich anderes denken können, als: „Oh, das muss eine Engel sein!

Ich finde es cool, das sie mich nie überreden wollten, das ihre Religion die einzig Wahre ist, und wir müssen sie nicht heiraten, es reicht wenn wir sie akzeptieren, und gern haben.

Hm, aber einige Yesiden hätten auch nichts dagegen, einfach auch mal ein echter Deutscher zu sein, und nun nicht alle sind so streng religiös, das die Ehen mit uns ausgeschlossen wären. Es kommt auch auf die Familie an. Auch bei uns ist strenge Religiosität eher selten geworden. Anders als wie bei den Moslems identifizieren wir uns als Menschen, und nicht über die Religion. Wir sind Individuen. Wenn das Herz stärker ist, und das Glück dominiert, und niemand konvertieren muss. Sonst können wir noch diese friedlichen Menschen einfach gern haben, denn sie sind nun bei uns, und werden nun auch ein Teil unserer Kultur. Manche von denen haben noch nie ihr Ursprungsland gesehen, sind hier geboren und aufgewachsen, und können sich auch nicht vorstellen, zurück zu gehen. Sie mögen unser Land. Und wir werden dadurch doch nicht ärmer, sondern vielfältiger. Normaler Weise haben sie eben auch vor, hier zu arbeiten und Steuern zu bezahlen, und wenn es darauf ankommt, würden sie zu uns anderen Deutschen halten. Sie sind gutherzig. Zwar etwas archaisch, und die Herren nicht ganz so flexibel in der Aufgabe ihrer Männerstrukturen, aber durchaus gutherzig. Wirklich kein Vergleich zu ungebildeten und verbohrten Islamisten. Für mich sind sie eher klein, zart und dunkel. Nicht wirklich hübsch. Etwas Troll artiges, das fieseste Wort wäre Erdnuckel. Aber humorvoll bitte gemeint! Denn auch schon unsere Ahnen hatten eine vorchristliche Mythologie, mit Feen und Elfen oder eben Trolle. Doch wie überall gibt es auch Ausnahmen.

Die Yesiden nehmen somit eine Sonderstellung ein.Und der Traum eines neuen Kurdistan, ist auch nur auf Grundlage der dortigen Yesiden möglich. Es ist ein bedrohtes Volk

Eos

Sehe ich am neuen Morgenhimmel
Das Brennen in den Wolken
Dieses allmächtige Feuer so rot
Greifen Erinnerungen mich mit ihren Fäden
Und meine Wünsche sind mir so fremd
Das diese nie sein sollten
Denn die Vergangenheit geleitete mich in meinem nächtlichen
Tod
Es ist mein Blut
Das verbrennt
Vergossen auf der letzten Schlacht
Aber ich bin neu erschaffen
Als starke eigene Macht
Im Sieg werde ich erkoren
Im Schatten der Leiden stark gemacht
Zu sehen am Leuchten des jungen Horizonte
Für ewig neu geboren

Ich habe es geschafft

Nachwort

Und es gibt Etwas, von dem ich nicht wusste das es das wirklich gibt: Menschen, hier in dieser Zeit und in dieser Welt, denen man besser nie begegnet wäre...Unglaublich... Menschen die nicht menschlich handeln, denken und fühlen...Und deren Einfluss sofern man diesen zulässt, schädlich ist. Diese Menschen haben die bloße Sehnsucht nach einem reinem Herzen, weil, das ist es, was sie selber an sich schon lange verloren haben. Diese Lebewesen verzehren sich, und wollen um ihre Existenz zu rechtfertigen, als Verlorene Seelen, andere Menschen in ihren Bann ziehen...sie ruhen nicht, sie zerstören und fressen alles Gute auf. Hm, warum ?
Woher rührt das? Neid? Mangel ?
Klar, sie hungerten schon von Kindheit an, doch an was? An so vielen verschiedenen Faktoren...bekamen als Individuum keinen Wert, so wie sie wirklich sind , durften sie nie sein, sie mussten sich ummanteln...wurden schon so erpresst und gepresst...
Merkwürdig so fern von allem Wissen und Gewissen, merkwürdig so fern meiner Welt
Gesegnet sei meine, diese Welt!
Gesegnet sei das Erkennen!
Das Erkennen das jeder selbst entscheidet was zuzulassen ist, für sich selbst, und die Regeln und die Grenzen setzen kann, wo immer man sich auf diesem Planeten befindet, und gesegnet seid all ihr freundlichen Menschen die ich davor immer nur begegnet war...Ja, man kann blind für das Schlechte sein, es nie zu sehen, damit wir selber unsichtbar bleiben, für alles was uns nicht guttut. Gleichen denn zieht Gleiches an.

Ja alles wird gut, wenn man denn es will. Eigenverantwortlich!

Es ist so leicht, all die Kleidung auszuziehen...und Sex zu haben. Das tun die Menschen andauernd. Aber die Seele zu öffnen für jemanden, ihn in die Gedanken zu lassen, den Geist, Ängste, Zukunft, Hoffnungen und Träume ? Erst dann ist man wirklich nackt. Menschen die andere Menschen als ihre Feinde betrachten...können es wirklich nie... Eines kann man mir wirklich nicht vorwerfen...Feigheit vor solchen Feinden...Ich habe Respekt. Das bin ich mir selber schuldig. Ja, Respekt vor Gegnern bedeutet Respekt vor sich selbst. Treue zu sich selbst. Selbstwert, und das ist Menschenwürde. Es herrscht nun auch hier wie von Karl Marx vorhergesagt: Barbarei...Der Mensch wird ständig in seiner menschlichen Würde verletzt: Kapitalismus Der Mensch ist nur so viel wert, soviel er ausgebeutet wird, und Kapital erwirtschaftet. Der Mensch mutiert zum Egoisten. Hier, in dieser unserer Zeit. Der Wert meiner Liebe...gemessen am System. Auch ich werde sterben...und es wird vergessen sein...Unsere Erben werden nur als Egoisten überleben? Es wird vergessen sein, die Frau, die schrieb und liebte für kein Geld der Welt...liebte wen sie wollte...Die Frau, die im Herzen Sozialistin war, und Gott nahe, den Gott, der alle Menschen gleich sieht. Ich weine um die Freiheit. Die Freiheit, selbst zu entscheiden wann ich schlafe oder erwache. Ich weine um all meine Schwestern und Brüder im Herzen. Aber um Eines muss ich nicht weinen: Um die Gleichheit...denn Gott ist Grösser als jedes Kapital, jede Macht und jeden Sex. Zum Schluss bleibt doch: Liebe Jedes Blatt, jedes Tier, jede Zelle trägt das Wort für Leben in sich.

Nur dieses Eine, dasselbe mächtige Wort für Leben. Worte sind mächtig. So an Menschen die keine Menschen mehr sind...nur blind auf der Suche nach Fressen und Vögeln: Ich sende Euch Licht. Licht an meine Feinde Gott segne und behüte Euch! Gott lasse scheinen sein Angesicht über Euch und sei euch gnädig! Gehet hin mit dem Segen des Herrn, der Euch schon einkalkuliert hat. Wisst ihr wieso? Weil es schon genügend Menschen auf diesem Planeten gibt...er hat Euch einkalkuliert, denn nur der Stärkste gewinnt. Anscheinend bin geboren um zwischen die Welten zu sehen, und um davon zu berichten. Eine dumme kleine Frau.

Es trennen Euch alle Lichtjahre von der Wirklichkeit und Wahrheit...SEX hat mir nicht wirklich etwas bedeutet, aber Ehrlichkeit und Vertrauen, schon.

Namus, Ehre

1. Ich bin nicht käuflich
2. Ich vergesse niemals meine Freunde
3. Alle Menschen behandele ich gleich
4. Ich sorge für mich selbst, und muss weder meine Familie noch den Staat ausnutzen
5. Ich breche keine Gesetze, für mein persönliches Ego, und bin auch sonst nicht kriminell
6. Ich verletze niemanden an Körper, Geist und Seele
7. Ich bin frei, Niemandes Besitz und besitze Niemanden
8. Ich glaube nicht an Geld, Sex und Macht und bete zu niemanden außer zu Gott
9. Ich muss nicht für meine Bedürfnisse lügen oder ein Doppelleben führen
10. Treue zu mir selbst und Stolz ist wichtig, Treue zu Anderen eine persönliche Entscheidung

<u>Es gibt nur zwei wichtige Regeln im Leben:</u>

Gesundheit, und für sich selbst dafür zu sorgen, gesund zu bleiben und zu leben
Und sich persönlich von allem Schlechten für Körper, Geist und Seele zu trennen

Daraus resultiert das man sich selbst jeden Tag im Spiegel anschauen kann, und sagt: Ja, Ich liebe Dich...und es ist egal, Hauptsache ich habe das für MICH Richtige getan. Die meisten Menschen leben das Klischee, weil es der einfache Weg...Schwieriger ist es selbst zu denken...und noch schwieriger ist die Veränderung...

M.E.F
September 2014

m

Garry Disher
Barrier Highway

metro wurde begründet
von Thomas Wörtche

Garry Disher

Barrier Highway

Ein Constable-Hirschhausen-Roman

Aus dem Englischen
von Peter Torberg

Unionsverlag

Die Originalausgabe erschien 2020 bei
The Text Publishing Company, Melbourne.

Im Internet
Aktuelle Informationen, Dokumente und Materialien
zu Garry Disher und diesem Buch
www.unionsverlag.com

Unionsverlag Taschenbuch 973
© by Garry Disher 2020
Originaltitel: Consolation
© by Unionsverlag 2023
Neptunstrasse 20, CH-8032 Zürich
Telefon +41 44 283 20 00
mail@unionsverlag.ch
Alle Rechte vorbehalten
Die erste Ausgabe dieses Werks im Unionsverlag erschien 2021
Reihengestaltung: Heinz Unternährer
Umschlagfoto: Jonathan Lloyd (Alamy Stock Photo)
Umschlaggestaltung: Peter Löffelholz
Lektorat: Anne-Catherine Eigner
Satz: Greiner & Reichel, Köln
Druck und Bindung: CPI – Clausen & Bosse, Leck
ISBN 978-3-293-20973-2

Der Unionsverlag wird vom Bundesamt für Kultur mit einem
Verlagsförderungs-Strukturbeitrag für die Jahre 2021–2024 unterstützt.

Auch als E-Book erhältlich

Für Juliane Römhild

I

Herrschte Hirsch über den Ort?

Manchmal kam es ihm so vor – zumindest machte er ihn zu dem seinen, wenn er bei Tagesanbruch durch die Straßen patrouillierte. Als er damit vor achtzehn Monaten begonnen hatte, hatte er sich eine Art inneren Lageplan zurechtgelegt. Ausgehend vom Polizeirevier hatte er imaginäre Verbindungslinien gezogen zur kleinen Schule am Barrier Highway, zum Gemischtwarenladen, zu dem Geschäft für Luzernesamen in der Nebenstraße, den Tennisplätzen, den bemalten Silos an der aufgelassenen Bahnstation – und zu jedem der Häuser, zumeist errichtet aus lokalem Gestein des Woll- und Weizenlandes auf halber Strecke zwischen Adelaide und den Flinders Ranges.

Als Hirsch diesen Lageplan vollendet hatte und alles mit allem verknüpft war, hatte der Polizist in ihm wieder die Oberhand gewonnen. Der Beschützer und Gesetzeshüter. Er wachte über die beiden Geschwister im Teenageralter, die sich um ihre manisch-depressive Mutter kümmerten, über die alte Frau, deren Gatte ständig umherirrte, kaum dass sie ihm den Rücken kehrte, über den jungen Ureinwohner, der erst allmählich zu glauben begann, dass Hirsch nicht zu der prügelnden Sorte von Polizisten gehörte. Und er hielt Ausschau nach Dummheit, Hinterlist und reiner Bosheit. Er ging alte Verbrechen und launische Schicksalsschläge durch, von denen nur noch ein paar Blutflecken an einem Verandapfosten oder auf einer Einfahrt zeugten – verbunden mit einem Gefühl von Bedauern: »Hätte ich doch nur ...« Vielleicht konnte er das nächste Mal früher eingreifen? War da nicht ein irrer Glanz in den Augen eines Mannes, der auf den ersten Blick wie ein ordentlicher Bürger wirkte? An welcher Stelle auf der First

Street konnte er vielleicht einen eventuellen Fluchtversuch unterbinden? Oder wie am Canowie Place schließlich den Schlüpferdieb schnappen? Jeder Ort war durchlässig, nach allen Seiten offen. Niedertracht wie Gutherzigkeit konnten einsickern. Alles war mit allem verbunden.

Der Schlüpferdieb. Hirsch ging an diesem eisigen Mittwochmorgen gegen Ende August von der Mawson Street zum Canowie Place; Frost lag auf dem Gras, Eiszapfen hingen an tropfenden Gartenwasserhähnen, schließlich zerfielen sie im Glanz der Sonne in Prismen und Diamanten. Vor Hirsch lag ein strahlender, ruhiger, eisiger Tag. Gestern war Schnee auf dem Razorback gemeldet worden, und Hirsch war gewillt, das zu glauben, denn von der Kälte tränten ihm die Augen, und Wangen und Zehen waren eiskalt.

Komische Vorstellung, dass 2019 mit Buschbränden im ganzen Land begonnen hatte. Was konnte da noch kommen? Hirsch stampfte mit den Füßen auf, zog die Schultern hoch und den Kopf ein, wurde zu einer gedrungenen Gestalt unter einer Strickmütze, die den Canowie Place entlangging. Er kam an der Uniting Church vorbei, in der nun ein Geologe im Ruhestand wohnte, dann an einem transportablen Fertighaus, aus dessen Schornstein der Rauch senkrecht in die Höhe stieg, und passierte weitere steinerne Häuser mit verblichenen roten oder grünen Blechdächern, deren Sträucher und Jalousien die Welt fernhielten. Die übliche ländliche Gemeinde: ein Mischmasch aus alt und neu, renoviert und verlassen; Hirsch konnte die Kälte in all den Gemäuern spüren.

Er blieb bei Mrs Lidstroms Haus, 9 Canowie Place, stehen und schaute an der Seitenwand entlang zur Wäscheleine im Hinterhof hinüber. Ein Geschirrtuch und eine marineblaue Polyesterhose, die sie häufig trug. Sie dürften steif gefroren sein, nahm er an. Er stellte sich vor, wie er sie mit den Fingern anschnippste: ein leises Knacken wie Pappe.

Er schaute zum Dachvorsprung hinauf. Nachdem der Schlüpferdieb wiederholt in der Gegend zugeschlagen hatte – hier in

Tiverton, unten in Penhale, drüben in Spalding – und bei einigen Opfern mehrmals aufgetaucht war, hatte sich im Polizeibudget eine Summe gefunden, um die Installierung einer versteckten Überwachungskamera an je einem Haus in jedem Ort zu finanzieren. In Redruth war nichts dergleichen vorgefallen, was Hirsch und seine Vorgesetzte, Sergeant Brandl, vermuten ließ, dass der Täter dort lebte. Das war nun zehn Wochen her gewesen. Seitdem hatten die Kameras bei Mrs Lidstrom und in Penhale körnige Videoaufnahmen von einer männlichen Gestalt in Motorradkleidung und Helm geliefert. »Jetzt fällt es mir wieder ein«, hatten die Nachbarn gesagt, »ich habe gestern Nacht ein Motorrad gehört.« Kein Gesicht, nur der Eindruck einer gedrungenen Gestalt in Lederkluft.

Bob Muir, Hirschs Elektrikerfreund, hatte die Kameras installiert. Mrs Lidstrom, die mit Hirsch danebengestanden und Bob auf der Leiter zugeschaut hatte, hatte ein Wort benutzt, das Hirsch bislang nur gedruckt gekannt hatte.

»Wer würde denn meine alten Liebestöter klauen?«

»Das liegt an deinem topmodischen Geschmack, Betty«, hatte Bob erwidert und mit ein paar Messingschrauben zwischen den Zähnen von der Leiter geschaut.

Mrs Lidstrom hatte geprustet. Sie war rundlich und gemütlich, weißhaarig und gewitzt und amüsierte sich meist über die Welt. »Und dann auch noch meinen Badeanzug und meinen besten BH.«

»Badeanzug?«, hatte Hirsch gefragt.

Sie machte eine leicht verdrießliche Miene: Schon vergessen, Paul? »Wassergymnastik. In Redruth.«

Wie sie mal zu Hirsch gesagt hatte, war sie keine von denen, die einfach auf dem Hintern herumsaßen. Vorträge im Probus Club, Wanderurlaub auf Neuseeland, freiwillige Dienste, Sport.

»Ach ja«, meinte Hirsch.

»So bleibe ich jung. Aber so jung auch wieder nicht. Also, wer würde denn die Unterwäsche einer alten Frau klauen wollen?«

Betty Lidstrom sah Hirsch an. Er bemerkte ihren hellen Blick und den wachen Verstand dahinter. »Ein Fetisch?«, fragte sie. »Etwas Psychosexuelles?«

Hirsch sah sie stirnrunzelnd an. Sie verpasste seinem Oberarm einen leichten Schlag – unterschätzen Sie mal alte Frauen nicht –, und er lächelte und nickte. »Schon möglich.«

Die beiden standen unten, Bob Muir balancierte im Overall oben auf der Leiter, und alle drei versuchten, sich in einen Mann hineinzudenken, der Unterwäsche von den Wäscheleinen in Hinterhöfen klaute. Warum tat er das? Was machte er mit seinem Schatz an Liebestötern? Und war das nur der Auftakt zu weiteren Taten?

Ihn zu fassen würde schwer werden. Und wenn, dann konnte er seinen Kopf ganz einfach aus der Schlinge ziehen und sagen, er habe die Unterwäsche in einem Secondhandladen gekauft. Peinlich, aber kein Diebstahl. Dann würde er sagen, die Behörden hätten in den Schlafzimmern der Bürger nichts zu suchen, und so weiter. Deshalb waren die Opfer mit besonders markierter Unterwäsche ausgestattet worden, falls der Mann wieder zuschlagen sollte: ein in die obere linke Ecke des Etiketts gestanztes Loch.

In diesem Augenblick ging in Mrs Lidstroms hinterem Seitenfenster das Licht an: die Küche. Hirsch setzte seinen Kontrollgang fort, die nächtlichen Verspannungen und die Steifheit lösten sich und er fühlte sich trotz Kälte und Eintönigkeit lebendig. Er würde den Vormittag wahrscheinlich damit verbringen, ein, zwei eidesstattliche Erklärungen zu bezeugen, einen Bericht über die Kneipenschlägerei unter Windfarmarbeitern am letzten Wochenende abzufassen und die Lehmklumpen aus den Radkästen seines Allrad-Dienstfahrzeugs der South Australia Police zu kratzen, die aus dem fiesen, zähen, klebrigen roten Staub der Plains zusammengebacken waren.

Dann ging er seitlich an einem kleinen Backsteinhaus am Highway vorbei. Im Vorübergehen klopfte er gewohnheitsmäßig mit den Fingerknöcheln auf die Windschutzscheibe seines alten Nissan, das sollte Glück bringen. Er betrat das Haus durch die

Hintertür. Nach der Dusche und dem zweiten Frühstück öffnete er die Verbindungstür und trat aus seiner kleinen Dreizimmerwohnung in das Zimmer mit Blick auf den Highway.

Das war das ganze Polizeirevier. Ein Deckenventilator für den Sommer, ein nutzloser Heizstrahler für den Winter. Gemeindemitteilungen an den Wänden, ein abgelaufener Kalender mit Aufnahmen von Wildblumen im Frühling östlich der Ortschaft, ein Tresen, der seinen Schreibtisch, den Computer, Drehstuhl und Aktenschrank vom Wartebereich abtrennte. Allerdings wartete selten jemand. Ab und an geschah ein Verbrechen, Gesetzesbrecher waren unterwegs, doch meistens konnten Anwohner oder Fremde damit rechnen, sofort angehört zu werden – zumindest, wenn Hirsch anwesend war, nicht Streife fuhr oder am Telefon hing. Eine verschlafene Ortschaft auf dem Land. Meistens jedenfalls.

Hirsch saß am Schreibtisch, der Heizstrahler roch nach verbranntem Staub, wärmte ihm aber kaum die Schienbeine; er widmete sich dem Eingangskorb, las Mails und warf einen Blick auf die What-The-Fuck-Seite von Tiverton auf Facebook. Der Wäschediebstahl war dort das vorherrschende Thema, die Kommentare manchmal amüsant, manchmal leicht daneben; gelegentlich wurden sie bösartig. Hirsch nahm an, dass Betty Lidstrom davon wusste. Er konnte sie nicht davor beschützen. Überall kämpfte die Polizei einen aussichtslosen Kampf gegen die sozialen Medien.

Drei interessante Dinge gab es an diesem Vormittag: Fotos vom Razorback mit Schnee auf dem Grat; Meldungen von einem Paar irischer Dachflicker, die sich im Bezirk herumtrieben – *eine Betrugsmasche?*; und eine anonyme Anfrage bezüglich Quinlan Stock and Station, einem Händler in Redruth, der sich auf den Ankauf von Land, Vieh, Wolle, Agrochemikalien und Landmaschinen spezialisiert hatte: *Hat jemand Erfahrungen damit, dass diese Bande die Zahlungen verschleppt?*

Das Telefon klingelte. »Paul?«

Hirsch erkannte die Stimme nicht. »Am Apparat.«

»Ich bins, Clara.«

Hirsch nahm an, dass ihm Name und Stimme etwas sagen sollten; aber das war nicht seine Stärke. Nicht gut bei einem Polizisten auf dem Land: Zur Jobbeschreibung gehörte, neben Gesetzeshüter, auch Freund und Ratgeber für alle zu sein. Doch der Name Clara war nur ein Rauchwölkchen in seinem Verstand, weit entfernt in Raum und Zeit.

»Hi.«

Sie erkannte sein Dilemma. »Clara Ogilvie.«

Nichts. »Wie geht es Ihnen?«, fragte er und konzentrierte sich wie verrückt.

»Caledonian Dreaming?«

Ach ja. Eine lockere Gruppe aus Fiedlern, Gitarristen, Dudelsackspielern, Blechflötenspielern und Sängern beiderlei Geschlechts – schottische Balladen, trendiger Folk, Country, dazu alles, was vage keltisch klang. Alle vierzehn Tage traten sie im Hinterzimmer des *Woolpack* in Redruth auf, eine halbe Stunde den Highway entlang. Hirsch war zwei Mal dort gewesen, Wendy Street und ihre Tochter hatten ihn mitgeschleift. Beim zweiten Mal, im Juni, hatte er die Augen vor allen bohrenden Blicken im Raum geschlossen und eine kurze, zutiefst unsichere Gesangseinlage gegeben von *Dirty Old Town,* das er aus seiner Kinderzeit von einer alten Platte der Pogues kannte, die seinen Eltern gehört hatte. Den Text konnte er auswendig; was ihm fehlte, war die kratzige Stimme von Whisky und Zigaretten.

Plötzlich konnte er Clara Ogilvie einordnen. Mitte vierzig, schlank, lebhaft, ständig unter Strom. Sie hatte ihn hinterher am Arm berührt – Wendy hatte mit einem schläfrigen kleinen Lächeln zugeschaut – und gesagt, er hätte eine hübsche Tenorstimme. In einer kleinen Gemeinde war das ein anderer Ausdruck für halbwegs passabel.

»Clara, was kann ich für Sie tun?«

»Ich rufe an, weil ...« Sie verstummte. »Haben Sie einen Augenblick Zeit?«

»Ja.«

»Und Sie müssen keine Runde machen?«

Wenn, dann wäre Hirsch schon seit sieben Uhr früh unterwegs gewesen.

»Immer los«, sagte er, und sein Herz verkrampfte sich ein wenig. Sie wollte, dass er noch mal sang, vielleicht auf dem Konzert auf der Redruth Show im September.

»Ich rufe an, weil ... hören Sie, es ist etwas kompliziert.«

»Lassen Sie sich Zeit.«

»Ich mache mir um das Wohlbefinden einer Person Sorgen.«

Als Hirsch das letzte Mal bei jemandem vorbeigefahren war, um sich um dessen Wohlbefinden zu kümmern, war er auf zwei Leichen gestoßen: Mutter und Sohn, die bei einem Hauseinbruch erschossen worden waren. Das Blut, die Leichen: Alles stand plötzlich wieder vor seinem geistigen Auge. »Hmhm. Wer?«

»Also«, setzte Clara Ogilvie an. »Ich unterrichte Englisch an der Redruth Highschool – deshalb kenne ich Wendy. Sie meinte, ich solle erst mit Ihnen reden und mich dann an das Jugendamt wenden.«

Ein Kind in ihrer Klasse? Gab es denn in den Schulen keine Sozialbeauftragten? Dieses Gespräch würde wohl noch ewig um den heißen Brei kreisen. »Jemand in Ihrer Klasse? Und Sie glauben, das sei ein Fall für die Polizei?«

»Ich hoffe nicht, aber ich mache mir Sorgen.«

Kindesmisshandlung, dachte Hirsch. Blaue Flecken. Überreaktionen. Vernachlässigung. Auf Drogen. Handelt mit Drogen ...

Aber warum rief sie ihn an? Das Polizeirevier Redruth war zwei Minuten von der Schule entfernt, Hirsch aber eine halbe Stunde. »Vielleicht bitten Sie Sergeant Brandl, sich das mal anzuschauen.«

»Sie sind näher.«

»Erzählen Sie mir doch mal die Sachlage.«

Eine kurze Pause, so als habe er sie schroff behandelt. Dann holte die Frau anscheinend tief Luft. »Zu meinem Job an der Highschool arbeite ich nebenbei online mit Grundschulkindern, die zu Hause unterrichtet werden, und überwache deren Fortschritte.«

»Okay.«

»Für das Bildungsministerium.«

»Okay.«

»Das ist eine der Bedingungen, wenn jemand zu Hause unterrichtet wird.«

»Hmhm.«

»Diese Woche bin ich online mit einem Mädchen im letzten Grundschuljahr. Lydia Jarmyn, elf, wird von ihrer Mutter Grace zu Hause unterrichtet.«

»Okay.«

»Also, ein paarmal im Jahr setze ich mich mit diesen Kindern in Verbindung, kontrolliere die Fortschritte in den verschiedenen Fächern und schaue mir den Lehrplan an. Lydia war allerdings die ganze Woche über zerstreut. Sie gähnt viel. Schaltet andauernd ab.«

»Reden wir hier von Skype? Zoom? Sie können sie also sehen?«

»Sie wirkt dünn und blass. Nickt ein, schüttelt sich, als ob sie versucht, sich wach zu halten, nickt wieder ein.«

»Haben Sie mit der Mutter gesprochen? Vielleicht hängt das Mädchen die ganze Nacht am Computer. TikTok, oder was immer heute angesagt ist.«

»Ich glaube, da ist noch was anderes im Busch. Ich habe Lydia gefragt, ob alles in Ordnung sei, und sie antwortete, sie habe die ganze Zeit Hunger. Sie dürfe nur eine kleine Schüssel Reis am Tag essen. Und ihr sei ständig kalt.«

Hirsch ging die möglichen Szenarien durch, falls er beim Jugendamt anrief: der dreißigste Anrufer in der Warteschleife; jemand verspricht zurückzurufen, tut es aber nie; Hirsch bekommt eine Aktennummer, die nächsten Monat bearbeitet werden kann; man verlangt weitere Beweise; sie versprechen zu handeln, tun es aber nie ... und dann stirbt das Kind.

Oder aber wir haben es hier mit einem Kind zu tun, das nur rumjammert.

»Wissen Sie, wo die Jarmyns wohnen?«

Er hörte Papier rascheln, dann gab ihm Clara Ogilvie eine Adresse: Hawker Road. Hirsch kannte die Straße: eine Schotterpiste oben in den Tiverton Hills. »Und aus welchem Grund wird sie zu Hause unterrichtet?«

Statt auf die Grundschule in Tiverton zu gehen, die gleich auf der anderen Seite des Polizeireviers lag?

»Wenn die Eltern gewisse Bedingungen erfüllen, dann dürfen sie ihre Kinder zu Hause unterrichten.«

Das war eine Antwort, aber nicht auf seine Frage.

»Okay, danke, ich schaue nach.« Er hielt kurz inne. »Das haben Sie gut gemacht.«

Sein Job bestand zur Hälfte aus Diplomatie.

Ogilvies Stimme veränderte sich, klang leicht und gesprächig. Clara freute sich schon auf das Beisammensein mit *Caledonian Dreaming* am Sonntagnachmittag; sie nannte ein paar Lieder, die gut zu seiner Stimme passen könnten, wie sie fand. Hirsch schluckte. Schon nach den Titeln zu urteilen, handelte es sich um epische Balladen über Fehden, Überfälle und wohlverdiente übernatürliche Strafen. Er wand sich, erfand Ausflüchte und beendete das Telefonat, ohne sich zu irgendetwas verpflichtet zu haben.

Hirsch heftete seine Handynummer an die Haustür und steuerte seinen Dienstwagen, einen Toyota Hilux, rückwärts auf den Highway. Ein Strom von Autos fuhr durch den Seitenzugang zur Schule, und wieder fragte er sich, warum Lydia Jarmyn zu Hause unterrichtet wurde. Er wartete, dass der Bus von Broken Hill vorbeizockelte, dann folgte er ihm nordwärts durch das Farmland.

Weizen-, Hafer- und Gerstensprösslinge säumten die beiden Straßenseiten in üppigen, sattgrünen Rechtecken und reichten in breiten Pinselstrichen die Hügelflanken hinauf, bis der fruchtbare Boden Felsklippen wich. In der Ferne waren die Dächer von Farmhäusern und Geräteschuppen zu sehen. Hirsch dachte an den Wandel der Jahreszeiten. Als er noch in Adelaide wohnte, hatte er nicht viel davon mitbekommen. Das Wetter war dort heiß, kalt oder irgendetwas dazwischen, mehr nicht. Von Pflanzenwuchs und Vogelstimmen hatte er nichts mitbekommen, auch nicht von Pollen und Blüten, Werden und Vergehen. Wichtig war nur, was man anzog; brauchte er eine Jacke oder war es heiß genug, um schwimmen zu gehen? Hier oben, drei Stunden von der City und höher gelegen, gab es zwei Extreme: kalte, grüne Winter und trockene Sommer.

Ein Fleck am Himmel entpuppte sich als kurzes, stummeliges Sprühflugzeug, dessen Kabine wie eine große Seifenblase über den Flügeln saß; die Maschine schmierte seitlich ab und richtete sich dann wieder aus, um ein Weizenfeld zu überfliegen. Hirsch bremste, blinkte, hielt am Straßenrand und sah zu, wie die Maschine tiefer flog, über die Stromleitung hopste, wieder sank und von Zaun zu Zaun jaulte, wobei sie einen breiten Streifen Chemikalien versprühte; sie zog wieder hoch, bevor sie gegen die Hügelflanke pflügte, kippte über einen Flügel und wendete. Sinkflug, Heckenhopser, Sprühen, Anstieg, Wende.

Hirsch setzte die Weiterfahrt genau so an, dass er keine Ladung Chemikalien abbekam oder das Fahrwerk sich in seiner Dachreling verfing, und zog den HiLux wieder auf die Straße hinaus. Eine Viertelstunde später bog er links ab; die Schotterpiste führte ihn eine Flanke hinauf und dann an ihr entlang. Schließlich kam er zu einer Einfahrt, die von einem doppelflügeligen verzinkten, verschlossenen Eisentor gesichert war.

Hirsch hielt an und stieg aus; mürrisch betrachtete er das Schloss. Die Zufahrt führte zwischen silbrigen Eukalyptusbäumen entlang zu einem hellbraunen, von Kiefern umstandenen Ziegelhaus aus den Siebzigern. Fantastische Aussicht, fand er, drehte sich zur Bestätigung um und sah die Welt durch die Augen der Bewohner hier oben über dem Tal.

Sollte er, sollte er nicht? Bevor Hirsch noch länger zaudern konnte, kletterte er über den Zaun und stapfte zum Haus. Es blies ein eisiger Wind, der ihm bis in die Knochen fuhr, die Eukalyptusbäume bogen sich und wiegten ihre Kronen in einem unablässigen Rauschen. Das Haus wirkte verschlossen, alle Vorhänge waren zugezogen. Keine Fahrzeuge, soweit er sehen konnte. Er klopfte: keine Reaktion. Das gefiel ihm nicht. Am liebsten wäre er wieder verschwunden.

Aber das Haus war nicht vernachlässigt. Die Veranda war sauber, die Topfpflanzen gediehen, die Beete waren frisch gejätet, die Fensterscheiben fleckenfrei. Kein Schimmel an den Fallrohren. Und aus einem Zwinger beobachtete ihn gleichgültig ein Schäferhund. Hühner pickten und scharrten im Hinterhof herum. Im Carport stand ein pinkfarbenes Dreirad. Die Bewohner waren ausgeflogen, nahm Hirsch an. Irgendwann mussten sie ja wieder auftauchen und den Hund füttern.

Sollte er eine Nachricht dalassen? Dann schreckte ihn der Anflug eines leisen Flüsterns oder einer minimalen Bewegung auf, und Hirsch sah sich noch einmal genauer den Wohnwagen an, der in einem offenen Maschinenunterstand am hinteren Ende des Hofs stand.

Hirsch überquerte den Hof. Es handelte sich um einen altmodischen Wohnwagen auf verrottenden Rädern. Und er war Wind und Wetter ausgesetzt, dem Schmutz und Schimmel nach zu urteilen. Ein Schieberiegel war an die Tür montiert worden, alle Fenster waren vergittert. Ein hübsches Gefängnis.

Hirsch klopfte, sagte Hallo, wartete nicht erst, sondern schob den Riegel auf, öffnete die Tür und trat ein.

2

Reflexartig wich er wieder zurück. Er drehte sich um, nahm einen Zug der eisig frischen Luft, die von draußen hereinblies, trat zurück, um die Tür an der Außenseite festzumachen, und versuchte erneut, den Wohnwagen zu betreten, wobei er gegen eine widerliche Flut ankämpfen musste – der Gestank von Urin und Exkrementen bohrte sich ihm in die Stirnhöhlen.

Er atmete nur flach, schob zum Lüften ein paar Fenster auf und sah sich um. Am hinteren Ende befand sich eine Matratze, darauf ein Gewirr aus Decken. Näher bei ihm lagen auf einem verdreckten Klapptisch zwischen zwei Sitzbänken ein Atlas, ein Wörterbuch und Schreibblöcke, daneben steckten Bleistifte und ein Holzlineal in einem Einmachglas. Auf der Spüle an der Seite wartete eine Plastikschüssel darauf, gewaschen zu werden; am Rand klebte wie eine Made noch ein blasses gekochtes Reiskorn.

Hirsch sah sich weiter um. Die Wände – eine dünne Metallhaut, die keinen Schutz gegen winterliche Temperaturen bot – waren voller Fingerabdrücke, ansonsten aber völlig blank, bis auf ein vollgekritzeltes Whiteboard, das auf halber Wagentiefe zwischen zwei Hängeschränken angebracht war. Es handelte sich um eine Liste voller Regeln in Schwarz und Rot; die Wörter rempelten sich gegenseitig wütend an:

Schlechtes Benehmen wird in unserer Familie nicht geduldet
Vergiss nicht, wer hier der Chef ist (Tipp: Du nicht)
Du passt dich uns an, nicht umgekehrt
Was du kaputt machst, musst du wieder heil machen
Du kannst nicht immer deinen Willen durchsetzen
Überraschung: Du bist nicht der Mittelpunkt der Welt
Respekt erhält, wer Respekt verdient

Hirsch ging einen Schritt weiter und besah sich das Bettzeug. Eine dünne, stinkende gelbe Schaumstoffmatratze, die schief auf dem Bettkasten lag. Zwei fadenscheinige graue Decken mit blauen Paspeln, verdreckt und hier und da durchgescheuert, lagen zusammengeknüllt am Fuß der Matratze; viel Wärme boten sie in der Nacht wohl nicht.

Das Gleichgewicht des Wohnwagens veränderte sich ein klein wenig. So als würde er leben.

Hirsch trat sofort an einen Einbauschrank und öffnete ihn, Gestank wogte ihm entgegen, und dort kauerte, als wolle es im Boden versinken, ein Mädchen und verbarg den Kopf in seinen Händen und Unterarmen. Verfilztes braunes Haar, ein dreckiger Wollpullover, übergroße Arbeitssocken. Doch ihre Beine waren nackt, und eine Wegwerfwindel spannte sich stramm um ihren Bauch.

Hirsch streckte die Hand aus und ließ sie auf der Schulter des Mädchens liegen. Sie zuckte heftig zurück und vergrub sich noch tiefer in den Boden. Hirsch konnte ihr Gesicht nicht sehen.

»Ich heiße Paul. Ich bin Polizist. Du bist in Sicherheit. Heißt du Lydia?«

Sie erstarrte. Keine stillschweigende Billigung, eher die Bereitschaft zuzuhören? Gab sie ihm einen Vertrauensvorschuss? Er strich ihr über den Oberarm und erzählte ihr ein paar Minuten lang leise und sanft irgendwelches beruhigendes Zeug: Ganz schön kalt heute, nicht? Möchtest du irgendwohin, wo es warm ist? Da drin ist es dir doch bestimmt ungemütlich. Ms Ogilvie macht sich Sorgen um dich. Sollen wir dir warme Kleidung suchen?

Es funktionierte nicht. Bei jedem einzelnen Satz zuckte sie zusammen und rollte sich immer fester zu einem Ball zusammen.

Hirsch fiel auf, wie klein sie war, nur Haut und Knochen. Elf? Sie sah aus wie sechs oder sieben. »Na komm, ich mach es dir etwas gemütlicher«, sagte er und hob sie mit einem Schwung aus dem Schrank. Sie versteifte sich, ohne sich zu wehren. Er zog eine Decke über die Matratze, setzte sie darauf ab und legte ihr die andere über die Schultern.

Sie verbarg ihr Gesicht nicht länger hinter ihren Armen, schaute aber zu Boden und wich seinem Blick aus. Schmutz am Kinn, scharf vorstehende Wangenknochen, offener Mund. Sie schniefte feucht. Und hustete rasselnd. Ihr geht es nicht gut, dachte Hirsch.

Sie fuhr sich mit einem Zeigefinger über die Nasenlöcher. Frischer Schleim legte sich nass auf angetrocknete Reste, ein Ring glänzte am Finger, falscher Rubin, falsches Gold, falsches Silber, was Hirsch unendlich traurig machte. »Ist jemand zu Hause, Lydia?«

Keine Reaktion.

»Ich habe angeklopft, aber es hat niemand geantwortet.«

Diesmal zuckte sie mit den Schultern.

»Sind sie weggefahren?«

Sie schien über die Frage nachzudenken und flüsterte: »Nach Clare.«

»Okay. Zum Einkaufen?«

Pause, dann ein Schulterzucken.

»Möchtest du ins Haus hinübergehen, schön warm baden und die Kleidung wechseln?«

Angesichts dieser Ungeheuerlichkeit wich sie zurück. »Hierbleiben«, antwortete sie.

»Ist das hier dein Zimmer?«

Sie blieb ganz still, dann nickte sie kurz.

»Sollen wir mal schauen, ob wir ein paar frische Sachen finden?«

Nichts.

»Ich könnte etwas Wasser kochen, dann kannst du dich hier waschen und umziehen. Ich warte so lange draußen.«

Sie kauerte sich zusammen und wollte wieder im Boden versinken.

»Vielleicht rufe ich am besten deine Mutter an. Weißt du ihre Handynummer?«

Es war, als hätte sie ihn gar nicht gehört. Dann schoss ihre Hand an den Kopf und kratzte heftig. Flöhe? Sie hustete, wirkte entkräftet.

»Ich glaube, dir geht es nicht gut«, sagte Hirsch. »Wir fahren zu Doktor Pillai in Redruth. Kennst du sie? Sie ist nett.«

Lydia Jarmyn schüttelte den Kopf. »Hierbleiben.«

»Ich lasse eine Nachricht am Haus zurück und erkläre alles.«

»Hierbleiben«, krächzte sie, dann musste sie wieder husten, traurig, schwach und hilflos. Erschöpft sank sie gegen Hirsch.

Er nahm sie und die schmutzige Decke fest in die Arme und trug sie hinaus an die Luft und in eine ungewisse Zukunft. Sie wehrte sich wie ein alter Hund, der darauf besteht, selbst zu laufen. Die Luft wirkte belebend, und die körperlichen Ausscheidungen des Kindes rochen nur noch schwach. Als Hirsch aus dem Schatten in die Wintersonne trat, bemerkte er einen winzigen roten Punkt. Eine Überwachungskamera, die auf den Wohnwagen gerichtet war. Tja, dachte er. Ich bin die Polizei, ihr könnt mich mal. Er hoffte nur, dass es auch Aufnahmen von denen gab, die dem Kind Schaden zugefügt hatten, nicht nur davon, wie er sie mitnahm.

Knoten ins geistige Taschentuch: Videoaufnahmen beschlagnahmen.

Er schnallte Lydia Jarmyn auf dem Beifahrersitz an, ließ das Seitenfenster ein paar Zentimeter herunter, dann rollte er den Hügel hinab auf den Highway. Der Himmel über dem flachen Tal wölbte sich weit, ein Adler schwebte dort oben, und die Sonne spiegelte sich in einer weit entfernten Windschutzscheibe. Die Welt war frisch gewaschen.

Immer wieder schaute er zu dem Kind hinüber, derweil er telefonierte und mit einer Hand steuerte. Doktor Pillai im Redruth Medical Centre schlug vor, das Mädchen ins kleine Ortskrankenhaus zu bringen. »Schreiben Sie mir eine Textnachricht, sobald Sie dort sind.«

»Mach ich.«

Dann rief er Sergeant Hilary Brandl in Redruth an, die erheblich mehr Einzelheiten wissen wollte.

Mit einem Auge auf Lydia sagte Hirsch: »Bei passender Gelegenheit, Sergeant.«

Kurze Pause. »Ist sie bei Ihnen? Hört sie mit?«

»Korrekt.«

Wieder eine Pause. »Ich möchte gern den Ort mit eigenen Augen sehen, bevor ich das Jugendamt oder das CIB informiere.«

»Verstanden.«

»Jarmyn, Hawker Road?«

»Ja.«

Hirsch hörte eine Tastatur klappern. »Ich schau mal nach ... keine Einsätze unter der angegebenen Adresse. Keine ausstehenden Haftbefehle, keine Strafzettel ... nichts.«

»Wir sollten überprüfen, was die Nachbarn dazu sagen.«

»Sehr richtig, Constable Hirschhausen.«

Ach herrje. Ihr vorzuschreiben, wie sie ihren Job zu erledigen hat. Aber sie hatte recht warmherzig geklungen. Sie hatten sich daran gewöhnt, einander zu vertrauen. Es gab noch genügend andere bei der Truppe, die Hirsch keinerlei Vertrauen entgegenbrachten.

»Wie ist Ihr Bauchgefühl?«, fragte sie. »Vernachlässigung oder noch schlimmer?«

Damit meinte sie sexuelle Misshandlung, Sklaverei ... »Ich weiß nicht, Sergeant«, antwortete Hirsch. Er schaute Lydia kurz an und fuhr fort: »Ich glaube, dass mindestens noch ein weiteres Kind dort lebt.«

»Auch in dem Wohnwagen?«

»Nicht, dass ich wüsste. Vom Hausinneren weiß ich nichts.«

»Sie haben geklopft? Durch die Fenster gelinst?«

»Es war niemand zu Hause. Sie sind offenbar nach Clare gefahren.«

»Wäre schön, wenn wir vor Ort wären, wenn sie zurückkommen.«

»Allerdings wissen wir nicht, wann das sein wird«, gab Hirsch zu bedenken.

»Hm. Vielleicht hat einer der Nachbarn die Handynummer. Sonst hinterlassen wir eine Nachricht, dass sie sich auf dem Revier melden sollen.«

»Sergeant.«

»Geben Sie mir Bescheid, sobald Sie im Krankenhaus sind.«

Redruth, das sich über sieben kleine Hügel erstreckte, lag eine halbe Stunde südlich von Tiverton. Ein hübsches Städtchen, heutzutage sogar recht idyllisch, ganz anders als gegen Ende der vierziger Jahre des 19. Jahrhunderts, als aus Cornwall stammende Minenarbeiter Häuserzeilen errichteten, die an die Heimat erinnerten. Die Kupfermine war heute nur noch ein unergründliches, dunkelblaues Wasserloch, umgeben von steinernen Kaminen, Pulvermagazinen und Maschinenhäusern entlang der Hügelflanken. Lydia Jarmyn schlief, sonst hätte Hirsch ihr etwas darüber erzählen können, als er durch die Außenränder des Orts fuhr.

Er kam zum Stadtplatz, einem unregelmäßigen Rasenfleck mit einer rotgelben Rotunde, und nahm die Straße nach Adelaide zum Krankenhaus, einer kleinen, unterbesetzten Station, eher ein Altenversorgungszentrum als alles andere; hier musste man sich ganz darauf verlassen, dass die Ärzte der Umgegend der einzigen Klinik am Ort beisprangen.

Hirsch hielt an, schickte Doktor Pillai und Sergeant Brandl eine Textnachricht, ging zur Beifahrerseite und streckte die Arme aus. Lydia rührte sich, ihre Augenlider flatterten, und sie wehrte sich schwach, als er sie heraushob. Sie machte sich in seinen Armen steif vor Panik, über einen fremden Parkplatz vorbei an fremden Fahrzeugen in ein fremdes Gebäude getragen zu werden. Kampf oder Flucht, doch dadurch wurde sie in Hirschs Armen federleicht.

Als sie in den Eingangsbereich kamen und auf den Empfangstresen zugingen, war Lydia von alldem definitiv überfordert und klammerte sich mit aller Kraft an Hirsch. Die Empfangsdame, eine mürrische Frau mit kurzen grauen Haaren, schaute ihn an, als sei es ihrer Erfahrung oder ihren Vorschriften nach unerhört, dass ein Polizist den Eingangsbereich durchquerte und dann mit einem schmutzigen Kind in den Armen vor ihr stand. Mit einem übelriechenden, schmutzigen Kind. Sie rümpfte die Nase, schaute weg und fragte unhöflich: »Ja?«

»Ich bin mit Doktor Pillai verabredet.«

Die Frau sah zum Wartezimmer hinüber, als könne Hirsch es verdrecken, dann schaute sie den Hauptgang entlang. »Sie ist beschäftigt.«

»Ist sie denn schon hier?«, fragte Hirsch.

»Was geht Sie das an, wenn ich fragen darf?«

Na, raten Sie mal, wollte Hirsch gerade sagen, doch eine Stimme rief: »Paul«, was ihm weitere Zeitverschwendung ersparte.

Er drehte sich um. Doktor Pillai kam mit wippendem schwarzem Pferdeschwanz und blitzender roter Brillenfassung den Flur entlang und schob erst den einen, dann den anderen Arm in einen weißen Arztkittel. Weiße Laufschuhe an den Füßen – was würde die Empfangsdame wohl dazu sagen? –, schwarze Hose und marineblaues Top. Hier und da Gold, an Ohrläppchen, Handgelenken und Fingern.

Ihre Blicke trafen sich für die Dauer der kurzen Begrüßung, dann stand sie nah bei ihm, betrachtete Lydia Jarmyn und legte ihr eine Hand an die Stirn. »Wie alt, sagten Sie?«

»Elf, offenbar.«

»Hm.«

»Hab ich auch gedacht.«

»Ich nehme sie Ihnen ab«, sagte Pillai und streckte beide Hände aus, doch das Kind wand sich, vergrub den Kopf an Hirschs Brust und presste sich an ihn.

»Also gut, sie ist bei Ihnen angewachsen«, stellte Pillai fest. »Kommen Sie mit.«

Sie betraten ein Zimmer, wo Pillai und eine Pflegerin namens

Ella das Kind abtasteten und begutachteten, auf eine Waage stellten und eine Blutprobe nahmen. Das kleine Ding wimmerte; Hirsch kam sich nutzlos vor.

Dann meinte Pillai: »Wir müssen sie jetzt baden.«

Was hieß: um zu sehen, was unter all dem Schmutz steckte.

»Ich bin draußen im Wartezimmer«, sagte Hirsch.

Doch eine Minute später war Pillai bei ihm. »Tut mir leid, Paul, aber ich glaube, sie würde sich beruhigen, wenn Sie dabei sind.«

Sie führte ihn in ein geräumiges, gefliestes Duschbad mit einer Hubvorrichtung für bettlägerige Patienten. Hirsch stand in einem Spalt des Vorhangs und lächelte Lydia an, während Ella und eine zweite Pflegerin ihr unter Aufsicht von Doktor Pillai Windeln, Socken und Pullover auszogen. Der Gestank nahm zu, Ella entfuhr: »Du armes, kleines Ding«, Hirsch schaute nicht hin, konnte es sich aber vorstellen: verkrustete Exkremente, Wundstellen.

»Die Windel hatte sie schon eine ganze Weile an«, stellte Pillai wie zur Bestätigung fest.

Mit einer Handbrause an einem flexiblen Chromduschschlauch in der einen und einem Waschlappen in der anderen Hand, tupfte Ella die knochigen Gliedmaßen und den Leib ab; Lydia ließ sie gewähren, nahm aber den Blick nicht von Hirsch. Er bemühte sich, ein paarmal zu lächeln; ihr Gesichtsausdruck veränderte sich nicht. Sie vertraute ihm, doch Hirsch wusste nicht, ob er ihre Erwartungen erfüllen konnte. Der Seifenschaum wurde braun; darunter tauchte rosige Haut auf.

Haarshampoo, ausspülen, drei Mal, dann meinte Ella schließlich: »Sie ist sauber, aber sie hat Läuse.«

Pillai nickte. »Das behandeln wir später. Jetzt möchte ich sie erst noch abschließend untersuchen, in warme Kleidung stecken und ihr etwas zu essen geben. Hast du Hunger, Schätzchen?«

Lydia, die in ein riesiges Handtuch gewickelt ganz verloren wirkte, wich zurück.

Das Krankenhaus verfügte über einen kleinen gemütlichen Ruheraum: Sofa und Sessel, Fernseher, ein Katzenposter an einer pastellfarbenen Wand. Magazine auf einem Couchtisch, Kinderbücher, eine Kiste mit Plastikkipplastern, weichem Spielzeug und Lego. Hirsch und Pillai standen hinter dem Sofa und schauten zu, wie Lydia, die einen weiten blauen Schlafanzug und einen pinkfarbenen Bademantel trug, einen Turm aus Legosteinen baute. Ständig sprang ihr Blick vom nächsten Legostein zu Hirsch. Ab und an griff sie nach den krustenlosen Sandwiches auf einem Teller, knabberte daran und legte das Sandwich für später zurück, so als würde sie in dem Essen schwelgen und das Ende der Mahlzeit möglichst lange hinauszögern.

Es klopfte, und Hilary Brandl kam herein. Hirschs Vorgesetzte war schlank und drahtig, Typ Frühsport, mit kurzem, pflegeleichtem Haarschnitt. Sie betrachtete das Kind, und Hirsch sah, was sie dachte: Ein Fall für das Jugendamt? Würde Port Pirie CIB die Sache übernehmen? Was für eine Anklage drohte den Eltern?

Sie gab Pillai die Hand, dann Hirsch. »Tut mir leid, ich bin spät dran. Ihr erster Eindruck, Sandy?«

»Massiv unterernährt«, antwortete Sandali Pillai. »Sie wiegt gerade mal einundzwanzig Kilo, etwa vierzehn Kilo unter dem Durchschnitt in ihrem Alter.«

Brandl murmelte: »Spuren von sexuellen Übergriffen?«

»Nicht unmittelbar erkennbar.«

»Schnitte, blaue Flecken, alte Brüche, Fesselspuren?«

»Nein.«

»Sonst noch etwas?«

»Wir haben versucht, mit ihr zu reden, aber sie ist verängstigt und argwöhnisch. Sie sagt uns nicht, was los ist.«

Brandl sah Hirsch an. Er spürte förmlich die Intensität ihrer Konzentration. »Sie wird zu Hause unterrichtet, es liegt also wohl keine geistige Beeinträchtigung vor?«

»Nicht nach der Online-Tutorin, die sie begleitet.« Er sah sich hilfesuchend nach Pillai um und fügte hinzu: »Aber wenn sie isoliert aufgewachsen ist, dürften sich ihre Sozialkompetenzen nicht sonderlich gut entwickelt haben.«

Doktor Pillai nickte. »Wenn sie weiter unterernährt bleibt, isoliert wird und in unwürdigen Verhältnissen haust, dann wird sie sich nicht entsprechend entwickeln können – körperlich, seelisch und emotional.«

Sergeant Brandl schaute zu dem Kind hinüber. »Ich hasse so etwas. Also gut, Constable, gehen wir an die Arbeit.«

Grausam, das Kind allein zu lassen. Lydia heulte und lag hilflos auf dem Boden, als Hirsch sich hinkauerte, sich verabschiedete und aufstand, um zu gehen. Doktor Pillai musste Ella rufen, die Krankenschwester, die sie gewaschen hatte, einen besseren Ersatz für Hirsch gab es nicht.

3

Später Vormittag. Sie trafen sich an der Hawker Road und teilten sich die Aufgaben: Hirsch sollte bei den Häusern oberhalb der Jarmyns nachfragen, Sergeant Brandl bei den Häusern bis zum Highway. »Doch als Erstes«, sagte sie und kletterte über das Tor, »muss ich mir den Wohnwagen mal mit eigenen Augen anschauen – nichts für ungut.«

»Sergeant«, sagte Hirsch. Er entschied, hügelaufwärts anzufangen und sich nach unten vorzuarbeiten.

Oben lag das Versorgungsdepot für die Windturbinen, die in beiden Richtungen über das Tal marschierten wie berittene Schildwachen. Ein hoher, mit Stacheldraht gedeckter Zaun umgab Geräteschuppen, leere Fässer, schmutzige Land Cruiser und einen Sattelauflieger mit einem Turbinenblatt. Hirsch fuhr hinein. Der Ort wirkte verlassen.

Dann tauchte Graham Fuller aus einem der Schuppen auf, wischte sich die Hände an einem Lappen ab und schaute freundlich fragend. Fuller, ein stämmiger Mann Mitte vierzig, hatte sich zum Windturbinenmechaniker umschulen lassen, als seine kleine Farm nicht mehr für den Lebensunterhalt reichte.

»Howdy«, sagte Hirsch.

Fuller nickte, streckte die Hand aus, überlegte es sich aber anders. Er besah sich die Hand von beiden Seiten. »Möchte ja Ihre zarten Bürofingerchen nicht schmutzig machen.«

»Schon in Ordnung.«

Fuller grinste. »Sind Sie wegen der Graffiti hier?«

Aufgesprühte Slogans und farbkleckernde Totenköpfe auf den weißen Türmen in der ganzen Gegend: *Schandfleck; Schweigen ist Gold; Vogelmörder.* »Tut mir leid, nein«, antwortete Hirsch.

»Was kann ich dann für Sie tun?«

Hirsch erkundigte sich nach dem Haushalt der Jarmyns – wer lebte dort, gab es irgendwelche ungewöhnlichen Aktivitäten, irgendwelche Gerüchte, Telefonnummern –, doch Graham schüttelte den Kopf.

»Ich frag mal die Jungs, wenn Feierabend ist, aber ich kann nur sagen, das Tor ist meistens zu, und ich sehe nie jemanden kommen oder gehen.« Er dachte nach. »Der Mann arbeitet oben in Roxby, hab ich gehört, aber das ist auch schon alles.«

Roxby Downs. Fünfhundert Kilometer nördlich von Adelaide, in der Nähe der Opalsucherstadt Andamooka und der alten Raketenabschussanlage Woomera. Eine moderne Ansiedlung, die in den Achtzigern gebaut worden war, um die Kupfer- und Uranmine bei Olympic Dam zu versorgen. So mancher Mann hier aus der Gegend hatte dort Arbeit gefunden; Fuller selbst hatte eine Stelle als Fahrer angeboten bekommen, aber abgelehnt; die ewige Fliegerei hin und zurück sei nichts für ihn, hatte er Hirsch gesagt; nach Feierabend ging er viel lieber nach Hause zu seiner Frau und einer guten Mahlzeit.

Hirsch bedankte sich und fuhr weiter; als Nächstes hielt er beim Nachbargrundstück neben dem Versorgungsdepot. Ein kleiner gemauerter Bungalow im Schatten von Fichten, Flechtenbewuchs auf den Wind und Wetter ausgesetzten Oberflächen, mit Fichtennadeln verstopfte Dachrinnen. Im Carport stand ein schwarzer Valiant, mehr Rost als Lack, und ein wild gewordener Kelpie wollte ein Stück aus Hirsch reißen, wurde aber bei jeder Attacke von Halsband und Kette zurückgehalten.

»Komm her, du verfluchtes rotes Mistvieh.«

So etwas bekam Hirsch jede Woche zu hören: *Sitz!* und *Komm her, du Töle* und *Kusch, du nutzloser Köter*. Ein älterer Mann trat mit einer Axt in der Hand aus dem tiefen Schatten eines Holzschuppens. Armeemantel über einer am Knie geflickten, ausgebeulten Hose mit Hosenträgern. Ein Gesicht wie ein Hodensack, spärlicher Bartwuchs an Hals und Wangen, dreckige Brille, uralte Gummistiefel. Hirsch stellte sich das Schicksal der mit gelb verfärbten Krallen bewachsenen Zehen vor, falls die Axt ausrutschen sollte.

»Jonas.«

»Herr Polizeipräsident.«

Jonas Heneker kümmerte sich ganz allein um seine meist bettlägerige Frau, die auf eine rührende Weise dement geworden war. Hirsch schaute ein-, zweimal im Monat bei ihm vorbei. Sie schüttelten sich die Hand, und Heneker fragte: »Was verschafft mir die Ehre? Ist doch nicht Ihr üblicher Tag, oder? Wenn ich auch zugeben muss, dass mein Gedächtnis nachlässt.«

Er schüttelte Hirsch mit festem Griff weiter die Hand, hörte nicht auf, als hinge sein Leben davon ab. Ein Mann mit wenigen Besuchern und noch weniger Ablenkung, der auf das Ende wartet, dachte Hirsch.

Schließlich bekam er seine Hand zurück und fragte nach den Jarmyns.

»Sehr zurückgezogen«, sagte Heneker. Er klopfte die Taschen ab, zog Tabak, Papierchen und ein Streichholz heraus und bereitete sich auf ein Schwätzchen vor.

»Wer wohnt denn da genau?«

»Der Mann, aber der ist die meiste Zeit nicht da, arbeitet oben in Roxby Downs, dann ist da die Frau – Grace – und ein kleiner Hosenscheißer.«

»Nur die drei?«

Heneker dachte nach, und seine Zunge war mit einem Tabakkrümel beschäftigt. »Hab gehört, dass sie vor einer Weile das Kind des Mannes zu sich genommen haben.«

»Aus einer früheren Ehe?«

Heneker zuckte mit den Schultern. »Hab gehört, sie ist durchgebrannt, als das Kind noch klein war. Die Jahre vergehen, sie wird vom Bus überfahren, und nun hat er das Kind an der Hacke.«

Hirsch bekam eine erste Vorahnung. Eine verhasste Exfrau und ein Kind, das ihn an sie erinnert. Und das Kind muss es ausbaden.

»Haben Sie je mit ihnen gesprochen?«

»Ich doch nicht. Ich winke, wenn ich mit dem Auto an ihnen vorbeikomme, aber die erstarren nur. So als hätte ich Scheiße an den Stiefeln.« Er schwieg. »Was ja meistens auch stimmt.«

Hirsch grinste. Heneker winkte den Jarmyns wohl aus blanker Freude zu, sie aus der Fassung zu bringen. »Sie sind ziemlich gut informiert.«

»Wenn man nur lange genug stillsteht«, meinte Heneker, »dann kommt alles mal wieder vorbei, und man kriegt alles mit, was man wissen muss. Was macht denn Ihre tolle Freundin so? Hat sie ihren Wagen reparieren lassen?« Sagte er mit einem Augenzwinkern, um zu beweisen, dass er tatsächlich alles weiß.

Anfang der Woche war Wendy Street auf dem Weg zur Redruth High School mit ihrem neuen, gebraucht gekauften Golf fast liegen geblieben. Sie habe nicht schneller als dreißig fahren können, hatte sie Hirsch später berichtet. »Dafür gibt es sogar einen Fachbegriff: Im Stottergang nach Hause, meinte der Mechaniker.«

»Hab gehört, die Ratten hätten es sich im Motorraum gemütlich gemacht«, sagte Jonas. »Ein paar Schläuche durchgeknabbert? Irgendein Leck?«

»Erstaunlich gut informiert«, sagte Hirsch und gab dem alten Mann zum Abschied die Hand.

Er hielt noch bei drei weiteren Häusern, dann stieß er auf Sergeant Brandl, die vor dem verschlossenen Tor der Jarmyns auf ihn wartete. »Es tut sich was«, sagte sie, ihr Atem dampfte weiß in der eisigen Luft, Ohren und Nasenspitze waren rot. »Doktor Pillai hat mich angerufen. Lydia ist aufgetaut, also haben sie eine Sozialarbeiterin hinzugezogen, und die wiederum hat dem Jugendamt Bescheid gesagt.« Sie zuckte mit den Schultern. »Die Richtlinien sind eindeutig. Ich hätte dasselbe getan. Bei dem Zustand, in dem das arme Kind ist, und so, wie der Wohnwagen aussieht.«

»Was hat Lydia gesagt?«

Brandl pustete sich auf die Finger. »Könnte schlimmer sein. Keine Schläge, kein sexueller Missbrauch, aber sie hat nie genügend zu essen bekommen, im Winter war es zu kalt, im Sommer zu heiß, sie durfte nie raus zum Spielen und musste die ganze Zeit eine Windel tragen.«

»Das heißt, das CIB übernimmt die Sache?«

»Ja. Wir sollen hier auf sie warten – oder auf die Jarmyns, wer immer als Erster eintrifft.«

Könnte Stunden dauern, dachte Hirsch. »Irgendetwas von den Nachbarn erfahren?«

Sergeant Brandl sah die Straße entlang. »Beklagenswert uninformiert. Eine Person meinte, das Mädchen sei eine Nichte, eine andere, sie sei geistig zurückgeblieben.«

»Das ist sie nicht«, stellte Hirsch fest.

»Eine dritte Person sagte, Zitat: ›Der Mann steht unterm Pantoffel.‹«

Hirsch sah auf die Hügelflanken hinaus, die in der Wintersonne grün dalagen, und arbeitete diese Tatsache – wenn sie denn eine Tatsache war – in seine Theorie der Familiendynamik bei den Jarmyns ein. Dann klingelte Sergeant Brandls Handy, und er schaute abwesend zu, als sie murmelte: »Warum schickt mir Brian eine SMS?«, und auf dem Bildschirm herumtippte. Als ihr Gesicht erstarrte und weiß wurde, war sein Interesse geweckt: Bestürzung, in Großbuchstaben. »Sergeant?«

Sie schluckte und wich seinem Blick aus; irgendwie wirkte sie kleiner. »Ich muss los.«

»Alles in Ordnung?«

»Ich brauche eine Auszeit. Ein paar Tage.«

»Kann ich behilflich sein?«

Sie wollte weg. »Sie übernehmen. Halten Sie mich auf dem Laufenden.«

»Wenn Sie möchten, kann ich heute Abend vorbeischauen und –«

»Ich werde nicht zu Hause und nicht auf dem Revier sein. Ich muss nach Adelaide.«

Ihr Ton besagte: *Keine weiteren Fragen.*
»Sergeant.«

Hirsch schaute ihr nach, wie sie davonraste. Es musste sich offenbar um etwas Dringendes handeln. Etwas Privates.

Er stieg in den Toyota und wartete. Er hoffte, betete, dass das CIB als Erstes eintreffen würde, zusammen mit einer Sozialarbeiterin. Wer wusste, was passieren würde, wenn die Jarmyns zuerst zurückkehrten? Seine Befehle waren eindeutig, festnehmen und auf ihre Rechte hinweisen, aber was, wenn sie aggressiv wurden? Die Flucht ergriffen? Hysterisch wurden? Er war allein.

Das ganze Feld des Kinderschutzes war undurchsichtig. Die klare Vorschrift lautete, Fälle von möglicher Kindswohlgefährdung zu melden, doch häufig war die Art der Gefährdung nicht so klar zu erkennen. Fahrlässige Vernachlässigung, absichtliche Vernachlässigung, Misshandlung, sexueller Missbrauch, Versklavung? War das ein Fall für die Polizei oder für die Fürsorge? Beides? Wie genau lautete die mögliche Anklage? Hirsch fand es offensichtlich, dass in diesem Fall die Polizei gefragt war – vor allem wegen der Gefangenschaft –, aber war die Absicht der Jarmyns krimineller Natur gewesen oder waren sie einfach arm oder zu ungebildet, waren sie drogensüchtig oder hatten sie psychische Probleme? Also Unterstützung und Beratung statt Prozess und Haft.

Über all das und noch andere Dinge grübelte er nach, warf ab und zu den Motor an, damit ihm nicht kalt wurde, dann tauchte ein weißer Falcon aus den Achtzigern auf und hielt vorsichtig vor dem Tor. Zwei Personen: Hinter der Fahrerin schlief ein kleines Mädchen im Kindersitz. Hirsch stieg aus, die Fahrerin ebenfalls. Sie trug knöchelhohe Stiefel, Jeans und eine Steppweste über einem dunkelblauen T-Shirt. Sie sah ihn mit einem erstaunlichen Mangel an Neugier an, schloss das Tor auf, öffnete die Flügel, stieg wieder ein und passierte das Tor.

Also gut.

Hirsch folgte dem Falcon, bremste, als der Wagen in den Carport setzte, und stellte seinen Wagen direkt dahinter ab.

In der Zwischenzeit beugte sich die Frau über den Rücksitz, fummelte an den Gurten herum und hob ein zartes, blondes Kind ganz in Rosa heraus: Stiefel, Strumpfhose, Cordkleid, Jacke und Haarband. Das Kind wachte auf und blinzelte Hirsch und die Welt an.

»Mrs Jarmyn? Grace?«

Die Frau kümmerte sich nicht um ihn, bewegte sich ganz mechanisch, eine Mutter, die zum zigsten Mal von einem Einkauf nach Hause kam.

»Sind Sie Mrs Jarmyn?«

Sie zeigte keinerlei Gemütsbewegung, war hager und von Enttäuschungen und Entbehrungen geprägt. Sie wirkte wie Mitte vierzig, war aber wohl jünger. Schmerzhaft dürr. Schlanke, gepflegte Hände, fiel ihm auf, als sie ihre Tochter absetzte – und als einzigen Anflug von Eitelkeit hatte sie die Nägel lackieren lassen: silbrig blau, mit Glitzermuster.

Hirsch trat zu ihr hin und sagte: »Bitte, Mrs Jarmyn.«

Sie schaute über seine Schulter hinweg zum Wohnwagen hinüber, kehrte ihm den Rücken zu und führte ihre Tochter an der Hand zu einer Seitentür ins Haus. Dort gab sie dem Kind einen kleinen Schubs, schaute ihm für einen Augenblick hinterher, kehrte dann zum Wagen zurück und öffnete die Heckklappe.

Hmm, dachte Hirsch, sah zu, wie sie hineingriff und eine Apfelkiste mit Möhren, Kartoffeln und einem Kürbis herauszog. Sie war wohl an einem Straßenstand vorbeigekommen.

Dann trat sie von dem Wagen zurück, wies mit einer Kopfbewegung auf den Rest des Einkaufs: Tüten von diversen Kaufhäusern und ein Flachkarton.

Okay. Er nahm alles und folgte der Frau in die aufgeräumte, saubere, aber müde wirkende Küche. Ein Brandfleck neben dem Gasherd, die Holztischplatte mit Spuren wie von Jahren schwerhändigen Kreuzworträtselns, ein zitternder, rundschultriger Kühlschrank: das alles aufgemuntert durch einen Eukalyptuszweig in einer weißen Vase. Hirsch stellte den Einkauf auf den Tisch, lehnte den Karton an ein Stuhlbein und versuchte die ganze Zeit über, die Frau einzuschätzen. Sie weiß, warum ich hier bin, stellt sich aber dumm; oder aber sie verfügt nicht über die Fähigkeit zu Neugier oder Mutmaßung; oder aber sie ist vom Leben völlig geschlagen.

Dann machte sie endlich den Mund auf. »Eine Tasse Tee?« Eine sanfte, melodiöse Stimme.

»Danke«, sagte Hirsch, »doch zuerst muss ich bestätigt haben, dass Sie Grace Jarmyn sind?«

»Bin ich, ja.«

Hirsch, der die ganze Prozedur hasste, erklärte sie für verhaftet und wies sie auf ihre Rechte hin. »Weitere Polizeibeamte werden demnächst eintreffen. Es wird wohl zu einer formellen Anklage kommen.«

Sie füllte den Wasserkocher auf. »Okay«, sagte sie.

Hirsch, der nicht sicher war, ob sie alles verstanden hatte, wiederholte, was er gesagt hatte. »Ich muss wissen, ob Sie das verstanden haben, Mrs Jarmyn.«

»Ich habe verstanden.«

Sie stellte den Kocher auf den Fuß und betätigte einen Schalter. Der Kocher tat einen überraschten kleinen Hopser und machte sich daran, Wasser zu erhitzen. Grace Jarmyn nahm zwei Tassen aus einem Hängeschrank und Teebeutel aus einer Schublade neben der Spülmaschine. Das Kind, das man durch eine Rundbogentür im Wohnzimmer sehen konnte, beugte sich über ein Malbuch auf dem Couchtisch. Die ganze Szene wirkte überaus bizarr.

»Setzen Sie sich bitte, Mrs Jarmyn, bis das Wasser kocht.«

Sie sah sich besorgt in der Küche um, so als würden wichtige Hausarbeiten auf sie warten, dann schaute sie zu ihrer Tochter hinüber und setzte sich schließlich auf den Stuhl gegenüber von Hirsch. Sie schob die Einkaufstüten zum hinteren Tischende, befeuchtete sich die Spitze des Zeigefingers und wischte an einem Fleck auf dem Tisch.

»Sie haben jederzeit das Recht auf einen Rechtsbeistand,

Mrs Jarmyn, und ich habe auch nicht vor, Sie zu befragen, aber es wäre hilfreich zu wissen, wo sich Mr Jarmyn im Augenblick aufhält. Ist er zum Arbeiten im Norden?«

Grace Jarmyn, deren Gesicht sich endlich regte, richtete ihre ganze Aufmerksamkeit auf Hirsch. Ohne ihren knochigen, leeren Gesichtsausdruck wirkte sie eher ironisch. »Was weiß denn ich? Meinetwegen kann er auch am Arsch der Welt sein.«

»Er arbeitet also nicht in – «

»Ich habe meinen Mann seit über einem Jahr nicht mehr gesehen. Vielleicht arbeitet er noch in Roxby; vielleicht ist er sonst wo.«

Na, so viel zum Hawker-Road-Buschtelefon, dachte Hirsch.

Sie hielt den Kopf schräg. »Er hat mich verlassen, und nun habe ich seine Tochter am Hals. Deshalb sind Sie doch hier, richtig?«

»Mrs Jarmyn, Sie sollten wirklich – «

»Er meinte, er würde das nicht packen; das sei alles zu viel für ihn. Alex ist ein Schwächling«, sagte Grace Jarmyn; als der Wasserkocher abschaltete, stand sie auf. Wieder schaute sie zu ihrer Tochter hinüber, dann kümmerte sie sich um den Tee.

»Mrs Jarmyn, wenn Sie vorhaben, etwas zuzugeben, dann muss ich das aufzeichnen.«

Über die Schulter sagte sie: »Ich habe nichts zu verbergen oder zu befürchten.«

Die ganze Situation wirkte unwirklich, wie Hirsch da sein Handy auf den Tisch legte und Uhrzeit, Datum, Ort, anwesende Personen und die Umstände aufsprach, die dazu geführt hatten, dass die South Australia Police eingeschritten war. Reiner Selbstschutz.

Grace Jarmyn stellte die Tassen mit dem Tee, ein kleines Milchkännchen und eine Zuckerdose auf den Tisch. Dann holte sie ein paar Kekse. Sie schaute noch mal ins Wohnzimmer und sagte: »Ich ernähre, kleide und unterrichte Lydia jetzt seit anderthalb Jahren. Sie haben sie irgendwo hingebracht, nehme ich an?«

»Mrs Jarmyn, Ihnen ist bewusst, als ich sie gefunden habe, da war sie –«

»Hm, ja. Wissen Sie, in welchem Zustand sie war, als ich sie bekommen habe? Nur Haut und Knochen. Ihre Mutter war drogensüchtig. Lex' erste Frau.«

Gehörte das vielleicht zu ihrer Verteidigung? »Trotzdem, ein Kind in einem Campingwagen einzusperren …«

»Das war nur zu ihrem Besten. Sie ist ständig weggelaufen.«

Deshalb also die Kamera. »Eine Schale Reis am Tag ist nicht sonderlich nahrhaft.«

»Lex hat mich mit Schulden sitzen lassen. Ich mache alles allein, ohne irgendwelche Hilfe. Ich habe keine Familie, und seine Familie taugt nichts. Die Sozialkasse ist der reine Albtraum. Ich esse manchmal nichts, damit meine Tochter, und *seine* auch, etwas zu essen und anzuziehen haben.«

Eine leicht verschrobene Denkweise, fand Hirsch. Er schaute zu, während sie ihre neuen Fingernägel begutachtete. Sie streckte die Hände aus, machte die Finger steif, legte die Stirn abwägend in Falten. Sprachlos warf er einen Blick zu dem Kind hinüber, was Grace Jarmyn bemerkte. »Sie werden mir doch Naomi nicht wegnehmen.«

Hirsch verzog keine Miene. Er nicht, aber vielleicht das Jugendamt.

Das Geräusch von eintreffenden Fahrzeugen und zugeschlagenen Türen erlöste ihn. Er verließ das Haus über den Carport und stieß auf einen Detective des Port Pirie CIB namens Comyn mit zwei Frauen, einer Kollegin und einer Sozialarbeiterin. Comyn, ein stämmiger Mann, der sich über alles mokierte, sagte: »Wir sind gerade von Redruth hergekommen. Wir haben die Fotos von dem Kind gesehen, vorher und nachher, und haben mit der Kleinen gesprochen. Jetzt müssen wir dieses angebliche Gefängnis sehen.«

Mit Hirsch sprach er immer so, als würde er allem misstrauen, was Hirsch tat oder sagte. »Hier entlang«, sagte Hirsch.

Comyn bat seine Begleiterinnen, schon mal ins Haus zu

gehen, und folgte Hirsch dann zum Wohnwagen. Er umkreiste ihn, kontrollierte die vergitterten Fenster und die Tür mit dem Außenschloss, dann stieg er hinein. »Hier stinkts.«

Hirsch erwiderte nichts darauf. Er wartete draußen, besah sich den winterlichen Hof, die Autos mit ihren Schmutzstreifen und spürte, wie ihm die Kälte des späten Nachmittags in die Knochen fuhr.

Nach einer Weile tauchte Comyn wieder auf. »Verstehe, was Sie meinen.«

Hirsch wies mit dem Kopf zum Haus. »Mrs Jarmyn hat angefangen, ein Geständnis abzulegen.«

Comyn brauste auf. »Was zum Teufel? Haben Sie –«

»Ich habe alles auf Band, inklusive der erforderlichen Vorrede. Ich maile Ihnen die Datei.«

Comyn stapfte über den Hof und murmelte: »Verschon mich mit diesen Kleinstadtbullen.«

Hirsch folgte ihm, da klingelte sein Handy. Er schaute auf den Bildschirm – *Tiverton Primary School* – und hob ab. Eine Stimme sagte angespannt: »Ich brauche Sie sofort hier. Ein Vater rastet völlig aus.«

4

Hirsch raste davon, nahm die schmierige Piste mit so hoher Geschwindigkeit, dass der HiLux ins Schleudern kam. Als er erleichtert endlich Asphalt erreichte, hielt er Ausschau nach Kamikaze-Sprühflugzeugen und blätterte im geistigen Karteikasten nach dem Namen Leon Ayliffe. Ein Farmer; lebte mit seinem achtzehnjährigen Sohn – Jake? Nein, Josh – südlich der Gemeinde auf einer Weizen- und Wollfarm. Zwei Zwischenfälle: Letzten Sommer hatte Ayliffe einem Inspektor der Tierschutzorganisation, der einen Tipp erhalten hatte, den Zutritt verweigert, und Anfang Herbst hatte er den Wagen seiner Frau gerammt. Diana Ayliffe war dabei gewesen auszuziehen, ihr Mazda vollgepackt mit Kisten, die elfjährige Tochter Chloe auf dem Beifahrersitz. Mutter und Tochter wohnten jetzt in einem gemieteten Haus in der First Street. Hirsch sah sie ab und zu auf dem Schulweg.

Leon sei Alkoholiker, hatte Diana gesagt. Ein stiller Brüter. In einem Augenblick harsch, im nächsten rührselig.

Wenn es ein Problem in der Schule gab, warum war dann der Noch-Ehemann aufgetaucht, nicht Mrs Ayliffe?

Die Schule hatte zwei Lehrkräfte und eine Teilzeit-Sekretärin. Julian Roskam, der Direktor, unterrichtete die oberen Grundschulklassen, Vikki Bastian die Vorschulkinder und Erstklässler; Glenys Fife, die Sekretärin, hatte Hirsch angerufen. Im Hintergrund hatte er jemanden herumbrüllen hören: »*Feigling ... Bastard ... Schwächlinge allesamt.*«

Zehn Minuten später stellte er den Toyota neben einem verschlammten silbernen Holden Pick-up ab, der schräg über zwei Besucherparkplätzen der Schule stand, auf den beiden Türen prangte ›Ayliffe Pastoral‹. Das Nummernschild lautete ›OZ4US‹. Na toll, dachte Hirsch, Australien für uns. Nichts weniger. Er überquerte den Schulhof und sah in eins der Klassenzimmer. Es war gesteckt voll; Vikki Bastian, die am Whiteboard stand, setzte ein klägliches Lächeln auf und winkte. Sie hatten für die Dauer des Dramas alle Kinder in einen Klassenraum zusammengeholt, erkannte Hirsch.

Er betrat den Eingangsbereich, wo ihn eine angespannte Glenys am Empfangstisch erwartete. Sie wies einen Gang entlang, ohne etwas zu sagen – Hirsch brauchte keine Wegbeschreibung: immer dem Lärm nach.

An den Flurwänden hingen Zeichnungen und Klassenfotos, daneben ein Poster für das Clonmel Run Music Festival am kommenden Wochenende. Hirsch würde einen Teil der Zeit dort Dienst haben. Jugendliche würden Schnaps und Drogen hineinschmuggeln, Überdosen nehmen. Wahrscheinlich würde es aus Eimern schütten. Und die Musik würde furchtbar sein.

Als Hirsch zum Büro des Direktors kam, schaltete er sein Handy auf stumm, klopfte an und trat ein. Zwei Männer standen sich gegenüber: Julian Roskam zwischen Schreibtisch und Rückwand, davor Leon Ayliffe, der sich aufbaute, als wolle er sich auf ihn stürzen. Roskam, Mitte fünfzig, war mollig, hatte schütteres Haar und wirkte leicht aus der Zeit gefallen in seiner grauen, engsitzenden Strickjacke über einem weißen Hemd mit erwürgend eng geknoteter blauer Krawatte. Er wirkte verschreckt, wenn auch mit einer Spur Hochmut, so als sei er erbost darüber, was er sich hier gefallen lassen musste. Er sah Hirsch an und schüttelte den Kopf. »Na endlich.«

Hirsch nickte kurz. Er konzentrierte sich auf Ayliffe. Ein kleiner, verspannter Mann, Hände zu Fäusten geballt, erstes Grau in seinem zerzausten Buschmannbart. Ein Mann, dem nie etwas recht war – der Tee war zu kalt, die Straßen zu schlecht, die Regierung unfähig. Und nun konzentrierte er sich auf Hirsch. Er drehte sich angewidert zu ihm hin: »Na toll, verflucht. Jetzt tauchen auch noch die Bullen auf.« Dann drehte er sich zu Roskam um und knurrte: »Du Stück Dreck.«

»Warum setzen wir uns nicht hin und besprechen alles«, sagte Hirsch.

Ayliffe tat einen Schritt auf ihn zu und blies sich angesichts dieser neuen Ungeheuerlichkeit auf. »Hinsetzen? Das ist alles, was ihr Arschlöcher könnt, hinsetzen. Wie wärs mal mit Taten, verdammt?«

Hirsch wich zurück. Der Mann hatte getrunken. »Mr Ayliffe, die Kinder können Sie wahrscheinlich hören. Das würde sie nur verstören. Denken Sie an Chloe.«

Und wieder plusterte sich Ayliffe auf. »Wegen Chloe bin ich ja hier!«

Der Direktor schüttelte den Kopf. »Ganz im Gegenteil, Mr Ayliffe, Sie sind hier, weil ...«

Hirsch trat an den Schreibtisch, streckte Roskam die Hand hin, der sie verblüfft schüttelte. Dann drehte Hirsch sich zu Ayliffe und streckte ihm ebenfalls die Hand hin. »Mr Ayliffe?«

Ayliffe war ebenso verblüfft und ergriff sie; so viel Anstand steckte noch in ihm. Das entschärfte die Situation bei allen Beteiligten.

»Setzen wir uns«, erklärte Hirsch, griff in den Spalt zwischen den Aktenschränken und zog zwei Klappstühle hervor. Mit einem Schlenker hatte er sie aufgeklappt und vor Roskams Schreibtisch gestellt. Er setzte sich, wies auf den anderen Stuhl, und Ayliffe setzte sich ebenfalls. Roskam, ein Zeppelin bei der Landung, machte es sich hinter seinem Schreibtisch bequem.

»Also gut. Von Anfang an.«

Roskam, der nun in Sicherheit war, beugte sich über eine jungfräulich saubere, in grünes Leder gefasste Schreibtischunterlage. »Er kam einfach hier hereingestürmt und – «

Hirsch unterbrach ihn. »Wenn wir vielleicht noch ein Stück früher anfangen? Mr Ayliffe? Darf ich fragen, warum Sie heute hierhergekommen sind?«

Ayliffe überlegte. Im Sitzen war er weniger bedrohlich. Im Profil wirkte er ausgehungert, so als würde die Wut an ihm nagen und nur Haut und Knochen übrig lassen. »Also, alles fing an mit … nein, das ist gelogen, es fing mit diesem Mistkerl von Quinlan an.«

Hirsch war verwirrt. Der Viehhändler? »Adrian Quinlan? Was hat der damit zu tun?«

Ayliffe wirkte betreten, so als würde er langsam die letzte halbe Stunde bedauern. »Hören Sie sich um. Der Scheißer schuldet überall Geld.«

»Er schuldet Ihnen Geld?«

»Das sag ich doch gerade. Seit Jahren arbeiten wir zusammen, ich verkaufe ihm Schafe, kaufe Böcke, bestelle Heu, all das. War nie ein Problem. Dann ist der letzte Scheck geplatzt: dreitausend. Das Arschloch ruft nicht mal zurück.«

Irgendwo musste es eine Verbindung von Quinlans geplatztem Scheck und der Schule geben …

Dann kam Hirsch drauf: »Sie müssen noch das Schulgeld zahlen?«

Ayliffe war ganz aufgebracht. »Das sag ich doch gerade. Meine Frau – Di – ruft mich halb in Tränen aufgelöst, halb stinkig an. In Tränen, weil dieses Arschloch da«, er wies auf Roskam, »Chloe vor der ganzen Schule herausgepickt hat, und stinkig, weil ich das Schulgeld schon zu Beginn des Schuljahrs hätte bezahlen sollen. Dabei ist das eine *freiwillige* Spende.«

Eine Kampfansage an Roskam, der die Ellbogen auf den Tisch stützte und die Finger zu einem Dreieck zusammengelegt hatte. »Diese Schule ist, wie die meisten öffentlichen Schulen, nicht in der Lage, die Kosten für Schulbücher, Papier, Sportveranstaltungen oder Exkursionen selbst zu tragen. Wir erwarten, dass die Eltern sich daran beteiligen. Zum Beispiel diese Fahrt nach Broken Hill Anfang des Jahres: Buskosten, Unterkunft …« Er unterbrach sich; er hatte etwas angefangen, was er nicht hätte tun sollen. Er zuckte mit den Schultern. »So sind die Gepflogenheiten.«

Ayliffe zitterte am ganzen Körper. »Gehört es auch zu den ›*Gepflogenheiten*‹, Kinder dafür zu bestrafen, wenn ein Elternteil etwas übersehen hat?« Er sah Hirsch an und spuckte Gift und Galle. »Bei der Morgenversammlung am Montag wurden Chloe und ein anderes Kind herausgepickt und mussten sich vor die anderen hinstellen, weil die Gebühr nicht bezahlt worden war. Ist doch beschissen, ein Kind derart zu demütigen!«

Hirsch sah das eigentlich auch so. »Mr Roskam?«

Der Direktor zuckte leicht unbehaglich mit den Schultern. »Wir können die Kosten nicht allein stemmen. Manche Dinge muss man gleich im Keim ersticken.«

»Ich werd dich auch gleich im Keim – «

»Mr Ayliffe«, ermahnte ihn Hirsch.

Ermutigt fuhr Roskam fort: »Ich sollte darauf hinweisen, dass das Elternkollegium mir zu hundert Prozent darin beipflichtet, alles zu unternehmen, um das Budget auszugleichen.«

»Du aufgeblasenes, verfluchtes Arschloch«, spuckte Ayliffe.

Hirsch wären da noch ein paar andere passende Kraftausdrücke eingefallen. Er sah Ayliffe an. Tief getroffen, weil Frau und Tochter ihn verlassen hatten, um dreitausend Dollar ärmer – und das bei den sporadischen Einnahmen eines Farmers –, musste der Mann nun auch noch diesen letzten Schlag erleiden: die öffentliche Demütigung der Tochter.

»Können wir eine Art Ratenzahlung aushandeln?«

Hirsch, der Vermittler. Die meiste Zeit schien er als Beichtvater, Therapeut, Sozialarbeiter, Ausputzer und Mittelsmann zu verbringen. Was hätte er nicht für ein ganz normales Verbrechen und eine ganz normale Verhaftung gegeben.

Halb vier. Als Hirsch die Schule verließ, strömten die Kinder bereits hinaus, zogen ihre Parkas an, die Rucksäcke hüpften, viele der Jungen trotzten der Kälte in kurzen Hosen. Er musste an Roskam denken, als er in den Toyota stieg und zum Revier fuhr. Roskam hatte die vorherige Direktorin zu Beginn des Schuljahrs abgelöst. Er war dem Tennis- und dem Footballclub beigetreten, hatte einen Kunstmarkt veranstaltet und ein größeres und besseres Jahreskonzert der Schule versprochen. Nichts davon erklärte, wieso er ein paar Kinder demütigen musste, deren Eltern die zweihundert Dollar Schulgeld nicht bezahlt hatten – oder nicht bezahlen konnten. Hatte es vielleicht mit seiner vorherigen Schule zu tun? Eine taffe Großstadtschule? Vielleicht irgendeine in Geld schwimmende Privatschule. Wo würde man die Kinder dafür bestrafen, dass die Eltern etwas versäumt hatten?

Dann dachte er über Adrian Quinlan nach. Wenn es eine große Nummer in dieser Gegend des mittleren Nordens gab, dann Quinlan. Mitte sechzig, korpulent, rotes Gesicht. Kleidete sich gern als Viehhüter – Hosen aus Moleskin, Stiefel von R. M. Williams, Tweedjackett, Akubra-Hut – die ganze Nummer. Spenden ans Krankenhaus, an die Schulen in der Gegend, die Sportvereine; fuhr einen Range Rover Evoque; lebte auf einem hübschen Gehöft aus den Zwanzigern auf einem Hügel mit Blick auf Redruth; hatte eine kleine Flotte an Autos, Pick-ups und Lastern, die alle mit *Quinlan Stock and Station Services* beschriftet waren und von einem Betriebsgelände in der Nähe des Gewerbegebiets am Nordrand von Redruth aus dirigiert wurden. Ein großer, warmherziger Mann, der gern grinste, Hände schüttelte und Schultern klopfte, genau die Art von Mann, vor der Hirschs Seele den Rückzug antrat. Wobei Hirsch selbst das Problem bei sich vermutete, nicht aufseiten der Rückenklopfer.

Zwei Hinweise an einem Tag, dass es bei Quinlan zu finanziellen Unregelmäßigkeiten kam. Gab es noch mehr stinkige Bürger im Bezirk?

Hirsch stellte den Toyota in der Einfahrt zum Revier ab, stieg aus, besah sich mürrisch die schlammverschmierten Reifen, das Fahrgestell und die Flanken – fehlte nur noch, dass jetzt der örtliche Polizeikommandant unangemeldet hereinschneien würde. Dann setzte Sprühregen ein: Konnte man ja von niemandem verlangen, bei Regen draußen zu arbeiten. Statt also das Dienstfahrzeug zu waschen, ging er in seine Küche, schaltete den Wasserkocher an, bereitete sich eine Tasse Tee zu und trug sie in sein Büro. Dann fiel ihm sein Handy ein. Zwei verpasste Anrufe und eine Textnachricht von Sergeant Brandl: *Rufen Sie mich umgehend zurück.*

Sie ging dran, klang aber nervös. »Wollte mich nur mal melden. Ist das CIB aufgetaucht? Sind die Jarmyns zurückgekommen?«

»Mrs Jarmyn kam als Erste«, antwortete Hirsch. »Der Mann ist offenbar von der Bildfläche verschwunden. Dann das CIB.«

»Okay, okay«, sagte sie, hatte wohl schon das Interesse verloren. »Also«, fuhr sie mit wachsender Nervosität fort, »ich muss dann los.« Eine widerwillige Pause. »Ich versuche, am Wochenende wieder zurück zu sein.«

»Ich hoffe, es ist alles in Ordnung, Sergeant«, sagte Hirsch, aber sie hatte schon aufgelegt.

Er zuckte mit den Schultern und widmete sich den Briefen und Mails, doch kaum hatte er damit begonnen, klopfte es an der Haustür. Normalerweise kamen die Leute einfach so herein.

»Es ist offen«, rief er.

Vikki Bastian zögerte einzutreten. Anfang zwanzig, anthrazitfarbener Wollrock, schwarze Strumpfhose, rauchblauer Pullover, die Haare voller Regentropfen. Sie warf Hirsch ein sorgenvolles Lächeln zu, schaute über die Schulter zur Schule hinüber und trat schließlich ein, zog ihre Lederhandschuhe aus und verursachte eine leichte atmosphärische Störung: Öffentliche Bekanntmachungen – die meisten Termine schon verstrichen – raschelten hinter ihr.

Sie blieb am Tresen stehen und sah sich um. Sie wirkte nicht sonderlich beeindruckt, was Hirsch ihr nicht übelnehmen konnte. »Kalt hier drin«, sagte sie.

»Ich warte nur darauf, dass jemand gegen das Gesetz verstößt, damit ich mich bei der Verfolgungsjagd aufwärmen kann.«

»Sehr witzig. Keine Zentralheizung?«

»Heizstrahler von der Größe einer Schachtel Schminktücher.«

Sie kaute kurz auf der Unterlippe. »Wegen vorhin. Mit Mr Ayliffe ...«

Hirsch stand auf. »Kommen Sie an den Schreibtisch. Hier ist es ein wenig wärmer.«

Sie setzte sich auf einen Stuhl vor dem Schreibtisch und sagte: »›Ein wenig‹ scheint mir der richtige Ausdruck zu sein. Und was, wenn jemand auftaucht und mich hier sitzen sieht?«

»Die Leute zerreißen sich schon seit meiner Ankunft die Mäuler«, entgegnete Hirsch. »Ich halte die Ortsansässigen gern auf Trab.« Er reckte freundlich erwartungsvoll das Kinn in ihre Richtung.

»Also, Verschiedenes«, fasste sich Bastian kurz. »Erstens, was Leon Ayliffe da gemacht hat, war völlig daneben. Es war schrecklich, ich dachte schon, er würde jemandem was antun. Er ist eine halbe Stunde lang draußen herumgetigert, bevor er hereingestürmt ist, hat rumgeflucht und gegen die Mülltonnen getreten. Und als Julian rauskam, um zu sehen, was los ist, hat Ayliffe sich vor ihm aufgebaut. Eine komische Szene, wenn es nicht so ernst gewesen wäre. Die Kinder hatten Angst.«

Worauf will sie hinaus, fragte sich Hirsch. Dass ich ihn hätte verhaften sollen? »Ich musste eine Ermessensentscheidung treffen«, sagte er. »Ich wollte nicht, dass die Sache eskaliert.«

»Nein, nein, das haben Sie richtig gemacht, mit der Ratenzahlung«, sagte Bastian. »Eine gute Lösung unter den gegebenen Umständen.«

»Hat Mr Roskam Ihnen davon erzählt?«

»Nein, Leon eigentlich. Er ist zu mir gekommen und hat sich entschuldigt.« Sie schwieg kurz. »Ist ja auch nicht so, als hätte Julian keine Vorwarnung erhalten. Leon ruft schon seit Montag in der Schule an und schreibt Mails.«

Vorwarnung. Wie oft bekam ein Polizist das zu hören ...

Bastian fuhr fort. »Das ist eine gute Schule. Ist ja auch zu klein, um schlecht zu sein. Aber man muss herausfinden, wie man die Problemeltern erkennt. Sie wissen schon, überbehütend, weichen dem Kind nicht von der Seite, rufen wegen jeder

Kleinigkeit, die sich auf ihr Schätzchen auswirkt, sofort an. Oder das kleine Schätzchen ist der Mittelpunkt des Universums und verdient ungeteilte Aufmerksamkeit. Oder die Eltern sind auf irgendeinem Powertrip – ich bin da ein leichtes Ziel, ich bin jung und neu hier. Dann gibt es noch die uninteressierten Eltern: Ist doch *Ihr* Job, für Ordnung, Erziehung und Betreuung zu sorgen. Und dann gibt es noch Väter – und auch Mütter – wie Leon Ayliffe, eigenbrötlerisch und aggressiv. Wenn man deren Kind bestraft, bestraft man *sie*.« Sie zuckte mit den Schultern. »Manchmal bekommt man Dinge zu hören, die so etwas erklären. Eine Scheidung, bei der schmutzige Wäsche gewaschen wird, psychische Probleme, Drogen …«

Hirsch bemerkte, wie sie zögerte, den Blick nach innen richtete, als ob sie nicht schon zu viel gesagt hatte und er sie nach Namen fragen würde. Er wischte ihre Besorgnis beiseite. »Wie kann ich helfen?«

»Die Frage lautet eher, wie ich *Ihnen* helfen kann«, sagte sie und schaute ihn an.

»Okay …«

Doch sie kam nicht sofort auf den Punkt. »Was das Schulgeld angeht. Wenn man pingelig sein will, dann handelt es sich tatsächlich um eine freiwillige Spende, aber alle zahlen, außer diesmal zwei Familien. Die Zeiten sind hart. Kommt manchmal vor. Aber Julian hat die Sache nicht gut angepackt.« Sie zog die Schultern ein wenig ein, so als habe man einen Schuss auf sie abgefeuert. »Ich habe ein schlechtes Gewissen, so etwas sagen zu müssen. Ich muss ja mit ihm arbeiten.«

»Ist er irgendwie …«

»Nein, nein. Er hat sich nur falsch verhalten.« Vikki beschäftigte sich mit dem Saum ihres Rocks und mit dem Kleiderstoff an ihren Oberschenkeln.

»Also, was geht Ihnen im Kopf herum? Ich bin verschwiegen.«

Hastig sagte sie: »Es geht darum, was Leon über Adrian Quinlan gesagt hat.«

Quinlan zum Dritten. »Okay.«

»Leon hätte sich nicht so aufführen sollen, er hat offensichtlich Aggressionsprobleme, aber wahrscheinlich stimmt es, dass Mr Quinlan ihm Geld schuldet.« Sie schwieg kurz. »Meinem Vater auch, und ich wette, noch so einigen anderen.«

Hirsch fragte sich, worauf sie hinauswollte, und fragte: »Ihr Vater verkauft Schafe oder Wolle über die Agentur?«

Vikki Bastian schaute ihn verwirrt an. »Ich rede von dem Musikfestival«, sagte sie. »Clonmel Run.«

Hirsch kombinierte: Hedley Bastian war der Viehzüchter, der sein Grundstück für das Festival zur Verfügung gestellt hatte. Nächste Verbindung: Hauptsponsor des Festivals war Quinlan Stock and Station Services.

Er wollte schon Witze darüber machen, dass er dort Dienst hätte und mit Spürhund und Maschinengewehr patrouillieren würde, doch Bastian hatte etwas leicht Humorloses an sich. »Ihr Vater ist nicht dafür bezahlt worden, dass er seinen Acker für das Festival verpachtet? Vielleicht wird er das noch, wenn alles vorüber ist.«

»Quinlan hat nicht mal die Anzahlung geleistet. Mein Dad hat Tausende dafür ausgegeben, die Weide vorzubereiten, zu mähen, die Steine wegzuräumen, die Zäune zu richten. Er hat sich mit Lieferanten in Verbindung gesetzt, mit den Leuten für Großraumzelte, Partyservice ... ein paar haben schon Geld bekommen, nicht genug, um für die Vorauskosten zu bezahlen, aber Quinlan wimmelt alle ab.«

»Zu diesem Zeitpunkt«, sagte Hirsch bedächtig, »ist das noch keine Angelegenheit der Polizei. Wenn sich Ihr Vater und die anderen einen Rechtsbeistand nehmen? Eine Zivilklage einreichen?«

Bastian nickte. »Das habe ich ihm auch schon gesagt, aber er meint nur, Mr Quinlans Wort sei so gut wie Bargeld, sie hätten immer faire Geschäfte gemacht. Ich möchte nicht, dass mein Dad sich Sorgen macht. Und was, wenn niemand bezahlt wird und das Festival nicht stattfindet?«

Hirsch zuckte leicht mit den Schultern. Er konnte da wirklich nichts ausrichten.

Aber Vikki Bastian war noch nicht fertig; sie senkte die Nasenspitze ein wenig. »Ich dachte nur, ich sag Ihnen das, für den Fall, dass jemand daraus eine Angelegenheit der Polizei macht.«

5

Donnerstag, Patrouillentag.

Hirsch marschierte durch die Ortschaft, hinterließ dann seine Handynummer an der Tür und machte sich um halb acht auf den Weg. Er drehte zwei große Runden die Woche, östlich von Tiverton an den Montagen, westlich an Donnerstagen – falls nicht ein Verbrechen oder sonst etwas dazwischenkam. Meistens schaute er bei den Einsamen und Wehrlosen vorbei – eine Witwe mit ihrer Down-Syndrom-Tochter, ein älteres Paar, das sturköpfig Schafe auf wertlosem Land hielt, ein Landpächter mit einer an den Rollstuhl gefesselten Frau.

Heute hatte er noch gar nicht recht begonnen, da fiel ihm der Hund der Jarmyns ein. Er rief Comyn an, der raunzte: »Sie haben hoffentlich einen guten Grund.«

»Ich wollte mich auf den neuesten Stand bringen, was die Jarmyns angeht.«

Comyn war kurz angebunden. »Das Kind aus dem Wohnwagen ist im Krankenhaus, die Kleine ist im Kinderschutz, zur Mutter wird ein psychologisches Gutachten erstellt.«

»Darf sie wieder nach Hause?«

»Keine Ahnung. Noch was?«

»War auf den Videoaufnahmen etwas zu sehen?«

»Grace Jarmyn, die Essen bringt. Ab und zu hat sie einen Laptop dabei.«

Für die Meetings mit Clara, dachte Hirsch. »Haben Sie etwas von dem Ehemann gehört?«

Gereizt erwiderte Comyn: »Sie haben doch mit ihr gesprochen. Hat sie Ihnen nicht gesagt, dass er vor einem Jahr abgehauen ist?«

Also nein, dachte Hirsch. »Was ist mit dem Hund?«

»Was für ein Hund?«

»Im Zwinger war ein Hund.«

»Mann«, sagte Comyn, »rufen Sie den Tierschutz an oder fahren Sie doch selbst vorbei.«

Das tat Hirsch; er stellte den Wagen am Tor ab, kletterte hinüber und nahm einen gewundenen Weg um Fahrbahnmatsch und Schlaglöcher herum, bis er zum Haus kam. Der Zwinger war leer, die Kette lag auf dem feuchten Gras. Hirsch musste davon ausgehen, dass Grace Jarmyn sich um das Tier gekümmert hatte. Zur Sicherheit sah er sich auf dem Grundstück um. Es umfasste etwa zehn Hektar. Keine Feldfrüchte, keine Tiere, nur Gras, alte Schuppen, das Haus und die gepflegten Beete. Die Schuppen waren großteils leer: Jutesäcke, ein zerbeulter Fünf-Liter-Kanister, eine Aluleiter voller Spinnweben, ein paar abgefahrene, dahinsiechende Reifen.

Hinter den Schuppen lagen zwei grasbewachsene Koppeln hügelauf an der Flanke eines der Tiverton Hills. Hirsch machte sich auf den Weg in die hinterste Ecke, wo eine Windmühle – rostig, mit fehlenden Flügeln, starr, trotz des Windes – sich müde zur Seite neigte, so als sehne sie sich nach dem weichen Gras. Ein löchriger, rostiger verzinkter Eisentank. Ein rostiger Trog. Er schaute hinein: abgestandenes, algiges Wasser. Er drehte sich um, sah über die Grasflecken, und plötzlich wich aller Tatendrang aus ihm.

Wann war ihm aufgegangen, dass er nicht nach dem Hund, sondern dem toten Ehemann suchte? Wo sollte man denn hier draußen überhaupt anfangen, nach einer Leiche zu suchen, in diesem Land des Ungesehenen, Ungehörten? Land, mit dem er sich manchmal so gut wie gar nicht verbunden fühlte. Und wieso kam er darauf, dass der Mann tot und begraben war? Weil das Abc seiner Polizeiarbeit besagte: Nimm nichts als gegeben hin, glaube nicht blind irgendetwas, stelle alles infrage. Das Problem dabei war nur, dass man sich damit ständig allen entgegenstellte.

Kontounterlagen, dachte er. Anruflisten.

Dann machte Hirsch sich wieder auf den Weg. Draußen im Osten lag das Land im Regenschatten, und er war erstaunt, wie schnell das neue Wintergrün des Bezirks verschwand, je weiter er sich hinauswagte. Nach wenigen Kilometern war es bedeutend trockener, der Bewuchs schütterer.

Er machte seine Hausbesuche, schaltete aber jedes Mal zur Sicherheit die Dashcam an; dann blieb er eine Weile stehen und schaute drei Adlern zu, die in der Höhe kreisten. Zweihundertneunzig Kilometer weiter und einen halben Tag später klingelte eine Stunde vor Feierabend das Handy.

Die angefressen klingende Stimme eines jungen Mannes. »Die Nummer hing an der Tür zum Polizeirevier.«

»Ich bin gegen vier Uhr zurück«, sagte Hirsch. »Es sei denn, wir können das am Telefon klären ...?«

Der Anrufer hieß Andrew Eyre, er war der Umweltschutzbeauftragte des Bezirks, und er brauchte Hirschs Anwesenheit, um im Fall einer möglicherweise illegalen Waldrodung zu ermitteln. Noch immer angefressen, sagte er: »Erst habe ich in Redruth angerufen. Dort sagte man mir, dass Sergeant Brandl sich freigenommen hat und ich Sie anrufen soll.«

»Okay. Geben Sie mir die Anschrift und ein paar Einzelheiten?«

Leon Ayliffe, ein Grundstück in der Nähe von Penhale.

Das Highlight von Hirschs Arbeitstag. »Er fällt illegal Bäume?«

»Das ist ja der Punkt. Das weiß ich nicht genau. Jemand hat ihn gemeldet, also bin ich gestern früh dort hingefahren, man verweigerte mir allerdings den Zutritt. Ich bin nicht mal über die Türschwelle gekommen. Er meinte, ich solle verschwinden und nicht wiederkommen. Sehr aggressiv. Beide.«

»Beide?«

»Vater und Sohn.«

»Wie denn aggressiv?«

»Der Vater schubste mich. Brüllte, fluchte. Der Sohn verschwand im Haus und kam mit einer Schrotflinte zurück. Er sagte, er würde auf Kaninchenjagd gehen – und verschwand tatsächlich, aber es war klar, was er meinte.«

Hirsch verabredete sich mit Eyre an der Zufahrt zu Ayliffes Farm. »Halten Sie draußen auf der Straße. Versuchen Sie nicht hineinzufahren. Ich bin gegen vier Uhr dort.«

Hirsch gab Gas und fragte sich, was ein Umweltschutzbeauftragter den ganzen Tag in einer Gegend wie hier trieb, die schon lange abgeholzt war und von Getreide- und Schaffarmern bewirtschaftet wurde. Genehmigte oder abgelehnte Anträge auf Windturbinen, Straßen oder Rückhaltebecken? Oder ging es um Planungsfragen? Genehmigte oder abgelehnte ausgedehnte Unkrautbekämpfung? Die Jagd auf Füchse, Kaninchen, Kängurus? Oder gab es Gesundheits- und Sicherheitsprobleme? Fortschritt bedeutete aber auch eine Art von Enteignung, und dazu brauchte man Schutzmaßnahmen. Zu spät für die Ngadjuri. Zu spät für die Bäume, die in dieser Gegend heimisch gewesen waren – also auch zu spät für die Geschöpfe, die in ihnen gelebt hatten. Hirsch sah sich während der Fahrt links und rechts um: Hügel und Weiden, weit und breit keine Bäume. In manchen Jahren wurde die Humusschicht im Sommer fortgeweht und im Winter ausgewaschen.

Hirsch verließ das Reich der Nebenstraßen und traf nördlich von Tiverton auf den Barrier Highway. Er fuhr mit sechzig Sachen durch den Ort und beschleunigte auf hundert, als er die Getreidesilos hinter sich ließ. Fünf Minuten später lag der Razorback zu seiner Linken. Schnee? Nein. Doch – ein weißer Streifen krallte sich an den steinernen Grat.

Zwölf Minuten später war er in Penhale, einer Gemeinde auf halber Strecke zwischen Tiverton und Redruth, einer der kleinsten Ansiedlungen auf seiner Runde. Dort bog er nach links ab und nahm die Nautilus Road in das wellige Farmland hinaus, einer Mischung aus grünen Weizensprösslingen, Brachland und gelegentlichen Häusern weitab der Straße. Er schaute sich genauer um, als er zu Ayliffes Zufahrt kam, und entdeckte, dass der kakifarbene Fleck auf einer weit entfernten Hügelflanke hinter dem Haus tatsächlich ein Eukalyptushain von mehreren Hektar Größe war.

Einer der vom Bezirksrat bevorzugten Ford Pick-ups mit Doppelkabine stand neben der mutlos wirkenden Verladerampe, die den Eingang zu Ayliffes Grundstück bildete. Hirsch hielt dahinter, und der Fahrer stieg aus. Andrew Eyre war Ende zwanzig. Eine vage Mischung aus Hipster und Bushwalker: Jeans, sündteure Hikingstiefel, Gore-Tex-Jacke und Designerbrille. Ein Blick, und die Farmer hier in der Gegend würden sofort denken: Baumknutscher.

Nach der Begrüßung bat Hirsch um die Hintergründe.

Eyre wies auf den Fleck Bäume, den Hirsch schon als möglichen Quell des Ärgers ausgemacht hatte. »Ich glaube, das sind die fraglichen Bäume«, sagte er mit Atemfähnchen vor dem Mund. »Auf der anderen Seite liegt ein Haus in einer kleinen Senke, und die Frau, die dort wohnt, hat letzte Woche bei uns angerufen und gesagt, Männer mit Kettensägen und Bulldozern hätten angefangen, den Wald zu roden.«

Hirsch machte sich Notizen. Der Wind biss und ließ seine Finger taub werden. Er wollte die wichtigen Informationen so schnell wie möglich haben. »Name?«

»Amy Groote.«

Hirsch ließ sich den Namen von Eyre buchstabieren und schrieb mit. Das Wäschediebstahlsopfer in Penhale hieß Maggie Groote. Verwandtschaft?

»Und stehen die Bäume unter Schutz?«

»Lassen Sie mich so sagen«, antwortete Eyre. »Um eine große Rodung vorzunehmen, bedarf es der Zustimmung des Bezirks.«

»Sie wissen also nicht, ob Mr Ayliffe einen Baum gefällt hat oder gleich ein Dutzend?«

»Angesichts seiner Reaktion gestern«, antwortete Eyre, »würde ich eher nicht davon ausgehen, dass er es bei einem belassen hat. Er wollte nicht, dass ich nachschaue.« Kurz schwieg er. »Hören Sie, ich will nicht viel Wind um das aggressive Verhalten machen, ich will nur meinen Job erledigen. Ich möchte nachsehen, einen Bericht schreiben und, falls nötig, eine Abmahnung schicken oder Bußgeld verhängen. Ohne erschossen zu werden.«

Eine witzige Bemerkung? Hirsch sah den Mann an. Nein.

Er drehte sich um, schaute über die klammen Felder hinaus und sah vor seinem geistigen Auge den gekränkten Blick von Leon Ayliffe. War der Sohn eine jüngere, wildere Ausgabe des Vaters?

»Hat Mr Ayliffe bestätigt oder geleugnet, Bäume zu fällen?«

»Er hat nur gesagt: ›Das ist mein Land und ich mache damit, was ich will.‹«

Eine im ländlichen Australien weit verbreitete Einstellung. Und im städtischen Australien ebenso. »Also gut, schauen wir mal, was passiert. Folgen Sie mir.«

Eyre warf einen Blick auf die Dienstwaffe an Hirschs Gürtel und ging zu seinem Wagen zurück. Hirsch stieg in seinen HiLux, meldete seinen Standort, holperte über die Rampe und fuhr die Zufahrt entlang. Durchhängende Zäune, wassergefüllte Schlaglöcher, dann ein hässliches, geducktes Ziegelhaus. Diana Ayliffe hatte ihren Mann vor drei Monaten verlassen, und schon wirkte der Ort traurig und hoffnungslos. Ungepflegter Rasen, verschnittene Sträucher, Blätter auf der Veranda. Geschirrtücher und eine einsame Socke an der Wäscheleine.

Er stieg aus und wartete auf Eyre. »Hören Sie das?«

Eyre nickte. Eine Kettensäge in der Entfernung. Das Rumpeln einer schweren Maschine. Ein Bulldozer?

Hirsch klopfte trotzdem an. Keine Antwort. Er schaute im Fahrzeugschuppen nach. Kein Auto, dafür aber schweres Gerät: Hand- und Elektrowerkzeug, Leitern, Seile, Winden und Kabel, Planen, ein Zelt mit Stangen, Autobatterien an einem Ladegerät, Benzin- und Wasserkanister. Gerüstet für den Weltuntergang?

Sie ließen den Ford stehen und fuhren in Hirschs Allrad durch ein Hintertor über Fahrspuren, die sich durch im feuchten Gras verborgene Steinkanten zogen. »Schöne alte Bäume«, merkte Hirsch an, als sie näher kamen. Er spürte einen Anflug von Beschützerinstinkt.

Noch keine Spur von Männern oder Fahrzeugen, also fuhr er eine Hügelflanke entlang, wo sich das Gelände zu einem Zaun hin senkte, dahinter ein kleines Haus. Er zeigte hin. »Ist das das Haus von Amy Groote, die angerufen hat?«

»Das nehme ich an«, sagte Eyre.

Hirsch fuhr weiter und kam an die Stelle, die Wald von Zaun trennte; hier war tatsächlich was los. Acht Baumstämme am Boden, ein Laster, der Holden, den Hirsch schon an der Grundschule gesehen hatte, eine Enduro, ein Traktor mit Schaufel. Leon Ayliffe beugte sich über einen der Stämme und entastete ihn, dass die Sägespäne flogen. Der Sohn saß im Traktor und schob das Abgesägte zu einem wachsenden Berg aus Ästen, Zweigen und Blattwerk zusammen.

Auf in den Kampf, dachte Hirsch. »Sie bleiben hier«, ermahnte er Eyre, schaltete die Dashcam ein und stieg aus.

Er stapfte durch das Gras und stellte sich so hin, dass Leon Ayliffe ihn sehen musste. Ayliffe unterbrach sich mitten beim Schneiden, nickte, beendete das Sägen, schaltete die Säge aus, richtete sich auf und streckte sich. »Uff«, machte er und verzog schmerzlich das Gesicht, dann nahm er Gehörschutz und Brille ab und stellte die Säge auf den Boden. Bart, Nase und selbst gestrickter Pullover waren voller blassem, feuchtem Sägemehl. »Was gibts?«

»Ich denke, das wissen Sie, Mr Ayliffe.«

Ayliffe sah an Hirsch vorbei zu Eyre auf dem Beifahrersitz des HiLux. »Wie ich Ihrem Kumpel schon gesagt habe, das hier ist mein Land, und ich rode, wann es mir passt. Dann pflanze ich Weizen an oder lasse die Schafe weiden, ganz wie ich will.«

»Mag schon sein, dass Sie dafür irgendwann die Erlaubnis bekommen. In der Zwischenzeit sind da noch Verordnungen, Genehmigungen, Rechte und Verbindlichkeiten zu klären. Papierkram.«

»Rechte? Wie ich schon sagte, ich habe das Recht, mein eigenes Land zu beackern. Genau wie meine Tochter ein Recht auf kostenfreie Schulbildung hat.«

Der Traktor tuckerte in der Nähe vor sich hin. Hirsch drehte sich um und machte eine abschneidende Handbewegung, doch

Josh Ayliffe, der sah, wie Andrew Eyre aus dem Toyota stieg und eine Kamera auf die gefällten Bäume richtete, gab Gas und täuschte einen Angriff an. Eyre eilte zurück in den Toyota. Leon Ayliffe lachte; Hirsch hätte beinahe mitgelacht, was er bedauerte. Diese Burschen konnten gefährlich sein.

Josh schaltete den Traktor aus und kletterte aus der Kabine. Größer als sein Vater, drahtig, Pferdeschwanz, Indiana-Jones-Hut. Er grinste den Toyota an.

»Lass gut sein, Josh«, rief sein Vater.

Der Bursche kam durchs Gras herangestapft und deutete mit dem Finger auf Hirsch. »Lassen Sie meinen Dad in Frieden.«

»Gesetze und Vorschriften, Josh«, entgegnete Hirsch angespannt.

»Ihr seid doch alle gleich.«

Er hatte Tränen in den Augen, fiel Hirsch auf. Das eröffnete eine ganz andere Dimension. Gibt er seiner Mutter die Schuld für die Trennung? Hatte sie ihn gebeten mitzukommen? Wollte er die alte Familie zurück? Und die ganze Zeit lebte er mit seinem Vater in dieser Atmosphäre, die sich bei solchen Situationen manchmal bildete. Toxische Männlichkeit.

Hirsch hob die Hand und sprach zu beiden Männern gleichzeitig. »Mr Eyre hat einen Job zu erledigen. Lassen Sie ihn seine Arbeit machen, dann sind Sie uns in Nullkommanichts wieder los.«

So als habe er Hirsch gehört, stieg Eyre wieder aus dem Toyota und zielte mit der Kamera. Leon Ayliffe brüllte: »Hab ich Ihnen das erlaubt?«

»Reine Formalität«, rief Eyre zurück. »Ich werde eine Akte anlegen.«

Schlechte Wortwahl, fand Hirsch, und die Ayliffes reagierten gereizt.

»Das ist mein Land. Meins. Ich kann Bäume fällen, wann ich will.«

Eyre ließ die Kamera sinken und kam näher. »Nun, es ist ja nicht allein Ihr Land, Mr Ayliffe. Es gehört allen, nicht wahr?

Den Leuten, die vorbeifahren, den Besuchern, Nachbarn, ja selbst denen, die nie hier in der Gegend sind. Sie leben in einer Gemeinschaft. Eine Nachbarschaft. In gewisser Hinsicht sind Sie – «

»Ich geb dir gleich Hinsicht«, fauchte Leon und rannte los.

Hirsch rannte hinter ihm her, packte ihn am Arm, wirbelte ihn herum und stellte sich ihm in den Weg; Eyre war zurückgewichen und rückwärts hingefallen. »Immer mit der Ruhe, Leon, okay? Ich möchte Sie nicht verhaften, aber wenn Sie Mr Eyre – oder mich – weiter bedrohen oder gar verletzen, dann muss ich das tun.«

Ein wilder roter Nebel durchtobte Ayliffe. Hirsch hätte beinahe schon zur Vergewisserung den Knauf seiner Pistole berührt, doch er befürchtete, das könne Ayliffe oder seinen Sohn wieder auf die Palme bringen. Der kalte Wind jaulte durch die Baumkronen und über die Hügelflanken.

»Dad!«, mahnte Josh Ayliffe.

Der Vater blinzelte und wich zurück. Er zeigte auf Eyre, der seinen nassen Hosenboden befühlte. »Du hältst dich von meinem Sohn und mir fern. Komm nicht wieder her. Wenn du was von mir willst, dann schriftlich.«

Hirsch fuhr Eyre zurück zum Ford. »Die werden weiter die verfluchten Bäume fällen«, sagte Eyre enttäuscht und stieg aus.

»Vielleicht nicht«, entgegnete Hirsch. Hinter ihnen war es windstill. »Ich schlage vor, Sie sorgen für eine hundertprozentig wasserdichte Rechtslage, schicken den Ayliffes die Formulare, die nötig sind, um sie aufzuhalten oder dazu zu bringen, sich an die Vorschriften zu halten, aber zügig. Und wenn Sie denen den Papierkram persönlich bringen wollen, dann tun Sie das nicht allein. Melden Sie sich bei uns, aber ich warne Sie, wir sind nicht immer sofort zu Ihrem Schutz da. Wenn Sie die weiteren Arbeiten kontrollieren wollen, dann tun Sie das vielleicht von der anderen Seite des Zauns bei Amy Groote aus.«

»Ach, wo wir gerade von ihr sprechen«, meinte Eyre, »ich

glaube, wir sollten sie mal aufsuchen. Sie hat offenbar ihren eigenen Ärger mit diesen Idioten.«

Und warum hast du das nicht schon früher gesagt, dachte Hirsch. »Wie zum Beispiel?«

»Nächtliche Anrufe. Eine Schrotpatrone im Briefkasten.«

6

Um zu dem kleinen Haus unterhalb von Ayliffes Eukalyptusbäumen zu gelangen, fuhren sie zurück zum Highway und dann die Hubert Wilkins Road am südlichen Rand von Penhale hinauf. Hirsch parkte neben Eyres Ford und stieg aus. Er hörte Motoren, aber keine Kettensäge. Er beschattete sich die Augen und schaute den Hügel hinauf. Der Traktor tuckerte außer Sicht, gefolgt vom Pick-up.

Das Haus war aus altem, verwittertem Faserzement, das Dachblech rostumrandet, Rostlöcher in den Regenrinnen. Ansonsten wirkte es gepflegt, streng geschnittene, kahle Obstbäume zu einer Seite, Gemüsebeete zur anderen. Eine Fuhre kürzlich gelieferter Lehmerde; frisch gejätetes Unkraut in einer Schubkarre. Die Geräusche einer Grabgabel, die in die Erde sticht.

Sie stießen im Hinterhof auf Amy Groote, in einem Eck voller mit beschrifteten Schildern versehener Beete: *Bohnen, Karotten, Radieschen, Mangold*. Groote, eine stämmige Frau in Overall und Gummistiefeln, versuchte gerade, einen wuchernden Bambus auszugraben. Rundes, rötliches Gesicht mit einem Ausdruck erhabener Ruhe, trotz der Arbeit. Als sie sie entdeckte, legte sie sich eine Hand auf die wogende Brust. »Sie haben mich erschreckt«, sagte sie, machte aber überhaupt nicht diesen Eindruck.

Sie stellten sich vor, nannten den Grund ihres Besuchs, und sie bot ihnen Tee und Scones an. »Heute Morgen gebacken.«

Sie ging ein paar Betonstufen zur Hintertür hinauf und sagte: »Bitte ziehen Sie Ihre Schuhe aus.«

Der Eingang führte auf einer Seite zur Waschküche und auf der anderen in eine Küche aus einer anderen Zeit. Es roch noch immer nach Gebackenem; saubere alte Geräte und Möbel;

Teehauben und Deckchen. Und es war eiskalt: Hirsch zog die Zehen ein, als er sich mit Eyre hinsetzte und zuschaute, wie Amy Groote Tee aufsetzte. Eyre war es ebenfalls kalt, und er drückte sich tief in seine Jacke. Groote schien die Kälte nicht zu bemerken.

Während sie sich beschäftigte, flossen die Worte nur so aus ihr heraus. Als ihr Mann sie letztes Jahr verlassen hatte und sie mittellos dastand, hatte ihre Tante Maggie sie aufgenommen. Maggie Groote, kannte Hirsch sie? Leider kamen Maggie und sie nicht so gut miteinander aus, aber da Maggie es eh schon schwer fand, das Grundstück und vor allem den Garten allein in Schuss zu halten, hatten sie im März beschlossen, dass sie in die Stadt ziehen soll.

Amy blieb stehen, drehte sich um und sah Hirsch an. »Natürlich kennen Sie sie. Der Ärger, den sie hatte.«

Von der Leine gestohlene Unterwäsche. »Ja.«

»Sie haben die Kamera installieren lassen.«

»Ja.«

»Ich bin mir nicht ganz sicher, ob mir die Vorstellung gefällt«, sagte Amy Groote. »Big Brother und all das.«

Jedenfalls, so fuhr sie fort, kamen ihre Tante und sie besser zurecht, nachdem sie nicht mehr zusammenwohnten. »Ich bin mehr so die Selbstversorgerin, und sie hat es mit all dem verpackten Supermarktzeugs. Ich baue alles an, was ich brauche, und bereite alles selbst zu. Was übrig bleibt, kommt in den Kompost oder ich bringe es nach Adelaide zu den Obdachlosen.«

Hirsch sah sich etwas genauer in der Küche um. Ein Flyer gegen Windkraftanlagen unter einem Kühlschrankmagneten; ein Kräuterkalender an einer Wand; Lorbeer und Knoblauch, zum Trocknen an die Tür zur Vorratskammer gehängt. Eyre beteiligte sich nicht an der Unterhaltung. Er saß gegenüber von Hirsch und tippte auf seinem Handy herum.

»Das ist natürlich nicht mein Haus. Es gehört Maggie. Ich komme mir eher wie die Hausverwalterin vor.«

Zumindest so sehr, dass sie es meldete, als die Ayliffes anfingen, die Bäume an ihrer Grundstücksgrenze zu fällen, dachte

Hirsch. Rechnete sie damit, das Haus zu erben? Hatten Maggie und sie sich schon immer nahegestanden? »Ms Groote ...«

»Nennen Sie mich Amy.«

Hirsch wär es lieber gewesen, wenn Eyre sein Handy weggelegt hätte. »Amy, wegen der Baumfällerei. Haben Sie erst mit Mr Ayliffe gesprochen oder haben Sie sich an den Bezirksrat gewendet?«

Groote knallte eine Schüssel Scones und drei angeschlagene Becher mit milchigem Tee auf den Tisch. »Ich lasse mich nicht einschüchtern. Ich habe als Erstes mit Leon und Josh gesprochen, doch die haben mir mit klaren Worten mitgeteilt, wohin ich verschwinden könne. Zur Hölle damit: Ich habe sie am nächsten Tag weiter bedrängt, und am übernächsten auch.«

»Und?«

»Dann bekam ich spätnachts anonyme Anrufe. In meinem Briefkasten lag eine Schrotpatrone. Meine Motorradreifen wurden aufgeschlitzt. Dann habe ich den Bezirksrat eingeschaltet.« Groote schaute Eyre an. »Ich bin normalerweise nicht sonderlich erpicht darauf, offizielle Stellen zu informieren, aber ich bin eine allein lebende Frau, und die Ayliffes sind im Unrecht.«

Hirsch hatte mal eine 9-mm-Patrone in seinem Briefkasten gefunden. Das unheimliche Gefühl, das sich bei ihm aufdrängte, so als würde ununterbrochen jemand ein Fadenkreuz auf seinen Rücken richten.

Eyre sagte endlich auch etwas. »Wir übernehmen die Sache ab hier, Amy.«

»Ms Groote«, korrigierte sie ihn. Sie hatte offenbar nicht den Eindruck, als würde Eyre irgendetwas übernehmen.

»Was ist mit Maggie?«, fragte Hirsch. »Hatte sie irgendwas damit zu tun? Hat sie sich jemals mit den Ayliffes angelegt?«

Amy Groote schüttelte den Kopf. »Nein.« Ihre Augen in dem runden Gesicht blitzten auf. »Aber ich mache mir Sorgen wegen der anderen Nachbarn.«

»Welche anderen Nachbarn?«

Amy Groote wies nach Norden und Osten auf die Welt jenseits der Küche hinaus. »Nicht die in der Stadt, die hier draußen, da oben auf dem Hügel. Die Fearns. Jahrelang kümmern sie sich nicht um Maggie, und plötzlich tun sie so, als seien sie beste Freunde. Schneien andauernd bei ihr rein, bringen ihr Zeug, fahren sie zum Arzt. Macht mich ganz krank.«

Hirsch sah Amy Groote in all ihrer Verletzlichkeit. »Reden wir hier von ungebührlicher Einflussnahme?«

Amy Groote besah sich den Gartendreck unter ihren Fingernägeln. »Könnte man so sagen.«

Der Tag war Hirsch zwischen den Fingern zerronnen. Er ließ Eyre zurück, der Amy Groote nach Daten und Uhrzeiten befragte, und fuhr nach Penhale; das Licht wich aus dem Himmel, die untergehende Sonne war nur noch ein schwacher, rotgelber Streifen auf den Spitzen der Tiverton Hills. Er parkte in der Einfahrt zu Maggie Grootes Haus am Nordrand der kleinen Ortschaft direkt hinter ihrem Nissan Micra.

»Ich wollte nur mal Hallo sagen«, meinte er, als sie die Tür öffnete.

Eine magere, gebeugte Frau mit feinen, schütteren weißen Haaren. Hausschuhe an den geschwollenen Füßen, schwere blaue Strickjacke über einem grauen Wollkleid. Etwa achtzig. Sie blinzelte Hirsch an, war für einen winzigen Augenblick nicht sicher, wo sie ihn einsortieren sollte.

»Oh, Paul.« Sie schaute an ihm vorbei in die zunehmende Dunkelheit hinaus. »Sie lassen ja die ganze Kälte herein.«

Sie führte ihn ins Wohnzimmer, eine überhitzte, vollgestopfte Höhle: zwei Heizstrahler, plumpe Sessel, dicker Teppich, gruselige Puppen, die auf dem Kaminsims hockten, und eine Anrichte, die so dunkel und massiv war, dass sie das Licht verschluckte. Neben einem Sessel mit Blick auf eine Gameshow in einem flackernden alten Flimmerkasten stand ein kleiner Tisch mit einer Mahlzeit von Essen auf Rädern.

Sie schien überrascht, das Essen und den Fernseher zu sehen. »Ich wollte gerade …«, murmelte sie, fasste sich aber so weit, dass sie den Ton abstellte.

Hatte sie tatsächlich aus dem Haus am Hügel unterhalb der Ayliffes ausziehen wollen? Hatte die Nichte sie vertrieben? »Essen Sie ruhig auf, Maggie«, sagte Hirsch. »Tut mir leid, Sie zu stören.«

Sie setzte sich steif in ihren Sessel. »Kurz sitzen.«

Hirsch holte sich einen Stuhl heran. Und plötzlich war sie zehn Jahre jünger und schaute ihn wach und verschmitzt an. »Haben Sie den verflixten Kerl erwischt?«

»Noch nicht«, gab Hirsch zu.

»Ich möchte nichts davon zurückhaben.«

Zwei BHs, Strumpfhosen, ein paar Schlüpfer. »Kann ich Ihnen nicht verdenken«, meinte Hirsch.

Dann schweiften ihre Gedanken wieder ab, und ihr Blick wurde unscharf. Sie wirkte überrascht, das Essen vor sich zu sehen.

»Essen Sie auf, bevor es kalt wird«, sagte Hirsch und stand auf.

Erleichtert sagte sie: »Danke, das mach ich.«

»Kann ich noch was für Sie tun, bevor ich gehe?«

»Ist heute Freitag? Freitags kommt mich Sylvia Fearn besuchen.«

»Es ist Donnerstag«, antwortete Hirsch und lächelte. »Ich schaue bald mal wieder vorbei. Ich finde die Tür schon allein.«

»Werfen Sie sie gut zu«, sagte Maggie Groote. »Sonst schließt sie nicht richtig.«

»Mach ich.«

Hirsch prüfte die Tür beim Hinausgehen: Sie hatte recht. Er machte sich eine Notiz, bald wieder mit etwas Werkzeug vorbeizuschauen, dann fuhr er nordwärts über den Highway. In dem schummrigen Halbdunkel stachen Scheinwerfer heraus, ein Paar folgte ihm, ein Paar kam ihm entgegen. Bald war der entgegenkommende Wagen vorbei, der Nachfolger bog ab, Hirsch war allein auf der Welt, und nur seine kümmerlichen Scheinwerfer suchten nach vorn.

Dann kam er zu der spärlichen Straßenbeleuchtung von Tiverton und stand kurz darauf in der Einfahrt des Polizeireviers. Er schaltete den Motor ab, stieg aus, ging zur Tür, um die Karte abzunehmen, auf der seine Handynummer stand, als genau dieses Handy klingelte.

Andrew Eyre war dran, der Hirsch mitteilte, dass er beabsichtigte, am folgenden Tag den Ayliffes ein paar Formulare in die Hand zu drücken; ob die South Australia Police wohl ein Einsatzkommando als Begleitschutz bereitstellen könne? Ein Einsatzkommando?, dachte Hirsch. Du kannst von Glück reden, wenn *ich* dabei bin. »Können Sie das nicht alles mit der Post schicken?«

Eyre lachte humorlos. »Wir wissen doch alle, wie das abläuft. Sie bestreiten, die Post bekommen zu haben, ich schicke sie erneut, und so weiter und so fort, und die Wochen vergehen.«

Hirsch stimmte missmutig zu, und während er anschließend mürrisch den Inhalt seines Kühlschranks musterte, klingelte erneut das Telefon. Clara Ogilvie entschuldigte sich für den Anruf, wollte nur wissen, ob er denn weitere Schritte unternommen habe nach ihrem Anruf, dass Lydia Jarmyn möglicherweise in irgendeiner Form schlecht behandelt worden sei. Sie sprach höflich, aber mit einer tadelnden Spur eisiger Korrektheit und strapazierter Geduld in der Stimme, und Hirsch verzog das Gesicht und schrie lautlos: Himmel noch mal, ich hätte sie anrufen müssen.

Er riss sich zusammen und antwortete: »Ich bin froh, dass Sie anrufen. Wir alle schulden Ihnen großen Dank. Sie war offensichtlich in Gefahr und ist dem häuslichen Umfeld entzogen worden.«

Das war die richtige Antwort. Als Ogilvie sagte: »Ich fand, sie sah wirklich schlecht aus«, spürte er, wie sie sich entspannte und anerkannte, dass er seine Bringschuld abgeleistet hatte.

»Ja, wirklich«, pflichtete er ihr bei. »Ich kann nicht in die Einzelheiten gehen, aber sie ist offenbar über eine ziemlich lange Zeit vernachlässigt worden.«

»Aber jetzt ist sie in Sicherheit?«

»Ja.«

»Ist sie sexuell missbraucht worden?«

Sollte er ihr überhaupt irgendetwas verraten? »Ich fürchte, das liegt nicht mehr in meiner Hand, Clara«, sagte Hirsch. Er schwieg kurz; etwas mehr sollte er ihr wohl sagen. »Ist sie nicht, soweit ich sehen konnte.«

»Geschlagen?«

»Nicht, dass ich wüsste.«

Und schon kam die nächste Frage angeflogen, so als sei Hirsch ihr Schüler und seine Antworten würden ihre Erwartungen nicht erfüllen.

»Die Eltern? Ist Anklage erhoben worden?«

»Tut mir leid, Clara, das liegt alles nicht mehr in meiner Hand. Ich rechne allerdings damit, dass offiziell Anklage erhoben wird, ja. Ich wollte Sie schon früher anrufen und Ihnen den neuesten Stand mitteilen, aber wie Sie sich vorstellen können, ist ziemlich viel los.«

Jetzt klang sie erheblich fröhlicher. »Also, dann bis Sonntag im Pub. Werden wir Ihre Stimme wieder zu hören kriegen?«

Hirsch zuckte zusammen. Dann sagte er: »Nicht, wenn ich es verhindern kann.«

7

Am Freitag gleich in der Frühe rief Sergeant Brandl an. »Wir treffen uns bei den Ayliffes.«

Hirsch, der auf dem Hinterhof stand und, das Handy unters Ohr geklemmt, sich den Schlamm des Vortags von den Schuhen kratzte, sagte: »Ich wollte gerade los. Aber ich dachte, Sie sind –«

»Ich bin gestern Nacht zurückgekommen«, unterbrach ihn Sergeant Brandl. Kurz angebunden, also fragte er besser nicht nach.

»Okay.«

»Ich habe eine Nachricht über Mr Eyres Pläne vorgefunden. Ich möchte nicht, dass Sie allein dort sind, falls Leon Ayliffe in die Luft geht.«

Hirsch war erleichtert. »Ich treffe mich mit Eyre um halb neun an der Zufahrt.«

»Bis nachher.«

So lautete der Plan. Doch dazu kam es nicht – aus purster Sturheit.

Hirsch fuhr südwärts durch das flache Tal, die grünen Hügelflanken waren düster vom nebligen Regen, dann nahm er die Nautilus Road und kam an denselben durchweichten Feldern vorbei; die Scheibenwischer des Toyota standen auf Intervall und schmierten über die Windschutzscheibe. Von der »Alte Säcke«-CD, die ihm Wendys Tochter Katie gebrannt hatte, sang Johnnie Cash ›Hurt‹. Hirsch ließ es noch mal laufen und entschied, dass es sich um den besten Song aller Zeiten handelte. Zumindest für diesen Monat.

An einer kleinen Anhöhe gerieten die Reifen am schlammigen höchsten Punkt ins Rutschen, und er bremste leicht panisch auf der schlüpfrigen Oberfläche. Keine Spur von Eyre oder dem Ford, aber Sergeant Brandl hatte den Streifenwagen aus Redruth am grasigen Straßenrand abgestellt, stand nun mit dem Rücken zu Hirsch mitten auf der Straße und gestikulierte in Richtung Josh Ayliffe, er solle anhalten/langsamer fahren, derweil dieser den Ellbogen aus dem Seitenfenster des Pick-ups seines Vaters reckte, den Wagen mit einer Hand lenkte, Kreise drehte und Schlamm über Sergeant Brandl, ihren Wagen und das Gras schleuderte.

Der Bursche hielt an, als er Hirsch entdeckte; er grinste, und der Pick-up stand seitwärts mitten auf der Straße. Hirsch stellte die Dashcam an, hielt an, schaltete den Motor ab und stieg aus. Er rief: »Sergeant!«, dann ging er auf sie zu. Sie drehte sich nicht um, sondern hob nur die Hand, um zu bedeuten, dass sie ihn gehört hatte.

Hirschs Näherkommen schien in Josh Ayliffe einen Schalter umzulegen. Er gab Gas und jagte den Pick-up wieder im Kreis herum und brüllte: »Juhu!«, der Idiot. Hirsch machte ebenfalls beruhigende Gesten, doch als er an Sergeant Brandls Seite trat, begann Ayliffe, Achter zu fahren. Die Reifen griffen nicht; der Schlamm war zu rutschig. Der Pick-up kam ins Schlingern, eine Bewegung, die langsam, nahezu unausweichlich aussah, aber wohl so schnell wie ein Peitschenknall gewesen sein musste; der Motor jaulte, der Wagen rutschte seitwärts bedrohlich näher, leckendes Öl stank auf dem überdrehenden Motor. Hirsch versuchte, nach Sergeant Brandls regennassem Nylonärmel zu greifen, bekam ihn aber nicht zu fassen, dann spürte er, wie er zurückruderte und fiel. Er stützte sich mit einer Hand im Schlamm ab, Brandl erstarrte. Nichts von alledem sagte er später den leitenden Untersuchungsbeamten, seine Ausdrucksweise blieb nichtssagend, doch in seinen Träumen konnte er das Rutschen des Pick-ups nicht verhindern, das Geräusch des fleischigen Aufpralls nicht ausblenden.

Sergeant Brandl lag auf dem Rücken. Der Pick-up zitterte,

kam zum Stehen, ging aus. Der Bursche kletterte aus der Kabine. Hirsch erhob sich. Er besah sich die Hand und wischte sie an der Hose ab. Schaute auf die Schuhe. Einen Augenblick lang wusste er nicht, was er als Erstes machen sollte. Dann war er sich sicher und kniete neben Brandl.

Sie lag stockfsteif da, ohne zu blinzeln, und Hirsch hielt sie schon für tot. Doch es nieselte weiter aus dem gleichgültigen Himmel, und schließlich musste sie sich den Regen aus den Wimpern blinzeln.

Erleichtert fragte Hirsch: »Wo hat er Sie getroffen?«

Wieder blinzelte sie. »Linkes Bein.«

»Können Sie aufstehen?«

Sie versuchte es und ließ sich wieder zurücksinken. »Wenn ich mich nicht täusche, ist es gebrochen.«

Josh Ayliffe stand da und verzog kläglich den Mund. »Das war ein Unfall. Sie haben es gesehen. Das hab ich nicht gewollt.«

Hirsch sagte: »Sie rühren sich nicht vom Fleck«, zog sein Handy aus der Tasche und wählte den Notruf. Ihm wurde angeraten, Sergeant Brandl nicht zu bewegen, also suchte er im Geiste nach einer Möglichkeit, sie vor dem Regen zu schützen. Im Toyota hatte er eine Plane. Er könnte die beiden Fahrzeuge links und rechts von ihr platzieren und die Plane über die Lücke ziehen.

»Kann ich jetzt gehen? Es war ein Unfall, richtig? Sie haben es gesehen.«

»Nein, Sie können jetzt nicht gehen. Sie haben gerade eine Polizistin in Ausübung ihres Amtes umgefahren, um Himmels willen. Ich habe gesehen, wie sie versucht hat, Sie anzuhalten, Josh. Also nein, Sie können nicht gehen.«

Dem Burschen liefen die Tränen. »Das habe ich nicht gewollt. Es war ein Unfall.«

»Helfen Sie mir, sie zuzudecken.«

Aber Josh Ayliffe hatte seine Aufmerksamkeit auf ein Fahrzeug gerichtet, das gerade über die Anhöhe kam, und sagte giftig: »Wir haben ihm doch gesagt, er soll nicht herkommen.«

Hirsch drehte sich um: Andrew Eyres Ford Pick-up. Er hielt sich an die Wegmitte, so als wollte er dem schlimmsten Schlamm und Schmier ausweichen, und für einen Augenblick sah es so aus, als würde er sie alle umpflügen. Doch Eyre, der sich ans Lenkrad klammerte, als ginge es um sein Leben, lenkte und kam einen Meter neben Hirsch und Sergeant Brandl zum Stehen. Er wirkte schockiert, sein Blick sprang von Hirsch zu Josh Ayliffe, dann zu Brandl, die auf dem Rücken im Schlamm lag. Er stellte den Motor ab, stieg aus, ignorierte die anderen und sagte: »Joshua, ist Ihr Vater zu Hause?«

Der Bursche wich immer weiter zurück, während Eyre vollkommen sinnlos mit einem gelben Umschlag in der Hand auf ihn zuging. »Joshua, antworten Sie mir«, sagte Eyre. Er drehte sich zu Hirsch um. »Kann mir jemand sagen, was hier los ist?«

»Sergeant Brandl ist verletzt«, antwortete Hirsch. »Helfen Sie mir, eine Plane über sie zu spannen.«

Ein winziger Knoten zwischen Eyres Augenbrauen, als sei er leicht pikiert. »Ich will nur diesen Papierkram loswerden, dann bin ich sofort bei Ihnen.«

Josh Ayliffe erstarrte. Dann rief er: »Du kannst dich verpissen«, und ging zu seinem Pick-up.

»Lassen Sie es gut sein, Andrew«, sagte Hirsch, doch Eyre schien ihn nicht gehört zu haben.

»Joshua«, drängte Eyre. »Ist Ihr Vater zu Hause?«

»Leck mich am Arsch«, sagte der Bursche, riss die Tür auf, sprang hinein und warf den Motor an. Ein letzter Schlammspritzer, und er verschwand durch das Tor in Richtung Haus.

Eyre drehte sich zu Hirsch um. »Kommen Sie?«

»Mr Eyre, mein Sergeant ist schwer verletzt. Sie können mir helfen, indem –«

»Ich bin nicht geübt in Erster Hilfe.«

»Das brauchen Sie auch nicht. Helfen Sie mir nur, eine Plane über sie zu spannen, bis der Krankenwagen kommt. Sie parken auf der einen Seite von ihr, ich auf der anderen.«

Hirsch sah, wie Eyre alles durchdachte. Ein Plan, der sein Fahrzeug für wer weiß wie lang blockieren würde. »Ich bin sofort wieder da, okay?«

»Mr Eyre ...«

Doch der hörte nicht. Er ging zu seinem Ford, fuhr mit einem leichten Schlammwurf los und passierte das Tor. »Idiot«, murmelte Hirsch, stellte seinen Toyota neben Sergeant Brandl ab, suchte nach der Plane, faltete sie auseinander, klemmte eine Ecke in der Fahrertür ein und die andere in der hinteren Tür. Seine nasse Wirbelsäule diente als Stütze, die Plane floss ihm den Rücken hinunter, als er sich neben Brandl kauerte. Der tropfende, klatschende Regen war das einzige Geräusch auf der Welt.

Dann fiel ein Schuss.

Hirsch schaute beklommen zum Tor hinüber, blieb aber, wo er war. Sergeant Brandl fühlte sich kalt an. Schock, Unterkühlung, was wusste er denn schon? Seine Aufmerksamkeit galt jetzt ihr, also bat er telefonisch nochmals um Unterstützung, dann holte er die Rettungsdecke und wickelte Brandl damit ein. Er hörte ein Fahrzeug. Erst dachte er, dass es sich um den Rettungswagen aus Redruth handelte, doch dann ging ihm auf, dass der frühestens in zwanzig Minuten eintreffen würde. Er hockte angespannt unter dem feuchten Schutz, als Ayliffes Holden auftauchte und zur Straße schlingerte. Der Wagen schwenkte durchs Tor, ohne Anstalten zu machen anzuhalten, Leon Ayliffe schaute Hirsch nicht an, sein Sohn saß neben ihm und hielt ein Gewehr mit dem Knauf nach oben, beide in Tarnjacken. Die Ladefläche war voller Fässer, Kästen, Kisten, Seile und Kabel.

Auf der Flucht. Für länger, nahm Hirsch an.

8

Wieder zog Hirsch das Handy aus der Tasche und gab diesmal der Zentrale Ayliffes Autokennzeichen und die Personenbeschreibungen durch und warnte, dass sie Adrian Quinlan, Diana Ayliffe und Julian Roskam womöglich gefährlich werden könnten. Zur Sicherheit rief er die drei Personen selbst an.

Quinlan war bei einer Auktion in Brinkworth. »Bleiben Sie dort, bis Sie wieder von mir hören«, sagte Hirsch.

»Ich verstehe nicht. Hat Leon vor, mir etwas anzutun?«

Das sollte Quinlan ruhig glauben, fand Hirsch. Dann rief er Diana Ayliffe an, die mit immer lauter werdender Stimme fragte: »Was hat er? Und Josh ist bei ihm?«

»Ja. Ich schlage vor, Sie holen Chloe aus der Schule und bringen sie irgendwo an einen sicheren Ort, dort, wo die beiden nicht darauf kommen würden, nach ihnen zu suchen.«

»Chloe ist heute zu Hause geblieben. Ich habe vor, sie in einer anderen Schule anzumelden.«

Hirsch war das egal. Er machte sich nur Sorgen, dass Mutter und Tochter in Sicherheit waren. Er wiederholte seinen Rat.

Sie hatte sich etwas beruhigt und entgegnete: »Ich komme mit Leon schon klar.«

Das klang ganz nach den berühmten letzten Worten. »Halten Sie die Augen offen«, sagte Hirsch. »Ich komme so schnell wie möglich vorbei.«

Dann rief er Glenys Fife in der Schule an, wobei ihn Sergeant Brandl aus trüben Augen beobachtete. »Mr Roskam, bitte.«

»Julian hat gerade Unterricht. Kann ich ihm etwas ausrichten?«

Hirsch fand, dass sie es ruhig wissen durfte. »Es ist dringend,

Glen. Leon Ayliffe sind die Sicherungen durchgebrannt, und vielleicht tauchen sein Sohn und er in der Schule auf.«

Sie erwiderte nichts darauf, aber er hörte ihre Schritte, die sich zu einem Klassenzimmer entfernten. Sie passt auf die Kinder auf, damit Roskam ans Telefon kann, dachte Hirsch. Er wartete. Dann bemerkte er, dass er die Hand von Sergeant Brandl hielt, hörte schwerere Schritte, und Roskam sprach ihm ins Ohr. »Was ist das für eine Geschichte mit Leon Ayliffe?«

Hirsch erklärte es ihm, und Roskam, ein Mann, der wohl sein ganzes Leben lang damit zu tun hatte, sich mit Plagegeistern herumzuschlagen, meinte kurz angebunden: »Also, hier ist keine Spur von ihnen, und warum sollten die sich mit mir abgeben?«

Hirsch fiel mindestens ein guter Grund ein. »Mr Roskam, falls sie in der Schule auftauchen und beschließen, Ihnen eine Lektion zu erteilen, dann könnten dabei andere zu Schaden kommen. Kinder. Ich rate Ihnen, für heute Schluss zu machen. Schicken Sie die Kinder nach Hause.«

»Das kann ja Stunden dauern!«

Hirsch wagte das zu bezweifeln, auch wenn es logistisch ein Albtraum sein würde. Manche Eltern arbeiteten den ganzen Tag oder waren nicht zu erreichen. Er drückte sich etwas deutlicher aus, bekam ein widerwilliges Einverständnis, dann sackte er in sich zusammen, und seine letzte Energiereserve versickerte im Schlamm.

Sergeant Brandl drückte seine Hand. Nachdem sie so seine Aufmerksamkeit auf sich gelenkt hatte, sagte sie heiser: »Ich werde eine Weile ausfallen.«

»Sicher nur ein Kratzer, Sergeant.«

»Bringen Sie mich nicht zum Lachen. Ich möchte, dass Sie übernehmen. Und seien Sie nett zu den Kindern.«

Die »Kinder« Sergeant Brandls waren die Constables in Redruth, Jean Landy und Tim Medlin: Zusammen brachten sie es auf keine zwei Jahre Berufserfahrung. »Mach ich«, sagte Hirsch.

Und während sie in ihrem kläglichen Unterstand warteten, hörte der Regen auf, die Wolken teilten sich, und die Sonne drang hervor. Hilary Brandl, die vor Schmerzen ganz blass geworden war, grinste Hirsch schief an. »Ein Fingerzeig Gottes?«

Hirsch schluckte. »Sie machen Witze, Boss? In Ihrem Zustand?«

Die Wolken schlossen sich, und die beiden versanken wieder im trüben Licht. »Gut, meine Zeit ist wohl doch noch nicht gekommen«, sagte Brandl. Dann schwieg sie kurz. »Ich habe den Schuss gehört. Unser Umweltschutzheini?«

Hirsch sagte: »Sobald der Krankenwagen hier ist, schaue ich nach.«

»Gehen Sie. Ich schaff das schon.«

Hirsch schüttelte den Kopf. »Der Krankenwagen braucht nicht mehr lange.« Außerdem graute ihm vor der Vorstellung von dem, was er wohl dort vorfinden würde.

Sergeant Brandl schaute ihn beklommen an. »Tut mir leid, dass ich in den letzten Tagen so eine beschissene Laune hatte.«

»Schon okay.«

»Nicht okay. Anders gesagt, ich hatte zwar einen guten Grund, aber das hätte ich ja nicht an allen auslassen müssen. Mein Freund, in Ermangelung eines besseren Wortes, hat mir eine SMS geschickt, und …«

Sie wurde vom Jaulen einer Sirene unterbrochen, und der Polizei-SUV aus Redruth kam über die Anhöhe, Jean Landy am Steuer, Tim Medlin auf dem Beifahrersitz, ein Rettungswagen direkt hinterher. Jetzt war die Welt wieder voller Lärm, und Hirsch hatte nur die Worte »Freund« und »SMS« mitbekommen – dabei hatte er gedacht, Sergeant Brandl sei verheiratet. Er kroch unter der Plane hervor, winkte den Polizeiwagen zu Ayliffes Einfahrt, bedeutete Jean, die Scheibe herunterzulassen, und sagte: »Am Haus könnte es einen Verletzten haben, Schusswaffe. Geben Sie mir sofort Bescheid, bevor der Krankenwagen losfährt.«

»Sergeant. Paul, meinte ich«, sagte Jean verwirrt. »Ist es dort sicher?«

»Ich denke schon. Die Schützen sind abgehauen, aber halten Sie die Augen offen.«

Hirsch schaute den beiden nach, dann wies er den zurücksetzenden Rettungswagen ein und half, Sergeant Brandl auf eine Trage zu legen und in den Wagen zu schieben. »Warten Sie bitte einen Augenblick«, bat er die Sanitäter und erklärte warum.

»Kein Problem«, meinte der Fahrer. »Sie ist nicht in unmittelbarer Gefahr.«

»Aber in unmittelbaren Schmerzen«, entgegnete Brandl aus dem Wageninneren, und Hirsch musste schmunzeln. Er mochte solche Witzeleien.

Dann klingelte sein Handy. Tim Medlin meldete: »Schussverletzung, das Opfer lebt.«

»Noch ein Fahrgast«, sagte Hirsch.

Er folgte dem Rettungswagen und beobachtete, wie er durch den Schlamm hüpfte und sich wieder fing. Er parkte neben dem SUV und überquerte den Hof, wo Landy und Medlin neben einem durchnässten, reglosen Haufen am Boden kauerten. Dann versperrte der Rettungswagen ihm kurz die Sicht, und bis er zu den anderen trat, wurde Eyre bereits eingeladen.

»Wie schlimm?«

»Schulter zertrümmert. Bewusstlos«, antwortete Jean Landy.

Sie war Rettungssanitäterin gewesen, bevor sie sich bei der Polizei beworben hatte. »Ich dachte, das sei sicherer, als sich jede Nacht mit Meth-Süchtigen herumzuplagen«, hatte sie Hirsch mal erzählt.

Im Allgemeinen stimmte das wohl auch, dachte Hirsch, vor allem in einer derart abgeschiedenen Gegend – es sei denn, ein Bewaffneter drehte durch. Jetzt würde es eine Großfahndung geben. Vater und Sohn, gefährlich und bewaffnet, nicht nähern. Keine Mörder – noch nicht. Anders gesagt, man sollte sie nicht allzu sehr bedrängen. Erst mit Vernunft versuchen. Dann Gewalt anwenden.

Der Rettungswagen fuhr davon. Hirsch trug Landy und Medlin auf, beim Haus zu bleiben – »Das hier ist ein Tatort, es darf keiner rein oder raus, und halten Sie die Augen offen, falls die beiden zurückkommen« –, und raste dann die Nautilus Road entlang zum Highway. Dann nordwärts nach Tiverton. Er wusste, dass er dort eintreffen würde, bevor Verstärkung kam, und fühlte sich für den Fall einer Schießerei schlecht gerüstet.

Er war schon mal in solche toxischen Nachwehen geraten, als ein Mann alles verbockt hatte, aber der Meinung gewesen war, dass seine Frau oder Freundin – der Boss, die Kollegen, das System – ihn im Stich gelassen hätte. In einer solchen Situation konnte ein Mann durchaus die Familie auslöschen, den Boss oder die Kollegen erschießen und dann die Waffe auf sich selbst richten. Andere wiederum, wie Leon Ayliffe, entfremdeten das Kind oder die Kinder der Mutter – und so verbreitete sich das Gift immer weiter.

Schon bald tauchten die Silos von Tiverton am Horizont auf: Türme einer befestigten Stadt auf einer nebelverhangenen Ebene. Dann passierte er sie ohne ein »Halt! Wer da?«. Er kam am Gemischtwarenladen und am Polizeirevier vorbei und bog nach rechts in die First Street ab. Kein Holden vor Diana Ayliffes gemietetem Haus.

Er hielt an, eilte zur Haustür, klopfte, spürte Blicke im Nacken. Das Gefühl war so mächtig, dass er sich umdrehte und die Straße beobachtete, doch es handelte sich nur um eine ruhige Seitengasse in einer vergessenen Ansiedlung. Es tröpfelte leise vor sich hin, ansonsten war alles totenstill. Ein Schlüssel drehte sich im Schloss, die Tür ging auf und Diana Ayliffe sagte: »Paul.«

»Irgendwelche Anzeichen von Leon?«

Er betrachtete sie eingehend und vertraute auf seine Fähigkeit zu spüren, ob sie genötigt wurde, ob ihr Mann hinter ihr stand und ihr den Lauf der Waffe in den Rücken drückte. »Nein«, antwortete sie leicht genervt. »Aber er hat angerufen. Über Josh kein Wort, nur dass er eine Dummheit gemacht habe und ich nicht alles glauben solle, was ich über ihn hören würde.« Sie trat zurück. »Kommen Sie rein.«

Zentrum des Hauses war die Küche, ein Raum, der vor ein paar Jahrzehnten halbherzig renoviert worden war. »Tee? Kaffee?«

Hirsch schüttelte den Kopf. »Ich muss noch in der Schule vorbei. Was hat Leon noch gesagt?«

»Nichts. Danach war die Leitung tot.«

»Er ist nicht vorbeigekommen?«

»Nein«, antwortete sie ganz angespannt. Sie hatte sich seit dem letzten Mal, als Hirsch sie gesehen hatte, die Haare kurz geschnitten. Ein alter Trainingsanzug schlotterte ihr um den Leib und verhüllte ihre Figur. Ein attraktives Gesicht, wenn man zwei, drei Mal hinschaute, aber nicht auf den ersten Blick. Zurückhaltend. Blass, besorgt, wollte kein Aufsehen erregen.

»Ich muss mich vergewissern, dass Chloe hier ist und dass es ihr gut geht«, sagte Hirsch. »Das verstehen Sie sicher.«

Ein kurz aufflackernder Verdruss, dann reckte sie den Kopf und rief: »Chloe? Dein Typ wird verlangt.«

Vom Ende des Flurs drang eine Stimme: »Ich bin noch nicht fertig mit Packen.«

Quengelig, gehetzt. Nicht ängstlich. »Schon okay, ich glaube Ihnen«, beschwichtigte Hirsch. »Ich muss jetzt zur Schule, wenn Sie mir nur sagen, wo Sie genau unterkommen …?«

Sie kritzelte etwas auf einen Block mit der Oberzeile *Tiverton Primary School*. Eine schmale Hand, wie Hirsch bemerkte, mit einem schlichten hübschen Ring. Eine alte Freundin hatte mal zu ihm gesagt: »Du stehst auf Hände.«

»Eine Cousine in Adelaide«, sagte Diana Ayliffe und riss das oberste Blatt ab.

Hirsch faltete es zusammen und steckte es in die Tasche. »Wird Leon Sie nicht irgendwann dort suchen?«

»Das bezweifle ich. Eine entfernte Cousine. Wir haben uns vor ein paar Monaten auf Facebook wiedergetroffen und uns wieder angefreundet. Sie hat mir geraten, ihn zu verlassen.«

Hirsch nickte. »Sorgen Sie dafür, dass Ihr Handy aufgeladen und eingeschaltet ist. Vorgesetzte von mir werden Ihnen vielleicht Fragen stellen wollen.«

Sie hatte bislang ein ausdrucksloses Gesicht gemacht, doch nun schaute sie überrascht. »Weswegen denn?«

»Wer Leons Freunde sind. Gegen wen Leon einen Groll hegt. Wo er gern jagt. Ob er gewalttätig war. Die Art von Fragen.«

Das alles wurde Diana Ayliffe langsam zu viel. »Er hat mich nie geschlagen, aber er hat mich ständig kontrolliert – was ich denke, was ich mache, wen ich besuche, was ich ausgebe.«

Eine alte Geschichte. »Der Pick-up war vollgepackt mit Survival-Ausrüstung«, sagte Hirsch. »Seile, Zelte, Wasserkanister, Nahrungsmittel. Und Josh hielt ein Gewehr in der Hand.«

»Wahrscheinlich nicht das einzige Gewehr, das sie bei sich haben. Sie müssen vorsichtig sein. Die beiden sind gute Jäger – Kängurus und Wildziegen hauptsächlich. Sie können vom Land leben. Sie wissen, wo sie sich verstecken müssen und all das.«

»Gut zu wissen«, sagte Hirsch.

Er drehte sich um und wollte schon gehen, doch sie packte seinen Arm so fest, dass er stolperte. »Ich muss Ihnen etwas sagen.«

Hirsch sah nervös auf die Uhr. »Aber schnell.«

»Ich hatte mal so etwas wie eine Affäre mit Julian Roskam.«

Das erklärte einiges. »Und als Sie das beendeten«, sagte Hirsch und seufzte, »hat er seine Wut an Chloe ausgelassen.«

Sie wirkte leicht verärgert, so als sei ihr Geheimnis gar kein Geheimnis gewesen. Sie fasste sich wieder und sagte: »Kein sehr netter Mensch, so alles in allem.« Sie schwieg kurz. »An Roskam stimmt etwas nicht.«

Hirsch fuhr zum Highway zurück. An der Schule drängten sich Fahrzeuge und Menschen, also stellte er seinen Wagen am Polizeirevier ab und ging nervös hinüber, suchte Straßen, Häuser, Bäume, Fahrzeuge ab. Nur in der Schule war etwas los. Der Rest lag friedlich da und duckte sich unter dem sanften, trüben Regen.

Ein Auto voller fröhlicher, aufgedrehter Kinder mit einer verdrießlichen Mutter verließ den Schulparkplatz. Ein anderes Fahrzeug fuhr auf den Parkplatz, fand keinen Platz und rollte zum

Footballfeld hinüber, wo schon die Reifen anderer Fahrzeuge den weichen Rasen zerschunden hatten. Um das Hauptgebäude drängten sich die Menschen, Vikki Bastian und Glenys Fife strichen Namen von einer Liste ab und versuchten Fragen zu beantworten. Keine Spur von Roskam.

»Er ist nach Hause gegangen«, erklärte Glenys sauer.

Es handelte sich um eine altmodische Grundschule mit einer Dienstunterkunft für den Direktor, einem Haus, das hinter einer Hecke in einem Winkel des Grundstücks stand. Hirsch ging um das Geviert mit den Klassenzimmern herum, kam an einem Wassertank und einem Wetterschutz vorbei, dann ging er durch ein quietschendes Tor und klopfte an Roskams Haustür.

Keine Antwort. Das Haus stand mürrisch und feucht da, die Gardinen waren zugezogen, die Farbe platzte an den verfaulten Fensterrahmen ab, Ziegel zerbröselten, Regenrinnen hingen durch. Hirsch ging hinter das Haus und probierte es an der Hintertür, dann versuchte er, in die verschlossene Garage zu linsen, gab auf und kehrte zur Schule zurück, um das letzte Ende der Evakuierung mitzuverfolgen.

Sein Handy klingelte: Jean Landy. Er dachte: Himmel, die Ayliffes sind zurück, und ging dran. »Alles okay?«

»Bestens. Aber hier wimmelt es nur so vor Ninjas, und wir haben den Eindruck, wir sind hier überflüssig.«

CIB aus Clare und Port Pirie, erklärte sie, dazu ein STAR-Sondereinsatzkommando aus Adelaide. »Und der Diensthabende will wissen, warum, Zitat, Sie sich vom Tatort verpisst haben.«

»Ja, ja. Sagen Sie ihm, ich komme. Sie beide fahren zurück nach Redruth und holen wieder Katzen von Bäumen.«

»Während Sie ganz allein ein paar durchgeknallte Schießwütige erledigen.«

»Könnte passieren.«

Eine halbe Stunde später klopfte Hirsch an der Tür eines bei Großeinsätzen verwendeten Wohnwagens, der auf einem freien Platz gleich außerhalb von Penhale stand.

»Ja, bitte?« Ein ganz in Schwarz gekleideter Senior Constable mit einem Namensschild: *J. Beulah*. Mitte zwanzig, Kopf wie eine Patronenhülse; strahlende, unendlich selbstbewusst blickende Augen mit einem Hang zum Spott.

»Ich suche Inspector Merlino«, sagte Hirsch.

Beulah trat beiseite. »Hereinspaziert.«

Monitore an der Wand, Laptops, Funkeinrichtungen, Tische, Stühle, dazu ein paar weitere STAR-Ninjas, die Hirsch ignorierten. Der Inspector stand auf und winkte ihn zu sich. Groß, schlank, kurze Haare, ließ sich durch nichts beeindrucken, ein Mann mit der geschmeidigen Ruhelosigkeit eines Athleten.

Er wies Hirsch einen Platz an und löcherte ihn dann. Warum hatte er nicht dafür gesorgt, dass die Frau und die Tochter, vom Lehrer ganz zu schweigen, bereitstanden, um befragt zu werden? Jetzt musste man sie einzeln aufspüren, und Zeit war entscheidend. Warum hatte er Mr Eyre nicht zum Haus begleitet? Warum hatten Sergeant Brandl und er nicht weitere Beamte mitgenommen? Mit wem trafen sich die Ayliffes? Wohin würde Hirsch gehen an ihrer Stelle?

»Ich bin noch relativ neu in der Gegend«, antwortete Hirsch.

»Noch neu? Sie sind seit anderthalb Jahren hier.«

Er kennt also meine Geschichte, dachte Hirsch. »Vor ihrer Flucht hatten sie sich gut eingedeckt. Mir wurde gesagt, dass sie über Buscherfahrung verfügen. Sie gehen gern auf die Jagd.«

Beulah, der hinter Merlino stand, meinte abfällig: »Sie gehen gern auf die Jagd«, so als seien die Vorlieben der Ayliffes allein Hirschs Schuld.

»Wo?«, blaffte Merlino.

»Im Osten draußen. Keine Ahnung, wo genau.«

Der Inspector schaute nach Osten, so als könne er sich bildlich vorstellen, da draußen in der Leere durch Regen und Schlamm zu stapfen. Dann sagte er kurz angebunden: »Vielleicht bringt es was, mal bei den Nachbarn anzuklopfen. Ich habe Sie einem Zivilfahnder aus Port Pirie zugeteilt, einem gewissen Comyn.«

Da kommt Freude auf, dachte Hirsch.

9

»Sie fahren, Sie Kanone«, sagte Comyn.

Hirsch war es lieber, wenn Comyn förmlich und farblos war. Heute war der Detective allerdings gereizt, so als habe ihn die aalglatte, selbstgefällige Zackigkeit von Merlinos Ninja-Einheit entnervt. Könnte sich trotzdem immer noch in mich verbeißen, dachte Hirsch.

Als Erstes klapperten sie die Farmen an der Nautilus Road ab; Hirsch schaltete an dem steilen Abschnitt hinter der Farm der Ayliffes den Allrad zu. Als die Straße eine Kurve machte, schaute er hinunter: In weiter Entfernung trugen blau gekleidete Gestalten Computer und Akten aus dem Haus und durchsuchten die Außengebäude. Vielleicht würde ein Papierschnipsel, eine Mail oder ein Eintrag auf einer Social-Media-Plattform einen Hinweis darauf geben, wohin Vater und Sohn wollten.

Es waren vier Kilometer bis zum ersten Haus; dort fanden sie einen Zettel an der Haustür. Die Bewohner hatten nicht hierbleiben wollen, solange ein Irrer frei herumlief, und hatten eine Telefonnummer hinterlassen.

»Du meine Güte, jetzt schon? Die Nachricht macht aber schnell die Runde«, meinte Comyn verächtlich. Unter seinem Mantel trug er einen Anzug; erst zu spät war ihm aufgefallen, dass er sich nicht in der passenden Umgebung für Anzug und Mantel befand. Widerwillig verzog er das Gesicht und betrachtete die Sohlen seiner Schuhe. »Sie kennen diese Leute. Rufen Sie sie an.«

Hirsch kannte sie nicht, rief aber trotzdem an. Eine zögerlich klingende Stimme sagte: »Wir bleiben bei Verwandten, bis Leon und Josh gefasst wurden.«

Und nein, sie hatten keine Ahnung, wohin die Ayliffes wollten oder wer sie unterstützte. Eine ähnliche Geschichte bei der zweiten und der dritten Farm. Zettel an der Tür, Verschlossenheit oder Unwissenheit. Keiner lag im Streit mit den Ayliffes, aber Leon war vor einer Weile spleenig geworden und hatte sich zum Prepper gemausert, der sich auf den Weltuntergang vorbereitete. Und sein Sohn steckte mit drin in dem ganzen Verschwörungsblödsinn.

Das vierte Haus war ein vergammeltes, holzverschaltes Haus inmitten von Kiefern, die den Großteil der Sonne fernhielten. Der Garten war überwuchert; durch die dreckigen Fenster sah man bloße Dielen. Keine Fahrzeuge, keine Spuren: offensichtlich aufgegeben. Comyn blätterte in seinem Notizbuch und sagte: »Okay, jetzt schauen wir uns noch die Grundstücke an der Hubert Wilkins Road an.«

Hirsch hob einen Finger. »Ein Vorschlag. Die Ayliffes werden von diesem Haus hier wissen. Man sollte vielleicht ein oder zwei Mal am Tag vorbeischauen, nur für alle Fälle.«

»Finden Sie?«, meinte Comyn. Aber er schrieb es sich auf.

Als sie die kleine Senke zu Amy Groote hinauffuhren, sagte Hirsch: »Das Haus gehört Maggie Groote, die jetzt im Ort wohnt. Amy ist ihre Nichte.«

»Soll heißen?«

Hirsch zählte bis zehn. »Maggie weiß vielleicht mehr als Amy, die erst vor ein paar Monaten hier eingezogen ist. Und haben Sie von dem Wäschedieb gehört? Maggie ist eines seiner Opfer.«

Comyn sagte nichts dazu. Hirsch hielt an; sie fanden Amy wieder im Garten vor, wie sie Erde mit einer Grabgabel umbrach. »Ich hab den Schuss gestern gehört. Ich hab mir nichts dabei gedacht, die beiden schießen andauernd auf irgendwas.« Sie arbeitete weiter und hieb die Zinken der Gabel nah neben Comyns Schuhe, während sie sprach.

»He, passen Sie auf.«

»Sorry.«

»Sie haben also einen Schuss gehört. Haben Sie etwas gesehen?«

Sie blieb stehen und stützte sich auf die Gabel. »Es mag Ihrer Aufmerksamkeit entgangen sein, aber von hier aus kann man deren Haus nicht sehen.«

»Was ist in den letzten Tagen oder Wochen«, hakte Comyn nach. »Ungewöhnliches. Besucher, solche Dinge.«

»Wie schon gesagt ...«

»Irgendwelche Gerüchte«, fragte Comyn.

»Ich kümmere mich um meinen Kram«, erklärte Amy Groote. Sie zeigte zu einem Haus am hinteren Hang jenseits der Schlucht hinüber und fügte gehässig hinzu: »Versuchen Sie es mal bei den Fearns. Die kennen scheints alle und jeden.«

Hirsch fuhr eine kurze Strecke bis zu einem Schild mit der Aufschrift *S & J Fearn*, das an einer zum Briefkasten umfunktionierten Milchkanne befestigt war, dann nahm er eine steile, frisch geschotterte Zufahrt, die durch aus dem Boden tretende Felsbrocken zu einem ausladenden Anwesen führte. Grünes Wellblechdach und tief gezogene Veranden, Vorder- und Seitenhöfe sauber und ordentlich, mit kurz geschnittenem Rasen und gestutzten Rosenbüschen. Ein Land Cruiser und ein Renault SUV im Carport, daneben ein Auto in der Einfahrt, das Hirsch erkannte: Maggie Grootes Nissan Micra.

Comyn meckerte herum, was für eine Zeitverschwendung das sei, wo sie doch bei der Suche mithelfen könnten, also blendete Hirsch ihn einfach aus. Er stellte den Wagen ab, stand auf dem Wendeplatz, sah über die Schlucht zum Haus der Ayliffes hinüber, dann hinunter zu Amy Grootes Haus. Ein Großteil des Landes der Fearns war steil und steinig, zumindest von hier aus, gerade gut genug zur Schafzucht. Maggie Grootes Land auf der anderen Straßenseite wiederum wellte sich sanft dahin, üppiges Gras, ein Bachlauf, ein Rückhaltebecken.

Begehrenswert.

»Sie können so viele Löcher in die Luft stieren, wie Sie wollen«, sagte Comyn, »*ich* habe zu arbeiten.«

Hirsch folgte ihm auf die Veranda, sah zu, wie er anklopfte und sich die Schuhe mit all der Kraft eines wütenden Mannes abputzte und erneut klopfte.

»Ja, bitte?«

Sylvia Fearn war stämmig, Ende vierzig. Sie war überraschend formell gekleidet: dunkelblauer Wollrock, perlgraues Twinset, die glatten blonden Haare zu beiden Seiten festgesteckt. Sie schien aus zwei Frauen zu bestehen, einer jungen und einer langweilig mittelalten. Sie kannte Hirsch aus dem Tennisclub und starrte alarmiert auf seine Uniform. Mit einer Hand griff sie sich an die Kehle. »Geht es um Leon Ayliffe? Ist er zurück?«

»Dürfen wir hereinkommen, Mrs Fearn?«

»Wo sind denn meine Manieren geblieben? Aber natürlich.«

Im Wohnzimmer prallten verschiedene Blumenmuster aufeinander: Teppichboden, Sofa und Sessel – dazu eine Orchidee in einem blassen Fleck Sonne, das durch ein Oberlicht hereinfiel. Auf dem Couchtisch standen Teekanne und geblümte Tassen mit Untertassen, Milchkännchen und Zuckerschüssel. Haferkekse auf einem Teller.

Vor allem aber interessierte sich Hirsch für John Fearn und Maggie Groote. Fearn trug tatsächlich eine Krawatte und balancierte einen Teller auf den Knien, Maggie saß aufrecht auf dem Sofa und trank Tee. Sie hatte sich ebenfalls herausstaffiert, aber warum nur? Hatte jemand Geburtstag?

Hirsch machte alle miteinander bekannt und überließ Comyn das Feld. Der Detective lehnte Tee und Kekse ab und sagte: »Wir sammeln Informationen zu Mr Ayliffe und seinem Sohn. Alles, was uns dabei helfen könnte, sie aufzuspüren.«

»Ich würde schätzen, sie sind auf dem Weg nach New South Wales«, sagte John Fearn.

»Und wie kommen Sie darauf?«

»Leon hat dort drüben irgendwelche Verwandten, glaube ich.«

Fearn, ein Mann in zu enger, an Bauch und Oberschenkeln spannender Kleidung, beäugte die Kekse. Sein Gesicht war vergessenswert, ein Klecks aus sauberer, rosiger Haut. Hirsch beobachtete die aufflackernden Gedanken und Gefühle, dann hatte Fearn eine Entscheidung getroffen, es gab eine langsame Eruption, er mühte sich vor, streckte die Hand aus, schnappte sich einen Keks und ließ sich wieder zurücksinken.

Comyn, der seinen Missmut kaum verbergen konnte, sagte: »Wissen Sie mehr über die Verwandten? Jagdgenossen? Anglerhütte? Ferienhaus?«

»Ich habe keine Ahnung. Wir sind uns selten begegnet. Vielleicht weiß Maggie etwas. Ihr Grundstück grenzt an das der Ayliffes – auf der anderen Seite.« Er hob die Stimme und betonte jedes Wort: »Maggie, kannst du diesen Herrschaften helfen? Sie wollen etwas über Leon Ayliffe wissen.«

Maggie lächelte unbestimmt in Hirschs Richtung. »Hier in der Gegend hat es schon immer Ayliffes gegeben.«

»Was ist mit Brüdern oder Schwestern oder Cousins, die nicht in der Gegend leben«, fragte Hirsch.

»Keine Ahnung, mein Lieber. Leon war der einzige Sohn, so viel weiß ich.«

Comyn sagte kurz angebunden: »Falls jemand von Ihnen noch irgendetwas einfällt, geben Sie uns bitte Bescheid. Freunde, Familie, Orte, die sie gern aufsuchen. Ganz gleich was.«

»Sie sind gern in den Osten rausgefahren und haben Kängurus und Wildziegen gejagt«, meinte Sylvia.

Das war auch schon alles, was sie wussten; Comyn verabschiedete sich knapp. Draußen vor der Tür meinte er: »Grüße aus den Fünfzigern, hm? Herausgeputzt zur Teestunde.«

Hirsch nickte. Das ging ihn nichts an. »Wohin jetzt?«

»Immer langsam mit den jungen Pferden«, sagte Comyn. Er hob einen Finger, um nicht unterbrochen zu werden, und rief im Einsatzwohnwagen an. Dann legte er auf und grinste Hirsch an. »Wir können Schluss machen. Die Ayliffes sind in Broken Hill gesehen worden.«

Als Hirsch nordwärts nach Tiverton fuhr, ließ der Regen nach, und das Tageslicht schwand. Er stellte den Wagen am

Polizeirevier ab, rief in Redruth an und erfuhr, dass Sergeant Brandl ins Krankenhaus nach Clare gebracht und Andrew Eyre mit dem Rettungshubschrauber nach Adelaide ausgeflogen worden war. Hirsch saß noch immer im Wagen und stellte das Radio an. Der Zwischenfall mit den Ayliffes war zu einem fiebrigen Nachrichtenereignis geworden, und er fragte sich, wer wohl als Erstes anrufen würde: Seine Eltern? Wendy und Katie? Freunde im Ort wie die Muirs?

Er stieg aus, schloss den Toyota ab, öffnete die Haustür, und schon klingelte das Telefon. Wendy oder seine Eltern würden am Handy anrufen. Neugierig hob er ab. Clara Ogilvie platzte heraus: »Gott sei Dank ist Ihnen nichts passiert.«

10

Das Krankenhaus in Clare, Samstagnachmittag. Hirsch ging einen breiten Flur entlang und suchte nach Sergeant Brandl. Er entdeckte sie in einem Privatzimmer, wo sie an Kissen gelehnt saß und linkisch nach den Kopfhörern im Nachttisch kramte. Die vorherrschenden Farben im Zimmer waren Cremeweiß, Rosa und Grau, was die eher knalligen Primärfarben der Blumen, Karten und herzförmigen Heliumballons der Genesungswünschenden ein wenig abmilderte.

»Gott sei Dank. Wollen wir hoffen, dass Sie Interessanteres bringen als Brahms' Fünftes Getöse.«

»Darf ich auf dem Gips unterschreiben?«

»Nein, dürfen Sie nicht. Ich habe übrigens auf Weintrauben gehofft, und Sie kommen mit Rosen an.«

»Leicht welkig.«

Als sie bemerkte, wie er seine Rosen, die er bei Woolworth gekauft hatte, mit den anderen Sträußen verglich, sagte sie: »Ich habe Freunde, müssen Sie wissen. Und Familie.«

»Und wo sind die?«

»Ha, ha. Ich glaube, in dem Schrank da ist noch eine Vase.«

Hirsch fand sie, füllte Wasser ein und nahm sich einen Augenblick Zeit, um die Rosen zurechtzuzupfen, dann stellte er die Vase auf ein winziges Regal unter dem Fernseher, der in einer halsverrenkenden Höhe angebracht worden war, wohl um die Physio im Krankenhaus bei Laune zu halten.

Er zog einen Stuhl heran und sagte: »Es gefällt mir ganz gut, das Kommando zu haben. Lassen Sie sich ruhig mit der Genesung Zeit.«

»Das Revier geht vor die Hunde, habe ich gehört.«

»Also, wie geht es Ihnen? Wie schlimm ist es?«

Sie verzog das schmale Gesicht. »Die glauben, dass mich entweder die Anhängerkupplung oder die hintere Stoßstange getroffen hat.«

Was den Bruch unterhalb des Knies erklären würde, doch Hirsch hatte den Eindruck, fast das ganze Bein von Hilary Brandl sei eingegipst worden. »Zum Glück war es nicht das Knie oder die Hüfte.«

»Zum Glück hat niemand auf mich geschossen.«

»Das mag ich an Ihnen, Ihr sonniges Gemüt.«

»Also gut, Sie Kanone, was gibts Neues?«

Hirsch skizzierte seine Handlungen, Befürchtungen und Theorien, und Brandl hörte konzentriert zu, als würde sie am liebsten aufspringen und sich selbst wieder um die Verbrechensbekämpfung kümmern. Am Ende seines Berichts sagte sie: »Sie werden mehr brauchen, um mich oder das CIB zu überzeugen, dass Mrs Jarmyn ihren Mann im Hinterhof verbuddelt hat. Aber setzen Sie sich mal mit Roxby Downs in Verbindung und finden Sie heraus, ob er immer noch dort arbeitet, ob es eine Nachsendeadresse gibt, das Übliche eben. Und was unseren Schlüpferdieb angeht, vielleicht hält er gerade still, weil er sich auf Facebook gesehen hat. Da können wir nur abwarten. Und kümmern Sie sich mal um das Musikfestival. Die Tochter einer der Ärztinnen hier singt in einer Band, die am Sonntagmorgen spielen soll. Sie hat gerüchteweise mitbekommen, dass daraus nichts wird. Nehmen Sie eins der Kinder mit und reden Sie mal mit Quinlan. Er ist der Hauptsponsor.« Dann schwieg sie kurz. »Neuigkeiten von den Ayliffes?«

»Die wurden in Broken Hill gesichtet.«

Da ertönte eine Stimme: »Hills, meine Liebe! Alles in Ordnung?«

Hirsch bemerkte, wie jeder Ausdruck aus Brandls Gesicht wich. Er sah sich um und erkannte das Gesicht in der Tür von einem Foto auf ihrem Schreibtisch. Er hatte immer angenommen, dass es sich um den Ehemann handelte, aber offensichtlich lautete der Status ›Freund‹. Und vergangenen Mittwoch hatte dieser Freund ihr eine SMS geschickt, wegen der sie Hals über Kopf nach Adelaide gefahren war.

»Brian, was machst du denn hier?«

Unangenehmen Fragen wich dieser Mann einfach aus. Er ging durch das Zimmer, als würde er das Wasser teilen, und sagte: »Also, bis man dich mal findet.« Dann blieb er stehen und hielt Hirsch die Hand hin: »Brian Cottrell. Könnten Sie uns kurz …?«

Hirsch schüttelte eine schlanke, knochige Hand und nannte seinen Namen. Cottrell wirkte wie ein Athlet, genau wie der Boss selbst. Schlank, fit, gebändigte Kraft. Er trug einen Schal, Lederjacke, braune Boots und neue Jeans. Der Schal war bei der drückenden Hitze nicht nötig, betonte aber die vorteilhaften Partien seines Gesichts.

»Ich bin dann mal …«, sagte Hirsch, der sich fehl am Platz vorkam.

»Hilary und ich kennen uns schon ewig, ich konnte es gar nicht glauben, als ich das gehört habe. Sie ist ein ganz besonderer Mensch. Es bringt mich fast um, wenn ich mir vorstelle, was alles hätte passieren können.«

Aha, einer *dieser* Männer, dachte Hirsch. Kennen sich bestens aus mit bewundernden und mitfühlenden, aber völlig sinnentleerten Floskeln. Die emotionale Intelligenz eines Ziegelsteins. Hirsch warf Sergeant Brandl noch einen Blick zu, als er ging, las in ihrem Gesicht aber nichts als Verlassenheit und Leere.

Er suchte nach der Cafeteria, kaufte sich einen Tee und einen Muffin und schnappte sich einen liegen gebliebenen *Advertiser*. Besucher und Krankenhausangestellte kamen und gingen; es saß nur noch eine weitere Person dort, die fehl am Platz schien: Sie wirkte unsicher und zugleich viel zu aufgeputzt für den Raum. Hirsch trank und aß und versuchte sich an dem schweren Kreuzworträtsel.

Die Lösung des anderen Rätsels – die Frau – fand sich, als Brian Cottrell hereingeplatzt kam und sie abholte. »Sorry, Baby.«

Als er Hirsch sah, salutierte er und sagte: »Nett, Sie kennengelernt zu haben, Pete. Wir müssen los, wir haben ein Wochenende auf den Weingütern vor uns. Von Ort zu Ort, Rote verkosten ...«

Die Frau lächelte einfältig. Ich hoffe, ihr kriegt Sodbrennen, dachte Hirsch. Und die Kollegen vor Ort machen einen Alkotest.

Brandl wirkte niedergeschlagen und verletzt, als er in ihr Zimmer zurückkehrte. »Tut mir leid«, sagte sie.

»Tut mir leid, dass Ihnen das passieren musste«, entgegnete er aus Mangel an Tiefgründigerem. Im Laufe des letzten Jahres hatte er sich an Brandl gewöhnt, aber sie standen sich nicht nahe. Sie waren freundlich zueinander und witzelten herum; gegenseitiger Respekt. Aber sie war sein Boss.

»Ich schulde Ihnen eine Erklärung.«

»Das geht mich doch nichts an, Sergeant.«

Doch Hilary Brandl ließ sich nicht aufhalten. »Ich war mit Brian auf der Highschool, wir kennen uns schon seit ewigen Zeiten. Wir sind eine Weile zusammen ausgegangen, dann haben wir den Kontakt verloren, das Übliche, schließlich sind wir uns auf einer Konferenz über Kriminaltechnik über den Weg gelaufen – er arbeitet in einem Labor, nicht bei der Polizei. Langer Rede kurzer Sinn, jedenfalls sind wir danach wieder miteinander ausgegangen.« Dann sah sie Hirsch eindringlich an. »Ich weiß ja nicht, wie das bei Wendy und Ihnen ist, aber Beziehungen entwickeln einen gewissen Rhythmus, oder? Ein Muster. Wir haben uns zum Beispiel jeden Tag geschrieben, vor allem, weil ich doch in Redruth arbeite und ich ihn die ganze Woche nicht sehen konnte.«

Sie schüttelte den Kopf und blinzelte mit feuchten Augen. Hirsch meinte: »Schon in Ordnung, Sie müssen mir nichts erzählen.«

Sie entgegnete hitzig: »Meine Güte, Paul. Wem soll ich es denn sonst erzählen?«

Hirsch ermahnte sich, den Mund zu halten. Er lächelte und drückte ihren Unterarm.

»Zwei Jahre ging das so. Dann fiel mir vor ein paar Wochen auf, dass seine SMS ... beiläufiger wurden? Oberflächlicher? Ich habe ihn gefragt, was denn los sei«, sie musste trocken lachen, »per SMS, natürlich, und er antwortete, er würde schon seit einer Weile mit einer anderen Frau schlafen und habe den Eindruck, dass daraus eine Beziehung werden könne.«

Hirsch sagte nicht: Als ob der Kerl nicht schon eine Beziehung hätte.

Sie schluckte trocken. »Er war überrascht, dass ich etwas geahnt hatte – er dachte, die SMS seien wie immer.« Sie schüttelte den Kopf. »Das kommt wohl daher, weil er Feinheiten nicht erkennt. Er kann sich nicht gut in andere hineinversetzen. Er vertraut darauf, dass sie ihm sagen, was sie denken und fühlen, erst dann ist er in der Lage, zu erfassen, was sie sagen, aber er *versteht* es nicht. Nicht gefühlsmäßig. Für ihn gelten nur Fakten und Zahlen.«

»Tut mir leid, Sergeant.«

»Er mag ja den Schmerz anderer nicht erkennen können, aber seinen eigenen erkennt er bestens. Wenn ich so darüber nachdenke, hat er ständig darüber gejammert, dass alle anderen ihn enttäuschen ...« Dann schwieg sie kurz. »Sorry.«

»Ein kleiner Wutanfall würde Ihnen vielleicht guttun.«

»Aber nicht vor der Allgemeinheit«, entgegnete sie mit einem eisernen Unterton in der Stimme. Dann: »Sorry. Ich vertraue Ihnen. Und sorry, dass ich andauernd ›sorry‹ sage.«

Wieder drückte er ihren Unterarm, und sie nahm es dankbar an. »Brian ist klug«, sagte sie. »Ich habe immer seine schnelle Auffassungsgabe bewundert. Aber Sie können sich ja vorstellen, dass ich seit letzten Mittwoch länger nachgedacht habe. Unter der Oberfläche ist er sehr zielstrebig. Skrupellos. Er muss unbedingt gewinnen, recht haben. Ständig wägt er Chancen und Risiken ab und sucht nach seinem Vorteil. Null Demut, versteht sich.«

Hirsch war solchen Männern und Frauen schon begegnet. Sie gingen über Unwichtiges einfach hinweg und bekamen meist, was sie wollten. Aber versäumten sie denn nicht auch etwas, wenn sie nie innehielten und mal an einer Rose schnupperten? War sich Brian Cottrell dessen bewusst?

Dann fiel ihm auf, dass Brandl ihn eingehend betrachtete.

»Hört sich so an, als wären Sie ihn los, Boss.«

Hilary Brandl zuckte mit den Schultern. »Ich habe mich letzte Woche zur Närrin gemacht und Sie alle hängen lassen, aber ich musste mich mit ihm treffen und das bereden.«

»Kein Problem«, sagte Hirsch.

Sergeant Brandl versank förmlich im Bett. »Ich habe zu ihm gesagt, lass uns wenigstens Freunde bleiben, wir kennen uns doch schon ewig, aber er musste regelrecht darüber nachdenken. Er rieb sich doch tatsächlich das Kinn und meinte, das sei eine Möglichkeit, er habe eine Gruppe von Freunden, die er alle sechs, acht Wochen mal sehen würde.« Sie lachte. »Das sagt doch so einiges über ihn, oder? Und dann sagte er noch, auf jeden Fall würde er gern mit mir mal ein Schwätzchen halten, wenn ich ihm über den Weg laufe. So viel dazu, dass ich ihn seit fünfundzwanzig Jahren kenne. Ich kam mir richtig blöd vor, aber ich fand es auch traurig, dass für ihn da nichts war.«

»Sein Unvermögen, Boss, nicht Ihres.«

Sie tätschelte ihm den Handrücken. »Danke. Und danke fürs Zuhören.«

Dann saßen sie da und warteten darauf, dass sich die Bedrücktheit legte. Ein Krankenpfleger kam herein und brachte den Nachmittagstee, alle plapperten irgendeinen Unsinn vor sich hin, und das Leben ging weiter. Doch in der danach einsetzenden Stille erkannte Hirsch, dass Hilary Brandl wohl noch eine ganze Weile an dem zu kauen haben würde, was ihr da zugestoßen war. Wer konnte ihr das verdenken?

»Ich frage mich, ob die anderen Leute vielleicht gar nicht wissen sollten, dass er eine Beziehung mit mir hatte? Er hat mich seinen Freunden nie vorgestellt, und ich habe ihn nur ganz selten mit seiner Familie gesehen.«

»Wenn man mittendrin steckt, ist es schwer zu erkennen, was schiefläuft«, meinte Hirsch.

»Da sagen Sie was. Mir geht jetzt erst auf, dass er gar nicht sonderlich an mir interessiert war.«

»Vielleicht weiß er nicht, wie man das anstellt.«

Sie schüttelte den Kopf und schwieg für einen Augenblick. »Er sieht gut aus, oder?«

»Nicht mein Typ, Sergeant.«

»… sieht gut aus, ist klug, und genau das hat seine Umgebung ihm von klein auf versichert. Und am Ende kommt ein selbstgefälliges Monstrum heraus.«

»Ich würde sagen, seien Sie froh, dass Sie den los sind.«

Sie seufzte. »Vielleicht haben Sie recht. Aber manche Gewohnheiten kann man nur schwer ablegen.«

Hirsch dachte an einige seiner eigenen Erfahrungen. Mit den meisten seiner Exfreundinnen hatte er immer noch guten Kontakt. Natürlich nicht mit den Soziopathinnen und Axtmörderinnen, aber mit den meisten anderen. »Das ist eine Mischung, die man besser meiden sollte, Boss. Ichbezogen; kann sich nicht in andere hineinversetzen; empfindet kein Mitgefühl. So jemand überrollt einen förmlich.«

Hilary Brandl schaute ihn kurz betroffen an. »Da spricht jemand aus eigener Erfahrung.«

Hirsch lächelte traurig, und die beiden schwiegen und warfen einen Blick zurück auf ihre eigenen unschönen Erlebnisse.

11

Mir ist eine gewisse Dringlichkeit hinsichtlich der sexuellen Aktivitäten aufgefallen, Constable«, sagte Wendy Street am Sonntagmorgen, stützte sich auf einen Ellbogen und fuhr mit den Fingerspitzen über Hirschs Brust. »Nicht, dass ich mich beschweren will.«

Der gemeinsame, unausgesprochene Gedanke, letzte Nacht und am Morgen wieder: Gott sei Dank, dass er überlebt hatte, um Sex mit der Frau zu haben, die er liebte, statt in irgendeinem Krankenhaus oder gar auf einer Stahlplatte im Leichenschauhaus zu liegen.

Katie war bei einer Freundin, also ließen sie sich Zeit. Als Wendy geduscht, sich angekleidet und die Haare gekämmt hatte, meinte sie: »Werden wir Ihre angenehme Tenorstimme heute Nachmittag zu hören kriegen?«

Hirsch betrachtete sich noch einmal in ihrem Ankleidespiegel und entgegnete: »Nicht witzig.«

»*Oh Danny boy, the pipes, the pipes are calling ...*«

»Immer noch nicht witzig.«

»*From glen to glen ...*«

»Ernsthaft jetzt. Schluss damit. Ich hasse dieses verfluchte Lied.«

Sie schlang ihre Arme von hinten um ihn und legte die Wange zwischen seine Schulterblätter. Er erlag den starken Emotionen, die ihn durchfuhren, ließ den Kopf nach hinten sinken und rieb ihn an ihrem. Die Luft duftete nach Shampoo und parfümierter Seife.

»Sie erwartet, dass du singst.«

»Wer?«

Wendy wich ein wenig zurück und schlug ihm das Knie gegen den Oberschenkel. »Stell dich nicht dumm.«

»Okay, okay«, sagte Hirsch.

Er kannte Wendy mittlerweile lange genug, um zu wissen, worauf sie hinauswollte. Es ging hier nicht um einen Ausbruch von Eifersucht; sie hatte etwas zu Clara Ogilvie zu sagen und bereitete das Feld. Er blieb stehen und wartete, und Wendys schlanke Gestalt wärmte ihm den Rücken. Dann sagte sie: »Nur als Vorwarnung. Ich habe mit ihr am Freitag nach der Schule gesprochen und hatte den deutlichen Eindruck, wie enttäuscht sie darüber war, dass du ihr nicht mehr über das Mädchen aus dem Wohnwagen erzählt hast.«

Hirsch stellte sich das Lehrerzimmer in der Redruth Highschool vor, wie alle umhereilten und Korrekturarbeiten in ihre Taschen packten. Clara Ogilvie war, was – enttäuscht? Glaubte sie, Ansprüche zu haben?

»Ich habe ihr etwas darüber erzählt, aber ich bin ja nicht dazu verpflichtet, ihr alles mitzuteilen«, sagte er und drehte sich zu Wendy um.

Sie beugte sich etwas zurück und sah ihn an. »Das weiß ich.« Sie stieß ihm sanft mit dem Kopf gegen die Brust und schaute ihn wieder an. »Ich mag Clara, aber sie kann … anstrengend sein.«

»Mit anderen Worten: Man sollte sie nicht auf ihrem linken Fuß erwischen.«

Wendy dachte darüber nach. »Also, ich könnte nicht behaupten, dass das je passiert wäre. Aber sie hat schon diesen finsteren Blick drauf.«

Hirsch musste grinsen. Den Blick kannte er schon. »Auf den kann man gut verzichten.«

Sie saßen im Schein des winterlich flach über die Bitter Wash Road hereinfallenden Lichts am Tisch im Wintergarten von Wendys Haus und aßen Suppe und Brot. Und plötzlich bemerkte Hirsch die Leere des Hauses. Nur selten gab es die Gelegenheit, ein paar Stunden am Stück mit Wendy zu verbringen, und sie hatten sie letzte Nacht und am Vormittag weidlich ausgenutzt, doch nun fiel ihm die Abwesenheit von Wendys Tochter auf. Die schlief bei einer Schulfreundin in Redruth. Ohne Katies klappernde Schritte, die aus Ohrhörern dringende Musik, die Witze und fröhlichen Foppereien war das Haus leer. Auch Wendy spürte das. Sie wirkte melancholisch, fast als wisse sie nicht, was sie mit sich anfangen sollte. Er streckte die Hand aus und nahm ihre Finger.

Sie lächelte, und die Stimmung verflog. Sie trank ihren Tee aus und sagte: »Dann wollen wir mal.«

Hirsch stand mit ihr auf. »Läuft dein Wagen wieder?«

»So gut wie neu.«

»Holen wir Katie unterwegs ab?«

Wendy verzog ironisch den Mund. »Die letzten Worte meiner herzallerliebsten Tochter gestern lauteten, Zitat, eine Übernachtung ist eine Übernachtung, Mom, Zitatende.«

Hirsch grinste. Er hatte an zwei der keltischen Musiknachmittage teilgenommen und jedes Mal hatte Katie ... na ja, nicht gerade mit versteinerter Miene dagesessen, aber man konnte sehen, wie sie düster vor sich hin brütete, stumm litt und ihr hinterhältiger Humor ein Schlupfloch suchte. Wenn er sie ermutigen würde und sie ihn, dann würde ihnen sicher etwas Lustiges und nicht sehr Nettes zu all den Leuten von *Caledonian Dreaming* einfallen. Natürlich durfte Wendy nichts davon mitbekommen – obwohl auch Wendy nichts gegen eine gelegentliche Stichelei hatte. Der alte Dudelsackspieler mit seiner gestreiften Hose. Und gab es womöglich ein Gesetz, dass alle Fiedelspieler einen Vollbart zu tragen hatten?

Um zwei Uhr nachmittags fuhren sie südlich über den Barrier Highway. Sie kamen durch Penhale – der Einsatzwohnwagen war bereits abgezogen worden –, erreichten schließlich Redruth und fanden einen Parkplatz vor dem Woolpack, einem alten, um 1870 erbauten Pub mit tiefen Veranden, einem farmhausgrünen Dach und graubraunen Wänden, wobei jeder einzelne Stein mit schmalen schwarzen Linien umgrenzt war. Sie gingen eine massive Holztreppe nach oben in einen gut genutzten Veranstaltungsraum – Clubtreffen, Hochzeitsfeiern, Weihnachtsfirmenfeste und Probus-Club-Vorträge. Hirsch spürte, wie er sich verspannte. Wendy, die das beim Eintreten bemerkte, fasste ihn am Ellbogen an und drückte sich an ihn. »Sei tapfer, sei brav.«

»Weiß nicht, ob ich beides gleichzeitig kann«, meinte Hirsch.

»Und danke, dass du mich begleitest. Das bedeutet mir viel.«

Sie waren die Nachzügler. Vor einer Bühne am anderen Ende des Raums hatten sich Männer und Frauen versammelt, stimmten Geigen, bauten Mikrofone und Schlagzeug auf und stellten einen Halbkreis aus harten Stühlen für die Musiker zusammen. Allerlei Freunde, Kinder und Lebenspartner hatten es sich in Clubsesseln bequem gemacht oder stützten die Ellbogen auf Tische und warteten. Als sie Hirsch sahen, verstummten sie und schauten neugierig, denn sie wussten bereits, dass er dabei gewesen war, als Andrew Eyre angeschossen wurde.

Er nickte im Kreis herum, meinte zu Wendy: »Toi, toi, toi« und tat, was er bei öffentlichen Versammlungen immer tat: Er suchte sich einen Platz an der Rückwand. Er spürte ihren Blick im Rücken, schaute zurück, während er durch den Raum ging, wusste, was ihr Blick zu bedeuten hatte: Danke. Und: Ich muss ja auf einen erwachsenen Mann nicht aufpassen, aber beschränke dein Verstecken und deine finsteren Blicke auf ein Minimum, okay? Er blieb stehen, lächelte und reckte einen Daumen in die Höhe.

Als die Musik einsetzte, verlor sich Hirsch in seinen Träumen. Die Melodien schlängelten sich durch ihn hindurch und ergriffen Besitz von ihm – selbst der monotone, nasale Kram. Er mochte es, Muster zu erkennen, die Richtung zu erahnen, die sie nehmen würden. In der Teepause erwachte er aus seinem Dämmerzustand und ging an den Wänden entlang, um sich die Fotos anzuschauen: Zuchtböcke, ein Drahtzaun, an dem Keilschwanzadler hingen, bäuerliche Anwesen in Ulooloo und Cappeedee,

Aborigines, die Vieh hüteten, und ein Foto mit dem Titel *Gin schrubbt Hemden, Bundaleer Outstation.*

Ein Mann näherte sich ihm von der Seite. »Pete Burroughs. Wir sind uns letztes Mal schon begegnet.«

Ein junger Farmer mit dicker Brille und dem vorschriftsmäßigen Ned-Kelly-Vollbart. Gitarrenspieler. »Aber klar, Pete, wie gehts denn so?«

»Besser als den Ayliffes, das steht schon mal fest.«

Dieser Ton, diese Haltung. Hirsch versuchte, den Mann zu verstehen. Burroughs beobachtete ihn leicht herausfordernd.

»Kennen Sie sie?«

Burroughs hatte wohl den Eindruck, einen Teil seiner Botschaft an den Mann gebracht zu haben. Er drehte sich um und kam auch noch mit dem Rest heraus: »Ich heiße nicht gut, was sie getan haben, aber ich heiße gut, seinen Mann zu stehen.«

Und damit war er verschwunden. Seinen Mann zu stehen gegen was genau? Die Baumknutscher? Die Umweltschutzbeauftragten des Bezirksrats? Regierung? Polizei?

Clara Ogilvie, die unter dem Arm ein Hackbrett trug, näherte sich ihm jetzt von der anderen Seite. »Da sind Sie ja.«

Hirsch erschrak. »Clara.«

Sie packte ihn am Handgelenk. »Aber es ist doch alles in Ordnung?«

Auf ihre blasse, feingliedrige Art war sie hübsch, und sie vibrierte regelrecht vor sozialer, emotionaler und intellektueller Energie, die er an ihr kannte. Ihre Finger an seinem Handgelenk wirkten wie elektrisch aufgeladen. Nicht unbedingt Begierde. Und auch nicht Not. Irgendeine andere innere Hitze.

»Gesund und munter«, antwortete Hirsch fröhlich.

Zu fröhlich. Sie spürte seine Anspannung. Sie ließ los und tat einen Schritt zurück. »Das ist gut.« Auf der Suche nach einem Themenwechsel fügte sie hinzu: »Gibt es was Neues zu Lydia Jarmyn?«

Ihr Blick durchbohrte ihn; sie hatte noch immer das Gefühl, Anspruch darauf zu haben, alles zu erfahren.

»Ich fürchte nein, Clara, tut mir leid.«

Sie presste die Lippen aufeinander, schaute weg und nickte enttäuscht. »Wollen wir nur hoffen, dass die Behörden wissen, was sie tun.«

»Ja.«

»Das Jugendamt ist ja durchaus bekannt dafür, ab und zu mal Mist zu bauen.«

»Das ist richtig.«

Wieder legte sie ihm eine Hand auf den Arm. »Aber Sie halten mich auf dem Laufenden?«

»Ja.«

»Gut«, sagte sie und nahm die Hand weg. Hirsch schaute verzweifelt an ihr vorbei; alle schwirrten um einen Tisch herum und verschlangen Sandwiches und Kuchen. Wendy unterhielt sich mit einem Blechflötenspieler.

»Setzen Sie sich zu mir«, sagte Clara und berührte ihn wieder am Arm. »Darf ich Ihnen etwas zu essen oder zu trinken holen?«

»Nein, danke«, antwortete Hirsch, setzte sich zu ihr an einen der kleinen Tische und wusste, dass er sobald nicht wieder fortkommen würde. Clara hatte rosige Wangen bekommen. Solche Gelegenheiten berauschen sie, dachte Hirsch. In jedem Winkel ihres Lebens lauert das Drama.

Clara legte das Hackbrett beiseite. »Und werden wir heute Ihre schöne Stimme zu hören bekommen?«

Hirsch rutschte auf dem Stuhl herum. »Ich habe eigentlich nicht ...«

Sie stellte sich eine Tragetasche auf den Schoß. *Clonmel Run Music Festival.* Hirsch fragte sich, wo sie die wohl herhatte, doch bevor er fragen konnte, hatte sie ein Liederbuch herausgezogen. »Ich dachte, ich singe diesen Song von Emmylou Harris hier, wenn Sie sich ein Duett zutrauen?«

Hirsch schaute auf die Seite: ›Little Bird‹. Er hüstelte und sagte: »Tut mir leid, die alte Stimme ist heute ein wenig eingerostet.«

Wieder dieses markante Stirnrunzeln. Er hatte den Eindruck, er schulde ihr etwas, und um diese Scharte auszuwetzen, sagte er: »Ich mag den Song. Ich hatte mal die CD.«

»*Stumble into Grace*. Was ist damit passiert?«

Er beugte ich vor. »Ist Ihnen schon mal aufgefallen, wie Bücher und CDs an der Bruchkante gescheiterter Beziehungen verloren gehen?«

Hirsch wusste, dass er hier ein Risiko einging. Wendy zufolge war Clara allein. Allerdings war sie verheiratet gewesen und durfte doch wohl auch abseits davon eine Vorgeschichte haben?

Treffer. Sie strahlte anerkennend. »Du meine Güte, ja! Bei mir sind es Bücher. Lieblingsbücher. Viel zu viele, ehrlich gesagt. Man kann sie ja schlecht zurückfordern, das ist das Problem.«

»Bei mir war das *Stumble into Grace*. Leider gab es bei der ganzen Geschichte keine Gnade – und eigentlich auch kein Stolpern. Sie ist einfach auf und davon und hat sich nicht mal mehr umgesehen.«

Wieder ein leichtes, diesmal verwirrtes Stirnrunzeln. Nicht alle kapierten seine Wortspielchen, wie er wusste. Nicht alle kapierten Wortspielchen, punktum. Für manche Menschen war die Welt ein vollkommen buchstäblicher Ort. »Davor war es *Highway to Hell*. Davor war es ...«

Jetzt musste sie lachen. Das gefiel ihm.

In die darauf einsetzende Stille hinein sagte sie: »Wendy und Sie scheinen sich ja wirklich gut zu verstehen.«

Hirsch wurde leicht misstrauisch. »Ja.«

»Das muss schwer sein, bei ihrem Job. Mutter zu sein. Und *Ihr* Job.«

»Das kriegen wir schon hin.«

»Die Arbeitszeiten.«

»Stimmt.« Um das Thema zu wechseln, wies Hirsch auf die Einkaufstasche hin. »Gehen Sie zu dem Festival?«

»Das hoffe ich. Allerdings gibt es Gerüchte, dass es nicht stattfinden wird.«

Dann rief eine Stimme: »Meine Damen und Herren, nehmen Sie Platz. Clara? Ist sie irgendwo?«

»Ich würde ja gern weiterplaudern, aber ich muss los«, sagte Clara Ogilvie und erhob sich munter und leicht errötend von ihrem Stuhl. Wie ein argloses, verliebtes Mädchen.

12

Am Montagmorgen schaute Hirsch nach, ob es Neues zu den Ayliffes gab – der Wagen, den sie in Broken Hill gestohlen hatten, war ausgebrannt in Mildura gefunden worden; keine weiteren Meldungen –, dann informierte er alle Leute seiner Montags- und Donnerstagsrunden, dass er ein paar Wochen lang nicht vorbeischauen konnte, und schließlich brachte er seine Handynummer und einen Hinweis an seiner Haustür an: *Vorübergehend erreichbar auf dem Polizeirevier Redruth*. Er setzte auf den Highway zurück, wartete, bis ein Bus mit der Beschriftung *Wilpena Pound Tours* vorbeigefahren war, und sah zur Schule hinüber. Die Schule durfte wieder öffnen; Eltern brachten ihre Kinder.

Hirsch fuhr durch nebligen Regen nach Süden. In Redruth umfuhr er den Stadtplatz und bog nach ein paar Metern auf der Straße Richtung Adelaide links in eine Seitenstraße, wo er hinter dem Polizeirevier, einem trübseligen Backsteinhaus mit Aluminiumfenstern, parkte. Er ging hinein, grüßte den Hilfsbeamten hinter dem Tresen – ein im Ruhestand befindlicher Schafscherer namens Pickett – und kam durch eine weitere Tür in die Hauptbüros des Reviers. Sergeant Brandls ›Kinder‹ hatten den Einsatzraum vorbereitet: Gebäck und frisch gebrühter Kaffee munterten das langweilige Innere auf, in dem es zum Glück wärmer war als auf dem Revier in Tiverton, geschweige denn auf seinen Outback-Patrouillen. Hirsch setzte sich ans Kopfende, die beiden flankierten ihn, und er erhob die Stimme: »Meine lieben Brüder und Schwestern …«

Die beiden grinsten, wirkten gut drauf, hatten Laptops und Notizbücher bereit; sie wussten nicht genau, was sie von ihm in seiner neuen Rolle halten sollten und wie er sich als Vorgesetzter anstellen würde. Er erwiderte das Grinsen und sagte: »Halten wir uns doch einfach an denselben Ablauf wie bei der geschätzten Sergeant Brandl. Tim?«

Medlin fasste mit stockender Stimme die in der vergangenen Woche gemeldeten Verbrechen, Zusammenstöße und Zwischenfälle zusammen. Nachdem er etwas Mut gefasst hatte, klapperte er auf der Laptoptastatur herum und sagte: »Das hier kam am Wochenende herein.«

Sie schauten auf den Wandmonitor, auf dem ein Bild erschien. Hirsch schaute genau hin und versuchte, die unscharfen schwarzen und verwaschen grauen Flecken zu deuten, die von einem fahlen Leuchten in der oberen linken Ecke angestrahlt wurden. Eine Straßenlaterne, nahm er an, deren Licht kaum den klapprigen Hinterzaun erreichte, welcher einen dichten Schatten über einen kleinen Metallschuppen und eine Schubkarre warf; eine gedrungene Gestalt streckte beide Hände nach einem Damenschlüpfer an einer Wäschespinne aus. Mit einer Hand nahm sie die Klammern ab, mit der anderen griff sie nach der Beute. Dann wieder: diesmal ein BH.

»Anne Pierce' Haus in Spalding?«
Medlin nickte.
»Und beide Teile sind markiert?«
»Ja.«
Sie alle spürten diese verhaltene Euphorie. Hirsch runzelte die Stirn: »Aber das sind keine Standbilder von der Kamera. Foto?«
Wieder nickte Medlin. »Ratten haben das Kabel durchgenagt. Offenbar schläft Mr Pierce nicht gut. Er hat draußen ein Motorrad gehört, sofort geschaltet und ist mit seinem Handy in die Küche gegangen.«
»Er wusste, was kam«, grübelte Hirsch. »Um welche Uhrzeit?«
»Zwei Uhr früh.«
Hirsch dachte laut über mögliche Arbeitszeiten nach. Vielleicht hatte der Mann keinen Tagesjob – in einer ländlichen Gemeinde wusste man so etwas voneinander. Oder er hatte

angefangen, seinen Tagesjob zu vernachlässigen, weil er die ganze Nacht unterwegs war?

Jean Landy schrieb mit, und ihre Finger flogen nur so über die Tasten. Sie hielt inne. »Wir müssen noch immer jemanden mit markierter Wäsche oder einem Teil davon in Verbindung bringen. Und dann ist da noch die Frage: Wie findet er seine Opfer? Man fährt ja nicht die Straße entlang, schaut sich ein Haus an und denkt: Da wohnt eine ältere Frau.«

Damals im Mai hatten sie alle – Polizei und Opfer gleichermaßen – darüber gelacht, doch nun war ein mulmiges Gefühl hinzugekommen. Unter ihnen lebte ein Mann, dessen Fetisch die Unterwäsche älterer Frauen war. Und nach Hirschs Recherche masturbierte der Kerl wahrscheinlich dazu, fand es erregend, die Wäsche zu haben und zu berühren, vielleicht gar zu tragen.

»Wenn wir noch weitere Opfer hätten«, sagte er, »dann könnten wir vielleicht eine Verbindung zwischen ihnen herstellen. In Ihrer freien Zeit – so viel werden Sie davon nicht haben, bis Sergeant Brandl wieder an Bord ist, ich weiß –, könnten Sie da die Meldungen der letzten sechs Monate durchgehen? Diebstähle, unbefugtes Betreten, alles, was in Wahrheit ein tatsächlicher oder gescheiterter Wäschediebstahl gewesen sein könnte, aber nicht als solcher gemeldet wurde. Und halten Sie die Ohren offen, Gerüchte über Zwischenfälle, die nie gemeldet wurden, weil das Opfer nicht daran gedacht hat oder nur ein einziges Mal Ziel des Täters war.«

»Sergeant«, sagte Medlin. Dann, peinlich berührt: »Paul. Constable Hirschhausen.«

Hirsch erwiderte: »Hundsgewöhnliches, alltägliches Arschkriechen sollte genügen. Sonst noch etwas?«

»Ein letzter Punkt noch«, sagte Medlin und schickte ein weiteres Bild auf den Wandmonitor. Ein unscheinbares Ziegelgebäude mit Flachdach, eine Holztür mit der Goldschrift *Quinlan Stock and Station Services* auf dem Glaseinsatz der Tür, eine kaputte Scheibe. Dann ein zweites Foto: Innenansicht, ein roter Ziegelstein auf einem grauen Teppichboden.

»Jean und ich haben uns gefragt, ob Troy Padfield nicht wieder mit seiner Masche unterwegs ist.«

Troy Padfield, dessen Freundin ihn im März abserviert hatte, hatte in einem Wutanfall einen Ziegelstein durch ihr Schlafzimmerfenster geschleudert, die Autoreifen ihres neuen Freundes aufgeschlitzt und auf den Bürgersteig vor dem Friseur- und Schönheitssalon in Redruth gesprayt: *Hier arbeitet ne Schlampe*. Hirsch kannte den Burschen kaum, hatte ihn aber seitdem ein paarmal gesehen. Jedes Mal hatte er zutiefst beschämt gewirkt.

»Hat Troy was mit Quinlan zu tun?«

Die Kinder zuckten mit den Schultern.

»Ich frage mich, ob hier nicht etwas anderes vor sich geht«, sagte Hirsch. »Es kursieren Gerüchte, dass Quinlans Geschäft in Schwierigkeiten steckt. Ein geplatzter Scheck ist einer der Gründe, warum Leon Ayliffe ausgerastet ist. Über dem Musikfestival schwebt ein Fragezeichen. Auf Facebook gibt es entsprechende Kommentare. Gab es zu dem Ziegel einen Brief?«

»Nein.«

»Haben Sie Gerüchte aufgeschnappt?«

Medlin schüttelte den Kopf. Landy antwortete: »Ich war im Zeitungsladen, als jemand reinkam und eine Eintrittskarte zum Festival kaufen wollte; Mr McLean meinte: ›Ich an Ihrer Stelle würde noch ein paar Tage damit warten.‹«

Hirsch rieb sich die Stirn. Vielleicht wäre es besser, ein bescheidener Constable zu bleiben. Vielleicht sollte er sich das mit den Prüfungen zum Sergeant noch mal überlegen. »Das Festival ist am Freitag. Wäre ganz gut zu wissen, ob es tatsächlich stattfindet.« Er fällte eine Entscheidung und holte tief Luft. »Jean, Sie kommen mit mir. Tim, schauen Sie mal, was Padfield dazu zu sagen hat. Padfield oder irgendein anderer Nullbock-Bursche in der Gegend.«

Er lächelte betrübt. Die Jungen blieben nicht hier. Sie suchten sich Arbeit in Adelaide, belegten Fortbildungskurse, widmeten sich dem Nachtleben.

Hirsch und Landy traten hinaus in den prasselnden Regen. Er schüchterte jedes Blatt ein, hüpfte von Dachziegeln und Wellblech, Autos, Asphalt, eiligen Regenschirmen und von Hirschs Uniformkappe. Er wusch alles zu einer Gleichförmigkeit. Die beiden rannten zum Streifenwagen, Hirsch sprang auf den Beifahrersitz, Landy hinter das Lenkrad. Mit voll aufgedrehter Heizung fuhren sie spritzend vom Parkplatz und durchquerten die Stadt in einem Mief aus feuchter Haut, nasser Kleidung und heißer, trockener Luft.

»Ich muss nur ein paar Telefonate führen.«

»Geben Sie Ihr Bestes«, meinte Landy.

Er suchte in seinem Notizbuch nach der Nummer von Roxby Downs, kam durch und ließ sich mit der Personalabteilung verbinden. Er brachte seine Bitte vor und sah vor seinem geistigen Auge das Büro einer Tagebaumine oben im fernen Norden des Staates. Regnete es dort oder handelte es sich um Halbwüste, in der bullige gelbe Maschinen riesige Brocken aus der Erde bissen?

»Jarmyn?«, fragte eine Stimme. »Vorname?«

Hirsch glaubte nicht, dass dort oben allzu viele Personen mit dem Namen Jarmyn arbeiteten. »Alexander. Alex vielleicht.« Er dachte kurz nach. »Oder Lex.«

Stille in der Leitung. Jean Landy lenkte den Streifenwagen geschickt durch die Nässe und lauschte interessiert.

Dann: »Hier arbeitet niemand mit diesem Namen.«

»Was ist mit letztem Jahr? Oder dem Jahr davor?«

»Da muss ich in ein anderes System ...«

Die Frauenstimme verschwand. Hirsch wusste nicht, ob ›in ein anderes System müssen‹ bedeutete, in einen anderen Raum, ein anderes Gebäude zu gehen oder einfach nur ein anderes Fenster auf dem Computer zu öffnen – er wusste nur, dass es der Frau am liebsten gewesen wäre, er würde einfach verschwinden. Er legte etwas Schärfe in seine Stimme. »Es geht hier um polizeiliche Ermittlungen.«

Landy neben ihm musste grinsen. Die Frau am Telefon seufzte, blieb aber bei aller Irritation weiter höflich, und Hirsch hörte das Klappern einer Tastatur. »Alexander Jarmyn. Hat vier Jahre lang hier gearbeitet. Hat letzten September gekündigt.«

»Hat er irgendeinen Grund angegeben?«

»Nein. Er hat einfach gekündigt.«

»Persönlich? Schriftlich?«

»Einfach gekündigt.«

»Ist dort ein Direktor, ein Vorarbeiter aufgelistet, mit dem ich sprechen könnte?«

»Die Mine«, erklärte die Frau, »läuft heute auf vollen Touren. Ich kann niemanden abziehen, um ans Telefon zu kommen. Geben Sie mir Ihre Nummer, und ich lasse Sie zurückrufen.«

Hirsch willigte ein, dann war die Leitung tot. Jean Landy meinte leichthin: »Na, das klang ja nach einem befriedigenden Ergebnis.«

»Willkommen in der Welt der Polizeiarbeit.«

Sie erreichten das Gewerbegebiet am nördlichen Ortsrand, Jean fuhr langsamer und bog auf den Parkplatz neben Quinlan Stock and Station ein. Zwei phlegmatisch wirkende Männer in Overalls standen unter dem Dachvorsprung und schauten in den Regen hinaus, der auf eine Fensterscheibe prasselte, welche auf der Ladefläche eines kleinen Lasters mit der Aufschrift *Tuohy Glass* festgezurrt war. Sie grinsten Hirsch und Landy schief an, so als wollten sie sagen, was für ein Witz doch das ganze Leben sei.

»Nass genug?«, meinte einer.

Jean antwortete fröhlich: »Dann bleiben die bösen Buben brav daheim.«

Der ältere Glaser zeigte mit dem Kopf zu dem Haus hinter sich. »Ja, aber dort verrichten manche ihre beste Arbeit.«

Interessant. »Bis zum nächsten Mal«, sagte Hirsch besänftigend und folgte Jean hinein.

Der Ziegel war entfernt worden, der graue Teppichboden nach den Spuren zu urteilen frisch abgesaugt. Die Empfangsdame erwartete sie schon. Mit unordentlichem, hüpfendem Pferdeschwanz nahm sie einen Anruf entgegen, klapperte durch die

Akten in der obersten Schublade eines Aktenschranks und reckte ihr Kinn in Richtung des Flurs hinter ihrem Schreibtisch. Hirsch sah Quinlan, der am Ende des Flurs stand und auf sie wartete. Ein beschäftigter Mann.

»Tut mir leid, das mit Sergeant Brandl«, sagte er mit einer Stimme, die auch die letzten Winkel eines Stadions erreicht hätte.

Sie kamen auf ihn zu und gaben ihm zur Begrüßung die Hand. Quinlan war um die sechzig, stämmig, mit einem knochenzermalmenden Händedruck. Bei genauerem Hinsehen entwich die Stimme einem blassen Kopf mit gedrängten Gesichtszügen und eiförmig gewölbtem Schädel. Er führte sie in einen Raum voller Möbel in Leder und Chrom, die Wände behängt mit Wimpeln, Schärpen und Fotografien: Quinlan mit Politikern, Footballspielern und Golfern. Quinlan mit Prince Charles. Er bemerkte, dass Hirsch fragend die Augenbraue hob, und sagte: »Ich hatte das Glück, zu einer Gartenparty im Buckingham Palace gebeten worden zu sein.«

Hirsch sagte nichts dazu. In seinen Augen war die Royal Family einfach nur lächerlich, aber versuch das mal der australischen Bevölkerung zu sagen.

»Setzen Sie sich doch. Tee? Kaffee?«

»Danke, wir hatten schon. Wir werden Ihre Zeit nicht allzu sehr beanspruchen.«

Quinlan legte auf seiner Seite des Schreibtischs die Finger zu einem Dach zusammen, drehte sich leicht auf seinem Stuhl und betrachtete seine Besucher. »Ich bin geschmeichelt, aber ich bin mir nicht sicher, ob eine kaputte Fensterscheibe eine derart große Sache ist, dass gleich die halbe Polizei auftaucht«, sagte er. »Eine Aktennummer für meinen Versicherungsanspruch, und schon können wir uns um Wichtigeres kümmern.« Er schwieg kurz und zuckte mit den Schultern. »Kinder, nehme ich an. Vielleicht sollten Sie mal ein ernstes Wort mit dem jungen Herrn Padfield reden?«

»Eigentlich sind wir hier, Mr Quinlan«, sagte Landy mit fester Stimme, »weil uns gewisse Gerüchte zu Ohren gekommen sind.«

Quinlan presste die blutlosen Lippen zusammen. Ein Ablenker, dachte Hirsch. Wann immer sich ein Gespräch auf schwieriges Terrain begibt, wird er es einfach umleiten. »Gerüchte?«

»Ich verstehe ja, dass es die ländliche Wirtschaft schwer hat. Wir hatten ein paar trockene Jahre, üble Buschbrände, unvorteilhafte Handelsabkommen, ausgetrocknete Märkte ...« Landy schwieg und wartete. Hirsch, der ihr nur zu gern das Feld überließ, wartete mit ihr und beobachtete interessiert Quinlan.

»Ich kann Ihnen nicht folgen.«

»Liquiditätsprobleme«, fuhr Landy fort. »Das kriegen wir andauernd zu hören. Aber wenn es weitere Auswirkungen gibt ...«

»Welche Auswirkungen?«

»Nun, wenn andere Personen wütend werden oder gar aufgebracht. Sie rechnen mit einem Scheck in der Post, der nie eintrifft. Oder platzt. Könnte das ein Grund für Ihr kaputtes Fenster sein, Mr Quinlan? Nur so ein Gedanke.«

Quinlan versuchte es mit Ahnungslosigkeit, einem offenen, von keiner Panik eingefärbten Blick. Er war nicht gut darin – weil wir die Polizei sind?, fragte sich Hirsch.

»Verzeihung – was wollen Sie andeuten?«

Jean hob eine Hand. »Ich möchte gar nichts andeuten, sondern nur fragen: Ist es möglich, dass ein Kreditgeber die Sache in die eigene Hand genommen hat?«

Mit vor Unglauben feuchten Augen antwortete Quinlan: »Kreditgeber? Sicher habe ich Kreditgeber. Aber dies hier ist ein Unternehmen. Wir arbeiten in einem Sechzig-Tage-Zyklus, schon immer. Die Leute sind geduldig, sie kennen mich, sie wissen, dass sie ihr Geld bekommen. Wenn mich jemand am Dienstag bittet, einen Bock zu verkaufen, und will sein Geld am Mittwoch, nun, da muss er Geduld haben, so läuft das eben nicht.« Er plusterte sich ein wenig auf. »Dieses Unternehmen ist schon seit Jahrzehnten hier ansässig. Seit Jahrzehnten. Und es wird noch hier sein, wenn ich schon längst gestorben bin, möchte ich meinen.«

»Danke. Das ist sehr ermutigend zu hören. Das Musikfestival wird also auf jeden Fall stattfinden?«

Blankes Erstaunen. »Warum um alles in der Welt sollte es nicht stattfinden?«

»Kein besonderer Grund, Mr Quinlan. Jedenfalls nicht, dass ich wüsste. Es sei denn, dass die Anlieferer nicht bezahlt worden sind und keiner kommt.«

Quinlan meinte steif: »Alles wird noch vor der Eröffnung vollständig bezahlt sein.«

»Aber wenn es nicht stattfindet, und die Menschen bekommen das nicht rechtzeitig mit, dann könnten meine Kollegen und ich ein paar unerfreuliche Überraschungen erleben.«

»Ich habe, das sollten Sie nicht vergessen, einen privaten Sicherheitsdienst angeheuert.«

»Sicher? Und der hat eine Vorauszahlung erhalten?«

»Aber gewiss.«

»Und die jungen Leute, die schon Eintrittskarten gekauft haben. Ist dort eine allfällige Rückerstattung vorgesehen?«

»Hören Sie«, sagte Quinlan, so als würde sie ihm langsam auf die Nerven gehen. »Die Sache läuft. Und die Jugend wird auf ihre Kosten kommen. Top Bands, das ganze Wochenende lang.«

»Gut zu hören.«

Hirsch sagte: »Es kursieren Gerüchte, Mr Quinlan. So sagt Leon Ayliffe, zum Beispiel, dass ein Scheck, mit dem Sie ihn bezahlt haben, geplatzt sei.«

»Sie wollen mir doch wohl nicht für sein ... sein ... was immer Sie das nennen, die Schuld geben? Ich wäre Ihnen sehr dankbar, wenn Sie mir einfach nur eine Aktennummer für die Versicherung geben könnten. Ich habe viel zu tun.«

Jean Landy sagte leicht scherzhaft: »Sie haben doch hoffentlich nicht selbst den Ziegelstein durch die Scheibe geworfen, Mr Quinlan? Wegen der Versicherung?«

Quinlan gab ein verzweifelt und verletzt klingendes Lachen von sich und antwortete: »Wenn das Geschäft den Bach runtergehen würde, dann würde ich wohl etwas Größeres versuchen.«

»Ich tu jetzt mal so, als hätte ich das nicht gehört«, sagte Landy und legte jede Scherzhaftigkeit ab, dann ließen die beiden

Quinlan in Sportjackett und Moleskin in einer Lache des Zweifels zurück.

Als sie wieder im Streifenwagen saßen, sagte Hirsch: »Den haben Sie ziemlich verunsichert, Constable Landy. Gut gemacht.«

»Wissen Sie, was dieser Kerl vor ein paar Wochen gemacht hat? Er hat mich doch tatsächlich gebeten, einen Strafzettel seiner Tochter wegen zu schnellen Fahrens einzukassieren.«

»Und haben Sie ihm gesagt, wohin er gehen kann?«

»In aller Höflichkeit.«

Hirsch griff nach seinem Handy. Während des Gesprächs hatte es vibriert. Während Jean die Zündung betätigte und die Heizung hochdrehte, schaute er auf das Handy: ein verpasster Anruf, ein Folgetext. Sophie Flynn, eine Bankangestellte bei der Mid-North Community Bank, hatte seine Nummer von Maggie Groote bekommen. Maggie sei ziemlich aufgelöst und würde nach ihm fragen.

13

Jean Landy setzte Hirsch am Revier ab, wo er seinen Toyota holte und zum Stadtplatz fuhr. Die Bank, eingezwängt zwischen dem Supermarkt und dem Trödelladen von Redruth, wirkte mit den vollgeklebten Fenstern, die mit Angeboten und Dollarzeichen lockten, welche in Hirsch weder Gier noch Sparsamkeit weckten, immer leicht verzweifelt.

Er schaltete den Motor ab und stieg aus. Der Regen hatte sich etwas gelegt, aber das ablaufende Wasser schäumte in den Gullys, Papierbecher schwammen umher, Plastikabfälle sammelten sich. Er machte einen großen Schritt über den Dreck hinweg und betrat die Bank. Ein langer, schmaler Raum mit ein paar einfachen Stühlen und einem bis an die Wand reichenden Tresen zur Linken und zwei Schalterfenstern zur Rechten. Am hinteren Ende befand sich eine geschlossene Tür: Holz und Milchglas, mit der Aufschrift DIREKTOR in Goldbuchstaben.

Ein Mann im Overall und eine junge Frau mit einem Baby in einer Trage vor der Brust standen am zweiten Schalter, doch sie beide sowie die Kassiererin interessierten sich nur für das Drama, das sich auf einem der Kundenstühle abspielte. Maggie saß herzzerreißend weinend dort, vor ihr in der Hocke Sophie Flynn, die ihre Hände hielt.

Hirsch ging zu den beiden und hockte sich daneben, wobei seine feuchten Knie jene von Sophie streiften. Flynn, eine junge Frau, die nicht wusste, was sie machen sollte, lächelte ihn besorgt an. Er erwiderte das Lächeln, um sie zu beruhigen. »Danke, dass Sie mich angerufen haben.«

»Schon okay.« Sie berührte ihn am Ärmel. »Ich habe gehört, was Freitag passiert ist. Alles in Ordnung mit Ihnen?«

Hirsch lächelte. »Bestens. Wie kann ich helfen?«

»Maggie sitzt in der Klemme, stimmts nicht, Maggie?«, fragte die junge Angestellte mit der hellen, unschuldigen Stimme einer Krankenschwester in der Ausbildung.

»Tut mir leid, das zu hören, Maggie«, sagte Hirsch. Er wendete sich an Sophie und murmelte: »Ist Mr Cater da?«

»Er hat einen Termin.«

Hirsch nickte wenig überrascht. Der Filialdirektor kam ihm wie ein Mann vor, der stets Termine hat. »Was ist denn das Problem?«

Ein weiterer Kunde betrat die Bank. Sophie, eine junge Frau aus dem Bezirk in ihrer ersten Anstellung, blickte auf und wirkte hin- und hergerissen. »Gehen Sie ruhig«, sagte Hirsch.

»Ich bin sofort wieder da«, versprach sie.

Hirsch erhob sich ächzend und setzte sich neben Maggie Groote, die sich die Nase putzte und meinte: »Ich komme mir so dumm vor.«

»So komme ich mir jeden Tag vor«, meinte Hirsch und versuchte zu lächeln.

Sie warf ihm einen Blick zu: Sie sind jung und gesund; ich nicht. Also machen Sie sich nicht lustig.

Er versuchte, etwas mehr Wärme in sein Lächeln zu legen. »Was ist denn passiert?«

»Ich habe eine Dummheit begangen.«

Sie schaute ihn an, als sollte er ihr erlauben, eine Dummheit zu begehen. »Hat es etwas mit Geld zu tun?«, fragte er.

»Ja.«

Wenn sie ihr Konto überzogen hatte, hätten sie ihn wohl kaum gerufen. »Sind Sie betrogen worden, Mrs Groote?«

»Ja!«

»Also gut. Was ist passiert?«

»Der schwere Regen letzte Woche …« Sie stockte.

»Erzählen Sie ruhig.«

»Es klopfte an der Tür, und da standen zwei Männer in diesen gelben Mänteln und Plastikhelmen …«

Signaljacken und Schutzhelme, dachte Hirsch. Er wusste schon, worauf das hinauslief. »Waren das Iren?«

»Ja! Woher wussten Sie das? Netter Akzent, und so freundlich. Sie meinten, man habe sie geschickt, um das Dach zu reparieren. Sie hatten eine Leiter an der Seitenwand und alles.«

Die Manschetten ihrer Bluse waren dreckig. Sie hatte sich Rouge auf die Wange geschminkt, und sie roch muffig. Ihre Hand zitterte. Er griff kurz danach. »Haben sie gesagt, was kaputt ist?«

»Wasser floss über die Regenrinne. Das konnte ich sehen. Sie meinten, das sei wohl schon seit ein paar Jahren so, und bald würde das Holz darunter verfaulen. Sie meinten, dann könnte mir das Dach einstürzen.«

Sie hatten die Regenrinne verstopft und dann angeklopft, nahm Hirsch an. »Haben Sie jemals feuchte Stellen im Haus gesehen? An den Wänden oder den Zimmerdecken?«

»Nein, aber die kamen mit ihrer Leiter ins Haus, und einer von ihnen steckte den Kopf durch die Luke im Flur, und der andere hatte so ein Messgerät, um die Luftfeuchtigkeit zu prüfen. Beide meinten, das sei gefährlich hoch, und ich könnte Sporen einatmen, und die Decke könnte jede Minute einstürzen.«

»Maggie, fanden Sie das nicht merkwürdig, dass sie einfach so aufgetaucht sind?«

Sie wirkte verloren und schüttelte den Kopf. »Ich dachte, vielleicht hat das Bezirksamt sie hergeschickt.«

»Und was ist dann passiert? Haben sie angeboten, das zu richten?«

»Sie meinten, sie hätten eine Spezialausrüstung in ihrem Lager, das heiße Luft durch die Deckenöffnung pusten und alles trocknen würde.«

»Und sie wollten eine Anzahlung«, fragte Hirsch geduldig. »In bar?«

Maggie weinte wieder. Es kam Bewegung in die Bank; beide Kassiererinnen waren zeitweilig frei. Sophie kam wieder zu ihnen und hockte sich neben Maggies Knie.

»Wie viel wollten sie?«, fragte Hirsch.
Maggie sank in sich zusammen. »Siebeneinhalbtausend.«
»Ach, Maggie«, sagte Hirsch. »Das war letzte Woche?«
Sophie sah ihn an. »Ich habe sie bedient. Und als sie heute Morgen wieder herkam und fünftausend abheben wollte, dachte ich, ich sag mal was dazu.« Sie tätschelte Maggie. »Sie wirkten ein wenig … unsicher, Maggie, so als wollten Sie, dass ich was sage.«
Sehr aufmerksam, fand Hirsch. »Dieselben Männer? Haben sie gesagt, warum sie weitere fünftausend wollten?«
Maggie rutschte unbehaglich umher. »Andere Männer. Die Männer letzte Woche meinten, sie würden ein Spezialteam schicken.«
»Okay.«
»Sie haben kurz nach dem Frühstück angeklopft und wollten sich an die Arbeit machen, als sie merkten, dass es schlimmer war, als sie gedacht hatten, und sie würden ein stärkeres Gebläse brauchen.« Sie schwieg kurz. »Ich komme mir so dumm vor.«
Das muss sich wohl auszahlen, dachte Hirsch, es bei älteren Menschen wie Maggie Groote noch ein zweites Mal zu probieren. »Und das waren auch Iren?«
»Ja.«
»Können Sie sie mir beschreiben?«
Alle vier waren Mitte dreißig gewesen, soweit sie beurteilen konnte. Hatten ganz normal ausgesehen. Schutzbrillen und Signalkleidung; Schutzhelme oder Beanies.
Damit sie schwerer zu identifizieren sind, dachte Hirsch. »Haben Sie gesehen, was für ein Auto sie hatten?«
Sie hatte nicht daran gedacht nachzuschauen. »Tut mir leid, dass ich nicht weiterhelfen kann. Aber sie hatten eine lange Leiter dabei.«
Sophie tätschelte wieder die alte Frau. »Das hätte jedem passieren können, Maggie.« Dann wendete sie sich an Hirsch. »Zwei große Abhebungen in einer Woche, und beide Male meinte sie, sie bräuchte das Geld aus persönlichen Gründen.«
»Sie meinten, das sollte ich sagen, falls mich jemand fragt.«

Sophie lächelte entschuldigend. »Jedenfalls fand ich, ich sollte mal nachhaken, Maggie, tut mir leid.«

»Ein Glück, dass Sie das getan haben.«

»Ich fürchte, die siebeneinhalbtausend sind futsch, aber es hätten ja auch zwölfeinhalb sein können.«

»Ich weiß. Ich bin ganz erleichtert.«

»Die Sache ist nur die: Auf Ihrem Konto wären gar keine fünftausend Dollar mehr gewesen«, sagte Sophie sanft.

Die alte Frau wurde ganz still. Sie wirkte überhaupt nicht mehr schwach. »Das ist unmöglich. Das ist mein besonderes Konto, für große Rechnungen und Urlaub und Autoreparaturen.«

Sophie drückte ihren Unterarm. »Das kann doch jeder mal vergessen, ein Auge auf den Kontostand zu haben. Das passiert mir andauernd.«

Maggie wurde schärfer. »Ich benutze dieses Konto nie.« Eine lange Pause. »Wenn ich recht bedenke, habe ich schon eine ganze Weile keinen Kontoauszug mehr bekommen.«

Bankangelegenheiten. Hirsch wartete darauf, dass sie zum Punkt kamen, und fragte: »Maggie, warten die Männer zufällig noch im Haus?«

Sie sank zusammen. »Sie mussten doch alles vorbereiten. Ihre Leitern und Folien und Werkzeugkisten und all das.« Sie schüttelte den Kopf und weinte; eine alte, beiseitegedrängte Frau. »Ich komme mir so dumm vor.«

Hirsch wandte sich zum Gehen. »Ich fahre sofort hin, Mrs Groote. Vielleicht kann Sophie Ihnen einen Tee machen? Oder sollen wir Amy anrufen, dass sie kommt?«

Maggie Groote lächelte ihn merkwürdig an. »Eigentlich möchte ich meine Nichte nicht damit hineinziehen, wenn es Ihnen nichts ausmacht.«

Hirsch fuhr nordwärts durch den trostlosen Regen. Bei Penhale bog er in Maggie Grootes Straße ein, blieb stehen und linste durch das schlierige Glas. Vor dem Haus oder in der Einfahrt standen keine Fahrzeuge. Er schlich näher, hielt an, sprang in den Schutz der Veranda und sah, dass die Haustür offenstand. Er schob sie mit den Fingerknöcheln auf und trat in den Flur. Die Dachluke stand offen. Kein Werkzeug, nur ein großer nasser Fleck auf dem Teppichboden. Sie hatten einfach einen Eimer Wasser ausgekippt, nahm er an. Decken und Wände waren knochentrocken.

Aber warum waren sie abgehauen? Weil Maggie Groote zu lange wegblieb? Waren sie ihr gefolgt und hatten sie ihn gesehen, als er in die Bank ging? Er verließ das Haus und sah an der Seitenwand zu der Überwachungskamera unter der Traufe: Das Kabel war durchtrennt worden.

Am vorderen Tor drang eine Stimme unter einem Schirm hervor, auf den der Regen trommelte. »Ich hab sie verscheucht.«

Eine große Frau mittleren Alters in Trainingshose, Moonboots und einem Sweatshirt der Adelaide Crows; Korkenzieherlocken, die in der feuchten Luft verrücktspielten. Hirsch ging zu ihr hin. »Kamen sie Ihnen verdächtig vor?«

»Der irische Akzent, Mann. Damit könnten sie glatt die Vögel vom Baum locken, aber ich bin ja nicht von gestern. Außerdem hab ich auf Facebook von denen gelesen.« Sie sah ihm über die Schulter. »Die Tür klemmt. Sie müssen sie gut zuziehen.«

Bei einer Tasse Tee nebenan bekam er keine weiteren nützlichen Details heraus. Ein paar Kerle, die wie Handwerker aussahen. Ein weißer Van, glaubte die Frau; das Kennzeichen hatte sie sich nicht gemerkt.

Und dann zeigte sie mit einem abgebrochenen Fingernagel auf Hirsch. »Aber ich würde es glatt der Nichte zutrauen, ehrlich gesagt.«

»Dass sie mit einem Team von irischen Trickbetrügern zusammenarbeitet?«

»Ich würde es ihr glatt zutrauen.«

Hirsch fuhr wieder nach Norden durch Farmland nach Tiverton und bog in die Einfahrt zum Polizeirevier. An der Tür lehnte eine kleine, zugeklebte Papiertüte, ein schwarzer Edding-Smiley darunter.

Er riss die Tüte auf. Eine CD. Emmylou Harris, *Stumble into Grace*.

Tja, die hatte ganz sicher nicht Wie-hieß-sie-noch-gleich, die ihn verlassen hatte, dort abgelegt.

14

Dienstag, sechs Uhr früh, Hirsch marschierte durch die Ortschaft. Kein Regen, aber auch keine Sterne, was später einen grauen Wolkenhimmel versprach. Die weit auseinanderstehenden Straßenlaternen beleuchteten seinen Weg, dazu die Taschenlampe aus dem Zwei-Dollar-Laden in Redruth. Er war um diese Uhrzeit der einzige Dummkopf, der unterwegs war – aber er war nun mal ein Gewohnheitstier. Wenn er nicht jeden Morgen seine Runde machte, würden Unheil und Chaos überhandnehmen.

Als er wieder in seiner dürftigen Küche hinter dem Polizeirevier angekommen war, bereitete er sich Frühstück Nr. 3 zu: Orangensaft und Müsli. Frühstück Nr. 1 war eine Tasse Tee nach dem Aufwachen, Frühstück Nr. 2 Kaffee und Toast eine Stunde später. Unheil und Chaos.

Heute stand eine kurze Patrouillenfahrt auf dem Programm, doch davor kam erst der Papierkram. Mails, Briefe. Die Verkehrstauglichkeitsprüfung seines Nissan war fällig. Rosie DeLisle, seine einzige Freundin im Polizeipräsidium, hatte ihm eine einfache weiße Karte mit dem Aufdruck *Erschreckend einfallslose Grußkarte für alle Gelegenheiten* geschickt. Er klappte sie auf; drinnen hatte sie mit blauem Kuli hingekritzelt: »Nie ruft er an, nie schreibt er mir … xxx«. Er grinste und fühlte sich dann gescholten. Nicht zum ersten Mal musste er über Freundschaft nachdenken. War er einfach nur schlecht darin? Wusste er überhaupt, was das war? Freundschaft verlangte Einsatz, den er im Augenblick nicht leistete, das wusste er.

Schließlich schaute er auf der Facebook-Seite von Tiverton nach. Ein Selfie von Gemma Pitcher, die im Gemischtwarenladen arbeitete, wie sie in einer voluminösen pinkfarbenen Steppjacke neben einem Streifen Schnee auf dem Razorback stand. Heute gab es dort keinen Schnee, nahm er an, nicht nach all dem Regen. Ein paar begeisterte Posts, wie grün doch das Farmland und das Mallee wurde, das letzten Sommer niedergebrannt war: frische Sprösslinge in schwarzer Erde und stoppliger Wuchs an Baumstümpfen. Es tat Hirsch gut zu sehen, dass die Menschen ringsherum das Gute sahen. Er hielt sich für einen Optimisten, doch allzu oft bekam er das Gegenteil zu sehen.

Iren. Er klapperte auf der Tastatur herum, wollte auf der Facebook-Seite einen warnenden Post schreiben und fragte sich, wie er sich ausdrücken sollte. Die Masche mit den Iren als Dachdecker war so eine Sache – wie die Masche mit den albanischen Geldautomatenknackern. Sie flogen ein, brachten die Ortsansässigen um ein paar hunderttausend Dollar und flogen wieder nach Hause. Die irischen Dachdecker allerdings waren neu hier in der Gegend. Ein Team von mindestens vier Mann: Zwei stellten den Erstkontakt her, zwei tauchten später als Reparaturtruppe auf und verlangten noch mehr Geld. Vielleicht gehörten noch ein paar Männer – oder Frauen – dazu, da war Hirsch sich nicht sicher. Sie würden eine Gegend abgrasen und dann weiterziehen. Mit etwas Glück waren sie noch in der Nähe.

Hirsch wackelte mit den eisigen Zehen, pustete sich auf die Finger und fing an zu tippen.

Achten Sie auf Männer mit irischem Akzent und guten Manieren, die herumfahren und anbieten, Dach- und andere Reparaturen auszuführen, und schauen Sie bitte regelmäßig bei älteren Bekannten vorbei, diese werden gezielt angesprochen. Die Männer geben sich offiziell und wirken auch so – Signaljacken und all das –, am besten verlangen Sie einen Ausweis und einen schriftlichen Kostenvoranschlag.

Sollte man Sie ansprechen, zahlen Sie keinen Vorschuss, geben Sie ihnen keine Kontodaten, lassen Sie sie nicht allein im Haus. Sollten die Männer Sie warnen, dass eine Zimmerdecke oder eine Wand einsturzgefährdet ist, holen Sie sich eine zweite Meinung.

Hinterfragen Sie, was diese Männer sagen, wenn nötig, aber verärgern Sie sie nicht. Personenbeschreibungen, Fotos und Autokennzeichen können der Polizei helfen, aber bitte unternehmen Sie nichts, was die Männer misstrauisch macht oder verärgert. Diese Männer könnten in einem Wohnwagen wohnen oder zeitweilig in einem Motel, Hotel oder über Airbnb unterschlüpfen. Bitte kontaktieren Sie das nächstgelegene Polizeirevier, wenn Sie glauben, diese Männer irgendwo im mittleren Norden gesichtet zu haben.

Er wollte schon den Computer ausschalten, als der Mail-Eingang pingte. Der South Australia Police Service bot eine Reihe von Kompaktkursen an, die ihm dabei helfen sollten, seinen Führungsstil zu verbessern und dadurch den Weg zum Erfolg zu ebnen. Ein Drei-Tages-Workshop, wahlweise ein Abend in der Woche über sechs Wochen, geleitet von ausgewiesenen Stil-Coaches, die konzeptionell unterstützte und evidenzbasierte Analysen einsetzten, welche Hirsch in die Lage versetzen würden, die Aurafarben unterschiedlicher Managementstile zu erkennen, die für jeden Eventualfall am Arbeitsplatz zur Verfügung standen.

Hirschs Aura war dunkelgrau, als er seine Handynummer an der Tür befestigte und hinausging, und sie wurde schwarz, als sein Handy klingelte und er den Namen der anrufenden Person las. Er hielt an, schaute sich wie üblich nach Kamikaze-Sprühflugzeugen um und sagte: »Clara. Ich wollte Sie gerade anrufen.«

Ihre Stimme klang angespannt. »Also haben Sie die CD gekriegt?«

»Habe ich, danke, das war sehr aufmerksam von Ihnen.«

Hätte er das sagen sollen? Würde es sie ermutigen? Sollte er die ganze Sache gleich von Anfang an im Keim ersticken?

»Ich dachte schon, jemand hätte sie stibitzt«, sagte sie. Dann fügte sie mit noch angespannterer Stimme und einem erstickten Lachen hinzu: »Oder dass Sie etwas dagegen hätten.«

Ja, verflucht, ich habe etwas dagegen. »Nein, nein, sehr aufmerksam. Es ist nur so, dass ich bei alldem – ich bin im

Augenblick für Redruth und Tiverton zuständig – bis über beide Ohren in Arbeit stecke.«

»Ja, all diese terroristischen Invasionen und Bombendrohungen«, sagte sie mit einem perlenden Lachen mit jenem Unterton, den er nicht einordnen konnte und der ihm nicht gefiel.

»Genau.«

»Na, dann sollte ich Sie nicht länger aufhalten.«

»Noch mal danke, Clara«, sagte Hirsch mit leerer Stimme.

Zwanzig Minuten später fragte Hirsch Jonas Heneker, wann er Alex Jarmyn das letzte Mal gesehen hatte.

Widerborstig dachte der stoppelbärtige Alte nach. »Also, das könnte locker ein Jahr her sein. Glauben Sie, er ist tot? Wird er vermisst?«

»Haben Sie damals mit ihm gesprochen?«

»Kaum dass er mir Guten Tag gesagt hat, geschweige denn, mit mir gesprochen. Nicht lange, nachdem sie eingezogen sind – vor drei oder vier Jahren? –, da war er am vorderen Tor und stellte einen Briefkasten auf. Ich halte an und sag ihm: Kumpel, hier draußen gibts keine Zustellung, da musst du dir schon einen Briefkasten unten im Laden mieten. Mit den Zeitungen das Gleiche. Das war so ungefähr der ganze Kontakt zu dem Kerl.«

Hirsch machte sich eine Notiz: Im Gemischtwarenladen Jarmyns Postfach bei der Australia Post kontrollieren. Einen Durchsuchungsbefehl erwirken und das Postfach kontrollieren. Oder das Comyn gegenüber erwähnen und nicht beachtet werden.

Er gönnte sich in der Küche des Alten einen faden Keks und Milchtee und fuhr dann den Highway hinunter. Er kam durch Tiverton nach Penhale und bog in Maggie Grootes Straße ein. Er klopfte nicht an: Der Renault der Fearns stand in der Einfahrt.

Zurück auf den Highway, dann die Nautilus Road entlang. Bei der Zufahrt der Ayliffes fuhr er langsamer: keine frischen Spuren, das Absperrband war intakt. Hirsch fuhr weiter, schaltete den Allrad hinzu und kam zu dem verlassenen Haus, an dem er am Freitag mit Comyn geklopft hatte. Nichts hatte sich verändert, und es gab keine neuen Spuren.

Schließlich fuhr er nach Redruth, wo er den Großteil des Tages damit verbrachte, Berichte zu schreiben, zu telefonieren und nach Updates zu den Ayliffes zu schauen. Man nahm an, dass sie in Mildura einen Pajero gestohlen hatten, und die New South Wales Police hielt ein Haus in Dubbo unter Beobachtung, das einem Cousin zweiten Grades gehörte.

Gegen fünfzehn Uhr wurde Hirsch gerufen, um sich ein Vorhängeschloss an einem Tor anzuschauen.

Rolf Voumard war ausgebrannt von der Sonne und der undankbaren Arbeit. Ausgemergelt wie ein Überlebender aus den Trockengebieten, etwa fünfzig, wortkarg, fadenscheinige, aber saubere Arbeitskleidung unter einem Wachstuchmantel. Seine Stiefel, fest auf der matschigen Straße außerhalb des Tors verankert, waren wohl am Vormittag geputzt worden.

»Ich bin der Verwalter«, sagte er zu Hirsch.

»Okay.«

Sie standen auf halber Höhe eines Hangs auf der anderen Seite des flachen Tals vom Grundstück der Ayliffes. Hirsch schaute hinüber, konnte das Haus aber nicht ausmachen.

»Gartenarbeit«, erklärte Voumard, »mähen, Brennholz machen, solche Sachen. Nachschauen, ob der Strom funktioniert. Kontrollieren, ob eingebrochen wurde. Die Alpakas füttern. In dieser Jahreszeit schaue ich einmal die Woche vorbei.«

»Okay.«

Das Tor bestand aus einem breiten, polierten Maschendrahtgatter zwischen zwei massiven Feldsteinpfosten. Nicht weit davon entfernt konnte man zwischen Kasuarinen und Banksien ein Haus im Stil der amerikanischen Ostküste sehen. Wochenendhaus, Hobbyfarm, gehörte einem Zahnarzt in North Adelaide.

»Und als ich am Freitag die Nachrichten hörte, bin ich sofort hier rausgefahren. Alles war in Ordnung, und die Polizei muss wohl nachgeschaut haben, denn an der Tür fand ich eine Visitenkarte.« Er schwieg kurz. »Die müssen wohl über das Tor geklettert sein.«

»Gut möglich«, sagte Hirsch, zog die Schultern ein und stampfte mit den Füßen auf. Ein beißender Wind fegte über die Hügelflanke, und der Verwalter kam nur langsam zum Punkt.

»Aber als ich jetzt nachsehen wollte, kam ich nicht rein.«

Hirsch verstand nicht recht. Voumard bemerkte seine Verwirrung und wies auf Kette und Schloss. »Das ist nicht meins – Mr Woollcotts, meine ich. Das habe nicht ich dort angebracht.«

»Jemand hat seit Freitag das Schloss ausgewechselt?«

»Ja.«

»Sind Sie sicher?«, fragte Hirsch, obwohl er wusste, dass das eine dumme Frage war.

»Schauen Sie selbst«, meinte Voumard und zog einen Schlüsselbund aus der Manteltasche. Er zählte die Schlüssel für Hirsch ab: »Mein Haus, mein Schuppen, Mr Woollcotts Haus, Mr Woollcotts Schuppen, das Torschloss.«

Hirsch versuchte, das Schloss zu öffnen. Der Schlüssel passte nicht, und Hirsch überkam der starke Eindruck, es mit einem verschlagenen Verstand zu tun zu haben.

Die Ayliffes waren wieder zurück. Wie viele solcher Orte gab es noch? Vernachlässigte, übersehene, unbewohnte, unschuldig wirkende Orte, an denen Leon Ayliffe seine eigenen Schlösser und Ketten angebracht hatte und kommen und gehen konnte, wie es ihm beliebte.

»Kannten Leon Ayliffe oder sein Sohn dieses Haus?«

»Die haben Mr Woollcott letztes Jahr Heu verkauft. Für die Alpakas.«

Hirsch sah beunruhigt zum Haus hinüber. Die Ayliffes würden sich ja wohl kaum selbst einschließen. »Haben Sie nachgeschaut?«

Voumard nickte. »Alles in Ordnung, allerdings hat jemand ein halbes Fass Diesel abgefüllt.«

Für den gestohlenen Pajero? »Sind Sie sicher?«, stellte Hirsch dieselbe dumme Frage.

»Die Pumpe steckt noch im Fass. So etwas mache ich nie; ich nehme sie immer raus und verschließe das Fass.«

Hirsch bedankte sich beim Verwalter und führte ein paar Telefonate.

15

Weder der Inspector der STAR Group noch Comyn waren sonderlich begeistert von Hirschs Theorie mit der Kette und dem Schloss. Vielleicht wollte der Zahnarzt seinem Verwalter nur was andeuten? Seine Dienste seien nicht länger erwünscht? Und wie alt war der Typ überhaupt? Hatte er den Schlüssel vielleicht verloren oder vergessen, dass er Schloss und Kette gewechselt hatte? Und was den Diesel anging ... wie alt war der Kerl noch mal?

Na, jedenfalls – zur Kenntnis genommen, geben Sie uns Bescheid, wenn Sie was sehen oder hören.

Als Hirsch Mittwoch früh in Sergeant Brandls Büro kam, rief er als Erstes die Zahnarztpraxis an: Doktor Woollcott war auf einer Konferenz in Singapur. Hirsch schickte eine Mail, dann verbrachte er die folgenden Stunden damit, sich um Anrufe, Berichte und Nachbereitungen zu kümmern. Er rechnete schon halb damit, dass im Polizeihauptquartier endlich der Groschen fiel – Constable Paul Hirschhausen hatte das Kommando über ein Polizeirevier.

Sein Handy klingelte. Eine Textnachricht von einer Nummer, die er nicht kannte: ein Fragezeichen. Mehr nicht.

Hirsch war sich ziemlich sicher, dass er sich im Laufe der Jahre Feinde gemacht hatte, und sehr sicher, dass er nahezu an jedem Tag seines Lebens jemanden vor den Kopf stieß. Sein einziger Gedanke: Clara Ogilvie.

Er rief die Nummer an: eine Computerstimme: »Die gewählte Rufnummer ist nicht verfügbar.« Hatte sie das Handy ausgeschaltet, kaum, dass sie geschrieben hatte?

Er blockierte die Nummer.

Dann entsperrte er sie wieder und dachte: Beweise.

Zu Mittag gab es Murgh Makhani von der Tankstelle draußen beim Krankenhaus. Murgh Makhani, Tikka Masala, Rogan Josh, Chicken-Korma, Safranreis und Naan standen dampfend im heißen Wasserbad zwischen einem Stapel Goodyear-Reifen und einem Regal mit Bremsflüssigkeit und Frostschutzmittel. Harshida, die Tochter des Besitzers, ein Sikh, hatte gekocht; Darvesh, der Sohn, hatte ihn bedient. Wieder mal der Beweis für Hirsch, dass die Welt sich jeder klischeehaften Systematisierung verweigerte.

Nach dem Essen marschierte er durch die Straßen von Redruth, um gegen die Müdigkeit anzukämpfen und den Bürgern zu zeigen, dass die Polizei stets wachsam war. Auf dem Rückweg erhielt er einen Anruf aus der Personalabteilung in Roxby Downs.

»Alexander Jarmyn hat schriftlich gekündigt. Kaum leserlich. Ist in den Akten.«

Wäre doch interessant, mal die Handschrift zu begutachten. »Könnten Sie mir den Brief einscannen und mailen, bitte?«

Pause. »Ich weiß nicht so recht. Dazu bräuchte ich wohl eine Erlaubnis. Mr Jarmyn hat das Recht auf Vertraulichkeit, ebenso die Firma.«

Hirsch zählte bis zehn. »Also gut. Darf ich fragen, was im Brief steht? Ganz grob.«

Wieder eine Pause. »Da steht nur, dass er eine andere Stelle gefunden habe und er sich für die Kurzfristigkeit entschuldige.«

»Hatte er einen Spind?«

Die Pause schien zu fragen: Warum kann das Leben nicht einfach sein? Ein strenges Hüsteln, dann: »Ja, hatte er, und der ist leer.«

»Hat Mr Jarmyn ihn geleert? Freund oder Familie? Die Firma selbst? Lässt sich das irgendwie feststellen?«

Ein Eishauch stieg aus Hirschs Handy. »Ich habe weder die Möglichkeiten noch die Zeit, um das herauszufinden. Ich muss Sie daran erinnern, dass wir ein großes Unternehmen sind und viel zu tun haben. Und an Spinden herrscht ständig Mangel.«

Spätnachmittag – das Lamm-Korma für das Abendessen stand in einer Tüte im Fußraum vor dem Beifahrersitz – schaute Hirsch auf dem Heimweg bei Maggie Groote vorbei.

In der stickigen Hitze ihres Wohnzimmers wirkte sie etwas zerstreut und konzentrierte sich erst, als er nach ihrem leeren Bankkonto fragte.

»Auf dem Konto hätten über zweihundertfünfzigtausend Dollar sein müssen«, sagte sie. Sie wies auf die Wände ihres Hauses und ergänzte: »Das Haus habe ich vor zwei Jahren gekauft, mit der Absicht, hier zu wohnen, wenn mir die Farm über den Kopf wächst.« Ein schiefes Lächeln. »Natürlich hatte ich noch nicht so früh damit gerechnet.«

Hirsch verstand. Sie hatte nicht damit gerechnet, dass Amy einen Platz brauchte, und auch nicht damit, dass sie nicht miteinander auskamen. »Und die zweihundertfünfzigtausend waren noch übrig geblieben?«

»Genau. Ich habe Anteile an BHP und Cochlear verkauft.«

»Und das war nicht für das tägliche Konto bestimmt?«

Sie schüttelte den Kopf. »Das hatte ich für besondere Gelegenheiten beiseitegetan und bisher noch nicht angerührt. Ehrlich. Das habe ich nicht erfunden.«

»Ich glaube Ihnen«, sagte Hirsch. »Und wenn das der Fall ist, dann haben Sie ja nicht allzu oft nach dem Kontostand geschaut.«

Sie schien in sich zusammenzusinken. »Wahrscheinlich. Ich bin eine dumme alte Frau.«

»Nicht dumm«, sagte Hirsch. »Sie haben das Konto nicht angerührt, also ist Ihnen auch nicht aufgefallen, dass man Ihnen keinen Kontostand geschickt hat.«

Maggie starrte den Kaminsims mit leichtem Stirnrunzeln an. »Sophie kümmert sich für mich darum.«

Hirsch bemerkte eine neue Aufmerksamkeit an ihr und folgte ihrem Blick. Sie schaute ganz genau auf ein paar Fotos, eine Vase mit Kunstrosen oder einen glasierten Topf. »Stimmt was nicht?«

»Könnten Sie mir bitte den Topf geraderücken, mein Lieber? Die verflixte Person, die bei mir putzt, geht mit dem Staubwedel um, als wolle sie ihre Feinde zerschmettern.«

Feinde zerschmettern, dachte Hirsch und grinste. Er stand auf, durchquerte das Zimmer, drehte den Topf richtig herum und sah den Namen *Rory* auf einer kleinen glasierten Plakette. Er drehte sie nach außen. »Ihr Mann?«

»Vor vierzehn Jahren verstorben, Gott schütze seine Seele.«

Kaum hatte Hirsch sich wieder in seinen Sessel gesetzt, tätschelte sie ihm das Knie. »Wollen Sie mal eine Geschichte hören?«

»Immer«, sagte Hirsch, dachte an sein Lammcurry, an seine leeren Zimmer, an seine Rolle in dieser Gemeinde. Doch wo in all dem steckte der Mensch namens Paul Hirschhausen?

»Das war eine ziemlich große Beerdigung, Rory war sehr beliebt, und als sie vorüber war, wurde es sehr still, verstehen Sie? Ich war ganz allein. Ein paar Tage später bekomme ich einen Anruf von Driscoll.« Sie sah Hirsch an. »Der Beerdigungsunternehmer? In Clare?«

Hirsch nickte.

»Offenbar war Rorys Asche fertig, und ich konnte ihn abholen, wann immer ich wollte. Also fahre ich hin und hole in ab und schnalle ihn auf dem Beifahrersitz an und verbringe ein paar Stunden damit, durch die Gegend zu fahren. Alles Mögliche war abzuklappern. Ein paar Orte, an die wir gern gefahren sind, die Minen am Redruth Creek, der Razorback, ein Picknickplatz draußen im Osten. Und die ganze Zeit rede ich mit ihm auf dem Beifahrersitz. Rede und lache – und weine die halbe Zeit.

Ich komme also nach Hause, stelle ihn auf den Kaminsims – nicht in dem Topf dort, nein, da war er noch immer in einer Plastiktüte in einer Pappschachtel – und noch immer rede ich und lache und weine.«

Sie hielt kurz inne, Freude und Tränen im Gesicht. »Ganz der Asche in der Pappschachtel verbunden. Am nächsten Morgen bekomme ich wieder einen Anruf von Driscoll. Sie hatten mir die falsche Asche mitgegeben.«

Sie sah Hirsch an. »Jetzt dürfen Sie lachen.«

Hirsch war schon fast in Tiverton, von seiner Alte-Säcke-CD lief ›Ode to Billy Joe‹, als Monica Fuller anrief. Graham war nicht nach Hause gekommen.

16

Die Wolken hatten sich im Laufe des Tages zu massigen Wattebäuschen aufgetürmt und ließen das harte Licht des Winters durch, und nun, da die Sonne nur noch ein niedriger Schmierfleck am Horizont war, drehten sich die Windturbinen auf den Höhen der Tiverton Hills in weißen Wirbeln. Als Hirsch zum Depot der Windturbinen hinauffuhr, klappte er die Blende herunter und schob sich die Sonnenbrille auf die Nase.

Das Tor stand auf. Die Autos der Arbeiter waren fort. Ein weißer Nissan Pajero mit Kennzeichen aus Victoria stand mit offenen Türen in einem schrägen Winkel vor der Hauptwerkstatt.

Hirsch gab seinen Standort per Funk durch, drückte sich tief in den Sitz und drehte eine Runde. Nichts störte die länger werdenden Schatten auf dem abfallenden Gelände. Hirsch suchte Schutz, stellte den Wagen in einem Gewirr aus Ölfässern, Paletten, kleinen Schuppen und einem aufgebockten Lieferwagen ab, stieg aus und zog seine Pistole aus dem Holster.

Er duckte sich und rannte schnell zur Rückwand der Werkstatt. Er probierte es an der Hintertür: verschlossen. Immer noch geduckt, schlich er mit hämmerndem Herzen zur Seitenwand, warf kurz einen Blick um die Ecke und hastete nach vorn. Ein weiterer schneller Blick um die Ecke, dann kauerte er am Haupteingang, beobachtete, schätzte ab.

Stille. Halbdunkel. Nur eine Neonröhre, die summte, und der Geruch von Öl, Benzin und schmierigen kalten Metallwerkzeugen, Achsen und Winkeleisen in der Nase.

Dann: »Sie haben sich ganz schön Zeit gelassen.«

Hirsch spürte, wie die Anspannung von ihm abfiel. »Tja, ich habe eine lange Liste abzuarbeiten.«

»Bald stehen *Sie* auf der Liste, wenn Sie mich nicht losmachen.«

»Geduld, mein Freund«, sagte Hirsch und kauerte sich hin, um an dem Klebeband herumzuzupfen, mit dem Fullers Handgelenke zusammengebunden worden waren.

»Hat Monica Sie angerufen?«

»Ja.« Hirschs Finger waren stumpf und nutzlos.

»Ich konnte das Telefon klingeln hören. Nehmen Sie ein Messer, um Himmels willen. Auf der Werkbank liegt ein Teppichmesser.«

Hirsch fand es in einem Kasten mit Klebeband, Luftdruckmessgeräten und Splinten. »Die Ayliffes?«

»Ja.«

Hirsch kauerte sich hin, schnitt das Klebeband durch und fragte: »Wann?«

Fuller erhob sich steif. Leicht schwankend hielt er sich an der Werkbank fest. »Vor einer Stunde etwa. Die anderen Jungs waren gerade nach Hause gefahren.« Er schwieg kurz. »So als ob sie das Ganze beobachtet hätten.«

»Beide Ayliffes?«

»Ja. Hören Sie, ich muss schnell Monica anrufen, dass alles in Ordnung ist.«

Hirsch ging taktvoll hinaus und rief erst den STAR Group Inspector an, dann Comyn und wartete im eisigen Wind. Schließlich hörte er, wie Fuller sich von seiner Frau verabschiedete, und ging wieder hinein. Fuller stand mit dem Rücken zu Hirsch, stützte beide Hände auf die Werkbank und hielt den Kopf gebeugt, als würde er beten. Er will wohl zu Kräften kommen, dachte Hirsch.

Er ging über den schmierigen, kalten Betonboden und legte eine Hand auf den stämmigen Rücken des Mannes. »Alles okay?«

Fuller schüttelte die Hand peinlich berührt ab. »Bestens.« Dann richtete er sich auf. »Ich weiß, Sie müssen Fragen stellen, aber kann ich nach Hause? Monica geht es nicht so gut.«

Und dir auch nicht, dachte Hirsch. Tröstet euch ruhig gegenseitig. »Nur ganz schnell ein paar Fragen. Die anderen Beamten werden noch mehr wissen wollen, aber was solls, die können auch bei Ihnen zu Hause vorbeikommen.«

Fuller fügte sich in sein Schicksal. »Na, dann mal los.«

»Sind sie lange geblieben?«

»Lange genug, um mich zu fesseln und einen der Land Rover zu klauen.«

»Haben sie was gesagt?«

»Sie haben sich entschuldigt. Sie hätten nix gegen mich, sie bräuchten nur einen Ersatzwagen.« Fuller nickte zur Tür hinüber. »Der, mit dem sie gekommen sind, würde Öl verlieren, und der Motor würde klopfen. Die haben ihn wahrscheinlich kaputt gefahren.«

»Bewaffnet?«

»Die haben mich mit einer gottverdammten abgeschnittenen Schrotflinte bedroht.«

»Haben sie irgendwelche Andeutungen gemacht, wohin sie wollten?«

»Nicht konkret. Ich sagte, stellt euch der Polizei, bevor noch jemand verletzt wird, aber Leon hat sich nur an die Nase getippt wie Agent 007 auf einer blöden geheimen Mission und meinte: ›Da sind noch ein paar Rechnungen offen.‹ Was immer das heißen soll.«

Hirsch hatte da so seine Vermutungen. Kaum war Fuller verschwunden, gab er die Einzelheiten des Land Rovers durch und rief Quinlan und Roskam an. Quinlan war in Adelaide. Roskam ging nicht ans Telefon.

Hirsch wickelte Absperrband vor dem Eingang zur Werkstatt ab, dann beim Hinausfahren noch am Vordertor, und fuhr die Hawker Road zum Highway entlang. Es war kurz vor achtzehn Uhr, die Scheinwerfer vermischten sich mit dem Dämmerlicht, das sich über die Straße und das Tal legte. Am Highway bog er nach rechts ab und sah nach ein paar Minuten den schwachen

Lichtschein von Tiverton vor sich. Er sah zum Polizeirevier hinüber, als er nach rechts in die kleine Straße neben der Schule abbog. Ein grauer Fiesta, der mit laufendem Motor neben seiner Einfahrt stand, schien ihn zu bemerken und fuhr davon.

Hirsch kümmerte sich nicht weiter darum und hielt neben dem Verwaltungstrakt der Schule. Er wirkte verschlossen. Hirsch stieg aus, umkreiste den dunklen Gebäudekomplex, ging dann zwischen den Gebäuden hindurch und huschte schließlich durch die Hecke zu Roskams Haus.

Es lag ebenfalls dunkel da, wirkte aber durch die Hecke, die Bäume im Garten und den Abstand von der Straßenbeleuchtung noch düsterer. Hirsch ging schnell einmal rund ums Haus, kontrollierte einen Gartenschuppen und einen mit Brennholz vollgepackten Anbau. Die Garagentür war auf. Dort bei den Werkbänken, Regalen, Leitern und einem Sägetisch stand eine kleine weiße Kia-Limousine.

Hirsch zückte die Pistole und überquerte den Hof zur Haustür. Verschlossen. Keine Reaktion, als er klopfte. Er ging zur Hintertür. Offen. Er schlüpfte hinein, stand in einem altmodischen Wintergarten mit genug Licht, um die dunklen Flecken zwischen einem Couchtisch aus Bambus und Glas und Bambusstühlen mit bunt bezogenen Kissen zu kontrollieren. Ein verblichener türkischer Teppich auf dem Boden.

Er blieb einen Augenblick lang stehen und verließ sich auf seine Sinne, ob sich Hinweise auf vergossenes Blut fanden, ob jemand im Sterben lag oder ob es sonstige Nachwirkungen von Gewalt gab. Im Haus roch es schwach nach Toast – Roskams Imbiss nach der Schule? –, und der Abendwind jammerte um die alten Mauern. Sonst nichts. Hirsch zapfte jenen Winkel seines Verstandes an, der manchmal das Unheimliche registrierte, aber auch dort fand sich nichts.

Also durchsuchte er das Haus Zimmer für Zimmer, schaute unter den Betten nach, in Schränken, hinter Vorhängen und Kommoden. Nichts.

Er ging in die Garage zurück, machte das Deckenlicht an und

linste in den Kia. Ebenfalls leer. Er schaute unter den Werkbänken in den Ecken nach. Die kopfhohen Regale waren bestückt mit großen beschrifteten Pappschachteln: *Zelte*, *Schlafsäcke*, *Malbücher* und *Schreibbedarf 5. Klasse*. Alle Deckel passten sauber, bis auf einen, bei dem eine Ecke angehoben war. Hirsch sah eine Art Band hervorschauen.

Ein Schatten fiel über ihn und eine Stimme rief: »Hallo? Paul?«

Glenys Fife stand in der Tür. Hirsch sagte: »Jetzt haben Sie gerade Ihrem wagemutigen örtlichen Polizisten den Schreck seines Lebens eingejagt.«

»Sorry.« Sie hatte sich eine Hand an die Kehle gelegt und zerknautschte den Stoff ihrer Bluse. »Sind sie weg?«

Leon und Josh Ayliffe hatten sie gezwungen, sich auf den Boden in ihrem Büro zu setzen, erklärte sie, sie dann an ein Bein des Schreibtischs gefesselt und waren verschwunden.

»Ich wollte gerade abschließen. Schauen Sie sich nur mal meine Arme an.«

Sie legte sie mit den Handflächen nach oben auf Roskams Küchentisch. Dann drehte sie die Handflächen nach unten, dann wieder nach oben. Die Haut war wund gerieben und wies nadelstichgroße Blutstropfen auf. »Ich habe auf und ab gescheuert, bis das Klebeband durch war.«

Hirsch streckte die Hände aus und drückte ihre Unterarme. »Haben sie irgendetwas gesagt?«

»Kein Wort, nur, dass ich mich auf den Boden setzen soll. Aber sie wirkten, als würde ihnen das leidtun, wenn das hilft.«

Hirsch machte eine Handbewegung. »Mr Roskam ist nicht hier. Haben Sie irgendetwas mitbekommen, was darauf hindeutet, sie könnten ihn entführt haben?«

»Ich glaube nicht. Er muss sie gehört haben – ich habe gehört, wie er davonfuhr.«

»Sind Sie sicher? Sein Auto steht noch hier.«

»Er hat noch ein Motorrad.«

Hirsch setzte sich hin und dachte nach. »Bin sofort wieder da«, sagte er und ging noch mal in die Garage. Er schaltete das Licht an, ging zu der Schachtel mit offenem Deckel, streckte die Hand aus und zog an dem bandähnlichen Ding. Der Stoff leistete Widerstand, dann kam er frei und flutschte in einer Wolke aus Waschpulverduft aus dem Karton. Ein BH, mit einem Loch im unteren Bogen des B der Wäschemarke Berlei. Bis vor Kurzem noch war der BH im Besitz von Anne Pierce in Spalding gewesen.

Er steckte den BH in die Tasche und kehrte in die Küche zurück. Glenys wackelte mit einem Bein und schien kurz davor zusammenzuklappen. »Paul, wenn es nichts ausmacht, würde ich gern nach Hause gehen. Oder vielleicht ins Pub.«

Hirsch nickte. »Jemand wird später Ihre Aussage aufnehmen. Nur eine kurze Frage noch: Mr Roskam ist nicht verheiratet, oder?«

»Geschieden, glaube ich.«

Wäre interessant, mal mit der Ex-Frau zu reden, fand Hirsch. Er lächelte und sagte: »Danke für Ihre Hilfe, Glen. Ich hätte Sie schon gefunden – ich musste erst bei Mr Roskam nachschauen.«

»Ja«, sagte Glenys Fife und betrachtete betrübt ihre Handgelenke. »Schätze auch.«

Sie ging, und Hirsch rief Betty Lidstrom an. »Aus reinem Interesse, aber hatten Sie jemals was mit Julian Roskam zu tun?«

Er konnte sich bildhaft vorstellen, wie sie dasaß und nachdachte. »Aus reinem Interesse, von wegen«, sagte sie.

»Heitern Sie mich auf.«

»Aus reinem Interesse, aber er hat mal für unsere Probus-Gruppe in Redruth eine Reihe von Vorträgen zu Jane Austen gehalten.«

Sollte er sie nach den Namen der Anwesenden fragen, oder sollte er jede der bestohlenen Frauen einzeln anrufen? Betty Lidstrom kam ihm zuvor. »Nur aus reinem Interesse, aber abgesehen von mir waren da noch Maggie Groote, Anne Pierce, Rose Wurfel, Leonore Drew und Alice Snell.« Sie schwieg kurz. »Ich hätte selbst draufkommen können.«

Sie hatte vier der bestohlenen Frauen genannt. »Bitte, Betty, behalten Sie das noch für sich.«

»Meine Lippen sind versiegelt.«

Hirsch setzte sich für eine Weile hin, und die Kälte fuhr ihm in die Knochen. Er schickte Roskam eine Textnachricht und teilte ihm mit, es sei alles in Ordnung und er könne zurückkommen, machte sich einen Tee, wobei er sich aus Roskams Dose English Breakfast bediente, und wartete. Sein Handy klingelte, und er versteifte sich leicht: nicht Roskam, sondern ein Smiley, doch als er zurückrief, erhielt er dieselbe Nachricht wie beim letzten Mal: Versuchen Sie es zu einem späteren Zeitpunkt noch einmal.

Er nahm den BH aus der Tasche und legte ihn über eine Stuhllehne. So würde Roskam ihn als Erstes sehen, wenn – falls – er zurückkam.

17

Als Erster traf Inspector Merlino mit einem verkleinerten STAR-Team ein. »In Enfield fuchtelt ein junger Bursche mit einem Sprengstoffgürtel mit einer Machete herum«, erklärte er säuerlich. Seiner Ansicht nach stellten die Ayliffes eine größere Gefahr dar; er wollte ein vollbesetztes Team haben.

Sie saßen in Roskams Küche mit einem Heizstrahler zu ihren Füßen und hielten sich an den Tassen mit süßem schwarzem Tee fest. Der Heizstrahler gab noch weniger Wärme ab als der in Hirschs Büro, falls so etwas überhaupt möglich war. Merlinos Ninjas hatte es noch schlimmer getroffen: Als erste Verteidigungslinie für die mögliche Rückkehr der Ayliffes patrouillierten zwei von ihnen auf dem Schulgelände herum, und Beulah beobachtete die Gegend von der Rückbank eines der schwarzen SUVs aus.

»Ich habe Ihren Kumpel, diesen Fuller, angerufen«, sagte Merlino. »Er konnte mir nicht viel sagen.«

»Aus Mrs Fife werden Sie auch nicht mehr herausbekommen«, meinte Hirsch, »und Roskam ist schon beim ersten Anzeichen von Ärger verduftet. Die Ayliffes sind vielleicht hinter ihm her, aber er ist auf einem Motorrad unterwegs, deshalb dürften ihre Chancen nicht allzu hoch stehen.«

»Und kommt er zurück?«

»Jedenfalls sagt das die Textnachricht, die er mir geschickt hat«, antwortete Hirsch. Der alte Kühlschrank hinter ihm zitterte und ging aus. Luft und Stille waren frostig.

»Erzählen Sie mir von ihm.«

Hirsch erzählte.

»Reden wir hier also von einem aufrechten Bürger?«, fragte

Merlino. »Er wird von Mrs Ayliffe abserviert, lässt seine Wut dann an der Tochter aus, was wiederum bei Leon Ayliffe etwas auslöst?«

»Ich denke, Leon wäre so oder so in die Luft gegangen«, antwortete Hirsch.

»Hmhm. Und in der Zwischenzeit gibt es noch etwas an Roskam, das Sie mir nicht verraten.«

Hirsch zog gegen die Kälte die Schultern hoch. Hatte eine Schulbehörde es jemals geschafft, ein Klassenzimmer oder eine Lehrerbehausung ordentlich zu beheizen? Außerdem war Roskam ein lausiger Haushälter. Der Wasserhahn tropfte; der Tisch war mit einem fettigen Schwamm abgewischt worden; der Fußboden klebte; Krümel umsäumten den Toaster.

Hirschs Handy, das neben seinem Ellbogen lag, klingelte und vibrierte. Er schaute auf das Display: ein trauriger Smiley.

»Constable Hirschhausen, ich rede mit Ihnen.«

»Entschuldigung, Sir, was war noch mal die Frage?«

»Roskam. Verheiratet?«

»Nein, Sir. Geschieden, soweit ich weiß.«

»Und er hat kein Verhältnis mehr mit Mrs Ayliffe.«

»Richtig.«

»Und wessen BH ist das dann da?«, fragte Merlino, streckte die Hand aus und schnipste gegen ein blassrosa Körbchen.

»Genau das möchte ich ihn gern fragen, Sir.«

»Roskam ist Ihr Schlüpferdieb«, erklärte Merlino.

Hirsch sah ihn an.

»Schauen Sie nicht so überrascht, Constable. Glauben Sie, ich komme in irgendeine Ortschaft, ohne vorher meine Hausaufgaben gemacht zu haben? Lag er offenkundig herum?«

»Könnte man so sagen, Sir.«

Hirsch erklärte alles: das sichtbare Trägerband, das auf das versteckte Diebesgut hinwies; das Loch im Etikett.

»Clever. Ihre Idee?«

»Ja, Sir.«

»Also kriegen Sie ihn wegen Diebstahl dran. Aber dahinter

steckt etwas Pathologisches, richtig? Ein Schlag auf die Finger wird das nicht klären. Sie sollten das Gericht dazu veranlassen, ein psychologisches Gutachten zu erstellen.«

»Das habe ich vor, Sir.«

Merlino beugte sich vor und schaute Hirsch konzentriert an. Deutlich angeregter meinte er: »Und es könnte sich auszahlen, herauszufinden, wo er in den letzten zehn, zwanzig Jahren gewohnt und gearbeitet hat, und das mit einschlägigen Zwischenfällen bei älteren Frauen zu vergleichen.«

Hirsch hatte sich genau das vorgenommen. »Gute Idee, Sir.«

Merlino lehnte sich zurück und hielt den Kopf schräg. »Darauf sind Sie doch schon selbst gekommen.«

Wieder klingelte Hirschs Handy, und Merlino sagte: »Könnten Sie sich um Himmels willen mal mit der anrufenden Person beschäftigen oder das verfluchte Ding ausschalten? Ich kann von hier aus sehen, dass es nichts Wichtiges ist. Schickt Ihre Freundin Ihnen Smileys?«

Hirsch schaltete das Handy aus und steckte es ein. Der Wind heulte um das alte Haus, aber nicht so laut, dass er den Lärm eines Motorrads übertönt hätte.

Erst später sollte Hirsch erfahren, dass Roskams Schatz sich auf 823 Schlüpfer, 488 BHs, einen fadenscheinigen Strumpfhalter und eine Handvoll Leibchen belief. Im Augenblick genügte ein schlaffer BH völlig. Der Schuldirektor kam herein, sah ihn über der Rückenlehne eines seiner Küchenstühle liegen, wurde weiß und schluckte krampfhaft wie ein Fisch am Boden eines Boots.

»Hallo, Julian«, sagte Hirsch.

»Was ... ich meine ... was ...«

Hirsch nahm den BH vom Stuhl und wedelte damit. »Nur die Spitze des Eisbergs, richtig? Da haben Sie ja einen ziemlichen Berg angehäuft im Laufe der Jahre.« Das war zwar nur geraten, aber eine wohlbegründete Vermutung.

Der Lehrer warf einen Blick zur Garage hinüber. »Es ist mir

so peinlich. Erzählen Sie niemandem davon. Ich kündige und ziehe weg, versprochen.«

»Hallo, hallo«, sagte Merlino zu Hirschs Überraschung geradezu warmherzig. »Genug von diesem Gerede.«

Er stand auf, legte einen Arm um Roskams Schultern und platzierte ihn auf dem vierten Küchenstuhl.

»Mr Roskam, richtig? Ich bin Inspector Merlino, und ich verantworte die Suche nach den Ayliffes, wobei ich hoffe, dass Sie uns helfen werden, okay? Aber erst koche ich uns allen einen Tee – wie möchten Sie Ihren? –, und Constable Hirschhausen wird erläutern, was als Nächstes passieren wird.«

Hirsch fasste die Vorwürfe zusammen – Diebstahl und Hausfriedensbruch – und teilte ihm mit, dass er zu einem späteren Zeitpunkt eine Vorladung vors Gericht erhalten würde. Entsetzen machte sich auf Roskams Gesicht breit. »Diebstahl? Hausfriedensbruch? Niemals. Nein, so etwas tue ich nicht.« Er rutschte auf seinem Stuhl herum. »Also gut, ja, ich sammle, ähm, gewisse Kleidungsstücke – ich kaufe sie hier und da –, aber das geht ja niemanden etwas an. Ich stehle nicht. Warum sollte ich auch, wo ich das doch kaufen kann?«

Merlino stand an der Küchentheke hinter ihm und sagte: »Das können wir alles später noch klären, Mr Roskam.«

Er kehrte mit dem Tee an den Tisch zurück, und Roskam lächelte ihn dankbar an. Merlino war Freund, Hirsch Feind.

Dann saßen die drei Männer eine Weile da, und die Becher dampften in der kalten Luft. Merlino sagte sanft: »Der Hauptgrund, warum wir hier sind, ist, Mr Ayliffe und seinen Sohn zu fassen. Wenn das in irgendeiner Weise mit Ihnen zu tun hat, Mr Roskam, dann würden wir gern mehr darüber erfahren. Zeit spielt hier eine wichtige Rolle, das verstehen Sie sicher.«

Roskam schluckte. Er glänzte vor Schweiß und gab einen leichten Fäulnisgeruch von sich. »Ich bin gern behilflich.«

»Zu unserem gemeinsamen Schutz wird Constable Hirschhausen alles aufzeichnen, was wir sagen.«

»Ich verstehe. Aber ich möchte sagen … verstehen Sie recht … ich bin kein schlechter Mensch. Ich habe eine Marotte, die die meisten Menschen wohl nicht verstehen würden.«

»Eine Marotte«, sinnierte Merlino.

»Eine Schrulle.« Wieder rutschte Roskam unbehaglich auf dem Stuhl herum. »Einen Fetisch. Jeder hat einen. Ich wette, Sie auch.«

Hirsch war amüsiert. Er beobachtete den Inspector der STAR Group und rechnete schon damit, dass dieser in die Luft ging, doch Merlino schien in diesem Punkt nachzugeben. »Die eigene Privatsphäre und all das.«

»Ganz genau. Deshalb bin ich noch nicht gefährlich oder so. Ich stelle für niemanden ein Risiko dar. Ist ja nicht, als würde ich jemanden vergewaltigen.«

»Das versteht jeder«, sagte Merlino. Doch dann wurde er ernst. »Aber Sie sind ein Dieb. Sie betreten fremde Grundstücke. Sie haben einen ziemlichen Schrecken verbreitet.«

Verletzt ob des Verrats seines Freundes, wendete sich Roskam an Hirsch. »Paul. Sie kennen mich. Ich würde doch nie …«

Hirsch warf ihm den BH zu. »Schauen Sie am Etikett nach. Sehen Sie das Loch in dem Buchstaben ›B‹?«

Roskam schreckte zurück. Er wollte das Stück nicht mal anfassen.

»Den BH haben Sie vor ein paar Tagen bei Anne Pierce gestohlen. Sie waren recht fleißig, Julian.«

Roskam schwankte. Seine Stimme versagte fast. »Aber das ist doch nur Unterwäsche.«

»Es ist Diebstahl und Hausfriedensbruch«, entgegnete Merlino. »Wie haben Sie Ihre Opfer ausgewählt?«

Roskam wirkte gehetzt. »Probus.« Dann räusperte er sich und wiederholte mit klarerer Stimme: »Probus. Sie haben an einer Reihe von Vorträgen teilgenommen, die ich in Redruth gehalten habe.«

Hirsch erkannte, dass der Mann sich an diesen letzten Rest von Prestige klammerte wie an einen Rettungsring. »Sie haben ihre Anmeldeformulare benutzt?«

Ein geflüstertes: »Ja.«

»Warum die einen, aber nicht die anderen?«

Roskam schaute erstaunt. »Das weiß ich eigentlich nicht.«

»Und warum das Motorrad, nicht den Wagen?«

Roskam wurde rot. Er entdeckte einen Fleck auf dem Tisch und rieb daran. »Schneller. Einfacher.«

»Und warum«, fragte Hirsch, »Frauen aus dieser demografischen Schicht?«

»Mein junger Kollege meint damit«, erklärte Merlino, »warum Sie auf alte Frauen stehen?«

Das war der Wendepunkt. Roskam sagte kein Wort mehr. Und was die Ayliffes anging, da konnte er nur sagen, dass er gerade die Mülltonne an die Straße gestellt hatte, als er sie kommen sah, und dann hatte er keine Zeit mehr verschwendet, sich nur auf das Motorrad gesetzt und war davongefahren. Er hatte sich nicht mit ihnen auseinandergesetzt. Er kannte keinen von Ayliffes Freunden, keinen aus der Familie, wusste nichts über deren bevorzugte Aufenthaltsorte.

Doch ganz so, als sei er der einzig Normale, fügte er hinzu: »Der Vater ist ein Irrer. Der Sohn wahrscheinlich auch.«

»Nur damit alles ganz offiziell ist und wir mit offenen Karten spielen«, sagte Merlino, »möchten wir, dass Sie uns Ihren Schatz an gestohlener Unterwäsche zeigen.«

»Aber ich dachte, Sie …«

»Und dann lasse ich Sie in Ruhe.«

»Die zeige ich *Paul*«, entgegnete Roskam schnippisch, »nicht Ihnen.«

»Wie Sie wollen«, sagte Merlino herzlich. Er stand auf, sagte: »Gute Arbeit, Constable. Und immer schön sauber bleiben, Julian«, und ging.

In der Garage am Haus fragte Roskam: »Muss die Schulverwaltung davon erfahren?«

»Es wird herauskommen, Julian.«

Roskam klappte zusammen. »Das wird meine Eltern umbringen …«

»Vielleicht werden sie Ihnen vielmehr den Rücken stärken, man kann nie wissen.«

»Ha! Dad ist fünfundneunzig, Mam dreiundneunzig.«

Hirsch dachte darüber nach. Roskam war um die fünfzig. »Ich möchte Sie bitten, mit aufs Revier zu kommen und die Befragung dort abzuschließen.«

»Und was dann?«

»Sie werden zu gegebener Zeit eine Vorladung vors Gericht erhalten.«

Roskam schauderte es. »Hier kann ich nicht bleiben.«

»Das müssen Sie entscheiden.«

»Ich bin viel zu aufgeregt, um irgendwo hinzufahren.«

»Kann Sie jemand abholen? Ein Freund?«

Roskam dachte darüber nach. »Meine Schwester. Sie lebt allein. Ich kann bei ihr wohnen.«

Roskam wollte, dass Hirsch dort anrief. Avril Roskam, die in der Nähe von Gawler lebte, meinte lapidar: »Ich werde zwei Stunden brauchen, bis ich da bin.«

»Kommen Sie aufs Polizeirevier«, bat Hirsch sie.

Die Stunden vergingen. Nachdem Hirsch sein Lamm-Korma mit Roskam geteilt hatte, setzte er die offizielle Befragung fort. Dann ließ er Roskam vor dem Fernseher sitzen, kauerte sich über den Heizlüfter in seinem Büro und tat so, als würde er arbeiten.

Es klopfte. Roskams Schwester, eine größere Ausgabe ihres Bruders, kam herein und füllte den Raum aus. »Ich bin Avril. Wo ist er?«

Hirsch wies auf die Tür, die sein Büro von den dürftigen drei Zimmern trennte. »Dort entlang.«

»Du meine Güte, haben Sie ihn nicht im Auge behalten?«, sagte sie und stürmte durch die Tür.

Doch es hatte ganz den Anschein, als hätte sich Roskam nicht an der Lampenfassung aufgehängt. Hirsch hörte die beiden murmeln; er stellte sich auf Wartezeit ein. Dann klopfte es wieder, und Clara Ogilvie stand mit einer Flasche Rotwein in der Tür zum Polizeirevier.

»Ich dachte, ich schau mal vorbei, ob Sie ein wenig Entspannung bräuchten«, sagte sie mit einem leichten Ton in der Stimme, mit dem sie Hirsch nicht hereinlegen konnte. »Ihre, ähm, Freundin kam gerade an, als ich den Wagen abgestellt habe. Aber die Flasche reicht sicher auch für drei.«

18

»Clara, Sie wohnen in Redruth. Sie schauen nicht einfach so vorbei.«

Gespielt vorwurfsvoll erklärte sie ihre Anwesenheit in Tiverton: »Ich gebe Laura Cobb Nachhilfe. Jeden Mittwoch.«

Die Cobbs, zwei Teenager und ihre Mutter, wohnten eine Straße weiter. Marie Cobb war manisch-depressiv und besaß kein Auto. Laura, das jüngere, klügere Kind, verpasste durch die Betreuung der Mutter wohl eine ganze Reihe von Schultagen. Hirsch sah an Claras Schulter vorbei zu dem Wagen am Straßenrand. Ein grauer Fiesta. Er hatte den Wagen in letzter Zeit öfter gesehen, wie ihm auffiel. Wenn er Clara deswegen zur Rede stellen würde, dann würde sie entgegnen, dass sie Laura Hausaufgaben vorbeigebracht hätte.

»Aber wie ich sehe, falle ich hier in persönlichen Angelegenheiten zur Last und …«

»Clara, es geht hier nicht um Persönliches, ich bin im Dienst, das ist eine Polizeiangelegenheit.«

Sie warf einen Blick ins Büro und auf die Verbindungstür. »Immer im Dienst, Sie Armer.« Schweigen. »Man sollte Ihnen größere Räumlichkeiten zugestehen.«

Was heißen sollte: Was hat die Frau in deiner Privatwohnung zu suchen?

»Danke, dass Sie vorbeigeschaut haben«, sagte Hirsch. »Ich weiß das zu schätzen, aber ich habe es hier mit einer schwierigen Situation zu tun, bei der es um die Familie von jemand anderem geht, und ich muss mich weiter darum kümmern.«

Clara zeigte wieder ihr strahlendes Lächeln. »Ich verstehe!«, sagte sie fröhlich. »Ein andermal.«

»Fahren Sie vorsichtig«, sagte Hirsch und zog bei dem kalten Wind die Schultern ein, der ihren Rock flattern ließ und ihm den Hosenstoff gegen die Beine presste. »Es könnte unterwegs Blitzeis geben.«

Am Donnerstagmorgen war überall Eis. Hirsch stapfte in der beißenden Kälte eines neuen Frosts durch die Straßen von Tiverton. Um halb acht fuhr er durch Penhale. Der Einsatzwohnwagen und vier schwarze SUVs drängten sich wärmesuchend auf dem freien Stellplatz zusammen, ein, zwei Ninjas stampften mit den Füßen auf und unterhielten sich mit Dampfwolken vor den Mündern.

Hirsch fuhr langsamer. Vielleicht sollte er ihnen von dem leer stehenden Haus berichten, das er mit Comyn gefunden hatte.

Aber wozu? Nur um süffisant zurückgewiesen zu werden? Nein, danke. Er wendete, fuhr die Nautilus Road entlang, passierte die Farm der Ayliffes, schaltete am steilen und gefährlichen Abschnitt den Allrad hinzu und kam dann an den drei bewohnten Häusern vorbei zum unbewohnten Anwesen.

Noch immer keine Spur davon, dass jemand kürzlich hier gewesen war. Auf der Rückfahrt wurde es Hirsch unbehaglich. Was, wenn die Ayliffes die Hinweise an den Türen der anderen drei Häuser entlang der Nautilus Road entdeckt hatten? Drei voll ausgestattete Schlupflöcher.

Hirsch fand allerdings keine Spuren, keine zerbrochenen Fensterscheiben oder aufgebrochenen Schlösser.

Zwanzig Minuten später war er in Redruth. Er schickte Landy und Medlin los, um Hausbesuche zu machen und eine Reihe von halbstündigen Straßensperren mit Alkoholkontrollen zu errichten, und verbrachte den Tag mit Berichten und Mails. Roskam war bei seiner Schwester untergekommen. Sergeant Brandl war wiederhergestellt, aber reizbar. Graham Fuller ging es gut, er hatte nicht die Absicht, den Tag freizunehmen, und fragte, ob es in Ordnung sei, Fernsehreporter zu vermöbeln.

»Aber sicher«, sagte Hirsch.

Wann immer sein Handy klingelte, erstarrte er und warf einen kurzen Blick darauf.

Am Nachmittag rief Hedley Bastian an. »Constable Hirschhausen? Wir sind uns noch nicht begegnet. Meine Tochter spricht in höchsten Tönen von Ihnen.«

Hirsch murmelte sich durch die Begrüßung und dachte nur: Du meine Güte, ich habe vergessen, Vikki Bastian Bescheid zu geben, dass sie für eine Weile die Schulleitung übernehmen muss. »Ist mit ihr alles in Ordnung?«

»Soweit ich weiß, schon. Der Grund, warum ich anrufe, ist allerdings, dass das Festival abgesagt worden ist, das wollte ich Ihnen nur mitteilen. Eine Last weniger auf meinen Schultern, schätze ich. Ärgerlich, was mich betrifft, aber ich versuche, gelassen zu bleiben.«

»Hat Mr Quinlan Ihnen Bescheid gegeben?«

»Seine Sekretärin, den Namen hab ich vergessen.«

»Und wissen auch alle anderen Bescheid?«

»Alle anderen?«

»Die Leute, die Eintrittskarten erworben haben, die Zulieferer ...«

»Das nehme ich doch an«, sagte Bastian, »aber das soll nicht meine Sorge sein, ich habe nur den Veranstaltungsort gestellt.«

Hirsch war gegen achtzehn Uhr daheim. Vor seiner Tür lag ein Strauß Rosen.

Und eine Karte:

Ich nehme an, Sie fragen sich, ob diese Annäherung Ihre Liebe zu Wendy auf den Prüfstand stellt. Betrachten Sie das von der anderen Seite: Wie können Sie ihre Liebe zu Ihnen auf den Prüfstand stellen? Das könnte folgendermaßen geschehen. Geben Sie sich als anonymer Verehrer aus; legen Sie ihr eine Nachricht in den Briefkasten, wie sehr Sie sich zu ihr hingezogen fühlen und dass Sie sie gern am Montag bei Cousin Jack zum Essen einladen würden; dann können Sie von der anderen Straßenseite aus beobachten, ob sie dort auftaucht.

Cousin Jack war Redruths einziges Restaurant, wenn man sich nicht in einem der Pubs ein Schnitzel bestellen wollte. Der unwahrscheinlichste Treffpunkt im ganzen mittleren Norden, so Hirschs erster Gedanke.

Sein zweiter lautete, was er mit Clara Ogilvie machen sollte? Er hatte natürlich polizeiliche Befugnisse, aber das schien nun doch ein wenig übertrieben. Sie tat ihm leid. Hatte sie Familie, die eingreifen konnte? Wendy würde er nicht um Rat fragen, die arbeitete schließlich mit Clara zusammen.

Er war ein erwachsener Mann mit Verstand. Er würde schon auf eine Lösung kommen.

Am Freitagvormittag erhielt er erneut einen Anruf von Hedley Bastian.

»Hier tauchen autoweise Jugendliche auf. Ein Laster mit Mobilklos ist stecken geblieben, und ich musste ihn mit dem Traktor rausziehen – und jetzt gerade kommt ein Sattelschlepper an, und die wollen wissen, wo sie das Zelt aufstellen sollen. Die scheinen alle zu glauben, dass ich dafür verantwortlich bin. Die Gemüter sind ziemlich erhitzt.«

Erhitzte Gemüter war eine Angelegenheit für die Polizei; alles andere nicht. Hirsch übergab Jean Landy die Verantwortung für das Revier und fuhr im Toyota, gefolgt von Tim Medlin im Streifenwagen, zum Anwesen der Bastians.

»Zwei Fahrzeuge sieht gleich nach mehr Einsatzkräften aus«, erklärte Hirsch.

Medlin, ein weicher, wesenloser Bursche mit schütter werdenden Haaren, meinte mürrisch: »Sieht ganz so aus, als wenn der Großteil dessen, was wir tun, aus Blendwerk besteht.«

Hirsch gab ihm einen Klaps auf den Rücken. »Sie lernen schnell.«

Sie verließen Redruth in südlicher Richtung, dann nahmen sie die Clare Road fünf Kilometer weit westwärts in gepflegtes Farmland hinaus, ein Flecken, wo es zuverlässig regnete, die Hitze gemäßigt war, der Boden gut und die Landbesitzer reich waren. Sie kamen an ein Steintor, auf dem ein Holzbalken mit der eingeschnitzten Inschrift *Clonmel Run 1887* lag, fuhren hindurch und kamen an eine Allee von Eukalyptusbäumen entlang einer breiten Grasfläche, die von weiteren Eukalyptusbäumen gesäumt und von einem Bach durchschnitten wurde. Hirsch fragte sich beiläufig, ob die jungen Leute wohl nackt in den Bach gesprungen wären, wenn das Festival stattgefunden hätte. Was ihn auf einen weiteren Gedanken brachte: Wozu hielt man ein Festival gegen Ende des Winters ab?

Hirsch hielt neben einem roten Sattelschlepper mit der Aufschrift *Get Tented* in Goldbuchstaben an der Fahrertür. Er stieg aus, wartete, bis Medlin sich ihm anschloss, dann gingen sie den Hang hinunter, kamen an dem Laster mit den Klos vorbei, dessen Reifen schlammbedeckt waren, und an einem wilden Durcheinander aus Reisemobilen, Kombis, Kastenwagen und Rostbeulen. Sie konnten bereits Rufe hören.

Bastian hatte einen neuen Drahtzaun gezogen, an Holzpfosten straff gespannt, dazu ein massives Holztor gezimmert mit einem Wappen und der Aufschrift *Clonmel Run Music Festival*. Er stand in schlammiger Arbeitshose, Wachstuchmantel und einer in Auflösung befindlichen Wollmütze auf der anderen Seite. Ein Schild an einem Pfosten wies zur *Zeltstadt* in die eine und zu *Weiteren Parkplätzen* in die andere Richtung.

»Ich weiß genauso wenig wie sie«, sagte er. Dann ein zweites und ein drittes Mal.

Andere Stimmen übertönten ihn:

»Und wozu sind wir dann alle aus Port Lincoln hierhergekommen?«

»Wir wollen unser Geld zurück.«

»Warum hat man uns nicht Bescheid gesagt?«

»Und wer kann uns Auskunft geben, wenn Sie das nicht können?«

»Das ist Ihr Land, also sind Sie auch verantwortlich.«

»Ich wette, Sie sind einer der Veranstalter.«

»So ein Arschloch.«

Und so weiter. Als sich Hirsch und Medlin einen Weg bahnten und an das Tor kamen, wurden die Stimmen leiser. Fünfzig Personen, von einem Mann in den Fünfzigern mit der Stickerei *Get Tented* auf der Brusttasche seines Overalls und jungen Leuten in Jeans und Fleecepullovern bis hin zu einem zerlumpt wirkenden Mann mit glasigen Augen: Scott Clough, Redruths einzigem Drogendealer.

Hirsch grinste ihn breit an. »Scotty, altes Haus! Und die Taschen schön voll!«

Clough wurde rot und verdrückte sich.

Eine Stimme: »Geben Sie uns unser Geld zurück?«

Ein Meer aus Gesichtern, manche erwartungsvoll, manche feindselig, rosig von der kalten Luft. Hirsch ließ den Blick von links nach rechts schweifen und sagte: »Wie Sie zweifellos alle mitbekommen haben, ist das Festival abgesagt worden. Es ist bedauerlich, dass das System zusammengebrochen ist und Sie nicht informiert wurden, bevor Sie heute früh losgefahren sind. Mr Bastian gehört selbst zu den Geschädigten. Er ist keiner der Organisatoren; er hat nur sein Grundstück zur Verfügung gestellt.«

»Ich wette, der hat sein Geld gekriegt.«

Bastian war bereit für eine Keilerei. »Das ist eine Lüge. Ich habe Tausende dafür ausgegeben, den Platz herzurichten. Ich habs auch erst gestern erfahren.«

»Und warum haben Sie uns dann nichts gesagt?«

»Geld zurück!«

Andere griffen den Ruf auf. Hirsch wartete angespannt, bis sich die Rufe wieder gelegt hatten, und erklärte dann: »Ich kann Ihnen zu diesem Zeitpunkt nur dazu raten, nach Hause zu fahren, hier gibt es nichts mehr für Sie zu tun. Nehmen Sie sich einen Anwalt. Lesen Sie das Kleingedruckte auf Ihren Eintrittskarten – oder Ihren Verträgen oder Bestellungen – und wenden Sie sich direkt an die Veranstalter oder ans Gericht um eine Rückzahlung.«

Einer der Lastwagenfahrer rief: »Ja, aber an wen? Das ist doch nicht klar. Ist der Sponsor derselbe wie der Organisator?«

Gute Frage, fand Hirsch und fragte sich, ob die Geschädigten sich in einem Netz aus ausländischen Firmen verheddern würden. »Bitte«, sagte er, »fahren Sie nach Hause. Ich kann Ihnen keine dieser Fragen beantworten. Das kann wohl nur ein Rechtsstreit klären. Zu diesem Zeitpunkt ist dies keine Aufgabe der Polizei.«

»Warum denn nicht? Das ist doch Diebstahl!«

Hirsch wusste, dass er sich da nicht einmischen sollte, aber war durchaus eins mit der Wut der Leute. »Wenn man Diebstahl nachweisen kann, dann wird das Aufgabe der Polizei werden, das kann ich Ihnen versprechen. Suchen Sie sich juristischen Beistand, vielleicht kommt es zu einer Sammelklage. Im Augenblick bitte ich Sie nur alle, nach Hause zu fahren.«

Er schaute zu und wartete ab, wie sich die Stimmung änderte. Schließlich gingen die Menschen davon, bauten ihre Zelte ab, luden alles ein, setzten zurück und wendeten auf dem schlammigen Hang, was zu kleinen Staus bei der Ausfahrt führte. Als der letzte Kombi davonklapperte, wendete sich Hirsch an Bastian.

»Es werden den ganzen Tag über Leute auftauchen. Ich schlage vor, Sie fertigen ein großes Schild an und nageln es an das Vordertor.«

»Und was soll ich draufschreiben?«

Na, was denkst du denn?, dachte Hirsch. »Das Festival ist abgesagt, kein Eintritt, weitere Nachfragen bei den Organisatoren.«

»Quinlan?«

»Quinlan«, bestätigte Hirsch.

Er sah zu, wie Bastian über eine Schotterpiste davonruckelte und in der Ferne über eine kleine Anhöhe verschwand. Eine Andeutung von Baumkronen und einem Kamin. Er drehte sich zu Medlin um. »Wir bewachen besser das Vordertor, bis er wieder auftaucht.«

Sein Handy klingelte. Er reagierte nicht darauf, doch zog sich sein Magen zusammen: ein verletzt blickendes Smiley.

Eine Stunde später, als das Tor verschlossen und die Zufahrt durch einen Bedford-Laster versperrt war, der ein Schild mit der Aufschrift *Festival abgesagt* trug, fuhren Hirsch und Medlin zurück aufs Revier Redruth. In ihrer Abwesenheit waren ein paar Anrufe eingegangen, doch Hirsch konzentrierte sich vor allem auf Bastians abschließende Bemerkung: »Ein paar Freunde und ich müssen später mal mit Ihnen reden.«

Weswegen? Wollten sie ihm sagen, dass da noch etwas anderes dahintersteckte? Wollten sie einen weiteren Kreis der Hölle freilegen?

Als Bastian eintraf, entpuppten sich seine Freunde als Angela Thorburn, Direktorin eines Maklerbüros, Lloyd Marquand, Chef der Mid-North Financial Services, und Rhys Tuohy von der Glaserei in Redruth. Vier ernste, gut betuchte Bürger des Bezirks, die bei Hirsch sofort ein Gefühl von leichter Abneigung hervorriefen und ihm eine gewisse Absurdität vermittelten. Im mittleren Norden hatte es wahrscheinlich schon immer gewisse Einflüsse gegeben, die man leise spüren, aber nie sehen konnte. Annahmen, Entscheidungen, Handlungen. Hirsch war Staatsdiener, aber diese vier würden von ihm erwarten, *ihnen* zu dienen.

Er führte sie in den Einsatzraum, wo das verschmierte Whiteboard, ein halb leerer Becher Kaffee und die morgendlichen Kuchenkrümel die Kluft nur noch betonten. Thorburn und Tuohy saßen links von Hirsch, Marquand rechts, Bastian am anderen Ende des Tisches. Hirsch legte sein Handy neben den Ellbogen, und Bastian fragte: »Steht das Ding auf Aufnahme?«

»Nein«, log Hirsch und zog Notizbuch und Stift aus der Tasche. »Ich muss nur ständig telefonisch erreichbar sein.«

Bastian nickte bedächtig und schaute zu, wie Hirsch eine leere Seite aufschlug. »Wir hätten nur gern, dass Folgendes vertraulich bleibt.«

Hirsch schaute ihn eingehend an. »Das kann ich nicht versprechen, Mr Bastian, vor allem, wenn Sie irgendein Fehlverhalten melden sollten. Ich werde diskret sein. Glauben Sie, dass nach dem, was Sie mir sagen wollen, polizeiliches Handeln erforderlich ist?«

Ein zögerliches »Ja«.

»Dann werde ich mir Notizen machen.«

Das gefiel Bastian gar nicht. »Wie Sie wünschen.«

Die Wahrscheinlichkeit war hoch, nahm Hirsch an, dass die vier herumdrucksen, in Rätseln sprechen und seine Zeit verschwenden würden.

Das musste er verhindern. »Ich nehme mal an, dass Sie hier sind, weil Sie Geschäfte mit Mr Quinlan oder seiner Firma gemacht haben und finanzielle Unregelmäßigkeiten befürchten.«

Angela Thorburn drückte sich tiefer in den Stuhl, trockene, braune Haare bauschten sich um die schmalen Schultern, so als sei ihr plötzlich aufgefallen, dass sie sich zu weit aus dem Fenster gelehnt hatte. Rhys Tuohy rührte sich nicht. Lloyd Marquand, der keuchend in einem ausgebeulten, etwas zu engen grauen Anzug steckte, öffnete den Mund mit einem ploppenden Geräusch, überlegte es sich anders und sah Bastian hilfesuchend an. Hirsch konzentrierte sich ebenfalls auf Bastian.

Der straffte seine Schultern und sagte: »Also gut.« Er schaute die anderen an und machte eine ausholende Handbewegung. »Sind Sie alle einverstanden, wenn ich ...«

»Na los«, sagte Tuohy. Alle nickten.

Bastian holte Luft. »Wir alle kennen Adrian Quinlan seit Jahren. Es hat nie Ärger gegeben. Hat immer rechtzeitig alles bezahlt. Guter Zwischenhändler – der höchste Preis, wenn wir verkaufen wollten, der tiefste, wenn wir kaufen wollten. Und als er dann mit einer Gelegenheit in Queensland ankam, vierundzwanzig Wohneinheiten an der Sunshine Coast, sind wir eingestiegen.« Peinlich berührt schaute er kurz die anderen an. »Ich habe hunderttausend reingesteckt.«

»Hundertfünfzig«, sagte Marquand.

»Dasselbe«, fügte Thorburn hinzu.

Tuohy zuckte mit den Schultern und sagte nichts.

»Eine Weile lief alles bestens«, fuhr Bastian fort. »Drei Prozent

Rendite jeden Monat – also haben wir noch mehr hineingesteckt.«

»Aber es hielt nicht an«, sagte Angela Thorburn. »Entweder tauchte die Rendite gar nicht erst auf unseren Konten auf, oder sie war zu niedrig.«

»Oder zu spät«, sagte Tuohy.

»Adrian war nicht um Ausreden und Versprechungen verlegen«, sagte Bastian, »aber es änderte sich nichts.«

Marquand druckste herum. »Macht es Ihnen etwas aus, wenn ich auch was sage?« Die Worte purzelten nur so aus ihm heraus: »Als ich mit meiner Frau und den Kindern nach Noosa fuhr, in den letzten Ferien, da bat ich darum, Adrians Bevollmächtigten dort zu sprechen, um mir die Wohnungen mal anzuschauen. Aber glauben Sie, dass ich den Burschen auch nur festnageln konnte? Nie war er im Büro, nie rief er zurück. Schließlich bekam ich heraus, wo die Wohneinheiten sein sollten, also bin ich mit dem Taxi hingefahren, und sie sahen richtig gut aus, aber es waren wohl eher zwölf Wohnungen, nicht vierundzwanzig. Ich hab mich dann ein bisschen umgehört und festgestellt, dass die Wohnungen ein paar Ärzten aus Brisbane gehören. Soweit wir beurteilen können, hat Quinlan nie Wohneinheiten errichtet, er hat nur unser Geld genommen.«

»Haben Sie ihn darauf angesprochen?«

Bastian meinte hilflos: »Verstehen Sie, wir alle haben unsere Geschäfte hier in der Stadt. Da kann man es sich nicht leisten, sich Feinde zu machen. Außerdem sollte man erst mal nur das Beste annehmen. Na ja, wir vier sind also zu ihm gegangen und haben mit ihm geredet, aber er tat ganz geschockt und sagte, er würde sich sofort darum kümmern, aber geändert hat sich nichts.«

»Und eigentlich hat er auch keine einzige unserer Fragen beantwortet«, ergänzte Angela Thorburn.

»Seien wir ehrlich, Angela, er hat sich gewunden wie ein Aal«, sagte Tuohy.

Sie rutschte unbehaglich herum. »Na ja, man könnte sagen, dass er eine ziemlich geschickte Zunge hatte.«

So konnten sie hier bis in alle Ewigkeit sitzen und über Quinlans Gebaren debattieren. Hirsch ging dazwischen: »Klingt für mich nach einem Schneeballsystem. Ihm fehlten neue Investoren, deshalb konnte er Ihnen die drei Prozent nicht zahlen. Dann hat er angefangen, seine regulären Kunden übers Ohr zu hauen.«

Wie Leon Ayliffe.

»Was das Musikfestival erklären würde«, murmelte Bastian. »Er hat wohl gedacht, das sei schnelles Geld.«

Angela Thorburn sank wieder in sich zusammen. »Ich habe neulich einen Scheck von ihm bekommen. Aber nur über fünfhundert Dollar. Wohl um mich ruhigzustellen. Könnte das von den Eintrittskarten stammen?«

»Tja, Angela, schätze, die Chancen stehen ziemlich gut«, entgegnete Marquand säuerlich.

Bastian warf den beiden einen Blick zu und wendete sich dann an Hirsch. »Was schlagen Sie uns vor?«

»Als Erstes nehmen Sie sich einen Anwalt. Dann machen Sie eine detaillierte Aufstellung, zusammen mit allem Papierkram, den Sie finden können.«

»Und was werden Sie machen?«

»Angesichts der Tatsache, dass ich kaum zwei und zwei zusammenzählen kann«, antwortete Hirsch, »werde ich das an die nächsthöhere Stelle weiterleiten.«

Die vier fanden ihn überhaupt nicht witzig.

19

Am Samstagmorgen stand Hirsch auf dem hinteren Parkplatz des Polizeireviers in Redruth und wusch mit einem Gartenschlauch den Schlamm aus den Radkästen des HiLux, als John und Sylvia Fearn um die Ecke kamen und nach ihm suchten.

»Am Empfang ist niemand«, stellte John Fearn vorwurfsvoll fest.

Wieder mal herausgeputzt, dachte Hirsch. Morgentee, Nachmittagstee, die Einkaufstour. Oder die Fahrt zum Polizeirevier. Und leicht durch kleine Unannehmlichkeiten aus der Fassung zu bringen.

»Wir waren erst in Tiverton«, erklärte Sylvia, »und haben dort Ihre Nachricht gefunden.«

Womit sie sagen wollte, dass ihnen eine unnötige Fahrt erspart worden wäre, wenn man sie vorher informiert hätte. »Wie Sie vielleicht mitbekommen haben, ist Sergeant Brandl kürzlich ins Krankenhaus gekommen«, sagte Hirsch.

Doch John Fearn hörte schon gar nicht mehr zu. Er beobachtete den Schlauch, als würde Hirsch ihn gleich abspritzen, und sagte: »Meine Frau und ich müssten mal mit Ihnen reden.«

Hirsch wickelte den Schlauch an einem Haken an der Wand auf, wechselte von Gummistiefeln in Schuhe und trocknete sich die Hände ab. Er konnte kaum die Finger bewegen. Er schob sie sich unter die Achseln und stellte erst jetzt fest, dass ihm die Kälte bis in die Knochen gefahren war. »Folgen Sie mir.«

Kein Tee, kein Kaffee. Die beiden saßen auf den Stühlen mit den harten Rückenlehnen in Sergeant Brandls Büro und teilten Hirsch mit, sie würden befürchten, es könne in den Angelegenheiten ihrer Freundin und Nachbarin Maggie Groote zu unzulässiger Einflussnahme kommen.

Die fehlenden zweihundertfünfzigtausend, dachte Hirsch.

»Und wer übt diese Einflussnahme aus?«

John Fearn war enttäuscht von Hirsch. »Na, die Nichte natürlich. Amy.«

»Welche Art von Einfluss?«

»Zunächst einmal möchte sie eine dauerhafte Vollmacht«, erklärte Sylvia, die die Handtasche auf dem Schoß stehen hatte und kerzengerade saß.

»Hat Maggie Ihnen das gesagt?«

»Sie kam gestern zu uns und hatte ein Formular dabei, das Amy gern von ihr unterschrieben hätte.«

»Wir haben ihr geraten, nicht zu unterschreiben«, sagte John Fearn.

»Wenn überhaupt jemand eine solche Vollmacht haben sollte«, sagte Sylvia, »dann wir, ihre ältesten Freunde.«

»Glauben Sie denn, dass Maggie überhaupt jemanden mit einer solchen Vollmacht braucht?«

»Sie haben doch mit ihr gesprochen. Sie ist manchmal schon sehr verwirrt.«

Hirsch blieb unverbindlich. »Vielleicht wäre Amy die richtige Person dafür. Schließlich ist sie mit Maggie verwandt.«

»Das ist doch ein Witz«, sagte John. »Wir kennen Maggie schon seit ewig. Nicht ein einziges Mal hat sie eine Nichte erwähnt. Und plötzlich kommt da eine angekrochen.«

»Und beabsichtigt«, ergänzte Sylvia, »sich einen Vorteil zu verschaffen.«

»Wir befürchten«, sagte ihr Mann, »dass sie bereits eine Vollmacht für Maggies Bankkonto hat. Vielleicht sogar zu allen Konten.«

Das lässt sich leicht herausfinden, dachte Hirsch. Sein Handy klingelte, er verkrampfte und schaltete es aus.

John Fearn beobachtete es mit einem Gesicht, als würde er das für unverzeihlich halten. »Und dann ist da noch der Anspruch auf Maggies Land. Wir haben schon seit Längerem eine Übereinkunft mit ihr.«

Hirsch spitzte die Ohren. »Hat Maggie den Besitz an Amy überschrieben?«

Sylvia zuckte mit den Schultern. »Noch nicht, soweit wir wissen, aber das könnte ja passieren. Unzulässige Einflussnahme eben.«

»Und was für eine Art Übereinkunft haben Sie mit Maggie?«

»Dass wir das Land kaufen, wenn die Zeit für sie gekommen ist, es zu veräußern«, antwortete John Fearn.

Unter Wert?, fragte sich Hirsch. Zu günstigen Bedingungen?

»Und glauben Sie, dass die Zeit dafür gekommen ist?«

»Finden Sie nicht? Sie wohnt schon über ein Jahr im Ort. Und seit mindestens fünf Jahren hat sie nichts mehr mit der Farm gemacht.«

»Sie kann auch genauso gut verkaufen und das Leben genießen«, sagte Sylvia. »Reisen. Solche Dinge.«

»Sie ist gebrechlich«, meinte Hirsch.

»Erst recht ein Grund zu verkaufen. Und wer weiß, was aus dem Besitz wird, wenn die Nichte ihn in die Finger bekommt? Hippiekommune. Verkauf an einen Bauunternehmer. Wer weiß?«

»Gibt es ein Testament?«, fragte Hirsch, der davon ausging, dass die beiden so etwas wüssten.

»Das nehme ich doch an. Muss ja«, antwortete John Fearn.

»Hatte Maggie Kinder?«

»Nein.«

»Geschwister? Andere Nichten und Neffen?«

»Das ist ja wohl eine Angelegenheit zwischen Maggie und ihrem Anwalt«, stellte Sylvia Fearn streng fest.

»Wäre interessant zu wissen, ob ihr Testament in letzter Zeit umgeschrieben worden ist«, meinte John Fearn nicht ohne Schärfe.

Ich werde ganz gewiss nicht eure Drecksarbeit machen, dachte Hirsch und verzog keine Miene.

»Am meisten Sorgen machen wir uns allerdings über das, was schon geschehen ist«, sagte Sylvia. »Anfang des Jahres hatte es sich Amy in den Kopf gesetzt, einen Online-Biohandel zu eröffnen. Sie hat Maggie gefragt, ob sie ihr das Geld dafür leihen könnte.«

»Und sie hat sogar tatsächlich vorgeschlagen, dass Maggie eine Hypothek auf die Farm aufnehmen sollte«, ergänzte John.

»Wissen Sie, wie viel sie wollte?«

»Zweihundertfünfzigtausend.«

Nachdem die Fearns das Revier verlassen hatten, schaltete Hirsch leicht besorgt sein Handy wieder ein, so als könne das kleine Ding aus Metall und Glas jeden Augenblick explodieren.

Keine Smileys. Katie Street hatte ihm vor einer Stunde eine SMS geschickt: *Wie viele Psychiater braucht man, um eine Glühbirne zu wechseln?*

Hirsch brachte es nicht über sich, ihr zu sagen, dass er den Witz schon kannte. *Keine Ahnung. Wie viele.*

Zehn Minuten später schrieb Katie zurück: *Einen. Aber die Glühbirne muss den Wechsel wirklich wollen.*

Ha ha.

Katie: *Ich kapier ihn nicht ganz, aber Ms Ogilvie meinte, du würdest darüber lachen. Wann holst du mich ab?*

Hirsch sah auf die Uhr: Mittag. *Um eins.*

Hirsch übergab Jean Landy und Tim Medlin die Verantwortung über das Revier für das restliche Wochenende, fuhr nach Hause, legte die Uniform ab, schlang ein Sandwich hinunter und fuhr zum Haus in der Bitter Wash Road. Wendy war abgelenkt, nahm einen flüchtigen Kuss entgegen und kümmerte sich, mit Brille auf der Nase, wieder um ihren Stundenplan.

»Verschwinde und spiel mit Katie«, sagte sie und scheuchte ihn davon.

Hirsch sah Katie nur an den Wochenenden, seit sie an der Highschool war, an der auch ihre Mutter unterrichtete, und nicht mehr in der Grundschule gegenüber vom Polizeirevier. Katie wurde dreizehn, und Hirsch fuhr mit ihr nach Clare, um ihr ein größeres Fahrrad zu kaufen.

»Und welche Farbe sollen die Stützräder haben?«, fragte er während der Fahrt über Land.

»Also manchmal, Haus«, sagte sie, »bist du einfach nicht witzig.«

Seit Jahresanfang nannte sie ihn Haus. Alle anderen nannten ihn Hirsch, sie eben Haus. »Okay«, sagte er, »wie viele Teenagerinnen braucht man, um eine Glühbirne zu wechseln?«

Katie war klein, schlank, undurchschaubar, manchmal schonungslos und versuchte, sich von seinen Witzen zu distanzieren. Sie zuckte auf dem Beifahrersitz seines alten Nissan nur kurz mit den Schultern, hörte aber zu.

»Vier«, sagte Hirsch. »Eine teilt es auf Instagram, eine auf Facebook, eine twittert und eine wechselt tatsächlich die Glühbirne.«

»Ha, ha.«

»Du hast gelächelt. Du fandest es lustig.«

»Leicht amüsant.«

Sie durchfuhren Farmland, überquerten eine flache Anhöhe und kamen in satteres Farmland, das langsam in Weinanbau überging. Katie, die Hirschs Handy pingen hörte, meinte: »Du kriegst ja jede Menge SMS, Haus.«

»Ist nichts. Einfach nicht hinhören.«

»Dann mach doch dein Handy aus.«

»Und was, wenn ich die Welt retten muss?«

»Wer schreibt dir denn? Ma jedenfalls nicht.«

Hirsch würde es gefallen, wenn Wendy ihn mit Liebesschwüren überschütten würde. »Ach, nur eine blöde Bekannte.«

Katie dachte darüber nach und zuckte mit den Schultern; kurz darauf kamen sie auf die Hauptstraße von Clare und suchten einen Parkplatz.

Eine Stunde später probierte Katie ihr neues Fahrrad auf dem Krankenhausgelände herumkurvend aus, und Hirsch brachte seiner Chefin Weintrauben.

»Aber die sind aus Plastik«, sagte sie.

»So halten sie länger.«

»Lachen tut weh. Selbst mit den Augen rollen tut weh.«

»Was lesen Sie denn gerade?«

Unwirsch, aber nicht mehr so blass, schob sie den E-Reader vom Schoß, als würde der sie verärgern. »Es geht um einen Detective, der farbige Formen sieht, wenn die Leute sprechen. So weiß er immer, wenn jemand lügt.«

»Sehr praktisch.«

Sergeant Brandl war gelangweilt und wollte das Thema wechseln. »Also, was ist los? Brechen Sie schon unter der Last zusammen?«

Hirsch fasste sich kurz und sagte jeweils nur ein paar Sätze über die Ayliffes, Roskam und Quinlan. Fakten – dazu ein paar Vermutungen; er wusste, dass sie so etwas mochte. Sie war hochkonzentriert, drückte die Augen zusammen und schaute blitzschnell nach links und rechts, während sie alles sortierte und abschätzte.

Als er zum Ende kam, klärte sich ihr Blick. »Ausgezeichnet, ausgezeichnet. Auslöser könnten Quinlans Machenschaften sein, und örtliche Unruhen entwickeln sich zu allgemeinen Ausschreitungen ...«

Hirsch grinste bereitwillig. »Es hat gewisse Gerüchte gegeben.«

»Sorgen?«

»Noch nicht.«

»Die irischen Dachbetrüger. Irgendetwas Neues?«

»Nein.«

»Die Jarmyns?«

Hirsch ging auf, dass er keinen Gedanken mehr an die Jarmyns verschwendet hatte. Er wollte schon antworten, als sein Handy in der Tasche vibrierte. Eine SMS. Ungefähr die achte, seit er sich auf den Besucherstuhl neben dem Bett Sergeant Brandls gesetzt hatte.

»Was ist los?«

»Wie bitte?«

»Ihr Handy. Jedes Mal, wenn es sich meldet, und das tut es ziemlich häufig, zucken Sie zusammen.«

Und schon begann Hirsch voller Erleichterung, alles zu erklären.

Brandl hörte zu, nickte, so als sei das, was er sagte, nervtötend, aber ernst zu nehmen. »Schade, dass Sie Wendy nicht von dieser Frau erzählen können. Sie kam mir immer sehr vernünftig vor.«

»Die beiden sind Arbeitskolleginnen.«

»Ich weiß, ich weiß. Hören Sie, es gibt da rechtliche Schritte, die Sie unternehmen können. Alle möglichen Gesetze gegen Stalking und Belästigung.«

»Ach, ich möchte nicht gleich mit schwerem Geschütz auffahren«, entgegnete Hirsch. »Sie tut mir leid. Ich hoffe, sie kommt darüber hinweg. Verliert das Interesse. Und wenn es doch schlimm wird, kann vielleicht eine Angehörige intervenieren und ihr Hilfe besorgen.«

»Aber Sie sollten nicht warten, bis es so schlimm wird«, meinte Brandl, rutschte auf der Matratze herum und zuckte zusammen, als sie Beinmuskulatur und Sehnen anspannte. »Sie müssen sich schützen. Machen Sie von jedem Text einen Screenshot, heben Sie alle Briefe und Karten auf, die sie Ihnen schickt, drucken Sie die Mails aus, schreiben Sie auf, wann Sie ihren Wagen gesehen haben, schalten Sie die Anrufe auf Voicemail … oder noch besser, blockieren Sie ihre Nummer.«

Hirsch hatte sich schlaugemacht. Stalker betrachteten jede Art von Reaktion als positiv. Wenn er Clara Ogilvies Nummer blockierte, mit ihr sprach oder ihr eine offizielle Warnung schickte, würde sie das wahrscheinlich als Bindung betrachten, denn zuvor hatte es ja keinerlei Bindung gegeben. So oder so würde er sie in ihren Bemühungen bestätigen. Er steckte in der Zwickmühle.

»Mach ich.«

Dann verließ er sie und ging zum Krankenhausparkplatz, wo Katie über den leeren Asphalt raste, strahlte und damit die düsteren Gedanken in seinem Kopf verdrängte.

Neunzehn Uhr, Katies Geburtstagsessen im Dugout, einem recht neuen Bistro in einem der umfunktionierten Häuser der Minenarbeiter auf der Schulseite von Redruth Creek. Ein Tisch am Fenster mit Blick auf Rohrkolben, Enten und einen grasbewachsenen Picknickplatz; Hirsch hielt Wendy Streets Hand, Katie rollte ausnahmsweise mal nicht mit den Augen, sondern schaute hinaus.

Einfache Dekoration, nicht mehr als ein paar Spitzhacken, eine Waschrinne, ein Sieb und eine Pfanne, die an den weiß getünchten Wänden hingen. Auf Hochglanz polierte Dielen, kräftige dunkle Dachbalken. Keine Musik, nur leises Gemurmel – und auf der Speisekarte standen Cornish Pasties. Nach Hirschs Erfahrungen waren diese Pasteten entweder durchgeweicht oder vertrocknet und nur essbar, wenn man sie in Tomatensauce ertränkte.

»Na, vielleicht täuschst du dich«, meinte Wendy. »Die Pasteten sollen hier ziemlich gut sein.«

Hirsch überflog die Speisekarte. Er wollte weder Penzance Pie noch Truro Tart, dann fiel ein Schatten auf die Seite. Clara Ogilvie stand direkt neben seiner Schulter und sagte: »Na, so ein Zufall aber auch!«

Lebhaft, in einem tief ausgeschnittenen, dunklen Kleid, strotzte sie nur so vor Neugier ob der Abenteuer, die gleich hinter der Ecke lauerten – aber doch wohl nicht mit dem Mann, der ihre Hand hielt? Gebeugt, stoppelbärtig, Pullover mit schmalem V-Ausschnitt, die Hosenbeine legten sich wie eine Ziehharmonika auf blaue Sneaker mit rotem Blitz; der Mann wirkte verloren, so als habe man ihn von der Spielkonsole weggerissen.

Hirsch stand auf, um Hände zu schütteln, Clara sagte: »Paul, das ist Den Quigley. Den, Wendy kennst du natürlich. Und das ist Katie.«

Quigleys Handschlag war fest, aber feucht. »Biologie«, sagte er; Hirsch nahm an, dass er damit sein Unterrichtsfach meinte.

»Freut mich, Sie kennenzulernen.« Als er sich wieder hinsetzte, wischte er sich unauffällig die Hand an der Hose ab.

Danach ging es ein paar Minuten hin und her, bis die Neuankömmlinge einen Tisch am anderen Ende des Raums bekamen. Hirsch beugte sich über den Tisch und fragte: »Hast du ihr erzählt, dass wir heute Abend hierherkommen?«

Durch seinen Tonfall befremdet, sah Wendy ihn ausdruckslos an; im Dämmerlicht des Raums war ihr Gesicht wunderschön gezeichnet. »Eigentlich nicht. Vielleicht ist es mir gestern vor dem Nachhauseweg im Lehrerzimmer herausgerutscht.« Ihr Mundwinkel zuckte. »Warum? Glaubst du, sie stalkt dich?«

Was sollte Hirsch darauf antworten? »Hab mich nur gewundert.«

»Aha. Die eigentliche Frage lautet doch«, traute sich Wendy mit Blick auf ihre Tochter zu scherzen, »was hat sie mit Den Quigley zu schaffen?«

»Aber ehrlich mal, oder?« Katie riss die Augen vor Entzücken auf.

Dazu sagte Hirsch kein Wort. Er mochte die beiden sehr. Sein Handy pingte.

Hirsch nahm es aus der Tasche und schaute aufs Display: *Wie wunderbar, wenn zwei Seelenverwandte ihr Leben gemeinsam verbringen.*

Hirsch sah zu Clara Ogilvie hinüber. Sie beugte sich angeregt über den Tisch zu Quigley hin. Die Hände hatte sie im Schoß.

Hirsch schaltete sein Handy aus, verwirrt und aus dem Gleichgewicht, und Wendy fragte: »Alles in Ordnung mit dir?«

»Sein Handy hat auf dem Weg nach Clare die ganze Zeit über geklingelt«, sagte Katie.

»Paul?«

»Nur ein unerwünschter Anrufer.«

Wendy sah ihn unverwandt an. Sie drehte den Kopf und sah durch den Raum, dann schaute sie Hirsch wieder an.

Dann hellte sich ihr Gesicht wieder auf. »Na, dann erzählst du mir davon, wenn dir danach zumute ist, okay?«

Guter Wille auf allen Seiten erfüllte die folgende Stunde, dann beglichen sie die Rechnung, winkten kurz den anderen zum

Abschied zu und gingen hinaus zu Wendys Golf. Etwas stimmte nicht: Der hintere Reifen am Straßenrand war platt.

»Verdammte Scheiße«, sagte Wendy.

»Weiter so, Ma«, meinte Katie. Dann drehte sie sich zu Hirsch um. »Wir sollten mehr gemeinsam machen, Haus. Du solltest mir beibringen, wie man Reifen wechselt.«

»Sei vorsichtig mit dem, was du dir wünschst«, entgegnete Hirsch und öffnete die Heckklappe.

Hinter ihm meinte Wendy mit großer Verwunderung in der Stimme: »He, warte mal, da ist noch ein Wagen mit einem Platten … und noch einer … und noch einer …«

20

Mutter und Tochter, am Tag hellwach und aktiv, schliefen nachts sehr tief und brauchten lange, um wach zu werden. Hirsch hatte einmal beobachtet, wie Wendy eine Socke anzog, sich dann völlig erschöpft und mit einem Grunzen auf die Bettkante plumpsen ließ und dort eine Weile sitzen blieb, um düster darüber zu brüten, wie unmöglich es war, auch die andere Socke anzuziehen.

Als er also am Sonntagmorgen aus ihrem Bett schlüpfte, um zu duschen, sich zu rasieren, anzuziehen, Toast zu machen, Kaffee zu kochen und sich in der Küche die Nachrichten anzuhören, rührte sich keine Sterbensseele. Die meisten seiner Handlungen waren ganz automatisch, seine Gedankengänge aber nicht. Sieben Fahrzeuge vor dem Dugout, sieben platte Reifen, an den Ventilen aufgeschlitzt. Teppichschneider? Taschenmesser? Man konnte in Ruhe von Reifen zu Reifen gehen und das Gummi durchstechen, ohne eine einzige Spur zu hinterlassen. Es hatte keinen Zweck, auf den Reifen und Seitenflächen, die völlig nass und verdreckt waren vom Regen, vom roten Schlamm und Straßenschmutz, nach Fingerabdrücken zu suchen. Schon gar nicht an einem Samstagabend in einem Kuhkaff.

»Kinder«, so die allgemeine Meinung der Opfer, die alle im Dugout gegessen hatten. Vielleicht hatten sie recht. Vielleicht hatte Clara Ogilvie ein paar Burschen dafür bezahlt, es zu tun. Oder jemand anderes war das eigentliche Ziel, und der Reifenschlitzer, die Reifenschlitzerin wollte das nur vertuschen oder hatte nicht gewusst, welches Fahrzeug sein oder ihr Opfer fuhr.

Hat ja keinen Zweck, sich den Kopf deswegen zu zerbrechen, ermahnte sich Hirsch, das macht dich nur irre. Zumindest wusste

Katie jetzt, wie man einen Reifen wechselte, und der Reifendienst in Redruth würde am Montag einen Riesenumsatz machen.

Wendy kam gegen neun Uhr in die Küche gestolpert, lächelte ihn verschlafen und abwehrend an, füllte den Wasserkocher auf und stand mit eingefallenen Schultern da, bis ihr auffiel, dass sie vergessen hatte, den Wasserkocher auch einzuschalten – worüber sie beinahe die Fassung verloren hätte –, schaute dann in sich zusammengesunken zu, wie das Wasser endlich kochte, und trug ihre Teetasse zurück ins Bett. Ein fürsorglicher Lebenspartner hätte ihr vielleicht eine Tasse gebracht, aber das hatte Hirsch schon mal versucht. Der Tee wurde auf dem Nachttisch kalt oder Wendy stieß bei den ungeheuren Anstrengungen, wach zu werden, die Tasse einfach um.

Hirsch saß in der schwachen Wintersonne und tagträumte vor sich hin. Er kochte sich eine zweite Tasse Kaffee und machte noch einen Toast. Sein Handy blieb stumm. Vielleicht war ja Clara Ogilvie ebenfalls in der Frühe schlapp wie ein Mopp.

Dann rief Bob Muir an und berichtete, dass die Feuerwehr von Tiverton auf dem Weg zu einem Hausbrand in Penhale sei.

»Der merkwürdigste Brand, den ich je gesehen habe«, erklärte Muir.

Hirschs Freund war stämmig und ging die Dinge planvoll an. Er sprach nie ein Wort, wenn er nichts zu sagen hatte. Hirsch hatte schon Außenstehende erlebt, die Muir unterschätzt hatten. Die Ortsansässigen hingegen wussten, wie gewissenhaft und scharfsinnig er war.

»Inwiefern«, fragte Hirsch.

»Also, zum einen, weil jemand versucht hat, den Brand mit dem Schlauch da zu löschen.«

Muir zeigte hin. Um die Ecke lag ein Gartenschlauch, der an einer kleinen Wasserpumpe neben einem Regenwassertank an der Seitenwand des Hauses angeschlossen war; er ringelte sich über die Veranda und war zur Haustür hineingezogen worden.

»Wer immer das war, hat wahrscheinlich das Haus gerettet, weil er das Feuer aufgehalten oder eingedämmt hat. Als wir ankamen, waren die Flammen gerade mal bis an die Decke gelangt.«

»Worauf eingedämmt?«

»Das Wohnzimmer. Wenn keiner versucht hätte zu löschen, wäre das alles wie Zunder abgefackelt.«

»Und du weißt nicht wer?«

»Nein. Vielleicht dieselbe Person, die angerufen hat?«

»Und wer war das?«

»Das ist dein Job. Anonym, mehr weiß ich nicht.«

»Direkt bei der Feuerwehr? Nicht über den Notruf?«

»Richtig.«

Ein Ortsansässiger würde die Nummer der Feuerwehr kennen. Andererseits konnte die auch jeder googeln. Hirsch und Muir standen da und betrachteten das durchnässte Haus, sahen die leichten Verkohlungen an den Unterseiten der Dachplatten über dem Wohnzimmer, das Gewirr aus Schläuchen, die zertrampelte Erde und die Sträucher. Dazu der Gestank und die Mischung aus Wasser und Asche. Doch vor allem konzentrierten sie sich auf die Leiche auf dem Rasen: Maggie Groote, die mit dem Gesicht nach oben und auf der Brust gekreuzten Händen neben der Trennhecke lag. Dahinter lag das Haus der Nachbarin, die behauptet hatte, den Iren ordentlich die Meinung gesagt zu haben.

»Tod durch Rauchvergiftung?«

»Schon möglich«, antwortete Muir. »Doktor Pillai sollte bald eintreffen.«

Sie wird den Tod bestätigen, dachte Hirsch. Die Todesursache zu bestimmen würde nicht so einfach sein. Das konnte nur durch eine Autopsie erfolgen, und er schwankte und blinzelte, als er Maggie vor seinem geistigen Auge aufgeschnitten auf einem Seziertisch liegen sah.

»Alles okay?«

»Ja«, sagte Hirsch. Er stellte sich Maggies Wohnzimmer vor. Vollgestopft, schwere Vorhänge, zwei elektrische Heizstrahler, die schnell umfallen konnten. Eine Frau, die manchmal unsicher auf den Beinen gewesen war und zur Vergesslichkeit geneigt hatte.

»Der Punkt ist«, sagte Muir und wies darauf hin, »die alte Dame ist nicht aus dem Haus gekrochen, um sich auf den Rasen zu legen und in aller Ruhe auf den Tod zu warten.«

Hirsch hatte das auch schon bemerkt. »Sie ist hinausgeschleift worden.«

»Ja. Schau dir mal an, wie sie daliegt. Und schau dir die Füße an.«

Sie war aus dem Haus über den Rasen und dann entweder über den betonierten Weg oder ein Beet aus kräftig zurückgeschnittenen Rosen geschleift worden. Hirsch ging auf und ab, bis er parallele Schleifspuren in der Erde zwischen zwei Rosensträuchern fand.

Von vorn wies Maggie keinerlei Spuren auf, was sich von ihren Füßen nicht sagen ließ. Hirsch ging zu ihrer Leiche, streifte sich Latexhandschuhe über und kauerte sich hin. Strumpfhose, Hausschuhe oder beides waren ihr in die Haut gebrannt.

Hirsch wollte sie nicht anrühren. Er stand auf, steckte sich die Handschuhe in die Tasche, kehrte zu Muir zurück und schaute wieder über die Hecke. »Hast du schon bei der Nachbarin nachgeschaut?«

»Offensichtlich nicht zu Hause. Geht jeden Sonntagmorgen in die Kirche.«

Bob hatte seine Informationen wohl von den paar Dorfbewohnern, die sich auf der anderen Straßenseite eingefunden hatten. Hirsch würde später noch mit ihnen reden.

»Anrufer oder Anruferin?«, fragte Hirsch; vielleicht hatte die Nachbarin Maggie aus dem Haus geholt, Wasser im Wohnzimmer verteilt und war dann in die Kirche gegangen …

»Anrufer.«

Hirsch seufzte. Wäre ja auch zu schön gewesen.

»Du könntest ja mal die Aufzeichnungen der Kamera durchsehen, die ich installiert habe«, sagte Muir.

Hirsch lächelte ihn traurig an. »Das Kabel ist vor ein paar Tagen durchtrennt worden.« Er erklärte die Sache mit den irischen Dachdeckern.

»Arschlöcher.«

»Kommen wir auf den Brand zurück«, sagte Hirsch. »Hast du irgendeinen Brandbeschleuniger gerochen?«

Muir schüttelte den Kopf. »Aber das hat nichts zu sagen. Wenn es kein Unfall war, dann brauchte es nur eine kleine Menge. Ich hoffe, der Brandsachverständige findet heraus, wo das Feuer angefangen hat.«

Hirsch ging im Kopf einige der Szenarien durch. Ein Schlaganfall, ein Herzinfarkt, Schwindelgefühl. Sie stolpert über einen der Heizstrahler. Ein barmherziger Samariter taucht auf, schleift sie hinaus und versucht, das Feuer zu löschen, gibt auf und bleibt nicht vor Ort. Warum nicht? Hatte der bescheidene Held gewusst, dass Maggie bereits tot war? *War* sie denn schon tot gewesen?

Es gab noch eine andere Möglichkeit – es hatte keinen Samariter gegeben, der zufällig vorbeigekommen war. Er oder sie war bereits dort gewesen. Etwas war schiefgelaufen. Eine Streiterei – um Geld? –, dabei fiel einer der Heizstrahler um. Hirsch legte sich die Fragen zurecht, die er Amy Groote, der Nichte, stellen wollte.

Schließlich kam die Ärztin, dann der Sachverständige, doch beide konnten ihm nicht viel sagen, also fuhr Hirsch in die kleine Hügelkette oberhalb der Ortschaft hinaus. Maggies altes Farmhaus kauerte in dem regnerischen Wind, der vom Flachland aus die Schlucht hinaufjagte. Er hielt an, stieg aus, schlug den Kragen hoch und eilte mit den Händen in den Taschen schwerfällig zur Haustür. Er klopfte an. Dann noch einmal.

»Schon gut, schon gut, immer langsam mit den jungen Pferden.«

Amys Stimme klang dumpf und heiser. Die Tür öffnete sich einen Spalt, und sie schimpfte: »Ausgerechnet an dem einzigen Morgen, an dem ich mir erlaube, auszuschlafen.«

Legte sie sich bereits ein Alibi zurecht? Sie trug einen altmodisch schottenkarierten Herrenbademantel, unter dem pinkfarbene Pyjamabeine hervorschauten; die knochigen großen Füße steckten in Hausschuhen. Ihr Gesicht war faltig und verquollen, das Haar ein schlaffes Durcheinander aus Knoten und krausen Locken. Sie hielt sich den Bademantel mit einer Faust zu, und ein Schwall Bettwärme erreichte Hirsch.

»Darf ich reinkommen?«

»Geht es um die Ayliffes? Die hab ich nicht gesehen.«

»Amy, ich muss bitte reinkommen. Es ist ernst.«

Sie schaute ihn erschrocken an. »Okay.«

Sie gingen in die Küche, in der es arktisch war. »Setzen Sie sich.«

Hirsch zögerte. »Könnten wir ein wenig heizen? Einen Heizstrahler? Soll ich das Feuer anmachen?«

Amy Groote winkte ab. »Ich kann mir kein Feuerholz leisten. Oder Tag und Nacht den Heizstrahler laufen lassen. Kommen Sie bitte auf den Punkt.«

Hirsch setzte sich, sie setzte sich ihm gegenüber, und er sagte: »Ich fürchte, ich habe Ihnen schlechte Nachrichten zu überbringen. Ich komme gerade vom Haus Ihrer Tante, und es tut mir leid, aber es hat einen Brand gegeben, und sie ist tot.«

Ein langer, ausdrucksloser Augenblick, dann schossen eine ganze Reihe von Regungen über Grootes Gesicht: Schmerz, Rätsel, Verwirrung. Hirsch hatte so etwas schon häufig bei Verdächtigen gesehen, sie versuchten, den passenden Gesichtsausdruck zu finden, aber hier handelte es sich nicht um einen Trick, Amy war überrascht und wenig überrascht zugleich. Sie hatte gewusst, dass ihre Tante früher oder später sterben würde, angesichts ihres Alters und ihrer Gebrechlichkeit –, hatte aber nicht damit gerechnet, dass es so bald sein würde.

»War es …? Hat sie …?« Sie legte die Arme um sich. »Ein Brand?«

Was heißen sollte: War es schrecklich?

»Ich fürchte, es gibt ein paar Dinge, die wir noch nicht klären können, aber es hat gebrannt, das Feuer war hauptsächlich auf ihr Wohnzimmer beschränkt und …«

Amy stöhnte auf und wankte vor und zurück. »Sie hat keine schweren Verbrennungen erlitten«, fügte Hirsch hastig hinzu. »Man hat sie auf dem Hof gefunden.«

»Sie ist noch rausgekommen? Und hat dann einen Herzinfarkt gekriegt? Einen Schlaganfall?« Sie kniff die Augen zusammen, so als sei sie auf die einzig mögliche Erklärung gestoßen: »Rauchvergiftung?«

»Das müssen wir noch herausfinden«, sagte Hirsch. »Aber wir gehen davon aus, dass sie jemand hinausgeschleift hat. Ob sie bereits tot war oder nicht, wissen wir noch nicht.«

Blanke Verwunderung. »Wer? Diese Frau von nebenan?«

Diese Frau, dachte Hirsch. »Die war in der Kirche. Und keiner der anderen Nachbarn hat irgendetwas mitbekommen.«

»Wer dann? Und warum ist die Person nicht am Ort geblieben?«

»Amy«, unterbrach Hirsch sie, »ich muss Sie fragen, was Sie letzte Nacht und heute Morgen gemacht haben.«

Sie schüttelte ungläubig den Kopf. »Gestern Nacht und heute Morgen war ich im Bett.«

»Allein?«

Leichte Belustigung, dass jemand auf die Idee kommen könnte, sie hätte ein Liebesleben. »Ja, allein. Und ich habe gestern den ganzen Tag draußen gearbeitet, bis es dunkel wurde.«

Schwarze Fingernägel. Schmutz, kein Ruß. Hirsch erkannte, was für ein bescheidenes Leben sie führte. Arbeit im Garten, dann früh zu Bett, wo es warm war. Sie blinzelte und sah sich mit gebeugten Schultern in der Küche um, als würden die eisigen Wände immer enger werden, um sie aus dem Haus zu quetschen. Und sie würde wieder beim alten Eisen landen.

Hirsch wollte gerade fragen, ob sie etwas von einem Testament wisse, als Amy fragte: »Und das Feuer war im Wohnzimmer?«

»Hauptsächlich. Es hatte gerade angefangen, auf die Decke überzugreifen.«

»Ich habe ihr immer und immer wieder gesagt: Pass auf, dass du nicht über einen deiner Heizstrahler stolperst.« Pause. »Aber wenn jemand anderes dort war ...«

»Also«, sagte Hirsch, »nur um mal zu rekapitulieren, sonntags verbringen Sie die Vormittage im Bett?«

»Das ist doch nicht verboten, oder? Ich bin sonntags immer länger liegen geblieben. Schon als kleines Kind.«

Hirsch schaute von der anderen Seite des Tisches zu, wie nach und nach die praktisch veranlagte Frau wieder Oberhand gewann; sie fuhr sich mit den Fingern durch die Haare, säuberte sich vorsichtig die Augenwinkel und rieb sich die Wangen. Wieder gab es einen Hauch abgestandener Bettwärme, als sie sich bewegte, und Hirsch war ungeheuer traurig zumute. Kann sich kein Feuerholz leisten, dachte er, kann es sich nicht leisten, die Waschmaschine oft genug laufen zu lassen.

An der Ofentür baumelte ein fleckiges Trockentuch. Auf einem Ablaufgitter neben der Spüle stand Geschirr zum Trocknen: Teller, Schüsseln, ein Korb mit Besteck und zwei Weingläser, die schon seit Tagen dort gestanden haben mochten, eins von letzter Nacht, eins von der Nacht davor. Eine ganz einfache Erklärung.

Am alten vergilbten Kühlschrank hingen neben dem Flyer gegen die Windturbinen jetzt auch welche gegen die Kohlenmine Adani und gegen Offshore-Bohrungen in der Großen Australischen Bucht.

Hirsch war sich ziemlich sicher, dass Amy Groote zu Bett gegangen war, wie sie sagte, und erst aufgestanden war, als er geklopft hatte. Aber hatte sie einen Freund in der Protestbewegung? Jemand, der tat, was sie sagte? Jemand, der wusste, dass sie erben würde? Er beobachtete sie. Sie wirkte verloren, ein Gedanke jagte den anderen und drückte sie regelrecht in den Stuhl. Sie schüttelte sich, richtete sich auf, fasste sich, um sich den Aufgaben des Tages zu stellen, und Hirsch sagte: »Amy, bitte hören Sie auf damit, Graffiti an die Windturbinen zu schmieren.«

Erwischt, dachte er. Das konnte er ihr vom Gesicht ablesen.

Er setzte nach, auch wenn er sich dabei beschissen fühlte. »Haben Sie für Maggies Konten eine Unterschriftsvollmacht?«

Sie blinzelte und wirkte wieder verwirrt. »Was?«

Sie schien weder die Frage noch die Andeutung zu verstehen. In mancher Hinsicht, fand Hirsch, war Amy Groote ziemlich weltfremd.

21

Montag: Hirsch lag im Bett und blinzelte sich wach. Er zögerte ungewohnt lange, aufzustehen. Es lag nicht an der Aussicht von nackten Füßen auf eisigem Fußboden oder an der frühmorgendlichen Dunkelheit. Es lag an Maggie Groote, die ihn mit ihrer Geschichte von der vertauschten Urne zum Mitlachen einlud; an Clara Ogilvie; an der Anstrengung, zwei Reviere zu leiten. Und an dem unheimlichen Gefühl, dass die Ayliffes sich im Hinterland herumtrieben. Sie versteckten sich nicht, waren nicht auf der Flucht, sondern ganz aktiv auf Rache aus. Brandstiftung. Einbruch. Beobachten und im Hinterhalt auf Lauer liegen.

Hirsch zuckte zusammen, als seine Füße auf dem Linoleum landeten. Er zog Socken, Trainingsanzug, Mütze, Handschuhe und Boots an, dann ging er hinaus und drehte seine Runde durch den Ort. Hier und da brannte Licht in den Küchen; in der Ferne leierte ein Anlasser; Fetzen aus dem Frühstücksradio wehten herüber. Ein stiller, schneidend kalter Morgen, der ihm in die Wangen biss. Aber friedlich. Falls in Tiverton Blut vergossen wurde, dann bekam er nichts davon mit.

Dann musste er wieder an Maggie Groote denken, wie sie liebevoll mit der Asche eines Fremden spricht und durch die Gegend fährt. Traurigkeit überfiel Hirsch. Auf jeder Wange fror eine Träne fest, und als sein Handy vibrierte, dachte er nur wütend: ›Clara, verflucht noch mal.‹ Schon wieder ein blödes Emoji. So wie er sich im Augenblick fühlte, hätte er sie am liebsten hinter Gitter gebracht.

Hirsch ging heimwärts, und große Nervosität legte sich über die Trauer. Eine Panikattacke? Er war einfach nicht in der Lage, einen vernünftigen Gedanken zu fassen, dabei wurde genau dies in jeder Minute eines jeden Tages von ihm erwartet.

Hirsch duschte, frühstückte, zog die Uniform an und war noch immer aufgewühlt, als er den Highway überquerte und zum Laden ging, um sich den *Advertiser* zu holen. Ein uralter Land Rover mit einem übervollen, mit einer Plane verhängten Anhänger stand an der Zapfsäule, ein runzliger Buschmann mit einer Port-Adelaide-Mütze klapperte am Zapfhahn herum, als Hirsch näher kam. Ihre Blicke kreuzten sich, der Mann schaute weg, und Hirsch traf wieder eines seiner schnellen Urteile. Ein fieser alter Kerl, Gelegenheitsgauner, ein Mauschler auf der jämmerlichsten Stufe der Geschäftswelt. Wüsste doch mal zu gern, was unter der Plane steckt, dachte Hirsch. Erkennen konnte er nur ein weit überstehendes Stück Dachblech. Gefährlich, schlecht gesichert, aber Hirsch fühlte sich einfach zu beschissen, um sich an diesem Morgen groß darum zu kümmern. Wieder vibrierte sein Handy, und am liebsten hätte er es zu Boden geworfen und mit dem Stiefelabsatz zerrieben. Immerhin fragte er in einem lauen Versuch von Würde, Recht und Ordnung den alten Sack: »Haben Sie die Ladung gut gesichert, Sir?«

Der Mann mahlte mit den Zähnen und durchdachte die Frage. Gelbe Stummel, grauweißer Bartansatz. »Soll ichs noch mal festbinden?«

»Schon okay, Sir, aber fahren Sie vorsichtig«, sagte Hirsch, der nur in Ruhe gelassen werden wollte.

Auf dem Polizeirevier setzte er sich hin, schloss die Augen und atmete ein paar Minuten langsam und tief ein und aus. Es half. Vielleicht. Bevor er nach Redruth aufbrechen konnte, rief Jean Landy an.

»Ich habe hier einen Mann am Telefon, mit dem Sie vielleicht sprechen sollten, Boss. Paul. Euer Hochwürden, was immer.«

Es war nicht mehr lustig. Hirsch sagte: »Reichen Sie ihn mir weiter.«

Ein Knistern in der Leitung, Zögern, dann sagte eine Stimme: »Hallo? Ist da jemand?«

Hirsch ging das Anfangsgeplänkel durch und fragte den Anrufer, einen Mann namens Cusack, worum es denn ginge.

»Ich bin hier in Belalie Waters. Wissen Sie, wo das ist?«

Eine Schaffarm im schwierigen Gelände zwischen Tiverton und Morgan, eine Ansiedlung am River Murray. Sie gehörte einer chinesischen Agrarfirma und vegetierte, trotz der schieren Größe, am Rand des Existenzminimums. Ein Aufseher namens Waurn und seine Frau, dazu zwei, drei Jackaroos. Hirsch schaute ab und zu vorbei, wenn er seine große Runde drehte. »Ja. Gibt es ein Problem?«

»Da stimmt was nicht«, sagte Cusack. »Es ist keiner da. Ich hab mich umgeschaut, und es hat mich ganz kribbelig gemacht, deswegen dachte ich, ich sag Bescheid.«

»Vielleicht treiben sie Vieh zusammen?«, fragte Hirsch. Dort draußen auf Motorrädern. In weniger tückischem Gelände mit dem Allrad. Und für das jährliche Schafscheren heuerten sie einen Suchhubschrauber an.

»Keine Ahnung.«

»Was wollten Sie dort, Mr Cusack? Sind Sie ein Freund von den Waurns?«

»Freund? Nein. Aber Mrs Waurn erwartete mich«, antwortete Cusack. »Wir hatten heute Morgen um neun einen festen Termin.«

»Einen Termin?«

»Na ja, wegen der Airbags.«

Manchmal war es so schwierig, Informationen aus den Leuten zu locken, wie einen russischen Roman zu lesen. Man musste durch einen ganzen Sumpf aus Rückhalte- und Ausweichtaktiken waten. »Ich kann Ihnen nicht folgen«, sagte Hirsch.

Cusack holte Luft. »Die Rückrufaktion, Mann. Takata-Airbags.«

Aha. Kaputte Airbags. Potenziell tödlich, wenn sie sich bei einem Unfall aufbliesen, wenn die Inflatoren mit einer derartigen Wucht auslösten, dass sie Splitter über Fahrer und Passagiere schleuderten, doch sehr viele Fahrzeughalter in weit entfernten

Gegenden ließen sich ewig Zeit mit der langen Fahrt zu einem Autohändler in der Stadt, um die Airbags tauschen zu lassen.

»Sie sind von Mitsubishi.« Hirsch erinnerte sich an die beiden Triton L200-Pick-ups in Belalie Waters.

»Hab ich doch gesagt. Mrs Waurn sollte mich dort erwarten, aber da ist keine Menschenseele und nur einer der Pick-ups. Außerdem steht da ein ausgebrannter Land Cruiser – was ich ja schon an sich verdächtig finde.«

Hirsch machte langsam die Augen zu und wieder auf. Zurückhalten und Ausweichen. »Ich bin in einer Stunde da.«

»Na ja, ich hab einen eng getakteten Zeitplan«, sagte Cusack. »Ich repariere jetzt den Airbag an dem Pick-up, der hier steht, aber dann muss ich zu drei Pajeros in Morgan. Ich bin also vielleicht schon weg.«

Die Straße nach Morgan war asphaltiert, aber auf halber Strecke bog Hirsch an einer einsamen Kreuzung nach links ab auf eine Schotterpiste, bei der ihm die Zähne nur so klapperten. Er hatte sich an endlosen Pubdiskussionen zum Thema Fahren auf ausgefahrenen Pisten beteiligt: Entging man den übelsten Erschütterungen dadurch, dass man Vollgas gab, oder entging man ihnen, indem man vorsichtig fuhr? Zeit war hier der entscheidende Faktor. Die Ortsansässigen hatten es nicht eilig und waren ständig auf der Lauer, mit dem Fahrer eines entgegenkommenden Fahrzeugs ein Schwätzchen zu halten. Hirsch wurde oft mitten im Nirgendwo durch zwei Farmer-Pick-ups aufgehalten, die mit geöffneten Fahrerfenstern mitten auf der Straße nebeneinanderstanden.

Bei der Polizeiarbeit bevorzugte Hirsch die Methode Vollgas. Das leere Land breitete sich zu beiden Seiten aus, die im Regenschatten liegende Gegend mühte sich um Grün, krüppliges Mallee-Buschland, unterbrochen von einsamen Schmuckzypressen und zähem Gras – Salzbusch, Schlangenkraut; Pflanzen, deren Namen er nicht kannte. Spinifex? Meerfenchel? Emustrauch? In der Entfernung lagen erodierte, niedrige blaue Hügel, in denen sich geheime Felszeichnungen fanden; in der Nähe ein paar Ruinen und mattfarbene Klumpen, die sich als Schafe entpuppten.

Es hatte leicht geregnet, deshalb war die sich nähernde Staubwolke des Fahrzeugs nur ein schwacher Verwandter der aufgewirbelten Wolken im Sommer. Hirsch fuhr langsamer und hielt an. Ein Transporter näherte sich, hielt neben Hirsch, und das Fahrerfenster senkte sich.

»Hab ich mit Ihnen gesprochen?«

Hirsch nickte. »Mr Cusack?«

Cusack sagte weder Ja noch Nein. Um die fünfzig, stämmig, im Overall, kahlköpfig, eine Spur Tinte auf den dicken, sehnigen Unterarmen. »Wie schon gesagt, ich habe einen der Pickups repariert, keine Ahnung, wo der andere ist. Ich muss weiter. Auf Wie –«

»Mr Cusack!«

Der Mechaniker erschrak ein wenig bei dem scharfen Ton. »Was denn?«

»Haben Sie sich umgeschaut, als sich niemand gerührt hat? Haus und Schuppen kontrolliert?«

»Ja. Geklopft, gerufen. Keine Menschenseele.«

»Abgesehen von dem ausgebrannten Land Cruiser, gab es noch irgendwelche anderen Spuren, dass etwas Schlimmes passiert sein könnte?«

Cusack blinzelte. Einer, der sich genau an die Buchstaben hält, dachte Hirsch. Und die Buchstaben hatten gesagt, er solle am Montagmorgen in Belalie Waters erscheinen; weiter hatte ihn sein Verstand noch nicht gebracht.

»Nur das Feuer. Ich dachte, vermutlich ein Fehler in der Elektrik.«

»Okay, danke.«

»Ist das alles?«

Hirsch nickte, und Cusack raste mit einer Salve an Schotter davon.

Nach weiteren zwölf Kilometern kam Hirsch an eine Einfahrt, die links und rechts von zwei weiß gestrichenen Zaunabschnitten eingefasst war, daneben eine verbogene Eisenrampe; eine schmale Spur führte tiefer in das gefleckte Hinterland. An einer Zaunlatte stand *Belalie Waters* in verblichenen schwarzen Buchstaben. Hirsch fuhr hinein; die Fahrt bis zu einer Ansammlung von Häusern und Schuppen, die die Ansiedlung bildeten, dauerte weitere fünf Minuten. Das Haus des Aufsehers, Schlafbaracke und Schuppen waren aus örtlichem Gestein und Wellblech errichtet. Pfefferbäume und traurig wirkendes Gesträuch, dazu die Art von lehmigem Hof, auf dem das ganze Jahr über Bulldoggenameisen herumflitzten. Dort stand der ausgebrannte Land Cruiser. Die Ayliffes – so Hirschs Vermutung – hatten ihn in einiger Entfernung von den Gebäuden abgefackelt. Damit das Feuer nicht übersprang? Aber wozu das Fahrzeug überhaupt abfackeln? Aus reiner Bosheit? War der Sohn ein angehender Feuerteufel? Aber es lohnte nicht, lange darüber nachzugrübeln. Hirsch war sich nur ziemlich sicher, dass Vater und Sohn den Weg nach Belalie Waters gefunden und den Land Cruiser gegen einen von den Mitsubishis eingetauscht hatten.

Wies der Brand auf eine Eskalation hin? Hatten sie Mrs Waurn umgebracht?

Er hielt in der Nähe des Land Cruisers, der ausgebrannt auf verkohlten Felgen stand. Der Gestank von versengtem Gummi, Plastik und Benzin stach ihm in die Nase, und man spürte noch einen Rest Hitze. Letzte Nacht oder heute früh also.

Hirsch ging über den Hof zum Haus des Aufsehers und klopfte an die Fliegentür. Die innere Tür stand offen. Er wartete und ging seine Sinneseindrücke durch. Das Haus fühlte sich leer an. Er ging hinein und schaute in jedem einzelnen der verwohnten, aus der Zeit gefallenen Zimmer nach, die er von seinen Patrouillen kannte. Gemütlich, aber festgefahren. Hier plante man keine Zukunft, man lebte hier ein Jahr nach dem anderen. Ken und Rosemary Waurn wurden von ihrem Arbeitgeber nicht gerade verhätschelt.

Das Haus war leer. Hirsch wusste nicht, ob die dünne Staubschicht auf dem Küchentisch Verlassenheit signalisierte oder nur mangelnde Sauberkeit. Die Anlage im Funkraum war allerdings zerschlagen worden: Hier hatte es irgendeine Form von Gewalt gegeben.

Hirsch ging zur Hintertür hinaus und zur Schlafbaracke, zwei Zimmer, die sich die Rückwand teilten. Ungemachte Betten und getragene Kleidung auf Holzstühlen; in dem einen Zimmer eine Gitarre, in dem anderen Poster vom Regenwald in Tasmanien, einem Formel-1-Rennwagen und einer Frau in weißer Tenniskleidung, die sich den nackten Hintern kratzte.

Die Schuppen: der Falcon Kombi der Waurns, ein Anhänger, Benzinfässer, Stapel mit abgefahrenen Reifen, Werkzeuge, Leitern, Seile, Achsen, ein Amboss.

Hirsch stand eine Weile unentschlossen auf dem Hof. Sollte er in weiterem Umkreis suchen? Sofort melden? Die Ayliffes konnten sonst wo sein. Vielleicht fuhren sie den Triton in ein Einsturzloch, der Airbag wurde ausgelöst und schnitt ihnen die Kehlen durch.

Hirsch ging in immer größer werdenden Kreisen um Gebäude und Viehpferche. Schließlich nahm er, schwach, aber unmissverständlich, den Gestank des Todes wahr, den der böige Wind vom felsigen Untergrund herantrug.

22

Er hielt die Nase in die Luft und ging dem Wind entgegen. Stieg über Felsklippen, umging Grashorste und trampelte bei der Suche nach menschlichen Schuhabdrücken die Schafköttel in den Boden. Ging in Gedanken den zeitlichen Ablauf durch. Wenn die Ayliffes erst kürzlich hier eingetroffen waren, den Land Cruiser abgefackelt und Mrs Waurn ermordet hatten, dann hätte noch keine Verwesung eingesetzt. Waren sie also vor drei, vier Tagen hergekommen, hatten sie umgebracht und waren dann im Haus geblieben? Hirsch kämpfte sich über die widerspenstige Weidefläche, entdeckte aber nur die schmalen Spuren der vielen Hufe, die seit Generationen hier entlanggelaufen waren. Hier und da Wollbüschel, die sich in den Zweigen und Dornen der zähen kleinen Pflanzen der Gegend verfangen hatten. Führte der Pfad zum Wasser? Der Gestank wurde schneidend, und Hirsch ging alle möglichen Szenarien im Kopf durch. Mrs Waurn ist verwundet, versucht zu fliehen und erliegt ihren Verletzungen. Oder sie wird aufgestöbert und mit einem Schuss in den Rücken getötet.

Hirsch kam an eine austrocknende, von Schilf und pockennarbigem dunklem Lehm umrandete Wasserstelle und entdeckte am anderen Ende einen blassen, geblähten Bauch. Er sah ihn, weil er ihn sehen wollte. Dann holte sein Verstand ihn wieder in die Realität zurück: Er hatte ein totes Wallaby entdeckt. Bei dem Gestank machte er kehrt und ging zum Haus zurück.

Dann hörte er einen wie panisch jaulenden Motor. Der Triton tauchte auf, auf die Torpfosten zur Einfahrt zurasend, Rosemary Waurn hinter dem Steuer. Hirsch schoss los, um sie aufzuhalten, sprang und rannte um und über Felsen und Pflanzen, die nach seinen Schienbeinen und Knöcheln griffen. Er brüllte und wedelte wie wild mit den Händen. Sie entdeckte ihn und gab mit blassem Gesicht und blindem Vorsatz Gas.

Dann war es an ihr, noch einmal zu überdenken, was ihre Augen ihr verrieten: Das war der Polizist, der manchmal vorbeischaute. Die Bremslichter flammten auf. Der Pick-up blieb mitten auf der Fahrspur stehen. Als Hirsch den Wagen erreichte, saß Rosemary Waurn dort, die Stirn auf das Lenkrad gestützt. Er klopfte ans Glas. Sie schreckte hoch und schaltete den Motor aus, Hirsch öffnete die Tür.

»Sorry, ich dachte, die Männer sind zurückgekommen.«

»Schon okay«, sagte Hirsch und half ihr heraus. »Sie sind fort.«

»Ken und die Jungs sind gestern losgezogen und kommen morgen erst zurück, und ich war allein, und …«

Die Worte stolperten und verkanteten sich wie schlecht verlegte Fliesen, aber Hirsch hatte sich sowieso schon einen Großteil der Geschichte zusammengereimt. Die Eindringlinge waren in der Frühe aufgetaucht, sie waren bewaffnet gewesen, und Rosemary Waurn war geflüchtet. Sie kannte die Gegend und konnte sich vor ihnen verstecken, bis sie schließlich die Suche aufgegeben hatten und verschwunden waren. Sie hatte sich weiter so lange wie möglich versteckt und war dann zum Pick-up gerannt, um zu verschwinden.

Hirsch griff in die Mittelkonsole, schnappte sich eine Flasche Wasser und warf sie ihr zu. »Trinken Sie. Lassen Sie sich Zeit.«

Das funktionierte. Sie schluckte, und das Wasser beruhigte ihre Nerven ein wenig. Sie schraubte die Flasche zu und sagte: »Ich glaube, ich habe noch ein Fahrzeug gehört. War das der Mann mit den Airbags?«

»Ja.«

Sie schaute bestürzt zum Haus und zum Hof zurück. »Du meine Güte, ist er …«

»Es geht ihm bestens. Ich bin ihm unterwegs begegnet.«

»Gott sei Dank. Hören Sie, ich muss Ken und den Jungs Bescheid geben.«

»Wo sind sie?«

Sie deutete in Richtung eines blauen Flecks am Horizont. »Auf der anderen Seite der Hügel, dort gibt es eine Außenstation. Wir hatten in letzter Zeit ziemlich viel Myiasis bei den Mutterschafen.«

»Kennen Sie Leon und Josh Ayliffe?«

»Aus den Nachrichten. Sie waren es, da bin ich sicher.«

»Haben sie gerufen? Irgendetwas gesagt?«

»Sie meinten, sie würden mir nichts antun, aber das Risiko wollte ich nicht eingehen.«

»Gut gemacht.«

»Hätten die mich umgebracht?«

»Ich glaube nicht«, antwortete Hirsch bedächtig. »Sie hätten Sie wahrscheinlich gefesselt. Aber sie sind gefährlich. Ich möchte Ihnen nicht über den Weg laufen.«

»Ich bin ins Haus geschlichen. Sie haben das Funkgerät zertrümmert.«

Sie wurde unruhig, eine müde Frau mittleren Alters, gedörrt von all den Jahren Sonne und Wind. »Ich muss wirklich Ken Bescheid geben.«

»Wir nehmen mein Funkgerät«, sagte Hirsch.

Gegen Nachmittag war Rosemary Waurn wieder mit den Männern vereint, Beamte des STAR-Teams hatten die Gegend durchkämmt – sie würden immer ein paar Stunden hinterherhinken, nahm Hirsch an –, und in den Nachrichten wurden die Bewohner des Hinterlands aufgefordert, Ausschau nach den Ayliffes zu halten. Türen und Fahrzeuge zu verschließen. Ungewöhnliches Verhalten zu melden. Wenn nötig, aus der Gefahrenzone zu verschwinden.

Gefahrenzone, dachte Hirsch. So gefährlich waren die Kerle dann doch nicht – zumindest glaubte er das nicht.

Doch eine Art unterdrückter Furcht hatte sich breitgemacht. Nicht überraschend in einer Gegend, in der man stundenlang fahren konnte, ohne eine Siedlung, ein Haus, ein anderes Fahrzeug zu sehen. Hirsch bekam Anrufe von Personen entlang seiner langen Patrouillenstrecke – eine Frau mit einem schizophrenen Sohn; ein älterer Mann mit einer ans Haus gefesselten Gattin; eine alleinstehende Mutter, deren Wagen abgeholt worden war –, die alle beschwichtigt werden wollten.

Hirsch fiel bei seiner Rückfahrt nach Tiverton auf, dass er seit dem Frühstück keine kryptischen Emojis mehr von Clara Ogilvie bekommen hatte. Er hoffte, dass dies gute Nachrichten waren, rechnete aber nicht damit, und tatsächlich pingte in diesem Augenblick sein Handy. Er verkrampfte sich innerlich, hielt an und schaute nach. Eine SMS von Bob Muir: *Schau mal auf dem Rückweg rein.*

Erleichtert kam er nach Tiverton und blieb vor dem gepflegten Haus der Muirs stehen. Ordentliche Beete, frisch gestrichen, eine Werkstatt, Feuerholz unter einem Anbau, so ordentlich aufgestapelt, dass man es am liebsten nicht angerührt hätte.

Muir kam mit einer kleinen verbeulten und geschwärzten Urkundenkassette an die Tür. »Ich war heute mit dem Brandexperten draußen. Das hier hat er gefunden.«

Hirsch nahm die Kassette und rechnete schon halb damit, dass sie noch heiß war. »Wo befand sie sich?«

»In den Resten von Maggies Sessel.« Muir schwieg einen Augenblick. »Ich hab nur mal schnell reingeschaut; ich hoffe, das stört dich nicht. Testament, Geburtsurkunde, Versicherungsunterlagen, Besitzurkunden.«

Mehr sagte Muir nicht. Hirsch bezweifelte, dass sein Freund irgendetwas davon gelesen hatte. Er nickte zum Dank, fuhr zum Polizeirevier und taute sich in der Mikrowelle einen Klotz Bolognesesauce auf, während er Maggie Grootes Testament las. Sie hatte ihre Farm den Fearns vermacht. Das Haus in Penhale sollte verkauft und der Erlös, abzüglich zwanzigtausend Dollar für Amy Groote, an Wohltätigkeitsorganisationen gehen.

Erstens, hatten die Fearns oder die Nichte den Inhalt des Testaments gekannt? Zweitens, würden die Fearns aus Ungeduld töten, oder die Nichte aus Wut?

Hirsch schaute auf die Uhr: achtzehn Uhr. Dann rief er Julia Galvin bei der Rechtsberatung in Redruth an.

»Wenn ich recht verstehe, sind Sie Margaret Grootes Anwältin und Testamentsvollstreckerin?«

Die Stimme klang gebildet, formell, mit einem leichten, altersbedingten Kratzen. »Das bin ich. Und Sie sind die Vertretung von Sergeant Brandl? Wie geht es ihr?«

Hirsch wusste das eigentlich nicht. »Es geht ihr besser.«

»Wie kann ich behilflich sein?«

»Maggie, Mrs Groote, hat ein Testament hinterlassen und …«

»Ihre Freunde nannten sie Maggie. Kannten Sie sie?«

»Ja.«

»Ich auch. Eine gute Freundin.«

Hirsch stockte kurz und sagte: »Ich habe mich gefragt, ob Sie die Vollstreckung des Testaments, oder wie man das nennt, für eine Weile aussetzen können. Vor allem die Kontaktierung der Erben.«

»Also.« Lange Pause. »Ich bin verpflichtet, vorab gewisse Schritte einzuhalten, Constable Hirschhausen. Ich brauche eine Sterbeurkunde, die Beerdigung muss durchgeführt worden sein, ich muss feststellen, ob auf dem Nachlass Steuerschulden und andere Gebühren liegen … dann muss ich angesichts der Tatsache, dass es um zwei Liegenschaften geht, einen Erbschein ausstellen lassen.«

Sie sagt Ja, ging Hirsch auf. »Und die Erben werden damit einverstanden sein?«

»Es wird ihnen nichts anderes übrigbleiben«, meinte die Anwältin. Wieder eine kurze Pause. »Ich gehe doch davon aus, dass Sie mich zu gegebener Zeit darüber informieren, um was es sich hier genau handelt?«

»Das mache ich«, sagte Hirsch.

23

Kurz nachdem Hirsch am Dienstagmorgen in Redruth angekommen war, schickte er Jean Landy und Tim Medlin auf verkürzte Versionen seiner Montags- und Donnerstagspatrouillen; er selbst kümmerte sich um Papierkram, Mails und die Laufkundschaft. Zu Mittag ging er Streife um den Stadtplatz: Polizeipräsenz.

Dann führte er drei Telefonate. Sergeant Brandl lag noch immer übellaunig im Krankenhaus, rechnete aber damit, bald entlassen zu werden. Sophie Flynn hatte Maggie Grootes Kontoauszüge neu ausgedruckt und am vergangenen Freitag per Expresspost geschickt. Und das Leichenschauhaus hatte Arbeit bis über beide Ohren und konnte Maggies Autopsie erst im Laufe der Woche durchführen.

Polizeiarbeit: eine unablässige Folge von Satzzeichen. Meist handelte es sich um Punkte am Ende von Teilergebnissen, zweifelhaften Resultaten und Geschichten mit offenem Ausgang.

Er rechnete daher mit nichts anderem, als Eleanor Quinlan ihn anrief und sagte, dass ihr Mann verschwunden sei.

Eleanor Quinlan führte ihn ins Wohnzimmer. »Ich wollte nicht aufs Revier kommen, weil, na, Sie wissen ja ...«

Ja, Hirsch wusste. Die ersten Gerüchte hatten sich verstärkt, und die Ortsansässigen waren in den sozialen Medien und im Gespräch im Pub, Laden und am Esstisch über Quinlan hergefallen.

»Ich kann nirgendwo hingehen«, fuhr sie fort. »Ich bin seit Samstag bei meiner Schwester gewesen, und so langsam habe ich den Eindruck, ich hätte nicht zurückkommen sollen.«

»Wo wohnt denn Ihre Schwester?«

»In Henley Beach.«

Hirsch nickte. Ein Vorort von Adelaide: Höchst unwahrscheinlich, dass dort jemand wusste, wer die Quinlans waren.

»Und Sie sind vor einer Stunde nach Hause gekommen?«

»Ja.«

Das Haus der Quinlans war ein durchaus ansehnliches, denkmalgeschütztes, steinernes Anwesen mit breiten Veranden und einem Blick über den Ort – Adrian Quinlans Königreich. Eleanor Quinlan, die auf der anderen Seite des Couchtischs im Wohnzimmer saß, hatte diese Aussicht für sich. Hirschs Aussicht umfasste Eleanor und den Raum, der ihm augenfällig bewies, dass man Geschmack nicht mit Geld kaufen konnte. Die größten Augenschmerzen verursachte das Leder – es fühlte sich zwar gut an, doch dieses Bonbonblau schien von innen heraus zu glühen –, zusammen mit dem groben Arrangement aus Regalen, Kommoden und Abstellflächen in einer Ecke des Raums. Dort fanden sich der Fernseher, die Soundanlage und noch mehr Fotos von Quinlan mit irgendwelchen B-Promis …

Hirsch riss sich zusammen. Eleanor Quinlan war verzweifelt und wischte sich mit den Handballen Tränen fort. Hirsch trank einen Schluck parfümierten Tee und sagte: »Vielleicht schaut er sich ein Grundstück an. Oder er hat einen Platten. Einen Motorschaden.«

Sie schüttelte den Kopf, um ihm zu sagen, dass sie das auch schon alles bedacht hätte. Hirsch betrachtete sie. Sie war jünger als ihr Gatte und hatte nichts von seiner Masse; clever und kompetent, nahm er an, was aber wahrscheinlich keine Anerkennung fand.

»Das Ganze ist am Freitag eskaliert«, sagte sie. »Den ganzen Tag riefen Leute an, und ich war wütend darüber, dass wir finanziell ruiniert sind und überall in der Kreide stehen. Wie konnte er nur zulassen, dass die Lage sich so entwickelt hat, ohne mir etwas davon zu sagen? Wir hätten doch sicherlich einen Weg gefunden. Eine Art Budgetplan.«

Hirsch versuchte sie wieder zum Thema zurückzuholen und sagte: »Das war Freitag. Haben Sie ihn am Samstag gesehen?«

Sie nickte. »Am Vormittag. Hier herrschte die reinste Eiszeit. Er schlief im Gästezimmer. Wir haben kein Wort miteinander gesprochen, ich habe gepackt und bin losgefahren.«

»Welchen Eindruck machte er?«

»Erbärmlich. Jämmerlich. Machte sich Sorgen um seine Reputation in der Gemeinde – was er alles an Gutem getan hat, wie alle immer zu ihm aufgeblickt haben. Ich wollte nichts davon hören.«

Ein Festnetztelefon klingelte in einem der anderen Räume, ein hohl klingendes Geräusch, das Eleanor Quinlan einfach ignorierte. »Das könnte er sein«, meinte Hirsch.

»Dann soll er auf Band sprechen.«

Hirsch hörte, wie der Anrufbeantworter ansprang, und wartete. Keine Nachricht.

»Haben Sie eine Ahnung, was er am Samstag vorhatte?«

»Nein. Golfspielen gehen? Ein paar Rentner um ihr Geld bringen? Jedenfalls nicht herausfinden, wie er unsere Finanzen retten könnte, das kann ich mir jedenfalls nicht denken. Er wirkte wie gelähmt.«

»Darf ich fragen, ob Ihr persönlicher Besitz im Geschäft steckt? Oder der von Freunden und Verwandten?«

»Was glauben Sie denn? Ich habe keine Ahnung, wie wir überleben sollen. Wie wir einfach weiter in dieser Stadt leben können. Wie wir überhaupt gemeinsam weiterleben können, um ehrlich zu sein.«

»Warum sind Sie heute zurückgekommen?«

»Meine Schwester ging mir auf die Nerven. Sie ist zufällig eine, die *nicht* investiert hat. Die Selbstgefälligkeit war … schwer zu ertragen.«

Hirsch stellte die Tasse ab. Er machte es sich bequem, und das Leder hieß ihn mit einer Reihe von kleinen, knarzenden Fürzen willkommen. Ihre Mundwinkel zuckten. »Lässt sich nicht verhindern.«

Hirsch grinste zurück. »Haben Sie Ihren Mann seit Samstag angerufen oder er Sie?«

Sie nickte. »Ich habe beschlossen, die Erwachsene zu sein. Ich habe es auf seinem Handy und auf dem Festnetz probiert. Voicemail.«

»Und im Büro?«

»Niemand hat ihn gesehen – was allerdings nicht ungewöhnlich ist. Er ist häufig unterwegs, schaut sich Tiere an, geht auf Auktionen, beschafft Nachschub. Aber wenn er unterwegs ist, ruft er an.«

»Folgendes muss ich leider fragen: Könnte er eine Affäre haben?«

»Eine ›Affäre‹. Er hopst durch die Betten, meinen Sie?« Sie schnaubte. »Sie haben ihn doch gesehen.«

Das sagte sie in einem Ton hilfloser, wütender Enttäuschung; in Hintergrund schwang noch immer etwas Liebe mit. Ihr Mann hatte sie in jeder Hinsicht enttäuscht. Er hatte betrogen, gelogen und verheimlicht; er war zu ambitioniert gewesen. Und er hatte sich gehen lassen: Bluthochdruck und Übergewicht von all dem schlechten Leben.

»Ich musste das fragen. Ich weiß, Sie haben ihn seit Samstag nicht gesehen, aber wissen Sie, ob ihn jemand anderer gesehen hat? Haben Sie herumtelefoniert, Angestellte, Freunde …?«

Sie schüttelte den Kopf, blinzelte und steckte sich eine Strähne hinter das rechte Ohr. »Die Sache ist die, als ich nach Hause kam, war einer unserer Koffer verschwunden und ein paar von seinen Sachen und sein Rasierer und so etwas. Aber seine Herztabletten sind noch hier. Und sein Handy steckt am Ladegerät neben dem Toaster. Er würde nie ohne die beiden Sachen aus dem Haus gehen.«

Hirsch wollte schon etwas sagen, doch sie kam ihm zuvor. »Also dachte ich, vielleicht hat er sich in irgendeinem Kuhkaff in ein Motel gesetzt und säuft sich zu Tode. Irgend so etwas.«

Oder, nahm Hirsch an, wir finden seine Sachen fein säuberlich zusammengelegt am Strand oder einem Rückhaltebecken, weil er irgendwo ein paar Millionen vergraben hat, zusammen mit einem neuen Handy und einem Vorrat an Herztabletten.

Er würde eine Suchmeldung nach Quinlans Range Rover herausgeben und den Aufenthaltsort jedes Fahrzeugs kontrollieren, das zu Quinlan Stock and Station gehörte. Er gab das vage Versprechen ab, sich sofort darum zu kümmern, und ging.

Die folgenden zehn Minuten lief er die Nachbarstraßen auf und ab und fragte sich, ob er wohl auf den Mitsubishi Pick-up aus Belalie Waters stoßen würde.

Auf dem Heimweg nach Dienstende kam Hirsch in Penhale vorbei und spürte, wie Maggie Grootes Haus ihn regelrecht anzog wie ein schwarzes Loch. Er schluckte, gab sich einen Ruck und konzentrierte sich auf andere Dinge.

Erst nördlich der Ortschaft erinnerte er sich an die neu ausgestellten Kontoauszüge. Er bremste, wendete und schaute eine Minute später in ihren Briefkasten. Nichts, bis auf einen nassen Flyer für das Musikfestival.

Dann fiel Hirsch ein, dass in Penhale keine Post mehr zugestellt wurde. Die nächste Filiale der Australia Post war eine brusthohe Theke, ein Drahtgestell voller Umschläge und eine Wand voller Schließfächer in einer Ecke des Gemischtwarenladens in Tiverton. Hirsch gab Gas. Es war 17.05 Uhr. Ed Tennant schloss im Winter um 17.30 Uhr.

Um 17.15 Uhr meinte Ed, dass es ihm nicht sonderlich behage, Hirsch Maggies Post auszuhändigen.

»Ich werde sie nicht öffnen – zumindest nicht zu diesem Zeitpunkt«, sagte Hirsch. »Ich werde mir einen richterlichen Beschluss dafür besorgen, falls das nötig wird.«

Ed Tennant, der Geschäftsinhaber, war ein überaus korrekter, aber mürrischer Mensch. Er war Hirsch gegenüber nach und nach aufgetaut, aber bis die beiden warm miteinander würden, mussten noch weitere Jahre vergehen. Verwirrt fragte er: »Sie möchten sich die Post nur anschauen?«

»Ja.«

»Irgendetwas Besonderes?«

»Das werde ich wissen, wenn ich es sehe, Ed.«

Als Agenturbetreiber sortierte Tennant die Post aus dem Postsack und verteilte sie auf die Postfächer in der Wand hinter der Theke, die auch von außen im Schutz der Ladenveranda geöffnet werden konnten. South Australia Police hatte das Postfach 19; der Schlüssel dazu baumelte an Hirschs dickem Schlüsselbund. Tennant schaute an den Reihen der Fächer entlang, und Hirsch hörte, wie sich draußen jemand seine Post holte. Ein Schlüssel wurde gedreht, Papier raschelte, eine kleine Klappe wurde wieder geschlossen. Neugierig trat Hirsch ans große Schaufenster und schaute an der Veranda entlang. Dort stand Nan Washburn und ging ein halbes Dutzend Umschläge durch.

Hirsch drehte sich zu Ed um, der Ladenbesitzer sagte: »Da hätten wir es«, und breitete Supermarktbroschüren und Spendenbriefe auf der Theke aus. Keine Geschäftspost.

»Wissen Sie, ob Amy Groote jemals Maggies Post abholt?«

»Die Nichte? Die hab ich, glaub ich, noch nie gesehen.«

»Tun Sie mir einen Gefallen, Ed? Heben Sie Mrs Grootes Post an einem sicheren Ort auf, bis wir wissen, wer der Nachlassverwalter ist? Ich möchte sie gern jeden Tag durchgehen.«

Ed Tennant sah Hirsch neugierig an. Dann hellte sich seine Miene auf, so als sei irgendein Verdacht bestätigt worden. »Das mache ich.«

Hirsch ging zurück zum Polizeirevier, ein Wagen verließ den Schulparkplatz und hielt am Straßenrand. Vikki Bastian kurbelte das Seitenfenster herunter. »Na, kalt genug?«

Hirsch bekam das jeden Tag zu hören. »Haben Sie jetzt die Schulleitung inne?«

Sie wirkte geplagt. »Bis sie einen Ersatz finden. Je schneller, desto besser, was mich betrifft.«

»Haben Sie Hilfe?«

»Eine Aushilfslehrerin.« Sie winkte. »Ich muss los, ich habe einen Haufen zu tun. Danke für alles.« Und schon war sie weg.

24

Mittwoch. Hirsch kaufte in Redruth im Feinkost neben der Apotheke ein paar Plunderteilchen für das morgendliche Briefing, dann ging er zur Mid-North Community Bank und bat darum, den Manager zu sprechen.

Er wartete – zwanzig für immer verlorene Minuten lang –, während ihn Sophie Flynn und die anderen Angestellten neugierig beobachteten und die Bankkunden ihn argwöhnisch beäugten. Nach einer Weile wurde er nervös und zog sein Handy aus der Tasche. Wann würde Clara Ogilvie wieder anfangen, ihn mit ihren Emojis zu attackieren? Der Bildschirm war leer. Hirsch war zum Sklaven dieses blöden Dings geworden, er zog es aus der Tasche, schaute drauf, steckte es wieder ein – fast so, als wolle er es herausfordern.

Also gut, dachte er, durchbrechen wir den Teufelskreis. Er nahm das Handy wieder heraus und rief Eleanor Quinlan an.

»Haben Sie Neues von Adrian gehört?«

»Keinen Muckser«, antwortete sie. »Ich hatte gehofft, dass Sie etwas wüssten.«

»Sein Auto ist noch nicht aufgetaucht«, sagte Hirsch. Dann fuhr er mit leiserer Stimme fort. »Keine Einlieferung ins Krankenhaus, keine – verzeihen Sie – verdächtigen Todesfälle.«

Er spürte, wie sie schlucken musste. »Ich weiß schon, dass Sie solche Dinge nachprüfen müssen.«

»Ich habe ihn offiziell als vermisst gemeldet.«

Eleanor Quinlans Stimme stockte, dann platzte es aus ihr heraus: »Tut mir leid, es ist nur ...«

Freundlich meinte Hirsch: »Ich komme später vorbei, wenn das in Ordnung ist.«

»Bitte.«

Hirsch legte auf, da ging die Tür mit der Aufschrift *Direktor* auf, und Malcolm Cater schaute sich in dem ganzen schmalen Raum um, als würde Hirsch sich in einem Gedränge an Kunden verstecken. »Paul Hirschhausen? Constable Hirschhausen?«

Hirsch stand auf. »Mr Cater.«

Cater blinzelte. »Kommen Sie, bitte.«

Sie betraten ein sauberes, langweiliges Büro, in dem niemals mit Geld hantiert, sondern nur darüber nachgedacht wurde. Cater wies Hirsch an, sich zu setzen, schloss die Tür und setzte sich in einen Bürodrehstuhl hinter einem einfachen Schreibtisch. Er sah Hirsch für einen Augenblick an, als würde er den Inhalt seiner Brieftasche abschätzen. »Was kann ich für Sie tun? Möchten Sie vielleicht bei uns ein Konto eröffnen?«

Er hat bereits nachgeschaut, dachte Hirsch. Oder er gehört zu denen, die sich die Namen aller Kunden merken können. »Tut mir leid, nein.«

»Sie sind ja sicherlich bei der Genossenschaftsbank der Polizei. Aber falls Sie jemals eine Bank suchen, die vor Ort ist, praxis- und kundenorientiert, dann denken Sie doch bitte an uns.«

»Das mache ich«, versprach Hirsch.

»Gut zu wissen«, sagte Cater. Jetzt richtete er eine Art ehrwürdiger, väterlicher Aufmerksamkeit auf Hirsch. »Soll ich das also so verstehen, dass Sie in polizeilichen Dingen hier sind, Constable Hirschhausen?«

Statt Bankdirektor, fand Hirsch, könnte Cater einen guten Beerdigungsunternehmer abgeben. Oder einen Bischof. Richter am Obersten Gerichtshof? Zurückhaltend, ruhig, ordentlich und voller eiserner Überzeugungen. Schlank, Mitte fünfzig, graue Strähnen an den Schläfen seines zurückweichenden schwarzen Haars.

»Eine Kundin der Bank, Margaret Groote, ist am Sonntag bei einem Hausbrand ums Leben gekommen.«

Stille, dann bildeten sich kleine missbilligende Grübchen um

Caters Mundwinkel. »Tragisch, ja. Ist das eine Polizeiangelegenheit? Was hat die Bank damit zu tun?«

»Vor ihrem Tod war sie der Ansicht, dass eines ihrer Konten leer geräumt worden war. Ich möchte Sie um Erlaubnis bitten, die Bewegungen auf ihren Konten in den letzten sechs Monaten einzusehen. Möglicherweise liegt hier ein Verbrechen vor.«

Cater holte Luft und streckte sich, leicht erzürnt ob der Unschicklichkeit dieses Anliegens. »Nicht außerhalb der dafür vorgesehenen Kanäle, Constable Hirschhausen. Das werden Sie sicherlich verstehen.«

»Das verstehe ich«, sagte Hirsch freundlich und verständnisvoll. »Allerdings wäre es … bedauerlich, wenn eine skrupellose Person Mrs Grootes Ersparnisse abheben würde, bevor die Erbschaftsangelegenheiten geklärt sind.«

Cater legte seine schmalen, unbehaarten Handgelenke auf die Schreibtischunterlage. Mit honigsüßer Bitterkeit erklärte er: »Ich schätze diese Art von psychologischer Taktiererei ganz und gar nicht, Constable. Vor allem nicht von der Polizei.« Er lehnte sich zurück. »Wenn Sie mich entschuldigen würden, ich muss mich um andere Dinge kümmern. Doch sobald Sie mir die erforderlichen schriftlichen Unterlagen vorlegen können, bin ich nur zu gern bereit, Ihnen bei Ihren Ermittlungen behilflich zu sein.«

Das Leben war doch voller umwerfender Erlebnisse. Hirsch ging zum Ausgang, blieb aber, einer plötzlichen Eingebung folgend, an Sophie Flynns Schalter stehen. Der anderen Kassiererin zuliebe verkündete er, er sei daran interessiert, ein Konto zu eröffnen.

»Ich hole Ihnen die nötigen Formulare«, sagte Sophie.

Als die andere Kassiererin mit einem Kunden beschäftigt war, murmelte Hirsch: »Sophie, wissen Sie zufällig, an welche Adresse Sie Mrs Grootes Kontoauszüge geschickt haben?«

Sie schaute verwirrt und kramte in ihrem Gedächtnis. »Tut mir leid, nein.«

»Könnten Sie bitte nachschauen, wenn Sie die Zeit dazu haben, und mir eine Textnachricht schicken? Das muss Mr Cater nicht weiter beschäftigen.«

Sie wurde ganz still. Sie schaute zu Caters Büro hinüber. »Okay«, flüsterte sie.

Hirsch kehrte aufs Revier zurück und vertiefte sich in Berichte und Mails. Um elf Uhr fuhr er zu dem Haus auf dem Hügel über dem Ort und bekam viel Geplapper und eine weitere Tasse Tee, diesmal am Küchentisch. Die Küche schien die gegensätzlichen Ansprüche von Eleanor Quinlan und ihrem Mann widerzuspiegeln. Hirsch vermutete, dass sie gern einfach herumwirtschaftete und kochte, doch Adrian mochte es, sie mit kostspieligen Gerätschaften zu bewerfen. Hirsch nahm Platz, Eleanor Quinlan setzte Teewasser auf. Als Hirsch bemerkte, dass er von einem Bildschirm in einer der gebürsteten Edelstahltüren des Kühlschranks beobachtet wurde, der so groß wie sein Privatauto war, setzte er sich schnell um. Nun allerdings schaute er auf einen Messerblock, und jede einzelne glatte Klinge schien bereit, aus dem Block zu schnellen und auf ihn zuzufliegen.

Eleanor stellte einen dampfenden Becher und eine Untertasse für den Teebeutel vor Hirsch ab. »Kräutertee«, erklärte sie. »Weißdorn. Der soll einem Energie verleihen. Die habe ich weiß Gott bitter nötig.«

Hirsch zuckte zusammen, wappnete sich und probierte einen Schluck. Gar nicht mal so schlecht: leicht süßlich, leicht säuerlich. »Hm. Ich könnte auch einen Energieschub brauchen.«

Eleanor schenkte ihm ein Lächeln, das dann etwas anderem wich. Einer verzagten Erinnerung? An ihren Mann, ihr Leben mit ihm? Etwas in der Vergangenheit zumindest.

»Ich habe nur ein paar Fragen, wenn ich darf«, sagte Hirsch. »Soweit ich weiß, hat Ihr Mann vor einer Weile Wohneinheiten in Queensland bauen lassen. Könnte er dorthin verschwunden sein?«

Wieder ein Lächeln, aber weniger vage, eher unglücklich und leicht verletzt. »Das erste Mal, als ich davon gehört habe, war letzten Freitag, als das Telefon heiß lief. ›Wo ist mein Geld?‹, ›Geben Sie mir mein Geld zurück.‹«

Bei Hirsch verfestigte sich immer mehr der Eindruck, dass er das Betrugsdezernat einschalten müsste. »Kannten Sie die Anrufer?«, fragte er.

»Ein paar schon. Der blöde Adrian ließ mich ans Telefon gehen, bis ich das gespannt hatte, dann ließen wir einfach den Anrufbeantworter laufen.«

»Drohungen?«

»Ich weiß nicht, was Adrian zu hören bekam, aber ich habe ein paar böse Bemerkungen abbekommen.«

»Wie zum Beispiel?«

»Ach, ›wir sehen uns vor Gericht, du Schlampe‹.«

Dann sah sie weg. Hirsch setzte nach: »Und was noch?«

»Eine Person, ein Mann, keine Ahnung wer, meinte, Witwe zu sein sei nicht besonders lustig.« Sie sah sich um. »Ich hätte nicht zurückkommen sollen. Ich bin vorhin die Straße runter – jetzt weiß ich, was es heißt, ›jemandem die kalte Schulter zeigen‹.«

Hirsch konnte es sich vorstellen: Eine elegante Frau, die von allem keine Ahnung hat, und der gehässige Ton, der sie verfolgt, während sie vom Zeitungsladen zum Gemüsegeschäft und in den Supermarkt geht. »Könnten Sie denn zu jemand anderem als Ihrer Schwester?«

Sie sah sich um. Ein verzweifeltes Kichern, ihre Augen wurden feucht: »Meine Tochter und ihr Mann, nehme ich an … aber die stecken finanziell auch in der Klemme. Lisa rief mich gestern an – ›Ma, wie konntest du so etwas zulassen?‹ – und all das. Ich wusste nicht, was ich ihr darauf erwidern sollte.«

Hirsch berührte kurz Eleanors Handrücken. »Ich muss Sie warnen, dass möglicherweise Beamte des Betrugsdezernats eingeschaltet werden könnten. Sie werden Zugang zu den Unterlagen fordern, hier und im Büro. Sie könnten in Versuchung geraten, gewisse Sachen zu schreddern oder wegzuwerfen, aber dann werden die nur noch tiefer graben wollen.«

Erleichtert beobachtete er, wie sich ein harter kleiner Kern Selbstbewusstsein in Eleanor Quinlan bildete. »In Ordnung. Das Recht soll seinen Lauf nehmen«, sagte sie. Dann tippte sie sich ans Brustbein: »Ich habe keinen Grund, mich für irgendetwas zu schämen, selbst wenn ich alles verliere und am Ende im Zelt leben muss.«

Hirschs Handy vibrierte. Er überging das. Eleanor Quinlan nicht. Aufrecht sitzend und neugierig sagte sie: »Schon gut, gehen Sie ruhig dran.«

Hirsch rechnete schon mit einem rätselhaften Emoji und sah mürrisch auf den Bildschirm. Sophie Flynn hatte ihm eine Adresse geschickt. Maggie Grootes Kontoauszüge waren an die Rhynie Road 14 in Redruth geschickt worden.

Gleich drüben bei der Highschool.

Hatte Maggie Groote ihr Geld schlau angelegt, hatte sie Besitz im ganzen mittleren Norden? Aber warum in der Rhynie Road? Sie war kaum hundert Meter lang und bestand meist aus überwucherten Vorhöfen heruntergekommener Blech- oder Steinhütten, die weit von der mit Schlaglöchern übersäten Straße zurückgesetzt standen. Haus Nummer 14 beherbergte mal einen winzigen Eckladen, der nun zugenagelt war. Kaum mehr lesbare Schilder für Bushells Tea und Rosella Sauce hingen noch an den Wänden; das Gebäude selbst war so verblichen und abweisend, dass Hirsch beinah vorbeigefahren wäre. Er hielt an, ging darauf zu und fragte sich, ob hier nicht ein Irrtum vorlag. Dann sah er den Briefschlitz und das neue Schloss in dem hohen hölzernen Seitentor.

Hirsch rüttelte prüfend an dem Tor, zog sich am Zaun hoch, schaute hinüber und ließ sich wieder zu Boden fallen. Der Briefschlitz gehörte zu einem Blechbriefkasten auf der anderen Seite.

»Da war schon seit Ewigkeiten niemand mehr«, meinte die Nachbarin, sechzig, mit abgekauten Fingernägeln, die offenbar Polizisten nicht in die Augen sehen konnte. »Keine Ahnung, wem das gehört«, fügte sie hinzu.

»Haben Sie gesehen, wer die Post abholt?«

»Keine Ahnung. Ich kümmere mich um meinen Kram.«

Eine ähnlich lautende Geschichte um die Ecke in der Blair Athol Street. Diesmal ein älterer Mann, der die Tür einen Spalt weit öffnete, nach links und rechts die Straße entlangschaute und sich wieder zurückzog: »In den Achtzigern war da eine Familie Cousins, die den Laden hatte. Ist pleitegegangen, als der Supermarkt aufmachte.«

Erschöpft zog er sich noch weiter zurück und wollte schon die Tür schließen. Hirsch schob seinen Fuß dazwischen und fühlte sich gemein. »Haben Sie jemanden gesehen, der dort die Post abholt?«

»Post? Sind Sie sicher?«

Also fuhr Hirsch zurück zur Hauptstraße und hielt hinter einem eleganten alten Steingebäude, dem Bezirksamt. Sein Handy meldete eine Textnachricht, bevor er es ausschalten konnte. Clara Ogilvie brach ihr Schweigen: *Bräuchte einen Gefallen. So gegen 16 Uhr?* Dazu ein Smiley, der ihm einen Kuss zuwarf.

Hirsch war ganz versteinert. Er saß da, dankbar dafür, dass die Wolken aufbrachen und die Wintersonne durch die Windschutzscheibe fiel. Er hatte mehrmals nach Stalking gegoogelt, wollte wissen, worum es sich dabei handelte, wie es dazu kam und was man dagegen unternehmen konnte. Normalerweise stieß er dabei auf Informationen, die umfangreich, aber auch sehr vage waren. Zum Beispiel konnte er nicht herausarbeiten, zu welchem Typ Stalkerin Clara gehörte. Die abgewiesene Liebhaberin passte nicht, sie hatten ja nie etwas miteinander gehabt. Oder doch, aber nur in ihren Augen? Verfolgte sie eine Beziehung, die sie für existent hielt (nur weil sie mal eine Bemerkung über seine blöde Singstimme hatte fallen lassen)? Suchte sie nach größerer Nähe? Wenn, dann war das eine merkwürdig ambivalente Annäherung: An einem Tag Anzeichen von Erotomanie, am nächsten Bedürfnis nach einer höheren Art von Liebe. Und manchmal schien sie nachtragend, so als habe er sie in irgendeiner Weise enttäuscht. Sie fühlte sich zu wenig beachtet, so viel stand schon mal fest. Und Google zufolge waren manche Stalker nicht in der Lage, gewisse gesellschaftliche Hinweise zu erkennen, oder so narzisstisch, dass sie nicht wahrnehmen konnten, ein Problem zu haben. Erklärte das Clara? Narzisstisch, ja. Sozial inkompetent? Nicht, was Hirsch mitbekommen hatte. Sie wirkte im gesellschaftlichen Umgang recht entspannt, liebenswürdig und zugänglich.

Rücksichtslos? Das auf jeden Fall.

Vielleicht war sie von allem etwas, und das machte sie so erschreckend. Er schrieb zurück: *Sorry Clara, sehr eingespannt heute.*

Und dann zuckte er zusammen. Er hätte überhaupt nicht reagieren sollen – sie würde das als Bestätigung dafür nehmen, dass es tatsächlich eine Beziehung zwischen ihnen gab. Er hätte auch nicht ihren Namen benutzen dürfen – viel zu intim. Und er hätte nicht sagen dürfen, dass er beschäftigt sei: Sie liebte Herausforderungen.

Und sie antwortete: *Nur ein kleiner Gefallen, mehr nicht.*

Hirsch stieg aus, schloss ab und machte sich betäubt auf die Suche nach dem Bezirksbeamten.

»Und wie geht es Sergeant Brandl?«

Dean Hoppers Büro befand sich in einer Ecke eines Raums voller Aktenschränke, Wandkarten und Dokumententischen, auf denen unter altmodischen Schreibtischlampen Vermessungskarten und Planungsanträge lagen. Er war allein. Am Vormittag, so erzählte Hopper, sei eine aufgeregte Landbesitzerin hereingestürmt, die der Überzeugung gewesen sei, der Zaun des Nachbarn würde ihr zehn Zentimeter von der Grundstücksgrenze stibitzen, aber das sei auch schon der Aufreger des Tages gewesen. Oder des Monats, genauer gesagt.

Und jetzt auch noch ein Polizist, der in polizeilichen Ermittlungen unterwegs war. »Sie haben mir den Tag versüßt.«

Mit seinen Stummelfingern klapperte er auf einer Tastatur herum und schaute auf den Bildschirm, als er Hirsch nach dessen

Boss fragte. Ein Finger tippte, dann bewegte er die Maus ein winziges Stück, scrollte und tippte wieder.

»Sie hofft, bald wieder in die Arbeit zu kommen«, antwortete Hirsch. »Aber sie wird einen Rollstuhl oder Krücken brauchen.«

»Gut, gut«, meinte Hopper geistesabwesend. Ende sechzig, klein, dünn, Hemd und Schlips. Das Jackett hing an einem Haken hinter dem Schreibtisch, und sein Haupthaar entwickelte eine Mönchstonsur.

»Da hätten wir es.« Er drehte den Monitor zu Hirsch hin um. »Besitzer ist Phoenix Holdings, unter derselben Anschrift.«

Versuchte jemand, witzig zu sein?, fragte sich Hirsch. Eine Firma, auferstanden aus der Asche ihrer Vorgängerin, die dichtmachen und wiederauferstehen würde?

»Steht dort, wer die Direktoren sind?«

»Da müssen Sie bei ASIC nachfragen, der Finanzaufsicht. Dort gibt es ein Verzeichnis der Geschäftsnamen.«

Hirsch war niedergeschlagen. »Und was ist mit der Auflistung von Grundbesitz im Besitz von Einzelpersonen? Haben Sie zu solchen Informationen Zugang?«

»Natürlich. Das geht aus den für alle einsehbaren Grundbüchern hervor. Wer?«

»Margaret Groote.«

»Maggie? Die Ärmste.«

»Kannten Sie sie?«

»Nicht sonderlich gut. Sie war ein paarmal hier, letztes Jahr und Anfang dieses Jahres, als sie das Haus in Penhale gekauft hat und um ihre Farmgrenzen festzustellen, Grunddienstbarkeiten und all das.«

»Allein?«

»Beim ersten Mal schon, beim zweiten Mal mit den Nachbarn.«

Hopper klapperte weiter auf der Tastatur herum, während er sprach. Wieder hielt er inne, ließ die Finger über den Tasten schweben, scrollte, tippte. »Da haben wir es. Ihr gehören die zwei erwähnten Immobilien: die Farm und das Haus in Penhale.«

»Das ist alles? Nichts hier in Redruth?«

Hopper sah Hirsch an und dachte sichtlich nach. »Nichts hier in Redruth ...«

So nehmen Gerüchte auf dem Land ihren Anfang, dachte Hirsch.

Es war halb vier, und Hirsch überlegte, nach Hause zu fahren. Er wollte sich von Clara Ogilvie fernhalten, bis sie endlich aufgab.

Wie feige.

Außerdem meinte Google, dass sie Verzögerungen oder Ausflüchte als eine Art Vorspiel betrachten würde. Oder aber sie würde beleidigt sein und ihn bestrafen – auf liebevolle Weise, nur zu seinem Besten.

Man kann einem Stalker keinen Schritt voraus sein, so der unausgesprochene Gedanke des Artikels, auf den Hirsch gestoßen war.

Er betrat das Revier um 15.58 Uhr, Clara tauchte um 16.01 Uhr auf. Gerade genug Zeit für Hirsch, um sich in Sergeant Brandls Büro hinter den Schreibtisch zu setzen, Stift und Block zurechtzulegen, das Handy auf Aufnahme zu stellen und ein paar seiner Mails zu lesen. Dann klopfte es an der Tür, sie kam hereingehuscht, strahlte ihn an und wirkte wie elektrisiert.

»Paul!«

Hinter ihr stand Mr Pickett, der Hilfsbeamte, der am Empfangstresen saß, und sagte: »Tut mir leid, sie ist einfach ...«

Clara drehte sich warmherzig und überschwänglich zu Pickett um und berührte ihn am Arm. »Schon okay, Paul und ich sind alte Freunde.«

Hirsch nickte Pickett beruhigend zu. Clara schaute Pickett hinterher, dann gab sie der Tür einen Schubs, damit sie sich schloss, und setzte sich auf einen Stuhl an der Seite des Schreibtischs, nahe zu Hirsch. Er stand auf, ging um sie herum, öffnete die Tür wieder, kehrte zurück und setzte sich. Clara Ogilvie achtete mit zitternder Aufmerksamkeit auf alles, was er tat.

»Tut mir leid, ich dachte, da ich etwas mit Ihnen zu besprechen habe, wäre es besser, wenn ...«

Hirsch lächelte sie ausdruckslos an und sagte: »Ich verstehe, aber ich bin im Dienst, und die Menschen müssen jederzeit möglichst schnellen Zugang zu mir haben. Also, wie kann ich Ihnen helfen?«

»Ich hatte eine glänzende Idee«, sagte Clara, und ihr strahlender Blick erhellte den Raum.

Vielleicht war sie verrückt, dachte Hirsch, aber sie wirkte zugleich auch sehr naiv. Sie würde einen Vorschlag machen, den er unter keinen Umständen annehmen konnte, den sie aber für völlig vernünftig hielt.

Er betrachtete sie eingehender. Was immer sie auch für ein Spiel spielte, um Verführung ging es dabei nicht. Sie war schlicht gekleidet, Hose und Jackett über einem weißen T-Shirt, und ihre Körpersprache wirkte, trotz ihres Wunsches, in seiner Nähe zu sitzen, keineswegs sexy, sondern deutete eher eine Art von Schulhofnähe an. Diese Frau hat nicht die Reifen an sieben Fahrzeugen aufgeschlitzt, dachte er, und auch nicht in Auftrag gegeben.

»Um welche Idee handelt es sich?«, fragte er.

Sie lächelte strahlend. »Sie kommen mal in den Unterricht und reden mit meinen Schülern.«

Nicht allzu ausgefallen, fand Hirsch.

»Am liebsten einmal die Woche für die nächsten drei, vier Wochen. Sie haben Erfahrungen als Detective und Streifenpolizist. Alles, was Sie den Kindern erzählen können, wäre wertvoll, vor allem für diejenigen Zwölftklässler, die an eine Karriere bei der Polizei denken. Was halten Sie davon? Wir richten uns natürlich ganz nach Ihrem Zeitplan.«

Nicht allzu ausgefallen, sogar lohnenswert, aber vor allem wollte sie ihn einfangen. Hirsch sagte: »Clara, bitte nicht.«

Sie blinzelte, brauchte einen Augenblick. Ihre Augenlider flatterten. »Bitte?«

»Erstens, ich fürchte, ich bin nicht in der Lage, zu Ihren Schülern zu sprechen. Ich besetze so lange, wie Sergeant Brandl nicht dienstfähig ist, zwei Polizeireviere und kriege vor lauter Arbeit kein Bein mehr auf den Boden. Ich könnte eventuell Tim oder Jean für einen Schulbesuch freistellen, ich jedenfalls nicht, ich habe hier die Verantwortung, und es gibt einfach zu viel zu tun.«

Sie zeigte keinerlei Regung.

»Außerdem müssen Sie aufhören, mir Textnachrichten zu schreiben, Clara. Ich habe zu arbeiten, und das lenkt mich nur ab.«

Sie antwortete rundheraus: »Sie kriegen doch sicher die ganze Zeit über Textnachrichten. Freunde, Familie, Kollegen, Ihre Freundin …«

Ihre Freundin … mit diesem gewissen Ton in der Stimme. Hirsch sagte: »Aber nicht jeden Tag, und nicht alle paar Minuten. Sie haben mir neulich innerhalb von einer Stunde über zwanzig Textnachrichten und Smileys geschickt. Ich war in einem Meeting! Und habe versucht, meine polizeilichen Arbeiten zu erledigen.«

»Zwanzig? Das ist doch absurd. Ich glaube …«

»Clara, was Sie da tun, könnte als Stalking ausgelegt werden. Dagegen gibt es Gesetze. Und hohe Strafen.«

Sie reckte die Nase in seine Richtung. »Ich finde das völlig lächerlich, ein, zwei freundliche Textnachrichten gleich als Stalking zu bezeichnen. Das nehme ich Ihnen übel. Finden Sie nicht, dass Sie ein wenig überreagieren?«

Herr im Himmel, dachte Hirsch, als er einen hässlichen Ausdruck auf ihrem Gesicht aufblitzen sah, das entwickelt sich zu dem reinsten Slasher-Film.

»Clara, Sie wissen, dass ich mit Wendy ein Verhältnis habe. Wir lieben uns.« Keine Ahnung, woher das gekommen war. Aber so war es nun mal. Er fuhr fort: »Wendy ist doch Ihre Freundin, oder nicht?«

Das war ein Fehler, wie er erkannte, kaum, dass er es ausgesprochen hatte. Jetzt würde sie Wendy ins Visier nehmen.

Claras Gesicht wurde schlaff. Ihre Stimme klang leise und lehrerinnenhaft: »Habe ich mich jemals, zu irgendeinem Zeitpunkt, in Ihre Beziehung eingemischt oder auch nur angedeutet, irgendetwas hinter Wendys Rücken zu tun? Nein. Ich *dachte,* Sie und ich hätten eine Freundschaft oder könnten eine aufbauen. Ich hätte gedacht, das wäre unter den gegebenen Umständen keine große Sache.«

Dabei stand sie auf, sammelte sich, sammelte ihre Sachen zusammen. Sie brachte einen Rest von Würde auf und warf ihm im Umdrehen ein entschlossenes, unglückliches Lächeln zu. »Sie enttäuschen mich, Paul.«

Die Geschichte meines Lebens, fand Hirsch. All die Menschen, die er enttäuscht hatte …

Als sie verschwunden war, ging er mit rasendem Puls ein paar Mails durch. Dann klingelte das Telefon, und Hirsch hoffte, jemand würde ihn aus den wabernden Nebelschwaden und Phantasmen seiner Gedanken befreien.

Der Sergeant aus Riverton, eine Stunde südlich von Redruth, war in der Leitung. Irgendetwas über eine schlecht gesicherte Ladung aus Dachblechen und einem beinahe tödlichen Unfall. »Der Fahrer sagt, Sie hätten ihm das Okay gegeben. Versucht er es mit einer Ausrede oder was? Wir haben ein Kind mit einem aufgeschlitzten Bein im Krankenhaus.«

25

Das Bild von dem Anhänger und dem alten Schurken an der Zapfsäule tauchte vor Hirschs geistigem Auge auf wie ein Grabstein aus der Vergangenheit. All seine Fehlschritte und falschen Entscheidungen bedrängten ihn. Er verlor langsam die Nerven, vergeudete zu viel Zeit mit Clara Ogilvie und kümmerte sich zu wenig um seine Arbeit. Welche Fehler würden jetzt noch ans Licht kommen? Welche anderen Lunten hatte er unwissentlich angezündet?

»Ich habe dem Kerl geraten, vorsichtig zu fahren«, sagte er zaghaft und defensiv. War das gelogen? Hatte er das gesagt? Er konnte sich nicht mehr erinnern. Und er wollte nicht lügen. Eine Mitschuld einräumen wollte er aber auch nicht; er war ja nicht mit einer schlecht gesicherten Ladung gefahren. *Du Schlappschwanz, Haus.*

»Tja, den Rat hat er wohl überhört«, sagte der Sergeant. »Seiner Akte zufolge hat er sich eh nicht mit Ruhm bekleckert. Haufenweise Alkohol am Steuer, Fahren ohne Führerschein, Hehlerei und so weiter, und so fort.«

Dann eine kleine Spitze des Sergeants gegen Hirsch. »Ist ja auch egal, was Sie ihm gesagt haben: Das war seine Fracht, und er war der Fahrer. Wir kriegen ihn wegen allem Möglichen dran. Danke für Ihre Zeit.«

Hirsch wollte noch nach dem Kind mit dem verletzten Bein fragen, doch der Sergeant hatte bereits aufgelegt. Am liebsten hätte er alles mit einer ausholenden Handbewegung vom Tisch gefegt, doch dann fand er das doch zu melodramatisch. Außerdem gab es niemanden, der den ganzen Mist wieder aufheben würde.

Auf dem Heimweg schaute er in der Bitter Wash Road vorbei. Wendy und Katie freuten sich, ihn zu sehen. Sie lächelten und quatschten mit ihm, schauten ihm in die Augen und berührten ihn an Händen und Oberarmen, wenn sie etwas betonen wollten. Er war dem nicht gewachsen, das hatte er nicht verdient. Es gab durchaus Gelegenheiten, Wendy alles zu sagen, doch er zögerte, und sie vergingen wieder. Dann verabschiedete er sich; Kummer und Verwirrung stauten sich weiter in ihm auf.

Einen Teil des Donnerstagvormittags verbrachte er mit Angelegenheiten in Tiverton, dann fuhr er nach Süden und überquerte gerade den Stadtplatz in Redruth, als er Tilly Wanganeen sah, die auf ihrem rotweißen Honda-Motorroller der Australia Post aus einer Seitenstraße angezockelt kam. Sie trug eine gelbe Signalweste und einen weißen Helm, links und rechts über dem Hinterreifen hingen gelbe Postsäcke, und ihre langen Beine, die an den Knien scharf abgewinkelt waren, umfassten das kleine Maschinchen wie Anführungszeichen.

Er hielt an, hupte und stieg aus. Sie bremste, stellte ihre auf Hochglanz polierten schwarzen Schuhe auf die Straße und klappte das Visier hoch. »Kann ich Ihnen helfen?«

»Ich habe nur ein paar kurze Fragen«, antwortete Hirsch.

Er kannte Tilly Wanganeen von den Musiknachmittagen im Woolpack. Sie spielte auf träumerische Weise auf der Ukulele und verlor sich ganz in der Musik – als Postbotin aber war sie nervös und ungeduldig. Sie schaute auf die Uhr und sah dann die Straße entlang, so als wolle sie überschlagen, wie viel Zeit sie verlieren würde, wenn sie mit ihm sprach.

Unbewusst legte sie eine Hand auf die Fahne der Aborigines an ihrer Brust und fragte: »Worum gehts?«

»Rhynie Road Nummer vierzehn.«

Sie blieb reglos und ging im Geiste die Route durch. Dann hellte sich ihr Gesicht auf. »War mal ein Eckladen.«

»Genau. Liefern Sie dort oft Post aus?«

»Nicht so oft. Einmal im Monat vielleicht?«

»Wissen Sie, wer sie abholt?«

»Keine Ahnung. Ich liefere nur aus, Paul.« Dann schwieg sie kurz. »Wann singen Sie wieder für uns?«

»Gut Ding will Weile haben«, antwortete Hirsch. »Ich bastle an einem umfangreichen Repertoire.«

»Gut, gut«, meinte Tilly. Noch jemand, der seine Art von Humor nicht verstand. »Hören Sie, wenn das alles ist, ich muss ...«

»Eine Frage noch. Können Sie sich erinnern, an wen die Briefe adressiert waren?«

Tillys Gesichtsausdruck veränderte sich ein wenig, als sie auf einen Gedanken kam. Sie sah sich um: Niemand lauschte. Mit leiser, fester, aber hilfloser Stimme antwortete sie: »Ich trage nur die Post aus. Alles andere geht mich nichts an.«

»Das verstehe ich«, sagte Hirsch, wusste aber, dass noch etwas kam.

»Zu der *Anschrift auf dem Umschlag*. Der *Name* bekümmert uns nicht.«

Eine Art Ehrenkodex, nahm Hirsch an. »Ich verstehe«, sagte er freundlich. Er würde ihr das nicht übel nehmen.

Dann platzte es aus ihr heraus: »Vier Personen kriegen Post an diese Adresse. Mrs Groote – die Dame, die bei dem Feuer gestorben ist –, Anne Silvester, Desmond Mannion und Freya Kroger.«

Hirsch schwieg und sah sie an, bis es ihr unangenehm wurde. »Ich hab mich schon gewundert«, sagte sie. »Ich meine, ich weiß, wo die alle wohnen, und das ist nicht die Rhynie Road.«

Hirsch sagten die Namen Silvester, Mannion und Kroger nichts. »Und das sind zufällig alles alte Leute?«

Tilly machte große Augen. »Jetzt, wo Sie es sagen.«

»Und was für eine Post bekommen sie?«

»Geschäftspost.«

»Alle von demselben Absender?«

Das stellte Tilly auf die Probe. Sie runzelte die Stirn und schüttelte den Kopf. »Daran kann ich mich wirklich nicht erinnern.«

Hirsch zog los, holte Kaffee und Gebäck für das morgendliche Briefing und fragte sich, was die Postumleitung zu bedeuten hatte. Höchstwahrscheinlich handelte es sich bei der Person, die die Post abholte, um dieselbe Person, die die Umleitung veranlasst hatte. Hirsch wollte lieber auf diese Person warten, als rings um die Bank weiterzutochern. Und was, wenn die Post auch Briefe von anderen Firmen beinhaltete, die mit Geld zu tun hatten – Versicherungen, Börsenmakler, was immer? Und was, wenn es einen guten Grund für die Umleitung gab? Möglich, dass wohlmeinende Dritte, eine Buchhaltung, ein Anwalt, eine Investmentberatung oder wer auch immer – du meine Güte, hoffentlich nicht Adrian Quinlan –, betuchten älteren Menschen dabei halfen, ihr Geld vor gierigen Familienangehörigen zu verbergen.

Kontoauszüge und andere Belege wurden monatlich ausgestellt, daher ergab es keinen Sinn, das Haus jeden Tag zu beobachten. Hirsch grübelte darüber nach, stellte den Wagen vor dem Polizeirevier in Redruth ab und betrat den Einsatzraum.

»Guten Morgen, Gesetzeshüter. Ich bitte die Verspätung zu entschuldigen.«

Er erschrak, als Sergeant Brandl, die sich neben dem Whiteboard auf Krücken stützte, wissen wollte, wo ihr Kaffee sei. In der taillierten Jacke über einem gelben T-Shirt und einem langen Wollrock sah sie ganz adrett aus. Ein Bein steckte in einer blickdichten grauen Strumpfhose; das andere in einem klobigen Gips mit einer roten Skisocke über dem Fuß.

Hirsch sah Landy und Medlin an. »Sie können meinen haben. Wenn die Kinder keinen kriegen, werden sie nur bockig.« Er stellte Kaffee und Gebäck auf dem Tisch ab und nahm seine Chefin kurz in den Arm. »Willkommen zurück.«

Brandl entspannte sich ganz kurz in seinen Armen. »Ist noch nicht offiziell. Ich komme nur mal ab und an vorbei, um Sie auf Trab zu halten.«

»Ach wie schön«, sagte Hirsch und setzte sich gegenüber von Jean Landy hin.

»Die Kinder haben mich schon auf den neuesten Stand gebracht, während Sie herumpoussiert sind. Als Erstes ...«

Sie wurde von dem Aushilfsbeamten unterbrochen, der lautlos in den Raum geglitten war und zu Boden starrte. Sergeant Brandl schüchterte Pickett ein: eine Frau; eine Frau als vorgesetzte Person; eine Frau mit Selbstvertrauen und gelegentlich kratzbürstigem Temperament.

Zu ihm war sie allerdings stets unveränderlich nett und höflich geblieben, und ihr Lächeln erwärmte den Raum. »Ja, Ron?«

Pickett sah sie beunruhigt an und schaute wieder zu Boden. »Meine Frau«, sagte er.

»Stimmt was nicht? Können wir helfen?«

Pickett mühte sich. »Sie sitzt draußen im Auto. Sie ist gerissen, sie hat den beiden gesagt, sie fährt zur Bank, und ist sofort hierhergekommen.«

Hirsch begriff. »Zwei Iren sind an die Tür gekommen und haben angeboten, das Dach zu reparieren?«

»Ja«, antwortete Pickett ganz erleichtert.

Ron und Judy Pickett wohnten in einem Haus aus den Zwanzigern in einer ansteigenden Seitenstraße zwischen dem Ausstellungsgelände und einer John-Deere-Vertretung. Hirsch kam von oben und stellte den Dienstwagen neben einem Müllcontainer ab. Mit dem Fernglas beobachtete er, wie Jean Landy – hinter dem Lenkrad des Commodore der Picketts und in Zivilkleidung – von unten angefahren kam. Später berichtete sie, dass die Männer, die den Wagen erkannten, gelächelt und die Daumen gereckt hätten. Selbst als sie erkannten, dass es sich nicht um Mrs Pickett handelte, waren sie eher neugierig als alarmiert, und das änderte sich erst, als sie mit dem Kühler direkt vor ihrem Mercedes Sprinter hielt; in der Zwischenzeit war Hirsch von oben herangerollt und hatte das Heck des Sprinters blockiert, und Tim Medlin hatte ganz knapp daneben geparkt.

Saubere Polizeiarbeit.

Die drei stiegen beschwingt aus und stellten sich auf einen Kampf oder eine Verfolgungsjagd ein. Die Männer waren jung und fit, und sie spannten alle Muskeln an, während sie ihre Chancen überschlugen. Einer bleckte die Zähne und machte sich bereit, wegzulaufen oder zu kämpfen. Der andere lächelte mit einem müden Blick und sagte nur: »Immer mit der Ruhe, Fin, ist doch nur die *gardai,* mal sehen, was sie wollen.«

Der Schwätzer, dachte Hirsch. Aalglatt, älter, mit einem Vokabular, einem Akzent und einem Lächeln wie Honig. Etwa dreißig, Overall und Wollmütze. Ein ruhiges, charmantes Gesicht mit hellwachen Augen, frei von jeglichem Zweifel.

Er sah Hirsch stirnrunzelnd an. »Kann ich Ihnen irgendwie behilflich sein?«

Hirsch wusste schon, wie das ablaufen würde. Der Mann versuchte, das Kommando zu übernehmen. Wenn das nicht funktionierte, dann würde er seinen Nebenmann ruhig halten, während er sich auf höfliche, entwaffnend wirkende Weise um den Informationsfluss kümmern würde. Die beiden mussten so schnell wie möglich voneinander getrennt werden, fand Hirsch – mental und körperlich.

Eine Möglichkeit war es, den Älteren auszublenden und den Jüngeren aufzurütteln, der ähnlich gekleidet war, aber untersetzt und mürrisch. »Sie heißen, bitte, Sir? Ausweispapiere?«

»Wir haben nichts gemacht.«

»Fin«, sagte der Ältere mit einem leicht warnenden Unterton.

»*Laurence*«, entgegnete der Mann und blickte verbittert und leicht verschlagen. »Zeit, zusammenzupacken, findest du nicht?«, sagte er und trat einen Schritt auf das vordere Gartentor der Picketts zu.

Hirsch sah zum Haus hinüber. An der Seitenwand stand eine Leiter. Fin hatte sicherlich nicht vor, die Leiter zu holen. Er würde zum Hinterhof sprinten, über den Zaun springen und zu fliehen versuchen. Hirsch sah zu, wie er einen weiteren Schritt machte. Dann baute sich Jean Landy vor ihm auf und verschränkte die Arme.

»Wollen Sie irgendwo hin?«

»Im Ernst jetzt? Lass mich durch«, sagte Fin und streckte eine Hand nach ihrem Oberarm aus.

Jean Landy wirbelte sauber herum, duckte sich, zog, und schon lag Fin auf dem Bauch.

»Lass mich los, du Miststück.«

Der Mann namens Laurence schaute zu. Er seufzte und sagte: »Du Blödmann.«

Dann wendete er sich an Hirsch. »Ich weiß schon, wie das gespielt wird, Constable. Sie haben Fragen; wir haben Antworten. Allerdings sollte ich Ihnen sagen, dass ich im Besitz gewisser Informationen bin und wir beide davon profitieren würden.«

»Informationen worüber?«

»Über den Hausbrand letzten Sonntag.«

26

Er gab seinen Namen mit Laurence Rea an. Er saß im Befragungszimmer des Polizeireviers mit einem Becher schwarzen Kaffees vor sich und meinte, er würde keinen Anwalt haben wollen, der würde ihn nur stören. »Klopft einem andauernd wie ein Specht dazwischen, dieses braucht man nicht beantworten, jenes braucht man nicht beantworten.«

Der Akzent war wohlklingend, der Mann selbst einnehmend: ruhig, gewitzt, höflich – wenn auch mit einer Spur suspekter Gewandtheit. Hirsch traute ihm nicht über den Weg. Doch Rea hatte sich während der Verhaftung kooperativ gezeigt, ganz ohne das nervtötende Bocken des anderen Mannes namens Fin. Und er behauptete, er würde Informationen zum Tod von Maggie Groote haben.

»Falls Sie zu irgendeinem Zeitpunkt dennoch auf einen Anwalt bestehen«, erklärte Sergeant Brandl, »werden wir Ihnen einen besorgen.«

Wie üblich bei Befragungen, war Sergeant Brandls Benehmen nachdenklich, aber nicht unfreundlich. Wenn Hirsch mit ihr arbeitete, spielte er immer die emotionale Karte: beleidigt, enttäuscht, skeptisch, ermutigend. Meist funktionierte das gut. Verhaftete, Verdächtige und Zeugen gerieten aus dem Gleichgewicht. Bei Rea war sich Hirsch allerdings nicht sicher. Der Mann war ein Profi. In der gegenwärtigen Situation hatte er eine Geschichte zu erzählen und würde sich in nichts anderes verwickeln lassen.

Jetzt nickte er. »Vermerkt.«

»Diese angeblichen Informationen«, fragte Hirsch, »wird Ihr Kumpel sie bestätigen? Sollen wir ihn hinzuziehen?«

»Ziehen Sie ihn hin*fort*«, entgegnete Rea und zwinkerte Hirsch und Brandl zu. »Aus dem Prachtstück von einem Volltrottel kriegen Sie keine klare Tatsache heraus. Er verdreht alles, selbst Tag und Nacht.«

Dann wendete sich Rea an Tim Medlin, der an der Tür stand und Wache hielt. »Alles in Ordnung, junger Mann?«

Tim war überrumpelt und bewegte sich peinlich berührt.

Hirsch, der den Eindruck hatte, Rea würde bereits ein Spielchen spielen und versuchen, ihre Neugier durch seine Verschwiegenheit zu wecken, sagte: »Ach, Mr Rea, das ist reine Zeitverschwendung.«

»Nennen Sie mich Laurie«, meinte Rea lächelnd und sah von Hirsch zu Brandl.

Der Sergeant erwiderte nur: »Belassen wir es beim Formellen, Mr Rea. Wie besprochen, werden wir uns nicht über Ihre Dachdeckertätigkeiten unterhalten. Das ist –«

»Angebliche Tätigkeiten.«

»Das ist nun Sache des CIB; die Detectives aus Port Pirie werden Sie später in Gewahrsam nehmen. Im Augenblick geben wir Ihnen, wie gewünscht, Gelegenheit, uns Informationen zum Tod von Margaret Groote am vergangenen Sonntagmorgen zukommen zu lassen.«

»Informationen«, murmelte Hirsch, so als hätte das Wort keinerlei Bedeutung.

Sergeant Brandl legte ihm kurz zur Mahnung eine Hand auf den Unterarm und lehnte sich zurück. »Fangen Sie bitte an, Mr Rea.«

»Der junge Finbarr und ich hatten Anlass, uns in der Straße der alten Frau aufzuhalten«, sagte Rea und hielt inne, so als würde er damit rechnen, dass Hirsch und Brandl eine Reihe unangenehmer Fragen stellen würden.

»Und?«, fragte Hirsch.

»Und wir haben ein Fahrzeug gesehen, das in diesem Augenblick ebenjenen Teil der Straße hinter sich ließ. In Windeseile.«

»Vom Haus von Mrs Groote aus?«, fragte Brandl.

»Genau das meine ich.«

»Um welche Uhrzeit war das?«

Rea griff nach dem Kaffee, überlegte es sich aber anders. »Batteriesäure«, sagte er, ließ seine strahlend weißen Zähne sehen und tippte den Becher so lange mit den Fingern an, bis er außer Reichweite war.

Hirsch sagte angespannt: »Um welche Uhrzeit?«

Rea sah ihn schläfrig an; Hirsch rechnete schon halb damit, als überragende Nervensäge tituliert zu werden. »Die Uhrzeit?«, beharrte er.

»Das dürfte so kurz nach neun gewesen sein.«

»Am Morgen?«, fragte Hirsch.

Rea sah Sergeant Brandl hilfesuchend an. »Ist der immer so?«

»Bitte beantworten Sie die Frage, Mr Rea.«

Das war schon ziemlich viel verlangt, aber Rea gehorchte: »Ja, neun Uhr morgens.«

Dann fragte Hirsch freundlich: »Können Sie sich daran erinnern, um was für ein Fahrzeug es sich handelte?«

Rea belohnte ihn mit einem von jedem Zweifel unbeleckten Lächeln. »So ein silbernes«, antwortete er. »Ein wirklich glänzendes Ding.«

»Limousine, Kombi, was?«

»Immer langsam mit den jungen Pferden. Ich mag gern traben, nicht galoppieren. Ein silberner Passat, Limousine.«

»Danke.«

»Neues Modell. Eine hübsche, schnittige Form.«

»Und er raste davon?«

»Kann man sagen.«

Jetzt wurde Rea ernst, so als sei die Erwähnung des Autos noch eine leichte Angelegenheit gewesen, doch nun käme er zum schwierigeren Teil. Die erste echte Gefühlsregung, fand Hirsch und ließ die Pause wirken.

Rea blickte auf. »Wir waren auf der Durchfahrt, müssen Sie wissen. Natürlich weckte das unsere Neugier, so ein davonschießender Wagen. Wir dachten: Hier stimmt was nicht.«

Hirsch ließ den Blödsinn unkommentiert. Offenbar legte sich Rea bereits die Geschichte zurecht, die er auch dem CIB erzählen würde. Er war sich durchaus bewusst, dass er Rea noch anfütterte, fragte aber trotzdem: »Und Sie haben möglicherweise den Qualm gerochen?«

»Da haben Sie recht, Sir. Und ohne viel Federlesens haben wir dort angehalten, wo vorher der Wagen gestanden hatte, und haben nachgeschaut.«

»Sie haben das Haus betreten.«

»Ja.«

»Und die Tür?«, fragte Hirsch, dem wieder einfiel, dass man sie kräftig zuziehen musste.

Eine konzentrierte Wachsamkeit spielte über Reas attraktives Gesicht. Er war früher schon in anderer Leute Häuser eingedrungen. »Die Tür war geschlossen, aber noch nicht völlig eingerastet.« Mit einem weiteren Zwinkern, seinem Markenzeichen, fügte er hinzu: »Sie hielt sanftem Druck nicht stand, könnte man sagen.«

Hirsch dachte über die Tür nach. Maggie hatte sie am Abend zuvor nicht richtig geschlossen. Oder der Fahrer, die Fahrerin des Passats hatte sie beim Hinausgehen nicht richtig zugezogen.

»Fahren Sie fort.«

»Im Hausflur der armen Frau konnten wir das Feuer prasseln hören und die Flammen unter der Tür zum Wohnzimmer hindurch tanzen sehen. Die Hitze schlug uns entgegen, und schmutziger Rauch erfüllte alles. Ich rief Finbarr zu, hol einen Schlauch oder einen Eimer.«

Dann schwieg er. Hirsch sagte: »Ich habe den Schlauch gesehen. Und einer von Ihnen hat Mrs Groote auf den Rasen hinausgeschleift?«

»Immer langsam. Ich fasse also den Türknauf an, aber der ist verflixt heiß, also drücke ich die Tür mit dem Ellbogen auf und werfe einen schnellen Blick hinein und sie sitzt so in ihrem Sessel.«

Rea ließ den Kopf nach hinten sinken und breitete die Arme

aus, dann setzte er sich wieder aufrecht hin. Mitgefühl huschte ihm über das Gesicht: »Ihre Füße brannten. Sie hatte diese kleinen Heizstrahler dastehen, aber die waren umgefallen, die arme alte Seele.«

Tim Medlin, der an der Tür stand, wechselte das Gewicht von einem Bein aufs andere; irgendwo draußen schaltete ein Lastwagen herunter, um die engen Kurven am Stadtplatz zu nehmen.

»Ich hob sie hoch – sie wog ja nichts – und rannte in den Flur, wo ich mit Fin zusammenstieß, der gerade hereinkam und überall Wasser verspritzte. Also legte ich die alte Frau neben der Haustür ab und eilte zurück, um ihm zu helfen, aber ich war hin- und hergerissen, ob ich ihr helfen sollte oder Fin dabei unterstützen, Teppich und Polstermöbel nass zu spritzen. Ich habe mit einem Kissen nach den Flammen geschlagen, aber das war alles vergebens, also hab ich ihn am Ärmel gepackt und wir sind aus dieser Flammenhölle abgehauen. Dann haben wir wieder die alte Dame hochgehoben und draußen abgelegt und sind weitergefahren. Kurz darauf haben wir die Feuerwehr angerufen.«

An den letzten Sätzen musste er noch etwas feilen, fand Hirsch. Wussten sie, dass Maggie tot war? So, wie sie sie abgelegt hatten, deutete es darauf hin. Und sie hatten Zeit damit verschwendet, die Nummer der örtlichen Feuerwehr herauszusuchen, statt gleich den Notruf zu wählen. Hirsch ließ es dabei bewenden.

Sergeant Brandl erklärte entschlossen: »Mr Rea, es wird eine Untersuchung geben, und es kann sein, dass man Sie vorladen wird. Bis dahin kann es sein, dass Sie, je nach Ergebnis der Autopsie, mit den Beamten der Mordkommission sprechen müssen. Das muss Ihnen klar sein.«

Rea hob die Hand und unterbrach sie. »Ich bin nicht von gestern. Fin und ich haben der alten Frau nichts getan. Wir haben versucht, sie zu retten. Ich bin heute hier, um mit Ihnen zu reden und alles auf den Tisch zu legen. Sie haben schließlich einen Job zu erledigen.«

»Das beeindruckt mich nicht sonderlich«, entgegnete Hirsch. »Sie hätten uns schon vor Tagen davon berichten können.«

»Ich sage es Ihnen jetzt. Sie müssen nach einem hübschen neuen, silbernen Passat suchen.«

»Und Sie haben nicht gesehen, wer gefahren ist?«

»Ah«, meinte Rea voller Abscheu, »wir haben den Wagen nur von hinten gesehen.«

Eines Tages, dachte Hirsch, wird uns das Bezirkskommando mal jemand anderen vom CIB schicken als Comyn. Der Detective aus Port Pirie drängte sich herein, beaufsichtigte die Übergabe des Verhafteten auf seine verbissene Art und bat dann im Einsatzraum darum, auf den neuesten Stand gebracht zu werden. Mit einer abwertenden Geste lehnte er Tee und Kaffee ab.

»Sie sagen also, die beiden haben nichts über ihre Dachdecker-Betrügereien verraten.«

»Korrekt«, sagte Hirsch. »Nur über ihre Rolle bei dem Brand.«

»Versuchen die, einer Mordanklage zuvorzukommen?«

»Nicht nach dem, was sie sagen. Sie versuchen nur, als aufrechte Bürger der Polizei zu helfen.«

Comyn, der, gedrungen wie ein Bär, am anderen Ende des Tischs saß, fragte: »Und wer kann sie noch mit dem Betrug in Verbindung bringen? Jetzt, wo unsere einzige gute Zeugin tot ist.«

Hirsch sah Sergeant Brandl an, als wollte er sagen: Ist dieser Kerl denn zu fassen? Sie erwiderte seinen Blick nicht, sondern starrte Comyn an wie einen nicht zufriedenstellenden Ersatzspieler und sagte: »Drei meiner Beamten können die Anwesenheit dieser Männer, ihres Lieferwagens und ihrer Ausrüstung bei einer Adresse hier im Ort bezeugen – genauer gesagt, am Haus des Mannes, der bei uns am Empfang sitzt. Seine Frau hat uns benachrichtigt. Die beiden hatten ihr gesagt, das Dach bräuchte eine Reparatur und sie würden warten, bis sie das Geld dafür abgehoben hätte. Siebentausendfünfhundert Dollar.«

»Namen«, sagte Comyn, zückte sein Notizbuch und klopfte die Taschen nach einem Stift ab.

Brandl gab ihm die Namen.

»Sonst noch jemand? Weitere Geschädigte?«

»Das ist Aufgabe des CIB«, erklärte Sergeant Brandl fröhlich. Comyn machte ein saures Gesicht. »Sieht ganz so aus.«

Hirsch fügte hinzu: »Schauen Sie mal, ob Rea Ihnen die Namen der anderen in der Bande nennt.«

Eine weitere Last für das CIB. »Sonst noch etwas?«, fragte Comyn und stand auf.

»Wir sind der Meinung, dass am Tod von Mrs Groote etwas faul sein könnte«, antwortete Hirsch.

Comyn entgegnete mit unterdrückter Wut: »Es ist faul, dass diese irischen Blödmänner dort waren. Es ist faul, dass sie behaupten, dort einen Wagen gesehen zu haben. Es ist faul, dass sie versucht haben, das Feuer zu löschen. Wollen Sie das damit sagen?«

»Und was, wenn dort tatsächlich ein Fahrzeug gewesen ist?«

»Wir haben nicht das Geringste in der Hand, solange wir noch keinen Bericht vom Brandexperten und keine Ergebnisse der Autopsie haben«, sagte Comyn und ging auf seine schwerfällige Art zur Tür. Falten in der Jacke und am Hosenboden, bemerkte Hirsch. Ein Mann, der den ganzen Tag im Auto oder hinter dem Schreibtisch sitzt.

Als er verschwunden war, meinte Sergeant Brandl: »Dieser Kerl.« Sie wirkte erschöpft und abgehärmt, so als habe Comyn für Verspannungen in ihren heilenden Knochen gesorgt und ihr wieder Schmerzen bereitet.

»Soll ich Sie nach Hause fahren, Boss?«

»Danke. Habs wohl ein wenig übertrieben.«

Sie hatte sich in einer baumbeschatteten Straße hinter dem Krankenhaus ein Haus gemietet und fuhr nun schweigend, eine blasse, eingesunkene Gestalt auf dem Beifahrersitz, mit Hirsch dorthin. Sie hingen ihren Gedanken nach, dann klingelte Hirschs Handy, das in der Halterung am Armaturenbrett steckte.

»Ich geh dran«, sagte Brandl.

Hirsch lauschte, als sie sagte: »Sergeant Brandl am Handy von Constable Hirschhausen … ja … sind Sie sicher? Danke.«

Sie beendete das Gespräch, steckte das Handy wieder in die Halterung und sagte: »Vorläufiges Ergebnis der Autopsie. Gebrochenes Zungenbein.«

27

Freitag. Hirsch wanderte durch die Straßen von Tiverton, seine mickrige Taschenlampe sondierte in den Schatten, die die nebelverhangenen Straßenlaternen nicht erreichten, feiner Regen löschte alle Geräusche und perlte auf seinem Gesicht. Er bog die Zehen ein, zerrte die Wollmütze tief ins Gesicht, zog die Schultern ein und fragte sich, was für ein Blödmann er nur war, durch diese eisige Dunkelheit zu stapfen.

Er kam an der Firma vorbei, die Luzernesamen verkaufte, was den Deutschen Schäferhund in den Wahnsinn trieb, den sie dort angekettet hielten, bog auf den Highway und stapfte am Gemischtwarenladen vorbei, etwa hundert Meter vor dem Polizeirevier, als ein Auto aus der drückenden Stille näher kam; die Scheinwerfer warfen seinen Schatten voraus, dann hörte er, wie der Wagen langsamer wurde und neben ihm stehen blieb. Die Seitenscheibe fuhr herunter, Clara Ogilvie beugte sich über den Sitz und sah ihn an.

»Morgendlicher Gesundheitsmarsch?«

Sie war hellwach und fröhlich. Hirsch sah sich um und befürchtete schon halb, sie könnte sich Verstärkung mitgebracht haben.

»Was zum Henker wird das, Clara?«

Sie wirkte, als habe er sie geschlagen. »Was meinen Sie damit?«

»Was machen Sie hier?«

Sie erstarrte und wirkte leicht beleidigt. »Ich nehme mir einen Tag frei, falls Sie das wissen müssen. Meiner Mutter geht es nicht gut.« Sie nahm eine Hand vom Lenkrad und zeigte hinaus in die Dunkelheit nördlich des Orts. »Sie wohnt in Port Augusta.«

Eine lange Fahrt. Deshalb war sie früh losgefahren. Aber glaubte er ihr? Zweifelte er das an? Sollte er ihr sagen, dass Polizisten nicht an Zufälle glaubten?

»Gute Fahrt, hoffentlich geht es Ihrer Mutter bald wieder besser«, sagte Hirsch, richtete sich auf und trat vom Fenster zurück. Er winkte beiläufig und ging einen Schritt aufs Revier zu, dann noch einen. Schon war er ein paar Meter entfernt. Der Motor hinter ihm tuckerte im Leerlauf. Dann hörte er, wie sie Gas gab, der Fiesta fuhr los und überholte ihn; Hirsch sah den roten Rücklichtern nach, bis sie im Nichts verschwanden. Dann war die Welt wieder menschenleer, bis auf Hirsch, der die Einfahrt betrat und glücksbringend auf seinen Nissan klopfte.

Er zog sich aus, tanzte auf dem eisigen Fußboden herum, bis die Dusche heiß war, und hielt kurz inne. Er eilte schnell ins Büro hinüber und schrieb alles auf: Tag, Uhrzeit, Ort, Art der Begegnung.

Vormittag auf dem Revier in Redruth; Comyn war nicht begeistert darüber, so bald schon wieder hier zu sein. »Die Mordkommission hat mich beauftragt, ein wenig herumzubuddeln.«

Er saß mit Hirsch und Brandl im Einsatzraum; Brandl wirkte müde und rieb sich an den Stellen, wo die Krücken gescheuert hatten. »Wegen was?«

»Margaret Groote. Die Ergebnisse der Forensik sind offenbar zwiespältig, deshalb bin ich gebeten worden nachzuschauen, ob es jemand auf die alte Dame abgesehen hat, und falls ja, dann würde die Mordkommission Ermittlungen einleiten.«

Hirschs Denkvermögen war noch nicht auf der Höhe. »Zwiespältig?«

Comyn schaute ihn langsam an, als würde er sich wundern, wer ihn da angesprochen hatte. »Weder das eine noch das andere.«

»Seien Sie doch nicht so ein Arschloch, Detective Senior Constable Comyn«, sagte Sergeant Brandl.

Hirsch war erleichtert. Er streckte die Hand aus und nahm sich das letzte Aprikosenplunderteilchen vom Tisch, obwohl er wusste, dass es ihm als teigiger Klumpen im Magen liegen würde, aber er wollte etwas zu tun haben, während er sich den Hauptkampf anschaute, Sergeant Brandl gegen Senior Constable Comyn. Sie hatte einen höheren Dienstrang, aber nur theoretisch. Sie war Sergeant in einem kleinen Kaff, er Ermittler.

»Drücken Sie sich etwas genauer aus«, sagte sie zu ihm. »In welcher Hinsicht zwiespältig?«

Comyn sah sie an, als würde es an dem Fall eine Ebene geben, von der Sergeant Brandl nichts wissen müsse, und sagte: »Erstens, der Brandexperte hat keine Spuren von einem Brandbeschleuniger gefunden. Er ist sich ziemlich sicher, dass ein umgefallener Heizstrahler für den Brand gesorgt hat. Wie der umgefallen ist, kann er nicht sagen. Nicht sein Job.«

»Mr Comyn, uns sind die vorläufigen Autopsieergebnisse bekannt. Ein gebrochenes Zungenbein?«

»Dem Pathologen zufolge nicht unbedingt Ergebnis einer beabsichtigten Gewalttat, als er hörte, dass Mrs Groote aus dem Haus geholt und auf dem Hof abgelegt worden ist.« Er schwieg kurz. »Später kamen noch blaue Flecken dazu, an Hals und Armen. Auch das kann entstanden sein, als sie hinausgetragen worden ist.«

Sie dachten darüber nach. Hatte Rea gelogen? Hatte er Maggie erwürgt und dann aus Gründen, die nur er kannte, die Leiche aus dem Haus getragen? Oder war er ungeschickt, hastig, gröber als notwendig gewesen, als er sie hinaustrug? Vielleicht hatte er auch die Wahrheit gesagt, und jemand anderer war dort gewesen.

»Hatte sie Rauch in der Lunge?«

»Nein. Was darauf hindeutet, dass sie schon vor dem Feuer tot war.«

»Oder nur flach atmete«, gab Brandl zu bedenken. »Das Feuer hatte sich offenbar gerade erst ausgebreitet.«

Comyn schüttelte den Kopf. »Auf allem lag ein feiner Rußfilm. Sie hätte davon etwas eingeatmet, so der Pathologe.«

Draußen setzte ein Wind ein; das Gebäude knarzte; ein dürrer Ast schlug ans Fenster. Hirsch trank seinen Kaffee aus. »Was könnte das Interesse der Mordkommission wecken?«

»Ein dickes, fettes Motiv«, antwortete Comyn.

»Geld?«

»Das wäre ein Anfang.«

»Wie wärs dann mit Folgendem«, sagte Hirsch und berichtete Comyn von dem geleerten Konto, den fehlenden Kontoauszügen und der Postumleitung.

Comyn hatte seine Zweifel. »Dünn. Wir reden hier von einer alten Frau, die vielleicht Sachen vergisst.«

»Oder diejenige Person, die das Konto geleert hat, geriet in Panik, als Mrs Groote auffiel, dass Geld fehlte.«

»Wenn es denn jemals da war.«

»Dann ist da noch das hier«, sagte Hirsch, zog Maggies Testament aus einem Ordner und schob es über den Tisch. »Das könnte damit zusammenhängen.«

Sergeant Brandl überließ sie ihrer Arbeit, sagte zu Comyn, dass Hirsch mehr über den Fall wisse als sie, und ging auf knarzenden Krücken davon.

Hirsch setzte eine frische Stempelkanne Kaffee auf, während Comyn das Testament las, dann setzte er sich auf die andere Seite des Tischs und wartete, dass der Kaffee zog. »Was halten Sie davon?«

»Interessant. Aber lassen Sie mich mal den *Advocatus Diaboli* spielen. Diese irischen Deppen hatten ebenfalls ein Motiv.«

»Welches?«

»Sie haben sie übers Ohr gehauen«, sagte Comyn. »Sie hätte sie identifizieren können.«

»Wie viele andere auch«, entgegnete Hirsch. »Ich denke, Rea und sein Kumpel sind bei ihr aufgetaucht, um ihr noch mehr Geld abzuknöpfen.«

Comyn zuckte mit den Schultern. »Ich habe gestern nichts aus ihnen herausgekriegt. Die wiederholten nur ununterbrochen ›Anwalt‹, als wären sie in einer amerikanischen Bullenserie.«

Hirsch stand auf, füllte zwei Becher mit Kaffee und brachte sie an den Tisch.

Comyn schaute seinen Becher an, als wolle er ihn gar nicht. Er ließ sich tiefer in seinen Stuhl sinken und tippte mit dem Zeigefinger auf das Testament. »Amy Groote war die Frau, die versucht hat, mir die Grabgabel in die Zehen zu bohren?«

Hirsch musste grinsen. »Ja.«

»Glauben Sie, sie würde jemanden umbringen, wenn sie wüsste, dass sie nichts erbt? Oder nicht genug?«

»Keine Ahnung«, meinte Hirsch. »Ich kenne sie nicht gut genug. Ihre Freunde auch nicht.«

»Und Sylvia und John Fearn waren die beiden, mit denen wir als Nächstes gesprochen haben? Wo die alte Dame Groote auch anwesend war?«

Hirsch nickte. »Die beiden haben Motive zuhauf. Sie wollten das Ganze beschleunigen. Oder sie befürchteten, dass Maggie Groote ihr Testament ändern wollte.«

»Na, wenn Sie nicht der fleißige Schnüffler sind«, meinte Comyn.

Hirsch ertappte sich dabei, wie er sich aus Laurence Reas Phrasenbuch bediente. Du aalglatter Schmierlappen, dachte er. Du Prachtexemplar von einem Blödmann.

»Amy Groote fand, dass die Fearns ungebührlichen Einfluss nahmen.«

Comyn nickte. »Vielleicht kann uns die Anwältin mehr dazu sagen.«

Als Erstes fuhr Hirsch mit ihm zu dem leeren Laden in der Rhynie Road. Sie saßen bei laufendem Motor in dem HiLux, Comyn wirkte mürrisch und nachdenklich. »Die Post von vier Personen aus dem Ort wird also hierhin umgeleitet.«

»Ein Teil der Post, ja«, gab Hirsch zu bedenken.

»Ich werde darüber nachdenken«, sagte Comyn.

Selbstgefälliger Mistkerl, dachte Hirsch und fuhr weiter.

Redruth Legal Services war ein Ein-Personen-Unterfangen in

Redruth North, untergebracht in einem Vorderzimmer mit Erkerfenster eines Gebäudes aus der Kolonialzeit. Es hatte früher mal die Freimaurerloge beherbergt, danach eine Arztpraxis, die Redaktion einer Wochenzeitung und eine Zweigstelle der Bank of Adelaide, wie ihnen Julia Galvin mitteilte.

»Und nun bin ich hier«, fügte sie mit kultivierter Stimme hinzu.

Mitte siebzig, schätzte Hirsch, das Haar von einem Wind in Sturmstärke gekämmt, Schneeflocken aus Zigarettenasche auf der Brust. Überall Akten – auf dem Boden, ihrem Schreibtisch, den Bürostühlen.

In einem Berg aus Kippen glomm eine Zigarette. Sie drückte sie aus. »Machen Sie es sich bequem, meine Herren. Werfen Sie die Akten einfach irgendwohin«, sagte sie, während Hirsch und Comyn die Stühle von den Papieren befreiten.

Sie setzten sich ihr gegenüber an den Schreibtisch. Eigentlich ein schöner Raum, fand Hirsch und sah sich um: hohe weiße Decke mit Stuck, Fensterbank, pastellblaue Wände. Warm, wenn auch verqualmt. Ein Sturm peitschte die Bäume, Vögel und Papierschnipsel draußen vor dem Fenster, doch das Gebäude schien dagegen abgehärtet zu sein. In Galvins Büro war fast nichts davon zu hören.

»Sie sind hier wegen Maggies Testament.«

»Richtig«, sagte Comyn. Er griff in die Innentasche seines Jacketts und zog das Testament heraus, das Hirsch ihm gegeben hatte. Als die Anwältin es nicht entgegennahm, ließ er es einfach fallen. Zerknittert und körperwarm lag es auf dem Schreibtisch, und Galvin betrachtete es mit einer Art bissiger Aufmerksamkeit, bevor sie den Blick wieder auf Comyn und dann Hirsch richtete.

»Ich kenne – Entschuldigung, ich *kannte* – Margaret mein ganzes Leben lang. Seit dem Internat – Landeier, die das erste Mal von zu Hause fort sind«, fügte sie hinzu und lachte ungerührt.

Hirsch grinste. Er mochte sie.

Comyn zappelte herum. »Mrs Galvin, dieses Testament wurde in Mrs Grootes Haus nach ihrem Tod gefunden. Ich möchte gern wissen, ob sie mit Ihnen über die Gründe ihrer Hinterlassenschaften gesprochen hat. Und ob es Personen gegeben hat, die etwas gesagt oder getan haben, was sie beeinflusst haben könnte.«

Die Anwältin nahm das Testament, faltete es auseinander, strich es glatt und besah sich die erste Seite. »Also, zuerst einmal ist dies nicht ihr Letzter Wille.«

»Es gibt ein neues Testament?«

Galvin richtete sich auf. Trotz all der Unordnung wirkte sie würdevoll, reserviert und geduldig, so als würde sie Comyn für ein wenig begriffsstutzig halten. »Wie schon gesagt, dies ist nicht ihr Letzter Wille.«

Dann warf sie ihm ein verklärendes Lächeln zu, wohl um ihn nicht zu beleidigen, und stand auf. »Lassen Sie mich die Unterlagen holen, von denen ich annehme, dass es sich um ihren Letzten Willen handelt.«

Sie öffnete die mittlere Schublade einer altmodischen Holzkommode, blätterte durch die Akten und kehrte ganz geschäftsmäßig an den Schreibtisch zurück. Dann huschte ihr ein Ausdruck schmerzlicher Erinnerung über das Gesicht. »Ich nehme an, Sie wollen das Wesentliche erfahren?«

»Das würde ich gern«, antwortete Comyn.

Wir würden das gern, dachte Hirsch.

»Also gut. Wie Sie wissen, vermacht sie in ihrem Testament, das Sie im Haus gefunden haben, den Nachbarn die Farm, und das Haus im Ort sollte verkauft werden, wobei der Großteil der Einnahmen, abzüglich zwanzigtausend Dollar für die Nichte, an Wohltätigkeitsorganisationen gehen sollte.«

»Ja«, sagte Comyn, der kaum noch stillsitzen konnte.

Galvin ließ sich nicht hetzen. »Meine teure Freundin kam am Samstagvormittag zu mir und bat mich darum, ein neues Testament mit einer größeren Ergänzung aufzusetzen.«

Comyn war ganz angespannt. »Fahren Sie fort.«

Galvin schaute nach, ob Hirsch ebenso ungeduldig war. Er lächelte und zuckte ganz leicht mit den Schultern.

Sie reagierte mit einem ebenso leichten Lächeln und richtete ihre Aufmerksamkeit wieder auf Comyn. »Sie war am Nachmittag zuvor im Bad gestürzt. Sie konnte nicht stehen, aber mit dem Rücken an der Wand sitzen und nach dem Telefon greifen, das sie neben dem Waschbecken hatte anbringen lassen. Sie rief Sylvia Fearn an, die versprach zu kommen, es aber nicht tat. Die arme Seele hat eine Stunde gewartet. Dann rief sie Amy an, die sofort vorbeikam, ihr aufhalf und sie zu Doktor Pillai brachte.«

Hirsch wusste, worauf das hinauslief. »Sie hat also das Testament zugunsten von Amy geändert?«

»Ja und nein«, antwortete Galvin. »Die Fearns bekommen nichts. Die Farm wird verkauft, der Erlös soll an eine Reihe von Wohltätigkeitsorganisationen gehen. Das Haus in Penhale geht an Amy.« Er schwieg kurz. »Maggie hatte altmodische Vorstellungen von Verantwortung. Sie wollte Amy belohnen, aber nicht verwöhnen.«

Comyn wollte schon eine seiner ungehobelten Fragen stellen, doch Hirsch kam ihm zuvor. »Verzeihen Sie, aber Sylvia Fearn hätte ja auch einen platten Reifen oder einen Unfall haben können.«

Galvin schien mit ihm zufrieden. »Das ist wohl wahr, aber ich glaube, Maggie hatte schon zuvor so ihre Zweifel. Die Tatsache, dass die Fearns ihr keine sonderlich große Aufmerksamkeit geschenkt hatten; erst nachdem Mitte letzten Jahres dann Amy bei ihr einzog, zum Beispiel. Die Art, wie sie sich in ihr Leben und ihre täglichen Routinen einschlichen. Andeutungen machten. Schlecht über Amy redeten – die weiß Gott selbst erst letztes Jahr in Maggies Leben getreten war. Doch wie Maggie sagte: ›Bei Amy kriegt man, was man sieht.‹«

Vielleicht, dachte Hirsch. Er machte sich mit Comyn wieder auf den Weg; auf der Rückfahrt würden sie die Motive durchgehen. Die Fearns bringen Maggie um, um an die Farm zu kommen, ohne zu wissen, dass das Testament geändert worden ist.

Oder die Fearns bekommen Wind von der Sache und bringen sie aus Rache um. Oder Amy bringt sie um – bevor Maggie erneut die Meinung ändert –, denn ein Haus in einem Provinzstädtchen ist immer noch besser als nichts.

Doch bald darauf musste Hirsch feststellen, dass er aus dem Rennen war. Comyn führte während der Rückfahrt zum Revier ein paar Telefonate und sagte dann: »Soll die Mordkommission sich darum kümmern. Sie können sich nützlich machen und ihre Post überwachen.«

Also fuhr Hirsch nach Tiverton, hielt Ausschau nach einem silbernen Passat und überredete kurz vor Ladenschluss an diesem Freitagnachmittag Ed Tennant, ihm den Inhalt von Maggie Grootes Postfach zu überlassen.

Ed war bestürzt. »Ein verdächtiger Todesfall?«

»Ja.«

»Sie war so nett«, sagte der Ladenbesitzer traurig. »Seit neulich ist noch weitere Post hinzugekommen«, fügte er hinzu und reichte Hirsch ein Bündel Umschläge, Flyer und Broschüren.

Hirsch nahm alles mit nach Hause. Er schenkte sich ein Glas Rotwein ein, setzte sich an seinen armseligen kleinen Tisch und öffnete einen Umschlag mit dem Absender Mid-North Community Bank, adressiert an Maggies Postfach. Ein ganz gewöhnlicher Kontoauszug über 1349 Dollar. Keine größeren Einzahlungen oder Abbuchungen. Was wohl bedeutete, dass nur die Auszüge des anderen Kontos, auf dem sich mal ein beachtliches Sümmchen befunden hatte, zu der Adresse in der Rhynie Road umgeleitet worden waren. Dann öffnete er einen der Bettelbriefe einer Wohltätigkeitsorganisation. Darin wurde Maggie darauf hingewiesen, dass ihre jährliche Spende über tausend Dollar nicht abgebucht werden könne, da das Konto nicht ausreichend gedeckt sei, und ob sie sich bitte dieser Angelegenheit annehmen könne?

28

Am Samstagmorgen führte er, wohl wissend, dass er zu viele andere Dinge hatte schleifen lassen, eine ganze Reihe an Telefonaten.

Erst rief er das Krankenhaus an und bat um den Namen der Krankenschwester, die Lydia Jarmyn gebadet hatte. Man bat ihn zu warten, und einen Augenblick später sagte jemand: »Ella Voumard.« Kurz angebunden, atemlos, bekam wohl von der vielen Arbeit kein Bein auf den Boden.

»Irgendwelche Verwandtschaft mit Rolf?«, fragte Hirsch, nachdem er sich vorgestellt hatte.

»Mein Dad.«

»Er hat einen Einbruch bei einem Grundstück gemeldet, auf das er aufpasst.«

»Hat er erzählt.«

»Gab es noch andere Anzeichen, dass die Ayliffes dort gewesen sind?«

»Haben Sie deswegen angerufen?«

Knoten ins Taschentuch, dachte Hirsch. Hör auf, über die Ayliffes zu reden.

»Nein, nein, ich hab mich ablenken lassen. Ich rufe wegen Lydia Jarmyn an.«

Die Krankenschwester klang plötzlich weniger kurz angebunden, und Hirsch erinnerte sich an sie an jenem Morgen im Krankenhausbadezimmer, wie ihre Gesichtszüge angesichts der Wunden, des Drecks, der Vernachlässigung weicher geworden waren.

»Geht es ihr gut?«

»Ich hatte gehofft, Sie könnten mir was sagen«, entgegnete er.

»Tut mir leid, kaum dass sie fit genug war, um zu reisen, haben sie sie einfach abgeholt.«

»Das Jugendamt?«

»Und Della, die Sozialarbeiterin, die wir hinzugezogen haben.«

Hirschs zweiter Anruf. Della Forster konnte ihm nicht viel sagen, nur Lydia Jarmyns Aufenthaltsort: in der Frauen- und Kinderklinik in Adelaide.

»Sie war massiv unterernährt. Wenn sich ihr Zustand bessert, wird sie in eine Pflegefamilie kommen.«

»Könnte ich sie sehen?«

Langes Schweigen. »Ein solches Kind wird sich entweder völlig verschließen und allen misstrauen, oder sie bindet sich an jeden, der freundlich zu ihr ist. Sie war am Boden zerstört, als sie sich von Ella in Redruth verabschieden musste, und Ella und Doktor Pillai zufolge war sie genauso getroffen, als Sie gehen mussten. Ich glaube nicht, dass Sie sie sehen sollten, tut mir leid. Das würde sie nur verwirren. In ein paar Monaten vielleicht, wenn sie zur Ruhe gekommen ist.«

»Aber soweit Sie wissen, geht es ihr gut.«

»Wächst und gedeiht, offenbar.«

»Und Mrs Jarmyn?«

»Ich habe nicht die leiseste Ahnung.«

»Wissen Sie, ob sie versucht hat, Lydia zu sehen?«

»Weiß ich nicht. Sie war nicht eben fürsorglich, oder?«

»Sie war nicht gerade die Mutter des Jahres«, sagte Hirsch, obwohl er sich daran erinnerte, dass sie ihrem eigenen Kind wohl durchaus eine gute Mutter war.

»Gut möglich, dass sie nach der psychologischen Beurteilung eingeliefert worden ist. Allerdings weiß ich nicht, wie Sie das herausfinden könnten.«

Hirsch versuchte es bei Comyn, der ihm nur zögerlich Adresse und Telefonnummer der Sozialarbeiterin gab, welche ihn zum Haus der Jarmyns begleitet hatte. »Was haben Sie vor?«

»Ich möchte nur die Einzelheiten festklopfen«, antwortete Hirsch.

Die Sozialarbeiterin hieß Lisa Sandford und war schlecht gelaunt. »Hören Sie, dies ist mein einziger freier Tag. Außerdem kann ich Ihnen diese Art von Informationen sowieso nicht geben.«

»Beobachten Sie sie?«

»Geht es hier um eine polizeiliche Ermittlung oder um eine Angelegenheit der Sozialdienste? Ich frage nur, weil es Leute wie ich sind, die das ausbaden müssen, egal was passiert.«

»Danke, dass Sie mit mir geredet haben«, sagte Hirsch und dachte betrübt darüber nach, dass eine Gesellschaft darauf angewiesen war, wie gut die verschiedenen Einrichtungen wie Polizei, Gerichtsbarkeit und Wohlfahrtseinrichtungen miteinander kooperierten. Doch leider verfolgten sie selten dieselben Ziele, tauschten nur knapp Informationen aus und sprachen auch nur gelegentlich miteinander. Nicht aus Sturheit – meistens jedenfalls –, sondern aus Ineffizienz und mangelnder Einbildungskraft. Zwar handelte es sich in allen Fällen um Bürokratie, doch hatten die einzelnen Systeme kaum Berührungspunkte.

Der Heizstrahler schmorte ihm die Hosenaufschläge an. Hirsch probierte es bei Diana Ayliffe.

»Gibt es was Neues?«

»Im Sinne von, verstecke ich einen oder zwei meiner Männer vor der Polizei? Nein.«

Na toll, Haus. Da stellst du mal eine unschuldige Frage, und schon kriegst du den Kopf abgebissen. »Ich habe Sie neulich im Fernsehen gesehen. Ich fand, das haben Sie gut hingekriegt.«

Diana Ayliffe hatte sich, flankiert von hochrangigen Polizeibeamten, an einem Medienkonferenztisch über ein Mikrofon gebeugt und öffentlich an ihren Mann appelliert. Klar, offen und wenig sichtbare Regung. Sie hatte Mann und Sohn gesagt, sie sollten sich stellen, bevor noch jemand verletzt würde – wobei sie indirekt ihrem Sohn bedeutete, er solle sich in Sicherheit bringen, bevor sein Vater ihn in Lebensgefahr bringen würde.

Diana Ayliffe war ein wenig besänftigt. »Die meinten, das könnte hilfreich sein.«

»Ich dachte, wenigstens Josh würde Sie anrufen.«

Die Stimme brach ihr. »Das dachte ich auch. Schätze, das bedeutet, dass sie wirklich weit draußen sind und weder ferngesehen noch Zeitung gelesen haben.«

Da war sich Hirsch nicht sicher, aber er sagte: »Ist es möglich, dass Josh hin- und hergerissen ist? Findet er sich in einer Lage, aus der er sich nicht selbst befreien kann?«

Sie klang verzweifelt. »Das würde ich gern glauben, denn Leon ist sehr herrisch, und wie Sie schon sagten, selbst wenn Josh wollte, käme er da nicht einfach so raus.«

Deprimiert verließ Hirsch das Polizeirevier, setzte den Toyota rückwärts raus und fuhr zum Haus der Jarmyns. Etwas an dem Ort zog ihn an. Etwas war da.

Das Tor war verschlossen. Hirsch kletterte über den Zaun und ging den Hügel hinauf; die Bäume an der Zufahrt bogen sich im eisigen Wind. Frische Reifenspuren dort, wo alte Schotterschichten seit ewig unter dem Schlamm lagen, weckten seine Aufmerksamkeit. Er kam zu dem Hof und besah sich das Haus, das stumm und bedrückt dalag, als würde es ihm Vorwürfe machen und als wäre er gekommen, um es zu strafen, wo es doch Trost suchte.

Kein Auto, kein qualmender Schornstein, aber das Dreirad stand im Carport. Dann erstarrte Hirsch: Der Hund war da. Er beobachtete ihn aus dem Zwinger heraus, die Wasserschüssel war gefüllt, ein halber Hundekeks lag neben der Futterschüssel im Staub.

Hirsch wurde mulmig zumute. Ein ordentlicher, aber trauriger Ort; nur zu gern hätte er eine Hundestaffel herbeordert.

Als er auf die Haustür zuging, bemerkte er kleine Flecken umgegrabener Erde in Abständen von jeweils zwei Metern entlang der vorderen Hauswand. Er drehte eine Runde: auch an den Seiten und der Rückwand Spuren. Viel zu klein, um jemanden zu verscharren. Gartenarbeit? Winterpflanzen?

Hirsch klopfte an; keine Reaktion.

Er schaute im Wohnwagen nach: leer. Diesmal suchte er tiefer im Schuppen und arbeitete sich zu einer Reihe von Schattenformen an der Rückwand vor. Ein leeres Benzinfass. Eine alte Holzgarderobe mit Gartenpfählen dort, wo früher die Kleider und Anzüge gehangen hatten; Maßband, Gartenschlaucharmaturen, Pinsel und Schmirgelpapier, säuberlich in Schubladen verstaut.

Daneben eine Betonbodenplatte. Sie sah alt und staubig aus und war ölfleckig. In einer Ecke waren vier Bolzen einbetoniert. Halterungen für einen Motor? Einen Generator? Hirsch wollte sie unbedingt ausbuddeln.

Er ging zum Toyota zurück und fuhr die Hawker Road entlang zu Jonas Henekers Haus. Die Szene vom letzten Mal wiederholte sich: Hirsch wurde von einer Geistererscheinung aus Barthaaren, einem langen Armeemantel, fadenscheiniger Hose und einer Axt begrüßt. Das war aber auch schon die einzige Ähnlichkeit: Dieser Jonas hier zitterte und hatte feuchte Augen. Nicht vom Wetter, erkannte Hirsch, sondern von Gefühlen. Was bedeutete …

»Geht es um Ivy?«

Jonas nickte. »Sie ist im Krankenhaus. Lungenentzündung.«

»Tut mir sehr leid, Jonas. Kommen Sie, ich hacke Ihnen ein wenig Holz.«

»Könnten Sie das für mich tun? Ich habe heute früh einfach keinen Mumm in den Knochen.«

Hirsch hackte; Jonas stapelte. »Gutes Holz.«

»Ich kaufe immer roten Eukalyptus«, sagte Jonas. »Eine Fuhre voll alle paar Wochen. Das Zeug hier in der Gegend«, und damit wies er zu den Hügeln hinüber, auf denen so gut wie keine Bäume mehr standen, »taugt nicht zum Heizen.«

Dann schwiegen die beiden, und Hirsch hackte Holz – mehr, als eigentlich nötig war. Völlig ermattet hörte er schließlich auf, lehnte die Axt gegen die Wand des Holzschuppens und fragte: »Fahren Sie später zu ihr?«

»Das mach ich, ja.«

»Und die Kinder?« Zwei Söhne: einer in Perth, der andere in Adelaide.

Jonas zuckte mit den Schultern. »Die wissen Bescheid.«

Diese Worte bekam Hirsch mindestens ein Mal die Woche zu hören. Ein Freund, ein Verwandter, ein geliebter Mensch wusste davon, hatte aber noch nicht entsprechend gehandelt. Wusste, würde aber wohl nicht entsprechend handeln. Wusste, kümmerte sich aber nicht darum.

Hirsch stieg wieder in den Wagen und sagte: »Wie ich sehe, ist Mrs Jarmyn wieder zurück.«

»Ich habe noch keine Spur von ihr gesehen«, entgegnete Jonas und drehte sich wieder zu seinem Brennholz und dem leeren Haus um.

Hirsch fuhr in den Ort zurück und dachte, dass zumindest er selbst ein paar warme Stunden vor sich hatte: Abendessen und eine Übernachtung in dem kleinen Haus an der Bitter Wash Road.

29

Um sieben Uhr abends sagte Katie mitten in einer Runde Scrabble mit Hirsch: »Ms Ogilvie hat mir noch einen Glühbirnenwitz erzählt. Sie meinte, der würde dir gefallen.«

Hirsch war sofort hellwach. Dann lächelte er vage. »Okay, hau raus.«

»Wie viele Polizisten braucht man, um eine Glühbirne zu wechseln?«

»Ich habe keine Ahnung«, antwortete Hirsch. »Einer, der Rufbereitschaft hat, einer, der das an die nächsthöhere Stelle weiterreicht, einen in der Staatsanwaltschaft, um –«

»Manchmal bist du so überhaupt nicht witzig, Haus.«

»Okay, wie viele?«

»Einen. Denjenigen, der hell genug ist, einen Elektriker zu suchen.« Pause. »Ich hab schon bessere gehört.«

»Ich auch«, gab Hirsch ihr recht.

Sie saßen auf dem Wohnzimmerfußboden, die Buchstabensteine lagen auf dem Couchtisch, Wendy hantierte in der Küche herum. Hirsch hörte ihr mit halbem Ohr zu. Das weiche Klatschen von Ess-Sets, das härtere Klappern von Messer, Gabel, Teller. Drei Gedecke. Das solide Geräusch einer abgestellten Weinflasche. Wasser floss in Gläser.

»Der Hund da«, fragte Hirsch. »Ist der neu?«

Auf dem Kaminsims hinter Katie saß ein braunes weiches Plüschtier. Ein weißer Fleck über einem Auge, weiße Pfoten, weiße Schwanzspitze. Es sah sich freundlich im Zimmer um. Hirsch gefiel der Hund, den er schon seit seiner Ankunft immer wieder betrachtet hatte, kam aber erst jetzt dazu, danach zu fragen.

»Den hat mir Ms Ogilvie zum Geburtstag geschenkt. Wenn man ihn schüttelt, sagt er: ›Gassi?‹«

»Ha.«

»Gefällt er dir? Mir schon«, sagte Katie und mischte dann wieder die Karten.

»Gefällt mir«, sagte Hirsch.

Schleicht Clara sich jetzt bei den beiden ein?

Dann kam Wendy herein und fragte in ihrer herausfordernden, neugierigen Art: »Also, wer will was essen?«

»Och, wo ich gerade gewinne«, entgegnete Katie.

»Ein vorübergehendes Hoch«, meinte Hirsch.

Wendy stellte sich hinter ihre Tochter, beugte sich vor und gab ihr einen Kuss auf den Kopf. »Und jetzt du«, sagte sie und ging zu Hirsch.

Er legte den Kopf in den Nacken und wartete darauf. Bis vor einem Jahr hatte sich sein Leben zersprengt angefühlt, hatte nur aus einzelnen Augenblicken bestanden – viele davon falsch –, statt einem großen Ziel zu folgen. Er verzog den Mund. Wendy fuhr ihm mit der Hand über die Wange. »Du hast dich rasiert«, murmelte sie, und sie beide wussten, das war das Schlüsselwort für etwas anderes.

Zum Abendessen gab es Irish Stew, Gerüchte und Geschichten aus der Arbeit, zumindest in Grenzen.

»Hast du noch mal was von dem Mädchen im Wohnwagen gehört?«

Wendy, die die Frage gestellt hatte, kaute und lächelte, Katie jagte mit der Gabel einem Möhrenwürfel hinterher. Hirsch trank einen Schluck Shiraz aus dem Clare Valley. »Sie ist noch im Krankenhaus, soweit ich weiß«, antwortete er. »Psychologische Hilfe, Ernährungsberatung, nehme ich an. Aber Mrs Jarmyn ist wohl wieder daheim.«

»Die Ärmste«, sagte Wendy, doch Hirsch wusste nicht, welche der beiden Jarmyns sie meinte. »Und der Mann?«

»Den habe ich noch nicht aufgespürt«, antwortete Hirsch.

Auf der Bitter Wash Road fuhr ein Auto vorbei, wurde

langsamer, so als wolle der Fahrer das Licht genauer betrachten, das in der Dunkelheit einer ruhigen Nebenpiste brannte, und Wendy sah, wie sehr Hirsch sich verspannte, zu kauen aufhörte und lauschte. Dann gab das Auto wieder Gas, Hirsch kümmerte sich wieder um das Essen auf seinem Teller, was Wendy ebenfalls bemerkte.

»Alles in Ordnung?«

»Klar.«

»Haus«, sagte sie und schaute ihn an.

Mutter und Tochter nannten ihn seit Neuestem Haus. Aus Zuneigung, aber auch dann, wenn sie seine Aufmerksamkeit wecken wollten. Hirsch blickte zu Wendy hinüber, sie schaute ihn ruhig an und wartete auf seine Reaktion.

»Ja?«

Doch dann schien sie es sich anders zu überlegen. Die Stimmung trübte sich weiter ein, sie spießte ein Stück Lammfleisch mit der Gabel auf und sagte: »Ach, nichts.«

Sie aßen, die Stille wurde immer dicker, bis Katie sagte: »Ich habe Mrs Ayliffe im Fernsehen gesehen.«

Erleichterung machte sich rings um den Tisch breit. »Ich auch«, sagte Hirsch.

»Sie hat, ach, ich weiß nicht, irgendwie hat sie zu verstehen gegeben, dass Josh genau überlegen soll, was er tut«, meinte Katie.

»Du bist nicht auf den Kopf gefallen.«

»Nein, das ist sie nicht«, meinte Wendy und schob ihre Hand zwischen Wasserkrug und Salz- und Pfefferstreuer zu Hirschs Hand hinüber. »Ich aber auch nicht.«

Und damit meinte sie nicht irgendeine Pressekonferenz. Sie aßen weiter, als das schnurlose Telefon in der Küche klingelte. Katie sprang auf. »Ich geh dran!«

Hirsch dachte nicht weiter daran, bis ihm auffiel, wie still Wendy war und lauschte.

Katie kehrte an den Tisch zurück. »Wieder mal aufgelegt.«

»Ihr kriegt lästige Anrufe?«

Wendy antwortete mit eisiger Stimme: »Ja, Paul. Jeden Abend, seit letztem Wochenende.«

Eigentlich meinte sie: *Du verschweigst uns etwas.*

Mitten in der Nacht beichtete Hirsch alles.

Wendy hörte auf dem Rücken liegend zu und konzentrierte sich so stark, als würde sie mit verschränkten Armen dasitzen. Als er fertig war, reagierte sie deutlich und unnachgiebig. »Als Erstes«, sagte sie, »musst du eine einstweilige Verfügung erwirken.«

Die Dunkelheit umfing sie im Bett, der Wind ließ die Fenster klappern, und Hirsch, der Trost suchte, drückte sich an sie. »Dann würde sie sich gedemütigt fühlen«, entgegnete er.

»Das ist doch scheißegal, Haus«, beharrte Wendy, und ihre Knochen gaben keinen Millimeter nach. »Du bist einfach zu nett. *Ihre* verletzten Gefühle sind unwichtig.«

Aus ihr sprach eine strikte, mütterliche Art von Liebe, die Hirsch kaum aushalten konnte. Er wollte Clara Ogilvie für ein paar Stunden vergessen. Wenn es um harte Urteile, harte Entscheidungen geht, dachte er, sind Frauen besser. Sie wissen, wann man sichern und schützen muss, und sie wissen, wann man der Sache ein Ende bereiten und gehen muss. »Und was, wenn sie völlig aus den Fugen gerät?«

Wendy gab ein klein wenig nach, so als würde sie ihre Grobheit bedauern. Erleichtert fuhr er mit der Hand über eine ihrer Brüste und spürte, wie die Brustwarze hart wurde.

Doch Wendy war noch nicht gewillt, schwach zu werden. Sie packte sein Handgelenk und schob seine Hand fort. »Und warum hast du so lange gebraucht, mir zu sagen, was los ist? Haben wir nun eine Beziehung oder nicht?«

Er strengte sich ungeheuer an, um adäquat darauf zu reagieren. Also sagte er ihr die Wahrheit. »Ich habe gedacht, das kriege ich schon allein geregelt. Ich habe gedacht, das ist nur vorübergehend, und sie würde nur kurz in mich verschossen sein. Ich habe gedacht, es ist harmlos.«

Wendy akzeptierte das. Das merkte Hirsch an der Reaktion ihres Körpers neben sich. Es war, als könne ihre Haut genauso wirkungsvoll lieben, ignorieren oder tadeln wie ihre Augen und ihre Stimme.

»Ich dachte, das würde dir die Arbeit schwerer machen«, fuhr er fort. »Du siehst sie jeden Tag. Außerdem gefiel mir die Vorstellung nicht, dass sie die Stelle verlieren könnte oder wegziehen müsste, dass sie vor Gericht oder gar ins Gefängnis müsste.«

Wendy drehte sich auf der Hüfte zu ihm hin; sie war warmherzig und nahm alles auf. »Der Punkt ist nur, das schlägt auf dich zurück. Du bist angespannt und vergesslich. Wie diese Sache mit dem alten Kerl und seinem Anhänger: Was, wenn du noch mal was versaust?«

»Ich weiß.«

»Ich sehe doch, wie übertrieben wachsam du geworden bist – das geht mir nach den paar aufgelegten Telefonaten selbst nicht anders. Du wirkst erheblich zwanghafter und zurückgezogener. Was, wenn eine Depression daraus wird? Fühlst du dich depressiv?«

Hirsch war schockiert. »Ach, ein wenig überdreht«, musste er zugeben. »Ich hatte ein, zwei Panikattacken.«

Er wollte sie berühren, doch sie blieb bei ihrer pragmatischen Art. »Ein erster wichtiger Schritt ist, sich das bewusst zu machen. Nach Glens Tod steckte ich für eine Weile ganz schön im Schlamassel. Das war nicht gut für Katie. Ich bin zu einer wirklich guten Therapeutin gegangen, die mir sagte, dass ich nicht aufhören muss, an ihn zu denken, aber mich auch fragen soll, ob es mein Leben verbessert, so an ihm festzuhalten, und was ich stattdessen tun kann, was am wichtigsten ist und welche Verantwortungen ich habe.«

Hirsch wusste sehr gut, wie großartig Wendy Street war – in jeder Hinsicht. Gefühlvoll, unsentimental, weise. Er hingegen war nur ein weiterer Mann in der Krise. Er drückte sie fest an sich, und schon bald liebten sie sich, was ihn in gewisser Hinsicht rettete, ihn erdete. Dann schlief sie ein, und in den tiefen

Nachtstunden fragte Hirsch sich, was am meisten zählte. Zu den Antworten gehörte der Wunsch, ein guter Polizist zu sein und zu erkennen, dass er geliebt wurde, bis hin zu der kleinen und angenehmen Tatsache, dass er in der Lage war, Wendys Kind ein Fahrrad zum Geburtstag zu kaufen.

Dann kam er plötzlich auf einen anderen Gedanken, eine merkwürdige Anspannung wuchs in ihm, aber es war keine Panik. Der sprechende Hund auf dem Kaminsims. Mitten in der Nacht schlich er ins Wohnzimmer, nahm den Hund vom Sims und drückte ihn, und der Hund fragte: »Gassi?« Er drückte auf den Hundebauch, tastete nach der Kunststimme, untersuchte im hereinfallenden Licht aus dem Flur die Knopfaugen, und plötzlich stand Wendy zitternd bei ihm und fragte: »Was um alles in der Welt machst du da?«

Er wackelte mit dem Hund zwischen ihnen. Sie kam schnell darauf. Eine Vermutung verhärtete ihr verschlafenes Gesicht. »Eine Kamera?«, fragte sie.

30

Am Sonntagvormittag war es stürmisch. Rindenstreifen, Blätter und Blüten flogen umher; Hirsch saß in der Glasveranda und tagträumte, während die anderen noch schliefen. Ein trüber Tag, bis die Sonne durchkam und einen Lichtstreifen über die Erde legte – was er kaum mitbekam, bevor sich die Wolken wieder schlossen. Ohne es wirklich wahrzunehmen, sah er einen Gartenfächerschwanz auf dem schmalen Zweig eines kleinen Gungurru-Strauchs wippen. Er interessierte sich auch nicht für den stämmigen roten, trommelrunden Gegenstand, der sich im Seitenzaun verfangen hatte. Er sah nur ein weiches Stofftier mit Schlappohren. Und eine durchgeknallte, platinblonde Hollywoodschauspielerin, die ein aufblitzendes Messer in der Hand hielt und aus dem Dunkel heraus die Zähne fletschte.

Dann packte der Wind die kleine rote Trommel und ließ sie davonrollen, und nun entpuppte sie sich als der Plastikeimer von der hinteren Veranda. Davon wurde Hirsch wach. Er kochte sich noch einen Kaffee, holte den Spielzeughund vom Sims und kehrte in die verglaste Veranda zurück. Das Haus um ihn herum knarzte. Hirsch knetete das Stofftier, bis der Hund »Gassi!« sagte, und seine Finger tasteten eine gut gepolsterte rechteckige Form ab. Die meisten solcher Kameras übertrugen das Signal auf einen Empfänger in der Nähe. Hirsch fragte sich, wo der wohl versteckt war, zog seine Jacke an und strich ums Haus, schaute zum Dachvorsprung hinauf, sah unter die Veranda und suchte im Gartenschuppen.

Nichts. Ihm wurde kalt, also ging er wieder hinein. Ganz gleich, wo der Empfänger auch war: Hatte Clara vorgehabt, ihn mitten in der Nacht zu holen, wenn Mutter und Tochter schliefen? Oder am Tag, wenn niemand daheim war? Und auf welche Art von Aufnahmen hatte sie gehofft? Wendy, die ihre Tochter schlägt? Wendy und Hirsch, wie sie auf dem Sofa knutschen? Katie, die fernsieht oder Hausaufgaben macht? Sie hatte ja nicht davon ausgehen können, dass Katie das Stofftier nicht einfach in den Schrank pfeffert.

Hirsch untersuchte die Nähte an dem Hund und zupfte vorsichtig daran. Eine Naht entpuppte sich als Klettverschluss, und dahinter befand sich in einer Schaumstoffvertiefung eine kleine schwarze Schachtel mit einem winzigen Deckel. Die leichtgläubige Besitzerin würde schlicht annehmen, dass es sich um die künstliche Stimme handelte. Kein Grund, die Schachtel zu entfernen. Vielleicht hob man ein-, zweimal im Jahr den Deckel an und wechselte die Batterie, aber das war auch alles.

Hirsch zog das Schächtelchen heraus und drehte es um. Auf der abgewandten Seite befand sich ein Schlitz für eine Speicherkarte. Es gab also keinen versteckten Empfänger, die Bilder wurden auf der SD-Karte gespeichert. Die schob man dann in den Computer und konnte so die Aufnahmen abspielen. Aber wie um alles in der Welt glaubte Clara, regelmäßig Zugang zu dem Hund zu bekommen? Wollte sie jeden Tag eine neue Ausrede erfinden, um die Streets aufzusuchen?

Hirsch konnte sich darauf keinen Reim machen, also überließ er sich wieder seiner Tagträumerei. Allerdings kamen ihm die Erinnerungen an Wendy letzte Nacht dazwischen. Ihr roher, rachsüchtiger Zorn, als sie die Ungeheuerlichkeit einer Spionagekamera in ihrem Haus begriff.

»Dieses Miststück.« Wendy fluchte nur selten. »Was denkt sie sich dabei?«

Hirsch sagte ihr, was er davon hielt: Es gab eine große Leere in Clara Ogilvies Leben. Oder aber ihr war klar geworden, dass sie ihn weder jetzt haben konnte noch ihn kriegen würde, also wollte sie mehr über ihre Gegnerin wissen.

Wendy war darauf angesprungen. »Gegnerin. Anders gesagt,

sie wollte ihren Hass befriedigen. Und herausfinden, wo Katie und ich verwundbar sind.«

Hirsch hatte das einräumen müssen.

»Verhafte sie, Paul. Sperr sie ein. Wirf ihr alles vor, was geht.«

»Sie braucht Hilfe.«

»Ja, das braucht sie, aber wer wird sie davon überzeugen?«

Sie sah seinen Gesichtsausdruck und fügte hinzu: »Sie muss aus ihren Wahnvorstellungen wachgerüttelt werden. Verhafte sie, klag sie an. Das hier«, und damit wies sie auf den Hund, »das ist ernst.«

Sie hatten die Streiterei im Bett fortgesetzt.

Wendy tauchte um zehn Uhr auf, kam leise herein und gab ihm einen Kuss auf den Kopf. Er stand auf, sie nahmen sich in die Arme und drückten auf diese Weise aus, wie leid es ihnen tat.

»Ich brauche einen Kaffee.«

»Ich mache ihn dir«, sagte Hirsch.

Doch wohin auch immer er sich in der Küche drehte, stand sie ihm im Weg und versuchte zu erklären. »Ich hab darüber nachgedacht, was du gesagt hast. Sie braucht wirklich Hilfe.«

»Ja«, sagte er.

»Sonst verliert sie noch ihre Arbeit. Und es gibt ein riesiges Medienspektakel.«

»Ja.« Hirsch erzählte ihr von den Ungereimtheiten mit der Spionagekamera. »Ich habe keine Ahnung, was sie aufzuzeichnen hoffte oder wie sie an die Aufnahmen kommen wollte – mal ganz abgesehen davon, was sie mit ihnen anstellen wollte.«

»Ist sie, wie immer der richtige Ausdruck auch lautet, labil?«

»Wer weiß? Rational ist das alles nicht, so viel ist sicher – aber vielleicht für sie.«

»Sollte man ihr die Augen öffnen, würde das helfen?«

Hirsch schob sich an Wendy vorbei, um an die Milch in der Kühlschranktür zu gelangen. »Und wie sollte man ihr die Augen öffnen?«

»Na, so, dass sie erkennt, wie unerreichbar du bist. Absolut unerreichbar.«

Hirsch blieb stehen. »Man sollte meinen, dass sie darauf doch schon allein gekommen sein müsste.«

Wendy trug einen knallbunten seidenen Morgenmantel, der sie zu beflügeln schien. Sie zog die linke Hand aus der tiefen Tasche und spreizte ihre Finger.

Hirsch brauchte einen Augenblick. Dann sagte er: »Ich kann mich nicht erinnern, dir mitten in der Nacht einen Heiratsantrag gemacht zu haben ...«

»Das ist meiner. Vor ein paar Jahren habe ich damit aufgehört, ihn zu tragen.«

Sie schwiegen und dachten, jeder auf eigene Weise, an den nun toten Mann, der ihr diesen Verlobungsring überreicht hatte.

»Keine Sorge, das war nur so eine dumme Idee mitten in der Nacht.«

»Mein Leben ist voll von dummen Ideen«, sagte Hirsch. »Und du hast gedacht, du lässt Clara den Ring sehen, wenn du ihn bei der Arbeit trägst?«

»Eigentlich wollte ich bei ihr zu Hause reinschneien und damit vor ihrem Gesicht herumwedeln«, meinte Wendy. »Und darauf bestehen, dass sie mit ihrem Unfug aufhört. Und schauen Sie – Hirsch und ich sind verlobt.«

Sie schwieg kurz. »Zum Glück bin ich wieder zu Verstand gekommen.« Sie lachte unglücklich. »Nun stehen wir hier und wollen, dass sie ihr Verhalten ändert, und das Gegenteil ist eingetreten, sie verändert *unser* Verhalten, und wir übernehmen ihren Irrsinn.«

Hirsch nahm sie fest in die Arme.

»Wir sollten trotzdem gehen und mit ihr reden«, sagte sie mit dem Mund an seiner Brust. »Heute.«

»Ich glaube, sie ist bei ihrer Mutter«, sagte Hirsch und wollte das erklären.

Wendy wurde starr. »Ihre Mutter ist letztes Jahr verstorben.

Sie hat mir damals davon erzählt. Sie musste sich ein paar Tage freinehmen.«

Sie setzten Katie beim Haus einer Freundin in der Nähe des Minenmuseums von Redruth ab und fuhren die kurze Strecke nach Hayle, einer der frühen Siedlungen zwischen den kleinen Hügeln, die den Ort umstanden. Sie hatten Wendys Golf genommen, nicht seinen Nissan.

Wendy sprach kein Wort, was Hirsch ein wenig nervös machte. Um das Gespräch anzukurbeln, fragte er: »Warst du schon mal bei ihr?«

Wendy schüttelte sich leicht, so als würde sie aus ihren Gedanken gerissen. Sie bremste für einen Mann auf einem E-Roller und antwortete: »Eine alte, möblierte Einliegerwohnung hinter dem Haus von jemand anderem.« Pause. »Ein wenig deprimierend.«

Hirsch erkannte, dass Wendy, nachdem sich ihr Zorn ein wenig gelegt hatte, anfing, das armselige Leben von Clara Ogilvie zu begreifen: eine einsame, ambivalente Frau, die um Liebe kämpfte, es aber völlig falsch anstellte. Und dazu lebte sie noch in zwei, drei Zimmern, die ursprünglich für eine ältere, längst verstorbene Verwandte angebaut worden waren.

Clara war daheim; Wendy hatte zur Vorsicht angerufen. Wahrscheinlich war sie eh immer daheim, dachte Hirsch, während der Wagen sie den Hügel hinauf in ein Gewirr kleiner Straßen brachte. Er stellte sich vor, wie sie in einer Ecke saß und in seiner Vorstellung verschiedene Emotionen über ihr Gesicht flackerten: Schadenfreude, Verletztheit, Verschlagenheit, Offenheit, Nachdenklichkeit.

Außerdem war Clara vorgewarnt, dass sie kommen würden.

»Haus, das ist nur fair«, hatte Wendy gesagt.

Hirsch hätte ein polizeiliches Vorgehen bevorzugt – Überraschungsangriff –, hatte sich aber nicht streiten wollen.

Das Haus lag in einer von Eukalyptusbäumen gesäumten Straße, die zu riesig waren für die dahinter liegenden, bescheiden wirkenden Häuschen im kalifornischen Stil. Wendy hielt an,

Hirsch folgte ihr die Einfahrt entlang um einen Carport herum zu einem feuchten, verkrauteten Hinterrasen. Hier fiel das Gelände steil ab, deshalb stand Claras Wohnung an der Rückseite des Hauses auf einem offenen, geziegelten Unterstand: Rasenmäher, Müll- und Komposttonne, Gartengeräte. Betonstufen und ein wackliger, schmiedeeiserner Handlauf führten zu einer wasserfleckigen Sperrholztür. Hirsch schätzte, dass man von dort oben eine Aussicht hatte auf nasse Hinterhöfe, Baumkronen und Dächer.

Mit dem Stoffhund in der Hand folgte er Wendy die grünglitschigen Stufen hinauf. Wendy klopfte an. Clara öffnete hektisch und herzlich. »Schnell rein aus der Kälte!«

Sie spricht mit Ausrufezeichen, dachte Hirsch und folgte den beiden Frauen in ein kleines Wohnzimmer. Clara machte eine Handbewegung. »Nehmen Sie Platz.«

Sie hatte sich unauffällig gekleidet. Weite Jeans und Wollpullover; Uggs; kein Make-up; das Haar so fest nach hinten gebunden, dass es ihr Gesicht straffte. »Tee? Kaffee?«

»Nein, danke.«

Hirsch sah sich um: Bücherregale im Ikea-Stil, ein kleiner Fernseher, ein Laptop auf einem Kartentisch in der Ecke, ein alter Clubsessel.

Clara bemerkte, wie er einen Orientteppich betrachtete, der den Großteil des Bodens bedeckte. »Gefällt er Ihnen?«

»Sehr hübsch.«

»Ungefähr das Einzige, was mir mein Mann – mein Ex-Mann – nicht unter den Füßen weggerissen hat.« Ein offenbar gut vorbereiteter Wortwitz. Sie bemühte sich tapfer, den Hund in Hirschs Händen nicht anzuschauen, und fügte hinzu: »Setzen Sie sich doch, um Himmels willen.«

Hirsch setzte sich in einen der Sessel und dachte an den Ex-Mann. Ein Spieler, wie Wendy gehört hatte.

Wendy setzte sich in einen anderen Sessel und sagte: »Clara, es gibt da etwas, worüber wir mit Ihnen reden müssen.«

Nun beäugte Ogilvie den schlappohrigen Hund, und alle Lebhaftigkeit wich aus ihr. »Was denn?«

»Setzen Sie sich bitte.«

»Ich bleibe stehen, danke.«

Also standen Hirsch und Wendy wieder auf, und sie fanden sich an drei weit voneinander entfernten Stellen im Zimmer wieder.

»Ich glaube, Sie wissen, warum wir hier sind, Clara«, sagte Hirsch. »Es geht um solche Dinge wie diesen Spielzeughund«, den er auf den Couchtisch stellte, eine kalte, saubere Glasplatte, »die Textnachrichten, die Anrufe, das ständige Über-den-Weg-Laufen. Das muss aufhören.«

Clara tastete vorsichtig hinter sich nach einem Sessel und setzte sich. Die beiden taten es ihr gleich.

Ihr Gesichtsausdruck wirkte durchaus nicht gefühllos, im Gegenteil, es lag ein Hauch von Würde darauf. Man hatte den Eindruck, sie würde befürchten, dass sie noch weitere Anschuldigungen auf sich ziehen würde, wenn sie ihre Gefühle zeigte. Die beiden warteten ab.

»Finden Sie es unpassend, dass ich Katie etwas zum Geburtstag schenke?«

»Mit einer Überwachungskamera drin? Na, kommen Sie schon, Clara«, sagte Wendy.

»Wie bitte?«

»Was haben Sie denn geglaubt, was Sie zu sehen bekommen?«

»Ich weiß nicht, wovon Sie reden.«

Hirsch ertappte sich dabei, wie er nickte. Wie oft bekam die Polizei das zu hören? Wohl an jedem einzelnen Arbeitstag.

»Das muss aufhören, Clara«, fuhr Wendy fort. »Das ist schlecht für Sie und schlecht für uns. Es ist falsch. Und es ist illegal. Was um alles in der Welt soll das bringen?«

»Diese Attitüde steht Ihnen gar nicht gut, Wendy«, entgegnete Clara Ogilvie. »Ich bin offen gestanden enttäuscht. Und ich möchte, dass Sie beide jetzt gehen.«

Mit einem gequälten Ruck öffnete Hirsch den Klettverschluss. Er zog das kleine Kistchen heraus und öffnete den Kartenschlitz. »Wir haben uns die Aufnahme nicht angeschaut, es ist ja auch für niemanden von Interesse. Was zum Henker soll das, Clara? Haben Sie sich das überhaupt richtig überlegt? Wie zum Beispiel wollten Sie denn die Aufnahmen in die Finger kriegen?«

Noch immer gab sie sich als Opfer grausamer Ungerechtigkeit. »Ich habe keine Ahnung, wovon Sie sprechen, Aufnahmen und so etwas. Ich habe einem Kind, das ich gern mag, einen Spielzeughund gekauft. Na und?« In ihrem harmlosen Blick blitzte etwas auf. »Ein Kind übrigens, um dessen Wohlergehen ich mir manchmal Sorgen gemacht habe.«

Das Universum tat einen Ruck, und Wendy sagte: »Sie Miststück.«

Hirsch sah sich wieder um und entdeckte überall Hunde. Eine kleine Pastellzeichnung an der Wand, Hunde aus Glas und Porzellan, in einer Ecke schliefen sogar zwei Stoff-Bassetts in einem Körbchen.

Völlig auf den Hund gekommen, dachte er.

»Clara«, sagte Wendy, »ist Ihnen überhaupt klar, dass Paul jedes Recht hätte, Sie wegen alldem anzuzeigen? Sie stalken ihn. Sie installieren eine Kamera in meinem Haus. Die Gerichte nehmen so etwas nicht auf die leichte Schulter. Denken Sie an die öffentliche Demütigung. Ihr Name in der Zeitung. Sie könnten ganz leicht Ihre Arbeit verlieren. Das muss aufhören.«

Hirsch sah Clara Ogilvie an, erkannte einen Hauch von Boshaftigkeit und ging dazwischen. Biete ihr die Möglichkeit, sich zu entscheiden, dachte er; mal sehen, was passiert. »Es geht nicht mal unbedingt darum, dass Sie uns stalken und gegen das Gesetz verstoßen, Clara. Es geht um Ihre Bedürfnisse als Mensch, richtig? Jeder braucht doch etwas Liebe und … Anerkennung.«

Wendy wollte ihn schon böse anschauen, überlegte es sich aber anders, und beide beobachteten sie Clara Ogilvie.

Sie rieb sich das Gesicht mit beiden Händen. »Sie ahnen ja nicht, wie das ist«, sagte sie schließlich mit einem jammervollen Flehen in der Stimme. »Ich bin so einsam! Ich kann mich mit niemandem treffen. Nur mit diesen blöden Landeiern und Langeweilern wie Den Quigley. Glauben Sie vielleicht, ich möchte kein normales Leben führen? Ein Kind haben? Jemanden, den ich lieben kann? Jemanden, der mich liebt?«

Sie wiegte sich in ihrem Sessel, einem riesigen, viel zu klobigen alten Ding, in dem sie ganz klein wirkte. »Der blöde Hund!« Sie ließ die Hände sinken und deutete auf das Spielzeug. »Den habe ich bei eBay gekauft, bis ich merkte, dass ich überhaupt keine Ahnung habe, was ich damit anstellen soll.«

Sie ließ sich erschöpft zurücksinken.

»Es tut mir leid. Ich hör auf damit, versprochen. Ich ziehe weg, suche mir eine andere Schule. Bitte behalten Sie das für sich.«

Es gab nichts mehr zu sagen. Wendy und Hirsch standen auf, und für einen kurzen Augenblick sah es so aus, als würden sich die beiden Frauen umarmen. Hirsch rutschte beim Hinuntergehen auf den Stufen aus, hielt sich in letzter Sekunde an dem wackligen Handlauf fest und hätte beinahe Wendy in den Rücken getreten; Claras Stimme wehte ihnen nach: »Paul, ich hoffe, Sie singen weiter. Wendy, das habe ich nicht so gemeint, Sie sind ein wunderbarer Mensch, eine wundervolle Mutter.«

Die beiden drehten sich nicht zu ihr um, sondern konzentrierten sich auf die glitschigen Stufen unter den Füßen. Deshalb sahen sie Clara Ogilvies Gesicht nicht.

Im Auto meinte Wendy: »Was haben wir uns nur dabei gedacht?«

31

Hirsch kehrte am späten Nachmittag nach Tiverton zurück, denn er wusste, er würde am Montag früh anfangen müssen. Er kam gerade in den Ort, durchquerte die langen Schatten, die die Silos warfen, und passierte die sonntäglich ruhigen, zurückgezogenen Häuser, als er Ed Tennant, seine Angestellte Gemma Pitcher und ein paar weitere Personen vor dem Polizeirevier stehen sah. Sie verlagerten ihre Aufmerksamkeit gerade vom Haus auf seinen Dienst-Toyota, den er am Straßenrand hatte stehen lassen. Als er näher kam und vom Highway abbog, sahen sie zu ihm in seinem klapprigen Nissan hinüber.

Kaum hielt er an, sah er auch schon, was sie sich angeglotzt hatten: blutrote, tropfende Slogans an der Hauswand und an der zum Haus liegenden Seite des Toyota. Hirsch schaltete den Motor ab, stieg aus und besah sich als Erstes die Hauswand: *Ein verstocktes, unbussfertiges Herz, Anbeter des Antichrist.*

Sollte das nicht *unbußfertig* heißen? Hirsch drehte sich zu dem Toyota um. *Weiche von mir, unvollkommener Mensch.*

Nur zu gern, dachte Hirsch. Eins war klar: Clara Ogilvie war nicht mit einer Sprühdose hier gewesen – es sei denn, sie hatte ihren Irrsinn outgesourct. Hirsch strahlte die kleine Truppe an und sagte: »Na, da habe ich Sie wohl alle in flagranti erwischt.«

Er wartete einen Augenblick lang. Nein, diese Leute konnten mit seinem Humor ebenfalls nichts anfangen. Gemma vielleicht: Er bemerkte, dass auf ihrem Gesicht Ehrfurcht und Verwirrung einer leichten Form von Belustigung wichen.

»Haben Sie vielleicht die Arianer verärgert?«

Glaubte sie, dass an der ganzen Geschichte etwas abseitig

Religiöses war? Vielleicht. »Hmm, irgendjemanden habe ich ja wohl verärgert«, erwiderte er.

Keiner der Reifen war platt, aber vorsichtshalber sah er nach. Die Ventile waren unbeschädigt. Dann kam er ächzend wieder hoch, spuckte auf einen Zipfel seines Taschentuchs und rieb an dem großen *W*. Farbe auf Wasserbasis, Gott sei Dank.

»Ich helfe Ihnen«, sagte Gemma, auch die anderen Nachbarn gingen los, holten Lappen und Eimer mit warmem Seifenwasser und halfen Hirsch dabei, die Schmierereien abzuwaschen. Dann verabschiedeten sie sich, als die Schatten noch länger wurden und das Licht versiegte, und ließen Hirsch allein in den engen Zimmern, die sein Zuhause bildeten.

Bevor Hirsch sich Montagmorgen auf den Weg nach Redruth machte, rief Sergeant Brandl an. Der Doktor meinte, sie habe sich übernommen und müsse ein paar Tage freinehmen.

»Helfen Sie der Mordkommission dabei, sich im Einsatzraum einzurichten«, sagte sie. »Und sorgen Sie für Sicherheit auf der Welt.«

»Also gar kein Stress«, meinte Hirsch.

Gegen zehn Uhr traf ein Team der Mordkommission aus Adelaide ein. Sechs Beamte in drei Autos: Ein Senior Sergeant namens Stolte, einer, der die Daten sammelte, dazu vier Senior Constables in Hirschs Alter. Er half ihnen dabei, sich im Einsatzraum einzurichten – Telefone, ihre eigenen Laptops, zwei Whiteboards –, wofür er keinen Dank erhielt, sondern anschließend selbst bis in den späten Vormittag hinein gelöchert wurde. Sie wollten Fakten, sie waren sogar offen für Spekulationen, aber ihre Gesichter verrieten nichts und die Augen waren grau wie Flusskiesel. So als würden sie weder glauben noch bezweifeln, weder vertrauen noch misstrauen. Immerhin stellten sie die richtigen Fragen.

Danach entließen sie ihn, um das Polizeirevier zu führen. »Hauptsache, Sie stehen uns nicht im Weg rum, dann kommen wir schon prima miteinander aus«, sagte Stolte, ein dickbäuchiger, genervt wirkender Mann.

Also ging Hirsch ihnen aus dem Weg. Soweit er erkennen konnte, leiteten Stolte und der Datensammler die Ermittlungen und legten die Ergebnisse zu den Akten, während zwei Detectives die Verdächtigen und Zeugen auf dem Revier befragten und die anderen beiden außerhalb des Reviers umherstreiften – also bei der Bank vorbeischauten, nahm Hirsch an, beim Eckladen in der Rhynie Road, der Anwaltskanzlei und vielleicht auch den Häusern von Maggie Groote, Amy Groote sowie John und Sylvia Fearn.

Kurz vor Mittag erhielt er eine Textnachricht. Wendy schrieb, dass Clara Ogilvie gekündigt hatte. *Kam rein, hat ihre Sachen gepackt und ist verschwunden. Ende.* Ganz sicher war es so gelaufen. Ob das allerdings schon das Ende war, da war sich Hirsch keineswegs so sicher.

Amy Groote wurde zuerst befragt. Sie betrat das Polizeirevier und warf Hirsch einen Blick zu, der mürrische Verwirrung verriet. Sie hatte sich ein wenig herausgeputzt – ein langes Kleid und eine taillierte Jacke –, wirkte aber dennoch plump und ein bisschen schmuddelig. So als sei sie mit Herz, Leib und Seele immer noch auf dem Hof und würde Unkraut jäten. Sie redete kein Wort mit ihm, als sie nach hinten gebeten wurde, sondern fragte nur einen Detective, ob sie einen Anwalt bräuchte, bevor sie hinter der Tür zum Befragungszimmer verschwand.

Gegen halb eins durfte sie wieder gehen. Beim Hinausgehen zischte sie Hirsch an: »Reine Zeitverschwendung. Die völlige Verletzung meiner Rechte.«

Hirsch erwiderte nichts darauf. Das hatte sie auch nicht erwartet.

Als John und Sylvia Fearn eintrafen, unterhielt Hirsch sich gerade mit Ron Pickett am Empfang. Beide wie aus dem Ei gepellt, doch war nichts von ihrer sonstigen Selbstsicherheit zu sehen. Ordentlich, aber formlos, so als seien saubere Hände, gekämmte Haare und gute Kleidung alles, worauf sie sich noch stützen konnten.

Die befragenden Detectives führten erst Sylvia ins Befragungszimmer. Hirsch, der John unschlüssig herumstehen sah, meinte: »Setzen Sie sich hierher, Mr Fearn.«

Der Wartebereich befand sich gegenüber vom Empfangstresen: zwei Stapelstühle aus Plastik, einer davon mit einem immer größer werdenden Riss in der Sitzfläche, unter einem Regal voller Broschüren und öffentlichen Verlautbarungen. Fearn schaute hinüber. »Danke, ich stehe lieber.«

Hirsch zuckte mit den Schultern. Er war hergekommen, um sich eine Akte zu holen, in der es um den möglichen Diebstahl eines Zuchtbocks im Wert von 72 500 Dollar ging. Er war von einem Züchter in Hallett an einen Züchter bei Farrell Flat verkauft worden, vermittelt von Adrian Quinlan. Hirsch machte den Aktenschrank zu, drehte sich zu der Tür um, die in den Hauptteil des Reviers führte, und bemerkte Fearns Gesichtsausdruck. Verletzlich? Gejagt? Schon war er wieder verblasst.

Mit offiziellem Tonfall fragte Hirsch: »Tee, Mr Fearn? Kaffee?«

Fearn blinzelte. »Kaffee wäre recht.«

»Ich bringe Sie in die Teeküche«, sagte Hirsch.

Vielleicht würde er den Fall ja knacken. Na, vielleicht auch nicht. Vielleicht konnte er den Mann ein wenig aufrütteln und mit seinen hinterhältigen Bullenspielchen eine weitere schmierige Schicht auf die Seele des Mannes legen.

Die Teeküche war kaum größer als ein Hotel-Badezimmer: Spülbecken, Bank, Schränke, ein zerkratzter Resopaltisch, drei Stühle. Eine leere Kaffeekasse. Klebestreifen an der Wand, an denen bis mindestens April die Weihnachtsdeko gehangen hatte. Ein Schild, das sich im Wasserdampf über der Kaffeemaschine gewellt hatte: »Behandeln Sie diesen Raum so, wie Sie Ihre eigene Küche behandeln würden.« Tja, das hatten sie getan. Krümel; vertrocknete kleine Teebeutel auf Untertassen; dreckige Tassen und Becher.

»Da muss wohl mal wieder die Putzkolonne kommen«, sagte Hirsch fröhlich, doch bevor er die Schränke auf- und zumachen und Fearn die Art von Fragen stellen konnte, die ihn gesprächig machen könnten, klingelte sein Handy: Amy Groote.

»Ich muss mal drangehen, Mr Fearn.«

»John.« Er schwieg kurz. »Warum koche ich dann nicht schon mal Kaffee?«

»Stark, mit Milch«, sagte Hirsch.

Er ging durch die Hintertür des Polizeireviers hinaus in eine Gegend aus freudlosen, zerkratzten Wänden und eisiger Luft. »Ms Groote?«

»Haben Sie die angestiftet?«

Ein tiefes Rumpeln im Hintergrund. Sie sitzt im Auto. »Amy, das liegt nicht mehr in meiner Hand. Der Tod Ihrer Tante ist als verdächtig eingestuft worden, und das bedeutet, dass alle in ihrem Umfeld befragt werden. Sie, Mr und Mrs Fearn, die Anwältin, die Leute in der Bank …«

»Ich war im Bett, als das Feuer ausbrach. Sie haben mich gesehen.«

»Nicht ganz korrekt«, entgegnete Hirsch. »Ich habe Sie erst danach gesehen.«

»Haarspalterei«, sagte Amy Groote. »Ich erzähle keine Lügen, Constable.«

Hirsch winkte innerlich ab. Gut möglich, dass Amy Groote tatsächlich niemals log; aber sie konnte sehr ausweichend sein. Erkennbar an der Art, wie sie wegschaute, als er die Parolen an den Masten der Windturbinen erwähnte.

»Stimmt das mit dem Testament?«, fragte sie.

Hirsch zögerte. Worauf hatten sich die Detectives bezogen, als sie Amy Groote befragt hatten? Auf das frühere Testament? Um ihre Reaktion abzuschätzen?

»Dazu kann ich nichts sagen, Amy.«

»Warum denn nicht?« Plötzliche wütende Schluchzer ließen sie stocken. »Na, wie Sie wollen. Machen doch eh alle so.«

»Wo sind Sie?«

»Was geht Sie das an?«

Hirsch ging auf, dass er tatsächlich recht wenig über sie wusste, über ihr Leben vor der Zeit, als sie in den Norden gezogen war. Wo hatte sie gelebt, mit wem war sie verheiratet gewesen, was hatte sie gearbeitet ...

»Gibt es jemanden, den Sie anrufen können, wenn Sie nach Hause kommen? Vielleicht –«

»Sie haben mich gefragt, was ich mit dem Geld angestellt hätte. *Mit welchem Geld?* Hat jemand Tante Maggie betrogen?«

»Dazu kann ich wirklich nichts sagen, Amy.«

»Sinnlos.« Hirsch hörte, wie sie herunterschaltete, Gas gab und dann weitersprach: »Nur, dass Sie es wissen, ich glaube nicht an Computer-Banking. Zu riskant. Außerdem gibt es auf der Farm eh so gut wie kein Internet, und Tante Maggie schaffte es kaum, auf ihrem Computer Mails zu schreiben. Was ich damit sagen will, ich hatte keinen Online-Zugang zu ihren Konten, und ich bezweifle, dass sie so etwas hatte. Ihre Nachbarn allerdings, also, das ist eine ganz andere Geschichte. Die haben ihr wahrscheinlich angeboten, all diese Dinge für sie zu übernehmen. Haben Sie das schon mal überprüft?«

»Ich bin mir sicher, dass man sich all das anschauen wird.«

»Ich meine nicht diese Polizisten da heute – die haben mir eh nicht geglaubt –, ich meine *Sie*.«

»Amy, Sie haben nun schon mehrmals etwas von ungebührlicher Einflussnahme gesagt. Haben Sie irgendwelche Beweise dafür? Oder haben Sie nur so ein Gefühl?«

Ihr Schweigen verriet Hirsch, dass sie einen Verdacht, aber keinen Beweis hatte. »Sie glauben mir also auch nicht.«

Je länger Hirsch neben der Hintertür stand, desto tiefer drang ihm die Kälte in die Knochen. »Hören Sie, wenn es nur so ein Gefühl ist, dann muss das doch von irgendwoher kommen?«

»Tante Maggie meinte, Sylvia würde für sie alles Mögliche aufschreiben, damit sie nicht durcheinanderkommt. Und Sylvia sagte zu ihr, sie solle ein paar der Spenden einstellen, diejenigen, denen es besser ging als ihr, sollten sich um solche Dinge kümmern wie das Hundeasyl, und so weiter. Und ein andermal meinte sie, sie würde sich von den Fearns gar nicht unter Druck gesetzt fühlen, dabei hatte ich noch nicht mal danach gefragt. Ich hab dann überlegt, ob das nicht verriet, dass sie im tiefsten Inneren vom Gegenteil überzeugt war. Ein andermal sagte sie: ›Ich möchte, dass mein Geld an Leute geht, die ich kenne‹, auch das einfach so. So, als würde sie mit sich streiten.«

Damit legte Amy Groote auf. Hirsch nahm sich vor, sie später noch mal anzurufen, und kehrte in die Teeküche zurück, wo John Fearn an dem kleinen Tisch saß, über seinen Kaffee pustete und mit dem Fuß wippte.

»Ich wusste nicht, wie viel Milch ich hineinschütten sollte.«

Zu viel, so wie es aussah. »Das ist okay«, sagte Hirsch und setzte sich auf die andere Seite.

»Mussten wir denn wirklich herkommen? Konnten die denn nicht mit uns zu Hause reden?«

Hirsch trank von seinem lauwarmen Kaffee und stellte den Becher ab. »Sie müssen sich keine Sorgen machen, Mr Fearn. Die müssen mit allen Beteiligten sprechen. Übliche Vorgehensweise.«

»Sie haben meine Frage nicht beantwortet.«

»Die haben nicht so viele Männer, das ist alles«, sagte Hirsch.

Er wollte Fearn zum Reden bringen, aber dazu musste er ganz behutsam vorgehen. Er konnte der Mordkommission weder vorgreifen noch sie umgehen: Das würde Fearn nur alarmieren, und er selbst würde dafür in Teufels Küche kommen. Selbst unschuldige Fragen konnte man so umdeuten, als würden sie sich auf das Verhältnis der Fearns zu Maggie Groote beziehen.

Also ganz vorsichtig. »Ich kannte Mrs Groote nicht sonderlich gut, aber ich fand sie nett.«

Fearn lachte säuerlich auf. »Sie konnte eine alte Hexe sein.«

Hirsch nippte an seinem widerlichen Kaffee. »Wie schon gesagt, ich kannte sie nur von fern. Sie kennen sie doch schon seit Jahren, nehme ich an.«

»Wir waren seit Jahren Nachbarn. Das ist was anderes.«

»Wohl wahr«, meinte Hirsch.

»Im Augenblick erzählt meine Frau Ihren Kollegen ganz deutlich, was für eine Frau sie in Wirklichkeit war.«

Hirsch strich sich übers Kinn. »Verstehe.«

»Ich weiß, was Sie denken, wie kann man denen so etwas Dummes sagen – das wäre doch ein Motiv, richtig? Aber wir haben das durchgesprochen.«

Hirsch erkannte einen kurz aufflackernden Zweifel. Vielleicht hatte seine Frau das durchgesprochen, aber Hirsch nahm an, dass der Gatte nicht mitgesprochen hatte. Ärger im Paradies, offensichtlich – aber in welchem Paradies? Das ihrer Ehe? Oder das ihres Verhältnisses zu Maggie Groote?

Hirsch sagte nichts; nach einer Weile füllte John Fearn schließlich die Stille aus und sagte leise, kaum hörbar: »Hätte Sylvia keinen Zacken aus der Krone gebrochen, hinzugehen und ihr zu helfen.«

Sag nichts, warnte Hirsch sich und hob fragend eine Augenbraue.

»Neulich rief Maggie an. Sie war im Badezimmer gestürzt. Sylvia meinte, Zitat: ›Mal sehen, was passiert.‹ Zitat Ende.«

John Fearn. Ein rundlicher, weicher Mann. Ein übergroßer Schuljunge mit der lebenslangen Angewohnheit, seine Kumpel den Wölfen zum Fraß vorzuwerfen, um die Schuld von sich zu weisen.

Wie sollte er das Stoltes Leuten beibringen, fragte sich Hirsch.

Wenn man vom Teufel spricht. Stimmen im Flur, eine herannahende, die Hälfte des Lichts verschluckende Gestalt. »Da sind Sie ja«, sagte Stolte und stützte sich zu beiden Seiten der Tür ab. »Uns geht eine Kassiererin ab.«

32

Stolte stand noch immer in der Tür, als er bemerkte, dass Hirsch nicht allein war. »Darf ich fragen, wer Sie sind, Sir?«

»John Fearn.«

Der Blick, den Stolte Hirsch zuwarf, war umwölkt und nicht zu deuten. Zu Fearn meinte er nur: »Dann muss ich Sie bitten, vorn am Empfang zu warten, bis wir Sie rufen.«

Fearn stand auf, zog die Schultern ein und schob sich seitwärts an dem Senior Sergeant vorbei, der in den Flur zurücktrat, um ihm nachzublicken. »Immer weiter, Sir, durch die Tür da. Ja, genau die.«

Dann baute er sich über Hirsch auf und nahm ihm die Luft. »Haben Sie ihn befragt?«

»Ich habe ihm einen Kaffee angeboten, Senior Sergeant, das ist alles. Wir haben kaum ein Wort gewechselt.«

Stolte war noch nicht zufrieden. »Und was soll denn ein Zivilist hier hinten? Der im Übrigen darauf wartet, als beteiligte Person bei einem verdächtigen Todesfall befragt zu werden?«

Du kannst mich mal. Hirsch erhob sich, und die beiden standen Auge in Auge. »Ich habe sorgsam darauf geachtet, nichts davon anzusprechen, Senior Sergeant.«

Stolte wirkte ganz so, als sei er noch nicht fertig mit ihm, überlegte es sich dann aber anders. »Diese Kassiererin ist von der Mittagspause nicht zurückgekehrt. Meine Leute sind vor Ort, um den Direktor zu befragen, allerdings wollten sie erst mit der Frau reden.«

»Sophie Flynn?«

»Ja.«

Hirsch spülte die beiden Kaffeebecher aus und trocknete sich die Hände an einem dreckigen Trockentuch ab. »Hat sie gewusst, dass Sie mit ihr reden wollten?«

»Wir haben das Gespräch am späten Vormittag mit beiden ausgemacht. Ich bin eingespannt. Ich muss Sie bitten, sie aufzuspüren«, antwortete Stolte.

Hirsch rief auf Sophies Handy an: Voicemail.

Dann rief er in der Bank an. Die ältere Kassiererin ging dran. Sophie würde fast immer in der Teeküche zu Mittag essen, sagte sie. »Sie spart auf einen Auslandsurlaub.«

»Und wenn sie nicht hier isst?«

»Dann gehen wir beide manchmal ein Stück die Straße runter, meistens freitags.«

»In den Feinkost?«

»Meistens.«

»Und sonst noch?«

»Ein, zwei Mal waren wir im Pub zu Mittag. An ihrem Geburtstag, an meinem.«

»Wissen Sie, wo sie wohnt?«

Eine Adresse in Kooringa, dreizehn Kilometer südlich von Redruth.

»Wohnt sie mit jemandem zusammen? Hat sie Freunde?«

Die Kassiererin lachte. »Sie wohnt noch bei ihren Eltern. Sie ist doch noch ein Kind.«

»Haben Sie eine Telefonnummer?«

»Da habe ich schon angerufen. Es geht niemand dran, ich bezweifle, dass Sophie dort ist. Ihre Eltern arbeiten in Clare, deren Handynummern habe ich nicht.«

Hirsch würde das kontrollieren müssen. Er übertrug Tim Medlin vorübergehend die Verantwortung im Polizeirevier, dann nahmen Jean Landy und er den HiLux und fuhren nach Kooringa, Landy saß am Steuer, Hirsch befingerte sein Handy. Sophie Flynn besaß einen blauen Jetta, Baujahr 2009, zwar auch ein VW, aber nicht im mindesten zu verwechseln mit einem neuen silbernen Passat.

Wo er gerade dabei war, suchte Hirsch auch nach dem Bankdirektor Cater: schwarzer Volvo SUV, Baujahr 2016.

Er schob das Handy wieder in die Tasche, lehnte sich zurück und grübelte, während Jean sie durch flaches, durchweichtes Farmland fuhr. Hirsch nahm kaum die feuchte Straße wahr, die auf ihn zuraste, auch nicht die vorbeihuschende, winterlich grüne Landschaft. Er rührte sich erst, als kleine Baumgruppen über dem Asphaltband erschienen; dann zeichneten sich Hausdächer, Hecken, niedrige Gartenmauern ab. *Kooringa. Einwohner 19.*

Auch Jean Landy schien munter zu werden. »Woran denken Sie?«

»Ich möchte ungern glauben, dass Sophie irgendetwas mit Mrs Grootes Tod zu tun hat«, antwortete Hirsch. »Das denke ich.«

»Sieht allerdings verdächtig aus. Man teilt ihr mit, sie möchte sich für eine Befragung durch die Mordkommission bereithalten, und sie macht die Biege.«

»In meiner Position als Mentor junger und unerfahrener Constables«, mahnte Hirsch, »würde ich darauf hinweisen, dass es so etwas gibt wie übertriebenen Argwohn.«

»Sie?« Landy kannte seine Frotzelei nun schon. »Sie hegen doch allem gegenüber Argwohn.«

Was Hirsch allerdings im Augenblick argwöhnte, war nicht Sophie Flynns Schuld, sondern etwas deutlich Unangenehmeres.

Das Haus war ungewöhnlich: etwa zwanzig Jahre alt, weitläufig, wahrscheinlich aus Ziegeln oder gestampftem Lehm, dazu eine Reihe nach Norden ausgerichteter Lichtgaden entlang der flachen Dachkante. Dahinter ein paar ältere Eukalyptusbäume. Vor dem Haus neue, kleinere Eukalyptusbäume im Stil von Trauerweiden, dazu einheimische Sträucher, Gräser und Bodendecker in Beeten, die von Holzschwellen gesäumt wurden. Eine kurze Einfahrt endete in einer geschlossenen Garage neben dem Haus.

Sie hielten auf der Straße, und Jean Landy meinte: »Sieht überhaupt nicht wie ein Wohnhaus aus.«

»Wir schauen trotzdem nach«, sagte Hirsch und stieg aus.

Landy folgte ihm über einen mit kleinen Platten gelegten Weg und rempelte Hirsch an, als dieser abrupt stehen blieb. »Hören Sie das?«

Leise war ein laufender Motor zu hören. Aus der Garage? Hirsch verließ den Pfad und zog an der Türklinke. Verschlossen.

Es gab sicher vom Haus aus einen Seiteneingang, dachte Hirsch. Von der Küche aus? Wieder besah er sich die Garage. Vielleicht gab es auf der abgewandten Seite oder an der Rückseite ein Fenster.

Jean Landy hämmerte gegen die Haustür. Sie versuchte es an der Türklinke, klopfte erneut, und dann warf sich ein Hund unter wütendem Gebell gegen die Tür.

»Verflucht.« Landy schreckte ängstlich zurück.

»Wir versuchen es von hinten«, entschied Hirsch.

»Sie zuerst. Hunde mögen mich nicht.«

»Es gibt noch viel über die Polizeiarbeit zu lernen«, tadelte Hirsch. Diesmal lag nicht sonderlich viel Leichtigkeit in seiner Stimme.

Später sagte er sich, dass der Hund ziemlich gewitzt war. Das Tier verstummte, so als würde es verfolgen, wie sie am Haus entlang und ein paar Betonstufen hinaufgingen, die zur Hintertür führten. Es blieb stumm, als Hirsch klopfte, abwartete und dann die Tür öffnete.

Er öffnete sie weit. Keine scharrenden Krallen, keine gefletschten Zähne, kein heranfliegender Leib. Hirsch trat über die Schwelle in eine dunkle Küche. Ihm fiel Folgendes auf: eine Tür zur Garage; in schrägen Winkeln am Tisch stehende Stühle, dazu einer mitten im Raum; Blut auf einer Bodenfliese und an der Mischbatterie; der Motor war deutlich zu hören.

Hirsch tat einen weiteren Schritt, Jean Landy blieb ihm dicht auf den Fersen. Jetzt griff der Hund an, ein kurzhaariges, schwarzes Muskelpaket, das aus dem Flur durch die Küche geschossen kam. Landy schrie auf, sprang auf die Stufen hinaus und warf die Tür hinter sich zu. Dann öffnete sie mit betretener Miene die Tür einen Spalt, steckte den Kopf hinein und hielt ihre Pistole in den Raum, während Hirsch den Hund mit einem Stuhl auf Distanz hielt.

Er entdeckte sie, wich zur Garagentür zurück und rief: »Nicht schießen – Abpraller! Lenken Sie ihn ab.«

Sie steckte die Waffe nicht ein, sondern trat in die Küche und pfiff auf den Fingern der freien Hand. Hirsch brauchte einen Augenblick, um den Klang zu würdigen: ein sauberer, alles durchdringender Pfiff. So zu pfeifen hatte er nie gelernt. Der Hund, eine zitternde Erscheinung aus Zähnen und Sabber, schaute sich um, und Hirsch nutzte die Gelegenheit, um weiter zurückzuweichen und die Tür zur Garage zu öffnen. Das Letzte, was er sah, war Jean Landy, die einen Daumen reckte und nach draußen verschwand, verfolgt von dem Hund.

Hirsch wusste nicht, wie viel Zeit er hatte. Die Luft war dick verqualmt; er stand in den giftigen Abgasen von Sophie Flynns blauem Jetta. Er holte Luft, hielt den Atem an, riss die Fahrertür auf und schaltete den Motor aus. Dann stürzte er zum Garagentor, drückte auf einen Wandschalter, und während das Rolltor aufging und frische Luft hereindrang, kehrte er zum Wagen zurück.

Sophie saß angeschnallt zusammengesunken hinter dem Steuer.

Angeschnallt?

Drei der Autofenster waren fest verschlossen. Das vierte wies einen leichten Spalt auf, der mit Lumpen und dem Ende eines Schlauchs verstopft war, dessen anderes Ende im Auspuff steckte. Hirsch hatte sich auf der Polizeiakademie mit Selbstmorden beschäftigt. Nicht viele Frauen wählten diese Methode. Er berührte Sophie am Hals und den Handgelenken. Sie war tot, da war er sicher. Sie war wahrscheinlich innerhalb von Minuten gestorben, mochte aber schon fast eine Stunde hier sitzen.

Auf dem Sitz neben ihr lag ein Stapel Kontoauszüge.

Hirsch rührte sie nicht an, beugte sich aber über Sophies Leiche und schaute genauer hin. Margaret Groote, die Adresse in der Rhynie Road. Im März hatten sich 260 500 Dollar auf dem Konto befunden; im Mai und im Juli waren jeweils 100 000 Dollar abgebucht worden; 50 000 Anfang August. Dann 7500 für die Trickbetrüger.

Hirsch versuchte, flach zu atmen, und merkte, wie er müde wurde. Er wollte Sophie auf den Rasen hinausziehen, aber er wusste, er sollte nichts anrühren, und dann wurde ihm die Entscheidung abgenommen, als der Hund in die Garage geschlittert kam. Hirsch hatte gerade noch Zeit, auf die Werkbank zu hechten, bevor sich das Tier in seine Wade verbeißen konnte. Es versuchte, auch auf die Werkbank zu kommen.

Hirsch schnappte sich einen Hammer von einem Haken an der Wand und hätte dem Vieh am liebsten den Schädel eingeschlagen, doch direkt unter der Dachkante gab es ein kleines Fenster, er schlug das Glas kaputt und sog die frische Luft ein. Er war müde; das kam wohl vom Kohlenmonoxid. Wenn er nicht aufpasste, würde er einnicken, zu Boden fallen und dem verfluchten Köter zum Fraß dienen.

Er zückte sein Handy, rief Landy an und fragte benommen: »Wo sind Sie?«

»Wieder im Haus. Ich hab hinter der Tür gestanden, und als das Vieh an mir vorbeischoss, die Treppe hinunter, bin ich wieder hinein und hab die Tür zugemacht. Passen Sie auf, Paul.«

»Zu spät, er hat mich schon gefunden«, sagte Hirsch.

»Alles okay?«

»Ich stehe auf der Werkbank in der Garage. Sophie Flynn sitzt tot in ihrem Auto, Kohlenmonoxidvergiftung. Wir brauchen hier ein paar Leute.«

Sie beschlossen, dass sie einen Rettungswagen alarmieren und Dr Pillai und einen Tierarzt aufbieten sollten. Er würde Stolte und die Bank anrufen.

Stolte als Ersten.

»Sind Sie sicher, dass sie tot ist?«

»Ja.«

»Absolut sicher? Schauen Sie noch mal nach.«

Hirsch erklärte die Situation mit dem Hund. »Wenn der Tierarzt den Hund betäubt, dann ja. Aber ich fürchte, sie ist schon zu lange in dem Auto.«

»Erschießen Sie den Hund.«

»Das werde ich nicht tun«, entgegnete Hirsch. »Ringsum stehen Häuser. Außerdem tut er das, was Hunde eben tun. Und ich nehme an, dass wir an dem Tier Spuren finden werden. Blut und Fasern.«

»Sie denken also …?«

»Sie wurde ermordet. Es sollte nach Selbstmord aussehen. Und der Hund hat diejenige Person angegriffen, die sie umgebracht hat.«

Hirsch legte auf, bevor Stolte ihm mit allen möglichen Bedenken kam. Dann rief er die Bank an.

»Mr Cater war hier«, sagte Tina Russo, »aber nach dem Verhör ist er wieder verschwunden.«

»Hat er gesagt wohin?«

»Nein.«

»Sind die Detectives noch bei Ihnen?«

»Nein. Die meinten irgendetwas von einer Anwältin.«

Tina schwieg kurz. »Haben Sie Sophie gefunden?«

Hirsch sagte: »Welchen Eindruck hat Mr Cater auf Sie gemacht?«

»Mr Cater? Was meinen Sie damit?«

»Wie kam er Ihnen vor? Was hatte er an?«

»Jetzt verunsichern Sie mich. Er hat den Anzug gewechselt, das ist mir jedenfalls aufgefallen. Er meinte, er sei im Schlamm ausgerutscht, als er zum Essen nach Hause gegangen ist.«

»Und in welcher Stimmung war er?«

»Ich bin mir nicht sicher, ob ich …«

»Es ist sehr wichtig«, sagte Hirsch mit sanfter Stimme.

»Er wirkte ziemlich nervös darüber, verhört zu werden. Aber wer wäre das nicht?«

»Er hat also die Kleidung zwischen dem späten Vormittag und der Befragung gewechselt?«

»Hab ich doch schon gesagt. Er ist hingefallen. Er humpelte und hatte Pflaster an den Händen.«

33

Der Hund hat ihn gebissen, dachte Hirsch.

Das Tier lief auf und ab. Blieb stehen, hustete merkwürdig menschenähnlich, ging weiter. Wenn es Hirschs Blick bemerkte, knurrte es. Und es hatte so viel Verstand, sich meist an der offenen Tür aufzuhalten, wo es ab und zu frische Luft schöpfte.

Das Tier schien zu wissen, dass etwas nicht stimmte.

Hirsch schaute zu, wie es ein paarmal am Wagen entlangging, sich auf die Hinterbeine stellte und an Sophie Flynns Autoscheibe kratzte, bevor es wieder nach vorn ans Tor lief. Und stets kehrte es zu Hirsch zurück, blieb unten stehen und erinnerte ihn daran, dass er nur ein Kadaver in Wartestellung war.

Hirsch rief erneut bei Stolte an.

Stolte hörte sich an wie ein Mann, der zu viele Dinge gleichzeitig zu jonglieren versuchte. »Ja, Constable Hirschhausen?«

»Das Gespräch mit Cater: Haben Ihre Leute etwas über seine Erscheinung gesagt?«

»Das ist einer der Punkte, auf die wir achten, wie Sie wissen. Körpersprache. Warum fragen Sie?«

»Der anderen Kassiererin zufolge kehrte er humpelnd aus der Mittagspause zurück. Verbundene Hände. Ein anderer Anzug.«

Stolte blieb stumm. Das gibt ihm zu beißen, dachte Hirsch. Draußen hielt ein Fahrzeug, der jägergrüne Nissan Pick-up des Tiermedizinischen Dienstes Redruth. Zwei Frauen stiegen aus: Cathy Duigan und eine Kollegin. Hirsch winkte, doch die beiden konnten ihn auf der Werkbank in den dunklen Tiefen der Garage nicht sehen.

»Sie glauben also, dass er von dem Hund gebissen worden ist, der Sie aufhält?«, fragte Stolte.

Mit leicht spöttischem Unterton. Hirsch antwortete: »Sophie Flynn hat nichts veruntreut. Sie war diejenige, die bemerkt hatte, dass Geld auf Mrs Grootes Konto fehlte. Wenn Cater dahintersteckt, dann ist er vielleicht auf den Gedanken gekommen, Mrs Groote und Sophie zum Schweigen zu bringen – und Sophie gleichzeitig alles in die Schuhe zu schieben.«

»Ich kann im Augenblick niemanden entbehren, wir befragen noch immer Sylvia Fearn«, sagte Stolte, so als würde er laut denken und Prioritäten setzen. »Eine sonderbare, keineswegs nette Frau. Und das andere Team ist in Penhale.«

Wo es mit Maggie Grootes Nachbarn sprach, nahm Hirsch an. »Die Tierärztin ist gerade eingetroffen. Sobald der Hund weg ist, mache ich mich auf die Suche nach Cater.«

»Und?«

»Und verhafte ihn.«

»Aufgrund welcher Anklage? Welcher Beweise? Er könnte behaupten, ausgerutscht zu sein.«

»Na, wenigstens sollte ich mit ihm reden, Senior Sergeant«, protestierte Hirsch. »Und dürfte ich mit dem allergrößten Respekt vorschlagen, dass sich die Spurensicherung mal Sophie Flynn anschaut, ihren Wagen, ihr Haus – vor allem die Küche – und den Hund?«

»Den Hund«, sagte Stolte ausdruckslos.

»Um Spuren von menschlichem Blut zu finden«, sagte Hirsch, so geduldig er nur konnte. »Fasern. Vielleicht wird uns ja auch Caters Handy verraten, ob er gegen Mittag in Kooringa war.«

»Nicht so vorschnell. Suchen Sie Mr Cater und finden Sie heraus, was er zu seiner Verteidigung zu sagen hat. Sie müssen zugeben, dass die tote Frau uns eine plausible Erklärung liefert. Sie begeht Selbstmord und lässt zur Entschuldigung und Erklärung die Kontoauszüge neben sich liegen. Es ist ja nicht ungewöhnlich, dass die Leute einen Brief hinterlassen.«

»Ich verstehe, aber wenn – «

»Also schön vorsichtig, okay? Sobald ich kann, eise ich Leute aus meinem Team los. Ich schlage vor, Sie finden Mr Cater, nähern sich ihm aber nicht. Überlassen Sie das uns.«

»Senior Sergeant«, sagte Hirsch.

Als Nächstes rief er Tim Medlin an und befahl ihm, in die Bank zu gehen. »Schauen Sie, ob die Kassiererin zusperren kann. Sie bleiben dort und lassen Cater nicht hinein. Niemand darf irgendwelche Unterlagen vernichten.«

»Ich weiß ja nicht, ob mir irgendjemand zuhört, wenn ich ...«

»Tim«, unterbrach ihn Hirsch mit fester Stimme.

In der Zwischenzeit hatten die Tierärztinnen ihre Strategie geplant. Sie standen im Garagentor – Cathy Duigan winkte ihm lässig – und stellten einen an einer Seite offenen Drahtkäfig auf. Der Hund duckte sich mit gesträubtem Nackenfell, und Cathy wedelte mit einer Decke herum wie ein Matador. Der Hund sprang – und zuckte erstickt zurück, denn die andere Tierärztin war von hinten gekommen und hatte ihm eine Schlinge um den Hals gelegt. Cathy eilte heran, warf dem Hund die Decke über, und gemeinsam schafften sie ihn in den Käfig. Der Hund jaulte und knurrte vor Zorn.

Hirsch stieg von der Werkbank, rief Jean an, um ihr zu sagen, dass sie aus dem Haus kommen könne, und verließ die Garage.

»Ich hab Sie da oben hocken sehen«, sagte Duigan.

»Ein Höhepunkt meiner Karriere«, meinte Hirsch. »Hören Sie, es ist kompliziert, aber am Hund könnten sich wichtige Beweise finden, Blut und Fasern.«

Sie betrachtete ihn ernst. Sie wusste, worum er sie bat. »Ich möchte ihn nicht betäuben, so lange es nicht unbedingt notwendig ist.« Sie deutete auf den Käfig. »Er kann jetzt niemandem mehr was tun.«

Hirsch wies in die Garage. »Sophie Flynn ist dort drin. Sie ist tot. Ich halte das für einen vorgetäuschten Selbstmord. Ich glaube, dass der Mann, der sie umgebracht hat, von dem Hund angegriffen wurde.«

Nach einem längeren Augenblick sagte Duigan: »Okay. Wie geht es Hilary?«

Duigan und Brandl gingen häufig zusammen joggen. »Sie ist schon ein paarmal zur Arbeit gekommen. Aber sie muss sich noch schonen.«

»Sagen Sie ihr, ich schau mal bei ihr vorbei«, sagte Duigan und zog eine Spritze auf.

Während sie den Hund betäubte, holte Hirsch Beweisbeutel aus dem Polizeiauto. Dann nahm Duigan, mit Hirsch, der zweiten Tierärztin und Landy als Zeugen der Beweiskette, Abstriche von der Schnauze, den Zähnen, von Hals und Halsband des Hundes. Schließlich nahm sie das Halsband ab und steckte es in einen separaten Beutel, signierte und datierte ihn.

Jean Landy beugte sich vor. »Schauen Sie mal.«

An der Schnalle hatten sich ein paar Fasern verhakt. »Caters Anzug?«

»Finden wir den Anzug«, antwortete Hirsch. »Finden wir den Mann. Nicht unbedingt in dieser Reihenfolge.«

Dann rief er bei Tim Medlin an. »Gibts was Neues?«

»Mucksmäuschenstill.«

»Ist die Bank offen oder geschlossen?«

»Noch immer offen.«

»Geben Sie mir Tina Russo«, sagte Hirsch.

Russo nannte ihm Caters Anschrift. Er übertrug Jean Landy die Verantwortung und fuhr zu einem Haus an einer steilen Seitenstraße neben vier dazugehörigen Landhäusern namens Tiver Row. Caters Heim war aus dem örtlichen Gestein errichtet worden: breit und geräumig, eine tiefe Veranda, darüber ein verblichenes rotes Dach. Kein Volvo in der Einfahrt oder im Carport oder auf der Straße.

Hirsch stieg aus, stand eine Weile da und betrachtete mit in die Hüften gestützten Händen das Haus, als eine Stimme fragte: »Wollen Sie ein Angebot machen?«

Hirsch sah sich um; es dauerte eine Weile. In der dunklen Tiefe der Veranda eines identischen Hauses nebenan saß ein älterer Mann auf einem voluminösen hölzernen Stuhl mit hoher Rückenlehne, eine Decke über den Knien. Er trug Mantel und

Schal, Fäustlinge und eine Kappe mit Schaffellschützern über den Ohren. Neben ihm zischte ein Wärmepilz, wie Hirsch ihn von den Straßencafés in der City kannte.

»Könnte ich mir bei meinem Gehalt nicht leisten«, antwortete Hirsch, ging das kurze Stück den Bürgersteig entlang und durch das vordere Tor des alten Mannes.

»Gehört eh der Bank«, sagte der Mann und betrachtete ihn ironisch. Er hatte eine papierne Haut, wässrige Augen, ein leichtes Zittern der Hand, trotz der Fäustlinge. »Da wohnen die Direktoren.«

»Nette Gegend«, sagte Hirsch.

Der alte Mann ging nicht darauf ein. »Wollen Sie Malcolm vielleicht wegen Unterschlagung verhaften?«

Hirsch erstarrte. Dann sah er, dass der alte Knacker nur Witze machte, und hätte beinah laut geantwortet: Unter anderem, Sir.

Stattdessen sagte er: »Haben Sie Mr Cater heute gesehen? Seine Frau? Kinder?«

»Junggeselle«, sagte der alte Mann. »Aber ich habe ihn vor einer Stunde gesehen. Zwei vielleicht. Er hat Müll verbrannt.«

Erst jetzt bemerkte Hirsch den beißenden Geruch. Er sah zu Caters Haus hinüber.

»Nicht da drüben. Hier, in meinem Hinterhof«, sagte der alte Mann.

Als er Hirschs Verwirrung sah, fügte er hinzu: »Verbrennungsanlage. Ein altes Ölfass. Hab ich schon seit ewig.«

Cater hat den Anzug verbrannt, dachte Hirsch. »Würde es Ihnen was ausmachen, wenn ich mal nachschaue?«

Der Mann stand auf, zwinkerte ihn an, zog einen Fäustling aus und streckte ihm die knorrige Hand hin. »Sie können nachschauen, wenn Sie kein Fremder mehr sind. Des Mannion.«

Peinlich berührt, schüttelte Hirsch die Hand und stellte sich vor; gleichzeitig klingelte es bei ihm: Auch die Post für einen gewissen Desmond Mannion war in die Rhynie Road umgeleitet worden. »Haben Sie ein Konto bei Mid-North, Mr Mannion?«

Mannion schnappte sich einen Gehstock. »Nicht mehr so agil wie früher. Ja, habe ich. Malcolm hat mich überzeugt. Gibt es einen Grund für Ihre Frage?«

Mannion drehte sich um und ging zur Haustür voran, und Hirsch erklärte: »Wir haben Meldungen bekommen, dass Kontoauszüge an die falsche Anschrift zugestellt worden sind. Eingriffe in die Privatsphäre. Ist Ihnen zufällig aufgefallen, dass Kontoauszüge fehlen?«

»Da sollte ich wohl besser mal nachschauen, hm?«, meinte Mannion. »Jetzt mach ich mir schon Gedanken.«

Er schlurfte einen dunklen Flur entlang, Hirsch folgte ihm.

Die Dielen knarrten. Das Haus war voller dunkler Möbel und Schatten. Das einzig moderne waren die Heizkörper: Warmwasser. Die Luft war stickig. Es ging eine Stufe hinunter in die Küche, dann über einen abgewetzten Linoleumboden und hinaus auf den Hinterhof. Hier war es wie auf jedem anderen Hinterhof auch. Rasen, Beete, feuchter kleiner Schuppen, Wäschespinne; am hinteren Zaun war eine Schubkarre angelehnt. Die Verbrennungsanlage bestand aus einem rostigen Ölfass, Rauch stieg auf.

Daneben stand ein Wagenschuppen, aber merkwürdig ausgerichtet, zum Hinterzaun, nicht zur Einfahrt. In dem Schuppen stand ein schwarzer Volvo.

»Ihr Wagen, Mr Mannion?«

»Malcolms. Er hatte ein Problem mit verschmutztem Diesel, also hat er sich meinen Wagen ausgeliehen«, antwortete Mannion mit einem Schulterzucken. »Ist mir ganz gleich. Ich hab mir letztes Jahr ein neues Auto gekauft, und seitdem habe ich zwei Hüftprothesen bekommen, ich werde also nicht demnächst den Birdsville Track rauf- und runterbrettern.«

»Eine Schande. Was für ein Auto?«

»Ein Passat. Tolles Auto. Der reinste Luxus.«

»Ein Passat«, sagte Hirsch. »Silber? Ich glaube, den hab ich im Ort gesehen.«

Mannion war schlau. »Nicht allzu oft, würde ich meinen. Außer die paar Mal, wo Malcolm ihn sich geliehen hat.«

»Heute auch?«

»Heute Morgen.«

»Hat er einen Schlüssel?«

»Dann muss er nicht andauernd bei mir anklopfen. Worum geht es eigentlich?«

»Ich will Sie nicht anlügen, Mr Mannion. Wir müssen mit Mr Cater sprechen. Sie würden mir einen großen Gefallen tun, wenn Sie mich anrufen, falls er wieder auftaucht, entweder um Müll zu verbrennen oder Ihren Wagen zurückzubringen.«

Sie waren am Fass angekommen. Hirsch schaute hinein. Das meiste war Asche: schwarz, ölig, klumpig. Wenn man darin herumstochert, findet man geschmolzene Knöpfe, nahm er an. Und einen Reißverschluss. Alle Spuren von Hund und Mensch waren verbrannt.

Er schaute zu Caters Volvo hinüber. »Gibt es einen Grund, warum Mr Cater seinen Wagen in Ihrem Schuppen abstellt?«

»Damit er nicht im Regen steht. Er hat keinen eigenen Schuppen.«

»Er ist also fahrbereit?«

»Er sagte was von schmutzigem Diesel. Er läuft, aber er will sich nicht darauf verlassen. Zum Beispiel, wenn er nach Adelaide muss.«

»Und er hat Ihnen nicht zufällig einen Schlüssel dagelassen? Falls Sie ihn mal bewegen müssen?«

Mannion sah Hirsch an, und sein Blick verriet Abwägen. »Warten Sie hier«, sagte er und ging ins Haus. Einen Augenblick später kam er zurück. »Bedienen Sie sich«, sagte er und warf Hirsch den Schlüssel zu.

Hirsch bedankte sich, schloss den Volvo auf, öffnete die Motorhaube, löste ein paar Kabelverbindungen und drückte sich die Daumen. Der Motor sprang nicht an, als er es versuchte, also musste er wohl etwas richtig gemacht haben.

Sie gingen zum Haus zurück. »Wenn ich es mir recht überlege«, sagte Hirsch, »gibt es vielleicht jemanden, wo Sie für ein paar Stunden bleiben können, Mr Mannion?«

Der alte Mann antwortete sofort: »Bei meiner Tochter, im Krankenhaus.«

Die Direktorin, wie sich herausstellte. Hirsch fuhr hin, stellte den Wagen ab, und die beiden suchten nach der Tochter. Sie saß in ihrem Büro, linste kurzsichtig in ihren Computer und kam an die Tür geeilt, als sie ihren Vater mit Hirsch sah. Sie grinste und fragte: »Was hat er denn jetzt schon wieder angestellt?«

»Hab die Bank ausgeraubt«, antwortete Mannion.

»Ich konnte ihn erst nach einer äußerst gefährlichen Verfolgungsjagd schnappen«, ergänzte Hirsch.

»In deinen kühnsten Träumen, Dad«, meinte die Tochter.

»Dieser Jungspund hier will, dass ich mich für ein paar Stunden verstecke.«

Die Frau hörte aufmerksam zu, als Hirsch ihr die Lage erklärte, und sagte: »Ich stopfe ihn zu all den anderen alten Knackern hier drin.«

»Wie langweilig«, entgegnete Mannion. »Die sind doch alle senil.«

»Dann hast du Gelegenheit, zu prahlen und zu flunkern, ohne dass es auffällt«, meinte seine Tochter.

Hirsch verabschiedete sich, kehrte zu seinem HiLux zurück, warf den Bordcomputer an und gab die Fahndung nach Mannions Passat heraus. Kaum hatte er alle Informationen eingegeben, klingelte sein Handy.

Eleanor Quinlan war dran. Sie klang angespannt. »Adrian?«

»Ähm, Sie haben aus Versehen –«

»Adrian, Schätzchen«, unterbrach sie ihn, »ich möchte, dass du sofort nach Hause kommst, okay? So schnell du kannst.«

34

Hirsch machte den Mund auf und klappte ihn wieder zu. So langsam erfasste er das Ausmaß dessen, was da vor sich ging, doch noch bevor er Eleanor Quinlan sagen konnte, dass er verstanden hatte, redete sie weiter: »Malcolm Cater ist hier. Schätzchen, er möchte ein Wörtchen mit dir reden. Es klingt wichtig ... Hmhm, sag ich ihm. In deinem Büro, zwei Uhr ...«

Kluge Frau. Doch dann musste Cater sich wohl das Telefon geschnappt haben. »Scheiß drauf, Adrian. Wir treffen uns hier, verstanden. Bei dir. Ich gehe nicht, bevor du nicht auftauchst. Ich werde den Teufel tun und den Kopf dafür hinhalten.«

Hirsch brummte, hoffte, dass er sich wie Quinlan anhörte, und unterbrach die Verbindung.

Von da an ging alles schief. Hirsch rief Stoltes Handy an: kein Empfang oder ausgeschaltet. Dann rief er auf dem Festnetz an; Ron Pickett teilte ihm mit, dass Stolte und seine Detectives gerade davongefahren waren.

»Haben sie gesagt, wohin sie wollen?«

»Nein.«

Pickett war Zivilist. Hirsch konnte ihm das Revier nicht für allzu lang übergeben. Sollte Tim Medlin aus der Bank herkommen, oder musste er Jean Landy aus Kooringa zurückbeordern? »Ist es okay, wenn Sie die Stellung halten, Ron? Ich schicke jemanden vorbei, sobald ich kann. Sie haben ja meine Nummer.«

Hirsch bedauerte, nicht mit zwei Fahrzeugen zu Sophie Flynns Haus gefahren zu sein. Vielleicht konnte Jean mit der Tierärztin zurückfahren – falls Cathy und ihre Assistentin überhaupt noch da waren. Doch selbst wenn Jean Landy jetzt losfuhr, würde es immer noch zwanzig Minuten dauern, bis sie zum Haus der Quinlans kam.

Tim Medlin war näher dran. Hirsch rief an und gab ihm die Adresse der Quinlans durch. »Wir treffen uns dort.«

Schließlich rief er Jean Landy an und teilte ihr mit, was er vorhatte, doch sie sagte nur: »Sie kommen nie drauf, wer hier gerade aufgetaucht ist.«

Hirsch konnte es sich denken. »Stolte und seine Leute.«

Sie mussten wohl gerade in einem Funkloch gesteckt haben, als er angerufen hatte. »Ich habe keine Zeit, mit ihnen zu reden. Sagen Sie ihnen, ich fahre auf direktem Weg zu Adrian Quinlans Haus. Seine Frau hat mich gerade angerufen und so getan, als würde sie mit ihrem Mann sprechen. Sie steckt in einer Zwangslage. Malcolm Cater ist dort, und es hört sich ganz so an, als würde er die Nerven verlieren.«

»Warten Sie auf uns, Paul«, sagte Jean Landy mit besorgter Stimme.

»Ich kann nicht, keine Zeit. Wir wissen, dass er ein Mörder ist.«

»Seien Sie vorsichtig«, sagte sie, und Hirsch sah die Anspannung auf ihrem blassen Gesicht regelrecht vor sich.

Hirsch schöpfte das bisschen Kraft, das darin steckte, raste den Hügel hinunter, bog links auf den Highway, nach dem Stadtplatz wieder links und den Hügel hinauf zu dem großen Haus.

Auf der Straße stand ein silberner Passat. Und Tim Medlin war bereits vor ihm eingetroffen.

Wie Hirsch sich später zusammenreimte, war Malcolm Cater aus dem Haus gekommen und die Einfahrt entlanggestürmt, als Medlin anhielt. Und bevor noch Medlins Verstand einsetzen konnte, war der, milchgesichtig, unheilbar freundlich und vertrauensselig, mit einem warmen Lächeln ausgestiegen, um Kontakt aufzunehmen, doch Cater hatte ihn herumgewirbelt, gegen den Dienst-SUV geschleudert und ihm Dienstwaffe und Handschellen abgenommen.

Als Hirsch eintraf, sah er nur den SUV mit offener Fahrertür.

Der Wind heulte den Hügel hinauf und schüttelte die Bäume, die zum Teil schon frisches Laub zeigten. Hoher Windchillfaktor. Blasses Licht. Hirsch musste niesen: Pollen.

Dann sah er, dass die Haustür ebenfalls offen stand. Er ging vorsichtig hinein und war fast am Ende des Flurs angekommen, vor ihm die voll erhellte Küche, eine Ecke der Kücheninsel im Blick, daneben ein Paar ausgestreckte Beine – die einer Frau –, als Cater ihm den Lauf einer Pistole hinters Ohr drückte und sagte: »Ganz vorsichtig die Waffe zücken und fallen lassen.«

Cater musste hinter einer der Türen im Flur gestanden haben. Hirsch spürte, wie dieser ein paar Meter zurückwich, um außer Reichweite jeder schnellen Bewegung zu gelangen, und gehorchte. Die Pistole landete mit einem dumpfen Klang auf dem Teppichboden.

»Wegschubsen.«

Das tat Hirsch.

»Weiter gehts«, sagte Cater und stieß ihn wieder mit der Waffe an.

In die Küche. Medlin mit Panzerband gefesselt auf dem Boden: Arme hinter dem Rücken, Beine von Knien bis Knöchel eingewickelt. Mit vor Pein und Demütigung rotem Gesicht sah er zu Hirsch hinauf.

Cater hatte Eleanor wohl mit vorgehaltener Waffe gezwungen, ihn zu fesseln und sich dann mit Medlins Diensthandschellen selbst an den Türgriff des Backofens zu ketten. Sie hatte eine ziemliche Schramme an der Stirn.

»Okay, Tim?«

»Tut mir so leid, Boss. Paul.«

»Schnauze«, rief Cater und schlug Hirsch die Pistole gegen den Hinterkopf, eine Explosion blendenden Schmerzes. »Siehst du die hinterhältige Schlampe? Setz dich daneben. Kette dich genau so an den Ofen.«

»Immer mit der Ruhe.«

Noch ein Schlag; Hirsch spürte, wie sein Gesicht blass wurde. »Los.«

Hirsch ließ sich mit einem unkontrollierbar flatternden Augenlid zu Boden, Eleanor Quinlan schaute besorgt. Hirsch versuchte zu lächeln und schloss die Handschellen um den Griff und das Handgelenk. Als er sich ein wenig erholt hatte, sah er zu dem Banker hinauf.

»Das geht schief, Malcolm. Die anderen wissen, dass ich hier bin.«

Cater verspannte sich; er kam näher und trat gegen Hirschs Knöchel. Er zuckte zusammen und humpelte ein paar Schritte davon. Blut sickerte durch die Stelle, wo das Hosenbein dicker war – vom Verband, nahm Hirsch an.

»Hat Sie ein Hund gebissen, Malcolm?«

»Schnauze. Ich muss nachdenken.«

Sie badeten regelrecht in elektrischem Licht: eine Reihe von Halogenlampen an der Decke, ein Spot über der Spüle, einer über der Kücheninsel. Eine gnadenlos nüchterne Umgebung für einen Mann, der langsam die Nerven verlor. Cater humpelte hin und her, versuchte erst gar nicht, es zu verbergen, Sorgenfalten gruben sich in sein Gesicht und seine Kleidung. Die Krawatte baumelte locker um den aufgewühlt schluckenden Kehlkopf. Er schwitzte stark, was man roch.

Hirsch wandte sich an Eleanor. »Hat er Sie geschlagen?«

Sie nickte, doch Cater schrie, sie sollten die Schnauze halten.

Sie kümmerte sich nicht um ihn und antwortete: »Nachdem ich bei Ihnen angerufen habe, hat er mein Telefon kontrolliert und –«

Cater schrie ihr mit fliegender Spucke ins Gesicht: »Schnauze. Bitte, still, Ich kann nicht denken.«

»Okay, okay.«

»Ich muss nachdenken.«

Wieder ging Cater hin und her und richtete die Waffe manchmal auf seine Geiseln oder in die Luft. Er verscheuchte wohl Gespenster, dachte Hirsch. In diesem Zustand konnte er einfach losballern. Hirsch sah seine Pistole im Flur liegen. Er hätte schon sechs Meter lang sein müssen, um sie mit dem Schuh zu angeln.

Also beschäftigte er sich damit, im Geiste eine andere lächerliche Aktion zu durchdenken: Die Hüfte so zu Eleanor umdrehen, dass sie den Schlüssel für die Handschellen aus der Tasche fischen konnte.

Schließlich ging Cater die Puste aus. Er zog einen Stuhl vom Tisch, setzte sich und ließ Tim Medlins Pistole auf dem Schoß liegen. Hat wahrscheinlich noch nie zuvor eine Waffe in der Hand gehabt, nahm Hirsch an. Wenn er beschloss, herumzuballern, würde er wahrscheinlich einige Zeit brauchen, um die Waffe zu entsichern.

»Malcolm, die Polizei wird gleich –«

»Schnauze. Ich rede mit Eleanor. Und Sie wissen wirklich nicht, wo Adrian ist?«

»Nein, wirklich nicht«, antwortete sie. »Er ist einfach verschwunden, ohne mir zu sagen wohin. Schon vor ein paar Tagen.«

»Hat sich verdrückt wie ein Köter.«

»Ist mit einem Haufen Geld der Bank abgehauen, hm, Malcolm?«, fragte Hirsch. Alles, um ihn zum Reden zu bringen. »Mit Sophie Flynns Hilfe?«

Cater schloss halb die Augen und dachte darüber nach.

Hirsch sah, wie er sich diese Idee zu eigen machte.

»Mir waren gewisse Unregelmäßigkeiten aufgefallen.«

Dann warf er einen Blick auf sein Bein und schüttelte es.

»Sie sollten damit zu einem Arzt, Malcolm. Keime. Tollwut. Sophies Hund ist ein ziemlich verdrecktes Viech.«

Cater schaute weg. »Keine Ahnung, wovon Sie sprechen.«

Dann stand er zitternd auf und deutete mit der Waffe auf den riesigen Kühlschrank. »Schau sich nur mal einer dieses Ding an. Muss einen Haufen Geld anderer Leute gekostet haben, oder, Eleanor?«

»Ein Geschenk zum fünfzigsten Geburtstag.«

»Ach, wirklich? Ist der alte Adrian doch mal für ein paar Minuten menschlich geworden? Wenn so etwas passiert, sollte die Menschheit besser aufpassen.«

Voller Abscheu setzte Cater sich wieder hin.

So saßen sie nun alle da, und eine ganze Weile sagte und tat niemand etwas. Das grelle Licht ließ sie altern. Und es weckte Hirschs andere Sinne: Seine Kehle war trocken, der Mann mit der Waffe stank, Eleanor Quinlans Körper war warm, leise wurden Autotüren zugeklappt.

Hirsch lief die Zeit davon. Er hatte Zeugen, die Caters Antworten bestätigen konnten. »Warum haben Sie Maggie Groote aufgesucht, Malcolm?«

Wieder wendete Cater den Blick ab. »Was?«

»Ich habe mit Ihrem Nachbarn gesprochen, Mr Mannion. Sie leihen sich manchmal seinen Wagen aus.«

Cater wirkte überrascht. »Er ist ein alter Mann.«

»Sein Wagen wurde um die Zeit ihres Todes bei Mrs Grootes Haus gesehen.«

Cater suchte nach einer Antwort. »Und? Zwei alte Leute. Freunde? Keine Ahnung.«

»Das lässt sich leicht herausfinden. Wir glauben übrigens, dass das Feuer ein Unfall war. Sie hat einen Heizstrahler umgestoßen.«

»Na also.«

»Warum sie ihn umgestoßen hat, ist eine andere Frage. Als Sie angefangen haben, Sie zu erwürgen?«

Cater fuchtelte mit der Waffe in Hirschs Richtung. »Nein, nein. Nein, das tun Sie nicht.«

»Was tue ich nicht?«

»Das hängen Sie mir nicht an.«

»Was«, fragte Eleanor Quinlan. »Sie haben sie nur ein kleines bisschen umgebracht?«

Hirsch unterdrückte ein Grinsen, aber Cater brauste wieder auf. »Halt dich da raus, du Miststück.«

Hirsch ging dazwischen. »Ich bin sicher, Sie hatten einen triftigen Grund, Mrs Groote aufzusuchen, Malcolm.«

Cater traute dem freundlichen, gütigen Ton von Hirsch nicht. Doch das Bedürfnis, sich zu rechtfertigen, war überwältigend. »Ich sage nur, dass es gewisse Kontounregelmäßigkeiten gab, die ich zu klären hoffte.«

Wie schade, dachte Hirsch, als Cathy Duigan mit der Schlinge hinter Cater auftauchte, Jean Landy ihr Feuerschutz gab und beide vor Berechnung und Schadenfreude nur so strahlten, wie schade, dass Cater immer noch nicht vor Zeugen zugegeben hatte, in Maggie Grootes Haus gewesen zu sein.

35

Hirsch musste sich hinterher auf den Fluren des Polizeireviers jede Menge kindischer Bemerkungen anhören, alle feixten und hielten sich die Handgelenke zusammen, wenn sie ihm begegneten. »Ich habe ihm erlaubt, mich als Geisel zu nehmen«, sagte er dann. »Das gehörte zu einem komplizierten und heiklen psychologischen Manöver.« Oder: »Beinahe wäre ich umgekommen.«

Doch sie lachten nur, gingen weiter und wedelten mit eingebildeten Handschellen über den Köpfen.

»Da hat sich niemand mit Ruhm bekleckert, ehrlich gesagt«, meinte Stolte zu Beginn von Hirschs Befragung am Nachmittag.

Hirsch wollte entgegnen: *Aber wenn ich nicht gewesen wäre ...* Doch er wusste, es war besser, gar nicht erst zu protestieren. Also setzte er sich an ein Ende des Tischs im Einsatzraum, Stolte ans andere Ende, ein Beamter der Auswertung und Analyse, der mitschrieb, an einer Seite, an der anderen zwei Beamte der Mordkommission. Die restlichen Beamten brachten Malcolm Cater auf das Polizeipräsidium in Adelaide.

Stolte begann: »Wir haben ein vorläufiges Ergebnis der Proben, die an Hals und Schnauze des Hundes genommen wurden. Positiv auf menschliches Blut.«

»Cater«, sagte Hirsch.

»Das wird sich noch herausstellen.«

»Sie haben sein Bein ja gesehen.«

»»Sie haben sein Bein ja gesehen, *Senior Sergeant*«, raunzte Stolte. »Und ja, ich habe sein Bein gesehen. Wollen wir hoffen, dass er noch andere Spuren hinterlassen hat – im Auto oder an der Leiche der jungen Frau.«

»Und an Mrs Grootes Leiche.«

»Wir wissen, wonach wir suchen müssen, Constable Hirschhausen. Was ich hingegen wissen möchte, ist, wie Sie sich das alles zusammenreimen, was immer Sie sich da zusammenreimen.«

Soll heißen, du hast mir bislang noch nicht zugehört, dachte Hirsch. Ich habe dir schon gesagt, was ich denke. Comyn hat dir doch bestimmt schon längst gesagt, was wir beide denken. Er erwähnte Adrian Quinlans Schulden und fuhr fort: »Wie das mit Cater oder der Bank zusammenhängt, weiß ich noch nicht, aber Cater ist aus einem bestimmten Grund zu Quinlans Haus gefahren, und ich habe ihn deutlich sagen hören: ›Ich halte nicht den Kopf dafür hin.‹«

»Was, glauben Sie, meinte er damit?«

»Ich glaube, dass Cater die Bank bestohlen hat. Zu seinem oder zu Quinlans Vorteil, oder zu beiderseitigem Vorteil, weiß ich nicht.«

»Was meinen Sie damit: ›Die Bank bestohlen‹?«

»Von älteren Kunden wie Mrs Groote, die große Summen auf Konten liegen hatten, die sie nicht regelmäßig kontrollierten. Festgeldkonten, zum Beispiel.«

»Mit der Absicht, es zurückzuzahlen?«

»Schon möglich. In der Zwischenzeit hat er die Unterlagen manipuliert, damit die Auszüge an die falsche Adresse gingen.«

»Rhynie Road.«

»Ja. Mrs Groote und die anderen erhielten weiter die Auszüge für ihre Girokonten und ließen sich dadurch wohl beschwichtigen.«

In der Tischmitte stand ein Krug Wasser. Hirsch goss sich ein Glas ein, was die anderen fasziniert beobachteten.

»Nun betritt ein Paar irischer Betrüger die Szene«, fuhr er fort. »Mrs Groote ging zur Bank, um Geld abzuheben, und da sie bereits eine Woche zuvor Geld abgehoben und Cater den Rest beiseitegeschafft hatte, war plötzlich nicht mehr genug Geld auf dem Konto, und sie war klug genug, das zu bemerken. Auch Sophie, die Kassiererin, hatte ihre Zweifel.«

»Also hat er die beiden umgebracht«, sagte Stolte.

»Ja, aber ich glaube nicht, dass der erste Mord vorsätzlich war. Bei Sophie schon. Den hat er als Selbstmord inszeniert. Wir sollten glauben, dass sie sich schuldig fühlte, weil sie die Klienten betrogen hatte – vielleicht sogar, weil sie Mrs Groote umgebracht hatte. Er hoffte, wir würden auf diesen Gedanken kommen, wenn wir die Kontoauszüge auf dem Beifahrersitz finden.«

»Und der Mord an Mrs Groote war nicht vorsätzlich?«

Hirsch schwieg kurz. »Daran ist etwas, das wirkt zu … unordentlich, zu spontan. Ich glaube, er ist dort hingefahren, um sie zu beruhigen oder so etwas, dann hat er die Nerven verloren und hat sie geschüttelt oder gewürgt, und sie hat den Heizstrahler umgetreten und den Brand ausgelöst.«

»Welchen Beweis haben wir dafür, dass er dort war?«

»Ist ein bisschen dünn«, musste Hirsch zugeben. »Zum Zeitpunkt des Feuers wurde ein neuer silberner Passat gesehen, wie er von dem Haus wegfuhr. Caters Nachbar besitzt ein solches Auto, und Cater leiht ihn sich ab und zu aus. Vielleicht gibt es Spuren – Asche vielleicht, wenn er sich die Kleidung ein wenig angesengt hat. Allerdings gibt es wohl erheblich mehr Hinweise darauf, ihn mit dem Mord an Sophie Flynn in Verbindung zu bringen. Blut und Speichel des Hundes auf dem Autositz …«

»Was mich beunruhigt«, sagte Stolte, »ist die Tatsache, dass Ihr Zeuge einer der irischen Trickbetrüger ist. Und was Flynn angeht, so könnte Cater argumentieren, dass er sich um ihr Wohlergehen habe kümmern wollen, sie tot vorgefunden habe und vom Hund gebissen worden sei.«

»In beiden Fällen hat er sich den Passat geliehen.«

»Weil sein eigener Wagen Ärger machte. Ich glaube, wir sollten diesen Quinlan aufspüren. Er könnte uns ins Bild setzen.«

»Ich habe keine Ahnung, wo er sich aufhält«, sagte Hirsch. Ihm war schwummrig. Er hatte seit dem zweiten Frühstück nichts gegessen.

»Glauben Sie der Frau, dass sie das auch nicht weiß?«

»Ja.«

»Sie ist nicht eingeweiht?«

»Das bezweifle ich.«

Stolte wohl auch. »Wenn Sie mit alldem recht haben«, sagte er, »dann sind Mrs Grootes Nachbarn und die Nichte vom Haken.«

»Ja.«

»Keine netten Leute, die Nachbarn«, sagte er kopfschüttelnd.

»Die Nichte ist nur ein Dummkopf.« Er stand auf, was den anderen als Signal diente, ebenfalls aufzustehen. »Danke für Ihre Zeit, Constable. Wir müssen los. Ich wäre Ihnen sehr dankbar, wenn Sie die nächsten Tage und Wochen auf die Post für die Rhynie Road achten würden. Wir müssen wissen, wer sonst noch übers Ohr gehauen worden ist. Die Finanzsachverständigen werden natürlich die Bankunterlagen durchgehen, aber es wäre hilfreich, weitere Bestätigung zu finden.«

Beim Hinausgehen nickte er Hirsch zu. In der Kopfbewegung steckte keinerlei Kalkül oder Hohn. Ein schlichtes Danke und Auf Wiedersehen. Vielleicht sogar ein Hauch von Respekt.

Montagabend rief Sergeant Brandl bei Hirsch an. »Ich bin ab morgen wieder an Bord, Sie brauchen uns also nicht mehr mit Ihrer Gegenwart zu beehren. Ich nehme an, Sie haben einen Trümmerhaufen hinterlassen?«

»Aber nicht doch«, entgegnete Hirsch. »Ich habe alle Ihre Akten nach Ort sortiert statt nach Nachnamen oder Oberbegriffen, habe das Betriebssystem auf Linux umgestellt und alle Ihre Mails mit Ja beantwortet.«

»So ists recht. Kümmern Sie sich wieder um Ihre Patrouillenfahrten?«

»Morgen raus in den Westen, Donnerstag in den Osten.«

»Halten Sie Ausschau nach den Ayliffes.«

Der Dienstag brach mit einem Sturm direkt vom Südpol an; Hirsch stapfte mit tief in die Augen gezogener Mütze und Kapuze halb blind durch den Ort, und der Regen perlte auf seinen Wimpern. Die Kälte stieg von unten auf, weitere Kälte stach mit dem Wind herein, und Hirsch ging mit gesenktem Kopf am Laden vorbei, als hinter ihm ein Fahrzeug langsamer wurde.

Bitte, lieber Gott, nicht Clara Ogilvie.

Doch im nächsten Augenblick wusste er, dass es sich um etwas Größeres handelte als ein Auto, auch wenn ihn Kapuze und der nasse, treibende Wind halb taub machten. Er blieb stehen, blinzelte, und ein Laster mit der Aufschrift *Mid-North Removals* hielt neben ihm. Das Seitenfenster glitt nach unten, und Darvesh von der Tankstelle steckte den Kopf hinaus. »Na so was, Sie hier zu treffen.«

»Sie machen sich den Turban nass.«

Selbst zu dieser Stunde und in diesem Wetter war Darveshs Grinsen unverwüstlich. Er reckte den Kopf in Richtung Fahrer. »Ich helfe nur meinem Cousin aus. Wir haben gehofft, Sie könnten uns den Weg zur Grundschule zeigen.«

»Sie sind fast da«, sagte Hirsch. »Vorbei am Sportplatz, dann links. Sie räumen das Lehrerhaus?«

»Ja.«

»Das steht hinter der Hecke an der Rückseite der Schule«, sagte Hirsch.

Der Laster fuhr weiter; Hirsch folgte ihm und fand ihn dann mit geöffneten Türen hinter einem Kombi. Darvesh schob einen Rollwagen zwei Metallrampen hinunter, der Cousin faltete alte Decken auseinander. »Wenn Sie die Leute suchen, die hier wohnen, die sind in der Küche«, sagte Darvesh.

Hirsch nickte zum Dank und trat in die eisige Feuchtigkeit des kleinen Hauses. Er ging einen Flur entlang – in einem der Zimmer standen gepackte Kartons und Plastikwannen – in die trostlose Küche, in der Julian Roskam den Kühlschrank leerte und seine Schwester Geschirr in Zeitungen packte.

Avril warf Hirsch einen Blick zu, der besagte: »Was denn jetzt noch?«, und schlug weiter Geschirr in Papier ein, doch Roskam brach fast in Tränen aus, als er ihn dort sah. Er ballte die Fäuste, geriet in Hysterie und stampfte mit dem Fuß auf. »Lassen Sie mich in Ruhe. Sie haben schon genug angerichtet.«

»Julian«, mahnte Avril.

»Ich rede kein Wort mit ihm. Er kann mich nicht zwingen«, sagte Roskam und stapfte hinaus.

Avril rief ihm nach: »Räum den Spiegelschrank im Bad aus.«

Sie drehte sich mitgenommen zu Hirsch um, wirkte, als habe man sie an den Knöcheln durch eine Hecke geschleift, und ihre Augen lagen verschattet hinter einer verschmierten, schief sitzenden Brille. »Können Sie sich vorstellen, dass wir hier tatsächlich übernachtet haben?«

Aus den anderen Zimmern drangen geschäftige Geräusche: Rumpeln, Scharren, das leise Quietschen eines schiefen Rollwagenrads. »Wie gehts?«, fragte Hirsch, der sich fehl am Platz vorkam.

»Was glauben Sie denn?«

Darauf gab es keine Antwort. »Was hat Julian jetzt vor?«

»Nun, er hat bei der Schulbehörde gekündigt. Wäre ja nur eine Frage der Zeit, bis die das alles herausfinden. In ein paar Wochen muss er vor Gericht erscheinen.«

»Da würde ich mir keine Sorgen machen«, sagte Hirsch. »Er wird schon nicht ins Gefängnis kommen. Wahrschinlich eine Geldstrafe und Sozialstunden.«

Sie starrte ihn nur an. »Also bitte.«

Hirsch wendete den Blick ab. Sie kannte wahrscheinlich alle Geheimnisse ihres Bruders, und wieder mal half sie ihm aus der Patsche. Hatte das CIB an alten Arbeitsstellen von Roskam Ermittlungen angestellt? Und frühere Schlüpferdiebstähle oder gar sexuelle Übergriffe damit verknüpft? Avril Roskam würde er nicht fragen können, das wusste Hirsch.

In einem der anderen Zimmer ging krachend Glas kaputt. Julian Roskam, der Direktor, hätte laut »Vorsicht!« gerufen. Julian Roskam, der Schlüpferdieb, gab nicht den leisesten Ton von sich, soweit Hirsch das mitbekam. Er sah Avril an. Sie starrte wütend zurück, so als sei er, nicht ihr Bruder, an alldem schuld.

Nach dem Frühstück fuhr Hirsch erst nordwärts, dann westwärts in die Tiverton Hills und die Hawker Road hinauf zur Windfarm.

Es hatte Frost gegeben: Das Gras am Straßenrand glitzerte; die Autoreifen knirschten über gefrorene Pfützen; das filigrane Flechtwerk der Spinnweben zwischen den Zaundrähten zitterte.

Hirsch ließ einen kleinen Konvoi an Einsatzfahrzeugen vorbei, der das Gelände verließ, dann fuhr er hinein, hielt an und setzte seine Dienstmütze auf. Auf dem Weg über den Hof zum Hauptschuppen stampfte er sinnlos mit den Füßen auf.

Graham Fuller wühlte in einer Kiste mit eingefetteten Muttern und Schrauben herum. Als er Hirschs Stiefel hörte und spürte, wie Hirsch ihm das schwache Winterlicht nahm, flog die Hand in die Höhe und schleuderte einen Schraubenschlüssel durch die Gegend.

Er wirbelte herum. »Himmel, Paul.«

»Tut mir leid.«

Fuller war einer dieser stillen, standfesten, routinierten Männer. Ein wenig von dieser Festigkeit hatte er eingebüßt, als die Ayliffes ihn neulich mit vorgehaltener Waffe gefesselt hatten.

»Tut mir leid«, wiederholte Hirsch.

Fuller holte tief Luft, lächelte und machte eine leichte Handbewegung. »Ach, das wird schon wieder vergehen. Was kann ich für Sie tun?«

»Ich schau nur mal vorbei. Ich mache wieder meine üblichen Runden.«

»Stimmt das mit Malcolm Cater? Sie können mir glauben, dass ich gestern Nacht erst mal meinen Kontostand nachgesehen habe.«

»Da sind Sie nicht der Einzige«, sagte Hirsch. »Ich nehme mal an, dass Sie nicht ein paar hunderttausend auf Festgeldkonten liegen haben?«

Fuller grinste. »Na, wer weiß?«

»Ansonsten nichts Besonderes?«, fragte Hirsch. »Fehlender Sprit? Fehlende Fahrzeuge?«

»Du meine Güte, Sie glauben doch nicht, dass die ein zweites Mal zuschlagen?«

Genau das glaubte Hirsch. Die Ayliffes waren in der Gegend, da war er sich sicher. Sie mochten ja auf der Flucht gewesen sein, nachdem sie auf Andrew Eyre geschossen hatten, aber sie benahmen sich nicht so; wahrscheinlich fanden sie nicht mal, dass sie auf der Flucht waren.

Hirsch blieb auf einen Kaffee – löslich, das Pulver stammte aus einer Dose Maxwell House von der Größe eines Ölfasses und landete in einem Becher von zweifelhafter Sauberkeit – und fuhr dann weiter zu Jonas Henekers Haus. Niemand da, auch der rostige Valiant fehlte. Er fuhr zum Highway zurück und bog nach Norden ab, dann nach Westen und fuhr eine große Schleife durch das Hinterland. Er hielt an Scheunen und Farmhäusern und Camps der Gaspipeline, spendete Trost, gab Ratschläge, sprach hier und da eine leise Mahnung aus. Er musste dem Gesetz keine Geltung verschaffen, weil niemand es missachtete. Dazu war es zu kalt, zu entmutigend, es mangelte an Spielraum und Gelegenheit.

Im Laufe des Nachmittags befand er sich in einer Gegend voller holpriger Nebenstraßen, als er einen Anruf von Sergeant Brandl erhielt. Katie Street wurde vermisst.

36

Hirsch und Katie hatten eine Vorliebe für Katastrophenfilme. Hektische Rettungsaktionen in Trockengebieten, Feuersnöten oder Eiswüsten, bewohnt von den Ausgestoßenen und Abgehängten. Ein Schritt vor und zwei Schritte zurück, solche Geschichten. Nimm den einsamen Tramper nicht mit. Fahr nicht in diesen Ort, betritt nicht jenes Zimmer. Misstraue der Tankanzeige. Trink das Wasser nicht. Und immer wurde die Zeit knapp, um die Spannung zu erhöhen.

Daran erinnerte er sich, als seine eigene verrückte Jagd schiefging, vor allem, weil der Gedanke an Katie jeden Meter seiner Reise durch die Senken und Anhöhen dieser Gegend hin zum Highway beherrschte. Ihre Witzeleien und Seitenblicke. Ihre Erwartungen an ihn. Was sie ihm bedeutete. Dass sie ein untrennbarer Teil seines Lebens mit Wendy war.

Aber Hirsch war nicht in einem Katastrophenfilm. Er war in einer abartigen Komödie. Fünf Minuten nach dem Anruf nahm er eine Kurve und stellte fest, dass die Straße vor ihm nur so von wolligen Schafen wimmelte. Er trat auf die Bremse, der Toyota schlingerte und verlor die Bodenhaftung. Zwei Teenager, die die Schafe zusammentrieben, hüpften auf ihren kleinen Hondas in Sicherheit und glotzten ihn mit Hütehunden zu ihren Füßen an.

Hirsch, dessen Herz nur so hämmerte, ließ das Fenster herunter. »Ist das okay, wenn ich durch die Herde fahre?«

Sie sahen sich fragend an, stützten die Motorräder mit ihren langen, gestiefelten Beinen, und kleine Atemwölkchen verrieten ihre Aufregung. Die Frage überforderte sie.

Hirsch, der kurz davorstand, in Panik zu geraten, atmete tief ein und aus. Dann versuchte er es mit Konversation. »Eine ziemliche Herde. Wie viele Tiere?«

»Zweitausend.«

Hirsch hatte keine Ahnung, ob das viel war oder nicht. Er wusste nur, dass breite braune Rücken die Welt füllten, die er überblicken konnte, dass er spät dran war und weit weg von zu Hause.

»Schafschur?«

Einer der Burschen nickte.

»Ist es weit bis zum Schuppen?«

»Ein Stück die Straße rauf«, sagte der andere Bursche, so als würde er bestätigen, dass die Erde tatsächlich rund ist. Hirsch kannte diese Nebenstrecken, aber für ihn als Polizisten auf dem Land hieß das, er wusste, welcher der Anwohner flinke Finger hatte, einen Haufen unbezahlter Strafzettel oder einen kranken Ehemann, nicht, wo die Scherschuppen standen oder wie weit »ein Stück die Straße rauf« war. Er trommelte mit den Fingern aufs Lenkrad. »Ist es okay, wenn ich langsam durch die Herde fahre? Gehen die dann nicht durch?«

Die Burschen schauten sich in einer Art stummer Grenzziehung von Autorität gegenseitig an. Schließlich deutete der erste Bursche in die Entfernung. »Dad ist dahinten.«

Wartet wohl auf der anderen Seite eines offenen Farmtors, nahm Hirsch an. Einer dieser langsam sprechenden Männer, die mitten auf der Straße in ihren Pick-ups sitzen, sich die ABC News anhören, neben ihnen ein weiterer Hütehund. Irgendwann würde der Hund die Ohren spitzen, der Farmer würde das Radio leiser stellen, und die beiden würden darauf warten, dass die Vorhut auftauchte. Mann und Hund würden aussteigen und – ohne sich groß zu bewegen oder Geräusche zu machen – dem Leitschaf die Richtung weisen. Wo das Leittier hinging, würden auch die anderen folgen. Zweitausend Schafe. Das würde so lange dauern, wie es eben dauerte. Lange.

Hirsch spürte, wie sein Herz flatterte. »Was schätzt ihr? Wenn ich langsam fahre?«

Sie zuckten mit den Schultern. Das war nicht gerade episches Kino. Kein Leben war in Gefahr. Keine tickende Uhr. Nur ein Bulle in einem Bullenfahrzeug, da sagte man nicht Nein.

»Probieren Sie es«, sagte der zweite Bursche, nicht zuversichtlich, sondern hilflos. »Der andere Polizeiwagen hats auch probiert.«

Der andere Polizeiwagen …

Hirsch brauchte zwölf Minuten, um die Herde zu durchqueren. Dann gab er auf einer Straße Gas, die meist hoch genug lag, um trocken zu sein, und nur ab und zu Bachbetten und Abschnitte von feuchtem, tiefer liegendem Grund durchquerte. Dort kroch er mit Allrad voran, und die Reifen durchwühlten bereits durchgewühlten Schlamm, der so matschig und tief war, dass er den Wagen festhalten, regelrecht festkleben konnte, wenn man nicht aufpasste.

Oder keine Ahnung hatte.

Hirsch nahm eine weitere Kurve und hatte genügend Zeit, um sanft abzubremsen und hinter einem SUV des STAR-Teams anzuhalten, dem Dienstfahrzeug von Inspector Merlino. Das Fahrzeug steckte bis zu den Achsen fest. Man kam nicht daran vorbei. Hatten sie vergessen, den Allrad zuzuschalten? Hatten sie denn nicht die zerfurchte, heimtückische Wegstrecke bemerkt? Dann dachte Hirsch: Ich hab leicht reden. Vor anderthalb Jahren hätte er noch versucht, einfach hindurchzufahren. Heute nicht mehr. Jetzt war er ein alter Hase.

Er schaltete den Motor ab, stieg aus, wurde wieder nervös und näherte sich dem SUV von schräg hinten. Merlino saß hinten und arbeitete am Handy oder Tablet. Er grüßte Hirsch nicht. Auf dem Beifahrersitz eine weitere Gestalt. Beulah saß hinter dem Lenkrad; er öffnete die Tür, stieg aber nicht aus. Verschlammt von den Schuhen bis an die Kniescheiben. Er hatte wohl versucht, den SUV anzuschieben, oder war vielleicht nur hoffnungslos einmal drum herumgegangen.

»Sind Sie gekommen, um uns rauszuziehen?«

Hirsch schüttelte den Kopf. »Ich habe kein Seil. Außerdem hat es keinen Sinn, den Weg zurückzufahren, den wir gekommen sind; dann müssten wir nur wieder durch die Schafe.«

»Na, ist das nicht toll.«

»Und was machen Sie hier draußen?«

»Was machen *wir* hier draußen?«, wiederholte Beulah in einem anspielungsreichen Singsang. Ein Mann, der kein Gespür für seine eigene Unzulänglichkeit hatte. »Nur unseren Job. Irgendein Idiot hat gedacht, er hätte die Ayliffes dahinten gesehen. Wissen Sie noch, die Ayliffes? Die, die Sie haben laufen lassen?«

Herr im Himmel, dachte Hirsch. Er schaute auf die Uhr am zitternden Handgelenk: siebzehn Uhr. »Ich muss vorbei«, und bereute sofort, das gesagt zu haben.

Beulah sah müde in den Schlamm hinunter. »Na, ist es denn die Möglichkeit?«

»Haben Sie irgendjemanden angerufen?«

»Wen denn, zum Beispiel?«

»Automobilclub, Redruth Motors ... jemanden aus Ihrem verdammten Team?«

»Jetzt hören Sie aber mal – «

Dann hörten sie tatsächlich etwas: Jemand hatte einen Traktor angeworfen.

»Auch jenen naht Hilfe, die nur stehen und warten«, sagte Hirsch.

»Blödmann«, sagte Beulah, schaute dann aber in Richtung des Geräuschs, eine Zufahrt zu einer Farm jenseits des stecken gebliebenen SUV.

Auf einer kleinen Anhöhe tauchte ein Traktor auf; Baumwipfel dahinter deuteten auf ein Haus und einen Schuppen hin. Der Traktor tuckerte immer näher, ein kleiner grauer Massey Ferguson, eine Frau am Steuer. Sie trug einen Armeemantel, Gummistiefel und eine Wollmütze, und die Haare hingen ihr in Korkenzieherlocken um das von der Kälte gerötete Gesicht. Der Traktor hüpfte auf die Straße, wendete, zielte mit der Anhängerkupplung auf den Kühler des SUV und setzte dann zurück.

Hirsch wartete und schaute zu. Beulah stieg aus und watete ihr durch den Schlamm entgegen. Sie grüßte ihn kaum, zog eine Stahltrosse vom Traktor zum SUV und kauerte sich in den Schlamm, um die Trosse zu befestigen.

Hirsch fiel auf, wie ungeheuer angespannt er war. Er versuchte, Körper und Geist zu entschleunigen. Er atmete langsamer. Fünf Minuten würde es wohl dauern, schätzte er. Er schaute auf sein Handy, um etwas zu tun zu haben, und hatte, welch Wunder, zwei Signalbalken.

Er stieg in den Toyota, schaltete den Motor und die Heizung ein und rief Wendy an.

»Wo bist du?« Sie hörte sich nervös an; Hirsch kannte sie gut genug, um die unterdrückte Angst herauszuhören.

»Ich bin eine halbe Stunde weit weg. Ich stehe hinter einem Wagen, der feststeckt, aber die Farmerin ist schon mit einem Traktor da.«

Mit dieser Auskunft konnte Wendy nichts anfangen. »Beeil dich, bitte.«

»Sagst du mir, was passiert ist?«

»Heute ist Sportnachmittag. Sie ist zum Korbball gegangen, aber nicht in die Schule zurückgekommen.«

Jeden Dienstag gingen die Highschool-Kinder nach dem Mittagessen zu den Sportanlagen des Orts. Ein Footballoval, Tennis- und Korbballplätze, Schwimmbecken und eine Skaterrampe. Um halb vier ging es dann zurück in die Schule.

»Hast du mit den anderen Kindern gesprochen?«

»Nein, natürlich nicht ... meine Güte, Paul, was glaubst du denn? Niemand hat irgendetwas gesehen. Die Eltern auch nicht. Und keiner der Trainer. Ein paar Anrufe muss ich noch machen.« Sie schwieg kurz. »Tut mir leid.«

»Schon okay, du hast allen Grund dazu.«

Er sah, wie der Traktor Qualm aushustete, und stellte sich vor, wie sich das Drahtseil spannte. »Noch was: Sag Sergeant Brandl oder einem der anderen, sie sollen nach Clara Ogilvie Ausschau halten.«

»Ich weiß, ich weiß, das war das Erste, was mir einfiel«, sagte Wendy. Sie war den Tränen nah.

»Und?«

»Hilary und ich sind zu ihrer Wohnung gefahren. Dort ist sie nicht. Jedenfalls ist ihr Wagen nicht da, aber es läuft Musik, und niemand macht auf.«

Hirsch wusste auch nicht weiter. »Hast du im Umkleideraum nachgeschaut?«

»Katie ist da nicht, Paul.«

»Und ihre Tasche?«

Eine lange Pause. »Oh. Ich fahre hin und schaue nach.«

»Nimm jemanden mit. Ich komme, so schnell ich kann.«

»Bitte beeil dich. Ich verlier noch den Verstand. Ich weiß schon gar nicht mehr, wen ich noch anrufen kann.«

»Bist du noch in der Schule?«

»Nein, im Auto und fahre durch die Gegend.«

»Ich bin bald da. Wir finden sie.«

Hirsch sah, wie der SUV ruckte und aus dem Schlamm kam, derweil die Farmerin halb nach hinten gedreht auf ihrem Sitz beobachtete und lenkte.

Ein kurzer Anruf bei Sergeant Brandl.

»Paul, wo zum Henker sind Sie?«

Hirsch erklärte es ihr.

»Ein Unglück kommt selten allein«, sagte sie. »Also gut, Update. Wir haben um Verstärkung gebeten, Freiwillige angeheuert und suchen vom Sportplatz und der Schule aus, schauen in leeren Häusern, Gartenschuppen und dergleichen nach. Wir rufen die Kinder, deren Eltern, die Lehrer an.«

»Hat Wendy Ihnen von Clara Ogilvie erzählt?«

»Hat sie. Ist die Stalkerei schlimmer geworden? Warum haben Sie mir nichts davon gesagt?«

Hirsch ging nicht darauf ein. »In ihrer Wohnung läuft Musik, aber das Auto ist nicht da?«

»Richtig. Wir haben geklopft, aber niemand macht auf.«

»Wir müssen nachschauen.«

»Aber ihr Auto ist nicht da.«

»Geben Sie eine Suchmeldung heraus, Boss. Aber wir müssen in die Wohnung.«

Brandl war gereizt. »Ich habe die O'Mearas nicht auftreiben können.«

»Wen?«

»Ihre Vermieter.«

Hirsch gab auf. Er wusste, dass Brandl einen überzeugenden Grund vorbringen musste, bevor sie eine Tür aufbrechen konnte. Sie würde am liebsten einen Schlüssel benutzen. Und die Vermieter sollten dabei sein. »Ich wüsste nicht, was ich sonst vorschlagen könnte.«

»Wenn wir davon ausgehen, dass Katie nicht einfach durchgebrannt ist und sich mit Freunden trifft, dann könnte das auch Rache für etwas sein, das Sie gemacht haben. Die Ayliffes, zum Beispiel.«

Hirsch überlief es heiß und kalt. »Meine Güte. Aber die haben es doch nicht auf mich abgesehen, oder?«

»Reden wir hier von Leuten mit Verstand, Paul?«

Darauf hatte er keine Antwort.

Brandl fuhr fort: »Wen haben Sie in letzter Zeit noch auf die Palme gebracht, mal abgesehen von Ogilvie?«

»Quinlan, aber ich glaube nicht, dass er hier in der Gegend ist. Cater ist in Haft. Die Iren sitzen in Port Pirie ein.«

»John Fearn und seine Frau. Amy Groote.«

»Kann ich mir nicht vorstellen.«

»Das CIB hat sie ziemlich in die Mangel genommen, denken Sie daran.«

»Können wir nicht einfach in Claras Wohnung nachschauen, bevor wir irgendetwas anderes anstellen?«

Pause. »Mal sehen, was ich tun kann. Wie lange brauchen Sie?«

»Eine halbe Stunde.«

»Okay, treffen wir uns bei Ogilvies Wohnung«, sagte Sergeant Brandl. Wieder schwieg sie, dann: »Was ist mit Julian Roskam?«

Hirsch sah das mürrische Elend des Mannes direkt vor sich. »Ich versuche es bei seiner Schwester«, sagte er, beendete das Telefonat und suchte nach ihrer Telefonnummer.

»Er ist nicht hier«, erklärte Avril.

Hirsch erstarrte. »Wo ist er denn?«

»Im Krankenhaus, dank Ihnen.«

Ich habe damit überhaupt nichts zu tun, dachte Hirsch. Er ließ das Schweigen für sich sprechen.

Schließlich sagte Avril: »Schlaftabletten.« Dann veränderte sich der Ton ihrer Stimme. »Ach, ich gebe Ihnen überhaupt keine Schuld. Tut mir leid. Ich bin es offen gestanden einfach nur leid.«

»Wann war das?«

»Nach dem Mittagessen. Ich dachte, er würde ein Nickerchen machen.«

Der SUV war freigeschleppt; Hirsch beendete das Gespräch. Beulah blieb hinter dem Lenkrad sitzen, während die Farmerin die Trosse losmachte, dann gab er Gas, drehte am Lenkrad, fuhr am Traktor vorbei und verschwand.

Hirsch fuhr an den Rand der Schlammkuhle und stieg aus.

»Guten Tag.«

Das Gesicht der Farmerin war zerfurcht und wettergegerbt, wirkte alt, aber sie bewegte sich wie eine junge Frau. Sie richtete sich auf und sagte: »Schätze, ich soll Sie auch durchschleppen?«

»Da wäre ich sehr dankbar, ja.«

Sie kam mit der Trosse über den Matsch. »Sie bedanken sich wenigstens. Das ist schon mal mehr, als ich von diesem Arschloch da erhalten habe«, sagte sie und wies in Richtung des verschwindenden SUV.

»Polizeiadel«, sagte Hirsch. »Ich gehöre eher zur Bauernschicht.«

Sie warf ihm einen Blick zu, dann ging sie auf die Knie und führte den Haken unter der vorderen Stoßstange durch. »Sie sind der Polizist aus Tiverton.«

»Paul Hirschhausen. Ich hätte in den nächsten Tagen eh mal bei Ihnen vorbeigeschaut.«

Sie schaute ihn verdutzt an. »Weswegen denn?«

Hirsch merkte sich das im Hinterkopf. Hatte sie etwas zu verbergen? Aber das war jetzt nicht wichtig. »Ich möchte nach und nach mal bei allen hier in der Gegend vorbeischauen. Das gehört zu meinen Aufgaben.«

Sie brummte nur und duckte sich wieder unter den Toyota. Ein Rasseln und ein Klacken, was Hirsch Gelegenheit gab, zu den Pfosten des Eingangstors hinüberzuschauen. Eine Kamera: Daher hatte sie also gewusst, dass Beulah sich festgefahren hatte.

»Springen Sie rein, nicht die Bremse treten, in Bewegung bleiben«, sagte sie und stand wieder auf.

Dann folgte Hirsch ruckelnd und rollend dem kleinen Traktor durch den Schlamm auf festes Land.

37

Als Hirsch Redruth erreichte, fuhr er bereits über lang gezogene Schatten: Gebäudequader, Strommastengerippe, amorphe Klumpen der Baumkronen. Hier und da flammte noch ein westwärts gewandtes Fenster auf, bevor die Sonne ein letztes Mal blinzelte.

Er durchquerte den Ort und nahm die Seitenstraße zu Clara Ogilvies Wohnung. Sergeant Brandl war nicht da, aber Wendy.

»O Gott, endlich«, sagte sie und warf sich ihm entgegen. Sie lag warm und angespannt in seinen Armen und zitterte vor Emotionen, die sie nicht zügeln konnte. Hirsch konnte ihr da nur wenig helfen, aber er war alles, was sie hatte.

Schließlich drückte er sich ein wenig von ihr ab, ohne sie loszulassen.

»Wo ist Sergeant Brandl?«

»Sie hat die O'Mearas aufgestöbert. Sie sollte jeden Augenblick hier sein.«

»Kennst du sie?«

»Nein.«

»Wo waren sie denn?«

»Sie haben die Kirche für eine Hochzeit am Samstag hergerichtet.«

Eine Kleinstadt im Leerlauf, dachte Hirsch. »Hast du Katies Rucksack gefunden?«

»Er war nicht da.«

Hirsch wusste nicht, was das zu bedeuten hatte. »Schauen wir mal bei der Wohnung nach.«

»Haben wir schon. Wie ich schon sagte, es läuft Musik, aber es macht niemand auf.«

Hirsch schaute links und rechts an der Straße entlang in der Hoffnung, den grauen Fiesta zu sehen. Wendy bemerkte, was er da tat, und ihre Stimme verriet ihre überbordende Hilflosigkeit. »Clara könnte sonst wo sein. Sie könnte auf halbem Weg nach Adelaide sein.«

Ihre Augen waren feucht, ihr schmales Gesicht war schärfer geschnitten, als es Hirsch jemals gesehen hatte, und stand kurz vor der Verzweiflung. Wendy verfügte über tiefe, instinktive Reserven an Weisheit und praktischem Verstand, doch die zählten jetzt nicht. Er umarmte sie noch einmal kurz, um ihr zu sagen: Nicht aufgeben.

»Schauen wir trotzdem noch mal nach«, sagte er. So hatten sie wenigstens etwas zu tun. Besser, als herumzustehen und zu warten.

Sie gingen an der Hausseite entlang zum Hinterhof. Ein Bewegungsmelder sprang an, und das Licht mühte sich gegen die zunehmende Dunkelheit. Hirsch schaute zu der Wohnung hinauf und sah, dass die Vorhänge zugezogen waren, aber Licht brannte – die Zimmer lagen nicht im Dunkeln. Er konnte sehr leise Musik hören. »Adieu False Heart«: der erste Song des Albums von Linda Ronstadt mit demselben Namen. Hatte jemand eine CD eingeschoben? Vielleicht war es eine Playlist.

Hirsch dachte an Clara Ogilvie da drin, eine Frau, die so lange darauf gewartete hatte, dass ihr Leben endlich anfing, und nun erleben musste, dass es zum Stillstand gekommen war. Er dachte an Katie Street, die betäubt auf dem Boden lag. Mehr als betäubt konnte er sich nicht vorstellen.

Er wollte durchs Hauptfenster hineinschauen, aber der kleine Balkon reichte nur einen Meter über die Tür hinaus. Leiter? Er ging zu den Lagerflächen unter der Wohnung. Trittleiter, Rasenmäher, Benzinkanister, Rechen, Spaten. Keine richtige Leiter. Er ertappte sich dabei, wie er unablässig, aber hoffnungslos die Trittleiter anstarrte, obwohl er wusste, dass sie nicht hoch genug reichte.

»Ich weiß, was Sie denken«, rief Sergeant Brandl.

Hirsch drehte sich um. Brandl kam auf knarzenden Krücken näher, gefolgt von einem Paar Mitte sechzig: grauhaarig, mollig, nervös lächelnd.

Brandl machte alle miteinander bekannt und sagte: »Wenn Sie uns die Ehre erweisen würden, Mr O'Meara.«

Dann warf sie Wendy einen Blick voller unendlicher Zärtlichkeit zu und sagte: »Am besten, Paul schaut als Erster nach.«

Wendys Gesicht und Körper verspannten sich. Sie wollte schon etwas dagegen sagen. Doch ebenso schnell fasste sie sich wieder und nickte.

Hirsch hatte noch nie einen derart emotional starken Eindruck von der Angst einer anderen Person gehabt. Er folgte O'Meara die glitschigen Stufen hinauf und wartete, dass er die Tür aufschloss. »Sie bleiben besser draußen, Mr O'Meara.«

Doch bevor er hineingehen konnte, rief Brandl zu ihm herauf: »Tim hat gerade getextet. Er hat ihren Wagen gefunden.«

Hirsch schaute hinunter; sie winkte mit dem Handy nach ihm, ihr Gesicht leuchtete gespenstisch im Schein des Displays. Dieses Aufblitzen von Technik in der feuchten Dunkelheit wirkte auf Hirsch wie ein Anachronismus. Es machte ihm Angst.

Dann fand er seine Stimme wieder. »Wo denn?«

»Hinter dem Woolpack.«

»Sagen Sie ihm, er soll in der Bar nach ihr Ausschau halten. Oder nachschauen, ob sie ein Zimmer gemietet hat.«

»Mach ich.«

Dann betrat Hirsch die Wohnung. Die Luft war stickig und überwarm. Es roch nach Leben, nicht nach Tod. Hirsch eilte ins Wohnzimmer. Leer. Die Musik drang aus einem iPhone, das an einem Lautsprecher angeschlossen war. Zu laut: Hirsch konnte nicht denken und schaltete es aus. Drei leere Weinflaschen, eine fast leere Smirnoff-Flasche; ein einsames, leeres Weinglas, ein Zentimeter Wodka in einem Whiskyglas.

Er fand Clara im Bett. Er brauchte sie nicht am Hals zu berühren, tat es aber trotzdem: warm, ein Puls. Das Schnarchen genügte schon als Lebenszeichen. Ein grobes Geräusch, so als würde man ein Baumwolllaken in hundert Streifen zerreißen.

Hirsch schaute in Bad und Küche nach. In den Schränken. Unter dem Bett. Hinter dem Sofa. Die Wohnung war so klein, dass sie nicht viele Verstecke bot.

Er trat auf den Treppenabsatz hinaus, beugte sich über die Brüstung und sagte: »Clara ist hier. Sie hat sich betrunken, ist wohl vom Pub zu Fuß nach Hause gegangen oder hat sich ein Taxi genommen.«

Er eilte die Stufen hinunter und sagte: »Keine Spur von Katie.«

Bevor er Wendy erreichen konnte, sackte sie auf dem feuchten Gras zusammen. Aus Erleichterung. Aus fortdauernder Furcht.

Brandl nahm Hirsch beiseite. Im schwachen Licht wirkte ihr Gesicht ganz verspannt vor Schmerz und Erschöpfung. »Wir sehen doch beide, wie das für Wendy ist.«

»Ja«, sagte Hirsch vorsichtig.

»Sie kommt sich nutzlos vor. Telefonanrufe, die nichts bringen, die Straßen rauf und runter fahren ...«

»Was schlagen Sie vor?«

»Ich fahre aufs Revier zurück; diese Krücken bringen mich um. Ich koordiniere alles. Tim und Jean suchen im Ort. Sie nehmen Wendy mit.«

Hirsch wollte schon etwas darauf erwidern, doch Sergeant Brandl hob die Hand. »Ich nehme das auf meine Kappe. Sie fahren los und reden mit Amy Groote und den Fearns.«

Hirsch sah zu Wendy hinüber, die jetzt bei den O'Mearas stand; alle drei schauten sorgenvoll aus dem schwachen Lichtkegel herüber, den die gelbe Glühbirne über ihren Köpfen warf.

»Okay.«

»Gibt es was Neues über Roskam?«

»Der liegt im Krankenhaus.«

»Also los, Sie wissen ja, was zu tun ist.«

»Danke«, sagte Hirsch und überquerte den Hof. Er drückte Wendy an sich und sagte: »Du kommst mit mir.«

Sie rasten nordwärts über den Barrier Highway hinein in die immer tiefere Dunkelheit; die Luft war reglos und eisig und versprach für den Morgen Frost. Wendy hatte sich ein wenig beruhigt. Sie grübelte. »Amy Groote ist doch wohl ziemlich weit hergeholt, oder?«

Hirsch schaltete wegen eines entgegenkommenden Fahrzeugs das Fernlicht aus. »Ja, aber sie hat mir gestern ziemlich böse Blicke zugeworfen, als das CIB mit ihr fertig war.«

»Woher sollte sie denn überhaupt wissen, dass wir zusammen sind? Und Katie dazugehört?«

Nach Hirschs Erfahrung gab es im mittleren Norden nur wenige Geheimnisse. Allerdings musste er zugeben, dass Amy Groote zu ichbezogen, zu sehr auf den Garten konzentriert, zu uninteressiert an anderen schien, um zu wissen, was in Hirschs Leben geschah.

»Die haken wir nur ab und fahren weiter«, antwortete er.

Penhale war zunächst ein schwacher Lichtfleck in der Entfernung, die Umrisse zeichneten sich erst ab, als sie an den Ortsrand kamen und langsamer fuhren: Häuser kauerten sich gegen die Kälte zusammen; ein paar vereiste Straßenlaternen, die viel zu überwältigt waren, um sich zu rühren. Hirsch bog rechts ab und nahm die Hubert Wilkins Road in die Hügel über dem Ort hinauf.

Amy Groote war nicht daheim. Kein Licht, kein Auto.

»Als Nächste auf der Liste die Fearns«, sagte Hirsch und setzte sich wieder hinters Lenkrad.

»Kannst du nach ihrem Wagen fahnden lassen?«

»Zu früh«, antwortete Hirsch. Zu barsch?

Wendy klang kleinlaut und geschlagen: »Okay.«

Er legte ihr eine Hand auf das Bein, lenkte auf die Straße zurück und bog nach links zu der Einfahrt, die zu dem Haus auf der Hügelkuppe führte, das hell erleuchtet war wie ein Kreuzfahrtschiff. Als Hirsch anhielt, trat John Fearn auf die Veranda. Wie stets hatte er sich herausgeputzt: Hose, Hausschuhe, weißes Hemd und Pullover mit V-Ausschnitt.

Er schlang die Arme um sich gegen die Kälte; Hirsch und Wendy stiegen aus. »Ich dachte, wir wären fertig mit der Polizei.«

Kein Lächeln auf den Lippen, sondern Verdruss. Allerdings war er diesmal nicht besorgt und nicht in sich zusammengesunken. Sylvia hörte zu, nahm Hirsch an. Oder er hatte in der Zwischenzeit seinen Groll weiter gehegt.

Wendy trat vor und sagte warmherzig: »Mr Fearn? Ich bin Wendy Street.«

Fearns gute Manieren gewannen die Oberhand. Höflich und anständig, verbeugte er sich fast ein wenig und sagte: »Wie geht es Ihnen, Mrs Street? Sie sind Lehrerin an der Highschool.«

»Ja. Sie können uns vielleicht helfen. Meine Tochter ist verschwunden und … hören Sie, ich will Sie nicht anlügen, aber wir sind verzweifelt und setzen uns mit jedem in Kontakt, mit dem Paul in letzter Zeit zu tun gehabt hat.«

Eine gute Möglichkeit, die Situation zu entschärfen, dachte Hirsch, doch dann drückte Sylvia ihren Mann beiseite und sagte mit barschem, schrillem Ton: »Das haben wir nicht verdient. Wir haben nichts falsch gemacht. Verschwinden Sie. Na los, fort mit Ihnen beiden.«

»Die übliche Vorgehensweise, Mrs Fearn«, sagte Hirsch.

»Glauben Sie vielleicht, wir würden ein Kind entführen, um es Ihnen heimzuzahlen? Was glauben Sie, wer wir sind? Was zum Teufel glauben Sie, wer *Sie* sind?«

»Sylvie«, sagte ihr Mann und berührte sie mit den Fingerspitzen am Oberarm.

Sie schüttelte ihn heftig ab. »Komm mir ja nicht mit Sylvie.«

Genauso heftig fing sie plötzlich an zu weinen. Sie bekam einen Schluckauf, schwankte, so als habe sie das Ende aller Kränkungen und Schmerzen erreicht, durch die sie sich in den letzten Tagen bewegt hatte.

John Fearn nahm seine Frau in den Arm und sah Hirsch über ihre Schulter hinweg an. Feindseligkeit lag in dem Blick, verbittert und unwiderruflich. Eine komplizierte Ehe, nahm Hirsch an. Ineinander verhakte, unterschiedliche Formen von Stärke.

»Danke, dass Sie sich die Zeit genommen haben«, sagte Wendy, nahm Hirsch bei der Hand und führte ihn zurück zum Toyota.

Zitternd fuhren sie davon. »Von der Liste streichen?«

Hirsch nickte. »Von der Liste streichen.«

Sie fuhren nach Penhale. Hirsch wollte schon nach Redruth abbiegen, als Wendy sagte: »Was ist mit Maggies Haus?«

»Gute Idee.«

Tatsächlich war Amy Groote dort; eingemummt in Mantel, Schal und Wollmütze stand sie auf der Veranda, als würde sie schon seit Tagen dort stehen. Als Hirsch am Straßenrand hielt, kam sie die Stufen hinunter, trat an den Wagen und machte eine Handbewegung, dass er die Scheibe herunterlassen sollte.

»Amy«, sagte er und schaute zu ihr hinaus. Sie zitterte.

»Ich wollte mich nur wegen gestern entschuldigen. Ich war nicht ganz bei mir.«

»Verständlich«, sagte Hirsch.

Dann steckte Amy den Kopf halb durch das Fenster und sagte: »Sind Sie Mrs Street? Es tut mir ja so, so leid.«

Wendy legte sich die Hand auf die Brust. »Sie wissen schon davon?«

Hirsch warf ihr einen Blick zu und öffnete dann langsam, langsam die Tür, sodass Groote zurücktreten und ihn aussteigen lassen musste.

»Amy, Sie wissen von Wendys Tochter?«

»Kam in den Nachrichten. Habe ich auf der Fahrt hierher gehört.«

Hirsch sah an ihr vorbei zum Haus und den intakten, abschließbaren Räumen hinüber. »Was haben Sie vor?«

»Ich bin völlig unsicher«, antwortete Groote hilflos. »Verkaufen? Erst renovieren? Renovieren und wohnen bleiben? Aber das kostet Geld, das ich nicht habe.«

»Darf ich Sie fragen, wo Sie heute Nachmittag waren?«

»In Adelaide. In Norwood gibt es eine Baumschule, wo ich mir Reben hole, dann habe ich an einer Rundmail für die

Wilderness Society gearbeitet ...« Dann schwieg sie. »Sie denken doch nicht, dass ich so etwas tun würde und anderen Leuten das Kind wegnehme?«

Nein, das dachte Hirsch nicht. Er klopfte ihr auf die Schulter. »Wir müssen alles kontrollieren.«

Er stieg wieder ein, doch Amy Groote hinderte ihn daran, die Tür zu schließen. Sie schaute hinein und sagte: »Ich hoffe, es gibt bald gute Nachrichten.«

»Danke«, sagte Wendy mit einem betrübten Lächeln.

Hirsch wendete, fuhr auf den Highway zurück und hatte fünf Kilometer zurückgelegt, als sein Handy klingelte. »Geh du ran.«

Er hörte Wendy sagen: »Hilary, ich bins ... Okay ...«

Sie beendete das Gespräch, dann sah sie Hirsch sonderbar an und sagte: »Heute Nachmittag hat ein Mann versucht, Lydia Jarmyn aus dem Krankenhaus zu entführen.«

38

Dürfte der Vater gewesen sein«, sagte Hirsch, wendete und gab Gas. »Ich habe ihn für tot gehalten.«

»Man weiß es nicht«, entgegnete Wendy. »Hilary meinte, er sei abgehauen, als die Sicherheitsleute aufgetaucht sind.«

Sie beugte sich vor, als wolle sie den Toyota durch die Nacht treiben. Sie legte beide Hände aufs Armaturenbrett, dann wieder in den Schoß. Sie wollte, dass Hirsch Gas gab, aber sie wollte auch, dass er sie nicht in Gefahr brachte, und bekam beides nicht unter einen Hut.

Hirsch schaute auf den Tacho: 130 km/h. Farmzäune und sprießendes Getreide, von den Scheinwerfern kurz angestrahlt, schossen an beiden Seiten vorbei. Der Abendtau blinkte wie winzige Diamanten auf, während der Wagen nach Norden davonraste. Ein Hase erstarrte im Scheinwerferlicht, huschte halb über die Straße und machte dann wieder kehrt, geriet aber im letzten Augenblick unter die Räder. Die Knochen taten ein paar Schläge gegen den Unterboden des Fahrzeugs, Hirsch ging vom Gas und schrumpfte innerlich leicht zusammen. Schlechtes Omen.

Wendy legte ihm kurz eine Hand auf das Bein. »Wenn es der Vater war, ist er dann hergekommen und hat sich Katie geschnappt, weil er die eigene Tochter nicht hat holen können? Aber warum sie? Um sich irgendwie an dir zu rächen?«

Hirsch konnte sich durchaus vorstellen, wie ein wirrer verrückter Verstand sich so etwas Verbissenes, Wohlüberlegtes zurechtlegte. Er gab wieder Gas und sagte: »Vielleicht war er schon die ganze Zeit hier in der Gegend, und seine Frau hat ihn versteckt.«

»Aber warum?«

Hirsch zuckte mit den Schultern. »Eine psychische Erkrankung?«

Wendy dachte nach. »Was Religiöses?« Sie schlug mit der Hand aufs Armaturenbrett. »Vielleicht hat *er* ja diese biblischen Anspielungen auf Auto und Hauswand geschmiert?«

Hirsch spürte, wie sich die Furcht langsam anschlich. »Schon möglich.«

»Und die Reifen vor dem Dugout zerstochen? Hat er uns beobachtet?«

Hirsch gab darauf keine Antwort, und Wendy machte sich ganz klein. »Wird er ihr was antun?«

Wenn Hirsch das doch nur gewusst hätte. Ein Mann, der aus Gottesfurcht und Einsamkeit verrückt geworden war. »Nicht, wenn wir es verhindern können.«

Er kam an den Abzweig der Hawker Road und lenkte den Toyota von der asphaltierten Straße auf eine Strecke aus schmierigem Lehm und Schotter. Auf halber Höhe kurvte er in die Zufahrt, fuhr durch das Tor, und die Wagenfront schleuderte die beiden Torhälften beiseite.

Er kam zu dem Hof, bremste, kam ins Rutschen und wich gerade noch einem blassblauen Transporter aus. Er blieb stehen, und der Stoßfänger berührte das Heck des Kombis. Auf der Veranda, im Hof und in den Schuppen brannten alle Außenlichter.

Die beiden stiegen aus. Der Wind hatte zugenommen, ein mürrischer Ton in den Kiefern, aber nicht stark genug, die Stimmen zu übertönen, die eine schrill, die andere tiefer, flehender. Nicht im Haus, sondern dahinter. Hirsch rannte los, und Wendy rief: »Warte auf mich.«

Hirsch war schon meterweit vor ihr. Er eilte zurück und drückte sie an sich. »Tut mir leid.«

»Mach jetzt nichts Dummes. Reg ihn nicht auf.«

Sie eilten gemeinsam an der Seite des Hauses entlang und folgten der säuberlichen Linie der frisch ausgehobenen Erde, die Hirsch schon bei seinem früheren Besuch aufgefallen war. Jetzt überkam ihn eine schreckliche Vorahnung. Er blieb vor der Hausecke stehen, kniete sich hin und grub mit den Fingern.

Zehn Zentimeter unter der Oberfläche lag ein Magnet, so groß wie seine Hand. Neu, geformt wie ein Hufeisen, rote Enden. Er warf ihn beiseite, stand auf, und die Stimmen an der Rückseite wurden immer aufgeregter.

»Was um alles in der Welt?«, fragte Wendy und starrte den Magneten an. Hirsch schlang den Arm um sie, schob sie zur Hausecke und hinaus auf den Hinterhof.

Grace Jarmyn grub in kalter Wut Magnete aus und warf sie auf einen Haufen neben den Verandastufen. »Hast du sie hierhergebracht? Hast du sie hierhergebracht?«

Der Mann, der halb hinter der Tür verborgen stand, so als fürchte er sich vor der Nacht, sagte aufgeregt: »Grace, bitte. Du lässt die Mächte herein.«

Hirsch, der schon halb mit einer Art glutäugigem Rasputin gerechnet hatte, entdeckte eine kleine, gepflegte Gestalt in Trainingshose, Uggs und Fleecejacke. Frisch rasiert. Der Wahnsinn fand sich in dem mit dem Finger aufgetragenen gelben Fleck auf der Stirn und einem roten Ausschlag im ganzen Gesicht. Rot, geschwollen, kurz davor, aufzuplatzen.

Der Mann sah Hirsch und wich zurück. Dann schrie er seine Frau an: »Jetzt schau, was du angerichtet hast, du hast die Außenwelt hereingelassen! Grab keine mehr aus, tu sie zurück in den Boden. Tu sie zurück!«

»Die hier meinst du?«, fragte seine Frau und warf einen weiteren Magneten auf den Haufen.

Sie drehte sich zu Hirsch um. »Er glaubt, wir brauchen ein Magnetfeld, das uns schützen soll. Gegen Strahlungen von den Windturbinen, gegen elektrische Felder, Polizisten, Sozialarbeiterinnen …«

»Grace, bitte. Tu sie zurück. Ich spüre eine Schwäche, eine Störung des Portals.«

»Zur Hölle mit dem Portal«, entgegnete seine Frau. »Zur Hölle mit deinem Großen Lenker, und zur Hölle mit dem Zyklus.«

Eine traurige, völlig verkorkste Geschichte, dachte Hirsch. Traurige, völlig verkorkste Menschen. Um durch diesen ganzen Wahnsinn zu dringen, baute er sich auf und rief: »Mr Jarmyn!«

Jarmyn zuckte vor Schreck zusammen und zog sich zurück, bis nur noch ein Auge um die Tür linste. »Sie sprechen keine Wahrheit, die ich anerkenne.«

»Mr Jarmyn, das hier ist Mrs Street. Wir sind hier, um ihre Tochter abzuholen. Sie heißt Katie.«

»Sie haben mir meine Tochter genommen«, jaulte Jarmyn.

Wendy zitterte. »Wie geht es Katie? Haben Sie ihr etwas angetan?«

»Ihr etwas angetan? Sie haben ihr doch was angetan. Mit dem Ende des Zyklus kann sie gerettet werden.«

Das brachte seine Frau endgültig auf die Palme. Sie krümmte sich wie unter Schmerzen zusammen und schrie ihn an: »Musstest du sie hierherbringen? Hast du gedacht, ich kümmere mich um noch eine Blage?«

»Mir reichts«, sagte Wendy und trat auf das Haus zu. »Katie!«

Jarmyn reagierte, als habe sie ihn geschlagen: Er schwankte, drückte sich die Hände auf die Ohren und drückte die Augen zu. »Hören Sie auf. Das tut weh.«

»Katie!«, rief Hirsch. »Bist du da drin?«

Alex Jarmyn schwankte und stöhnte, blieb aber hinter der Tür stehen, wohl aus Angst vor der schädlichen Umwelt da draußen. So war ihm nur schwer beizukommen. Einen Sekundenbruchteil zu spät, und er würde wieder im Haus verschwinden und sich verbarrikadieren. Wir dürfen nicht zulassen, dass er sich wieder sammelt, dachte Hirsch, wir müssen ihn weiter bombardieren.

Er beugte sich zu Wendy und murmelte: »Schrei weiter, so laut du nur kannst. Er soll durcheinandergeraten.«

Sie trat an die Stufen und schrie sich die Seele aus dem Leib. Jarmyn krümmte sich vor Schmerzen, Hirsch sprang auf das hintere Ende der Veranda und schob sich an der Wand entlang. Er kam an die Tür. Verständigte sich mit Wendy. Sie nickte, er drängte sich durch die Tür, schnappte Jarmyn am Ärmel, zerrte ihn auf die Veranda und runter aufs Gras, drückte ihn zu Boden und legte ihm hinter dem Rücken Handschellen an. Jarmyn rollte sich zu einem Ball zusammen und jammerte.

Hirsch sprang wieder auf die Veranda, ging ins Haus und rief: »Katie? Ich bins, Paul. Alles in Ordnung.«

Eine kleine, klare Stimme: »Hier drin.«

Er entdeckte sie in einem Kinderzimmer voller Stofftiere und rosa Bettzeug. Sie kauerte auf dem Boden und hielt ein kleines Kind in den Armen. Naomi Jarmyn: Sie wollte ihn nicht anschauen.

»Sie hat Angst.«

»Ich weiß«, sagte Hirsch. Ihm war nach Weinen zumute. »Alles okay bei dir? Deine Ma ist hier.«

39

Hirsch führte eine Reihe von Telefonaten: Ein Krankenwagen für Alex Jarmyn, dessen Körper sich völlig verkrampft hatte; das CIB in Port Pirie und Sergeant Brandl; dann rief er die Muirs an und bat sie, Katie und Wendy abzuholen und nach Hause zu fahren.

»Das hätten wir«, sagte Hirsch und steckte das Handy ein.

Sie saßen am Küchentisch der Jarmyns, Katie auf Wendys Schoß. Ein ganz gewöhnliches, unauffälliges Haus: ein Tisch, wo ein Tisch sein sollte, Betten dort, wo sie keinen Platz wegnahmen, ein Wohnzimmer, um den Fernseher eingerichtet. Doch hatte sich hier eine Fremdartigkeit eingenistet, und ein schlechtes Gefühl war in die Ecken gedrungen. Am liebsten hätte Hirsch das Haus mit einem Bulldozer zusammengeschoben.

Auch die anderen spürten das. Grace Jarmyn saß in einem Lehnsessel und kümmerte sich um ihre Tochter, beide starrten Alex an, der regungslos und mit dem Rücken zu ihnen auf dem Sofa lag. Still. Stumm. Kalt.

Hirsch schauderte und richtete seine Aufmerksamkeit wieder auf Katie. »Morgen wird es noch mehr Fragen, offizielle Fragen geben. Aber bis Bob und Yvonne hier sind, meinst du, du kannst mir noch was davon erzählen, was passiert ist?«

Katie hob unter Wendys Kinn den Kopf. »Frag ruhig«, sagte sie mit leiser, ruhiger Stimme, die älter wirkte.

»Er hat dir nicht weh getan, sagst du?«

»Er hat gesagt, er tut mir nicht weh, und das hat er auch nicht. Nur, als er mich in den Lieferwagen geschubst hat. Da hab ich mir das Schienbein angehauen.«

»Und du hast ihn in letzter Zeit an der Schule gesehen?«

Sie hatte Jarmyn mehrmals gesehen und angenommen, dass er sein Kind abholen würde. Meistens hing sie nach der Schule noch auf dem Spielplatz herum und wartete, dass Wendy Dienstschluss hatte, und sie hatte sich ein, zwei Mal mit Jarmyn unterhalten, nichts Besonderes, er war ihr nicht komisch vorgekommen.

»Abgesehen von diesen Flecken im Gesicht. Wie Moskitostiche.«

Wendy hatte bislang geschwiegen. Sie hustete in dem freudlosen Zimmer kurz. »Ausschlag.«

»Ausschlag. Jedenfalls hab ich nicht viel mit ihm geredet.«

»Und heute hat er neben dem Korbballplatz gewartet?«

Katie steckte ihren Kopf wieder unter Wendys Kinn. Hirsch wartete.

»Ja.« Dann fügte sie bedächtig hinzu: »Ich hätte merken müssen, dass da was nicht stimmt. Er meinte, sein Sohn würde Football spielen, aber der Platz ist auf der anderen Seite vom Schwimmbecken. Jedenfalls war Naomi bei ihm, und er meinte, sie fühlt sich nicht wohl, und ob ich sie bitte zum Lieferwagen bringen und in ihren Kindersitz setzen kann, er wollte nur warten, bis das Footballspiel vorbei ist.«

Sie hatte Naomi bei der Hand genommen und war gerade an der Beifahrertür des Lieferwagens angekommen, als sie bemerkte, dass Jarmyn ihnen gefolgt war. Bevor sie noch reagieren konnte, hatte er die Schiebetür aufgemacht und sie beide hinten hineingeschubst.

»Er ist hinter uns hergeklettert und hat die Tür zugemacht. Das ging ganz schnell.«

»Und du hast nicht geschrien?«

»Nein.« Katie drückte sich noch fester an ihre Mutter. »Es ging zu schnell.«

»Ist nicht deine Schuld, Schätzchen«, sagte Wendy. »Das war der Schock. Und du wolltest ihn nicht verärgern.«

Katie nickte. »Und Naomi hat geweint. Sie hatte Angst.«

»Du hast dich erst um sie gekümmert«, sagte Hirsch und war ganz stolz auf sie. »Das hast du gut gemacht.«

Katie warf ihm einen vielschichtigen Blick zu, erleichtert, dankbar – aber sie ging auch im Geist noch einmal das Erlebnis durch und suchte nach Fehlern.

»Und niemand hat das beobachtet?«

Ein kurzes, kleines Schulterzucken. »Weiß nicht. Da waren schon noch andere Leute. Aber er hat unter den Bäumen geparkt, und die Schiebetür hat in die andere Richtung geschaut.«

Hirsch stellte sich das bildlich vor. Und selbst wenn es Zeugen gegeben hätte, dann hätten die eher gedacht, dass es sich um eine komische Familienangelegenheit gehandelt hätte. Nichts Gewalttätiges oder Kriminelles.

»Hat er irgendetwas gesagt, dort oder später?«

»Ich hab Naomi hinten in den Arm genommen, und wir beide mussten uns anstrengen, nicht dauernd hin und her zu rutschen, aber er hat was gesagt über das Ende eines Zyklus und ein Portal.«

Scheinwerfer huschten über die Fenster; jemand klopfte an die Tür. Hirsch öffnete den Muirs, die Wendy und Katie in ihren Wagen packten und in die kalte Nacht hinausfuhren. Hirsch blieb noch ein paar Minuten in der eisigen Luft, bis der Krankenwagen Alex Jarmyn abholte.

Nun musste er auf das CIB warten. Er saß im trostlosen Wohnzimmer und hörte mit einem Ohr, wie Grace Jarmyn ihre Tochter zu Bett brachte: Murmeln, Tränen, wieder Murmeln. Dann fiel Hirsch auf, dass das Fenster mit Aluminiumfolie verklebt war.

Schließlich kam Grace herein und rang die Hände. »Ich glaube, sie schläft. Wir müssen leise sein. Tee? Etwas zu essen?«

Hirsch merkte erst jetzt, wie ausgehungert er war. »Ja, bitte.«

Fünf Minuten später hielten sie sich an Teetassen fest und knabberten Kekse, und Grace Jarmyn sagte: »Muss ich das alles noch mal von vorn durchmachen?«

»Das weiß ich nicht«, antwortete Hirsch. »Es ist allerdings ein Verbrechen begangen worden.«

»Das hat mit mir nichts zu tun«, sagte sie, stellte die Tasse ab und schlang die Arme um sich. »Ich hasse diesen Detective Comyn. Und diese Sozialarbeiterin.«

»Ich weiß nicht, wen die herschicken«, sagte Hirsch. »Im Augenblick sind Sie noch nicht verhaftet worden. Aber das kann sich ändern. Darf ich Ihnen in der Zwischenzeit ein paar Fragen stellen?«

»Wenn Sie wollen.«

Er musste behutsam vorgehen. »Haben Sie Beratungsstunden erhalten?«

»Wenn man das so nennen kann«, antwortete sie.

»Und die Polizei …?«

Sie wendete den Blick ab und zuckte mit den Schultern.

War schon ein Gerichtstermin angesetzt worden? »Und die meinten, es sei okay, wenn Sie nach Hause gehen?«

Sie war beleidigt. »Natürlich.«

»Mit Naomi?«

»Ja, mit Naomi.«

Na, das System arbeitet ja perfekt, dachte Hirsch.

»Heute Abend hatte es den Eindruck, als wollten Sie …« Er schwieg kurz. »Als wollten Sie Ihren Mann von etwas abhalten.«

»Das musste ich doch. Ich lebe hier! Und außerdem – jetzt schleppt er noch ein Kind an, auf das ich aufpassen soll?«

»Ich verstehe«, sagte Hirsch. »Wo war er denn die ganze Zeit?«

»An einem Zufluchtsort mit dem Großen Lenker. Irgendwo außerhalb von Sydney. Ich habe ehrlich gedacht, ich hätte ihn das letzte Mal gesehen.«

Hirsch hielt das für eine Lüge. »Wann ist er denn zurückgekommen?«

»Er war schon hier, als ich am Freitag nach Hause gekommen bin. Er wusste das von Lydia, und er hat mir die Schuld dafür gegeben. Meinte, ich hätte sie an die andere Seite verloren.«

»Er hat versucht, sie aus dem Krankenhaus zu holen.«

Ein Schulterzucken. »Damit habe ich nichts zu tun.«

Hirsch machte sich Gedanken um Grace Jarmyn. Diese merkwürdige Mischung aus Naivität, Zorn und Selbstbefangenheit. War sie deswegen für Jarmyns Manipulationen empfänglich gewesen? Oder hatte das Leben mit Jarmyn sie so werden lassen?

»Wie lange kennen Sie ihn schon?«

»Fünf Jahre. Auf einer Impfgegner-Demo. Damals war er anders. Er war nicht so merkwürdig wie heute, und er sah ziemlich gut aus. Aber nach Naomis Geburt fing er an, davon zu faseln, dass er mit anderen Welten in Verbindung stehen würde. So würde sich seine Spiritualität manifestieren. So sei er veranlagt.«

»Dieser Rückzugsort: Er war ein ganzes Jahr weg?«

Sie wich Hirschs Blick aus. »Ja.«

»Und was ist mit Ihnen? Waren Sie je an diesem Rückzugsort? Haben Sie ihn dort besucht?«

»Nein.«

»Und wer ist der Große Lenker?«

»Keine Ahnung. Alex war ununterbrochen am Computer mit diesen Leuten. In Chatrooms und alldem. Hat Recherchen angestellt. Jede Nacht, manchmal die ganze Nacht. Für mich hatte er keine Zeit mehr. Deswegen ist er wohl auch aus der Arbeit geflogen.«

»Er sagte etwas über einen Zyklus …«

»Sobald der gegenwärtige Zyklus endet, wird ein höheres Bewusstsein über die Welt hinwegfegen«, sagte sie mit feierlicher Miene, so als würde sie eine tiefe Wahrheit aussprechen. »Siebzigtausend Jahre dauert ein Zyklus.«

»Und das betrifft alle?«

»Nur die Auserwählten.«

»Faszinierend. Sie wissen ja richtig viel darüber. Alex hat Sie wohl in seiner Abwesenheit auf dem Laufenden gehalten?«

Sie schüttelte den Kopf ein wenig zu heftig. Sie log. »Ich habe mir das jahrelang angehört, es ist mir zu viel. Jetzt komme ich nach Hause, und er verbuddelt Magnete rings ums Haus. Haben Sie sein Gesicht gesehen? Vom Stress kriegt er einen Ausschlag. Er sagt, das kommt von den Windturbinen und den Strommasten.«

Sie schaute zu dem zugeklebten Fenster hinüber.

»Katie, das Mädchen, das er heute Nachmittag hergebracht hat …«

»Er meinte, das Gleichgewicht sei gestört worden, als man Lydia geholt hat. Und das sei meine Schuld.«

»Und Katie sollte das Gleichgewicht wiederherstellen?«

»Ja. Aber er hat Naomi als Köder benutzt, und das konnte ich nicht zulassen.«

Hirsch legte die Hände um den Becher Tee. Er spendete nur geringen Trost. Die Kälte des Hauses und der Frau war ihm bis in die Wirbelsäule gefahren. »Wir glauben nicht, dass er Katie zufällig ausgesucht hat.«

Grace Jarmyn ließ den Kopf kreisen, so als wolle sie den Nacken entspannen.

»Es ist gut möglich, dass Alex mich schon seit einer Weile beobachtet.«

Wieder wich ihr Blick ihm aus. Hirsch erinnerte sich an ihre Gelassenheit, an die Gewohnheit, auf indirekte Weise zu antworten, so als würde sie andere Fragen hören als die, die man ihr stellte. »Wer weiß denn schon, was dieser Mann so tut?«, fragte sie.

Du, dachte Hirsch.

Dann hörte er Fahrzeuge auf den Hof fahren, das willkommene Ende seines Arbeitstags.

40

Es war bereits nach Mitternacht, als Hirsch bei dem Haus an der Bitter Wash Road eintraf. Er fand Mutter und Tochter im selben Bett schlafend vor, kroch im Gästezimmer ins Bett und lag noch eine Weile mit rasenden Gedanken, aber ruhigem Herzen da.

Um sechs Uhr wachte er auf. Er duschte und frühstückte, dann stand er einen Augenblick lang in der Tür zu Wendys Schlafzimmer.

»Ich bin wach«, krächzte sie.

Er ging hinein, beugte sich vor und gab ihr einen Kuss. »Wie hat sie geschlafen?«

Wendy drehte sich zu ihrer Tochter um, die zwei Drittel des Betts einnahm. »Unruhig.«

»Gehst du heute zur Arbeit?«

Sie schüttelte den Kopf.

Noch ein Kuss, dann richtete er sich wieder auf, um zu gehen. »Ich muss Berichte schreiben und gegen das Böse kämpfen.«

»Sehen wir uns heute Abend?«

»Ganz bestimmt.«

Das konnte er nicht immer versprechen.

»Und du schaust nach, ob es Clara gut geht?«

»Steht auf meiner Liste«, antwortete er. »Ich ruf dich im Laufe des Tages an.«

»So wie ich dich kenne«, meinte Wendy, »rufst du jede Stunde an.«

»Ich bin kein Stalker«, protestierte Hirsch und bedauerte das sofort. »Entschuldigung.«

»Ein, zwei Anrufe wären toll«, sagte Wendy, dann vergrub sie sich wieder ins Bett.

Sergeant Brandl hatte eine Nachricht hinterlassen: Vierzehn Uhr Einsatzbesprechung in Redruth.

Also verbrachte Hirsch den Mittwochvormittag auf dem Revier in Tiverton und machte sich an den Papierkram, eine willkommene Abwechslung nach all dem Wahnsinn. Alle andere Arbeit war liegen geblieben.

Um Viertel nach acht ging er zur Schule hinüber; Glenys, die Sekretärin, brachte ihn zu dem Büro, in dem bis vor Kurzem noch Julian Roskam gesessen hatte. Sie klopfte an und steckte den Kopf zur Tür herein. »Besuch für Sie, Vikki.«

Das sagte sie ohne jede Freundlichkeit, so als würde sie es missbilligen, dass so eine junge Lehrerin die Aufsicht über eine Schule hatte, und sei es nur vorübergehend. Vikki Bastian, die auf Knien die unterste Schublade an Akten durchgegangen war, stand unbeholfen und mit rotem Gesicht auf und strich sich den Rock glatt. Sie kam auf ihn zu, so als wolle sie seine Hände schütteln. Dann überlegte sie es sich anders und erstarrte.

»Ich lasse sie dann mal allein«, sagte Glenys leicht selbstgefällig.

Bastian schaute ihr nach, dann wandte sie sich an Hirsch und schüttelte ihm nun doch die Hand. »Ich kann es gar nicht erwarten, wieder ein Niemand zu sein und die Kleinen zu unterrichten.« Sie wies auf den Aktenschrank. »Ich wusste gar nicht, was da alles dranhängt.«

»Geht mir auch so«, sagte Hirsch und berichtete ihr von seiner Aufgabe, die beiden Polizeireviere Redruth und Tiverton gleichzeitig zu beaufsichtigen.

»Na, Sie haben wenigstens ein paar Jahre auf dem Buckel. Ich unterrichte ja erst seit fünf Minuten.«

»Irgendeine Idee, wann die Stelle neu besetzt wird?«

»Nein.«

»Mr Roskam hatte gestern früh die Möbelpacker da.«

»Mir erzählt niemand etwas.« Bastians junges Gesicht wirkte ratlos, so als würde ihr die Welt ein Mysterium nach dem anderen auftürmen. »Stimmt es, dass er, na, Sie wissen schon, Frauenunterwäsche gestohlen hat?«

Hirsch nickte; es hatte wohl keinen Sinn, das zu leugnen.

»Wie gehts Ihrem Dad?«

»Ach, nun ja, er wurstelt sich durch. Er kann das mit Mr Quinlan immer noch nicht glauben.«

»Hat sich Quinlan bei ihm gemeldet?«

Sie kniff die Augen zusammen. »Sind Sie deswegen hergekommen?«

Hirsch beurteilte Bastian neu: Sie konnte scharfsichtig sein, wenn sie musste. Er hob beschwichtigend die Hand. »Nein, nein, ich wollte bloß vorbeischauen. Wir wüssten nur gern, wo er ist. Selbst die kleinsten zufälligen Informationen können ein Bild ergeben.«

Er fragte sich, warum er eigentlich in die Schule gegangen war, und kehrte aufs Revier zurück. Im Laufe des Vormittags erhielt er einen Anruf von Andrew Eyre, dem Umweltschutzbeauftragten, der ohne lange Vorrede verkündete: »Ich habe mit einem Anwalt gesprochen. Er meinte, wenn mich die Polizei zum Haus begleitet hätte, dann wäre ich nicht angeschossen worden.«

Oder wir beide, dachte Hirsch. Doch er bekam einen trockenen Mund. Er sah schon vor sich, wie er ein paar Jahre vor Gericht verplempern würde. Von den Vorgesetzten war da keine Hilfe zu erwarten. Und von der Gewerkschaft auch nicht …

»Mit einem Anwalt zu reden, ist Ihr gutes Recht, Mr Eyre. Sind Sie wieder bei der Arbeit?«

»Er sprach von einer Million, mindestens.«

»Ich verstehe.«

»Aber wissen Sie, was ich zu ihm gesagt habe? Ich bin einfach zum Haus gerannt, ohne zu warten. Meine Schuld.«

Hirsch reagierte nicht sofort. Er dachte nur: Du bist ja vielleicht ein Arschloch. Soll ich mich vielleicht noch bedanken? Wolltest du, dass ich mich winde wie ein Aal?

Er hustete leicht und fragte: »Was macht die Schulter?«

»Na, mit dem Tennisschläger werde ich eine ganze Weile nicht ausholen können, falls Sie das wissen wollen«, entgegnete Eyre und legte auf.

Dann gab es einen Anruf aus Adelaide: eine Reporterin des *Advertiser* namens Bec Dewhurst bat um seinen Kommentar zu der möglichen Verbindung von Adrian Quinlan, der Suche nach den Ayliffes und den Machenschaften bei der Mid-North Community Bank.

»Dazu kann ich nichts sagen.«

»Ich könnte mir eine mögliche Verbindung zwischen alldem vorstellen«, sagte Dewhurst. »Und das wären Sie.«

»Dazu kann ich nichts sagen.«

Sie feixte. »Ach, wirklich? Leon Ayliffe meint, Sie seien der Mann, mit dem ich reden sollte.«

Hirsch schwieg kurz. »Er hat Sie angerufen.«

»Das hat er.«

»Irgendwelche Informationen über seinen Aufenthaltsort, Ms Dewhurst? Ihnen ist vielleicht bewusst, dass er im Augenblick in Verbindung mit einer Schießerei gesucht wird…«

Sie sagte nur so viel, dass Ayliffe ein paar ihrer Artikel gelesen, sie am Morgen angerufen und eine Reihe von Anspielungen fallen gelassen hatte.

Hirsch, der wusste, dass er nichts aus ihr herausbekommen würde, wiederholte so lange, dass er nichts dazu sagen könne, bis sie auflegte. Dann aß er früh zu Mittag und fuhr den Barrier Highway entlang nach Redruth.

Er war schon lange der Überzeugung, dass eine bewohnte Unterkunft eine winzige atmosphärische Spannung abgab. Als er an Clara Ogilvies Tür klopfte, spürte er nichts davon.

Er trat die Stufen wieder hinunter, ging ums Haus zur Tür der O'Mearas und erhielt die Auskunft: »Sie hat gepackt und ist fort. Heute früh war als Erstes der Möbelwagen da.«

Also setzte er sich wieder ins Auto, drehte die Klimaanlage hoch, rief zum vierten oder fünften Mal bei Wendy an und fuhr durch den Ort zum Polizeirevier.

Er fuhr gerade langsam um den Platz, als er Brian Cottrell entdeckte, der mit einem kleinen Flurtischchen aus dem

Antiquitätengeschäft kam. Wusste Sergeant Brandl, dass ihr Ex hier war? Cottrell verstaute den Tisch in einem klassischen alten Rover, schaute aber nicht in Hirschs Richtung.

Nettes Auto, dachte Hirsch und bog in die Seitenstraße zum Polizeirevier. Schade nur, dass er diesem Blödmann gehört. Es war kurz nach zwei; er kam zu spät.

Hirsch nickte dem Aushilfsbeamten zu, ging durch die Verbindungstür und den Flur entlang zum Einsatzraum. Jean Landy und Tim Medlin saßen schon dort und blickten zu Sergeant Brandl, die mit einem Laptop vorn am Tisch saß, ein Whiteboard und einen an der Wand befestigten Flachbildmonitor hinter sich. Ein kurzer warnender Blick von Jean Landy, als er sich auf einen Stuhl am anderen Ende setzte.

»Schön, dass Sie es einrichten konnten.« Brandl schaute ihn streng an.

»Sorry, Sergeant, aber ich habe noch schnell bei Clara Ogilvie vorbeigeschaut.«

»Und?«

»Hat gepackt und ist heute Morgen fortgezogen.«

Sergeant Brandl war nicht weiter interessiert. »Die Beamten des Betrugsdezernats waren vor der Mittagspause hier. Sie haben gestern die Befragung von Malcolm Cater abgeschlossen und den Vormittag in der Bank verbracht. Wenn ich nur diese verfluchte Technik in Gang bringen könnte, dann könnte ich Ihnen ein Diagramm von dem Chaos zeigen, das sie dort entdeckt haben.«

Sie tippte herum, schaute nach hinten, sah nur ein beruhigendes Blau auf dem Monitor. Dann versuchte sie es erneut.

»Verdammt. Vorhin habe ich es noch hinbekommen.«

»Soll ich, Sergeant?«, fragte Medlin und wollte schon aufstehen.

Sie schnitt ihn mit einer Handbewegung ab. Sie hatte schlechte Laune: Hirsch glaubte zu wissen warum. Ihr schmales Gesicht wirkte noch müder als gestern Abend, wenn so etwas überhaupt möglich war. Von den Strapazen wie ausgehöhlt.

Hirsch warf einen Blick zu Jean Landy hinüber. Schlank, dunkel, ernst, machte sich bereits Notizen. Tim, der noch immer peinlich berührt war, schaute mit Sorgenfalten im glänzenden Gesicht zu ihrem Notizblock hinüber. Er nahm seinen Stift in die Hand und legte ihn wieder weg. Hirsch zeichnete eine Reihe von ineinander verzahnten Kästchen. Normalerweise genoss er die Besprechungen in Redruth, doch heute wirkte die Atmosphäre merkwürdig. Dringlich, aber orientierungslos. Wieder beobachtete er Sergeant Brandl, erkannte ihre Verstörtheit, so als würde sie ihre eigenen Gedanken ablehnen.

Sie schüttelte sich kurz, bemerkte, dass der Monitor noch immer nichts anzeigte, und sagte: »Ach, Mist. Ich fasse zusammen, okay?«

»Sergeant«, antworteten sie unisono.

»Also, Folgendes wurde mir mitgeteilt. Adrian Quinlan ist langjähriger Kunde der Bank. Ab und zu gab es Geschäftskredite, alles ganz legal, nichts Riskantes, stets vor Fälligkeit zurückgezahlt. Cater und er haben sich nach einer Weile angefreundet. Waren Geschäftspartner. Sie wurden gierig und investierten in riskanten Unternehmungen wie diese Immobilie an der Sunshine Coast. Als die Wirtschaft abstürzte, arrangierte Cater Kredite an Briefkastenfirmen, die er selbst gegründet hatte, nur damit Quinlan und er den Investoren ihre monatlichen drei Prozent auszahlen konnten. Irgendwann kam kein Geld mehr herein. Quinlan stand vor dem Bankrott. Cater befürchtete, dass die eigenen Leute eine Betriebsprüfung durchführen könnten, also leitete er Gelder von einigen Bankkunden um. Älteren, wohlhabenden Kunden.« Sie sah Hirsch an. »Wie Mrs Groote.«

Hirsch nickte.

»Ein Akt der Verzweiflung. Er nahm das Geld, um bei einigen der Kredite Zinsen abzuzahlen – fünftausend hier, zehntausend da –, aber der Rest verschwand wohl in den Taschen von Quinlan und ihm. Quinlan tat dasselbe, schaffte es gerade so, sich über Wasser zu halten, Löhne und Stromrechnungen zu zahlen, mal einen Abend mit der Frau, solche Dinge, und seinen größeren

Gläubigern schob er hier und da mal ein paar Tausender zu, um sie ruhigzustellen.«

»Eleanor Quinlan war da sehr offenherzig«, sagte Hirsch. »Sie hörte, wie er am Telefon sagte: ›Ach, der Scheck ist in der Post‹, oder ›Es gab einen Irrtum bei der Bank‹, ›Es gab einen Softwarefehler‹. In einem Fall meinte er sogar: ›Eleanor führt eigentlich die Bücher, aber sie hat gerade die Grippe.‹«

»So ein Herzchen«, meinte Brandl. »Und jetzt schauen wir mal, wohin das geführt hat. Cater hat noch nicht gestanden, aber es ist ziemlich offenkundig, dass er zwei Morde begangen hat, um seine Spuren zu verwischen. Und da Quinlan sich nicht damit abgeben wollte, sich auch um seine kleinen Gläubiger zu kümmern, lief Leon Ayliffe schier Amok.«

Sie machte ein trauriges Gesicht, so als würde sie noch immer die negativen Auswirkungen abschätzen.

Sie warteten.

Dann überraschte Sergeant Brandl sie. Sie hob den Blick vom Laptop, schenkte ihnen ein freundliches, müdes Lächeln und sagte: »Sie können gehen. Ich danke Ihnen für all die Mühen. Entschuldigung, dass ich solch ein Griesgram bin.«

Sie blinzelte, während die anderen zusammenpackten und hinausgingen. Hirsch, der als Letzter aufbrach, hörte sie murmeln: »Paul? Einen Augenblick, bitte.«

Er setzte sich auf Landys Stuhl. »Sergeant?«

»Brian war bei mir. Wir haben zu Mittag bei Cousin Jack gegessen.«

Hirsch nahm an, dass sie ihn dort hatte sitzen lassen. Er hob beide Hände, wie um zu sagen, dass er sie verstehen würde. »Schon okay, Boss, Sie müssen mir nichts erklären.«

Sie warf ihm einen bösen Blick zu. »Sie sind mein Freund, Sie Trottel.«

Hirsch musste blinzeln. Aus einem Winkel seines Herzens stieg ein Funken Wärme in ihm auf. »Was hat er gewollt?«

»Er wollte reden. Mir meine *Mamma-Mia*-DVD zurückgeben.« Sie schüttelte entnervt den Kopf.

Hirsch musste grinsen, und sie tat es ihm nach.

»Na, jedenfalls meinte er, er würde ein schlechtes Gewissen haben, wie das mit uns zu Ende gegangen sei.« Pause. »Was er damit sagen wollte, war, dass er die Vorstellung nicht erträgt, es könne irgendjemanden irgendwo auf der Welt geben, der schlecht von ihm denkt.«

»Alles dreht sich um ihn«, sagte Hirsch.

Brandl nickte. »Wie es scheint, hat er diese Dingsda vor drei Jahren kennengelernt, aber da war sie noch verheiratet. Und als sie sich schließlich getrennt hat …« Sie lachte gezwungen. »Ich war die Zwischenlösung.«

»Nicht sonderlich ehrenwert von ihm, Boss.«

»Das kann man wohl sagen.« Sie schnappte sich ihren Laptop und die Notizen und ging zur Tür. Beim Hinausgehen sagte sie über die Schulter nach hinten: »Sie muntern mich auf.«

Das erinnerte Hirsch daran, bei Wendy anzurufen. Die sagte: »Es geht uns gut. Zum hundertsten Mal.«

41

Donnerstag früh überquerte Hirsch die Straße, um sich einen *Advertiser* zu holen. Der wurde jeden Morgen um sechs von einem Transporter angeliefert, und die Bündel lagen dann vor dem Laden, bis Ed um acht Uhr öffnete. Da Hirsch aber losmusste, nahm er ein Küchenmesser mit, schnitt die Polyesterbänder durch und ging mit einem Exemplar der Zeitung zurück aufs Revier, um sie während des Frühstücks zu lesen.

Er hatte Bec Dewhurst keinerlei Informationen gegeben und war erleichtert, dass sie ihn zwar als örtlichen Polizisten benannt, aber nicht sonderlich herausgestellt hatte. Stattdessen begann sie ihren Artikel mit der Frage: »Gibt es eine Kernfäule im Herzen des verschlafenen Weizen-&-Wolle-Örtchens Redruth?« Und sie antwortete darauf: »Ja, dem örtlichen Farmer – und polizeilich gesuchten Schützen – Leon Ayliffe zufolge.«

Hirsch überflog den Rest des Artikels. Ayliffe, der sich mit seinem Sohn nach einem Schusswechsel, bei dem ein Bezirksinspektor verwundet worden war, auf der Flucht vor der Polizei befand, stritt die eigenen Taten nicht ab. Er behauptete aber in einem langen und manchmal wirren Telefonat mit Dewhurst, dass zwei Morde in der Gegend von Redruth mit finanziellen Unregelmäßigkeiten bei der örtlichen Filiale der Mid-North Community Bank und dem »schäbigen« Gebaren des »bekannten ortsansässigen Geschäftsmanns Adrian Quinlan« zu tun hätten. Quinlan, so konnte sie nun enthüllen, sei unter Zurücklassung von Schulden, die in die Hunderttausende Dollar gingen, verschwunden.

Keine harten Fakten, wie Hirsch bemerkte, nur eine säuberliche Kette von Spekulationen und Anspielungen, doch die Story brachte viele der Punkte zusammen, die in der Einsatzbesprechung am Vortag bestätigt und ausgeführt worden waren.

Er fragte sich, wann sein Telefon klingeln würde …

Stolte war der Erste. »Haben Sie die Zeitung gesehen?«

»Ja, Senior Sergeant.«

»Einen Großteil davon hat sie von Ihnen, richtig? Sie dachten wohl, Sie könnten mal Schmutz aufwirbeln? Sich wichtigtun?«

»Ich habe abgelehnt, ihre Fragen zu beantworten, Senior Sergeant.«

»Und woher hat sie das dann?«

»Von Ayliffe. Er hat sie angerufen.«

»Behauptet sie. Und woher hat der das? Woher weiß er zum Beispiel, dass Quinlan vermisst wird?«

Das wollte Hirsch auch gern wissen. Er beruhigte Stolte, trank seinen Kaffee aus und rief bei Eleanor Quinlan an.

Ihre Stimme klang ein wenig krächzend. Hirsch hatte sie geweckt. »Ich habe die Zeitung noch nicht gelesen. Aber gestern hat mich eine Reporterin angerufen. Ich habe ihr nichts gesagt.«

»Dabei sollten Sie es auch belassen. Aber sie weiß, dass Adrian verschwunden ist.«

»Das wissen viele Leute.«

»Sie behauptet allerdings, dass Leon Ayliffe ihr das gesagt hat. Er hat Sie nicht angerufen, oder?«

»Nein.« Sie klang beleidigt. »Und selbst wenn, würde ich ihm nichts erzählen.«

Dann riefen Merlino, Comyn und Sergeant Brandl an.

Leugnen, leugnen, leugnen.

Schließlich meldete sich Dewhurst persönlich. »Haben Sie meine Story gesehen?«

»Ein bisschen leichtgewichtig, fand ich.«

»Na, weil Sie mir doch nichts verraten haben. Hatten Sie Gelegenheit, Ihre Position zu überdenken?«

»Viele Gelegenheiten, aber nicht die Absicht.«

»Kommen Sie schon, wir können uns gegenseitig helfen. Sie

verraten mir etwas, auf das ich nicht selbst kommen kann, und ich revanchiere mich.«

»Tut mir leid, ich bin spät dran, ich muss los.«

»Wenn Sie mir schon nicht sagen, was *Sie* denken, wie lautet denn dann die allgemeine Einschätzung der Polizei?«

»Da rufen Sie am besten die Presseabteilung an.«

»Glauben Sie, dass die Ayliffes verwirrt sind?«

»Nun, sie haben auf jemanden geschossen und sind auf der Flucht«, antwortete Hirsch. »Wie hörte sich Leon an? Sprach die Stimme der Vernunft aus ihm?«

Lange Stille. »Er klang besessen.«

»Na, dann buddeln Sie doch mal, wovon er denn besessen ist.«

»Das habe ich vor. Aber was denken Sie – nur so unter uns?«

»Tut mir leid, versuchen Sie es in der Presseabteilung.«

»Lügen, gottverdammte Lügen und Blödsinn«, meckerte Dewhurst nicht ganz grundlos.

Es war fast acht Uhr, bevor sich Hirsch auf die lange Donnerstagsrunde machen konnte. Auf der CD, die Katie ihm gebrannt hatte, lief Paul Kelly: »Roll on Summer« – was Hirsch an diesem eisigen klaren Morgen durchaus passend fand.

Der erste Abschnitt brachte ihn nördlich nach Terowie, dann östlich ins Grenzland, wo steinerne Eruptionen die Hinterstraßen durchtrennten und er im niedrigen Gang Spitzkehren nehmen und Bachläufe überqueren musste, von denen manche zum ersten Mal seit Jahren wieder Wasser führten. Er nahm eine zerfurchte Zufahrt zu einem Farmhaus, einem Tee und einem alten Keks, dann folgten, wenn er Glück hatte, ein paar gesegnete Kilometer asphaltierter Straßen und Schotterpisten, bevor er zu einer weiteren Nebenstrecke und einer weiteren abseits gelegenen Schafstation kam, zu einer weiteren Tasse Tee und einem Schwatz über vermisste, womöglich gestohlene Schafe oder rätselhafte Scheinwerfer bei Nacht oder einen erwachsenen Sohn, der seine Medikamente nicht nahm. Er half einer Witwe dabei, ihren Pick-up mit den Starterkabeln des Polizei-Toyotas zu starten, hielt eine Leiter, damit ein Mann den Kricketball des Enkels aus einer Regenrinne fischen konnte, half einer älteren Frau, die Dichtung eines Wasserhahns zu wechseln.

Die lange Runde nach Osten und Süden brachte ihn nach Belalie Waters, diesmal von Norden, wobei er die flache Hügelkette überquerte, auf der Rosemary Waurns Ehemann Ken und seine Jackaroos sich vor ein paar Tagen um die von Myiasis geplagten Schafe gekümmert hatten.

Er fuhr langsam auf den Hof; nicht ein einziges Farmfahrzeug. Voller Unbehagen sah er zum Haus hinüber. Es lag im wintrigen Licht, kein Wind stöhnte. Doch irgendetwas war hier vorgefallen, hatte Hirsch den Eindruck. Er schaltete die Dashcam ein.

Er war erleichtert und besorgt zugleich, als Rosemary aus dem Fahrzeugschuppen gerannt kam und sich immer wieder links und rechts umsah. Er stieg aus, und als sie auf ihn zugerutscht kam, breitete er instinktiv die Arme aus. Sie warf sich hinein, war steif wie ein Brett, dann lockerte sie sich allmählich. Sie seufzte erleichtert und tat einen Schritt zurück.

»Sie waren wieder da!«

Ich wusste es, dachte Hirsch. »Die Ayliffes? Wann?«

»Keine zehn Minuten her.«

»Wo sind Ken und die Jungs?«

»Die sind mit dem Laster los, um Heu zu kaufen. Kommen erst heute Abend zurück. Ken wollte mich nicht allein lassen, aber wir haben nicht alle Platz im Laster, und ich meinte, der Blitz schlägt nie zweimal am selben Platz ein. Ha!«

Hirsch sah sich um. Das einzige Fahrzeug war der Kombi der Familie. »Und jetzt haben die Ayliffes beide Pick-ups?«

»Nein, der andere ist in Clare, um den Airbag zu tauschen; Ken holt ihn am Nachmittag auf dem Rückweg ab. Die kamen in einem Range Rover. Den ersten Pick-up müssen sie irgendwo stehen gelassen haben.«

Hirsch kribbelte es. »Ein schwarzer Range Rover?«

»Ja, einer von diesen piekfeinen Dingern.«

»War noch jemand bei ihnen?«

»Adrian Quinlan. Den hab ich von den Tierverkäufen wiedererkannt.«

»Alles in Ordnung mit ihm?«

»Nein. Er hatte ein blaues Auge und sah ziemlich verängstigt aus. Es war ganz komisch. Leon meinte, sie hätten den ersten Pick-up aufgegeben, weil die Kupplung schleifen würde, so als ob das meine Schuld wäre. Aber der Range Rover sei auch nicht richtig, nicht für die Gegend, in die er wollte – querfeldein, nehme ich an. Genauso gut hätten wir übers Wetter reden können.« Sie schwieg kurz. »Er hatte getrunken.«

Hirsch rief Inspector Merlino an und bekam das Okay, nach dem Range Rover zu suchen, sollte sich aber ansonsten raushalten.

»Wenn Sie ihn finden, dann müssen Sie die Fahrzeuge am Boden und einen Hubschrauber koordinieren – wenn wir einen kriegen können.«

»Mach ich, Sir.«

»Und sich raushalten meine ich ernst«, sagte Merlino mit der unangenehmen Zielstrebigkeit aller übereifrigen Polizisten, denen Hirsch jemals begegnet war.

»Verstanden, Sir«, sagte er, doch Merlino hatte bereits aufgelegt.

Hirsch drehte sich zu Rosemary Waurn um und zeigte auf die Zufahrt. »Sind Sie sicher, dass sie in die Richtung fortgefahren sind?«

»Ganz sicher.«

Er versuchte, sich in die Männer hineinzuversetzen. Würden sie bis zur Straße von Redruth nach Morgan fahren? Nach links abbiegen und zum Fluss? Rechts nach Redruth? Oder würden sie sich wieder im Buschland verstecken? Das schien die wahrscheinlichste Lösung, wo sie doch Ausschau hielten nach einem geländegängigeren Fahrzeug.

Waurn beobachtete ihn besorgt und konzentriert. »Ich möchte nicht hierbleiben.«

»Verstehe ich«, sagte Hirsch. »Ich schlage vor, Sie nehmen den Wagen und fahren in die andere Richtung. Fahren Sie, so weit Sie können, vielleicht sogar bis Tiverton, und warten Sie im Laden.«

»Ich muss Ken Bescheid sagen.«

»Haben Sie das Funkgerät reparieren lassen?«

»Wir haben uns ein paar Satellitenhandys spendiert.«

»Rufen Sie ihn an und sagen Sie ihm, er soll mit den Jungs ein paar Stunden fernbleiben. Wir sagen Ihnen Bescheid.«

Rosemary Waurns Leben bestand daraus, darauf zu warten, dass irgendjemand Bescheid sagte, nahm Hirsch an und beobachtete, wie sie zum Haus zurückkehrte. Er wartete, und nach kurzer Zeit kam sie mit einer kleinen Reisetasche heraus, warf sie auf den Rücksitz des Wagens und fuhr davon. Er schaute ihr nach, bis sie nur noch ein Fleck auf dem Weg zu der Reihe niedriger Hügel war, die hinter dem Grundstück lagen, dann wendete er den HiLux. Er fuhr über den Hof und nahm die lange Zufahrt zur Schotterpiste, wo er dem Automechaniker begegnet war.

Die Suche war ein einziges Herumgestochere. Er fuhr über die Auswaschungen, dann kroch er weiter, um ein Farmtor oder eine Seitenstrecke zu kontrollieren, und versuchte, frische Reifenspuren auf dem Boden zu finden. Diese Suche schärfte seine Sinne. Es war nicht von Belang, dass es hier draußen nur karges Land gab; die Landschaft selbst war lebendig. Hirsch aber war von der Stadt geprägt, von den exakten Linien der geteerten Straßen und der gemauerten Häuser in ordentlichen Reihen, doch hier draußen waren die Winkel nicht vorhersehbar. Straßen zweigten in die merkwürdigsten Richtungen ab, windschiefe Hütten verfielen, und die endlose Ebene war weder endlos noch eben, sondern warf hier Steinklippen auf und versank dort in tiefen Furchen. Eine Landschaft voller gänzlich unbekannter Zeugnisse: eine in Ocker schablonierte Hand in einer Höhle; eine in die Felswand geritzte Strichgestalt; ein durch eine Flutwelle freigespülter archaischer Schleifstein.

Die Landschaft war nicht leer, sie war nicht einmal karg. Und doch lagen lange Strecken zwischen den Seitenstraßen, Farmtoren und Zufahrten. Zweimal hielt Hirsch an, um sich Reifenspuren genauer anzuschauen. Die erste stammte von einem Laster: zu breit, zu kantig, zu tief. Die zweite verwirrte ihn: Die Breite wies auf ein Fahrzeug von der Größe eines Range Rovers hin, aber es gab zwei Spuren. Zwei Fahrzeuge? Oder ein Fahrzeug hinein und wieder hinaus?

Hirsch schaute nach. Einen halben Kilometer weiter die Strecke entlang kam er zu einer Verwerfung, einem kleinen Graben, und die Fahrspur wurde von einem Hochwasser führenden Bach durchtrennt. Falls die Ayliffes hierhergekommen waren, dann hatten sie offenbar entschieden, die Durchfahrt nicht zu riskieren. Der Fahrer hatte eine Riesenschau daraus gemacht, auf dieser kleinen Fläche zu wenden: eine ganze Reihe von kurzen, mit voll eingeschlagenem Lenkrad durchgeführten Manövern; durchdrehende, schlammspritzende Räder; tiefe Furchen im weichen Bachrand.

Hirsch richtete bei seinem Wendemanöver ein weiteres Chaos an, raste zur Schotterpiste zurück und folgte ihr ein paar weitere Kilometer, bis er zu beiden Seiten einer Viehrampe, die die Zufahrt zu einer Viehstation markierte, frische Reifenspuren fand: *Willalo Downs 13 km* stand auf einer verwitterten Tafel neben einer zum Briefkasten umfunktionierten Milchkanne.

Keine Reifenspuren aus dem Grundstück heraus.

Er gab die Meldung durch und nahm dann die Fahrspur, hüpfte herum wie ein kleines Schiff in kabbeliger See und setzte an den Wellenbergen manchmal mit dem Unterboden auf. Fünf Minuten, zehn, zwölf ...

Sein Funkgerät knisterte: Merlino, der ihm mitteilte, dass Willalo Downs aufgegeben worden war.

Die Ayliffes hatten also vielleicht vor, sich hier zu verkriechen. Oder würden sie wieder zurückfahren, wenn sie feststellten, dass die Station nicht besetzt war?

Hirsch war sich plötzlich unsicher. Weiterfahren und nachschauen, von wem die Spuren stammten? Annehmen, dass es sich um die Ayliffes handelte, und warten? An der Stelle warten, wo er war, oder zurückfahren und die Zufahrt blockieren?

Er fuhr ein paar hundert Meter weiter und grübelte darüber nach, dann kam er in diesem Land aus Steinen und kümmerlichem Gras zu einer natürlichen Senke. Dort unten lag ein zerfallendes, staubtrockenes Anwesen: ein trauriges altes Haus mit blinden Fenstern und einem rostigen Dach; eingefallene Schuppen; Kiefern und ein verwilderter Garten. Hirsch bemerkte, dass sich hundert Meter links vom Haus etwas bewegte. Der Tag wurde von einer schwachen Wintersonne erhellt, gerade kräftig genug, um sich vorzuwagen und in glatten Oberflächen zu spiegeln. In der Windschutzscheibe eines schwarzen Range Rovers, der in trügerischem Gras stecken geblieben war. Und im Auge eines Zielfernrohrs. Und dann stürzte die Welt ein.

42

Der Toyota wurde heftig durchgeschüttelt; der Lärm war ohrenbetäubend. Hirsch blinzelte aufgeschreckt und sah sich nach dem Felsbrocken um, der auf ihn gestürzt sein musste.

Sein Verstand brauchte einen Augenblick: Nein, das war ein Schuss gewesen. Er musste das Dach getroffen haben und hatte wahrscheinlich die Antenne ruiniert.

Der zweite Schuss traf den hinteren Reifen auf der Beifahrerseite, doch da hatte Hirsch bereits die Dashcam eingeschaltet und war aus dem Wagen gestolpert, um hinter dem Motorblock und dem Vorderreifen auf der Fahrerseite Schutz zu suchen. Eine schlechte Deckung, falls Ayliffe in den Spalt zwischen Auto und Boden zielte, aber einen anderen Schutz hatte Hirsch nicht, abgesehen von den Felsenspitzen unterhalb von der Stelle, wo er zitternd kauerte. Er konnte den Pfad entlang zurückweichen, wäre aber für ein paar entscheidende Sekunden lang im Visier. Außerdem wollte er mehr wissen.

Ayliffe brachte den Ball ins Rollen. »Paul! Constable Hirschhausen!«

Hirsch warf einen Blick hinunter. »Was?«

»Als Erstes: Ich will niemandem was tun.«

»Eine komische Art, das zu zeigen«, rief Hirsch, der plötzlich stinksauer war.

»Wenn ich Sie hätte töten wollen, dann wären Sie schon tot«, sagte Ayliffe.

Arschloch. Hirsch steckte den Kopf heraus und rief:

»Was wollen Sie? Sie stecken doch fest. Und dann zerschießen Sie einen meiner Reifen?«

»Es wird folgendermaßen ablaufen. Ich komme rauf und

schaue zu, wie Sie den Reifen wechseln, dann kommen Sie her und ziehen uns raus.«

Leon hatte alles durchdacht, wie Hirsch erkannte. Er steckte zwar kurzfristig fest, hatte aber genug Zeit gehabt, die Lage zu erfassen.

»Ich weiß nicht, in welchem Zustand mein Ersatzrad ist.«

»Sie vergeuden nur Zeit. Fangen Sie an, sonst muss ich Quinlan was antun.«

Merlino und seine Leute wissen, wo ich bin, dachte Hirsch. Mehr oder weniger. Aber wie weit weg waren sie? Spiel auf Zeit. Stell dich dumm. Verhandle.

Er warf schnell einen Blick hinüber. Von Ayliffe sah er nicht mehr als einen kleinen, kauernden Umriss. Er stand hinter dem Range Rover und stützte das Gewehr mit den Ellbogen auf die Motorhaube. Hirsch konnte das Auge des Zielfernrohrs regelrecht spüren, das genau seine Nase anstarrte. Entfernung hundert Meter. Jahre an Jagderfahrung.

Josh Ayliffe stand am hinteren Ende des Range Rovers und drückte Adrian Quinlan eine abgesägte Schrotflinte in den Rücken.

»Ich weiß nicht, ob ich einen Wagenheber oder einen Radschlüssel dabeihabe«, rief Hirsch. »Kann ich runterkommen und Ihren holen?«

Ayliffe schoss ein Loch in die Gefangenentransportzelle über den Hinterrädern, der Toyota schwankte wieder, und Hirsch war verblüfft über die schiere Gewalt, die darin steckte. Er hatte keinerlei Handlungsspielraum. Schon lange vor seinem Eintreffen war das Drehbuch hierfür bereits geschrieben worden. Seine Dienstwaffe richtete nichts aus gegen ein Gewehr und eine Schrotflinte, gegen einen verwirrten Burschen und einen Mann, der sich ganz seinem Groll hingegeben hatte.

»Ist Mr Quinlan okay?«, rief er.

»Bestens. Jetzt halten Sie den Mund und wechseln Sie den verdammten Reifen.«

Hirsch, der im Schutz des Vorderrads kauerte, holte tief Luft und stand auf. Nun stand er von der Brust aufwärts in voller Sicht. »Ich komme raus.«

»Langsam.«

Als Hirsch im offenen Schussfeld stand, trat Ayliffe vom Range Rover weg. Er richtete weiter das Gewehr auf Hirsch und rief: »Nehmen Sie die Waffe raus – langsam, langsam. Wegwerfen. Genau so.«

Hirsch, der nun unbewaffnet war, wartete und hielt die Hände seitlich vom Körper.

»Ich komme jetzt rauf«, sagte Ayliffe. »Wenn Sie weglaufen, erschieße ich Sie, und dann erschieße ich Quinlan, kapiert?«

»Laut und deutlich.«

Hirsch sah zu, wie Ayliffe den Aufstieg nahm und zwanzig Meter entfernt stehen blieb. »Okay, und jetzt nehmen Sie den Wagenheber raus.«

Verzögern, verzögern. »Ich finde, wir sollten reden, Leon. Meine Kollegen wissen, wo ich bin. Ich bin vor Kurzem von Mrs Waurn losgefahren und habe mich auf dem Revier gemeldet. Die Polizei wird in der Zwischenzeit unterwegs sein. Mit Hubschraubern. Sie kommen hier nicht weg. Warum geben Sie nicht auf, solange Sie noch können – bevor noch irgendjemand zu Schaden kommt?«

Ayliffes Antwort darauf war ein Schuss über Hirschs Kopf hinweg, gefolgt von einer schnellen Handbewegung am Bolzen, um die leere Hülse auszuwerfen und nachzuladen.

»Ich verstehe«, sagte Hirsch.

Einerseits war er bis ins Mark erschrocken, andererseits immer noch stinksauer. Er wollte schon mit dem Reifenwechsel anfangen, als etwas seine Aufmerksamkeit weckte. Unten in der Senke geschah etwas. Er schaute nur den Bruchteil einer Sekunde hinunter, aber das genügte schon.

Leon Ayliffes Jagdinstinkt registrierte es, er drehte sich um und sah, was Hirsch gesehen hatte: Sein Sohn drängte Adrian Quinlan zur Flucht.

»*Heh*. Josh! Was zum Teufel machst du da?«

Josh warf seinem Vater ängstlich einen Blick zu, stupste Quinlan in den massigen Rücken und machte Geräusche, als wollte er ihn verscheuchen. Quinlan, zu begriffsstutzig, um zu erkennen, dass er eine Chance erhielt und nicht irgendeinem kranken Spielchen zum Opfer fallen sollte, stolperte in Richtung Haus los, hinter dem eine Fahrspur aus der Senke herausführte. Er taumelte, zitterte vor Panik, fiel hin, stützte sich auf Hände und Knie, stand auf und stolperte weiter.

»Du kleiner Scheißer«, brüllte Leon. Wutentbrannt stürmte er hügelab, die Steinrippen überspringend.

Josh trat vom Range Rover zurück und hob beschwichtigend die Hände. »Dad, nicht.«

Einen Augenblick lang war Hirsch ein Metronom, sein Körper pendelte erst zu der Dienstwaffe im Gras hin, dann in die andere Richtung zu den drei Männern in der Senke. Schließlich rührte er sich, schnappte die Pistole und rannte ebenfalls hektisch über Grasbüschel und Quarzbrocken, rutschte, verdrehte sich den Knöchel, schrammte sich die Hände an einer verdeckten Felsnadel. Die Pistole fiel ins Gras. Er suchte nach ihr, fand sie, verlor wertvolle Zeit.

Er kam Sekunden, Jahre zu spät.

Leon schlug seinem Sohn ansatzlos den Gewehrkolben ins Gesicht. Der Körper des Jungen erschlaffte. Er fiel einfach zu Boden.

Leon drückte die Waffe gegen die Schulter und gab einen Schuss auf Quinlan ab. Quinlan stolperte noch zwei, drei Schritte weiter und stürzte.

Hirsch, ein humpelndes, halb kauerndes nervöses Ziel, kam näher. Er versuchte, die Waffe auf Ayliffe zu richten, der auf Quinlan zuging. Quinlan, der mit dem Gesicht nach unten dalag, versuchte, seinen gedrungenen Leib anzuheben. Blut. Er war am rechten Oberschenkel getroffen worden. Hirsch brüllte: »*Leon.*«

Das zeigte Wirkung. Ayliffe blieb stehen. Er zitterte am ganzen Leib. Er ließ die Schultern sinken, dann die Arme, die Hände lockerten den Griff an der Waffe, bis die Spitze des Laufs durchs Gras schleifte. Er drehte sich um, sah aber nur seinen Sohn, nicht Hirsch. Er eilte zu ihm hin, legte die Waffe vorsichtig auf den Boden, wie ein Handwerker sein hochgeschätztes Werkzeug, und kniete nieder.

»Josh. Joshy«, sagte er.

Hirsch hielt den Atem an, stürmte hin, schnappte sich das Gewehr und wich zurück. Er warf die Hülse aus, nahm den Ladestreifen heraus und wartete gespannt, was als Nächstes kam.

Er hatte keine Ahnung, was ihn erwartete. Sie waren allein, nicht einmal ein in den Baumkronen jammernder Wind leistete ihnen Gesellschaft.

Quinlan war wieder zu Boden gegangen, Josh Ayliffe war nur ein auf der Erde liegender Haufen Knochen, Leon beugte sich wehklagend über ihn, streckte immer wieder die Hand nach dem deformierten Kopf aus und riss sie wieder zurück.

Die Schrotflinte. Hirsch tat einen Schritt nach vorn.

Es war, als habe Ayliffe auch das bemerkt. Mit einem Aufschrei, der Hirschs Seele gefrieren ließ, stürzte er auf die andere Seite des liegenden Körpers, schnappte sich das Gewehr, drückte sich den abgesägten Lauf unters Kinn, und Hirsch konnte nur noch zusammenzucken. Er wagte kurz darauf einen schnellen Blick und lauschte dem Echo, das hin und her hallte und verging.

Nach einer Weile sprach Quinlan mit zitternder Stimme: »Hallo? Ich brauche Hilfe.«

So, als sei er blind oder orientierungslos in der Wüste. »Bleiben Sie ruhig, Mr Quinlan.«

Quinlan schaute noch immer in die entgegengesetzte Richtung, zur unscheinbaren Senke hinaus. Er versuchte, sich auf die linke Seite zu drehen und auf den Ellbogen zu stützen. Er stöhnte auf, als sich sein verwundetes Bein etwas bewegte, ließ sich wieder mit dem Gesicht nach unten fallen und drehte den Kopf zur Seite. »Ist da jemand? Es tut weh.«

Als Hirsch in sein Blickfeld trat, blinzelte er, dachte nach und begann zu verstehen. »Ach, Constable Hirschhausen, ja natürlich ...«

Hirsch kniete neben ihm, sagte: »Bleiben Sie still liegen«, und besah sich das blutdurchtränkte Hosenbein.

Ayliffe hatte kaum gezielt, und die Kugel hatte das Fleisch unterhalb von Quinlans rechtem Gesäßmuskel durchschossen. Jagdmunition, mit ziemlicher Durchschlagskraft. Hatte die Kugel den Knochen verpasst? Falls nicht, wäre dann nicht die Verletzung noch größer? Wäre Quinlan nicht in Schock gefallen?

Hirsch stand auf. »Nicht rühren, Mr Quinlan. Ich rufe einen Krankenwagen.«

Nein, das tat er nicht. Sein Handy hatte keinen Empfang, und das Funkgerät war kaputt. Den Reifen wechseln und Quinlan nach Redruth fahren? Auf Merlino warten?

Er holte den Verbandskasten aus dem Toyota, kniete sich wieder neben Quinlan und drehte ihn auf den Rücken. Er schnitt ihm das Hosenbein auf, wusch das Blut ab und goss ihm Desinfektionsmittel auf Eintritts- und Austrittswunde. Dann legte er einen Wundverband an, umwickelte das Bein mit einer elastischen Binde und deckte die kräftige Gestalt des Viehhändlers mit einer Rettungsdecke zu.

Eine Weile später fragte Quinlan: »Muss ich sterben?«

Er sah Hirsch an, als sei er gerade aus einem Traum erwacht und würde sich in einem Albtraum wiederfinden. »Können Sie die Zehen bewegen?«, fragte Hirsch.

Er wartete. Quinlans Schuhe, die unter der Rettungsdecke hervorlugten, bewegten sich ganz leicht.

»Ja.«

»Dann ist es eine Fleischwunde. Übel, aber das wird wieder.«

»Tut verflucht weh«, sagte Quinlan, dessen großes, rundes Gesicht zerschunden, schweißig und blass vor Schmerzen war.

»Hilfe kommt bald.«

Zehn Minuten? Fünfzehn? Jemand aus Merlinos Team konnte

Quinlan ins Krankenhaus fahren und vielleicht den Krankenwagen auf halber Strecke anhalten. Ich habe also zehn, fünfzehn Minuten, um ihm eine Geschichte zu entlocken, vielleicht sogar die Wahrheit, dachte Hirsch. »Na, das war ja ein Abenteuer.«

Lange schwieg Quinlan, dann sagte er: »Sie sind einfach hereingestürmt und haben mich geschnappt.«

»Haben sie gesagt warum?«

Quinlan wendete kurz den Blick ab, dann blitzte eine Spur seiner geschäftsmäßigen Leutseligkeit auf. »Leon meinte, ich würde ihm dreitausend Dollar schulden. Wenn er sich nur etwas geduldet hätte, dann hätte er sein Geld schon gekriegt, und das Ganze wäre nicht passiert.«

»Geduld.«

Quinlan schüttelte den Kopf. »Der Markt. Cashflow. Die Wirtschaftslage.«

»Es sind Menschen ums Leben gekommen, Mr Quinlan«, sagte Hirsch.

Quinlan schaute über die Schulter, sah die Leichen; er zuckte zusammen und schauderte. »Aber Sie glauben doch nicht, dass ich etwas damit zu tun habe?«

»Margaret Groote«, sagte Hirsch. »Sophie Flynn.«

Jeder Ausdruck wich aus Quinlans Gesicht. Er schloss die Augen. »Ich fühle mich überhaupt nicht gut, ehrlich gesagt. Wann ist der Krankenwagen hier?«

Der Wind schien ihm die Antwort darauf zu geben. Er hatte in den letzten Minuten zugenommen und strich nun einsam durch die Bäume rings um das verlassene Farmhaus.

Die Zeit verging. Quinlan beschloss, um Vergebung zu bitten. »Ich habe alle hintergangen«, sagte er mit leiser, krächzender Stimme.

Hirsch hörte Fahrzeuge näher kommen. Bald würden sie auf der Anhöhe auftauchen. Er drückte Quinlans Schulter, die sich unter der Rettungsdecke erstaunlich fest anfühlte.

»Sagen Sie einfach nur die Wahrheit, wenn es so weit ist.«

Seine Worte gaben Quinlan Kraft. »Wenn Malcolm nicht

so ungeduldig geworden wäre ... ich konnte tatsächlich mit Mrs Groote reden, sie hörte auf mich.«

Hirsch stand dort, wo der tröstende Wind wehte. Oben auf der Höhe schob sich ein schwarzer SUV an seinem zerschossenen Toyota vorbei.

»Das werde ich durchstehen«, sagte Quinlan mit seiner Verkäuferstimme, dabei lag er rücklings im Dreck und seine Hose war steif vor Blut.

Tja, dachte Hirsch. Viel Glück dabei.

Danksagung

Mein tief empfundener, dauerhafter Dank gilt Michael Heyward, Mandy Brett, Chong, Kate Lloyd, Jane Watkins, Stefanie Italia, Shalini Kunahlan und allen anderen bei Text Publishing, die meine Karriere nun schon seit vielen Jahren befördern, mir stetig neue Leser zuführen und mir dabei helfen, mit jedem Buch meine künstlerischen Grenzen zu erweitern.

Garry Disher im Unionsverlag

INSPECTOR-CHALLIS-ROMANE

»Disher ist ein Meister der modernen Krimikomposition. Er entwickelt ein faszinierendes Erzähltempo, das flott und schnell, aber niemals atemlos oder gehetzt erscheint. Disher zu lesen, ist ein literarischer Genuss erster Güte.« *krimiblog.de*

Drachenmann *Flugrausch*
Schnappschuss *Beweiskette*
Rostmond *Leiser Tod*

CONSTABLE-HIRSCHHAUSEN-ROMANE

»Hirsch (fast) allein gegen Sheriff, Vorgesetzte, Dorfbonzen. Weizen, Wolle, früher Kupfer, leeres Land. Ganz, ganz fein, staubtrocken und herzenswarm.« *Tobias Gohlis, KrimiZeit-Bestenliste*

Bitter Wash Road
Hope Hill Drive
Barrier Highway

Hinter den Inseln

Liebe, Krieg und Verrat vor dem Hintergrund der zusammenbrechenden Kolonialreiche in Südostasien.

Kaltes Licht

Ein Skelett, ein jahrealter Mordfall und vergessene Geheimnisse – ein Fall für Sergeant Alan Auhl.

Stunde der Flut

Eine nagende Ungewissheit treibt Charlie Deravin in Ermittlungen gegen seine eigenen Familie.

Mehr über Autor und Werk auf *www.unionsverlag.com*

Leonardo Padura im Unionsverlag

Das Havanna-Quartett
Havanna im Jahr 1989: Im Paradies der Revolution steht nicht alles zum Besten. Schicht um Schicht legt der Polizist Mario Conde die kubanische Realität frei und misst sie an den Illusionen und Träumen seiner Jugend.

Ein perfektes Leben (Winter)
Handel der Gefühle (Frühling)
Labyrinth der Masken (Sommer)
Das Meer der Illusionen (Herbst)

Weitere Werke
Adiós Hemingway
Der Nebel von gestern
Der Mann, der Hunde liebte
Der Schwanz der Schlange
Ketzer
Die Palme und der Stern
Neun Nächte mit Violeta
Die Durchlässigkeit der Zeit
Wie Staub im Wind

»Leonardo Paduras Romane sind kritische Liebeserklärungen an Kuba, die oft weit in die Vergangenheit zurückreichen, aber doch in der Gegenwart ankommen. In ihnen erweist sich Padura als einer der großen Autoren der gegenwärtigen Weltliteratur.« *Wilhelm Roth, Die Welt*

»Padura hält nichts von der Schwarz-Weiß-Malerei, die in Kuba und anderswo so beliebt ist; er verdammt die über sein Land kursierenden Stereotype in Bausch und Bogen und freut sich über den angekündigten Wandel.« *Knut Henkel, Neue Zürcher Zeitung*

Mehr über Autor und Werk auf *www.unionsverlag.com*

James McClure im Unionsverlag

KRAMER & ZONDI ERMITTELN

»James McClure ist ein grandioser Schriftsteller, dessen sprachliche Präzision, seine Erzählökonomie, das Gefühl für kleinste Nuancen, seine überraschenden und verblüffenden Wendungen und sein Gespür für die fürchterliche Komik der Umstände auch heute nur selten erreicht werden.« *Thomas Wörtche, Deutschlandradio*

Song Dog
Lieutenant Kramer und Sergeant Zondi ermitteln im Mordfall an einer jungen weißen Frau.

Steam Pig
Die Ermittler Kramer und Zondi decken in Südafrika unter dem Apartheid-Regime eine Tragödie auf.

Caterpillar Cop
Der 12-jährige Boetie wird erdrosselt und verstümmelt aufgefunden. War er Opfer eines Pädophilen?

Gooseberry Fool
Ein fliehender Diener, ein Autounfall und Verfolgung in entlegenen Dörfern: Es geht an die Substanz.

Snake
Raubüberfälle und eine von ihrer Python erwürgte Tänzerin: Schlaflose Nächte für Kramer und Zondi.

Sunday Hangman
Ein gekonnt erhängter Bankräuber, keine Beute, aber eine Bibel in der Hand. Wer ist der *Hangman?*

Blood of an Englishman
Ein brutaler Riese versetzt Trekkersburg in Schrecken – wer sonst könnte so unmenschlich kräftig töten?

Artful Egg
Kramer untersucht den Mordfall an einer berühmten Autorin, doch ein Postbote spielt auch Detektiv.

Mehr über Autor und Werk auf *www.unionsverlag.com*

John Burdett im Unionsverlag

Jitpleecheep ermittelt in Bangkok

Der Jadereiter
Im brodelnden Bangkok jagt der buddhistische Polizist Sonchai die Mörder von William Bradley, einem skrupellosen amerikanischen Jadehändler. Die Suche gerät zu einer Reise in die eigene Vergangenheit, in die Unterwelt Bangkoks, in die Bordelle des berüchtigten achten Bezirks bis hinein in die Vorzimmer der amerikanischen Botschaft.

Bangkok Tattoo
Die Prostituierte Chanya ist überzeugt, einen Mord begangen zu haben. In ihrem Bett: ein toter Amerikaner, grausam zugerichtet, Mitarbeiter der CIA. Doch Sonchai Jitpleecheep glaubt nicht daran, dass Chanya mit dem Mord etwas zu tun hat. Ein Schuldiger muss her. Da trifft es sich bestens, dass die CIA nur zu gern an einen Terrorakt glaubt.

Der buddhistische Mönch
Nie zuvor hat Sonchai, der Polizist des berüchtigten achten Bezirks von Bangkok, ein Verbrechen mit ansehen müssen, das ihn so erschütterte. In einem Snuff-Video wird eine junge Frau ermordet – die Prostituierte und Sonchais ehemalige Geliebte Damrong. Auf der Suche nach ihren Mördern sieht er sich weitaus größeren Gegnern gegenüber als erwartet.

»Burdetts Stil sorgt für ein ungetrübtes Lesevergnügen – der oft subtile und manchmal auch offene Humor, die eleganten Sätze, die das schillernde Bangkok und seine Bewohner plastisch und drastisch und immer mit einer grandiosen Zärtlichkeit beschreiben.« *Focus*

Mehr über Autor und Werk auf *www.unionsverlag.com*

Sally Morgan im Unionsverlag

Ich hörte den Vogel rufen
Sally wächst in Australien auf, in einer Familie, die lauter, schräger und herrlicher nicht sein könnte. Die fünf Geschwister hängen aufeinander wie die Kletten. Die Mutter nutzt Religion – egal welche – als Geheimwaffe. Der Onkel bringt trotz ausgiebigem Alkoholgenuss immer mal wieder ein Huhn vorbei und die Oma gräbt mit Sally frühmorgens den quakenden alten Ochsenfrosch aus. Erst mit fünfzehn aber merkt Sally, das in ihrer Familie noch etwas anders ist als bei den anderen: Ihre Oma ist schwarz. Hartnäckig beginnt Sally, die Geschichte ihrer eigenen Familie zu hinterfragen und erfährt schließlich Geheimnisse, die ihre Welt auf den Kopf stellen.

Wanamurraganya
Sally Morgan machte sich quer durch den australischen Kontinent auf die Suche nach dem unbekannten Mann, der nach Aborigines-Genealogie ihr Großvater ist. Sie fand schließlich Jack McPhee, mit seinem eigentlichen Namen Wanamurraganya, und er erzählte ihr seine Lebensgeschichte. Er erzählt von seiner kurzen Kindheit, von Kuchen aus der Dose, vom Kühe-Ärgern, Känguru-Jagen und Wildpferde-Fangen. Er erzählt, wie er von Farm zu Farm weitergereicht wird, von schwarzen Müttern und weißen Vätern und von einer entmündigenden Regierungspolitik – vor allem aber von der Gelassenheit und dem Humor, die er immer im Herzen trägt.

»Wie die Autorin die Erzählungen ihrer Großeltern rekonstruiert und das Leben von Aborigines, ihre Träume, Bräuche, Ängste, die erlittene Diskriminierung wiederentstehen lässt, ist in seiner Wirkung vergleichbar mit ›Onkel Toms Hütte‹ – ein unersetzliches Stück Zeitgeschichte.« *Die Frau von heute*

Mehr über Autorin und Werk auf *www.unionsverlag.com*

Michael Dibdin im Unionsverlag

Aurelio Zen ermittelt

Commissario Aurelio Zen zieht durch ganz Italien, von Fall zu Fall. »Unter den britischen Krimiautoren kann es keiner mit Michael Dibdin aufnehmen. Keiner reicht an seinen grandiosen Stil, seine Imaginationskraft und seinen Umgang mit den Abgründen der menschlichen Seele heran.« *The Times*

Entführung auf Italienisch Aurelio Zen ermittelt in Perugia

Vendetta Aurelio Zen ermittelt in Sardinien

Himmelfahrt Aurelio Zen ermittelt in Rom

Tödliche Lagune Aurelio Zen ermittelt in Venedig

Così fan tutti Aurelio Zen ermittelt in Neapel

Schwarzer Trüffel Aurelio Zen ermittelt im Piemont

Sizilianisches Finale Aurelio Zen ermittelt in Sizilien

Roter Marmor Aurelio Zen ermittelt in der Toskana

Im Zeichen der Medusa Aurelio Zen ermittelt in Südtirol

Tod auf der Piazza Aurelio Zen ermittelt in Bologna

Sterben auf Italienisch Aurelio Zen ermittelt in Kalabrien

Mehr über Autor und Werk auf *www.unionsverlag.com*